須賀敦子の本棚 1

池澤夏樹=監修

La Divina Commedia: Inferno DANTE ALIGHIERI

神曲

地獄篇(第1歌〜第17歌)

ダンテ・アリギエーリ 須賀敦子/藤谷道夫 訳 注釈・解説 藤谷道夫

河出書房新社

目次

はじめに

藤谷道夫

大学三年の秋、イタリア語を学んだこともなかった私は無謀にも一夜漬けでイタリア語の文法書を読み終え、仏文の先輩、五十嵐竹實氏と『神曲』を読み始めた。五十嵐氏がイタリア語をご存じだったからだが、それはあくまで現代のイタリア語であった。ダンテのイタリア語は中世のイタリア語であり、現代イタリア語の知識では歯が立たないと判るのに時間はかからなかった。ものの十行も読み進められなかったからである。定冠詞や人称代名詞からして現代語とは違っている。最も基本的な動詞 essere（英語の be 動詞に当たる）さえも文法書のものとは違う。これがいわゆる中世のトスカーナ方言なのかと気づいた時には、私も先輩も途方に暮れていた。中世のイタリア語を解説してくれる書物などなかったからである。この時、五十嵐先輩が慶應義塾大学のラテン語・ラテン文学の藤井昇教授だったらご存じかもしれないと発案され、先生の研究室を訪れた。自分たちの窮状を訴えると、先生は「いい人を紹介してあげる。ここで少し待ってなさい」と言って出ていかれた。すぐに一人の女性を連れて戻って来ると、「この方に訊いてみなさい」とおっしゃった。須賀先生に初めてお会いした瞬間である。

私たちはとりあえず判らないところを尋ねようとしたが、須賀先生は親切にも「一緒に読んであげましょうか」と言ってくださった。こちらとしては願ったり叶ったりで、恐縮しながらも、さっそく先生のご厚意に甘えて、読み合わせしていただくことになった。当時、先生はまだ上智大学の正式の教員ではなく、研究室をお持ちではなかったため、ロビーで読み合わせをしていただいた。十月のことである。それから一か月後、四年生だった五十嵐氏は卒論があるため出席できなくなり、以後私は先生からマンツーマンで教わることとなった。それから五年間（夏休みや春休みなどは除いて）、毎週土曜日に上智大学に通うことになる。須賀先生を五年間独り占めにして夢のような至福の時を過ごしたのだから、私ほどの果報者はいない。

先生と楽しくお喋りしていたその五年間のうちに、様々な変化が起きた。先生は助教授に就任され、研究室で教わるようになった。私はすぐに『神曲』の虜となり、そのあまりに奥深い世界に魅了された。今まで古今東西の文学を読んできたなかで、『神曲』が他のすべての文学作品に優ることに気づいたからだが、須賀先生の魅力にすぐ気づいたからでもある。私は先生の授業を自分一人で聞くのはもったいないと思い、その恩恵をおすそ分けしようと、この読書会に何人かの友人を引っ張り込んだ。最後の時期には上智大学の二人の先生も聞きに来られていた。最大の変化は私自身だった。最初の頃は一回の読み合わせで二十行しか準備できなかったが、三十行、四十行と一回で読める量が増えていった。そのうち、二回で一歌を読めるようになっていた。といってもこの頃の読みは単に文法的に正しく意味を読み取ることができるという次元のものでしかなかったが。

イタリア語の初級も知らない学生をこうして何とか古イタリア語が読める院生に変えてくださっただけでなく、『神曲』の魅力に目を開かせてくださったのが須賀先生だった。人は愛する者、尊敬する者から最もよく学ぶものであり、私は『神曲』の読み合わせが楽しくて仕方なかった。また、先生が私の母と一か月違いの同い年だったこともあり、自然と親子のような関係になった。そして親子ほど違う年齢でありながら、馬が合い、意気投合する場面がよくあった。セネカは「親は偶然によって与えられるが、われわれは自分の裁量で誰の子にでも生まれることができる」と述べたが、まさに私は須賀先生の研究室で自分の道を見出し、養子となった。以来、現在までライフ・ワークとして『神曲』を研究している。

やっと本題だが、本書に収録した訳は、須賀先生が四十代の頃、自習用に訳されたノートを基にしている。私が『神曲』の読み合わせをしていただいている時、そのノートを出されたことは一度もなかった。また生前、『神曲』の訳を出版したいというようなことも一言もおっしゃらなかった。せっかく地獄篇と煉獄篇とを訳されながら、なぜ出版されないのか不思議に思っていたが、その理由は、今回改めて訳文を読んでみて判った。これは先生がおっしゃっていたように、まさにダンテを学ぶために練習として訳出してみた練習帳であり、出版を意図したものではない。少し手を入れれば完成するというものではなかった。この訳をされていた時、須賀先生の古イタリア語の知識は乏しく、間違いや訳文抜けも散見された。そこで、正しい所はそのままにし、誤った箇所を手直しし、訳の抜けている所は埋めていくという作業を行ったが、これがなかなか難しい。自分の文章ではないからであり、二つをくっつけると調子が異なるからである。また、できるだけ元の訳を残そうとするとダンテの意図が訳出されないままになる。単に文法的に整合していれば正しい訳になるわけではない。ダンテの意図を訳文に残さないと真の意味で正しく訳したとは言えない。こうした手間のため、間違いだけを訂正すればすぐにできるだろうと高を括っていた当初の目論見は脆くも崩れ去った。

この作業を進めながら、私は不思議な感慨に陥った。私が習っていた時の先生よりも私の方が年を取った今、先生が今の私よりも遥かに若い頃に訳されたものを手直ししているからである。かつてイタリア語の初歩も知らなかった者が、教えていただいた先生の間違いを訂正するのだから、不思議な気持ちになるのもお判りいただけるであろう。先生の名誉のためにはっきりしておきたいことは、私が研究室で習っていた時は、ノートに見られるような初歩的なミスや誤訳などはされていなかったということである。私が研究室に行く日は、先生はいつも私のためにマッタリーアとシングルトンの注釈書を読んで、予習されていた。二つの注釈書を使っている以上、大きな誤りが入り込むことはあり得ず、実際、私が訳したものを私が毎回読み上げ、誤った箇所を訂正してくださっていた。つまり、私と一緒に読んでおられた時は正確に理解されていた。実は、先生は昔自分が訳出したものに不備が多いと知っておられたからこそ、ノートを出版しようとはなさらなかったのである。おそらく、もし翻訳を出すのであれば、もう一度ゼロから訳し直さなければならないため、その時間がないことから諦められ、それよりもご自分の作家活動を優先されたのだと思われる。

以上の事情を考えれば、このノートはお蔵入りとなる運命にあったが、須賀先生が『神曲』の訳もなさっていた勉強家であったことを多くの読者に知ってもらいたいという出版社からのたっての申し出から、監訳作業が始まった。旧訳を間違ったまま出版したのであれば、故人の遺志に反するだけでなく、名誉を傷つけることにもなる。もし先生がご存命なら、自分の誤りをすべて訂正されていたはずだからである。しかし、それは今となっては叶わぬことのため、今回、その役を私が受け持ったというのが経緯である。できるだけ先生の訳を優先することを第一とした。とりわけ、先生らしい言い回しや、漢字ではなくひらがな表記を多用される特徴は残すようにした。

また、当初、地獄篇全篇を収録しようとしたが、それは断念せざるを得なくなった。というのは、歌章番号が進むにつれ誤りも増大し、間違った箇所を私の訳で入れ替えていくと、地の訳が半分も残らなくなってしまったからである。そのため残念ではあるが、地獄篇の残り半分は割愛した。

本書では注釈と解説が多くの紙幅を占めている。削ることも考えたが、原稿をまとめる際にすでにかなりコンパクトにしており、これ以上削減すると、なぜ先生と私がダンテに熱を上げたのか理解してもらえなくなる。先生と私の関心は歌の訳の部分ではなく、すなわち氷山の海面に出ている部分ではなく、海面下に隠された部分であったことから、これ以上は削らなかった。先生と私が情熱を傾けたものをいくばくかでも読者と共有したかったからである。『神曲』の何が面白いのか、どんなメッセージが隠されているのか、その一端でも伝えられれば、それ以上の歓びはない。

凡例

一、『神曲』は三行で一組となっており、訳詩の上に三行ごとに行数を記したが、原文と訳文では三行の中での行数が異なっている場合がある。邦訳の際に詩行が前後せざるを得ないからである。『神曲』では行数も重要な意味をもつため、注釈・解説内での行数は原文に依った。訳詩の行数とずれが生じている場合は、訳詩の行数を〈　〉で併記した。

二、注釈・解説中の引用につづく（　）のうち著者名を姓のみ記したものについては、フルネーム、および引用の典拠を巻末の「引用文献」に、論文・著書と注釈書に分けて掲載した。なお、（　）内の著者名に②③とあるのは、巻末「引用文献」の②③に対応する。

三、訳文中や注釈・解説中の［　］内の記述はすべて藤谷による。

四、人名や地名などの表記は、イタリア語の場合、原音に最も近いカタカナを当てた。例えば、通常「テッギアーイオ」と訳されているが、原音を写し取れば、「テッギャーヨ」である。

五、ギリシャ神話の登場人物は高津春繁著『ギリシア・ローマ神話辞典』（岩波書店）に依拠している。

六、長音はできるだけラテン語、イタリア語に忠実に付した（イタリア語の場合、正確にはアクセントのある箇所に長音を付してある）。ただし、マリアなどは慣例に従って長音を付さなかった。また、ラテン語では長音を付さないほうがいい場合は付していない。例えば、Pompēius は「ポンペーイウス」ではなく、「ポンペイユス」である。

七、ダンテの原文は古トスカーナ方言で書かれているが、ローマ人の場合はラテン名に、ギリシャ人の場合はギリシャ名に変えて、読者の便を計った。例えば、「トゥッリオー」は「キケロー」に、「エットレ」は「ヘクトール」などのように表記した。

八、聖書の引用と引用箇所が現代日本語訳聖書とは異なる場合があるが、それはダンテが用いていたウルガータ聖書に基づいているためである。引用の後、［　　］で共同訳聖書の箇所を記した。

九、注釈・解説中の『神曲』各篇からの引用に関して、とくに篇名の記載のないものは「地獄篇」からの引用である。

十、引用出典の巻数や章などは基本的に漢数字で示したが、『神曲』各篇の行数は、本文上の行数と合わせやすいように算用数字で示している。また『神学大全』など算用数字で示したほうが分かりやすいものには算用数字を使用した。

神曲　地獄篇（第一歌～第十七歌）

第一歌

暗い森

一三〇〇年四月四日（月曜日）～四月五日（火曜日）
夜の森の彷徨。五日の朝、森から抜け出て、昇る朝日を見る。

　人の世[*1]の歩みのちょうど半ばにあったとき
私は正しき道の失われた
暗い森[*2]の中をさまよっていた。
　ああ、そこがどのようなものだったかを語るのは至難のわざである。
鬱蒼として茨に満ちたこの野生の森を
いま思い返すだけで恐怖がよみがえる。
　その森の恐ろしさは死に比べられるほどであった。
しかしその中で私の見出した善きことを述べるため、
そこで私の見た他のこと[*3]から話そう。
　正しき道を棄てたあのとき、
私はあまりにも眠かった[*4]ので
そこにどのようにして入って行ったかを言うのはむずかしい。
　だがまもなく、ある丘の麓に到った。
そこで、私の心を恐怖でさいなんだ

あの谷［暗い森］が終っていた。
　はるか上に目を上げると、その丘の両肩は
あらゆる道を通じて他の人々を正しく導く
惑星［太陽］の光線に被われていた。
　すると、おののいて過ごした夜のあいだ
私の心の湖に［心の底まで］みなぎっていた
あの恐怖が少し和らぐのを覚えた。
　ちょうど、大海を逃れて岸に
息もたえだえにたどりついた人が*5
危険に満ちた海をもう一度振り向いて見るように
　私は、まだ逃げようとしている心を
後ろへと向け、誰一人生きたまま出られた例(ためし)のない
あの道のり［暗い森］を見つめた。
　疲れた体を少し休めてから
私はふたたび道を取り、誰もいない斜面を進んだが、
動かない片足は常に低きにとどまっていた。*6
　すると、まさに登り坂にさしかかったところで
斑(まだら)のある毛皮につつまれた
すばしこい軽やかな豹*7が一頭現われた。
　面と向かい合ったまま私の前から立ち去ろうとせず、

それどころか道をはばんだので[*8]
私は引き返そうかと何度も後ろを振り返った。
　時はまさに朝まだき［午前六時頃］で、
最初にすべての美しきもの［星辰］に
神の愛が動きを与えた［宇宙の創造の］時にも
　共にあったあの星座［牡羊座］を従えて太陽は空へと昇っていた。[*9]
あの斑目の毛皮の猛獣［豹］など恐れるには足らぬと
希望を持てたのは
　あの（朝という）時刻とやさしい甘美な季節のおかげだった。
しかし、それも束の間、一頭の獅子[*10]が私の前に
現われるのを目にして、新たな恐怖に襲われた。
　この獣［獅子］は私に向かってくるかと思えた。
頭をあげ、飢えて怒気を放ち
大気までもが恐ろしさに震え、おののいているかに見えた。
　それから、ひどく痩せていて、あらゆる飢えを
一身に負うているように見える一匹の雌狼[*11]が現われた。
これまで多くの人々を不幸に追いやった
　そのけだものの様子とその眼差しが発する
恐怖に押しつぶされるあまり、
私は高きへ登る［丘の登攀］希望を失った。

そして、心をはずませて自分のものにしたものを
一度にすべてを失う時が来ると、
思いのたけを限りに泣き悲しむ人のように
　私は、平安なき獣[12]によって苦しめられた。
獣はじりじりと私のほうに迫り来て
太陽の黙す場所[13]［暗い森］へと私を追いやって行った。
　低きところ［暗い森］へ落ちて行っていたそのとき
長き沈黙[14]のためおぼろげに[15]見える人［ウェルギリウス］が
忽然と私の目の前に現われた。
　どこまでもつづく荒野にその姿を見たとき
「私を哀れんでください[16]」と私は叫んだ。
「影［霊］であろうと、ほんとうの人間であろうと」
　彼は答えた。「私は人間ではない[17]が、かつて人間だった。
私の両親はロンバルディーアの出で
ともに祖国はマントヴァであった。
　私はユーリウス（・カエサル）の御代に、ずいぶんおくれてではあったが生まれ、
賢帝アウグストゥスの御代にローマに生きたが、
嘘と偽りの神々を奉じる時代であった。
　詩人だった私は誇り高き[18]イーリオン（の都）が焼け落ちたあと
トロイアからやって来たアンキーセースの

正しき息子[19]［アエネーアース］を歌った。
　だが、どうして、おまえはあの苦悶［暗い森］の中へ
舞い戻ろうとしているのか。どうして、すべての喜びの源であり
理由である、喜ばしい山[20]に登ろうとしないのか」
「あなたこそはかのウェルギリウス、あの豊かな
言葉の大河を生み出す源流となられたお方ですか」
と私は、羞恥に堪えぬ面を下げて彼に答えた。
「おお、すべての詩人の誉れにして光よ、
長き精魂を傾け、ひたすらあなたの詩を愛し
繙（ひもと）いてきた私に、どうか情けをおかけください。
　あなたこそわが師、わが鑑（かがみ）なのですから。
私に誉れをもたらした美しい文体は
あなただけから、いただいたものです。
　この獣を見てください。私が後戻りしているのは
こいつのせいなのです。高名な賢者よ、私の血管を、動脈を、
ふるえさせるこの獣から私を救ってください」
「おまえは別の道を旅する必要がある[21]」
私が涙を流すのを見て彼は答えた。
「この野生の地から生きて出るには。
　なぜならおまえがどんなに叫んだとてあの獣は

道をふさいで誰一人通さない。それどころか、
散々邪魔だてした挙句、最後は殺してしまうからだ。
　生まれつきかくも邪悪で罪深い性（さが）のため
飽くなき貪欲が満たされることは決してない。
食べたあとのほうが食べる前より腹が減るというやつだ。
　こいつが番（つが）う動物は数知れぬ。[22] それゆえこれからも
まだまだ増えゆくだろうが、それも猟犬（ヴェルトロ）[23]が来るまで。
さいごに猟犬がやって来て、あいつを悶え死にさせてくれよう。
　この猟犬は土も金（ペルトロ）も食べることなく、
ただ叡智と愛と徳を糧とする。
その生まれはフェルトロとフェルトロ[24]のあいだとなるであろう。
　そして、かつて乙女カミッラ[25]とエウリュアルス[26]、
トゥルヌス、ニーススが、そのために傷を負って死んだ
あの惨めなイタリア[27]の救いとなる。
　この猟犬はあの獣をあらゆる町から追いたて、
ついには地獄にもう一度とじこめよう、
かつて《最初の嫉妬》［ルチーフェロ］が解き放った[28]場所に。
　それで、おまえにとって最善のことを慮って言うが、
私のあとに従うがよい、私がおまえを導いてやろう。
そして、おまえをここから救い出し、永劫の地［地獄と煉獄］へと

連れ行こう。その地［地獄］でおまえは聞くだろう、
絶望の叫びを。おまえは目にするだろう、苦しみにむせぶ
古（いにしえ）のたましいたちが皆、二度目の死[*29]を乞い求めて叫ぶのを。
　また火の中で喜んでいる（煉獄の）人々をも見るだろう。
いつの日か（天国の）至福の人々の中に列せられる
時の来ることを待ち望んでいるからだ[*30]。
　そこからさらに、もしおまえが（天国へと）登って行きたいなら
私よりふさわしいたましいがおられるから、おまえを
その方［ベアトリーチェ］に預けて、私は立ち去ろう。
　というのも、高きをお治めになるかの皇帝［神］は
私がかつてその掟に背いたことがあるゆえ
私のような者がその王国［天国］に入ることをお望みにならぬからだ。
　すべての場所に君臨しこれをお治めになられるが、
そこ［天国］がかの方［神］の都にして高き玉座である。
ああ、選ばれて、そこに昇る者は幸いなり」
　そこで私は彼に言った。「詩人よ、あなたがお知りになることのなかった、
かの神［キリスト教の神］にかけてお願いします。
どうか私がこの悪や、さらなる悪から逃れることができますよう、
　今おっしゃったところに私を連れて行ってください。
そして聖ペトロの門[*31]や、お話になった

かくも悲嘆に暮れる（地獄の）人たちをお見せください」
すると彼は歩きはじめ、私はあとに従った。[*32]

第一歌注釈

*1 「人の世 nostra vita」とは人類の一生を指す。「当時一般的に神から人間に与えられた終末までの時間が一三〇〇〇年と信じられていた」（フィリッポ・ヴィッラーニ）ことを踏まえ、この物語がアダムが創造されてから六五〇〇年目に始まることを指示している。それは奇しくも西暦一三〇〇年に当たる（一三〇〇年を十倍すると、一三〇〇〇年になる）。これは勿論、人類についての最初の物語である「創世記」の冒頭句「まず初めに in principio」を踏まえて、人類の時間の中間に（nel mezzo）『神曲』が始まることを意味している。

*2 「暗い森」とは、個々人に立ち現われる暗き人生を意味すると同時に、煉獄篇第十四歌で明かされるように、具体的にはフィレンツェを始めとするトスカーナ地方（ひいてはイタリア）を寓意している。そこでは正義が失われており、これが『神曲』の重要な主題の一つとなっている。

*3 「他のこと」とは、善きことの反対、すなわち悪しきことを指す。『神曲』の旅において善きことの前に悪しきこと、すなわち最初の障害と地獄が語られる。

*4 眠りはキリスト教の伝統において精神の眠りを意味する。神によって生かされているのではなく、自分自身の力だけで生きていると錯覚する高慢さは、眠りで表わされる。

*5 自身を人生の難破者に喩えているのは、人生は伝統的に大海に喩えられ、高慢者は人生に難破するというアウグスティーヌスを始めとするキリスト教教父の考え方に従っているためである。

*6 ダンテの息子ピエートロは、旅人ダンテは跛行（はこう）している（片足を引きずりながら歩いている）と注解している。キリスト教教父の伝統において、高慢な者は跛行者に喩えられる。ダンテが実際に足に障害を抱えていたということではなく、あくまでも霊的な跛行である。人類は原罪を負った結果、魂が十全に機能せず、魂の左足は地上的なものに惹かれやすくなったとされた。このようにダンテの旅は片足状態から始まり、煉獄界の地上楽園で初めて両足で立てるようになる。『神曲』の旅の目的の一つは、単数形の片足状態から複数形の両足を回復することにある。

*7 「豹 lonza」は、ダンテが三大悪徳に数える《嫉妬》を象徴している。

*8 「道をはばんだ」とあるように、悪魔の仕事は人間の道行きを阻害することにある。サタンは「妨害する者」を原義とする。ここから「豹」が悪魔の化身であることが知られる。

*9 「神が宇宙を創造したとき、太陽は牡羊座の中にあった」の意味。古代の人々は宇宙は春分の日（三月二十五日）に生まれたと信じていた。この時期、太陽は黄道において牡羊座に位置する。ここからダンテは読者に自身の旅が、太陽が牡羊座の中にある三月下旬から四月初旬にかけてのものだと告げている。

*10 「獅子 leone」が「頭をあげ」ている様子からも判るよう

に、ダンテが三大悪徳に数える《高慢》を象徴している。

*11 「雌狼 lupa」は、ダンテが三大悪徳に数える《貪欲》を象徴している。かくして三匹の獣が登場し、《悪の三位一体》を形づくる。悪魔はアンチ・キリストとして、神の《聖なる三位一体》を真似、それを転倒させる。この悪の三位一体は人を天国ではなく、地獄へと誘う。

*12 「平安なき（休みなき）獣 la bestia sanza pace」と、ここでも（この歌章全体でも）獣は三匹いるはずなのに、常に単数形 bestia で表わされている。実は、この獣は三匹独立して三方向からダンテの前に立ちはだかっているのではなく、「豹」から「獅子」、「獅子」から「雌狼」へと姿を変える変身獣だからである。このため、「平安なき（変容）」と言われている。三位一体の神が三つの顔を持ちながら、実体において一なる神であるのと同じように、悪の三位一体も三つの顔を持ちながら実体は一なる悪魔ルチーフェロである。悪は次々と姿を変える。例えば、高慢な気持ちから嫉妬が芽生え、嫉妬心がまた貪欲を刺激するように、悪徳は休みなく姿を変えて立ち現われる。

*13 「太陽の黙す」は、ダンテの好む共感覚比喩（sinestesia）。これは、ある感覚を説明するのに他の感覚を使って説明する技法（レトリック）である。太陽の光は視覚で捉えられるが、それを《沈黙》という聴覚で表わしている。「太陽の黙す場所」とは、太陽の光が射さない場所である「暗い森」を指す。

*14 ウェルギリウスは前七〇年に生まれ、前一九年に亡くなっている。すなわち、キリスト以前の人間であるため、異教徒として生き、死んだ。キリスト教教父たちが神を正しく崇めなかった異教を「沈黙の宗教」と呼んでいたことから、ウェルギリウスは長い間沈黙していたと言われている。しかし、重要なことはウェルギリウスの過去の沈黙——神に対する背信——ではなく、『神曲』の冒頭の歌章で彼の沈黙が破られた点に、一三〇〇年に及ぶ「長き沈黙 lungo silenzio」からウェルギリウスを呼び覚ました点にある。煉獄篇第三十歌でウェルギリウスは役目を終えてダンテの許を立ち去って行くが、その時も、別れを告げることなく沈黙のうちに消え去っていく。

*15 共感覚比喩。「沈黙」は聴覚に、「おぼろげに」は視覚に関するものだが、ダンテはこれを混ぜ合わせている。「太陽の黙す」に見るように、光のないことが沈黙で表わされるように、ここでも沈黙は光のないことにかけられている。すなわち、ウェルギリウスは異教徒として生前、神の光に背いたからであり、その結果、神の光に照らされていない。そのため、「おぼろげに fioco」と言われる。また、この「fioco」は音声に関して用いられる形容詞でもある。長き沈黙によって声はかすれてくぐもっており、偶像崇拝を批判することに口を閉ざし、真の神を称揚する声を持たなかった生前の咎を暗示している。

*16 登場人物のダンテが初めて発する言葉。ダンテは「助けてください」とイタリア語で言わないで、「哀れんでくださ

い」とラテン語で呼びかけている（『神曲』の中でダンテが発した最初の言葉がラテン語であるということも意味深い）。確かに、ラテン語は普遍的な言語であるため、見知らぬ人に話しかけるのに最も適した言葉と言える。面白いのはラテン詩人であるウェルギリウスがイタリア語を用い、イタリア俗語詩人のダンテがラテン語を用いて、両詩人が互いに言語を交換している点である。地獄篇の最初の歌章にラテン語が登場するように、地獄篇の最後の歌章の冒頭にもラテン語のフレーズが登場し、円環を構成している。

＊17 キリスト教では魂と肉体の両方を兼ね備えた存在を「人間」とみなす。ウェルギリウスは、今や死んで、肉体を持たない魂だけの存在となっているため、「人ではない」と言っている。ここでダンテの用いる表現、「影であろうと、ほんとうの人間であろうと（魂であれ、人であれ）od ombra od omo」をよく見ると、**od om - od om** と両者に共通の字母が重ね合わされていることが判る。このように文字の中に文字が下書きされているレトリックをヒュポグランマ *ὑπόγραμμα*（下書き）と言う。イタリア語では、om も omo もラテン語 *homo* と同じ「人間 uom」を表わす。それ故、両者に共通の字母が、人と魂の境界をぼかし、両者のどちらでも交換可能な要素を与えている。同じく、ウェルギリウスの答えにも興味深い事実が隠されている。大詩人は、ダンテの先の **od ombra - od omo** の表現に呼応すべく、同じように omo を使って「私は人ではないが、かつて人だった。**Non omo, omo** già fui」と答え、**od ombra - od omo** → non **omo - omo** と純粋なシンメトリックに転換している。このウェルギリウスの答えは、*Non homo, homo fui.* という純粋なラテン語と発音は同じである。つまり、ウェルギリウスは自身の話し言葉を次第次第に母語のラテン語から俗語（イタリア語）へと調節し、合わせているのである。加えて、ウェルギリウスはさらに「私の両親はロンバルディーアの出で」と答えているが、ここでもダンテが先に **ombra** の中に om を下書きしていたように、ウェルギリウスもそれに呼応すべく、「ロンバルディーアの出 **lombardi**」の中に、om を下書きし、ヒュポグランマを使って答えている。私たちには一見、何気ない会話に見えても、その水面下では、古代の大詩人と現代の大詩人が、詩人たちにしか解らない高度な表現で、言葉を交わしあっている。

＊18 「誇り高き」の原語 superbo は①高慢な、②誇り高い、③壮麗な、を同時に意味する。ここでは、②と③が表向きの意味だが、裏の意味として①が隠されている。トロイアは古代から高慢の代名詞とされてきた。トロイアの名前が第一歌で登場するのは、第一歌が高慢を扱っているからである。高慢の逸話としてとりわけ有名なのが、プリアモス王の父ラーオメドーン王のものである。彼はトロイアの城壁を築城するのにアポローン神とポセイドーン神に助けを乞いながら、約束の返礼をしなかった不届き者であり、怪物に囚われた娘をヘーラクレースに救ってもらった時も約束の馬を与えなかった。

神を神とも思わぬ不敬な高慢さがトロイア滅亡の遠因となる。

＊19「アエネーアース」と言わずに「アンキーセースの正しき息子」と迂言法を用いているのには理由がある。非常な美男子であったアンキーセースは女神ウェヌス（アプロディーテー）の寵愛を得て息子アエネーアースを授かったが、彼はこれを自慢して吹聴してしまった。神はこうした行為を人間の驕りとみなし、その思い上がりを罰する。アンキーセースは天罰を受けて片足を不自由にされ、跛行となる。アンキーセースは片足を引きながら歩く、《高慢の片足》の予型とされている。誇り高きイーリオンが陥落する時、この老人はその不自由な足のために息子アエネーアースの肩に担いでもらって逃げ出さねばならなかった。まさにアンキーセースは高慢の傷を負う者の代名詞であり、息子の手助けなしに逃げることができなかった。そして今、これと同じ構図がダンテにも訪れている。アンキーセース同様、旅の途上にあって《高慢の片足》に阻害されているダンテを救い出しにやって来てくれるのは、他ならぬ『アエネーイス』の作者ウェルギリウスである。ウェルギリウスが恩寵の松葉杖として支えてくれることでダンテは初めて進むことができる。

＊20 ウェルギリウスがここで語っているのは、今、目にしている「丘」のことではなく、煉獄の山である。

＊21「別の道」とは、地獄を通って煉獄へと進む道。

＊22 古代や中世では、諸々の悪徳は種々の動物によって寓意される。三大悪徳（貪欲・高慢・嫉妬）を象徴する三匹の獣は、他の悪徳と番って、諸悪を増やしていく。例えば、《貪婪な》雌狼は《自惚れ》と番い、《嫉妬》を産み落とす。番って生まれ来るものは新たな他の悪徳である。また、《嫉妬》と《高慢》は、《物質的所有欲》や《世俗的権力欲》——貪欲——と結び付いて、個人から社会、国家にまで悪をなす。

＊23「猟犬」は、悪を根源から絶つ存在を象徴しているが、具体的に誰を指しているか今も論じられている。100－105行の詩行はいわゆる預言の形式で語られており、元々、正確には理解できない性質のものであり、確実な答えを得ることは難しい。

＊24「フェルトロ feltro」は架空の地名であり、「錫（金銭）peltro」と韻を踏んでいる。

＊25「乙女カミッラ」は第四歌124にも登場する。異国のトロイアからやって来たアエネーアースに敵対したイタリア土着のルトゥリー人の王トゥルヌスの味方をしてアエネーアースの軍と戦った反トロイアの女性戦士。エトルーリア王アッルンスに討たれた。重要なことは、アエネーアースの敵であった彼女が第一歌で高く評価され、第四歌のリンボでは栄えある地位を得ている点である。これは次の、反トロイアのトゥルヌスにも当てはまる。ダンテは神の視点から評価するため、地上的な敵－味方の物差しに従わない。地上でこそアエネーアースの敵となったが、自分たちの自治と自由を守るために斃れたことにこそ彼女の本質があるとみなし、自由の擁護者として称揚されている。『神曲』の旅の目的の一つはこの自

由を、最高度の形で手にすることにあるからである。また、反トロイアのカミッラとトゥルヌスが対となり、トロイア側のエウリュアルスとニーススが対になり、交互に名が挙げられている。

＊26　アエネーアースの若き家臣。母思いの心優しいエウリュアルスは、美しさにおいてトロイアで比類なき若者であり、彼の無二の親友ニーススは武器を取っては比類なき勇者とされる。カミッラ、トゥルヌスを加えた四人とも、ローマ建国という神の摂理の中で自己を犠牲にし、自身はその光を見ることなく、後にやって来る者のために松明を掲げた者たちである。この点でウェルギリウスと重なり合う。

＊27　ダンテの「第五書簡」に「惨めなイタリア」と記されているように、『神曲』でもイタリアは一貫して惨めで悲惨な状態にある。例えば、「ああ、苦しみの棲家にして婢（はしため）のイタリアよ、大時化（しけ）に見舞われた船頭なき船よ、汝は諸国の女王ではなく、淫売に過ぎぬ！」（煉獄篇第六歌76－78）

＊28　地獄の底で身動きの取れない悪魔ルチーフェロは、自身の生ける分身としてこの三匹の獣を地上に解き放った。神が「万物の始原」（天国篇第一歌111）と言われるのに対し、アンチ・キリストである悪魔ルチーフェロは神を転倒した「最初の嫉妬」（地獄篇第一歌111）と呼ばれる。どちらも同じ第一歌の111行目に置かれ、鏡像関係にある。

＊29　死者はすでに一度死んでいるため、二度死ぬことはできない。地獄の魂たちは、その苦しみから逃れようと、甲斐なき第二の死を希うようになる。

＊30　地獄と煉獄はともに懲罰の場である。どちらも罪びとが罰せられ苦患に満ちている。両者の違いは希望の有無である。地獄に一切の希望はなく、いかなる救いの可能性も絶対的に存在しない。地獄の人々は永遠に苦しむ運命にある。地獄は矯正の場ではなく、懲罰の場だからである。一方、煉獄の懲罰は矯正を目的としている。従って、地獄が無期懲罰の場であるのに対し、煉獄は有期懲罰の場であり、いつの日か必ず懲罰は終わりを告げ、天国へ参入できる。従って、煉獄の懲罰は喜びでもある。なぜなら苦しめば苦しむほど、早く天国へ行けるからである。一方、地獄の苦しみは何の実りももたらさない。苦しんでも何もならない無益な苦しみであり、地獄の人々は苦しみの浪費者に過ぎない。

＊31　煉獄篇第九歌に登場する「煉獄の門」を指す。この門が救いの入り口であり、同時に天国の門を兼ねている。

＊32　ウェルギリウスの後に付き従うダンテという、『神曲』の旅のこの基本的なスタンスには幾つもの寓意が重ねられている。それは、理性や枢要徳を先頭として進む《感情》であり、古典詩人を範として従う《現代詩人》であり、冥界降りの先達に従う《後継者》でもある。

第一歌解説

第一歌は、『神曲』全体の序歌の役割を担っている。このため、第一歌には『神曲』の基本的な主題や『神曲』全体の数々のモチーフが極めて圧縮された形で織り込まれている。ここでは基本的な主題を幾つか簡単に列挙する。

まず冒頭で『神曲』の物語が、古典叙事詩の伝統に則って、人類史一三〇〇年の佳境（*in medias res*）、真ん中（六五〇〇年）に設定されている。これが奇しくも西暦一三〇〇年に当たることが第二十一歌112－124で、さらに、旅がその春分後の満月の日、すなわち、四月五日に始まることが、第二十歌127で指示されている（それぞれ、天国篇第九歌40と煉獄篇第二十三歌118－120で、もう一度読者の検算のために指示されている）。

一般の訳書や解説書（和書洋書を含め）ではこの冒頭句を「人生七十年の半ば、ダンテ三十五歳の時のこと」と、まことしやかに解説しているが、誤りでしかない。そもそも「人生七十年」という定式は西洋古典にも聖書にも存在しない。日本のように「人生五十年」というような伝統は西洋には存在しないのである。ダンテ自身も自作『饗宴』第四巻の中で完全な人生を八十一年としている。しかも、この彼岸の旅の時点でダンテは三十五歳でもない。ダンテは自身が一二六五年の五月末から六月初めに生まれたと述べている（天国篇第二十二歌112－117）ように、この旅の時点で彼は三十四歳であった。実際、ダンテ自身、第十五歌51で、自分が未だ三十五歳になっておらず、その手前であることを述べている。更に言えば、『神曲』は古典叙事詩に範を取っているが、古典叙事詩において作者が冒頭で自分について語ること——ましてや自分の年齢を述べること——は決してない。自身を古典の継承者と任じるダンテ（第四歌102）がこのような逸脱を行なうことはあり得ない。何よりもダンテ自身が『饗宴』第一巻第二章三で詩人は「自分自身について必要な理由なしに語るべきではない」と記している。自伝的な事柄を語らないのがダンテの基本原則であり、『神曲』という長大な詩において自分について触れた箇所はほんの僅かしかない。そのダンテが古典の正則を無視して、しかも冒頭で自分の年齢を語ることは不合理でしかない。読者にとってダンテが三十四歳であろうと三十六歳であろうとどうでもよいことだからである。だからこそダンテは自分の年齢に関して簡単に第十五歌で一言触れているだけなのである。

次に、『神曲』全体の主題が8行目に提示されている。この詩行を解り易く言い換えれば、悪の中で「見出した善きこと」を述べることに帰着する。悪の中に善を見出すことこそ、『神曲』の最大の主張である。過去の歴史同様、現世は悪に満ちている。しかし、この悪は善へと転化される前の状態に過ぎず、神の摂理によってやがて善へと変わるのを待っている。ダンテ自身、フィレンツェ追放という自身にとっての悪を経験したが、この不幸があったからこそ、彼は真の詩人に、神のメッセンジャー（預言者）になることができたのであり、自分が望んでやまなかった者になれた。このようにズームアップで人生を見れば、悪しきことの連続に思われようとも、神の視点であるロング・ショットで見れば、善となることが判る。この眺望を与えるために、地獄篇だけで終わらず、天国篇が用意されている。

　実際、第一歌の物語はこのプロセスを具体的に語っている。暗い森に恐怖してダンテは森を出る。闇を出ることは、一見、善きことに見える。そして森から出て恐怖が醒めてくることも善きこと（肯定的）のように見える。しかし、恐怖が醒めることは、ダンテに高慢な気持ちを起こさせ、否定的に働く。また、ダンテが光に照らされた丘に登ろうと高きを目指すことは善きこと（肯定的）のように見える。しかし、それは高慢の片足を意味し、その結果、豹を呼び出してしまう。これは悪しきことのように見える。しかし、ダンテは春という季節を前に恐怖が和らぐと豹をやり過ごそうという大胆な希望が湧き上がる。恐怖に打ち勝ち、希望を抱くことは善きこと（肯定的）に見える。しかし、その気持ちが獅子を、更には雌狼を呼び出し、進退窮まり、否定的に働く。そこで逃げ場のない恐怖にうち負かされる。これは悪しきこと（否定的）に見える。しかし、この怖れの結果、ダンテに初めて遜（へりくだ）りの心が生まれ、ウェルギリウスが助けにやって来てくれる。これは善きこと（肯定）以外の何ものでもない。まさしく、自分にとって悪しきものと思えたもの、否定的に見えたものが結局は善を呼び出してくれている。

　不幸や逆境を一方的に悪の枢軸と決めつけ否定している限り、人は世界の半分しか理解できない。物事には両面の価値があり、人生を裏と表という両面から見ることを学ばなければならない。『神曲』は回心の物語であり、すべてが転換し、表が裏に、裏が表に変わるプロセスを扱っている。悪は善へと転化し、見かけの善は悪へと真の姿を顕わにする。過度の希望は高慢であり、安堵は高慢の芽生えに他ならない。逆に、恐怖は善への芽生え、遜りの始まりとなる。今までのすべての価値は逆転し、今までの生き方は一八〇度転換する（これが回心の意味）。そして、人生の一齣一齣にはすべて意味があり、悪しきことと思われたものに、善という神の配慮、恩寵が隠されていることに気づく旅、それが『神曲』の旅に他ならない。ウェルギリウスは、この新しい理解をダンテに吹き込むために遣わされたのであり、その恩寵の力は『神曲』全体を貫き浸透している。人生は二重の意味を帯び、新たな価値をダンテに告げることになる。

　第一歌には高慢のモチーフが張り巡らされている。まずダンテは高慢の傷を負った跛行者として登場する。高慢者は上を目指そうとする。案の定、ダンテも光に照らされた丘を目指す。これはキリスト教教父の伝統において悪魔の罠とされてきたモチーフである。ダンテが目指すべきは光そのもの（神という光源）であるべきなのに、光に照らされた丘という間接光を目指しているからである。すなわち、人は自分の中を照らさずして、自分の外に照らされたものを追い求める。その結果、三匹の獣に囚われることになる。光に照らされた丘の登攀は内なる光ではなく、外なる光の探索に他ならない。人が見つめるべきは外ではなく、内側であり、そこに神（の光）が宿っている。また、光に照らされた丘を目指すダンテは、神の象徴である太陽を背にしていることを暗に示している。太陽に背を向ける背教こそ第二十六歌で断罪されるオデュッセウスの生き方そのものに他ならない（117行目でオデュッセウスは「太陽を背にして」ヘーラクレースの柱を越える）。ダンテは『神曲』の旅路において煉獄の地上楽園に至ってついに太陽を直視できるようになり、天国篇の最後では神の光そのものを直視するに至る。『神曲』の旅は太陽の間接光から直接光へ、最後に神光そのものへの直視へと進んでいく。高慢のモチーフはアンキーセースやトロイアという語の中にも込められている。このように『神曲』では一語一語にすべて意味があり、その語の背景までもが『神曲』の物語の欠かせない要素として『神曲』を理解する一助として働く構成になっている。

最後に、豹lonza→獅子leone→雌狼lupaと変容する三匹の獣（実体は一なる悪）に説明を加えておこう。三匹の獣のどれもが共通の頭文字《l（エル）》を共有している。ダンテが豹を意味する一般的な単語pardusを使わず、フィレンツェ方言のlonzaを採用したのは、このためである。獣が変身する様が、文字においても写し取られている。このl（エル）が変身の出発点となって三様（嫉妬→高慢→貪欲）に変容する。このLは不変幹のように働いており、本質的に悪であり、外観だけが変身することを表わしている。なぜLが用いられるかと言えば、天国篇第二十六歌133－138で明かされるように、神のことをL（エル）と呼びならわすからである。L（エル）がヘブライ語における神の最初の名前であることは、教父哲学の伝統の中で証言されているが、ルチーフェロ（Lucifero）の頭文字もまたLである。これは、大文字のLを変身の起点とし、様々に姿を変えながらもその本性は常に悪であるルチーフェロに起因することを示している。しかも、驚くべきことは、この悪を封印すべく登場することになる救済者ヴェルトロ（猟犬）が、ルチーフェロと悪の化身である変身獣と正対照をなしている点である。「Veltroと韻を踏む言葉の中にlonza, leone, lupaを一つに結び付けるものとちょうど正反対の現象が見出される」（ゴルニ）。lonza, leone, lupaが頭文字を基軸（不変幹）として共有し、onza→eone→upaと変化していくように、Veltro, Peltro, Feltroは語尾eltroを基軸（不変幹）として共有し、V→P→Fと変化している。悪が嫉妬→高慢→貪欲と変身していくのに対して、神は父→子→聖霊として発現する。正義の三位一体が悪において転倒されている様が文字に写し取られているのである。正義の使者ヴェルトロに敵対するものは三匹の獣（アンチ・クリスト）であり、ヴェルトロを逆転させたものが悪の三位一体である三匹の獣に他ならない。

また、三匹の獣における悪の変容は、第二歌に登場するマリア、ルチーア、ベアトリーチェという三人の至福の女性の善の変容と対照をなしている。悪の変容は、共歓共苦が惜しみなさへ、更には慈悲へと変化してゆくのと正反対のプロセスであり、祈りが満ちて信仰を生み、信仰が結実して愛が生まれてゆくのとは逆の変化であり、慈悲の心が奉仕の心を育て、奉仕の心が平和を生みだすのとは逆のプロセスである。悪も善も、正と負の循環において変容していく。地上の三匹の獣は天上の三人の女性と対置されることでその本性が明確化される。同じく、天国篇第三十三歌に登場する神の《一なる善の三つの円》は地獄篇第三十四歌に登場するルチーフェロの《一なる悪の三つの顔》と正対照をなしている。『神曲』は全体との関係において極めて有機的に構成されており、これこそが『神曲』を空前絶後の作品にしているものである。

第二歌

旅の停止

一三〇〇年四月五日（火曜日）午後〜夕方
最後に暗い森へと分け入っていく。

日は暮れようとしていた。鳶(とび)いろの空気が
地上の生きものたちを、そのつらい営みから
解放するころ、私だけはただひとり、
　苦しみと憐憫との戦い*1に
臨もうとしていたのを
誤ることない記憶のままに話してみよう。
　おおムーサ*2たちよ、おお高き詩才よ、今こそわれを助け給え。
おお、わが見しことを書きとめてきた記憶よ、
ここに、汝の貴き力*3を見せよ。
　私は言った。「私を導いてくださる詩人よ、
私をこの困難な旅にゆだねるまえに
それだけの力が私にあるかどうか、たしかめてください。
　あなたはシルウィウスの父［アエネーアース］が
まだ土にもどる前に、生き身のまま不滅の国［冥界］に

行ったと（『アエネーイス』の中で）語っておいでです。
　ですから、あらゆる悪の敵であるお方［神］が
彼［アエネーアース］にこれほど優しくされたとしても、彼にさかのぼる
偉大な成果［ローマ帝国］と彼の人となりやその徳[*4]を考えれば
　それは、理性ある人間にはふさわしいと思えます。
彼は至高天において［神によって］気高いローマと
その帝国の父親に選ばれたのですから。
　ローマとその帝国こそは、真実をいうと、
至高のペトロ［第一の使徒］の後継者［教皇］が君臨する
聖なる場所に定められました。
　あなたは（『アエネーイス』の中で）冥界の旅の誉れを彼に
お与えになっていますが、彼はこの旅を通して何が（未来における）
自身の勝利[*5]と教皇の権威の原因（もと）[*6]となるかを学びました。
　次いで、選ばれし器[*7]［聖パウロ］もそこに赴きました。
救いの道の原初となるべき
かの信仰の支えをそこから持ち帰るために。
　しかし、どうして私が行かねばならぬのでしょうか。誰が私にそれを
許すでしょうか。アエネーアースでもなく、パウロでもない私が。
私とても、他の人も、私にそれができるとは考えません。
　それゆえ、もし私が行くのを止めなかったとしたら

それは狂気の沙汰でありましょう。
あなたは慧（さと）く、私の危惧もよくお解りと存じます」
　一度望んだことをもはや望まず、
新しい考えのために考えを変え、
始めたことをすっかり翻（ひるがえ）す人のように
　私もあの暗い山の麓にあって考えなおしたのだった。
というのも、思いあぐねた揚句（あげく）に、あれほどはやる気持ちで
始めようとしていた企てを思い切ることにしたからである。*8
「もしおまえの言うことを私がよく理解したなら」
と、その偉大なる精神*9［ウェルギリウス］は答えた。
「おまえのたましいは卑小さにとりつかれている。
　人はしばしばこれにさえぎられて、
ほまれある事業から身を退ける、
けだもの［馬］がありもしない影を目にして立ちすくむように。
　この恐れからおまえが解き放たれるよう
おまえに話しておこう、私がなぜここにやって来たか、そして
何を聞いて、おまえを初めて哀れと思ったかを。
　私が中間状態に置かれた*10［リンボの］者たちの間にいた時、
貴き女性［ベアトリーチェ］に呼ばれた。美と至福に溢れ出るその姿を目にするなり、
私は、何なりと言いつけくださるよう、申し出ずにはいられなかった。

その両の眼は星よりもかがやき、[*11]
慎ましく甘美に、[*12]
天使のような声[*13]で私にお話しかけになった。
『おお、惜しみなきマントヴァのたましい［ウェルギリウス］よ、
あなたの名声はいまも世界に残っていますが、
いつまでも消えることはないでしょう。
　幸運の友ではなく、私の友[*14]が
荒れはてた野で、道を阻まれるあまり
恐怖にかられて逃げ出そうとしているのです。[*15]
　そして彼について天で私が聞いたかぎりでは
もうすっかり迷い込んでしまっているために
私が助けに腰をあげるのが遅すぎた[*16]のではないかと危ぶんでいます。
　さあ進んで、あなたの立派な言葉と
彼を救うに必要な手だてをつくして、
彼を助けてやっていただけますまいか。私はほっとするでしょう。
　こう言ってあなたを送り出す私はベアトリーチェ。
ふたたび戻りたいと願う場所［天国］から参りました。
愛に動かされ、だまってはいられなかったのです。
　わが主のみまえに参じたときは
あなたのことをしばしば主に讃(ほ)めて話しましょう[*17]』

こう言いおわって彼女は口をつぐんだので、私はこう言った。
『おお、徳に満ちた高貴な女性（かた）よ、あなたの徳によってのみ
人間は、最も小さな円を描くあの天［月星天］が
その内に包むすべてのもの［地上のすべて］に優るのですから、
　あなたの御命令ほど私に嬉しいものはありません。
すぐにこれを行なってもおそく思われるほどです。
御要望をお口にされるだけで私には充分です。[*18]
　しかしどうして、あなたが戻りたいとお望みの
広きところ［至高天］から、（宇宙の）中心であるこの低きところ［地獄］に
お出でになったのか、わけを教えていただけますまいか』
『それほどにあなたが知りたいのなら
かいつまんでお話ししましょう』そう彼女は答えた。
『どうして私がここに来るのを恐れないのか。
　人が怖がるのは、
自分を傷つけるものがあるからです。
その他のことは、ひとつとして恐ろしいことはありません。
　私は神につくられ、おかげで
あなた方の哀れさは、私になんの影響もあたえず、
この業火の炎も私に触れることはありませぬ。[*19]
天においでのやさしき女性（にょしょう）［マリア］は、私がいま

あなたを送り出す先のこの障害［三匹の獣］に心を痛め
96 きついお裁きを破棄しようとしておいでです。[20]
　そしてルチーア[21]をおそばに呼ばれ、こう仰せになりました。
『あなたに変わらぬ信心を捧げる者[22]［ダンテ］がいま、あなたを
99 必要としています。それゆえ、彼のことをよろしくお頼みしますよ』
　あらゆる残酷さの敵[23]であるルチーアは
すぐに進み出て、私のいるところまで来られたのです。
102 私は旧約のラケル[24]とともにすわっていましたが、
　ルチーアはこう申されました。『ベアトリーチェよ、神の真の讃美よ、[25]
あなたをあれほど愛し、あなたのために俗の群れから出でた
105 あの人［ダンテ］を、なぜ助けに駆けつけないのですか。
　彼の泣き叫ぶ苦しい声があなたには聞こえませんか。
海さえも打ち勝つことのできぬ
108 あの大河[26]のそばで彼を襲う（精神の）死が見えませんか』
　かつてこの世に、自分の利益を求むるに敏な者も、
自身の災いを避けるに疾く者も、この言葉を聞いた私ほど
111 速やかな者はいませんでした。
　それを耳にした人たちの誇りでもある
あなたの気高い言葉を心から信じて、
114 私は天の至福の座からこちらに降りてきました』

　私にこう言って
涙に光るその眼[*27]を私に向けられたので
私は急いでやって来た。
　こうしてかの女性の望みどおり、おまえのところにやって来た。
そして、美しき山への近道を妨げる
あの猛獣からおまえを救い出したのだ。
　さて、どうして、どうしておまえは迷うのか。
どうしてそれほどにひるむ心をはぐくむのか。
どうして勇気と自信を持たぬのか。[*28]
　みたりの福なる女性［マリア、ルチーア、ベアトリーチェ］が
天の宮廷[*29]でおまえを見守り
私の言葉もこれほど大きな希望をおまえに約束しているというのに」
　夜の冷気にうなだれ、花びらを
閉じてしまったけなげな花たちが、太陽に照らされると
すっくと茎をのばしていっせいに花開くように、
　私の萎れていた力も、まっすぐに伸び上がり
みなぎる勇気が溢れんばかりに入り込んで来た。
(一切の懸念から)解き放たれた人のように私は言った。
「ああ、私に駆けつけてくださった慈しみ深い人［ベアトリーチェ］よ。
そして、惜しみなき方［ウェルギリウス］よ、あなたも

135 あなたに向けられた真実の言葉にすぐさま従ってくださった。
　あなたが、その言葉で、私の心に行きたいという
思いを吹き込んでくださったおかげで、
138 私は最初の志に立ち返ることができました。
　さあ、前進しましょう、意思は二人で一つです。
あなたこそ真の導き手、あなたこそわが主、わが師です」
141 こう私は彼に言うと、彼は進みはじめ、
142 　私は深く険しい森の道に踏み込んだ。

第二歌注釈

*1　地獄の悲惨を体現する人々を目にするにあたり、ダンテが心しなければならないことは、表面の悲惨さに目を奪われ、憐憫の情に流され、その罪の原因を客観的に見極めることができなくなることである。その結果、神の正義そのものに疑念を抱くようになる。こうした心の弱さに打ち勝たなければ、地獄降りを行なうことはできない。ダンテの旅を通じての責務は同情することではなく、その悲惨を見極めることにある。

*2　「ムーサ」は詩の女神であり、詩的霊感を象徴している。従って、地獄降りとは自分の心の弱さとの戦いでもある。

*3　ダンテにおいて、高貴さは完全さと同義である。従って、「汝の力を完全に示せ」の意味となる。

*4　アエネーアースの持つ人物性・人格の結果がローマ帝国の徳（正義と法）となったのであり、彼の敬虔な性格が後のローマに投影され、帝国の徳を条件づけたという意味。

*5　『アエネーイス』第六巻でアエネーアースは冥界に降り、父アンキーセースの霊と再会する。父からイタリアの土着の民ルトゥリー人のトゥルヌス王（第一歌108〈107〉）との戦いに打ち勝つ方策を伝授される。

*6　アエネーアースが勝利を収めたのち、ローマが建国され、さらにはローマ教会（教皇庁）が据えられることになる。

*7　使徒パウロは伝統的に「選ばれし器」と呼ばれる。「すると、主は言われた。『あの者はイスラエル諸国とその王や子らに私の名前を伝えるために、私が選んだ器（*vas electionis*）である。私の名のためにどんなに苦しまなくてはならないかを、私は彼に示そう』」（「使徒言行録」九：一五－一六）。パウロは自身の書簡の中で自分が天界を訪れたことを、「自分」とは言わず、第三者の「知り合い」という形で披瀝している。「私はキリストに結ばれた一人の人［実は、自分のこと］を知っていますが、その人は十四年前、第三の天にまで引き上げられたのです。身体のままか、身体を離れてかは知りません。神がご存じです。私はそのような人を知っています（中略）。彼は天国にまで連れ去られ、人が口にするのを許されない、言い表わし得ない言葉を耳にしたのです」（「コリントスの信徒への第二の手紙」十二：二－四）

*8　望んでいたことを望まなくなったと、ダンテは自分の心変わりを告げているが、これは「望まれることすべてが可能となるところの思し召しなのだ」（第三歌95－96）と対照をなしている。「望まれることすべてが可能となるところ」とは天のことであり、「天で神はこのようにお望みになっている」を意味している。天と言えば簡単なところを、このような回りくどい迂言法を用いているのは天の特質を際立たせるためである。天と地上では決定的な違いがある。天では思考のスピードで現実が創造されるのに対して、地上では思考が現実化するまでに多大の時間を要する。このため地上では思考と現実化には大きなタイムラグが生じる。天上で神が望めば、すべて現実となるため、願望と意志（行為）が一致して

いる。一方、人間はタイムラグの間に考えを変える。その結果、願望は現実化しそこなう。このことを踏まえて、ダンテは「始めようとしていた企てを思い切ることにした」（かつて望んでいたことを望まなくなった）と、天上と対照的な地上の思考を際立たせている。願望と意志（行為）が一致しないところが地上と天上の最大の違いである。

＊9　ウェルギリウスは「偉大なる精神」と呼ばれるが、次に、旅人ダンテは卑小な魂と呼ばれ、両者は対照的に示されている。「偉大なる精神」とは、他の者であれ、自分であれ、愛であれ、憐れみであれ、それらを受け容れる器（度量）が大きいことを意味する。従ってウェルギリウスが、自己や他者、苦難や運命を従容として受け容れる勇気ある人であるのに対し、卑小なダンテは、他を受け容れるにも、自分を受け容れるにも心の器が小さいため、小心、臆病、怯懦（きょうだ）に囚われ、自分に自信がなく、自分を評価することも信頼することもできない。

＊10　ウェルギリウスは地獄第一圏のリンボ（第四歌）という、喜びもなければ悲しみもない中間状態の場所にいる。

＊11　眼差しに対する関心はシチリア派以来の伝統であり、清新体派が受け継いだ特徴である。清新体派の詩人であったダンテはその成果を『神曲』で見せている（とりわけ第五歌）。古典文学は「眼」にこれほどの関心を寄せたことはない。また、『神曲』ほど「眼」に意識を集中させた作品もない。実際、『神曲』の中で最も多用される名詞は「眼」である。ダンテはベアトリーチェの美を表わすのに、人体の最も高貴な器官であり、人間の精神が最もよく映し出される「眼」の輝きを通して表現する。

＊12「なぜなら神聖な言葉は甘美にして平易だからである」（ベンヴェヌート）。キリスト教的な遜り（へりくだり）と慈愛は、平明な（慎ましい）言葉に体現される。平明な *planus* 言葉は、誰にも理解できる解りやすい言語であり、これは古典理論では、三文体の中で最も低い下層の言語とみなされてきた。これに対して、イエスが努めて用いるのは、アリストテレースのような難解な哲学言語ではなく、平明な慎ましい言語である。このため、ベアトリーチェも「慎ましく」語る。

＊13「天使のような声」と言われても、誰も天使の声を聞いたことはない。それ故、ベアトリーチェの声を天使に比喩するのは、言いようもなく完璧な美しさを想像力に訴えるための修辞である。ベアトリーチェがどのような話し方をしたのか気になったボッカッチョは「ベアトリーチェはトスカーナ方言で話している」と注解している。これに対して、元フィレンツェ大学のマッツォーニ教授はにべもなく「馬鹿げた注であり、天使のような話し方と解した方が良い」と記している。

＊14「私を束の間の儚い外見で愛するのではなく、私そのものを私心のない無償の愛で愛する者」の意味。すなわち「私の徳ゆえに私を精神的に愛するのであり、そこから（肉体的な）見返りを得ようとして愛しているわけではない真の友」を意味する。

＊15　第一歌で登場した三匹の獣に行く手を阻まれている旅人ダンテの様子が示されている。

＊16　ダンテの堕落が余りに大きく、もはや手遅れでないかと危ぶまれる主題は煉獄篇の地上楽園で再度言及される（煉獄篇第三十歌121－141）。実は、ダンテの地獄降りはダンテを救う最終手段であり、この時点でダンテを救うには遅すぎたかも知れないと思われるほど切迫した状況にある。96行目で暗示されているように、堕落したダンテにはすでに死後の地獄行きの判決が下っているからである。天上にいるベアトリーチェは神の鏡を見ることで過去・現在・未来を知ることができる。そこに映じるダンテの未来は地獄堕ちの姿に他ならない。このまま何も変わらなければ、ダンテは地獄に堕ちるため、ベアトリーチェはウェルギリウスにダンテを救ってくれるよう懇願する。

＊17　ベアトリーチェは神にウェルギリウスのすばらしさを讃えると言っているが、ここで読者が知っておくべきことは、彼女がたとえ神にウェルギリウスの素晴らしさを報告したとしても、ウェルギリウスが何か報奨――今いるリンボから例外的に天に返り咲くとか――を得られるわけではないということである。81行目で明かされるように、ウェルギリウスは称賛さえ必要ないと言っている。一切の見返りを求めないウェルギリウスにとって神の命令に従うことそれ自体が何よりも喜びなのであり、それだけで彼の心を満たすに足る。だからこそ「惜しみなきマントヴァのたましいよ」（58行）と呼びかけられている。『神曲』を読み進めていくと次第に明らかになっていくが、ダンテを助け導いていくこの無償の奉仕もウェルギリウス自身にとっては喜ばしい学びの旅となっている。ダンテを案内することで彼の知識も豊かになり、彼が抱いていた誤りが補正され、今まで知らなかったことを学ぶ唯一無二の旅となるからである。教師は教えることによって学ぶ。これこそがウェルギリウスにとって最大の報奨となる。

＊18　ダンテは、至高の存在の意志に自己の行動を合わせ、服す場合においてのみ、人は真の意味で自由であるとみなす（煉獄篇第十六歌79－81）。つまり、それこそが自由意志の最高の用い方である、と。この詩行は「ユーノーの言葉に答えてアエオルスは言った、『おお女王よ、あなたのお仕事は、あなたがお望みになることをお試しになること。私には、そのご命令を実行することが聖なる務めなのです』（『アエネーイス』第一巻七六－七七）を典拠としている。

＊19「あなた方の哀れさ（悲惨）」とは地獄の囚人の不幸な状態を指す。天の至福者たちは悪に侵されることはなく、地獄の悲惨に心動かされたり、憐憫を感じたりすることもない。このため彼らは恐れることがない。天の至福者が地獄の悲惨に同情することがないのは、神の判決を完全に正しいものとして理解しているからである（地上の人間の目にいかに悲惨に映ろうとも、神の眼から見れば、それは正義の顕れに他ならない）。

＊20「きついお裁き」とは、ダンテに対する神の峻厳な判決を

指す。「きつい」と言われるのは、ダンテが未来において地獄に堕ちる判決を神が下しているからである。それを天上のマリアは、破棄しようとしている。これは『神曲』全体にこだまする重大な一文である。マリアは神の一番近くにあって、神がダンテに下す未来の判決を知っている。神の眼には過去・現在・未来のすべてが映っている。未来で地獄にあえぐダンテの姿を目にしたマリアは憐れみを覚え、ダンテの未来を変えてやろうとする。現在を変えることで、未来が変わり、その結果、神の判決も変わる。実は、『神曲』の彼岸の旅を企てたのはマリアであり、偏にダンテの未来を変えるために他ならない。『神曲』を一言で言い表わせば、自身の（引いては人類の）未来を変える旅である。『神曲』の旅は極めてSF的であり、現代的である。キリスト教では、生きている限り、希望があるとされる。天の至福者は、地獄の死者には憐れみを覚えないが、地上の生者に対してはこのように憐れみを覚え、日夜、彼らをなんとか救い出そうと天上で粉骨砕身している。それを知らないのは生者だけである。

＊21　三〇四年に死去したシラクーザの殉教者。『神曲』に登場する聖女の中で唯一聖書に登場しない女性である。ルチーアは、ヤコブス・デ・ウォラギネによる聖人伝『黄金伝説』で語られているように、最初の志を絶対に曲げることのない志操堅固の象徴とされる。

＊22　ダンテがなぜルチーアに特別の信心を抱いていたかは、今も判っていない。ダンテが勉学のために眼を酷使したため、眼の庇護者であるルチーアに特別の信仰を有していたと、まことしやかに説明されることがあるが、まったくの誤りでしかない。ルチーアが眼の守護者とされるようになるのは、ダンテの死後の十四世紀中葉からであり、ダンテの時代にそのような信仰は存在しなかった。ルチーアに関する眼の図像もすべてダンテの死後の時代のものである（実際、ルチーアの目にまつわる話――自分の眼をえぐり出す話――は元の伝説にはなく、海外からやって来たものであり、ダンテの時代のいかなる版にも見出せないものである）。個人的な信仰として推測できる仮説はフィレンツェの聖ルチーアの祝祭日が五月三十日であったことから、この日がダンテの誕生日であったからではないかというものである。

＊23　「ルチーアは不当な苦しみを被って殉教した女性としてあらゆる残酷さを憎む」（トンマゼーオ）のであろう。「残酷さの敵」とは寛容のことであり、中世キリスト教では残酷さの反意語は寛容、情け深さとされていたことから、ルチーアは寛容、情け深さの化身であるとダンテは定義している。かくして、慈悲深き三人の女性――マリア、ルチーア、ベアトリーチェ――が一つのリンクに結ばれることになる。

＊24　ラケルはヤコブの妻であり、中世では観想的生活の象徴とみなされた。「エレミア書」に「ラケルは自分の息子たちゆえに泣いている」（三一：一五）とあるように、追放された息子たちのために泣くラケルに対する暗示はダンテに対するベアトリーチェの態度と二重写しになっている。つまり、

ダンテは追放された息子同然に映っているのである。

＊25「ベアトリーチェの完全さは、それ自体が神への賛美であり、彼女の存在は他の者に神を賛美するよう誘っている」（イングレーゼ）

＊26 そもそも地球上に「海さえも打ち勝つことのできぬあの大河」は存在しない。川はどれほど大きかろうが海より小さい。従って、これは現実の川ではなく、比喩的次元のものである。「海さえも打ち勝つことのできぬあの大河」は一つしかない。それは煩悩の渦巻く現世である。中世では現世は川に喩えられる。「この世の煩悩は川に喩えられる。なぜなら、それは絶えず流れ、安定せず、過ぎ去るからであり、また、下方へ流れる水のように、常に最低のものを求めるからであり、そしてそれを追い求める者を不安定にし、無に帰してしまうからである」（サン・ヴィクトールのフーゴー［一〇九六頃－一一四一］）『ノアの道徳的方舟 *De arca Noe morali*』I, 6）

＊27 星よりも光りきらめいていたベアトリーチェの眼は、涙によってさらに輝きを増している。「この涙がベアトリーチェのウェルギリウスに対する最後の言葉となる」（キメンツ）。ベアトリーチェに対する描写は「その両の眼は星よりもかがやき」（55行）で始まり、同じく、「涙に光るその眼」（116行）で終わる。この点でもまた円環をなしている。イタリア語では、眼（le luci）は光であると同時に星を意味する。星は人間の最終目的地である。それゆえ、ダンテにとっての最終目的地は、亡きベアトリーチェの「眼」でもある。この始まりの眼と終わりの眼の間に61行が費やされており、ベアトリーチェのゲマトリア数となっている。ゲマトリアとはアルファベットのjとwを除くaからzまでを数字の1から24に当てはめて足していき、人名や単語を数字に置き換える数値等価法。ベアトリーチェBeatriceのゲマトリア数は61（＝2＋5＋1＋19＋17＋9＋3＋5）となる。（拙著『ダンテ「神曲」における数的構成』慶應義塾大学出版、二〇一六年、参照）

＊28 四つの「どうして perché」でダンテは責め立てられ、出口をふさがれる。「どうして小心さを好き好んで養っているのか、それが結局自分自身で創り上げるおまえ自身の壁なのだぞ」とウェルギリウスは言っている。ためらい、ぐずぐずしているのは自分に自信がないからであり、そうした恐れからダンテを自由にし、自己に対する新しい理解をもたらすこと、これがウェルギリウスの最初の役目である。

＊29 天国は中世的なイメージの中で神を王（皇帝）とする「天の宮廷 la corte del cielo」になぞらえられる。また corte には法廷の意味があり、天国は同時に正義の法廷でもある。この神の裁判所で三人の女性たちは神の裁きに対して、ダンテの擁護を行なう言わば弁護士の役を担っている。

第二歌解説

第一歌と第二歌は、同じような場面で終わっている。第二歌は「休止の歌章」とも呼ばれ、旅人ダンテの歩みは停止し、進んでいない。このため、ベネデット・クローチェはこの第二歌を不要な歌章とみなしたが、それは文学を知らない者の臆見に過ぎない。確かに、二流の作家ならば、第一歌で旅が始まり、第二歌で地獄の入口にたどりつく筋立てにするところだが、ここでいったん旅を停止させたところにダンテの詩人としての独創性、作家としての人間洞察の深さがある。この停止により第二歌は地獄篇の中でも文学的に最も素晴らしい歌章の一つとなっている。次にその理由を説明しながら、第二歌の主要なテーマを少しだけ垣間見てみよう。

第一歌でダンテは三匹の変身獣（本質的には一匹）に襲われ、進退窮まる。これは外からやって来る障害であり、悪魔的な力に進行を妨げられる。ダンテはこれをかわして暗い森の中に分け入って行くが、暗い森はまたダンテの内面の世界（潜在意識）を象徴している。己の心の奥底を覗いてみれば、そこには自己不信と迷妄状態にある自分を見い出すばかりである。このため、ダンテは旅を行なう勇気を失い、志を翻し、アエネーアースのような英雄でもなければ、パウロのような聖人でもない自分にはこの旅は無理ですと言って、最初の企図を放擲しようとする。今度は、障害は外からではなく、内からやって来る。すなわち、自分自身こそが最大の敵となっているのである。ダンテが直面している壁は自分が創り出した心の壁であり、これこそが真の最大の障害に他ならない。しかも、その障害は、自分の心の影であるため、自分で取り除く他いかなる手立てもない。ここにダンテの深い人間省察を見出すことができる。

また文学的にも優れている。というのも、このテーマは「出エジプト記」を下敷きにして、内面のドラマに書き換えたものだからである。モーセはイスラエルの民を従えて、エジプトを脱出するが、このとき彼らを追ってやって来る障害はエジプト軍であった。この外なる障害を乗り越えた後、四十年もの放浪の苦しみが待っている。その間、彼らはすぐに約束のカナンの地に着いたであろうか。そうではない。彼らを次に襲ったのは、自分たち自身の不信に他ならなかった。今度は、内から障害がやって来るのである。ダンテが旅を遂行する自信のないことを導者ウェルギリウスに吐露して、旅を断念しようとするのと同じように、彼らも辛く困難な旅を前にして導者であるモーセに不平をかこつ。荒れ野を彷徨うくらいなら、エジプトに留まった方がよかったとまで口にする。カナンの地の敵は彼らには巨人に映る。彼らはおびえて、新たなリーダーを立ててエジプトに引き返そうとまでする。本当に難しいのは善きことを思い立つことではなく、それを成し遂げることだというメッセージをダンテは読者に発している。外なる障害よりも内なる障害こそ（すなわち、自分自身に打ち勝つことこそ）が、最も難しい。だからこそ、第二歌で志操堅固な女性ルチーアが呼び出されている。彼女は、ダンテがいかに怯懦で、脆弱かを浮き彫りにし、ダンテが見本とすべき女性を示している。

ここから『神曲』の旅による真の成就が何であるかが顔を見せてくる。それは単に悪魔的な力を避けて、救いの道をスイスイと進んでいくことではない。この旅を通して、艱難辛苦を経ることで自身を定義していくことこそ、この旅の真の成就だとダンテは知るのである。このため、この第二歌ではすべての名辞が定義されている。一例として、人物の定義の仕方を見てみよう。

ウェルギリウスは「中間状態」（リンボ）の仲間に属すると同時に「惜しみなき」者、「偉大なる精神」として、またベアトリーチェは「徳に満ちた高貴な女性（かた）」、「神の真の讃美」として定義され、しかもベアトリーチェは「あなた方の哀れさは、私になんの影響もあたえず、この業火の炎も私に触れることはありませぬ」、と否定形によって自己紹介している。さらには「かつてこの世に」「この言葉を聞いた私ほど速やかな者はいません」と、自身の愛情を行為の即時性によって否定形で定義している。アエネーアースは「至高天において気高いローマとその帝国の父親に選ばれた」者として、また（最初のローマ人である）シルウィウスの父（ローマ建国の祖）として、パウロは「選ばれし器」として定義される。神は「あらゆる悪の敵であるお方」であり、悪と対立する。ルチーアは「あらゆる残酷さの敵」であり、残酷さと対立している。実際、これほど多くの自己定義を含む歌章は『神曲』のどの歌章にも存在しない。

ダンテ自身もここではベアトリーチェの友であり、幸運の女神（見返りを期待して）の友ではないと、またベアトリーチェの愛のおかげで、俗衆から出た者として規定されている。しかし、ダンテは外から——ベアトリーチェという他者からの言葉によって——ではなく、自分自身で自分を内から定義する必要がある。畏れや不安、これらがダンテの真の敵であり、これらを捨て去らなければならない。言い換えれば、誰しも自己を閉じこめる龍と対決し、自己に対立するものと戦わなければならない。なぜなら、それによって自分自身になるためである。それ故、「戦い la guerra」（4行）とは、それによって自己になるための戦いに他ならない。これが『神曲』における最初の戦いであり、自分自身を定義する旅こそが『神曲』の旅のモチーフの一つでもある。

このときのダンテの定義の仕方も示唆に富む。多くが対立概念によって規定されているからである。神を定義するとき、それは《神でないもの》によって（否定形で）初めて定義される。ルチーアがどのような女性か、彼女を定義するとき、彼女は《彼女でないもの》によって初めて定義される。例えば、寛容さを体験するためには、寛容とは何かを知る必要がある。そこで魂は、《寛容》は《寛容でないところ》にしか存在しないことに気づく。残酷な世界、無慈悲な人々に囲まれて初めて寛容な人に気づき、寛容な行為とはどのようなものかが判るのと同じである。それゆえ、ルチーアは「あらゆる残酷さの敵」、すなわちすべての残忍さを憎み、対立すると表現される。魂が愛を経験するためには、愛とはどのようなものかを知らなければならない。そこで魂は、《愛》は《愛がないところ》でしか体験できないことに気づく。愛のない人々に囲まれているとき、愛のある人に出会えば、愛のある人とはどのようなものかが判る。

人は自分ではないものと対峙することによってしか、自己を知り、自己を確立することができない。社会にこれだけ多くの悪が蔓延し、神がこの世を薔薇色の世界に染め上げなかったのは、その逆の価値を体験させるためである。もし世界中から悪がなくなり、幸せに満ち、善人しかいなくなれば、われわれは善そのものも幸せも体験できなくなる。自分でないものがなければ、自分が何者であるかも体験できない。このため、ダンテは《神》とは言わないで、「あらゆる悪の敵」と表現し、ルチーアを《寛容な女性》と言わないで、「あらゆる残酷さの敵」と表現した。第二歌において最も多く《対立概念による事物規定》が見られるのは、まさにこのためである。われわれに起きる出来事のすべては自分が何者であるかを決定するために生じている。出来事のすべては、自分は何者かを決定し、その自分になるための機会を与えてくれるために存在する。つまり、この歌章でダンテは自分が何者でありたいかという決断を迫られているのである。

最後に、もう一つだけ、この歌章の重大な主題を挙げておこう。94―96行目で神の判決をマリアが破棄することが述べられているが、これは『神曲』全体にこだまする非常に重い発言である。神の判決は永遠不変のものではないということが提示されている。つまり、ダンテが生きている限り、神の判決が変わり得ることを意味している。

道に迷った現在の状態のダンテの未来の姿はすでに神の目に映っている。すなわち、地獄堕ちの未来である。しかし、ダンテが地獄を目にして現在の自分を改めれば、未来の自分の運命も変わっていく。このままであれば、地獄堕ちの運命が待っていることが判ったために、天上の三人の至福の女性――地獄の悪魔的な三匹の獣の反対の存在――がダンテを救うために粉骨砕身してくれている。ウェルギリウスが、マリアのこの取りなし――判決破棄――をダンテに聴かせることによって、ダンテに語ろうとしていたことを解り易く書き直してみれば、次のようになる。

「そもそもおまえは自分を誰だと思っているのか。おまえは自分を自分の過去だと思っているのではないのか。しかしおまえは、おまえの過去ではない。もしそうであったならば、判決が変えられる必要もなければ、変えられることもないはずである。それ故、判決の変更が意味するものは、人生は未来にあるのであって、過去にはないということだ。おまえの過去が、すなわち、おまえというわけではない。おまえは、おまえが昨日したことでもなければ、昨日言ったことでも、昨日考えたことでもない。他人は、《おまえ》とは《昨日のおまえのこと》だと考えるかも知れないが、《本当のおまえ》は《今のおまえ》であり、《これから行なうおまえ》である。それによって、おまえは未来を変え、おまえ自身を変える。そして、それが《本当のおまえ》なのだ」と。

ここからなぜアエネーアースがアスカニウスの父ではなく、シルウィウスの父として定義されているのかが了解できるようになる。アスカニウスはアエネーアースがトロイア人の妻クレウーサとの間に最初にもうけた息子である。彼はあくまでもトロイアの純粋な血を引く若者だが、シルウィウスはラティウムの地でラーウィーニアとの間にもうけた息子であり、小アシアとヨーロッパの血がともに流れる最初のローマ人である。アエネーアースが天から選ばれたのは、このために他ならない。アエネーアースの過去の業績は、綺羅星の如く輝くあまたの英雄に比べ、特筆すべきものは何もない。彼が選ばれたのは過去の業績からではなく、未来の——帝国の礎を築くことになる——業績からである。そして彼の人となりがローマの徳として受け継がれることになる。アエネーアースもダンテ同様、未来において本当の自分を成就する。

ここから、同じく、なぜパウロが第二歌で呼び出されたのかも判ってくる。実は、パウロはキリスト教に改宗する前、筋金入りのユダヤ教徒としてキリスト教徒を迫害する日々を送っていた。キリスト教のこの不俱戴天の敵をなぜ神はわざわざ「選ばれし器」として選んだのであろうか。ダマスコスに行く途上、パウロは突然光に打たれて盲目となった。この時、神から彼を癒しなさいと命じられたアナニアースは、神のこの命令を不服に感じている。彼の不服は当時のキリスト教徒の意識を代弁している。これまで散々自分たちを迫害してきた男をなぜ癒してやる必要があるのかと。われわれは人を過去から判断して善・悪のレッテルを貼るが、神は人間を過去ではなく、未来から判断する。やがてこの男がキリスト教を帝国内に広める立役者となることを知っている神は、未来から彼を選んだのである（これを《恩寵》と呼ぶ）。パウロはやがてキリスト教を宣べ伝えることで真の自分を成就することになる。これこそがパウロの真の姿だったのである。かくしてアエネーアースがその礎を築いたローマに、一千年の時を経て、キリスト教を携えて入城して来るのが、他ならぬパウロその人である。かくして円環は閉じる。このパウロの如く、ダンテもこの旅を通じて真の自分を成就することになる。すなわち、人類に真のメッセージを携える者になるのである。

第三歌

地獄前地

一三〇〇年四月五日（火曜日）夜
地獄の門を通ってアケローンの川岸に到着。渡し守カローン。

《われ[*1]を経て、苦しみの都に到る。
われを経て、永劫の苦患に到る。
われを経て、呪われし人々[*2]のもとに到る。
　正義がわが高き創造主を動かし、
神の威力（ちから）が、至高の叡智と
始原の愛が、われをつくりぬ。
　永遠に創られしもの[*3]のほか
わが前に創られしものなく、われは永久（とこしえ）に立つ。
われを過ぎるものはみな、すべての希望を捨てよ[*4]》
　これら暗い色で書かれた言葉が
（地獄の）門の頂きに彫られているのを見た私は、それで
こう問うた。「師よ、この意味が私には計りかねます」
　すると、師は言葉の裏を見透かす人のように、私に言われた。
「ここではあらゆる疑念を打ち棄てねばならない。

ここではあらゆる怯懦は打ち殺さねばならない。
　私がおまえに話した、その場所に来たのだ。
おまえはこれから、知性[*5]の恩恵を失った者たちが
苦しみ懊悩するさまに出会うだろう」
　そして師は喜ばしい顔をして
その手を私の手にかさねた。私はそれに勇気づけられ
秘められた世界の中へと導かれて行った。
　そこでは、星のない空[*6]いちめんに
うめき声、泣き声、甲高い悲鳴が満ちとどろいていた。
そのあまりの悲惨な音[*7]に、私はただそれだけで涙し始めた。
　様々な言語、ぞっとする奇声、
悲痛な言葉、憤怒の怒号、甲高い声、
弱々しい声、それらの声に混じって手で打擲する音、
　これらが一大音響となり、
時のない黒ずんだ大気の中を、つむじ風[*8]に舞いあがる
砂のように、果てしなく回っていた。
　私は疑問に頭をしめつけられ、こう言った。
「師よ、私の耳を聾する音は何ですか。これほど苦しみに
打ちひしがれて見える人々は一体どんな人たちでしょう」
　師はこう説いた。「誹りもなく、誉れもなく生きた

恥ずべきたましいたちが[9]
このような惨めな目にあっている。
　この者たちは、神に逆らうでもなければ
忠誠も見せず、ただ自分たちのためだけに存在した
あの卑怯な天使たち[10]の群れに混ざっている。
　天は汚れまいとして彼らを追放し、
地獄の深淵も彼らを受け入れぬ[11]。
悪党どもが、ある種の誉れを感じるからだ」
　それで私は言った。「師よ、なにが苦しくて
彼らはあのようにひどく呻(うめ)いているのですか」
師は答えた。「おまえにかいつまんで教えよう。
　このたましいたちには死の希望がない[12]からだ。
彼らの盲(めし)いた生はあまりにも低劣なので、
自分以外のあらゆる者の運命をねたんでいる[13]。
　この世は彼らの評判が残ることを許しはせぬ[14]。
（天の）慈悲も（地獄の）正義も彼らを蔑む。
もう彼らについて話すのはやめよう。ただ見て、過ぎよ」
　私がよく目を凝らして見ると、一もとの旗が
くるくると回りながら走っているのが見えた。
止(とどま)るところをまったく知らぬかのようであった。

　そのあとには、ぞろぞろと人の群れがつづき、
死がこれほど多くの人びとを
亡ぼしたことに[*15]私はおどろいた。
　その中の幾たりかは知った顔であったが
怯懦のために大いなる拒否をした[*16]
例の男[*17]のたましいをみとめた。
　即座に私は了解し、確信した、
これが、神にも、神の敵〔悪魔〕にも嫌われている
卑怯な人々の群れだということを。
　かつて真に生きたこともない、
この卑しむべき者たちは真っ裸で、
蜂や虻の大群に、刺しまくられていた。
　顔には血が筋をなして流れ
涙と混じりあい、足もとで
気味悪い蛆虫たちによって吸われていた。
　次いで、向こうに目を向けたところ、
大きな川〔アケローン〕の岸に人々の群れが見えたので
私は尋ねた。「師よ、さあ、教えてください。
　あれは一体どんな人たちでしょう。この仄かな光をたよりに
窺う限り、彼らは向こう岸へ渡りたくてたまらないように

見えるのですが、それはいかなる定めによるのでしょうか」
　すると師は私に言った。「アケローンの悲愁の川で、
われわれが足をとめるとき
おまえにはすべてがわかるだろう」
　こう言われて、私は恥ずかしさのあまり眼を伏せた。
私の言ったことが師の気に障(さわ)るのを恐れて
河に着くまで、話すのを差し控えた。
　すると突然、一人の老爺(ろうや)が舟に乗ってわれわれのほうに
近づいて来た。星霜(せいそう)によって髪も髭も白い
その老爺［カローン］は怒鳴った。「あきらめろ、邪悪のたましいどもよ！
　いつの日か天を仰げるなどと、ゆめゆめ望むな。
わしがやって来たのは、おまえらを向こう岸の
常世の闇へ、焦熱と氷寒の中へと連れ行くためだ。
　そこのおまえ［ダンテ］、生きたたましいのくせに、
死んでいるそいつ［ウェルギリウス］から離れろ」
しかし、私が立ち去らぬのを見てとると
　言った。「おまえはほかの道を通って、ほかの港を通って*18
（別の）浜［煉獄］へ着こうぞ。おまえが通るのはここではない、
もっと軽やかな舟*19がおまえを渡してくれよう」
　わが導者はカローンに向かって言った。「青筋を立てるな、

カローンよ。望まれることとすべてが可能となるところ[*20]［至高天］
の思し召し（おぼしめし）［神の意志］なのだ。それゆえ、もう問うな」
　これを聞くや、毛深い頬は静まったが[*21]、
鈍色（にびいろ）の沼［アケローン］の船頭［カローン］の
両眼のまわりには焔の輪が（怒りに）燃え立っていた。
　一方、打ちひしがれた裸のたましいたちは
（カローンの）この情け容赦のない言葉を聞くや、
色を失い、歯をかたかたと鳴らした。
　彼らは神と自分たちの始祖を呪い、
また人類を、また生まれた場所と時を、
自身の種の種［祖父母］と自分たちを生んだ両親を呪った。
　やがて一同はそろってひどく泣きながら、
神をおそれぬ人々すべてを待ち構える
邪悪の川岸へと寄り集まった。
　悪魔のカローンは、炭火のような眼（まなこ）を
投げかけて彼らに合図を送り、みなを（舟の上に）集め、
遅れる者は誰であれ、容赦なく櫂で打ちのめした。
　秋に葉が一枚また一枚と落ち、
最後には、枝をはなれた葉がすべて
地に積もるように、

そのアダムの悪しき種たち[*22]は、一人また一人、
鷹匠（たかじょう）の呼びかけに従う鳥のように、
その岸から呼ばれて（舟に）飛び降りる。
　こうして、たましいたちが暗い波間を揺られて行き、
やがて向こうで舟をおり立つ頃には、
こちらの岸には新たな群れが集うのであった。
「わが子よ」と、師はやさしく言われた。
「神の怒りにふれて死ぬものたちは
世界のどこにいようとみな、ここに集まって来る。
　一刻も早くこの河を渡ろうとするのは
神の正義に追いせまられて
恐怖が望みに転化するからだ。[*23]
　善人のたましいがここを渡ることは決してない。
それゆえ、カローンがおまえに文句をつけようとも[*24]
その意味するところはおまえにもよくわかるだろう」
　師の言葉が終わるや、漆黒（しっこく）の野は、突如
揺れ動いた。そのおそろしさを思い出すだに[*25]
いまだ全身がじっとりと汗ばんでくる。
　涙にぬれた大地は風を起こし、
その風の中で、朱の光が一瞬きらめいた。[*26]

私のすべての感覚は深くうちのめされ、
眠りにおそわれた人のように私は倒れた。

第三歌注釈

＊1　地獄の門は擬人化されており、「われ」は地獄の門そのものを指す。

＊2「呪われし人々」には多くの意味が込められている。直訳すれば「失われし人々」であり、地獄に堕ちた人々を指すが、また神にまみえる可能性を完全に失った人々、善を用いるいかなる力も失った人々を含意している。地獄に堕ちるとは、懲罰を受けるだけでなく、永遠に神にまみえることができないことを意味しており、そのこと自体もまた懲罰となっている。肉体を失った魂にとって、神にまみえることが最大の歓びであり、その歓びが永遠に失われる。

＊3「永遠に創られしもの」とは、神が最初に創造したもの、すなわち、時間と空間、ならびに（質料を持たない純粋形相である）天使、（可能態として存在する形相を持たない純粋質料である）第一質料の四つを指す。従って、永遠でないものとは、神から永遠性を賦与されなかった生々消滅するものを指す。地獄の門は、これら永遠のものの創造の直後、四大元素と共に創られた。

＊4　ひとたび地獄に堕ちると永遠に地獄から解放されることがないため。キリスト教では死後、魂の運命は固定され、変わることがない。

＊5　ここで言う「知性」とは現代の我々が考えるような知能ではなく、目に見えないものを認識する能力であり、神（至高の真理）を観想する霊的な力を指す。肉体の目が、目に見える物質を対象とするのに対し、知性は第三の目（霊魂の目）と呼ばれ、その認識対象は目に見えない精神的・霊的なもの、とりわけ神とされる。

＊6　地獄は大地の内部にあるため、星は見えない。この字義的な意味に加えて、次のような霊的な意味を備えている。『神曲』の各篇はすべて「星 stelle」という語で終わるが、それは人間の帰るべき最終目標地を指しており、「星のない」ことは天に帰還する希望のないことを意味している。

＊7　地獄は闇の世界であり、最初ダンテの霊的な目は利かない。このため聴覚だけが頼りとなる。やがて、この闇に慣れ、ダンテの視力も増して次第に闇の中で観ることができるようになる。

＊8　ダンテの得意とする共感覚比喩が用いられている。「一大音響」という聴覚を「つむじ風」という視覚で比喩している。

＊9　地獄に堕ちるような悪行を働いたこともなければ、天国に行ける（救いに与（あずか）れる）ような善行を働いたこともない日和見（ひよりみ）主義者を指す。善人であるにも、悪人であるにも足らない中途半端な人間であり、ただただ自己保身に走って、本当に生きたことのない者たちを指す。

＊10　中途半端な天使のことで、中立の天使と呼ばれる。天使たちが創造された、時の始まりにおいて天使は決断を行なった。神に従って生きることを選んだ善なる天使は白天使と呼

ばれ、神に反旗を翻して自分たちだけで生きることを選んだ悪しき天使は黒天使と呼ばれる。神に反逆した第一の天使がルチーフェロであり、彼に追随して神と戦った天使たちは戦いに敗れ、地上に堕ちて悪魔となった。一方、神の側に付いてルチーフェロたちと戦った天使は晴れて本物の天使となった。これに対して、「あの卑怯な天使たち」はどちらの側にも付かなかった傍観者であり、いわば灰色天使と言える。

＊11　この善と悪との戦いにおいて神にもルチーフェロにもつかず、我が身かわいさに傍観していた天使たちは天国にも地獄にも入れてもらえず、ここ地獄前地に置かれている。時の始めに起こったことは、人間界でも同じように起きる。かくして自己保身者たちもここに堕罪する。地獄に堕ちた者たちが曲がりなりにも悪という点で自身を明確化し、その結果、地獄で自身の悪の責任を取っているのに対し、地獄前地の者は、政府の役人のように、自身の地位の保身ばかりを考えて、何一つ責任を取ろうとしなかった者たちである。この種の人間が一番始末に悪いことをダンテは経験から学んでいた。ダンテがフィレンツェを追放されるとき、どれだけ多くの人間が見て見ぬ振りをしたであろうか。追放する人間と追放される人間、そしてそれを見て見ぬ振りをする人間（現代の日本に置き換えて言えば、いじめをする者、いじめを受ける者、いじめを見て見ぬ振りをする人間、そしてこの三番目の種類の人間が世の中の大半を占めると言えば、解り易い）。この三種の人間をダンテは常に見てきた。見て見ぬ振りをする傍観者にとってはそれは行為でさえない。しかし、行為をしないという不作為が生み出すものこそがモンスターであり、それを具現化する人物がボニファーティウス八世に他ならない。モンスターは人々の無関心を養分として生まれる。

＊12「死の希望がない」とは、完全に死に切ることができないという意味。地上で肉体的には死んではいるが、地獄・煉獄・天国のどこにも行けないため、冥界のどこにも落ち着けない。本当の意味で生きたことのない者は、真の意味で死ぬこともできず、いわば浮遊霊のように、死の世界の手前に永遠に留め置きされる。彼らには真の意味で死ぬ望みがない。

＊13　このため、死に切って地獄に行った者たちを羨み、死んで煉獄や天国に行った者たちを羨む。自分以外の、死に切れたすべての者たちを羨んでいる。そもそも小心者は嫉妬しやすく、生前もそうだったように、死後も他人ばかりを羨む。

＊14　ダンテは古代ローマ時代の記憶抹消の刑 *damnatio memoriae* を霊的に応用している。「ローマでは（中略）共同体の一員たりえないと判断された人物の死後に、当該人物のメモリアルを破壊する処分も行われていた」（福山佑子）。本当の意味で生きたことのない者たちは、現世からその記憶が抹消される必要があるため、ここで出遭う魂たちの名は言及されない。

＊15　地獄は逆円錐形をしているため、最初の円環が最も大きく、従って、最も多くの人口を内包している。これは、この種の罪に陥る人間が最も多いことを示している。これまでい

かに多くの人類が亡くなってきたかということだけでなく、せっかく生を享けて生まれながらも、本当に生きたことのない人、人生の波風を経験したことのない人がいかに多いかを揶揄している。

＊16「大いなる拒否をした」とは、「大いなる位を拒否した」の圧縮用法で、教皇の座を棄てたという意味。

＊17「例の男」とは、教皇ケレスティーヌス五世（一二〇九／一〇－一二九六）を指す。彼は一二九四年に教皇に就くが、わずか五ヶ月で辞任している。ローマカトリック教会では教皇職は終身とされており、生前、自ら教皇を辞任した最初の教皇とされる。ここでも名前が挙げられていないのは、名前抹消の刑によって後世に彼の名前が残らないようにするためである。ケレスティーヌス五世をダンテが断罪しているのは、彼が何か悪行をなしたからではない。彼が教皇職に留まり続けなかった不作為のためである。その結果、この教皇の後、恐るべき狼ボニファーティウス八世が教皇座に就いた。日本では不作為の罪はほとんど考量されないが、西欧では極めて重大な罪とされる。ここで見落としてはならないのは、ダンテが冥界に降りて来て最初に出遭った人間が「男」であり、現世で最も高い身分にあった「教皇」だということである。ここにダンテの明確な主張がある。神の判決は性差によらず、社会的地位によらず、人種によらず、血筋によることもない。魂だけが重要なのであり、性別も地位も家柄も富も関係ない。これは『神曲』全体を貫く基本的な思想である。

＊18「ほかの道」「ほかの港」とは煉獄行きの道であり、煉獄行きの舟が停泊する港を指す。「（別の）浜」とは南半球にある煉獄の浜。

＊19「もっと軽やかな舟」とは煉獄行きの魂を乗せて煉獄の島へと向かう《天使の運ぶ舟》を指す。アケローンを渡る舟とは違って、櫂もなしに海面に触れることなく進むことから「もっと軽やかな」と言われる。

＊20 神は全能であるため、神が望めば、すべてが現実となる。この呪術的な定型句は、悪魔に対して水戸黄門の印籠のような役を果たす。

＊21 口の動きが止んで、口をつぐんだという意味。

＊22 人間は女性から生まれてくるのに、なぜエヴァではなくアダムの子孫 seme とされているのかと言えば、原罪は男性（精子 seme）を通じて遺伝すると信じられていたからである。「原罪の汚れは母親［エヴァ］にではなく、父親［アダム］に由来する」（トマス・アクイナス『神学大全』II-1, q.81, a.5 resp.）

＊23 ここにダンテの深い人間洞察を見ることができる。世間では、死者は意思に反してむりやり地獄に堕とされると信じられている。悪魔なり神なりによって本人の意思とは関係なく、地獄に引っ立てられて行くというイメージである。しかしダンテは、人は望んで地獄に行くと、世間の誤謬を正している。これを十全に説明するには紙幅が足らないので、一点だけ簡単に触れるに留めよう。人は死ぬと、剝奪作用 *vastatio*

を被る。すなわち、悪人からは見かけの善が剝がされ、善人からは見かけの悪が流れ落ち、自身が完全に露わになる。神は光であり、悪しき魂はこの神の光に照らされて自身のすべてが露わになるのを恐れる。自身の悪が完全に露わになるのを見たがらない魂は闇へと向かう。すなわち、ダンテが地獄と称している場所である。そこは完全な闇であり、自分の悪を見ずにすむ（このため盲目の生と言われる）。しかも、そこでは好きなだけ悪をなすことができる。一方、天国は光の世界であり、すべてがあからさまになり、真実だけとなる。そこでは悪を隠すことも、悪をなすこともできない。しかも、天国は他者を自分のように愛する絶対的平等の共産的世界であり、「私たち」しか存在しない。誰もが他者の僕(しもべ)であり、自らを他者の下に置く。地獄のように自分を他者の上に置いて威張ることも、他者をいじめることもできない。この他、様々な理由から多くの人は自ずと地獄を選択することになる。ここで『神曲』に示される霊的法則を列挙しておこう。①自分以外の力によって地獄に堕とされる人間はいない。すべての人間は自分自身の行動によって決められた場所に行く。②人間の持つ欠点や弱みで地獄に堕ちることはない。自己の悪を見つめて悔い改めることを拒否し、他者を赦すことのできない魂だけが地獄に赴く。望んで行くとは、それを自ら選択することを意味している。③神は誰も地獄に行くよう運命づけてはいない。悪霊自らが神から逃れたいと願う、神を捨てての行動である。

＊24　91－93行のカローンの言葉を指す。ダンテが煉獄の浜へと行きつくことができる——救われる——ことを予言している。

＊25　冥界の旅を終えて『神曲』を書いている今も、思い返すだけで、の意味。

＊26　ダンテはここでアリストテレースの説く地震のメカニズムに従った記述を行なっている。中世の人々は、風（アリストテレースの言う「乾いた蒸発物」）が大気中で発火して稲光となり、地中で発火しては火山現象を生じさせると考えていた。ダンテは今、地中にいて、地下界での発火現象を目撃しているのである。風が吹き出てくる際に地震が生じ、その風が地下で発火して閃光が生じている。この自然現象に晒(さら)されたダンテは気を失う。

第三歌解説

キリスト教以前の古典世界には、死んだにもかかわらず、死者の世界（冥界）に入れない浮遊霊のトポス（ある特定の場面・文脈における特定の伝統的定型）がある。文学史的にはホメーロスの『オデュッセウス』に登場するエルペーノールがこのトポスの起源となっており、ウェルギリウスの『アエネーイス』ではミーセーヌスとパリヌールスがその役回りを担っている。

古代では懇ろに墓の中に弔ってもらえなかった者の魂はアケローンの川を渡れず、浮遊霊としてさまようと信じられていた。この古代の信仰をダンテはキリスト教化している。墓や埋葬の有無が問題なのではなく、その人間が本当に生きたならば、真の死を迎えられるし、真の意味で生きたのでないなら、真の死を迎えることはできないと解釈し直したのである。

従って、地獄前地にいる魂たちは、同じ浮遊霊ではあっても、古代とは全く意味づけが異なっている。ダンテは《生きた》ということ一点にのみ関心を集中する。ダンテにおいては、物理的に他者に埋葬してもらうことよりも（煉獄篇第五、六歌参照）、精神的に生きたかどうかということだけが重要とされる。埋葬儀礼は生者が執り行なうものであり、生者の奉仕如何にかかわらず、本人の魂だけが考量される。それゆえ、遺骸が野辺に晒されたままとなっていたとしても、救われ得るとダンテは解したのである。ここから、ダンテは善く生きた者であれ、悪しく生きた者であれ、生きたと言える者は死後冥界に入って行けるが、真に生きなかった者だけは、真に死ぬこともできないと結論づける。死ぬ権利は生きた者だけにあり、生きなかった者には死ぬ権利も、死ぬ資格もないのである。

ここで話は第二歌と見事にリンクしてくる。本当の意味で生きたことのない人とは、カメレオンのように周囲に同化し、自己保身のためだけに生きた、これが自分だというものがない人間である。つまり、その人を特徴づける徴のない（定義されることのない）、何者でもない人に他ならない。彼らに名前がないのはこのためである。定義できない存在である以上、名前を持ちえないのである。この点で地獄前地は古典を再解釈したダンテのまったくの独創であり、見事な設定である。

生前、自分の護身だけに専心した彼らは、地上において尊きことのために流すべき血と流すべき涙を惜しんだ。社会の悪と戦って、そのためにこそ流すべき血であり涙であるのに、彼らは地上においてその血と涙を流すことを惜しんだゆえに、今はこうして虻や蜂に刺され、散々と血と涙を絞り取られている。この苦しみは、本地獄の人たちの苦しみとは異なっている。なぜならここでは、苦しまなかったことの罰が苦しみだからである。彼らが自分のためだけに存在したように、苦しみもそれ自体、苦しみのための苦しみとして存在している。

このことを一番端的に表わしているのが、彼らが追いかける「一もとの旗」（52行）である。「旗がくるくると回りながら走っているのが見えた。止るところをまったく知らぬかのようであった」と述べられている。この旗には図柄も色も文字もない。ここにダンテの主張が隠されている。すなわち、この旗に明確な属性が何ひとつ無いのは、彼らが生前いかなる明確な立場も採らなかったからである。生前、日和見主義者であった彼らは、死後、今度こそは何らかの旗印に必死に寄りかかろうとするが、その旗自体はのっぺらぼうで内容がないのである。従って、この歌章における《応報の理》ははっきりしている。彼らの存在と同じく、全くの無色透明を追いかけることが彼らに相応しい罰だということである。何かの旗印の下に馳せ参じたこともなく、旗幟を鮮明にすることなく人生を送った者は、その飢餓感から旗を永遠に追いかける運命にある。ただし、その旗には何も書かれておらず、何のスローガンもない。これ以上、強烈な揶揄はない。

興味深いのは、その旗の運動が彼らの運命をそのまま象徴している点である。円運動を通して、旗はふたたび出発点に戻って来る。この永遠の堂々巡りの特質は、終点の可能性が永久に排除される点にある。円には開始点も終点もない。それは始めも終わりもないということであり、これこそまさに彼らの人生とその運命を象徴化している。本当に生きたことのない彼らにも人生の起点も終点もない。彼らは生きたことになっておらず、それ故、死んだことにもなっていない。それはまた、天の永遠の円運動と対照をなしている。至高天の無限の円が宇宙の完全性と永遠性――神――を象徴している時、怯懦者たちの描く円運動――堂々巡り――は進歩のない死んだ無限な単調さの象徴となっている。また、「回りながら走っている」という表現も、彼らの生き様――その目的性のなさと盲目性――を象徴している。

加えて、もう一つ興味深い事実がある。それは、この旗を持って動いている者が誰もいないという点である。旗は、神の正義によって動かされ、《旗手なしに》超自然的に自走している。彼らが生前、自分のためだけに存在したように、旗も、自らのためだけに存在し、動くのである。さらにダンテは原文で「いかなる《休息 posa》もそぐわないかのよう（止るところをまったく知らぬかのよう）」と言っているが、これは彼らの生涯に対する痛烈な風刺となっている。休息は、戦い、活動する人間だけに許されるものであり、戦わない人間、リスクを犯さない人間に休息は似合わないからである。人生で何かのために戦うことのなかった人間は、死後、その応報として休息できないのである。休息はよく生きた者だけに許される特権であり、生前、生きなかった者に休息の資格はない。かくして彼らは、休むことなく、旗の後を永遠に追いかけまわして死後の人生を過ごす。

次に、70－75行目でダンテがアケローンの岸辺にいる人々を目にして、彼らが誰なのか尋ねた時、ウェルギリウスがなぜダンテの疑問に答えなかったのかについて説明しておこう。『アエネーイス』第六巻にもこれと同じ場面がある。アエネーアースはアケローンの岸辺にいる者たちについてシビュッラに疑問を発している。これに、案内者の巫女は即座に《答え》を与えてやっている。それゆえ、ダンテがこのやりとりを改変している点を見逃してはならない。ダンテは、シビュッラのようなやり方は真実の探求法ではないと信じていたからである。ダンテは、権威ある教師の答えを鵜呑みにして覚えていく時代から、すでに実験が行なわれていた時代に生きていた。そのため、もはや権威に一から十まで頼り、それを鵜呑みにする知識の習得法の信奉者ではなくなっていた。ここがダンテの近代的な新しさである。ルネサンスがダンテに始まる証は、こうした点にも求めることができる。

同じ好奇心でも、怯懦の魂に対する好奇心と、岸辺へ集まる魂に対する好奇心とでは異なる。前者の場合、ダンテは彼らを目の前に見ている。その苦しみと懊悩の声を間近で聞いている。一方、後者の岸辺に集まる魂たちに対しては、遠くからそれとなく認めているだけで、彼らを目の前にして、彼らの様子をしっかりと確かめてはいない。『神曲』で一貫して師が弟子に求めるのは、弟子が罪の様子を間近に見ることである。見ることとは体験することに他ならない。他人の話ではなく、自分の目で確かめる主体的な行為である。

実際、次の第四歌ではウェルギリウスは反対に、魂たちを目の前にするダンテに対して、自分の方からわざわざダンテに「おまえの目の前にいるこのたましいが誰かを訊ねないのか」(31－32行)と催促している。それはダンテがすでに目の前で見て経験しているからである。また、第八圏のような危険な地域に入っても、ウェルギリウスは何とか弟子にその目で間近に見させようと危険を冒しながら、少しでもダンテを近づかせて見せようとする。自殺者の森では、弟子の疑念に言葉で答える代わりに、枝を折らせる実験をさせ、直接体験させようとする。要するに、ウェルギリウスがダンテに求めているのは、他人の言葉による間接知ではなく、自分の目や身体による直接知に他ならない。自分で経験したときだけ、その知識は自分のものになる。内側から生じた智慧は外の第三者から与えられた智慧よりも身に付くからである。他人の予断や偏見、世間知(ドクサ)が紛れ込むことなく、自分で判断することが大切だとウェルギリウスは教えようとしているのである。

ウェルギリウスは大いなる権威であるが、それでもやはり《外の》権威でしかない。大いなる権威といえども完全に完璧というわけではない。真の権威は自分自身の《内に》しかない。ここにいる怯懦の魂たちは他人の意見なら何でもあるが、自分の意見だけはなかった者たちである。真の自己の経験を求めなかったからこそ、ここで罰せられている。それ故、ウェルギリウスはまず第一にダンテに自分の目で見ることを要求している。そもそも人の話を聞くだけなら、わざわざ地獄降りという経験をする必要もない。この旅は、ダンテに直接経験させ、直接見せることに意味がある。こうした理由からウェルギリウスはダンテに素っ気なく答えている。まず、自分の目で見てから判断し、それから質問せよと。それ以前の判断は臆見に過ぎないのだと。

次に、なぜカローンが93行目でダンテに向かって「もっと軽やかな舟がおまえを渡してくれよう」と言ったのか、その真の意味を解き明かしておこう。実は、『アエネーイス』第六巻にもこれと同じ場面がある。そこではカローンが生き身のアエネーアースを渡すのを拒む。だが、これは言われなきことではない。なぜならこれまで渡したヘーラクレースにせよ、テーセウスにせよ、彼らがたとえ神の血を引き、古今無双の者であったとしても、カローンが彼らに例外を認めたときはいつも冥界の秩序が乱され、後で大変なことになったからである。ウェルギリウスのカローンがアエネーアースの要請を断るのは、自分の王国と権力を守るためからであり、世界の秩序を保たんとする行為であった。これに対して、ダンテのカローンが渡しを拒否するのは、その邪悪さからであり、ここにダンテのカローンと『アエネーイス』第六巻のカローンの根本的な違いが——すなわち、異教世界とキリスト教世界の相違が——示されている。『アエネーイス』のカローンとは違って、『神曲』のカローンは悪魔の一種とみなされている。ギリシャ神話の下級の神々は、キリスト教中世ではなべてサタンの手先とみなされる。サタンは、キリスト教的には、「人が救いの旅路を進むことを《阻止する者》」の意味で用いられる。カローンは、ダンテの行き先はここ——地獄——ではないと告げるが、まさにその通りである。ダンテの行く先は煉獄にあるからである。つまり、カローンは真実を告げ、真実を欺瞞の武器に用いている。ここにポイントがある。カローンは真実を知っており、真実を言っているが、それがこの時点で話されたならば、大きな害毒となるような一面的な真実である。アウグスティーヌスが言うように、悪魔の中にあるのは愛のない知識であり、カローンが真実を言うのはダンテを正しく導くためではなく、ダンテを神の道から逸らし、救いから遠ざけるためであり、偏に邪悪な意図から発している。カローンには未来が見える。その未来ではダンテは煉獄の岸へ着いている。しかし、カローンが親切ごかしに真実を喋るのは、親心とは反対に、ダンテが将来行けるであろう煉獄の港へ行き着けなくさせるために他ならない。愛情からではなく、ダンテを潰すために悪意から別の道を勧めているのである。

人を騙す鉄則は、一面の真実を語ることにある。政治家を見て解るように、最初から嘘と判るようなことを言わないのが詐欺師の鉄則である。詐欺師はもっともらしい正当なことを言う。つまり、カローンの言葉は、行けるものも行けなくする類の真実なのである。もしダンテがカローンの真実に従って、ここから踵を返して地上に戻れば、ダンテは永遠に回心の機会を失うことになり、それこそカローンの思うつぼとなる。この場合、ダンテは死後、アケローンの岸辺に舞い戻され、カローンの餌食として本地獄の岸辺へと運ばれることになる。しかし、本当の真実は、この地獄降りをすることによって初めて煉獄に行ける可能性が生じるのであり、その場合、カローンの予言通り、ダンテは煉獄の岸に達することになる。それ故、真実は使い方によってはこのような意味で恐るべき武器となる。これが真実をねじ曲げる者の手法であり、アダムとエヴァが引っかかったペテンの手法である。シェイクスピアは「虚偽という餌でもって真実という鯉を釣る」（『ハムレット』第二幕第一場六三）と策士ポローニアスに言わせているが、多くの人間は鯉ほど愚かではない。さらに深い真実は、ダンテが暗示しているように「真実という餌でもって、虚偽へと誘う」ことなのである。そしてこれこそが真の意味で恐ろしいデマゴーグ（扇動政治家）の本質をなす。

最後に、第二歌との関連において、決して見逃してはならない重要な点について述べておこう。この地獄前地で怯懦者たちが罰せられているが、何を隠そう一時間前までダンテ自身が怯懦に捕らわれ、進退窮まっていたことを思い出して頂きたい。ダンテは第二歌で進むも引くもままならず、どっちつかずの不作為な状態に留まっていた。今ここで彼が目にしている者たちはまさに一時間前の自分の姿である。ここで断罪されているのは第二歌のダンテの心の状態であり、ダンテの《心の中に潜む他者》に他ならない。ダンテは第二歌で自分はパウロでもアエネーアースでもないと言って、冥界降りに尻込みしていた。これは本当の意味で彼が生きていないことを表わしている。ダンテはベアトリーチェとウェルギリウスの助けによってようやく決断し生き始めるが、二人がダンテに気づかせたのは、今の自分が本当の自分の姿ではないということである。自分の姿がこんなものであるはずがないと気づいたその瞬間から、自分の心の中にあった怯懦な部分は他者となる。かつて自分の一部であったものが、今や自分のものではないと知ったからである。これは『神曲』全体に一貫する基本的な構造である。

地獄で様々な人々が罰せられているが、彼らは決して自分と無縁な他者などではない。他ならぬかつての自身の姿であり、自分のものでないものは何一つない。これが自分であるとは、裏を返せば、この生き方こそが真の自分の生き方であって、あの生き方は真の自分の生き方ではないと選択することである。かつては自分の姿であったかもしれないが、今は違う。その確認が地獄での他者の認識である。これは本当の自分ではないとして、その部分を否定し、今からはこうした生き方をもはや選択しないという確認を自分の心にたずねゆく旅が地獄の旅である。それゆえ、自分とは無縁な他者が地獄でたいそう罰せられて苦しんでいると、他人事（ひとごと）のように傍観者として見るのではなく、かつて自分の中に巣くっていた問題（障害）として見ることをダンテは学んでいくことになる。そして、それと同じことを読者に求めている。

自分の中にありながらも、それを真の自分のものではないとして否定することは、新しい真の自分であろうとすることである。この一瞬一瞬の決断が、第二歌の主題であった意識的に生きるということの意味をなす。このような見方を取らなければ、ダンテは神の名の下で他者に復讐を行なっているに過ぎないことになる。しかし、テキストはそうした読み方を否定している。なぜならダンテ自身が、第二歌で自分は怯懦に囚われていたと告白しているからである。第二歌での課題を乗り越えることができて初めて第三歌に進むことができるのであり、第三歌で自分のかつての姿を突きつけられたとき、それを客体視できる。これは、かつての自分であったものが今や他者として認識されているということに他ならない。ダンテが地獄や煉獄の住人に憐憫を誘われ、時に涙し、心揺さぶられるのは、まさにその心の状態を自分もかつて経験したことがあるからである。それ故、『神曲』の登場人物の誰一人として、彼と無縁な者はいない。もしこうした見方を欠いたまま『神曲』を読み続けるならば、誤った理解によって『神曲』の意図を根底から覆してしまうことになる。他者とはかつての自分に他ならず、罰せられている他者とは、真の自分ではないと否定した自己の一部なのである。今までは本当の意味で生きてこなかったかも知れないが、それは真の自分を映すものではないが故に、これからは真の自分の姿に従って生きようと決断すること、これが第二歌から続く主題である。それ故、これが真の自分であり、あれは真の自分ではないと決断をすることが生きるということであり、地獄前地の人々はその決断――自己を定義すること――を怠った人々だということをわれわれ読者に語りかけているのである。

第四歌

第一圏　リンボ

一三〇〇年四月五日（火曜日）夜
古典古代の有徳の異教徒たちに出会う。

頭の中に大いなる雷が轟き、
深い眠りから醒めた私は、[*1]むりやりに
起こされた人のように私は立ち上がった。
　そして休まった眼をあたりに向け
まっすぐに立ち上がり、どこに自分がいるかを
探ろうと、真剣に周囲を見つめた。
　私のいたのは、まさに
無限の災いの轟きわたる
谷底［地獄］の縁(ふち)[*2]の上であった。
　その谷は暗く靄(もや)がかかっていて
首をのばして見ようとしても
なにひとつ見わけることはできなかった。
「いざこの盲(めし)いた世界[*3]［本地獄］に降りて行こう」
蒼白な詩人[*4]［ウェルギリウス］がこう言った。

「私が先に行く。あとにつづけ[*5]」と。
　その顔色に気づいて私は言った。
「私の疑いをなぐさめてくれるあなたが
そのように恐れていてはどうやって行けるでしょうか」
　すると彼は私に言った。「この下にいる
人々の苦悩が、おまえが恐怖だと思った私の顔に
憐れみの色となって現れるのだ」
「さあ行こう。道は遠い。急がねば」
言いつつ彼は足を運び、その奈落のまわりの
第一の圏に、私を導き入れた。
　そこでは耳をすますと、聞こえるものといえば
悲嘆の声ではなく、ただ溜息ばかりで
それが永劫の空気をふるわせていた。
　その溜息は、幼児[*6]、婦人[*7]、男の
数々の群れにいるおびただしい人の
肉の苦しみを伴わぬ悲しみ[*8]から発せられていた。
　師は優しく私に言った。「おまえの
目の前にいるこのたましいが誰かを訊ねないのか。
先に進む前に知っておくがよい。
　彼らは罪を犯したのではない。善業の徳を

積んではいても充分とはいえぬ。というのも彼らは
おまえの信じる信仰の扉なる洗礼を受けていないからだ。
　彼らはキリスト教以前に生き、
正しく神を敬わなかった。[*9]
私自身もこの群れのひとりだ。
　この過ちのせいで、他に罪はないが
われらは身を滅ぼし、この（不信仰の）罪だけのゆえに[*10]
希望なく、ただ思いこがれている[*11]」
　これを聞くや私の心は深い悲しみにしめつけられた。
これほどのえらい人々が
このリンボで宙吊りとなっている[*12]ことを知ったからである。
「教えてください、わが師よ、わが主よ」
すべての迷妄を晴らす信仰について
もっと正確に知りたいと考え、私はたずねた。
「ここ「リンボ」から自らの徳ゆえに、あるいは誰かの徳ゆえに[*13]
外に出て祝された者、天国の住人になった者はあったでしょうか」
私の言葉の裏に隠されていた意味を解した師は
　こう答えた。「私がここに着いてまもなく[*14]
ある王者「キリスト」がここへやって来られるのを目にした。
王冠をいただき、勝利のしるしをつけて。[*15]

その方がここから救ったのは人祖[16]［アダム］と
その子アベル、そしてノア、
神の僕（しもべ）にして律法の人モーセのたましい、
（モーセ以前の）父祖アブラハムや王ダヴィデ、
イスラエル［ヤコブ］とその父［イサク］やその（十二人の）息子たち[17]、
彼女と結婚するためにイスラエルが多くの労を積んだラケル、
そのほか多くの人々を連れ出し、彼らを至福者にされた[18]。
しかしそれ以前には、いかなる人のたましいも
救われたことはない[19]ことを知るがよい」
　師が話すあいだもわれわれは歩くのをやめず、
そのまま、たましいたちのひしめく
森[20]を歩きつづけていた。
　眠りから覚めた所からさほど行きもせぬうちに
半球をなして暗闇に打ち勝つ
一つの火が見えた[21]。
　そこ［火］からわれわれはまだ少し離れていたが
その場所を占めているのが誉れある人々であることが、
ぼんやりとではあるが、見分けられた。
「おお、学知と芸術に誉れなす師よ、
この人たちは一体だれでしょう。かくも偉大な名誉を有し、

ほかの（リンボの）人々に比べて様子[22]がちがっているのは」
　すると師は私にこう言った。「彼らの誇らしい名は、
地上の、おまえの人生に響き渡っている。
天は彼らをめぐみ、彼らを特別にもてなす[23]」
　そのとき一つの声を私は聞いた。
「偉大なる詩人［ウェルギリウス］をあがめよ。
われらから離れた、彼のたましいが帰って来る」
　その声が止んで静かになると
四人の大いなるたましいがこちらに向かって進んでくるのが見えた。
悲しみの、また喜びの表情をも見せぬまま[24]。
　優れた師は口を開いて、
「手に剣（つるぎ）を持つ人［ホメーロス］を見よ。
王者のように、三人を従えて来る人を[25]。
　至高の詩人ホメーロスなり。
そのあとが風刺詩人のホラーティウス[26]。
三番目はオウィディウス[27]。最後はルーカーヌス[28]。
　彼らはみな、かの一つの声が呼びかけた名称［詩人］を私とともに
分かち合っているからこそ、私に敬意を表している。
この意味で、彼らの行為はまことにふさわしいものだ」
　かくして私は、鷲[29]のように他のどれよりもぬきんでて空高くかける、

最も崇高な歌［悲劇的文体／叙事詩体］の王者［ホメーロス］が率いる
うるわしい詩派が一つになるのを目にした。
　彼らはたがいにしばらく言葉を交わし
私のほうを見て挨拶を送り
わが師もそれを見てほほえんだ。
　それどころか、私に身にあまる誉れを授けてくれた。
というのも、彼らは私を彼らの列に迎え入れてくれたからだ。
かくして私はかくも大いなる賢者たちの六番目に加わることとなった。[*30]
　こうしてわれわれは連れ添って明るいところまで歩いて行ったが、
その間の談笑については、その会話がなされていた場所では
ふさわしかったが、いまはそうでないため、黙しておこう。
　われわれが到ったのは高貴な城のふもとで
高い城壁が七重にこれを囲んでいて
まわりには美しい小川が流れていた。[*31]
　この川を地面ででもあるかのようにわれわれは渡り、[*32]
七つの門[*33]からこの賢人たちと中に入って
緑[*34]したたる芝草の野原にたどりついた。
　そこには眼差しの落ちついた静かな人々がいた。[*35]
彼らの姿には威厳があふれ、
ゆったりと話すその声はやさしく、穏やかだった。[*36]

それからわれわれは一方の側に移動し、
すべての人を見わたすことができるよう、
見通しのよい、光あふれた一段高い場所に立った。
　向こうに相対して、一面つややかに輝くエナメルの緑の上にいる
偉大なるたましいたちが私に指し示されたが、
見るだけで私は身内が熱くなるのを感じた。
　まず見えたのは[*37]、多くの子孫と共にいるエーレクトラー[*38]、
その中にはヘクトール[*39]が、アエネーアースが、
眼光炯々とした将軍カエサル[*40]が見えた。
　私は見た、カミッラ[*41]を、ペンテシレイア[*42]を、
また少し離れてラティーヌス王[*43]が
娘のラーウィーニアと肩をならべて座っているのを[*44]。
（傲岸不遜王）タルクイニウスを追い出したブルートゥス[*45]や、
ルクレーティア[*46]、ユーリア[*47]、マルキア[*48]とコルネーリア[*49]、
そして一人離れて、サラディンが見えた[*50]。
　それから視線を少し上に向けると[*51]
哲学者の家族のあいだに座って
師とも言える人[*52]［アリストテレース］を見た。
　すべての人が彼を見つめ、彼を崇めていた。
そこには、ソークラテースとプラトーンが

誰よりも彼の近くにいるのが見えた。
　世界を偶然にゆだねるデーモクリトス、[53]
ディオゲネース、[54] アナクサゴラース、[55] タレース、[56]
エンペドクレース、[57] ヘーラクレイトス、[58] そしてゼーノーン。[59]
　それから薬草の特性を調べた優れた蒐集家
ディオスコリデース、[60] そしてオルペウス[61]
キケロー、[62] リノス[63] また道徳家のセネカ[64] が見えた。
　幾何学者エウクレイデース[65] とプトレマイオス、[66]
ヒッポクラテース、[67] アヴィケンナ、[68] ガレーノス、[69]
偉大なる註釈者アヴェロエス、[70]
　すべての人々について存分に述べることはできない。
扱う主題の多さに駆り立てられるあまり、
幾度も舌足らずにならざるを得ないのだ。[71]
　六人の仲間は二組に分かれ
賢明な指導者［ウェルギリウス］は私を他の道に連れて行き[72]
静けさ［高貴な城］を去ると、また空気がうち顫えるところに出た。
　そして光ひとつ射さない場所に来たのだった。

第四歌注釈

＊1　第三歌で稲光によって気を失ったダンテは、第四歌で雷鳴の音によって目覚める。これは《光の速度》対《音の速度》のズレの間だけ気を失っていたことを意味している。この一瞬の出来事のうちにダンテはアケローンの向こう岸に移動したことになる。意識を失っている間の出来事であり、ダンテ自身はどのようにしてここに来たのか記憶がない。アケローンの川を渡ったのは神の恩寵による奇跡であり、ダンテが読者に伝えようとしているのは、罪から脱する長き道のりで人間の意志はもちろん必要なものではあるが、それだけでは十分ではないということ、恩寵という奇跡がなければ決して達成し得ないということである。この恩寵がいかにして生じるかは、受け取る側には謎のまま、知られぬままとなる。実際、イエスは次のように語っている。「私はあなた方に、あなた方は新たに生まれなければならないと言ったが、それに驚いてはならない。風は思いのままに吹く。あなたはその音を聞くが、それがどこから来るのか、どこへ行くのか知らない。霊から生まれた者すべてにそれと同じことが起こる」（「ヨハネ福音書」三：七－八）

＊2　「谷底［地獄］の縁」とは地獄の第一圏であるリンボを指す。リンボとは端・縁の意味で、地獄界で唯一肉体上の責め苦のない例外的な避難所のような場所である。

＊3　「盲（めし）いた cieco」には、自身の悪を見ない・見ようとしない地獄の魂たちの盲目性と、何も見えない暗黒性が掛けられている。

＊4　ウェルギリウスは「蒼白な」と形容されているが、蒼白さは心理的な恐怖、もしくは深い憐憫の情の表われとされる。ウェルギリウス自身がこのリンボの住人であり、自分の居場所に戻って来て、個人的な憐憫の情から顔面が青白くなっている。古代や中世では情念はそれぞれ生理学的に固有の色を持っているとされた。例えば、赤は憎悪と怒り、白は同情と恐怖、鉛色は嫉妬というように。

＊5　寓意的にウェルギリウスは《理性》を、ダンテは《感情》を表わしている。理性が常に感情を先導するのである。

＊6　リンボを知るためには、キリスト教の神学的な知識が必要となってくる。ここでの「幼児」とは未洗礼の幼児を指す。洗礼を受ける間もなく亡くなった幼児は、キリスト教徒となっていない（従って、原罪を負ったまま亡くなっている）ために、天国に行くことができない。かといって、自分で犯した罪（自罪）もないため、地獄で懲罰を受けることもない。このため、リンボに置かれている。

＊7　「婦人、男の」とは、自罪は犯していないが、洗礼を受けなかったため、キリスト教徒とならなかった人々を指す。キリスト教徒にならなかったことは不信仰の罪とされる。彼らは古典的な意味では正しく生きた人たちであるが、のちに見る「高貴な城」（106行）の住人のような人類に偉大な貢献をなした人々ではなく、無名であったために、ここ――「高貴

な城」の外――にいる。

＊8　リンボには肉体の呵責は何一つない。だが、キリスト教徒ではないため、神にまみえることができない。彼らにあるのは唯一この悲しみだけであり、この心的苦痛が溜息となって漏れ出る。

＊9　キリスト教以前に生きた異教徒を指す。彼らはキリストを信仰していなかったため、「正しく神を敬わなかった」と言われる。このような不信仰は消極的不信仰と呼ばれ、自分から進んでキリストを信仰しなかった積極的不信仰と区別される。「正しく神を敬う」とはどういうことであろうか。キリスト来臨以前には、神を正しく崇める方法は一つしかなかったとされる。すなわち、ユダヤ人がしてきたように、ヘブライの信仰方法に則り、嘘偽りの神々の見せる甘い期待と幻想をすべて排し、未来の救世主の来臨を信じることである。その信仰の証は、アブラハム以前は供犠であり、アブラハム以降は割礼となった（中世では、アブラハム以前は供犠だけで、割礼の慣習はなかったと信じられていた）。ユダヤの父祖たちと旧約聖書（神ヤハウェ）を信じるユダヤ人だけが、贖い主の到来を待望しながら生きたのであり、救世主来臨を信じた彼ら正しき者たちは救われることになる。

＊10「私はウェルギリウスだ。信仰を持っていなかったそのためだけに私は天を失った。それ以外の罪のせいではない［＝自分には原罪しかなかったのであり、自罪を犯したからではない］」と煉獄篇第七歌7－8でウェルギリウスが述べているように、ダンテは消極的不信仰者が、原罪のみで自罪を犯さないことが可能だと考えていた。これは当時の神学からすれば、破格の進歩である。というのもトマス・アクイナスもアルベルトゥス・マグヌスも、異教徒が原罪のみで自罪を犯さないことはあり得ないと考えていたからである。この点でもダンテの神学が中世の枠を越えていかに進んでいたかが判る。ダンテはそれほどまでに古典古代を高く評価していた。

＊11　神にまみえたいという思い。

＊12「宙吊り sospeso」とは、歓びの状態（天国）でも悲しみの状態（地獄）でもなく、その中間に置かれている状態を指す。いわば天秤が歓びと悲しみの間で平衡を保っているような状態である。また、sospeso は裁判の未決状態（最後の審判で決定される）にも使われ、この意味も掛けられている。

＊13「自らの徳ゆえに」とは旧約の聖なる父祖たちが有していた功徳を指し、「誰かの徳ゆえに」とは、ペトルス・ロンバルドゥス（『命題集』Sent. IV, dist. I, 8）が述べているように、「両親の信仰」を指している。ここでもダンテはトマスに従っていない（トマスは、両親の信仰によっても不可であるとしている）。のちにダンテは天国に行った時、「（アダムからアブラハムまでの）最初の時代には救われるのに無垢と両親の信仰だけで十分であった」（天国篇第三十二歌76－78）と教えられる。このようにダンテはトマスよりもできるだけ多くの人間を救おうとしている。天国には洗礼を受けた嬰児たちだけではなく、（キリスト来臨以前の）割礼を受けた嬰児

に加え、（アブラハム以前の）両親の信仰を通じて救われた嬰児たちがいる。

＊14 自分が亡くなってまもなく、の意味。ウェルギリウスは紀元前一九年に亡くなっている。キリストが死んでリンボに降りて来るのが、紀元後三三年と信じられていたことから、ウェルギリウスが死んで、五十一年後の出来事を指している。

＊15 新約聖書には、キリストが墓に葬られて復活するまでの間のことは何も記されていないが、ギリシャ語原典の「使徒言行録」二：二四の θάνατος「死」がウルガータ聖書で infernus「冥府（黄泉）」と訳されていたため、公的にもキリストは冥界降りをしたと信じられていた。「ニコデモ福音書」（外典）にはキリストの地獄降りが詳細に描かれており、中世ではこの物語も真実と信じられ、ダンテもこれに従っている。すなわち、キリストは金曜日に磔刑に処され、日曜日に復活するまでの間も精力的に活動を続け、その間に地獄を制圧し、死と悪魔に打ち勝ち、旧約の義人たちを地獄から解放し、彼らを天へと引き上げたと信じられていた。

＊16 ここから代表的な旧約の義人がリスト・アップされる。ここで言及されているのはキリストによって天に挙げられた人たちの一部である。例えば、エヴァの名が挙げられていないが、彼女も天国にいることが天国篇で語られる。

＊17「その（十二人の）息子たち」とはイスラエルの十二部族の各族長。

＊18 天国の魂は「聖者」にして「至福者」と呼ばれる。

＊19「イエスの受難による贖罪以前にいかなる魂も救われることはなかった」の意味。キリストの贖罪死により、それまで閉じていた天の扉が開き、アダムの創造以来初めて人は救われて天国へ行くことが可能となった（それまでの五二三三年間、誰一人救われず、全員地獄界にいた）。このことを人類史における最大の出来事とみなすキリスト教は、これを記念して西暦（キリスト暦）を作り、キリストの生誕を人類史の基準点とした。

＊20「森」があったわけではなく、鬱蒼と茂る森のように霊たちがひしめいていたのであり、比喩である。「高貴な城」の外にいる無名の一般人は物言わぬ植生に喩えられる。

＊21「一つの火」は光り輝く「高貴な城」を指す。「高貴な城」の住人は自身の徳から理性の光を周囲に発して闇を照らしているため城全体が光の半球となっている。ただし、「半球」とされているのは、完全な球となる光明ではないからである。あくまでも古典的・自然的完成を意味しており、キリスト教的・超自然的な意味では不完全であることを寓意している。古典的な徳である枢要徳とキリスト教的な徳である対神徳とが合わさって初めて真球が形づくられる。

＊22「様子」とは様態のことであり、ダンテはリンボを二つに区分している。学芸によって人類に多大の貢献をし、秀でた徳や生き方で現世の人々に模範を示し、不朽の名声を残した人たちと、そうでない人たちである。後者は、大地に根を張る森の木々のように濃密な闇の中にじっとして溜息をついて

いる。一方、前者は彼らとは反対に「高貴な城」に自由に出入りし、輝く光に包まれ、穏やかな大気の中、緑つややかな草原にいる。後者が言わば植物的な運動のない不活性状態にあるのに対し、前者は動物の活性状態にあって自由に運動できる。

＊23　生前の善行と貢献から生み出された栄えある名声の有無によってリンボの住人は二つの集団に分けられるが、両者を分かつ分岐点は、彼らの名前が地上に響き渡っているかどうかである。これが所謂無垢の人と高貴な城の住人とを分かつ。ここには霊的な意味が隠されている。とりわけ、アリストテレースに対する描写にそれが表現されている。高貴な城の住人とそうでない無垢の人の違いは、いかに多くの人から尊敬され崇敬されているか、すなわち、いかに多くの人の心の中に生きているか、それによって決まる。高貴な城の住人が生前成し遂げた偉業に共感し崇拝し、人生の道標とした人が数限りなくいたこと、そして多くの人の心の中で彼らが生きていること、これによって彼らは死後特別な座に押し上げられる。生者のエネルギーは強力で、死者の徳を加重・加速させる（それが最もよく示されている世界が煉獄である。このテーマについては煉獄篇第三歌で論じられる）。それ故、単に有名であればよいという意味ではない。人類に対する貢献によって人々の心の中に彼らが生きていることが重要となる。セネカは言っている。「かの聖なる見識を築いてくれた最良の人々はわれわれのために生まれたのであり、われわれのために人生を用意してくれた人々である」（『人生の短さについて』第十四章）と。このように、その功績に感謝し、語り継ぐ多くの人々の中で生きることによって死者は生前以上の存在になる。反対に、社会性を持たない所謂無垢の人は、個人的には罪を犯さない、仙人のような生活を送ったが、他者に尽くしたり、尽力したことがなかったため自己完結しており、感謝されたり、語り継がれることがなかった。かくして死後、不活性の状態にあり、植物に喩えられる。高貴な城の住人の場合、その名声が現世の人々の中で生きていることによって死後の彼らの魂は活性化させられる。人は社会性があってこそ人間として完成される。

＊24　ここにはリンボの心的状態と賢者（大いなる精神の持ち主）の心の状態が重ね合わされている。ストア的賢者は外的なものに左右されない。「順境に浮かれることもなく、逆境に心乱されることもない」（アノーニモ）。この彼らの理想の精神状態は、また、キリスト教の視点から見れば、宙ぶらりんの状態とみなされ、キリストの真の喜びを知らない者として再規定される。「宙吊り sospeso」にはこのように二重の意味が込められている。

＊25　「《剣を手にしたホメーロス》というこのイメージは本質的に中世的なものである。古典的伝統が老吟唱詩人に当てた盲目性に全く思いが至っていない」と、仏のダンテ学者ルノデは論じているが、これは『神曲』の霊的世界を知らない的外れな指摘である。確かに《剣を手にしたホメーロス》とい

うイメージは本質的に中世的なものであり、『イーリアス』が語るトロイア戦争を暗示させていると言えるが、元々戦争を描く詩が叙事詩であった以上、ダンテはこのイメージによって叙事詩の生みの親としてのホメーロスを示しているのである。またルノデはダンテが「老吟唱詩人に当てた盲目性に全く思いが至っていない」と述べているが、ホメーロスのこの余りに有名な伝統的なイメージ（盲目の詩人）をダンテが知らないわけがない。ダンテがここでホメーロスを他の詩人を引き連れて先頭を行く詩人として描写しているのは、全く別の意図からである。ダンテは、ホメーロスが生前盲目の詩人であったことを前提にしながら、故意にここでは他の詩人を先導する《目明きの詩人》として歌っている。なぜなら死後は肉体を持たないため、盲目である必要などまったくないからである。それどころか、ダンテ自身が霊界の法則を明かしているように「死後、他の能力はみなすべて［一時的に］黙してしまうが、記憶力、知力、意思は生前よりも遥かに鋭敏な活動を開始する」（煉獄篇第二十五歌82－84）。死後の魂は、生前の肉体状態によって規定されることは決してない。生前、盲目だったからといって、死後も盲目になるということはない。それどころか、人間は死ぬと、肉体という障壁がなくなるため、何にも邪魔されることなく、魂が持つ固有の力を十全に発揮しうる状態になる。まさにホメーロスは死ぬことによって彼が持つ固有の卓越した能力が顕わになっている。フィグーラ（投影写像）の観点から言えば、生前のホメーロスの成就された姿が、今ここに現われている《ホメーロス》であり、まさにダンテの描写するこの姿の中にこそ、詩の王にして他のすべての詩人を導く偉大な詩人としての本質が顕われているのである。ダンテはホメーロスが確立した叙事詩を『神曲』において引き継いでいる。戦争を描いたかつての叙事詩は、今や魂の葛藤を描くという点で現代化されている。

＊26　古代ローマの大詩人（前六五－前八）。日本文学と異なり、ヨーロッパでは既存の臆見や社会・政治を風刺する詩——批判精神——が極めて高く評価される。これも西洋文学の持つ社会性の表われであり、実際、『神曲』は巨大な社会風刺の詩としても読むことができる。ダンテは批判的精神の継承者としてホラーティウスの直弟子でもある。なぜなら芸術は本質的に政治的要素を含まないではいられないからである。芸術家が純粋に芸術家だけであることはあり得ない。詩人といえども、その前に一個の人間であり、他の多くの人々と同じように、この世の中で暮らしていかなければならない。

＊27　天寿を全うした文学界のモーツァルトと言うべき大天才（前四三－後一七）。口をついて出る言葉はみな詩となった（『悲しみの歌』第四巻第十歌）。天才の名をほしいままにしていたが、皇帝アウグストゥスの逆鱗に触れてルーマニアのコンスタンツァ（黒海沿岸）へ追放され、当地で悲しい晩年を終える。彼の『変身物語』は中世を通じてヨーロッパで最も読まれた文学作品であり、その影響は無尽蔵である。世界

の文学作品に与えた影響という点では『神曲』よりも大きい。ダンテが文学的に最も負う詩人がウェルギリウスとオウィディウスであり、『変身物語』はウェルギリウスの『アエネーイス』と並んで『神曲』の教科書となっている。死後の魂の変容はなべて『変身物語』の延長線上にある。『神曲』はキリスト教版の魂の変身物語であり、『神曲』によってダンテはオウィディウスを超えていく。

＊28　二十五歳で自殺を命じられた夭折の天才詩人（後三九―六五）。修辞学者セネカを祖父に持ち、有名な哲学者セネカとアカイア総督のガッリオー（『使徒言行録』一八：一二―一七）を伯父に持つ。『内乱賦』がルーカーヌスの現存する唯一の作品であり、最初の三巻までを二十三歳頃に発表している。後に、ネローの不興を買い、伯父セネカ同様、自決させられた。かくしてこの叙事詩は未完に終わり、現存するのは十巻までである（おそらく『アエネーイス』同様、全十二巻を構想していたと考えられている）。「印象の強烈さ、力強さ、迸るパトスという点でラテン文学随一」と評されるが（ダンテもこれを学び、受け継いでいる）、残念なことに日本ではあまり馴染みがない。『内乱賦』における小カトーの演説は世界の文学史に残る白眉である。ルーカーヌスの影響を、『神曲』の随所に見ることができる。

＊29　「鷲」は最も天高く飛ぶ鳥とされ、それ故、天上の神に最も近い神的な鳥とみなされ、ゼウスの稲妻を運ぶ聖鳥とされた（時に、ゼウスは鷲に化身する。神話的に言えば、神が時間の領域に降りて来た《形》が鷲である）。また、ローマ帝国のシンボルでもあり、『神曲』では神やローマ帝国、正義の象徴として用いられる。

＊30　偉大な古代の詩人たちがダンテを仲間に迎え入れるということは、ダンテの詩が彼らの詩に直接連なることを意味しており、ダンテは自身を古典の詩の直接の継承者として位置づけている。そして、これによってダンテはイタリアの同時代の詩人から対置され、一人隔たることになる。ここでも第二歌で示された自己定義がなされている。すなわち、ダンテは詩人として自分を古典の継承者と定義しているのである。古典の詩人を手本とし、継承する唯一の詩人であると宣言することは高慢でも何でもない。それは自己の誠実な評価であり、人は自己を宣言することによって、そのものとなる。ダンテは自己を否定するのではなく、自己を宣言することによって自己を肯定することを第二歌で学んだばかりである。これが大いなる精神の行為であるのに対して、怯懦な者はこれを――自己の素晴らしさを――否定する。それ故、「六番目というのは謙遜という視点から読まれるべきでも、高慢さという視点から読まれべきでもなく、反対に、自身の詩が占める位置に対するダンテの完全な自覚という視点から読まれるべきものである。実際、十四―十五世紀、『神曲』は俗語のテキストでありながらも、偉大なラテンの古典に肩を並べる唯一のテキストとして大学で用いられていた」（リッチ）のであり、何よりも歴史がダンテの自己評価を証明してくれて

いる。従って、全員が素晴らしい詩人である以上、ダンテは、ここで詩人の優劣を階級化・序列化しているわけではない（ソポクレースとシェイクスピアのどちらが偉い劇作家か序列化することに意味がないのと同じである）。そして、「六」という数字は「序列」ではなく、「性質」を表わしている。「六」は、ダンテにとって「正義」を表わす象徴数であり、「六」によって自身が正義と帝国の復活を歌う詩人であることを自己定義しているのである。

＊31　これらの描写はみな心を智慧で武装する寓意表現である。古代ローマでは哲学は心の高城に喩えられる。「高貴な」と呼ばれるのは、ここでは古典的・自然的な完成に達しているからである。「高い城壁が七重にこれを囲んでいて」は、七つの丘に囲まれたローマがその予型となっている。「七」は七つの自由学芸を意味すると同時に、四大徳（思慮深さ、正義、意志の堅固さ、自制心）と三大知（知性・学知・叡智）を象徴しており、これらが心を守っている。「美しい小川」は現世の空しさ・儚さを表わしている。「というのも、それは水の如く流れ、すばやく移り去ってゆくからであり、外見は美しく映れど、束の間で儚いものだからである。なぜ小川が城を護ることができるのかと言えば、叡智の敵である無知なる者や堕落した者たちは感覚的な快楽しか感じないため、現世の空しき悦楽に捕らえられてしまうからである。こうして彼らが知恵と知恵者の両方を駄目にしてしまうのを防ぎ、かくして、空しきものを追い求める者は、智慧の城には入って来られないのである」（ベンヴェヌート）

＊32　詩人たちが、固い土の上を歩むように、足を濡らすことなく渡る美しい小川は《世俗の富》を表わしている。有徳の者もこれを使うが、彼らがそれに愛着を示すことはない。地上の富に執着する者は徳から逸脱する。なぜならその流れに足をすくわれ、その虜にされるからである。一方、詩人も哲学者も学究に励むためには財を必要とするが、六人の詩人たちはその富の上を歩いて高貴な城へと入っていき、その輝きに目が眩んで立ち止まることもなければ、それに執着することもない。「現世の富を象徴する小川は美しく輝いているが、流れる水のように速やかに逃げ去ってゆく。賢者はこれを固い土を踏むように渡らなければならないが、彼らの足には愛着がないため、その中に沈むこともなければ、流れに足を捕らわれることもない」（ボッタジージョ）

＊33　「七つの門は中世の大学の三学科（文法、弁証法、修辞学）と四学科（算術、幾何、音楽、天文学）を表わしている」（キメンツ）

＊34　「緑」によって偉大なる精神が現世において獲得し、死後も損なわれることなく保たれる、誉れある名声の永久に緑なるさまが表わされているが、単に常緑の名声だけを比喩するものではない。「ここで私が言う《緑》とは、真の平和の果実をもたらすものである」（「第五書簡」十六）とダンテが記しているように、真の平和の果実を世界にもたらす心の性質と静謐を象徴している。

＊35　小川に象徴される貪欲を踏みしだくことで初めて「緑」という平和の果実をもたらす土台が生まれる。緑が真の平和という果実をもたらす象徴である時、緑の上に憩う賢者や詩人たちは、まさに高貴さの果実そのものであるとともに、真の平和の果実をもたらす種でもある。彼らは内に緑という平和を孕み、外に緑という平和を芽生えさせた人々であり、彼らの心の性状が緑で表わされている。彼らは平和を生み出す原因であると同時に平和の結果（果実）なのである。なぜなら外なる平和 pace と内なる平安 pace の下でこそ、道徳的・知的緒徳が芽生え、芸術と学問が花開くからである。そして、これをもって人間は真の高貴さ、人間の自然的完成に達することが初めて可能となる。これを妨げるのが、まさに荒れ野をうろつく「平和なき sanza pace」《三匹の獣（高慢・嫉妬・貪欲）》（第一歌58）である。

＊36「大いなる精神の持ち主の性向が、威厳のある落ち着いた声とゆっくりとした話し方や動作を求めるのは明らかである」（トマス・アクイナス『ニコマコス倫理学注解』第四巻第十講七八二）

＊37　ダンテが高貴な城の中で最初に目にする集団は、活動的な生を送った有徳者たちである。

＊38　エーレクトラーはアトラース神とプレーイオネー（大洋神オーケアノスの娘）から生まれた七人の娘［プレイアデス］の一人。彼女はゼウスと交わってトロイア王家の始祖であるダルダノスを産んだ。このダルダノスから孫のトロース（トロイアの名は彼に由来）、曾孫のイーロス（トロイアの別名イーリオンの名は彼に由来）を始め多くの子孫が生まれ出る。イーロスの孫がプリアモス王である。ダンテは彼女を「大いなる名声の王アトラースより生まれし最も古き始祖」（『帝政論』第二巻第三章一一）と定義している。ここで注意を払うべきは、トロイア王家の始祖としてエーレクトラーが挙げられている点である。例えば、『アエネーイス』（第六巻六四八－六五〇や第八巻一三四－一三六）に見るように、一般に古典の伝統では、トロイア王家の先祖はテウクロスやダルダノスを以て示すのが通例である。ダンテはこの伝統に反し、トロイアの並みいる王たちを差しおいてトロイア王家の始祖としてエーレクトラーを挙げている。ダンテ以前に、始祖としてエーレクトラーが挙げられたことはなく、ダンテが初めてである。始祖は伝統的に男性で示される。聖書の系譜においても男性の系譜が語られる（マリアの系譜が語られることはなく、あくまでも父ヨセフの系譜である）。ここにダンテの独創性と意図を見て取ることができる。また、ダンテは活動的な徳の具現者として十四人の名前を挙げているが、女性を低く見る当時の風潮に抗してその筆頭に女性を置くだけでなく、十四人のうち女性を半数以上——八名——挙げている。ダンテが地獄で最初に出遭った人物が教皇（男性）であったことを鑑みれば、当時の男尊女卑の社会通念に対するアンチテーゼ以外の何ものでもないことが判るであろう。男性のキリスト教徒だから救われる保証など何もない。神は魂の霊的

な視点からのみ人物を評価するとダンテは信じているからである。男でもなければ、女でもなく、魂としての善さ、正しさだけが神の評価基準となる。その際、性差のみならず、キリスト教徒であることや西洋人であることも関係ない。重要なことは偏（ひとえ）に魂だけなのである。誰もが、男や女であるよりも前に人間であり、人間の本質は《霊的なもの》、すなわち魂だからである。そもそも魂に女も男もない。貴賤もない。誰もが等しく神に仕える僕として絶対的に平等だからである（煉獄篇第十九歌134－138）。ダンテの時代、救われるのは、女よりも男（女には魂もないと主張する聖職者もいた）、それもキリスト教徒のみで異邦人は論外と考えられていたが、ダンテはそのようなものは何の保証にもならないと主張する。実際、地獄は教皇を始めとする聖職者や富者に満ちた男性社会だが、リンボや煉獄・天国には多くの女性が登場する。この点でダンテは性差を超えるとともに時代をも超えている。ダンテは当時の人々や教会の考えがいかに誤謬に満ちたものであるかを女性の名前を挙げることで批判している。

＊39『イーリアス』に登場するトロイア王プリアモスの長男。トロイア最大の英雄だが、アキレウスに斃される。ヘクトールとアエネーアースは、はとこどうしで、同じ曾祖父イーロスを有する。このため、生前と同様、一緒に名が挙げられている。

＊40　カエサルはダンテにとって最初の至高の君主であり、ローマの君主制の創始者とみなされ、君主制を打ち立てるために神の摂理によって選ばれた人物とされる。

＊41　ウォルスキー族の王メタブスの娘。すでに第一歌107〈106〉で言及されている。アエネーアース（ひいてはローマ）の敵であるカミッラの名前を二度も挙げていることは注目に値する。敵であれ、ダンテは英雄は英雄として扱う。自由のために自らの命を投げ出す英雄行為は、敵だからといって損なわれることはないからである。霊的次元での本性のみがダンテにとって重要であり、ここにもダンテの独創性が垣間見られる。

＊42　ペンテシレイアは戦争の神マールス（アレース）の娘で、アマゾネスの女王。ヘクトールの死後、アマゾネスを率いてトロイアに来援し、多くの者を討ち取るが、アキレウスに右胸を刺されて斃れる。有名なダンテ研究者のボスコは「彼女はローマの歴史と伝説に殆ど関係ない」と述べているが、ダンテが関係もなく名前を挙げることはあり得ない。ダンテが彼女を高く評価しているのは、彼女がカミッラと同様、戦う乙女 *bellatrix virgo* であり、侵略者の手から自国を護ろうとしたからに他ならない。二人ともその自由を擁護するために斃れた者たちである。死後、その褒賞が敗者にもこのような形で与えられている。『帝政論』に見るように、ダンテは自由の擁護に最高の価値を置いている。ダンテ自身も、侵略者ボニファーティウス八世の手からフィレンツェを護ろうとして敗れた者の一人である。このためダンテはカミッラやペンテシレイアに独自の関心を寄せている。また、男性戦士ヘクト

ールとアエネーアースとともに、カミッラとペンテシレイアの名を挙げている点も見過ごすべきではない。女性は家でおとなしく錘を巻く者とみなされていた中世において、女性戦士の名をわざわざ挙げているからである。ここでもダンテの女性に対する異例の扱いに当時の読者は驚きを覚えたはずである。

*43 イタリア先住民の王であり、ラーティーニー族の祖。娘のラーウィーニアがアエネーアースと結婚してローマの高貴な血筋シルウィウスを生み出すことになる。

*44 ダンテは「乙女のラーウィーニアは父の傍に立っている」(『アエネーイス』第七巻七二)を忠実に踏襲している。この三行詩節でもアエネーアースの敵とアエネーアース側の人物が、二人ずつ等しく配置されている。

*45 カエサルを暗殺したブルートゥスではなく、ローマ七代目の王タルクイニウス傲岸不遜王(在位:前五三四－五一〇)を追放して王政を排し、共和国の初代執政官となった人物を指す。愛国者の代名詞として、また人民の自由を抑圧する圧制者に対抗した自由の擁護者として挙げられている。ブルートゥスとはラテン語で、馬鹿、阿呆、たわけ者の意味であり、彼は痴れ者を装うことで、タルクイニウス王から死を免れたことより、ブルートゥスと綽名された。ダンテは『饗宴』第四巻第五章一二－一四で、ブルートゥスたちを「人間的市民」ではなく、「神的市民」と呼んでいる。それは単に王政から共和制への移行が彼によってなされたということだけなく、彼の中に《自由の擁護者》をダンテが見たからである。

*46 執政官の娘で、ブルートゥスと並ぶ執政官タルクイニウス・コッラーティーヌスの妻。彼女はタルクイニウス傲岸不遜王の息子セクストゥスから恥辱的な暴行を受けたため自刃した。この出来事を受けて、彼女はローマの尊ぶ徳の一つである羞恥心・廉恥心 *pudor/pudicitia* の代名詞とされた(ここでは《節制・克己 Temperanza》の象徴とされている)。彼女の死が契機となって、タルクイニウス王家に対する反乱が起こり、彼女の叔父ブルートゥスが先頭に立ち、共和制が生まれることになる。彼女のこの不幸がローマ帝国の鷲を飛び立たせたのであり、ダンテはここに神の摂理を見ている。神は個人の不幸を不幸のまま終わらせはしない。不幸な死を遂げたルクレーティアにはその誉れにふさわしい場所を死後与えているのである。神は長い歴史の中で悪を善に転化するのであり、それが神の摂理である。また、彼女にも自由のテーマが託されている。彼女が肉体を征服されようとも、自害することで心の自治(自由)を護ろうとしたからである。自らの尊厳を護るために「自分の血を流して、汚れを洗い流した」(ブーティ)高貴な人物としてダンテは彼女の名をここに記して永遠化している。ダンテが人間の自由や尊厳を地上の最高の価値と考えていることが、こうした人物名から了解される。彼女にとっての自殺は自身の心の自由を守り通すことの表われであり、ダンテは彼女の死を人生からの逃避としての

自殺とみなしていない。自殺者は第七圏第二冠状地に送られる定めだからである。

＊47 ユーリウス・カエサルの娘で、ポンペイユスと政略結婚させられた。ダンテは彼女を《賢明 Prudenza》の象徴として高貴な城に置いている。それは、互いに仇敵同士の父と夫への愛を両立させ、両者を和合させることに成功し、その結果、両巨頭の愛の絆となったからである。ダンテは愛の絆による和合をこの上なく高く評価する。一方、下層地獄は、愛の絆による人間同士の和合を破壊する者たちの領域であり、ユーリアはその意味でも地獄と対立する生き方をした女性として高く評価されている。

＊48 大カトーの曽孫ウティカの小カトーの妻。『饗宴』第四巻第二十八章でダンテは、小カトーとその妻マルキアの生涯に、人間の魂が辿る変遷の寓意を読み込んでいる（ダンテはローマ帝国を神から選ばれた唯一の世界帝国として神的なものとみなした結果、偉大なローマ人の人生は、単なる通常の人生とは違って、特別の意味が寓意されていると信じていた）。ここではマルキアは《正義 Giustizia》の象徴とみなされている。この夫婦に関しては煉獄篇第一歌を参照。

＊49 大スキーピオーの娘で、ローマの至宝グラックス兄弟の母。コルネーリアは女性の徳の誉れとして有名で、彼女については天国篇第十五歌129でも言及されている。世界史で有名なグラックス兄弟ではなく、その母親の方を挙げているところがダンテ的である。彼女は男性的な剛毅さと度量の大きさで知られていた。そのため、彼女は《剛毅 Forezza》の象徴と考えられる。二人の息子が殺されて悲しみに暮れているとき、彼女はこう言ったと伝えられている。「私はどうやって自分を不幸な者と呼ぶことができましょう。あのグラックス兄弟の母なのですから」と。ダンテはローマ帝国を神から選ばれた君主制とみなしていたため、ローマ人も神の摂理によって選ばれた神的な市民とみなしていた。このため、ローマ人はこのように特別の扱いを受けている。

＊50 サラディン（一一三七／八―一一九三）は尊称で、本名はユーフス（ヨセフのアラビア名）と言い、のちに彼に与えられた《サラーフ・アッディーン「（イスラーム）宗教の救い」》という尊称がヨーロッパで《サラディン》と変化した。イラク北部の町ティクリート（サッダーム・フセインもこの町の近く出身）に生まれたクルド人。一一六九年にエジプトの宰相となったときを、歴史家はアイユーブ朝（―一二五〇）創立の年とみなしている（サラディン自身は「スルタン（王）」を名乗ることはなかった）。やがてイエメンとシリアを統合し、ヒッティーンの戦い（一一八七）で十字軍の本隊を壊滅させ、八十八年ぶりに聖地エルサレムを解放する。この知らせがヨーロッパに届くと、独・仏・英で聖地奪還の第三回十字軍が興った。言い伝えによると、ヤーファーの戦いの折、サラディンは戦闘中に落馬したリチャード一世獅子心王に二頭の馬を献上したとされている。また、キリスト教徒のエルサレム巡礼に門戸を開き、参詣（さんけい）を終えたキリスト教徒

には護衛を付けてヤーファーへと送り出してやった。リチャード一世獅子心王はサラディンに使いを送り、十字軍当局の証明書を持たない信者には巡礼を認めないよう求めたが、サラディンは「神は聖地へのキリスト教徒の参詣を喜び給うであろう」と述べてこれを拒否したと言われている。また、一一八七年サラディンが念願の聖地入りを果たしたとき、多数のキリスト教徒の捕虜の身請けに対して自分の懐から支払ってやり、戦闘で亡くなったキリスト教徒の騎士の妻子たちには見舞金を分け与えてやったと言われている。一一九三年（五十五歳頃）に黄熱病で死去。こうした彼の逸話の中に高貴な精神のすべてが映し出されている。キリスト教徒の敵でありながらも、誰よりも高潔・寛厚であったサラディンはイスラームの《自由のために闘った》闘士であり、敵に対して寛大に接し、敵味方なく公正に扱ったことにより、ダンテは彼を高貴さの鑑としてここに置いている。ダンテはすでに『饗宴』第四巻第十一章十四で、度量の大きい惜しみない心の持ち主の例として彼の名前を挙げているが、ダンテのみならず、寛大な性格と行ないとによって、サラディンは騎士道精神の模範として、アラブ騎士道の達人、慈悲深き高潔な人物、と中世で称揚されていた（『ノヴェッリーノ』第九話、二十五話、七十三話、七十六話、ボッカッチョ『デカメロン』一日目の第三話、十日目の第九話）。「一人離れて」と記述されているが、その理由は時代的に他の者たちから千年以上も離れているためと思われる。古代の有徳者と一緒にイスラーム教徒が置かれていることは特筆すべきである。ここでもダンテは当時の神学に従わず、自身の信念に従っている。

＊51 ダンテが高貴な城の中で目にするもう一つの集団は《観想的な生を送った有徳者》たちである。

＊52 中世ではアリストテレースが最大の哲学者とみなされていた。そのため「哲学者」と言えばアリストテレースを指していた。ソークラテースとプラトーンがアリストテレースの一番近くにいるのは、ソークラテースの弟子がプラトーンであり、プラトーンの弟子がアリストテレースだからである。

＊53 原子論を指す。原子の偶然の結合によって物が――世界が――生み出されると考えたことから、ダンテはこのように紹介している（後に続く哲学者たち――ソークラテース、プラトーン、アリストテレースは、デーモクリトスの答えには満足しなかった。これらの思想家は偶成ではなく、究極原因や究極目的についての見解を求めて止まなかった）。ダンテは「創世記」に記されているように、この宇宙が生まれたのは神の意思であると信じていた。原子論は中世キリスト教の時代を通じて糾弾され、その書物はことごとく焚書にされた（その結果、デーモクリトスの著作は何一つ現存していない）。自分の思想と対極に位置するデーモクリトスを有徳者としてリンボに置いていることは特筆すべきである。中世のキリスト教教父たちはこのような態度は決して取らなかった。

＊54 犬儒派（キュニコス派）のディオゲネース（前四〇〇頃－三二五頃）を指す。キュニコス主義は、哲学というよりも、

一つの生活態度（犬のような《人間の》生き方）であると言った方が適切であろう。この生き方（生活態度）はキリスト教の時代まで存続している。東方教父たち、特にナジアンゼーノスの聖グレーゴリオス（三二九–三八九）やカイサレイアースの聖バシレイオス（三三〇頃–三七九）はキュニコス派的生活態度を称賛している。その主要な教えは、「自然に合致した生活」こそが徳のある生き方であり、唯一重要なのはこれだけであり、他のすべては迷妄に過ぎないとする。キュニコス派の言う「自然に合致した生き方」とは必要なものをギリギリの最小限にまで切りつめた生き方を指し、裸足で一枚のぼろをまとって、さまよい歩く乞食の生活である。ここから、《杖》や《ずだ袋》が彼らのシンボルとなった。これはソークラテースの生き方、「必要なものは何もない」を生活スタイル化したものであり、ソークラテースの影響を受けている。また、乞食の生活はアッシジの聖フランチェスコの姿に二重写しにされるように、キリスト教の清貧思想と通じるものがあったため、キリスト教教父たちから称賛された。彼らの食物といえばレンズ豆であり、飲み物は水だけだった。彼らは、完全なる貧困とあらゆる世間的な束縛から超脱した生活によってこそ、人は運命の与える変化や偶然に完全に耐えられるようになり、乱されることのない平安を得ることができると考えた。

＊55　前五世紀の多元論者。多元論者とは《存在》が《非存在》へと消滅することもなければ、《非存在》が《存在》へと生成されることもないというパルメニデースの論を受け容れた上で、多数の《（基本的）存在》を措定することによって世界の現象の変化と多様性を説明しようとした人々を指す。彼らは皆、生成・消滅は名目上のことであり、人間の思いなしにより生成消滅と認識するだけで、真実においてあるのは不変の存在だけだと主張した。エンペドクレースの場合、この《存在》に当たるのが《四元素》であり、アナクサゴラースの場合は《種子》であり、デーモクリトスの場合が《原子》となる。

＊56　前七世紀から六世紀の自然哲学の祖。彼が初めて万物の原素・起源 ἀρχή とは何であるかという大問題を提起し、ここから西洋哲学が始まる。この問いのどこに独創的な価値があるかと言えば、それまでの人類の思考が、今あるものの前に何があったのか（神話的手法→実証不能）を問題にしてきたのに対して、タレースは、今あるものの前に何があったかという時系列による変化ではなく、世界が何からできているか（科学的手法→実証可能）を探ったからである。言い換えれば、世界を構成する全物質は、ありとあらゆる多様性を示すが、共通するところが極めて多く、それは本質的には同一の素材からなるに違いないという洞察がこの問いの前提となっている。現象は多様であるが、見かけのこの多様性を取り払い、深奥の本質的な真なる原理を見いだそうとする。それはまだ片言の言葉に過ぎないが、このとき、人類は新しい言語を発見したのである。これは、世界は理解し得るという第

一段階の確信に向かっての最初の動きであった。タレースの偉大さは存在の断片を相手にしないで、存在そのものをその普遍性のまま対象とした点にある。これは実用的な知識ではなく、形而上学の誕生を、すなわち、哲学の誕生を意味していた。存在全体を相手にし、存在の本質を論じたからである。

＊57　前五世紀の多元論者。シチリア島アグリジェント（古名：アクラガース）出身。現在アグリジェントの港は、彼を記念して「エンペドクレース港」と呼ばれている。エンペドクレースは、パルメニデースに倣って、自らの思想を叙事詩の韻律によって著し、後代の哲学詩人の先駆けとなった。エンペドクレースは『自然について』という宇宙論詩の中で四元の結合と分離を《愛 φιλία フィリア》と《憎（闘争）νεῖκος ネイコス》の二大原理によって説明している。《愛》が世界の中心を占め、支配している時、四元は互いに調和し、結合して一つになり、《憎》は世界の外に追いやられる。《憎》が世界の内に入ってくると、四元相互の離反が生じる。こうして生成消滅、運動変化の諸相が現われる。《憎》が世界の中心を占め、支配する時、四元は完全に分離し、離ればなれになり、《愛》は外へと追いやられる。しかし、《愛》が再び世界の内に入ってくることによって四元相互の結合が再び始まる。ここでもまた生成消滅、運動変化の諸相が現われる。世界はこの四つの時期の恒常的な交代として説明される。偉大な詩人は、誰もが彼のように高邁で深遠な思想を、詩によって表現しようと試みた（それに成功したのは、古代ローマではルクレーティウスとマーニーリウスだけであったが）。そして今、ダンテが『神曲』において試みているものでもある。ダンテはエンペドクレースの著作を直接には知らなかったが、彼もこの系譜に連なる哲学詩人であることは知っていた。彼の永劫回帰の思想をダンテは第十二歌でウェルギリウスの口から言及させている。

＊58　前六世紀から五世紀のエペソス出身のこの哲学者の思想内容を簡単にまとめることは不可能である。彼の思想が難解だということだけでなく、彼が自身の思想をアフォリズムの形でしか語っておらず、断片としてしか残っていないからである。ダンテがヘーラクレイトスの思想を正確に把握していたとは思われないが、アリストテレースの『形而上学』やトマスのその注解によって簡単には知っていた。例えば、彼が万物のアルケーとして《火》を想定していたことなどである。

＊59　ダンテは『饗宴』第三巻第十四章八と第四巻第六章九、第二十二章四と同第二十二章四の三箇所でゼーノーンの名前を挙げているが、最初がパルメニデースの弟子であった前五世紀の（イタリアの）エレア派のゼーノーン（《ゼーノーンの逆理》で今も有名）と考えられるのに対し、後の二ヶ所は前四世紀から三世紀のストア派の創始者、キュプロス島のキティオン出身のゼーノーンを指している。ここで言及されるゼーノーンがどちらを指しているか、研究者によって分かれる。ストア派の創始者ゼーノーンの哲学は、第四歌の「高貴な城」の精神によく合致しているため、詩の内容からすれば、

彼の可能性が高い。その哲学のモットーは自然と合致して生きることである。自然は神であり、人間は自然から生まれたものとして運命（＝神）の与えるものを従容と甘受し、それを肯定して生き、かつ死んでいくところに徳の完成があると説いた。

＊60　一世紀のキリキア（トルコ南東部の沿岸地域）のギリシャ人医師。薬草学（金属や土壌なども治療に組み入れていた）を中心とする医書『医薬について』を著した。彼の著書は古代の植物知識を知る上で重要なものだが、彼の名は現代のわれわれにはほとんど知られていない。異教徒といえども、自分たちがその恩恵に与って生きていることをダンテは感謝しているのであり、ダンテの謝意が彼らに特別の恩恵を得させている。

＊61　人類最初の詩人とみなされることが多い、ギリシャ神話の詩人。ホメーロスよりも古い詩人とされているが、ギリシャの伝統的な詩人の系譜とは異なり、その出身地とされるトラキアに暗示されるように、その原型は北方から前六世紀頃に入って来たシャーマン的人物である。

＊62　古代ローマの文人政治家として、ギリシャ哲学の翻案家、翻訳者として最大の人物であり、ヨーロッパで最も重要視された知識人（前一〇六－四三）。文法（ラテン語）と言えば、彼のラテン語散文を指していたし、古代ローマの遺産とは彼そのものであった。ここでダンテがキケローを「高貴な城」に置いているのは、『神々の本性について』『義務について』を中心とする哲学作品の著者（哲学者）としてであろうと一般に解されているが、キケローの存在そのものが古典古代の代名詞であり、西洋文化の代表者としてみなされる以上、そのような限定を設ける必要はないであろう。

＊63　オルペウスの弟子とみなされることが多い、ギリシャ神話の詩人（リルケ『ドゥイノの悲歌』「第一の悲歌」参照）。

＊64　南スペインのコルドバの騎士階級の家に生まれた文人（前四～五頃－後六五）。ダンテは「道徳家」というエピセットをセネカに冠しているが、これはダンテの発案ではなく、セネカに対する中世の慣習的なエピセットに由来する。中世（とりわけ十二－十三世紀）において、古代の哲学者の中で、セネカ以上に「道徳家の」という形容に相応しい哲学者は存在しなかった。それ故、「道徳家の」というエピセットは、「風刺家」ホラーティウスや「幾何学者」エウクレイデースのエピセット同様、最も卓越した者（*auctoritas*）に対するエンブレムとして用いられていると考えるべきである（メッザドローリ）。中世では「道徳家のセネカ」と「悲劇詩人のセネカ」という二人の人物に分けていたとする注釈（サペーニョを始めとして）もあるが、誤りである。それはダンテの後の時代のことであり、ダンテは道徳的な著作と悲劇の両方を、一人の人物セネカが書いたことをよく知っていた。ダンテの同時代人の注釈家であるオッティモも誤りなく一人の人物であると認識している（ビラノヴィッチ）。

＊65　日本ではユークリッドの名前で親しまれているギリシャ

幾何学の創始者（前四－三世紀）。ダンテは、『饗宴』第二巻第十三章二六、『帝政論』第一巻第一章四で彼について言及するだけでなく、その著作『原論 *Elementa*』（ニュートンにまで影響を与えた）をよく心得ており、『神曲』の中で利用している（天国篇第十三歌101－102、第十七歌15）。ディオスコリデースに対して一行半も割きながら、彼ほど重要な人物を「幾何学者」という一語で済ませていることに不満を感じる注釈家もいるが、それは的外れである。なぜならエウクレイデースは、アリストテレースのように、誰もが知っている名であり、ディオスコリデースとは違って、これ以上の解説を必要としないからである。それよりも、ダンテはいかに自身がエウクレイデースの精神を継いでいるか、いかに彼に畏敬の念を持っているかを、陳腐なエピセットや表現などではなく、永遠の幾何学的形式によって語らせている。余人を越えたダンテの独創的な表現方法を説明する紙幅がないのは残念である。

＊66　アレクサンドリアの（クラウディオス・）プトレマイオス（後二世紀）。「幾何学者」のエピセットはエウクレイデースだけでなくプトレマイオスにもかかる。彼の著書『天文学大系』（通称『アルマゲスト』）は余りに有名だが、彼の『地理学大系』も古代の地理学を知る上で最も重要な原典である（後に、コロンブスがこの地図を参考にして新大陸発見の構想を練ることになる）。われわれの意識では「プトレマイオス＝天文学者」だが、彼の卓越した数学能力は古代において伝説化しており（実際、彼の地理学的、天文学的業績はこの数学的計算によって示されたものである）、優れた数学者とみなされていた。ラテン語で天文学者・占星術師のことを *mathematicus* と呼んでいたように、「計算する人」は「天文学者 *mathematicus*」であり、現代のような弁別は存在しなかった（実際、この宇宙の構造はすべて数学の法則によって裏打ちされているため、天文学は最も古い数の科学であったし、今でも数の科学であり続けている）。われわれが知っておくべき重要事項は、ダンテの時代に知られていたπの値はアルキメーデース（『円の測定について』prop.3）とプトレマイオス（『アルマゲスト』6.7.5）そしてフィボナッチ（『実用幾何学』3,4）のものであったということである。ダンテはこれらのπの値を『神曲』の構成に巧みに用いている。

＊67　西洋医学の父と称されるコス島出身の医師（前五世紀頃）。後世に与えた彼の影響で最も有名なものは、四大体液説（血液、粘液、黄胆汁、黒胆汁）と、ヒッポクラテースの誓いと言えるだろう。彼は約百歳で亡くなったと言われ、自らの生が彼の医学的卓越性を証明している形となっている。ダンテは、煉獄篇第二十九歌137でも「あの最高の（医師）ヒッポクラテース」と名前を挙げている（また『饗宴』第一巻第八章五においても）。

＊68　イブン・スィーナー（九八〇－一〇三七）。ペルシャ領トルキスタン近郊のアフシャナで生まれたアラビア学の巨人。若くして百科全書的知識に通暁し、二十歳にして医師として

有名だった。アリストテレースの『形而上学』を四十回も読んで暗記するまでに至ったが、それでも理解できず、ファーラービー（九–十世紀）の著作を読んでようやく『形而上学』の意味を理解することができたと言われる。著作は学問の全領域にわたり、二百種類ほどの作品が彼の著作とされている。「アラビアのヒッポクラテースにしてアリストテレース」と呼ばれたが、彼の『医学典範』は中世では非常に有名な著作であり、医学の教科書としてルネサンスまで用いられている。彼の神学・哲学も中世ヨーロッパに多大な影響を及ぼし、トマス・アクィナスは彼を二百五十回以上も引用している。ダンテ自身も『饗宴』で四回も彼を取り上げている。

＊69　トルコのペルガモン出身の二世紀のギリシャの医師。ダンテは『饗宴』第一巻第八章五や『帝政論』第一巻第十三章六でも彼の名を挙げている。ガレーノスという名前は、彼の父親がその性格から人々に呼ばれた綽名に由来する（ギリシャ語で「ガレーノス Γαληνός」は「優しく穏やかな」という意味）。アレクサンドリアで解剖学を学び、ローマに赴いてからはマルクス・アウレーリウス皇帝やコンモドゥス皇帝の侍医に選ばれた。彼の残した多くの著作は何世紀も医学の教科書として使われた。

＊70　イブン・ルシュド（一一二六–九八）。スペイン南部のコルドバ出身。彼も多数の著作を記したが、アラビア語の原典は余り存在せず、多くはラテン語訳しか現存していない。中世のスコラ哲学者たちは彼のことを「註釈者」と呼んでいた。ダンテもこの当時の慣習に従っている。彼についてダンテは『饗宴』第四巻第一三章八、『帝政論』第一巻第三章九、『水陸論』第五章一二、第十八章四六で言及しているほか、煉獄篇第二十五歌62–66では、トマスに倣って彼の知性単一論を否定しているがその哲学上の重要性は客観的に認めている（イスラーム哲学者たちの著作のお陰で、キリスト教的アリストテレース解釈が容易になったからである）。またダンテがアヴェロエスをリンボに置いたのは、「重要な点（神の光説、知性体説、天体の影響、霊魂の知性部分だけが神によって直接創造されたこと、認識のための照明の必要性など）でダンテ自身が彼の考えに負うている」（ナルディ）ためと思われる。

＊71『神曲』の各歌章の詩行数は予め厳密に定められている。地獄篇では最大百五十七行（第三十三歌）であり、ダンテはその詩的構成上これ以上書くことができない。このため、リンボのリストはいったん打ち切られ、煉獄篇第二十二歌でふたたび追加される。

＊72　ダンテとウェルギリウスが、「うるわしい詩派」（ホメーロスたち）と別れたことを指す。

第四歌解説

第四歌は地獄の第一圏、すなわち、リンボを扱っている。リンボはキリスト教の矛盾の集積所であり、解決不能な問題の先送り場所である。

まず、キリスト以前の人々をどう処理するか、そして未洗礼のまま亡くなった幼児をどう扱うかが問題となる。旧約の義人の場合、アブラハム以前は供犠儀式によって、以後は割礼によって神と結ばれていたとされ、キリストが救い出すまでの滞在場所としてリンボが新設され、問題は解消された。問題は旧約の義人以外の異教徒である。アウグスティーヌスが原罪論を打ち立てたため、未洗礼の幼児はキリスト教徒でないとの理由から地獄に堕ちることになった。当時は地獄と天国しか想定されていなかったからである。しかし、未洗礼といえども、幼児は何の罪も犯していない。健全な精神の持ち主であれば、夭折した幼児は天国で父の許に帰ると想像するが、アウグスティーヌスはこれを許さなかった。幼児といえども、原罪を負う以上、地獄以外の場所はないと断じている（イエスは原罪について一言も語ってもいなければ、旧約聖書もそのようなものを認めていない。ちなみに、マホメットも『コーラン』で否定している）。ここでジレンマが生じる。このため、処理できかねる案件はすべて新設のリンボに送り込んで、処理した（思考停止にした）のである。

例えば、トマス・アクイナスの地獄の構造をまとめると、以下のようなピラミッド構造になる。地獄の一番上には「聖なる父祖たちの地獄」（恩寵あり、刑罰なし）が位置する。のちに、キリストが彼らを救い出すため、キリストの地獄降り以後、この領域は無人となる。その下に「煉獄」（恩寵あり、刑罰あり）が位置する。浄化を終えた者には恩寵が降る。その結果、「煉獄」には死後の魂が流入するが、また浄化を終えてここから出ていくと想定される。出入りのある場所である。その下に「幼児たちのリンボ」（恩寵なし、刑罰なし）が置かれる。ここでは新たな幼児の魂が入って来るだけで、誰もそこから出ることはない。ただし、懲罰はないため、ただそこに存在するだけである。最後の一番下に「地獄の亡者の領域」（恩寵なし、刑罰あり）が位置する。ここも新たな魂が堕ちて来るばかりで、そこから出る者はいない（許されない）。最後の二つの領域では人口が増加するばかりで、減ることはない。

ダンテはこの図式に変更を施し、「幼児たちのリンボ」と「聖なる父祖たちの地獄」を一つにしてリンボに統合し、さらには地獄から煉獄を遠く切り離した。かくしてダンテにおいて初めて地獄（リンボを含む）・煉獄・天国という三界が整然と宇宙空間に場所を得る。トマスのピラミッド構造を見て判るように、異教徒は最初から問題にされていない。彼らは思考の外にあり、なべて地獄の最下層に送られる。ダンテのリンボはキリスト教の枠内において、できるだけ多くの異教徒を救うべく設定されている。洗礼を受けていない以上、キリスト教徒でないため、天国に送ることはできない。だが、彼らのような立派な人々を、とりわけ人類に大きな貢献をした人々を、地獄に置くには忍びないと考えたダンテは、リンボを最大限に活用したのである。

現代のわれわれから見れば、多くの賢者が地獄に置かれていることに違和感を覚えるであろうが、ダンテの時代、そもそも異教徒はキリスト教徒ではないため、最初から地獄に行くものと、一顧だにされていなかった。彼ら異教徒を救ったのはダンテだけである。実際、ここで名を挙げられている賢者たちに注意を向けてみよう。興味深いのは、活動的生を体現した徳の模範者が《ローマ》の始祖のエーレクトラーという《女性》で始まり、サラディンという《イスラーム教徒》で終わっている点である。同じく、観想的な生を体現した徳の模範者が《ギリシャ》のアリストテレースで始まり、アヴェロエスという《イスラーム教徒の学者》で終わっている。両グループとも殿（しんがり）にはイスラーム教徒がシンメトリックに配置されている。それほどまでにダンテは異教の学問（アリストテレースで代表される）を愛し、イスラーム教の学問（アヴェロエスで代表される）であれ、女性（エーレクトラーで代表される）であれ、敵の異教徒（サラディンで代表される）であれ、その普遍的な価値に敬意を抱いていた。これは、ダンテが人間というものを普遍的な価値として捉えていたことを明かしている。中世の堅固なキリスト教教義の枠を打ち破って、ダンテの自由な精神が煌めいているのがこの第四歌であり、ドグマに囚われない開かれた豊かな精神こそがダンテの本質であり、ここからルネサンスが始まる。

また、ここで挙げられる名前の数も象徴的である。旧約の義人は計二十一名、活動的な生を送った有徳者は計十四名、観想的な生を送った有徳者は計二十一名が挙げられている。二十一－十四－二十一と、シンメトリーが構成されていると同時に、いずれも七の倍数となっている。七は恩寵数として知られ、彼らが神から特別の恩寵を受けていることが象徴化されている。合計で五十六名であるが、これに五人の詩人が加えられ、総計六十一名となる。六十一（秘数は七。秘数とは、位を無視して数だけを取り出し、合算して得られる本質数のこと）はベアトリーチェのゲマトリア数（40ページ注27参照）であり、奇跡の恩寵を暗示している。

次に、最初に述べた異教徒の問題に移ろう。キリスト以後に生まれながら、キリスト教徒にならなかった不信心者は《積極的不信仰者》と呼ばれ、救われることはない。これは、ダンテの時代、揺るがし得ないものであった（イエスは「分け隔てしない神」〔『使徒言行録』一〇：三四〕を説いたのに、キリスト教はそれを信じる者と信じない者に分け、「分け隔てする神」を説いた）。

一方、問題となるのは、キリスト以前に死んだ者たちである。われわれ現代人は、彼らはキリスト教徒になろうにも、なれなかったのだから、それで救われないのは理不尽だと感じる。例えば、極東の日本に住んでいた弥生人にはキリスト教に帰依する機会もなかったのだから、キリストを知らなかっただけで、救われないのはおかしいと感じるであろう。ここにキリスト教の本質的な誤りがあるのだが、中世の神学者たちはそれを仕方ないこととして切り捨てる（アウグスティーヌスは、本人の罪とみなしている）。そもそも中世の人は日本のことなど知らない。彼らにとっての世界はヨーロッパと中東までである。その世界の中ではキリスト来臨以前からキリストはおぼろげではあるが、知られていたと考える。旧約の義人たちがそうである。神はキリスト来臨以前から、旧約聖書やギリシャ神話などを通して万人に啓示を行なっており、知ることができた。キリスト教は普遍的宗教であり、太陽の光のようにキリスト以前から万人に啓示されていたというのがトマスの考え方である。それなのに、キリストの神を信仰しなかったのであるから、落ち度は本人にあるとしたのである（現代のわれわれから見れば、独善的で傲慢な考え方だが）。こうした《消極的不信仰者》のまさに典型がウェルギリウスである。彼は『牧歌』の中でキリスト到来を予感しながらも、キリスト教徒たり得ず、異教徒のまま亡くなった。この考え方を枠組みとして踏襲しながらも、納得し得なかったダンテは彼らを救うべくリンボを拡張し、多くのキリスト以前の異教徒をリンボの中で救っている。いわばノアの方舟のダンテ版がリンボなのである。

この短い解説だけでは読者にまだ疑問が残るであろうが、紙幅の都合から次に移らざるを得ない。第四歌の重要な主題は、「彼らはみな、かの一つの声が呼びかけた名称［詩人］を私とともに分かち合っているからこそ、私に敬意を表している。この意味で、彼らの行為はまことにふさわしいものだ」（91－93行）と「うるわしい詩派が一つになるのを目にした」（96行）に隠されている。なぜウェルギリウスはホメーロスたちから「偉大なる詩人をあがめよ」（80行）と言われて、「彼らの行為はまことにふさわしいものだ」（93行）とダンテに述べたのだろうか。謙譲の美徳に似つかわしくないように映るかもしれない。だが、これは高慢さの表われでも、自己過信（過剰評価）でもない。これこそ大いなる精神の持ち主の態度に他ならない。トマス・アクイナスが「徳の報酬は誉れである。それ故、大いなる心の持ち主は諸々の誉れに自身が似つかわしいと自己評価する」（『ニコマコス倫理学注解』第四巻第八講七四八）と述べているように、大いなる精神は自らを知る。自らを知っているということは、自己定義ができていることを意味する。第二歌のダンテは自己を卑下し、自分にはアエネーアースやパウロの資格などないと言っていた。第二歌のダンテは、せっかく見出したものから後ずさりする。自分がそれに相応しくないと考えて、彼岸の旅をためらい、遠ざかろうとする。これは第二歌のダンテが自己定義できていないこと、従って、自己を知らないことを意味している。ダンテは、自己を宣言することは自慢することだと誤って思い込んでいたためである。それが、高慢さになるのではないかと怖れていたからである。こうしたダンテに、大いなる精神の持ち主であるウェルギリウスは、自己を正しく評価し、自己を宣言するよう促す。つまり「小さな心（怯懦）に陥るな、自らを宣言することは傲慢ではなく、大いなる心の顕われだ」と言っているのである。大いなる精神の持ち主とは、自分に値するものを、卑屈さも傲慢さもなく、受け取ることができる人間のことである。第二歌のダンテはそれができなかったが、大いなる精神の持ち主であるウェルギリウスにはそれができる。それ故、このフレーズはダンテの見本となっている。

次に、ダンテは「うるわしい詩派が一つになるのを目にした」と述べているが、これは、彼ら詩人たちが、地上の名前は別々でも、本質世界においては一つの名前しか持たないことを語っている。彼らには詩人という唯一の名前しかない。そのことが「一つの声」という表現に凝縮されている。地上では個別化して、各自、名前を持つが――また死後の世界でも各自の特徴を維持するが――、それでいて一つなのである。そのため、一つである存在においてAを讃えることは、Bを、またCを、ひいてはDを讃えることと同じであり、全体を讃えることと同じになる。ウェルギリウスは、私の名前の下に讃えることは、詩人という私を通してすべての詩人を称えるのと同じだと言っているのである。なぜなら、私はすべてのすべて、各自はすべての中のすべてだからに他ならない。宮沢賢治の言葉を借りれば、「すべてがわたくしの中のみんなであるやうに／みんなのおのおののなかのすべて」だからである。

これを別の視点から説明してみよう。自然界には優劣など存在しない。どの蘭が一番見事なのかではなく、すべての蘭が見事なのである。チューリップは薔薇よりも優れているだろうか。そうではなく、薔薇もチューリップも固有の美しさを持ち、花の美しさが無数に個別化したものである。そのどれもが驚くべき美しさを生み出している。花は美というものを際限なく多様な形で見せてくれる。詩も同じである。詩は叙事詩として顕現することもあれば、抒情詩として、風刺詩として顕現する。ウェルギリウスを讃えるということは、ウェルギリウスの中にある詩人全員を讃えることであり、引いては詩そのものを讃えることになる。彼らは皆詩人だから。それ故、一人の詩人に対してなされた誉れは、すべての詩人の上に帰ってゆくことになる。《誰かに対して為されることは全員に為されることである》。これがウェルギリウスの言葉の真の意味をなしている。だからこそ、ウェルギリウスは《賛美することは善いことだ》と告げるのである。実際、ホイットマンはこう歌っている。

私は自らを称賛し、そして私自らを歌う。
そして、私がわがものとしているものを君もわがものとするがよい。(『草の葉』「私自身の歌(Song of Myself)」)

自己否定こそ自己破壊であり、自己を宣言することは自己を知ることであり、それは正しき行為に他ならないということをウェルギリウスは教えている。われわれが感じる優越感という錯覚は、高次のレヴェルにあるこの詩人たちには存在しない。ホメーロスが蘭であり、ホラーティウスが薔薇であり、オウィディウスが百合だと考えれば、解り易い。こうした高い次元の魂の持ち主においては、自己の評価を、自己卑下からでも高慢さからでもなく、正当に受け取ることができる。詩人たちが互いに賛美し合うのは、それに値するからであり、値するものを受け取ることは、正当な報酬を受け取るのと同様、高慢のなせる業ではなく、大いなる精神のなせる業だとウェルギリウスはダンテに説いているのである。ここにいる詩人はすべて素晴らしい、それ故、彼らの賛美は本質的に正しい。ダンテがここで「一つの声」という表現にこだわっているのはこのためである。

第四歌で論ずべきことは多いが、最後に一点だけ簡単に述べておこう。それはホメーロスを始めとする詩人たちがダンテを案内する構図である。ダンテは詩人たちによって「高貴な城」に導き入れられ、中を案内され、多くの義人、有徳者、賢者たちを紹介される。実は、この構図そのものが一つの寓意となっており、新たな主題を形づくっている。ここにはダンテの教育論が寓意の形をとって表わされているからである。

古代や中世では詩は最初に学ばれた。例えば、古代ギリシャではホメーロスが最初の教科書であった。ダンテが「高貴な城」に入る前、最初に詩人に出会うのも偶然ではない。それは人間としての完徳の模範との出会いであると同時に、詩がすべての学問的経験に先立つことを寓意しているからである。詩は人間の感情に訴えかける。感情は、人間の成長において、肉体の次元の次に花開くものである。霊的に言えば、詩という感情の次元が他の次元（知的・精神的次元）へのアクセスを可能にする。このため、詩人が「高貴な城」へダンテを招き入れ、様々なジャンルの、様々な人々へとアクセスさせるのである。詩が内包する感情と想像力の豊かさを通じて、人は行動と知的学問を豊かに開花させることができる。感情・情緒こそが人間の基礎を作り、次に、知性の次元である真なる哲学――智慧――に向かうことを可能にする。言わば、詩は最初の入り口であると同時に、人間が目指すべき究極の出口でもある。かくして、ダンテはウェルギリウスとともに人間の完徳の城に入り、彼とともに出てゆく。ダンテの案内者としてアリストテレースやキケローではなく、また聖人や天使でもなく、ウェルギリウスが選ばれたのも、彼が詩人だからである。

次の第五歌は第四歌のこのテーマを引き継いでいる。第五歌で旅人ダンテは感じるだけの存在となっている。何も、誰をも批判することはない。ただ感じるだけである。しかも、旅人ダンテは他人の話を聞いて、自分が死んでいくように感じ、まさに意識を失う。ここでも他人の経験を自分の経験として感じる能力が問題とされている。彼が次に学ぶのは、感じることがまず第一であり、その感じた経験を通してしか人は先に進めないということである。すべての理性的判断はこの感情の次元の後にやってくる。そうした数々の感情を理解した後、やっと煉獄でそれをいかに理性的に処理し、扱っていくかを学ぶのである。このように、『神曲』の各歌は教育心理学的な発達段階に従って構築されている。

第五歌

第二圏（愛欲の罪）
一三〇〇年四月五日（火曜日）夜
古代から中世の恋愛文学の総決算。パオロとフランチェスカの愛。

　このようにして私は第一の圏から
第二の圏に降りた。中は前より狭まり、[*1]
苦しみはもっと深く、人々は痛みに堪えかねて叫んでいた。
　そこには醜悪なミーノース[*2]がいて、吠えていた。
入口にいて罪障をあらため
これを裁いて巻きつける回数にしたがって送り出す。
　すなわち呪われたたましいたちが
彼の前に出るとすべてを告白し
あの、罪についての物識り［ミーノース］は
　それぞれ、地獄のどこがふさわしいかを理解する。
自分の尻尾で自らを縛(し)めつけ、
いくつ巻いたかでどこへ行くかが決まる。[*3]
　彼の前には多くのたましいが集まり
それぞれ裁かれに前に出る。

彼らは告白し、(判決を) 聞く。そして下へと落とされる。
「おおこの悲しみの宿［本地獄］に来たおまえ」
ミーノースは私を見ると
重要な仕事をさしおいて、こう言った。
「注意しろ、どこに足を踏み入れるか、誰を頼るか。
門の広さに惑わされるな[*4]」
すると私の導き手は彼に言った。「なぜ空しく叫ぶ。
運命がこの者に定めた旅を邪魔するな。
望まれることすべてが可能となるところ[*5]［至高天］で、
かく望まれているのだ。あとはたずねるな」
そのとき苦しみの節(ふし)が私に
聞こえてきた。いまや多くの嘆きが
私を打ちのめすところにさしかかっていた。
あらゆる光が口をつぐむところ
逆風に荒れくるう嵐の海のように
(風) うなるところに私は来ていた。
休むことを知らぬ地獄の嵐は
息もつかせずにたましいたちを拉(らっ)し去り、
旋回させては互いをぶつけ合わせて苦しめる。[*6]
やがて崩れた崖[*7]まで行くと

叫び、嘆き、呻いては
神の力を呪うのであった。
　理性が情欲に打ち負かされ[8]
肉の罪[9]を犯した人々が、
このように苦しめられているのがわかった。
　寒い季節に椋鳥[10]が空いっぱいに
横に列をつくって翼に運ばれて行くように
呪われたたましいたちは風にもまれ、
　あちらこちら、下に上にと、もてあそばれていた。
ひとつの希望も彼らを慰めない。
苦しみは止むことも、軽くなることもない。
　鶴が哀歌[11]を歌いながら
空に長い線を描いて行くように
泣き叫びながら
　その嵐に運ばれて行くたましいたちが見えた。[12]
そこで私はたずねた。「師よ、
黒い風に罰されているこの人たちは一体誰でしょう」
　「あの群れの先頭を行くたましいについて
おまえは話を知りたがっているが」と彼は言う。
「彼女は多くの民族［バビロニア地方］の皇后であった。

淫乱の悪徳に身をやつし
欲のままに動くことを法で許した。
自分の行いを正当づけるために。
　あれはセミーラミス。[*13] ものの本によると[*14]
ニノス王の後継者で、その妻だった。
いま、スルタンが治めている土地［アッシリア］を治めた。
　もう一人は恋のため自殺し
（かつての夫）シュカエウスの遺灰に誓った操を破って。[*15]
次に来るのは情欲のクレオパトラ。[*16]
　またヘレネー、彼女ゆえに長い喪の
時が訪れた。[*17] 次に来るのが
最後に、愛に闘いをいどんだ偉大なアキレウス。[*18]
　そしてパリス[*19]やトリスタン[*20]」こうして千以上の
愛ゆえにこの世を去った人々のたましいを
私にさし示し、名を教えてくれた。
　わが博学の師が、古代の女性ら
騎士らの名を口にするのを聞き
私はあわれ心迷うのであった。
　そこでこう言った。「詩人よ、私は
二人連れだって行くそこの二人に話しかけたいのです。

風のまにまに漂うかのようなあの二人に[21]」
　するとと師の答えはこうであった。「もう少し
近づいてくるときを見はからって、たのんでみよ。
そうすれば彼らを引いていく愛の名にかけて来てくれるだろう」
　言う間にも、風がふたりを私らのほうに押しやってきたので、
私は声をかけた。「苦しみあえぐたましいたちよ、
もしかの方〔神〕が許したもうなら、ここに来て話してください」
（巣に残した雛鳥への）望みに駆られ、翼を広げて
なつかしい巣に一目散にもどってくる鳩[22]のように
空気をつらぬいて
　二人はディードーのいる列を離れ
地獄の空気を抜けて私たちの許へとやって来た。
（わが）愛情のこもった懇願はかくも強かった。
　「おお、優しき善意の方よ。
私たち世界を血に染めたたましいらを
黒き大気を通って訪ね歩くあなたよ。[23]
　もしも宇宙の王なるお方〔神〕が私たち[24]の味方であれば
私たちはかの方に祈るでしょう、あなたに平安をと。
あなたは私たちの道ならぬ罪[25]を哀れんでくださるのですから。[26]
　あなた方が聞きたいと、話したいとお思いのことについて

私たちは聞いたり話したりしましょう。
いまは風も熄（や）みましたから。
　私の生まれた土地（まち）［ラヴェンナ］は、ポー川が
供のもの［支流］たちを引き連れ、平安を求めて
くだりゆく海の辺（ほとり）[27]に位置しています。
　優しき心にはすぐに入り込む愛の神が、この（私の）美しい肉体で
このひと［パオロ］を捉えたのです。その身［肉体］は荒々しく私から（死によって）
奪われてしまいましたが、いまもその愛は激しく私を貫いています。
　愛された者が愛し返さぬのを許さぬ[28]愛の神が、
このひと［パオロ］の悦び[29]で私をかくも強く捕えたあまり、
ごらんのとおり、いまになってもまだ私を離れないのです。[30]
　愛の神は私たち二人を同じ一つの死へと導きました。[31]
カインは私たちの生命を消した者を待ち受けています[32]」
たましいたち[33]はこう語るのだった。
　苦しみあえぐたましいたちの話を聞くと
私はうなだれ[34]、じっとしていた。
詩人が私にたずねた。「なにを考え込んでいるのか」
　私は答えてこう言った。「ああ、なんといたわしいことでしょう。
これほどの甘い思いが、これほどの望みが、
この人たちを悲しい道に連れ込んだとは！」

　次いで、私は二人に向かってこう言った。
「フランチェスカ、あなたの苦しみは
私を悲しませ、哀れのあまり涙がこぼれる。

　しかし、教えてほしい。あのためいきのころに[35]
どのような成り行きで、あの疑いに満ちた願望[36]を
愛の神があなた方に許したのか」

　彼女は答えた。「悲惨のときに
幸福だったころを思い出すことほど
痛ましいことはありません。[37]それはあなたの師もよくご存じです。[38]

　しかし、もし私たちの愛の始まりについて
あなたがそれほど知りたいのなら
涙ながら語る者のようにお話ししましょう。[39]

　私たちはある日、楽しみながら
ランスロット[40]がどのように恋にとりつかれたかについて、読んでいました。[41]
私たちは二人きり[42]でしたが、やましい気持ちは何一つありませんでした。

　読み進むうち、[43]なんども私たちは目を
交わし、[44]そのたびに顔色を失ったのでした。が、あるところまで来ると、
私たちは打ち負かされてしまいました。[45]

　焦がれた、笑みこぼれる唇に
あの恋人が口づけしたところを読んだとき

135 私から永遠（とわ）に離[*46]れることのないこの人は
　ふるえながら私の唇に接吻したのです。
あの本こそは、あの著者こそは、私たちのガレオット。[*47]
138 あの日、私たちの読書はもうその先に進みませんでした[*48]」
　一人のたましいがこれを言うあいだ
もう一人は泣いていた。[*49] あわれみのあまり[*50]
141 私は死んでいくかのように気を失い、[*51]
142 　死体が倒れるように倒れた。[*52]

第五歌注釈

＊1　地獄は逆円錐形をしているため、下に降りていくほど円周（圏）は小さくなる。代わりに、苦しみはより大きくなる。

＊2『神曲』では地獄の審判者として登場するが、ギリシャ神話ではクレータ島の伝説的な王。ゼウスとエウローペーの息子であり、ラダマンテュスとサルペードーンの兄弟。ミーノースは法の制定者であったことから、死後、冥界の審判者となった。ダンテはこの神話を継承し、地獄の審判者としている。第三歌のカローンと同様、異教の下級神は、『神曲』では悪魔の仲間として登場する。

＊3　胴体に尻尾を巻きつけた回数が、罪人の堕ち行く圏を表わす。二回巻けば、第二圏を指す。

＊4「注意しろ」「誰を頼るか」という言葉でミーノースは、「ウェルギリウス自身が地獄から出ることができないのであるから、ダンテもまたウェルギリウスによって地獄の外に導かれ得ないのであり、このような者に頼っても無駄だと言っている」（ボンディオーニ）。ミーノースはウェルギリウスの背後に神の意志が隠れていることをまだ知らない。「（地獄の）門の広さ」という表現は、ホメーロスの「ハーデースの広き門の館」に見るように、古代の伝統的観念に由来する（誰しも死ぬため、冥界は万人に開かれていることにより「広い」と言われる）。また、当然ながら、イエスの言葉「狭き門より入れ。滅びに到る門は広く、道は広々としている。そしてそこを通る者は多い」（「マタイ福音書」七：一三）を下敷きにしている。

＊5　これは神の定義（全能性）でもある。神が望めば実現し得ないものは何一つない。至高天で、ダンテが地獄を旅することが神によって望まれている以上、抵抗しても無駄だという意味。いわば水戸黄門の印籠のような役目を果たすこの定型句によって異教の詩人は異教の下級神を呪術的に調伏（ちょうぶく）する。

＊6　第五歌における字義的な意味と比喩的（寓意的）な意味との照応関係は明白である。愛欲に負けた者たちは非理性的な五感という嵐に身を委ね、激しい情念に巻き込まれている。「嵐」は激しく逆巻く情念の嵐であり、その嵐が彼らの心中で吹き荒れている。「逆風」は理性と情念のせめぎ合いであり、「あらゆる光が口をつぐむところ」は、愛欲によって理性が盲目にされている状態を表わしている。「休むことを知らぬ地獄の風」は愛欲の休まるところがない状態、揺れ動く情熱的な心を表わしている。神への愛が静的で観想的な精神状態にあるのと正反対である。嵐に翻弄されて漂うさまは情念の嵐に翻弄されて漂うことであり、翻弄されるとは自らが自分の意思で方向を決めることができないことを意味している。嵐に舞い漂う魂を支配しているのは理性ではなく、情欲や本能だからである。彼らの生前の心の状態が周囲の環境を作り出し、彼らが自身を苦しめている。「互いをぶつけ合わせて」の比喩もそうである。愛する者は互いに駆け寄って抱き合う。それは現世では甘美な抱擁と結合の象徴だが、ここで

はぶつかり合いという罰となっている。また、風と風が合流し結合することは、性的な結合を暗示している。生前快かったものが、死後不快なものへと変貌し、彼らを苦しめている。

＊7　地獄篇で最大の未解決箇所の一つ。なぜこの「崩れた崖」に行くと、魂たちが嘆くのか、今なお不明。第二圏の円環状に風が流れ、そこに相反する風がこの「崩れた崖」から生じて乱流が生じるためなのか、あるいは「崩れた崖」の地形によって風の運動がいっそう不規則的・カオス的になるのか、解らない。

＊8　第二圏から第五圏までの上層地獄の罪は理性が本能に負けたことに起因するものである。

＊9　まさに《五》感の罪であることから、第《五》歌で扱われる。

＊10　地獄の嵐に運ばれる魂たちは二つのタイプに分かれ、「椋鳥」と「鶴」の二種の鳥によって表現される（リンボと同じ分類パターン）。群れで飛ぶ椋鳥タイプの愛欲者は無名の者たちで、様々な男女がこれによって比喩される。椋鳥が小さく地味で黒っぽい姿をしていることと関係があるだろう。「その軽さゆえに、椋鳥は肉欲の罪を犯した魂たちに比喩されている。椋鳥は飛行速度が速く、大きな群をなして飛ぶことから、霊たちの数の多さとその飛び行く速さを表している」（ランディーノ）。「椋鳥は情熱的な本性を有している。愛し合う霊たちがかくある如く、椋鳥たちもそうした鳥である。椋鳥が休み憩うことは稀である。愛し合う者たちもかくのようであり、頻繁に道を行き交うが、さらにより頻繁に道のない場所に行き交う。また、愛する者たちが常に連れを持ちたがるように、椋鳥も殆どいつも番(つが)いとなっている」（セッラヴァッレ）。このように椋鳥は愛情生活と結びつけられていた。だが、中世の文学コンテキストを考慮に入れれば、さらに明瞭な姿が現われてくる。というのもトルバドゥールの詩や中世のロマンス物語では、椋鳥は狂おしい愛 fol'amor のメッセージを運ぶ象徴的な鳥として用いられていたからである。南仏の詩人マカブリュは自身の歌の中で、愛する女性の許へ愛のメッセージを運ぶものとして椋鳥を使っている。ダンテは、こうしたトルバドゥールの文学的伝統から椋鳥を選んでいる。

＊11　「哀歌 lai」という語にフランスの宮廷恋愛詩への暗示が仄めかされている。ダンテが鶴に比喩しているのは、彼らがフランスの宮廷文化で洗練されたような貴族的な観念を持った者たちであることを暗示させるためである。この観念は愛と死という形で定型化されていた。ダンテが第二圏の住人を二つに分ける理由はここにある。空一面に広がって大群となって飛ぶ椋鳥たちは無名の群衆であり、死を伴わない愛を象徴している。一方、一羽ずつ個として飛び行く鶴たちは英雄的で貴族的な者たちであり、死を伴う愛を象徴している。死を伴う愛は中世の宮廷恋愛詩、騎士道物語、プロヴァンス詩、シチリア詩、清新体詩を経て『神曲』の第五歌へと合流し、パオロとフランチェスカの物語の中に収斂される。

＊12　鶴に比喩されるこの魂の集団は一つ一つがはっきりと見分けられる有名な魂たちである。彼らは一人の異性を死ぬまで愛した、あるいは愛のために死んだ者たちであり、椋鳥に比喩される魂たちが単に肉欲の罪を犯した無名の魂であるのに対し、その愛が死に結びついた点に特徴がある。

＊13　アッシリアの伝説の女王。伝説による統治年は紀元前一三五六－一三一四年頃。アッシリア時代の栄華は彼女に遡るとされる。巨大モニュメント、空中庭園（階上テラスの上に設けられた大庭園）、国家組織化は彼女に帰される。

＊14「王ニノスが亡くなると、后のセミーラミスは王位を継承した。（中略）情欲に燃え、血に飢えたセミーラミスは絶えまなく淫蕩と殺戮を繰り返した。彼女は、自身の欲望を満たすために王の命令を使って、自分の許に呼び出し、喜びに浸りながら情を交えた相手を一人残らず死に至らしめた。最後には、彼女は息子を孕んだが、不敬にもその子供を棄て、しかも後に、恥知らずの極まりにも、その実の息子と交わった。彼女はこの個人的な不名誉を公の不敬で隠蔽したのだった。つまり、彼女はこう命じたのである。親子間のいかなる自然な敬いの念も婚姻の契りに関して非難されるべきではなく、《各自の好むところを為すは合法である》と」（オロシウス『対異教徒史』I, iv, 4, 7–8）

＊15　アエネーアースが漂流の末、カルターゴーで世話になった美しき未亡人の女王ディードーを指す。ディードーは無一文の漂流者を温かく歓待し、カルターゴー王国の支配権に至るまですべてを与えるが、英雄は神の勧告に従い突如イタリアに向けて永遠に去っていく。アエネーアースに棄てられ、操の誉れもプライドもすべて失い、地面に立てた剣の上に倒れ込んで自刃する。ディードーは（次のクレオパトラも）自殺者であるが、ダンテは彼女たちを第十三歌の自殺者の森で樹に変えていない。自殺の方が愛欲の罪よりも重いが、ダンテは彼女たちの本質は（地上的な）愛にあり、これこそが彼女たちの成就された本質とみなし、この第二圏こそ最もふさわしい真の場所としている。人間の罪の犯し方は複合的であるが、その中でも最もその人間の本質をつく罪に同一化を遂げるのがダンテの地獄である。

＊16　ギリシャ（マケドニア）のプトレマイオス王朝の最後の女王（従って、エジプト人ではない）。ヨーロッパでは色仕掛けによってカエサルやアントーニウスを誘惑した妖婦とされ、古代末期には《情欲（淫蕩）のクレオパトラ》という定型表現で、言わば永遠の帝国を誘惑する蛇のような存在とみなされた。アクティウムの海戦でアントーニウスが自殺した後、クレオパトラも自害した。この点で彼女も愛と死の主題に沿う女性である。

＊17　ギリシャ神話ではゼウスが白鳥の姿となってレーダーと交わり、生まれたのがこのヘレネーとされている。彼女は絶世の美女とされ、地球上で最も美しい女性と言われた。スパルタ王メネラーオスの妻となるが、トロイアのパリスがアプロディーテーの手引きにより彼女を奪い、トロイアに連れ帰

る。彼女を奪還するために、アガメムノーンを総大将とするギリシャ軍がトロイアへと赴き、十年にわたるトロイア戦争の火蓋が切って落とされ、数多くの英雄・兵士たちが彼女一人のために斃れた。以来西洋文学で三千年近くもエヴァ同様に、常に「この女が原因で per cui」と言われ続けることになる。第二圏で最初、古代の四人の女性（セミーラミス、ディードー、クレオパトラ、ヘレネー）が紹介されるが、この四人は愛欲の罪の模範者であり、古代のプロトタイプ（原型）をなしている。また、この四人は第四歌で活動的な生の有徳例として挙げられる四人の古代の女性（ルクレーティア、ユーリア、マルキア、コルネーリア）と鏡映対称（反比例）をなしている。

＊18　プティーアの王ペーレウスと海の女神テティスとの間に生まれたアキレウスは、西洋古典最大の叙事詩『イーリアス』の主人公であり、ギリシャ軍最大の英雄である。このため「偉大な」と形容される。ここでダンテは、特に彼の人生の最後に起きたポリュクセネーとの恋愛物語を念頭に置いているが、それは中世に創作された物語であり、古典文学とは何の関係もない。そもそもポリュクセネーは敵方のトロイア王プリアモスの娘であり、アキレウス自身が殺し、その死体を辱めたヘクトールの妹である。ポリュクセネーとの恋愛は後代の創作で、古典作品にないものである。トロイア叙事詩圏では彼女はアキレウスの魂を鎮めるために人身御供（ひとみごくう）にされたことになっている（この不思議な結びつきから、中世で二人の恋愛物語が創作されたと想像される）。ダンテは「愛に闘いをいどんだ」と述べているが、この《愛》はポリュクセネーを指しており、「恋に反して闘う」「恋を敵として闘う」という意味ではなく、「愛のために闘う」の意味。ダンテは、アキレウスが闘いに明け暮れ、多くのトロイア人と闘ったことを下敷きにして、人生の最後に、恋と闘ったと掛けている。多くの兵を斃したアキレウスも、人生の最後に、一人の娘が原因で命を失うことになるからである。アキレウスはポリュクセネーに会うために出かけて行った神殿で、待ち伏せていたパリス（ポリュクセネーの兄）に背後から、唯一の弱点であるアキレス腱を射抜かれて斃れる（勿論、「アキレス腱」の名称はこの逸話に由来している。母テティスはわが子を不死にしようと冥界の川ステュクスに浸したが、その時、自分の摑んでいた踵の部分だけが水に浸からなかったため、そこだけ不死とならなかった。ドイツの英雄叙事詩『ニーベルンゲンの歌』の主人公ジークフリートは、竜退治の際、魔力のこもった竜血を浴びて全身が甲羅のように硬くなり、いかなる武器も受け付けない不死身の体となるが、この時、背中に菩提樹の葉が一枚貼り付いていて血を浴びなかった。この一点のみが彼の弱点となるのと同じである。アキレウス以来、どんな超人的な英雄にも弱点が一つ付いて回る）。

＊19　「ダンテは、アキレウスのすぐ後に、アキレウスの殺害者であるパリスを置いている」（ベンヴェヌート）。パリスはアクサンドロスとも言われ、人間の中で最も容姿端麗な男とさ

れる。トロイア王プリアモスの息子で、ヘクトールの弟。ヘレネーを略奪してトロイアに連れ帰った（これが原因でトロイア戦争が勃発するが、理不尽なことに、悪いのは拉致された犠牲者の方とされる）。ところで、パリスにはイーデー山中のニンフである医術に通じたオイノーネーという妻がすでにいた。彼女は、いつか自分にしか癒すことのできない傷をパリスが受けることになると彼に予言するが、パリスは聞く耳を持たず、妻を捨てて、ヘレネーを獲得すべくスパルタに向かった。十年後、トロイア戦争が終わり、ヘレネーはギリシャへと帰国し、パリスは、前述の如く、アキレウスを弓矢で倒す。その後、自身もピロクテーテース（ヘレネーの求婚者の一人）から毒を塗った弓矢で射られ、瀕死の傷を負う。パリスは別れた元妻の予言を思い出し、オイノーネーのもとに帰るが、彼女は治療法を知りながらも、かつて棄てられた恨みからこれを拒み、パリスはトロイアに運ばれる途上で亡くなる（他の伝承によれば、パリスがオイノーネーに使者を送るが、彼女はあざ笑って「ヘレネーに頼むがよい」と答えた。しかし、内心では今でもパリスのことを密かに愛していたので、気づかれないよう使者の後を付けてトロイアに赴く。ところが彼女が到着したのは、パリスが使いの者から彼女の拒絶の返事を聞き、落胆の余り死んでしまった後であった）。オイノーネーは彼の死を知って深く後悔し、自ら縊（くび）れたという。ここで注意すべきは、ヘレネーにはメネラーオスという夫があり、パリスにはオイノーネーという妻がいた点である。これはまた、パオロとフランチェスカの伏線になっている。加えて、このオイノーネーとの逸話はトリスタン伝説の中に巧みに採り入れられ、オイノーネーとパリスの関係は、イゾルデとトリスタンの関係に置き換わる。パリス同様、トリスタンも瀕死の傷を負うが、その傷を治してやれるのは《黄金の髪のイゾルデ》だけである。そこでトリスタンは、彼女に、もし自分を救いに来てくれるならば、彼女の乗る船に白い帆を揚げるよう、またもし乗っていなかったら黒い帆を揚げるように言う。トリスタンを看護していた《白い手のイゾルデ》は《黄金の髪のイゾルデ》に嫉妬心を抱き、死の床（とこ）にあるトリスタンに「やって来るのは黒い帆の船でございます」と嘘をつく。トリスタンは落胆の余り、黄金の髪のイゾルデを見る前に死んでしまう。

＊20「悲しみの子」を意味するトリスタンは中世で最も有名な物語『トリスタンとイゾルデ』の主人公。この物語はその悲劇性において中世で並ぶものがなく、最も人気を博した物語であった。このため、様々な作者によって扱われ、種々様々な版が流布し、早くから写本間の交配がなされ、写本同士の関係は極めて複雑なものとなった（ダンテが読んでいたと思われる完全な写本は現存しておらず、少なくともトリスタンの死に関しては、古仏語の散文『トリスタン物語』によっていると推測されている）。物語でのトリスタンの主張は、自分の愛は、死や苦しみよりも他のどんなものよりも大きく、たとえ苦痛が未来永劫続くとしても、愛の痛みを選ぶという

ものである。トリスタンは愛を望み、それ故、敢えて苦しむことを選ぶ——たとえ地獄の業火であれ——というのが、この物語の基本思想となっている。恋人を神の上に置く時、この愛の信仰は異教信仰となる。キリストの神よりも愛の女神ウェヌスを信仰するからである。なお、トリスタンも、次に登場するフランチェスカとパオロの物語を先取りしている。パリスの名前とトリスタンが隣り合わせに配置されているのは、両者がパラレルの関係にあることを示唆するためである。トリスタンはまさにフランチェスカの文学的な先行例（前例）となっている。王の家臣であるトリスタンは王の命令で、自身の叔父でもある王のために、愛するイゾルデを王妃として貰い受ける役を務めなければならない。家臣の義務として、顫える声で美しいイゾルデを叔父のために請い受ける彼の胸中は、パオロの苦しみとまったく同じものである。トリスタンはイゾルデと愛し合う間柄でありながら、中世封建制の主従関係の中で、主君のために愛する女性を迎え受ける役を演じなければならないのである。この始まりにおいてすでに不義の恋愛が運命的に胚胎（はいたい）している。どちらも美貌の若者であり、愛する者を勝ち得るのに相応しい者でありながら、また、フランチェスカもイゾルデも彼らを愛しているにもかかわらず、彼女たちには選択権がないため、彼女たちに相応しくない相手を夫とせざるを得ない。このような非合理がこの悲劇の根本をなしている。

＊21　鶴の集団に喩えられる魂たちは一人ずつ孤立して（直線をなして）大気の中を巡っているのにかかわらず、この二人だけは例外的に一緒に（相手の腕に抱かれながら）進んでいる。この二人だけは他と違い、特別の絆で結ばれているように見えたため、ダンテは興味をそそられ、話しかけたいと願う。

＊22　ラテン文学では鳩はウェヌスの聖なる鳥として愛を象徴する。また、鳩は鷲や鴉とは反対の性質——優しさ、無垢——を象徴していた。このイメージが後にキリスト教の伝統の中で、忠実さと純粋さの象徴に変わっていく。聖霊は鳩で表わされるが、それはまさに愛と純粋さを象徴している。

＊23　フランチェスカが「優しき善意の方よ」と呼びかけるのは、自身の愛と、その愛がもたらした苦しみを吐露したいと望んでいるからであり、聞いてくれる者があれば、心の苦しみがいくらかでも和らぐためである。地獄で直接自身の懊悩を言葉で語りかける最初の人物がフランチェスカである。第四歌のリンボの賢者たちは自身の苦しみを口にすることはない（賢者なので）。また、第三歌の地獄前地の住人とは、話すことさえ禁じられている。フランチェスカ以降、ダンテは数多くの魂たちの苦しみを聞くことになるが、各自異なる苦しみを訴えかける。人を責め苛む問題はかくも多様であると同時に、そうした多様な苦しみの中で最初にダンテが訴えられる苦しみが愛の苦しみであることは、『神曲』の隠れた真の主題——愛——を明かしている。『神曲』はベアトリーチェに捧げられた作品であり、『神曲』の根底にはこの愛の主

題が宿っている。

＊24　フランチェスカが一人称複数（「私たち」）で語っているのは、恋する者は二人で一人だからである。

＊25「道ならぬ罪 mal perverso」の原義は「転倒・倒錯した罪」。中世恋愛文学の定型表現である《道ならぬ恋》を指すと同時に、信仰すべきキリストの神を愛神ウェヌスの神に転倒させた罪を指している。ここで二人の道ならぬ恋の経緯を述べておこう。ラヴェンナの領主グイード・ダ・ポレンタはリーミニの領主マラテスタと長く過酷な戦争を繰り返していたが、何人かの仲介者を通して、ようやく和睦が結ばれることになった。その和睦をより確かなものとするために、両陣営とも親戚関係を結ぶことで一致した。かくして婚姻関係を結ぶために、グイード・ダ・ポレンタは自身の若く美しい娘フランチェスカ（彼女の甥がダンテを庇護したグイード・ノヴェッロである）を、マラテスタの息子ジャン・チョットに嫁がせることにした。しかし、ジャン・チョットは醜く跛行（ジャン・チョットは《跛行のジョヴァンニ》の意味）であったため、一計が案じられ、容姿端麗で人好きのする礼節弁えた弟パオロが、兄の名で婚姻の儀を執り行ないにラヴェンナへやって来た。フランチェスカはすぐにパオロに心を預け、たちまちのうちに恋に落ちた。婚姻の契約が取り交わされた後、フランチェスカはパオロの妻になるつもりでリーミニへ旅立った。一二七五年頃のことである。しかし、婚礼の翌朝、彼女は自分が騙されていたことに気づくが、時すでに遅く、結婚を続けるしかなかった（彼女はジャン・チョットとの間に一人娘をもうけている）。しかし、パオロへの思いは変わらず、二人は逢瀬を重ねた（パオロにも一二六九年に結婚した妻との間に二人の息子がいた）。悲劇が訪れた年は一二八三年－一二八六年頃と推定される。従って、一二八五年頃にそれが起こったとすれば、フランチェスカには九歳になる娘があり、パオロは四十歳ぐらいだったということになる。ある日、二人の密通がジャン・チョットに見つかる。その場面をボッカッチョが物語のように語っている。「ジャン・チョットは寝室の中に入るや、パオロが（逃げようとして）はね上げ戸に、自身の上着の胸当てを引っかけて立ち往生しているのを目にした。彼は細身の小剣を手にして刺し殺そうと走り寄ったが、すぐさまそれに気づいたフランチェスカは、それを防ごうと二人の間に割り入った。しかし、ジャン・チョットは手にした剣に全体重をかけていた。一瞬のうちに、彼が望んでいなかった結末が訪れた。剣は妻の胸を貫いてパオロにまで達したのである。自身よりも愛していた妻を失うというこの思いがけない事態に、すっかり我をなくしたジャン・チョットは、その刃を引き抜いて、さらにパオロを突き刺して絶命させた。ジャン・チョットは二人を残して出て行き、自身の執務室へと帰っていった。翌朝、多くの涙に包まれながら、この二人の愛する者たちは同じ一つの墓に葬られた」

＊26　地獄の亡者は、神を呪って悪態をついたり冒瀆したりするものだが、フランチェスカはこうした亡者たちとは異なっ

ている。彼女は平安paceとは全く反対（sanza pace）の状況に置かれ、永劫の呵責に苛まれているにもかかわらず、できることならば、ダンテのために神に祈りたいと願っているからである。フランチェスカの言葉の一つ一つが、彼女の慎み深く、へりくだった、愛情溢れる健気な性格を表わしている。フランチェスカが地獄篇で最も人気ある登場人物なのは、彼女のこの性格と、それに呼応した彼女の教養溢れる言葉遣いにある。実際、地獄篇で最も魅力的な語り方をするのがフランチェスカである。そしてその素晴らしい女性がたった一つの過ちのために堕罪していく悲しみが描かれている。

＊27 現在の心境とは反対の心の状態をフランチェスカは郷愁を込めて語っている。既に92行で「あなたに平安を」と述べているように、フランチェスカは、「平安」という、彼女が二度と味わうことのできない心の状態をここでも意図的に繰り返している。つまり、川でさえも平安を求めて海に帰っていくのに、自分たちの境遇はそれを過去のものとして思い出すほか許されていないのですと、「ポー川」に自身の気持ちを託している。フランチェスカは自らを「ポー川」に、パオロを「供のもの」に掛けている。川が穏やかな海へ流れるのは、平安（慰安）を求めてであり、川も擬人化作用を受けて、止むことのない飄風（ひょうふう）にさらされたフランチェスカの願望を表わしている。

＊28 この詩句には《愛は愛を生む *amor gignit amorem*》という万古不易の愛の心理が示されている。人は、好意を寄せられると、好意を寄せる人を好きになるという心理である。フランチェスカの言葉を解り易く書き換えれば、「人は、誰かから好意を寄せられると、その好意を寄せてくれる人を好きになってしまうもの」ということになる。フランチェスカは自分がパオロを好きになったのは、こうした愛は愛を生むという一般則によるのだと述べている。これはまた普遍的な愛の掟として『神曲』の宇宙全体にこだましている。パオロとフランチェスカは、愛すれば愛するほど、愛し返してくれる（煉獄篇第十五歌）キリストの神こそ真の愛の神であり、この掟の源に他ならないのに、この掟を異教の愛の神ウェヌスの次元でしか理解できなかったのである。

＊29 「このひとの悦び」は直訳であり、ダンテの時代、「悦びpiacere」は「美」を意味していた。従って、101〈100〉行目の「この（私の）美しい肉体」に呼応している。パオロがフランチェスカの美しさに惹かれたように、フランチェスカもパオロの美しさに惹かれずにはいられなかったのである。

＊30 「ごらんのとおり」とフランチェスカが言っていることから、二人の状態は目で見て判る姿をしていなければならず、二人が一緒に結びついている――フランチェスカがパオロの腕に抱かれている――ことが示されている。パオロがフランチェスカを抱いていることから、《恋の所有》のトポス（決まった状況で用いる常套的な表現・発想）がここにも働いている。恋人の願望は、相手を所有することだからである。

＊31 《二つの命が一つの死を迎える》というモチーフも古典

（例えば、オウィディウス『変身物語』第四巻一四八－一六六）から受け継がれた中世の恋愛物語のトポス。かくして二人は死後一つになっている。

＊32　弟アベル殺しの兄カインが、同じく弟パオロを殺した兄ジャンチョットを待ちうけているという意味。

＊33　実際には、フランチェスカ一人が話したのであり、パオロは一言も発していない。二人で一つの魂のため、一つの魂が話せば、二人が話したことになる。これは第四歌92〈91〉行で詩人の集団が「一つの声」に喩えられているのと同じである。

＊34　117行目からも判るように、ダンテが「うなだれ」目を伏せているのは、泣いているからである。

＊35「（秘めやかな）あのためいきのころ」とは、まだ愛が秘められていて、互いの愛に気がついていないときのこと。

＊36「愛する者たちの願望がなぜ《疑いに満ちた dubbiosi》と呼ばれるのかといえば、愛する者たちは、多くの所作を通して、相手が自分を愛してくれていると思えても、それでもすべてが完全に明かされ知らされるまでは、現実は、自分たちの思っているようではないかも知れないという疑いと不安の中にあるからである」（ボッカッチョ）

＊37「《運 fortuna》のあらゆる逆境のうちで最も不幸な種類の苦しみは、かつて幸福であったということです」（ボエーティウス『哲学の慰め』第二巻第四章）を下敷きにしている。

＊38　これは二重の意味で解することができる。一つはディードーが、フランチェスカ同様、幸せから惨めな境遇に堕ちていったことから、作者であるウェルギリウスはこの心境に通じているという意味。またもう一つは、ウェルギリウス自身かつての幸福な現世から、神に見えることのできない不幸な状態に至ったため、身を以てこれを知っているという意味。

＊39　どうしてフランチェスカはこうした言い回しをしたのだろうか。フランチェスカが《泣きつつ語る piange e dice》と言うとき、それはむせび泣きの言葉、涙と言葉の中間の状態を、一言で言えば、「すすり泣き」を字義的に意味すると同時に、139－140行目の「一人のたましいがこれを言うあいだもう一人は泣いていた」から、《泣きつつ語る》の意味が二つの行為を同時に指していることが判る。まさに「泣く」はパオロの行為を、「語る」はフランチェスカの行為を指し、接続詞 e が二人の行為を一つに結びつけているのである。二人は一体である以上、二人の行為はまさに《泣きつつ語る》同時進行の行為となる。

＊40　アーサー王の円卓の騎士たちの中で最も有名な湖の騎士ランスロットを指す。彼は、武術において並びなく、高徳にして忠誠を尽くす《この世の騎士道精神の精華》と言われた。しかし、その彼が、自ら仕えるアーサー王の妃グィネヴィアと道ならぬ恋に陥る。

＊41　このシーンは、トリスタンとイゾルデが愛の妙薬を飲んだ後、二人でチェスをし、抗いがたい力に魅了される場面を思い出させる。「かくして二人は視線を交わし合った。そし

て、長いこと、互いを見つめ合っているうちに、互いに相手の意思と願望を読みとる。まさにその時、二人はチェスをしていることを忘れ去った」(『円卓の騎士物語 *Tavola Ritonda*』第三十四章)。128行目の「どのようにcome」はランスロットの愛を指しているが、また同時に119行目の「どのようになcome」と同じように、フランチェスカとパオロのそれと重なり合うべく構成されている。フランチェスカは、ランスロットの愛になぞらえて自分たちの愛を語っているのであり、ランスロットの物語を読むことは、これから二人に起こる出来事を先取りして読むことなのである。過去の物語は、今これから二人に起こる物語となる。

＊42「二人きり」も二重の意味で象徴的な言葉遣いである。というのも二人は、この時、無意識にあるいは意図的に「二人きり」の状況を望んだが、死後、それは現実化し、今もなお「二人きり」で責め苦を受けているからである。地上の現実(願望)は死後の現実(願望)に対応している。

＊43 中世の宮廷や貴族の生活における教養ある知的な愛が、こうした言葉によって象徴されている。読書体験という知的行為を通しての愛の確認であり、そこには読書が人間形成を養うという古典的な知の伝統が見出されるが、ここではそれが致命的に働いている。一つの本(物語)によって魂が共有され、二つの魂が一つに結ばれるというモチーフは、一つのチェス盤を通してイゾルデとトリスタンの魂が一つに結ばれるというモチーフの変形だが、共有するものがチェス盤から本へと変わることでいっそう知的なものとなっている。

＊44 愛は眼と眼を通して心に至るという、古代から中世へと受け継がれた伝統的な発想。フランス宮廷詩からトルバドゥール、清新体派に至るまで、眼と眼が合うところに愛が生まれるというモチーフが登場する。

＊45 なぜなら「愛はすべてを打ち負かす」(ウェルギリウス『牧歌』第十歌六九)からである。

＊46 このパオロの態度は、ランスロットのそれと二重写しになっているが、これも恋愛のトポス――愛する女性の前では恋人は震え、蒼白となり、我を失う――に従った表現。

＊47「ガレオット」は隣国の王で、最初アーサーと戦ったが、ランスロットの仲介によってアーサーと親しい間柄となる。ガレオットがアーサー王の宮廷にいるとき、彼とランスロットの間には温かい友情が芽生えた。ランスロットはガレオットに王妃グィネヴィアへの愛を打ち明けるが、それに応えて、ガレオットは二人に面会の機会を設定する。とはいえ、「ガレオットは卑俗な恋の取り持ちではなく、二人の恋人間における愛の《譲与 *investitura*》の証人である。これは《封土譲与 *investitura*》の儀式のひそみに倣った、愛の臣下の礼の儀式であり、ランスロットとグィネヴィアが互いに交わす親密な愛の契約の証人の役をガレオットは果たしている」(ボスコ&レッジョ)。自分たちの感情に秘められた致命的な情熱に対していかなる疑いも抱いていなかったパオロとフランチェスカは、読むという行為を共有することによって、二人の

中に隠されていた互いへの愛を顕わにしてしまう。それ故、互いに孤立した単独の二つの愛を結びつけ共有させたものが本（読書）であり、「ランスロットの物語」が二人の愛の交流を取り持つ。その意味で、この本は、ガレオットがランスロットとグィネヴィアに対して果たした恋の取り持ち役と同じ役目を果たしたことになる。ガレオットは固有名詞だが、ダンテのこの物語が余りに有名になったため、後世のイタリア語ではガレオットは「恋の取り持ち役」という普通名詞として使われるようになった（それ故、ダンテの時代にはそのような意味はなかった）。フランチェスカは自分たちの道ならぬ恋の責任は、この本とその本を書いた中世の作者たちにあると告げている。多くの注釈者が記しているように、このフランチェスカの台詞の中にダンテの中世恋愛文学に対する批判を読み取ることができるが、また、フランチェスカが自分たちの愛を正当化するために、本と作者に責任転嫁している点も見逃すべきではない。地獄では誰もが、自分の責任を認めようとせず、悪いのは誰か他の人間であり、取り巻く状況に責任を転嫁する。この点で、フランチェスカも例外ではない。

＊48　この詩句は、すでに引用したトリスタンとイゾルデのチェスの場面「まさにその時、二人はチェスをしていることを忘れ去った」を発展させたものだが、「私たちは読書をしていることを忘れてしまいました」と言うよりも「あの日、私たちの読書はもうその先に進みませんでした」とした方が詩的であり、いっそう効果的である。見出したばかりの愛に圧倒されて本を読むことなどできなかったことを意味すると同時に、二人にとって仲介役としての本――文学の覆い――はもはや必要なくなって直接愛を交わすようになったことを意味している。読書の中断→二人の口づけ→開け放たれた本（または足元へ滑り落ちてゆく本）→フェイドアウトというように映画的手法で描かれ、そこから先は、読者の想像に任されている。フランチェスカがその先をヴェールに包んで、それ以上語ろうとしないのは恥じらいのためであり、彼女の繊細な性格がこの語りの中によく示されている。また、彼女が沈黙のヴェールで話を覆うのは、ダンテが尋ねたのは恋の起源であり、果実ではないからでもある。ダンテの質問に答えた以上、それ以外のことはダンテの質問から外れるため、フランチェスカは余計なことを述べず、沈黙している。

＊49　パオロの名前は一度もフランチェスカの口から告げられることはない。またパオロ自身も一言も発していない。しかし、これがあらゆる意味において非常に効果的である。物語の悲劇性は次第に高まり、声にならない声によって、すなわち、パオロの慟哭だけが聞こえてくることで最後に頂点を迎えるからである。73行目から始まるこの悲恋物語のインパクトは、すべて140行目のこの一語「泣いていた」に向かって収斂していくべく構成されている。パオロは言葉を発することなく、ただ泣いているだけだが、このように物語が頂点を迎えるとき、感極まる所では言葉を使わずに、「泣く」という

動作に託して間接的に表現することで、その感情を一層高めるというのがダンテの詩のスタイルである。

＊50　ここには現代で言う共鳴現象が暗示されている。人が互いに惹かれ合うのは、同じ周波数を持っているからである。例えば、叩くと四四〇ヘルツの「ラ」の音を出す音叉に向けて、同じ四四〇ヘルツの「ラ」の音を声を出してぶつけると、音叉はひとりでに鳴り出す。同じ周波数を持つものは、一方が音を出すと、それに共鳴して音を出す。類は友を呼ぶように、同じ波動を持つ者は惹かれ合い、反応する。パオロとフランチェスカは音叉のような共鳴現象を起こし、一方が語っているとき、他方は泣いている。そして同じ周波数を持つダンテもパオロに共鳴して同じように心打たれ、自分が死んでいくように感じるのである。イタリアの有名な文芸批評家デ・サンクティスはこう記している。「フランチェスカがこのすべての場面を占めている。パオロは、言わば、フランチェスカの沈黙の表現である。パオロは、糸のように、片方で言葉を話せば、片方でふるえる。彼は声に伴う身振りである。一方が話すとき、他方が泣いているのは、一方の涙は、他方の言葉だからである。二羽の鳩は同じ一つの意思によって運ばれている。それ故、彼らの声を聞いてもどちらが話し、どちらが黙っているのか判らない。あたかも同じ一つの声が二人から同時に発せられているように思えるほど似ている。だから、ダンテは『たましいたちはこう語るのだった』（108行）［注33参照］と言ったのである。（中略）フランチェスカはかつて愛し、今も愛し、これからも愛する。なぜなら、彼女は愛するほかはできないからであり、愛さずにはいられないからである。そのため、不幸なこの苦患の女性はパオロから離れることはできないし、いつも彼を目の前に所有している」

＊51　第三歌の終わりに次いで二回目の気絶となる。117行目の「涙」もこの気絶も、ダンテの繊細な感受性を表わしている。これが人間性の根源であり、これなくして理性を打ち立てることはできないという第四歌で示された命題がここで追認されている。旅人ダンテはパオロとフランチェスカを批判していない。自分がその人の境遇に身を置いて同じ感情を体験することなしに人を批判できないからである。理性的な判断は、あくまでもその後にやって来る。実際、それについてはすべての経験を終えた後、煉獄で理性的に判断されることになる。

＊52　この詩句は「大いなる苦しみが、致命的な知らせがトリスタンからすべての力と感情を涸らし、彼は死体の如く倒れ伏した」（『円卓の騎士物語』第四十七章）を下敷きにしている。ダンテは彼らの苦しみを自分の苦しみとして共に苦しんでいる。これが共感と同情（Mitleid「ともに苦しむこと」）の意味であり、「優しき心 cor gentil」（100行）の内容である。フランチェスカがダンテを見て、「おお、優しき善意の方よ」（88行）と声をかけたが、その優しき心の具体的な意味がここではっきりと示されている。またダンテが自分の死のように感じたのは、とりもなおさず、ダンテ自身がこの罪を心の内で経験したことがあるからに他ならない。イエスの語る通

り、罪のない者だけが人を非難することができる。フランチェスカの弱さはダンテ自身の弱さでもあり、人間全体の弱さである。その同じ弱さを持つからこそダンテは共感し、同情し、気絶した。もしダンテ自身がその弱さを内に持っていなかったならば、決して気絶などしなかったであろう。自分と決して無縁ではないからこそ、共感し、同情することになる。

第五歌解説

愛欲の罪を扱うこの歌章で、ダンテはそれまで抒情詩で培ってきた中世恋愛詩のあらゆるトポスと技法を駆使している。《冬の嵐の海のトポス》（25－30行）、《恋人たちは心安らぐことがない（情念の嵐は休まることを知らない）というトポス》（31－33行）、《愛の嵐が根こそぎ拉し去るトポス》（32行）、《理性を本能の下に従属させる（恋は人から理性を奪う）トポス》（37－39行）、《椋鳥、鶴、鳩の比喩》（40－47、82－84行）、《哀歌のトポス》（46行）、《愛と戦い（傷）のトポス》（65－66行）を始めとして第五歌にちりばめられた無数の中世恋愛詩の伝統的トポスをすべて解説すれば、そのわずかを扱うだけで紙幅が尽きてしまう。ここではこれらのトポスのうち最後のトポスだけに留めよう。

《愛と戦いのトポス》において、とりわけ重要な点は、「愛の傷はその傷を与えた者にしか癒せない」（プーブリリウス・シュルス、『格言集』A、三二）という観念である。傷を癒すことのできる唯一の人は、その傷を負わせた人だからである。これは、次の神話に由来している。「ミューシアの青年［テーレポス］はアキレウスの槍の穂先で傷を受け、その同じ穂先で救いを受けた」（プロペルティウス『エレゲイア詩集』第二巻一、六三－四）。テーレポスはアキレウスに追われている最中、太腿に傷を受けた。八年後、アキレウスが自分の槍の銹をテーレポスの傷に付けると治ったという。これが恋の傷に転用され、恋愛のトポスとなる。第二歌、第十歌の基本思想となっており、第三十一歌の冒頭でこの主題は、次の詩句を下敷きとして、ふたたび舞い戻ってくる。「同じ一つの手が君に傷をもたらし、また同時に、君に救いをもたらす」（オウィディウス『恋の治療法』四四）。これは『神曲』全体に通底する極めて重要な観念である。

第二歌で、ダンテの窮状を見たマリアがルチーアを呼び、ルチーアがそれを告げにベアトリーチェのもとに赴く場面を見たが、そこでルチーアがベアトリーチェに言った言葉を思い出してみよう。「ベアトリーチェよ、神の真の讃美よ、あなたをあれほど愛し、あなたのために俗の群れから出でたあの人を、なぜ助けに駆けつけないのですか。彼の泣き叫ぶ苦しい声があなたには聞こえませんか。海さえも打ち勝つことのできぬあの大河のそばで彼を襲う死が見えませんか」（103－108行）。ルチーアはベアトリーチェをわざわざ遣わすが、なぜ自分でダンテを救いに行かないのだろうか。その理由は、前述した愛の掟が働いているからである。ルチーアの言葉にヒントが隠されているように、ダンテを癒してやれるのはベアトリーチェしかいない。ルチーアではなく、ベアトリーチェが赴くのは、この愛の法則が働いているからである。愛を点火した者しか、愛が点火された者を救ってやれない。ダンテはルチーアやマリアに会ったことはない。彼女たちは過去の伝説の人物でしかない。ベアトリーチェだけが個人的にダンテと経験を共有している。上述のルチーアの発言はこの第五歌によってその理由が判る仕掛けになっている。ダンテの場合、この世俗的な恋愛法則は天上的なキリスト教の愛の法則となり、救いはまさにキリスト教的な救済となる。ベアトリーチェの愛は魂に真の救いをもたらすが、これまで言及された第五歌の登場人物たちに見るように、世俗的・地上的な恋愛は、破滅（死）をもたらすことになる。

では、なぜフランチェスカは地獄に堕ちなければならなかったのであろうか。第五歌で古代の女性の名前（セミーラミス、ディードー、クレオパトラ、ヘレネー）が紹介されているが、この四名は、運命と愛の抗いがたい力によって翻弄された女性たちであり、彼女たちの場合、愛が人生の障害となっている。四人はパオロとフランチェスカの関係と同一の軌道を描いているが、それはまたダンテとベアトリーチェの関係との違いでもある。ダンテにおいて、愛は死と破滅ではなく、生命と救いをもたらす。このように両者は鏡映対称の関係に置かれている。これはダンテが煉獄篇で詳しく学ぶものだが、愛は両刃の剣ということを言おうとしている。ダンテは愛を宇宙に働く普遍的な第一の力として原理化しているが、愛である神は、宇宙の星々を動かすと同時に、その同じ愛で人間を動かしている。愛はすべてに打ち勝つからである。しかし、愛が上へ向けられるならば、それは救いと生命を意味するが、それが下へ向けられるならば、破滅と死をもたらす。ディードーやフランチェスカの場合のように、愛が彼らを深淵へと突き動かすこともあれば、ダンテとベアトリーチェの場合のように、光溢れる天へと動かすことにもなる。大事なことは、ダンテにおいては、どちらも同じ力（amor）として把握されているという点である。

この時、フランチェスカが破滅したのは、彼女が不義密通を働いていたからだと一般に解されているが、この誤解をここで解いておこう。フランチェスカの物語はこれまで正しく理解されてこなかった。フランチェスカの不倫が彼女の《罪》だと理解されてきたからである。フランチェスカの愛が地上的な愛欲においていかに限界づけられていようと、それが堕罪の真の原因ではない。なぜなら煉獄には愛に溺れた人々も救われて来るからである。それゆえ、フランチェスカの真の罪は、パオロとの愛に溺れたためではない。人は人間的な弱さだけで救いを失うことは決してない。これが研究者を始め一般読者が誤ってきた点であり、また見過ごしてきた点である。実際、天国篇第九歌32に登場するクニッツァは伯爵の妻であったが、詩人ソルデッロと不義密通を犯して駆け落ちまでしたが、金星天で輝いている（ソルデッロも煉獄で救われている）。

同じ罪を犯しながらも両者の運命を分かたせたのは、フランチェスカが、息絶える瞬間までキリストの神ではなく、愛の神ウェヌスを信奉し、地上の愛の神に仕え、自身の咎を顧みることがなかったからである。死後においてもなお彼女は自分の何がいけなかったのか、その答えに行き着いていない。今なお、彼女は自身の正しさを主張し、自身を三段論法の形で正当化している（詳しくは『イタリアのオペラと歌曲を知る12章』嶺貞子監修、森田学編、二〇〇九年、東京堂出版、第一章「ダンテ『神曲』」参照）。彼女が最後、今わの際（きわ）に、自分たちを破滅させた愛ではなく、キリストへの愛に向き直り、自分の非を認め、相手の非を赦していたならば、彼女は煉獄に救われていた。この物語を解く鍵はフランチェスカ自身の言葉の中にある。よくテキストを読み込めば、ダンテの用意した答えに気づくことができる。

「もしも宇宙の王なるお方が私たちの味方であれば私たちはかの方に祈るでしょう、あなたに平安をと」（91－92行）。フランチェスカはこのように、神が私たちに好意を抱いていないがために、自身の祈りに何の効験もないと述べているが、神がフランチェスカを愛さないのではない。フランチェスカが神を愛さなかったがゆえに、神は彼女に好意を寄せていないだけである。

「天上のあの無限の、人間の言葉では言い尽くし得ない善［神］は、澄んだ輝く面に光がやって来るように、自身を愛し、慕う心に駆け寄って下さる。心に（神への）愛がより多く燃えるほど、その者に神は自らをより多く分かちお与えになる」（煉獄篇第十五歌67－70）と、ウェルギリウスはダンテに、神は、神を愛する者の所へ瞬時に駆け寄り、神への愛に比例して、より大きな愛を返すと説明している。そもそも、フランチェスカ自身が、愛は、「愛された者が愛し返さぬのを許さぬ」（103行）と、愛の掟を定義していた。この愛の掟を統べる者こそ神であり、神が愛である以上、神は自分が愛されたなら、自分を愛する人間にその愛を与え返さないではない。その愛の神がフランチェスカに愛を返していないということは、フランチェスカが神を愛していなかったからである。この単純な事実をこれまでどの研究者も見過ごしてきた。神は、フランチェスカが堕罪して地獄に居るから愛を返さないのではない。神は彼女から愛を受けなかったから、彼女に愛を返せないでいる。それなのに、フランチェスカは、あくまで責任は神にあるような言い方をしている。神が愛してくださらないから、自分の祈りは無効なのだと。

しかし、そうではない。彼女が神を信仰せず、神を真に愛してこなかったことが、フランチェスカの真の罪を形成し、堕罪の真の第一原因となっているのである。また、フランチェスカにはもう一つの罪がある。これが彼女の堕罪の第二の原因をなしている。それは赦しを与えなかったという罪である。煉獄に救われる要件を煉獄前地の魂が次のように述べている。

「私たちは皆、かつて暴力で殺められた者だ。今わの際まで罪人だった。だが、その時、天から光が下り、私たちを目覚めさせてくれた。おかげで、自身の非を悔い、敵の非を赦しながら、神と和解して人生を去った」（煉獄篇第五歌52－56）

　フランチェスカは自分に負い目のある者を赦さなかったために、彼女自身も神から赦されないのである。実際、彼女は自分たちを破滅させたジャンチョットを死後も赦していない。ジャンチョットも罪人だが、裏切られたと感じたジャンチョットの思いを汲み、その暴挙を赦してやっていたなら、彼女は救われていた。しかし、フランチェスカは自身の正当性を主張するばかりで、妻と弟に裏切られたと感じたジャンチョットに一かけらの同情も示してやっていない。ダンテはここで道徳家ぶって不倫を断罪しているのではない（そもそもダンテ自身、妻がいる身でベアトリーチェを謳っていたのであり、肉体関係の有無はさして重要ではない。心の方が重要だからである）。フランチェスカの心に潜む地上的な愛の傲慢さを断罪しているのである。自分たちの愛だけが正しく、自分たちを愛の殉教者とみなす狭量で一方通行的な視点こそが問われている。

　不倫が堕罪の真の原因ではないことは、煉獄篇の同じく第五歌のピーアによって明らかにされる。ピーアも、フランチェスカ同様、夫から殺害された不幸な女性だが、彼女は地獄ではなく、煉獄に救われている。それは彼女が勇敢にも今わの際にキリストに帰依し、神を愛し、自分を殺した夫を赦したからに他ならない。ピーアが夫に殺害された理由は、テキスト上には示されていない。フランチェスカのように不倫を行なったために夫に殺害されたのか、それとも、夫が政略結婚をするために、ピーアが邪魔になったから殺害したのか、何一つ明かされていない。もし後者の場合であれば、ピーアには何の落ち度も咎もなかったのに殺されたことになる。この場合、夫を赦すことはフランチェスカの場合よりも、もっと難しいはずである。それなのに、ピーアは赦した。フランチェスカの場合、夫ジャンチョットに対して負い目があることは否定できない。彼女は、自身にも負い目がありながら、相手の負い目は赦さなかったのである。

　フランチェスカは確かに教養溢れる優しい愛ある女性だったが（それゆえ、救われるに足る潜在的な可能性を有していたが）、キリスト教的な意味での愛には欠けていた。すなわち、敵を赦す愛である。地獄の真の意味は煉獄において明かされる。フランチェスカにはピーアのように、キリストに帰依し、自分を殺した夫を赦すことができなかった。宇宙の王が彼女に好意を抱いていないのは、実は彼女が神に好意を抱かなかったからに過ぎず、決して逆ではない。フランチェスカは決して純然たる無辜（むこ）の犠牲者というわけではない。フランチェスカは自身をジャンチョットの被害者とみなしているが、この宇宙に被害者などいない。ピーアに見るように、神がそれを償ってくれるからである。ピーアは地上では被害者であったとしても、煉獄であり余る償いを得ている。自分だけが正しいと頑なに信じるあまり、他者を赦すことができなかったこと、これがフランチェスカが救われなかった真の理由であり、また反対にピーアが救われた理由である。

この歌章を読み解くヒントを最後に一点挙げておこう。フランチェスカとパオロは永遠に離れることなく、ともに一体となっている。前世での報いがこの結合状態である。神の正義は互いの中に彼らの罪を見せるために、二人を結合状態に置いているのだが、これを懲罰と見ない人がいるかもしれない。恋人と永遠に結ばれる、いつの世でもすべての恋人たちがこれに焦がれ、これを望んできた。これほど甘美でロマンティックなものはないと思われる経験がなぜ罰とされているのだろうか。こんなロマンティックな罰であったならば、恋人たちは喜んで罰を選ぶであろう（トリスタンのように）。しかし、それが真の喜びの経験でないことは、パオロが泣いていることから証されている（そして何よりも、二人が地獄にいることによって知られる）。地上でロマンティックな経験に映るものも、この真実界においては、まさに苦しみの経験として、懲罰として働いているのである。

結合と分離に関して、すでに第四歌のエンペドクレースにおいて暗示されていたように、ここでも宇宙の根本原理として適応することができる。何かとの結びつきが長くなると、いつの間にか相手と一つになっている自分に気づくことがある。そして、別の自分という考えが徐々に消えていく。長い間一緒にいた人たちには、個々の自分というアイデンティティーが失われ始める（夫婦が似てくるとか、ペットが飼い主に似るように）。このように一つになることは素晴らしい経験に映る。しかし、その素晴らしさもある時点までのことである。限りなく一体性を経験していると、悲しいかな、消えてしまう性質のものである。『神曲』はこれが地上でも霊界でも同じく当てはまることを示している。分裂がなければ、一体性に何の意味もなくなってくるからである。歓喜どころか、空しい経験になる。分離がなければ、一つであると言っても無意味となる。これがパオロとフランチェスカの劫罰である。実際、ダンテは天国でベアトリーチェと一体になることはない。それどころか、天国には他者と永遠に一体となっている魂は一つも存在しない。天国の魂の基本性能は自由にある。各自は自由に動き回れる。彼らは愛に満ちているが、神との一体感を通じて、他者と一体化するのであって、個々の魂が他の魂と一体化することはない。

ここにはダンテのもう一つのメッセージが隠されている。ロマンティックな愛の限界と、相手を所有することを目的とする愛の限界である。地上的な愛は、相手を互いに所有しようとする。恋人たちの目標は互いに相手を所有しあうことだと言っても過言ではない。パオロとフランチェスカはまさに互いを所有しあっている。そして作者ダンテはそれを罰とみなしている。作者ダンテはこれによって地上の愛の限界を象徴的に示唆しているのである。地上の愛の目的は所有することにあり、ここに地上的な愛の限界がある。一方、天上的な愛の特質は解放することにある。これは私たちにとって非常に苦いレッスンに思える。誰にとっても手放すことは容易ではないからである。リルケは苦しみを伴う解放をこう歌っている。

「今こそ、ついにこよなく古い苦しみが、私たちにとってもっと実り多いものとなるべきではないだろうか？　今こそ私たちが愛しつつ恋人を離れ、顫えながらそれに堪えるときではないのか？　ちょうど弦に堪えた矢が、力を一身に集めて飛び立つとき自分を超えて以上のものとなるように」（『ドゥイノの悲歌』第一の悲歌）

恋人は相手を、また親は子を所有しようとする。「私の愛しい……」と呼び合うのは、恋人たちの専売特許である。恋人たちは互いに相手を「私のもの」と呼ぶことに喜びを見出す。相手の所有の中にあることが互いの喜びだからである。また、恋人に負けず劣らず、親も子供を自分の所有物のように考えがちである。しかし、ここに地上的な愛の限界があるということをダンテはパオロとフランチェスカを例にしてみごとに示している。そしてそれを通して、反対に、真の愛は相手を解き放つことだと教えている。愛は決して所有しない。

「愛は、所有せず、また所有させない。愛には、愛だけで十分なのだから。（中略）愛し合っていなさい。しかし、愛が《足枷》とならないように。むしろ二人の魂の岸辺と岸辺の間に、動く海があるように。お互いの盃を満たし合いなさい。しかし、同じ一つの盃からは飲まないように。お互いのパンを分け合いなさい。しかし、同じ一つの塊を食べないように。一緒に歌い、一緒に踊り、ともに楽しみなさい。しかし、お互いに相手を一人にさせなさい。ちょうど、リュートの弦がそれぞれ離れあっていながらも、同じ楽の音を奏でるように。お互いに心を与え合いなさい。しかし、自分を預けきってしまわないように。なぜなら心というものは、あの生命の手だけがつかむものだからです。一緒に立っていなさい。しかし、近づきすぎないように。なぜなら、神殿の柱はそれぞれ離れて立ち、樫の木と杉の木は、お互いの陰には育たないのだから」（カリール・ジブラン［一八八三－一九三一：レバノンの詩人］『預言者』）

反面教師のフランチェスカの物語からダンテにとって愛するとはどういうことなのか、愛されるとはどういうことなのかが明らかになってくる。「ある人を《愛する》とは、その人が神を愛するようにその人の助けとなるということであり、《愛される》とは、自分が神を愛するようにある人から援助されるということである」（キルケゴール『愛のわざ』3a）。ベアトリーチェのダンテへの愛は、ダンテが神を愛することができるようにダンテを手助けすることであり、これは、まさに『神曲』の第二歌以来、ベアトリーチェが示してきた行動である。また、ダンテが愛されるとは、ダンテ自身が神を愛することができるようにベアトリーチェから援助されることである。ここにフランチェスカの愛とベアトリーチェの愛の決定的な違いがある。ベアトリーチェとダンテが中間規定として神を有しているのに対して、フランチェスカとパオロはその中間規定を持っていないからである。別言すれば、「《人を愛する》とは、その人を神に対する愛に導いていくことであり、《愛されるということ》は、神に対する愛において捧げられることに他ならない」（同右）。中間規定としてキリストを有する愛こそ、まさに『神曲』の愛の物語に他ならず、この愛を語る『神曲』こそ、ダンテの考える新しい恋愛詩なのである。

第六歌

第三圏（食悦の罪）

一三〇〇年四月五日（火曜日）夜

ケルベロス登場。同郷のチャッコがフィレンツェの暗い近未来を予言する。

私は、二人の義理のきょうだい[1]を哀れむあまり
悲しくとりみだして
ふさがってしまった理性[2]が戻ると
そのほかの苦しみ、苦しむものたちが
まわりに見えた。私が動くたび、
ふりむくたび、見ようとするたびに。
私がいたのは第三の環の中で
永遠に呪われた雨が冷たく重く降っていた。
その雨の降り方はいつまでも変わることはなかった。
大きな雹が、黒い雨が、雪が、
暗い空から降っていた。
それを迎える大地は悪臭を放つ。
残酷で怪しい獣のケルベロス[3]が
三つののどで犬のように吠える。
そこに沈められた人々の頭上に向かって。

朱の眼を持ち、脂ぎった黒いひげ、
大きな腹で、脚には鉤爪が生えている。
亡霊たちを引掻き、皮を剝ぎ、四つ割きにする。
　雨は彼らを犬のように呻かせ
せめて体の片側だけでも雨にあたらぬよう
そのあわれな罪人らは、のたうちまわる。
　大きないやらしい蛆（うじ）[*4]のケルベロスは
私たちを見つけると、口をひらいて、きばをむき出した。
からだ中をぴくぴくとふるわせながら。
　私の案内者はその両手をのばして
両の手で土[*5]をいっぱいに握りとると、
これを貪欲なのどに向かって投げつけた。
　吠えては欲をむき出しにする犬が、
食物にくいつくと静かになり、
ただそれを必死に飲みくだそうとするように、
　あのきたならしい悪魔ケルベロスの三つの顔も
同じように、静かになった。そのけだものが吠えると
あまりに騒々しいので、亡霊たちは耳が聞こえなければと思うのだった。
　私たちは、重くるしい雨にねじ伏せられた
たましいたちの上を通って行った、

人の姿に見える彼らのまぼろし[*6]の上に足を載せながら。
　彼らはみなすべて地に横たわっていたが、
一人だけ、私たちがそばを通るのを見るが早いか、
起き上がってすわり込んだ。
「おお、この地獄を過ぎ行くおまえよ、
私が誰だかわかるだろうか。知っているだろう、
私が滅びに到る以前におまえは生まれたのだから」
　そこで私は言った。「君の苦しみゆえに[*7]
私は君が誰であるか忘れたようだ。
会ったことはまったくないと思う。
　このようにおそろしい場所にいて、
このように苦しんでいる君は誰なのか、話してくれ。
これほど不快なものはほかにない」
　すると彼は私に言った。「いまや袋から溢れるほど
嫉みそねみに満ちた君の都[*8]「フィレンツェ」が、
かつて、わが晴朗な人生を育んでくれていた。
　君たち市民は私をチャッコ[*9]と呼び、
喰意地の罪[*10]のため
ごらんのとおり雨に打ちのめされている。
　このような罪のために同じような

罰をうけている[*11]哀れな亡霊はほかにもいる」
そう言ってたましいは口をつぐんだ。
　私はこう答えた。「チャッコ、君の苦しみは
私を打ちのめし、涙をもよおしそうになる。
だが、もし知っていたら教えてくれないか、
（党派に）分断されたあの都「フィレンツェ」がどうなるか、
誰か義(ただ)しい者はいるのか、そしてなにゆえに
あれほどの不和があの町を襲ったのか」
　すると彼は言った。「長いいさかいを経て人々は
血を流すことになるだろう。[*12]そして田舎者のグループ[*13]「白派」が
もう片方「黒派」をひどくいじめて追い出すだろう。[*14]
　そしてこのグループ「白派」は三年以内に
余儀なく没落し[*15]、他のグループ「黒派」が、いま日和(ひよ)って二党を
操っている者[*16]「教皇ボニファーティウス八世」のおかげで、威力を得るだろう。[*17]
　その党「黒派」は長期にわたってこの町を治め、
他の党「白派」をひどく押えつけるだろう。[*18]
彼らの嘆きや怒りにはおかまいなく。[*19]
　義(ただ)しい者は二人だけで[*20]、彼らの言葉に耳を傾けるものはない。
傲慢と嫉みと貪欲の三つが[*21]
人々の心に火をつけた火花だ」

　ここまで来て涙ながらの話を打ち切ったので
私は彼に言った。「もう少し教えてくれないか。
もっと話してもらえれば、ありがたいのだが。
　昔あれほど賞賛されていたファリナータ[*22]とテッギヤーヨ[*23]や、
ヤーコポ・ルスティクッチ[*24]、アッリーゴ[*25]とモスカ[*26]から、
善いことをする［善政の］ために才能を用いた人たちが
　いまどこにいるか教えてくれないか。
私は天が彼らをなぐさめているのか、それとも地獄が
彼らを苦しめているのか、知りたくてたまらないのだ」
　すると彼は言った。「彼らはもっとも黒いたましいたちの中にいる。
いろいろな罪のために彼らは地の底にいる。
ずっと降りて行けば会えるだろう。[*27]
　しかしおまえが楽しい世界［地上］にもどったなら、
いろいろな人に私の想い出を語ってくれ。[*28]
これ以上はもう話すまい、答えまい[*29]」
　まっすぐに（下から）私を見つめていた眼がそのとき
傾斜した。すがめつつ少し私を見ていたが、すぐに首をたれ、
他の盲目のたましいたちと同じ高さに、頭ともども倒れ込んだ。[*30]
　すると案内者はこう言った。「この者が目をさますことはない、
天使のラッパが鳴りひびく［最後の審判の］ときまで。[*31]

そのとき、（悪の）敵なる強き者［キリスト］が現れると、
　各自はそれぞれの悲しい墓を目にし、
自分の肉体をまとい、自分の姿に戻って[*32]
永遠にひびきわたる（最後の審判の）言葉を聞くことになる」
　こうしてわれわれは、雨とたましいたちの
まざった汚ない泥沼を、ゆっくりした足どりでわたった、[*33]
未来［死後］の生のことなどを、しばし語りながら。
　そこで私は言った。「師よ、これら［死後］の苦しみは
最後の審判で判決が言いわたされたあと、ひどくなるのでしょうか、
それとも軽くなるのでしょうか、それともこのままつづくのですか[*34]」
　すると彼はこう答えた。「おまえの学問に立ち帰れ、[*35]
それが明かしているように、事物は完全であればあるほど
（天国では）善を感じ、（地獄では）苦しみを感じることになる。[*36]
　この（神に）呪われし者たちは決して真の完全さに
向かって行くことはあり得ない。（反対に）審判のあとには、
前にもまして受ける苦しみは最大［完全］となる[*37]」
　われわれは環状の道をめぐりながら、
ずいぶんと話をしたが、いまは語らぬことにしよう。
やがて私たちは一段下に降りるところにやって来た。
　そこで出会ったのは大いなる敵プルートー[*38]であった。[*39]

第六歌注釈

＊1　パオロとフランチェスカを指す。フランチェスカはパオロの兄と結婚していたため、義理のきょうだいと言われている。

＊2「ふさがってしまった」とは、知覚能力が現実認識に対して閉じることを指しており、具体的には、第五歌の最後の場面における気絶を指している。当時は、感覚能力が外界に《開いている（覚醒している）》《閉じている（気を失っている）》というように考えていた。

＊3　冥府の入り口で番犬の役を果たす、テューポーンとエキドナの間に生まれた怪物。一般に古典期では三つの頭と蛇の尻尾を持ち、首の周りには無数の蛇の頭が生え出ている形で流布していたが、ダンテのケルベロスには首の周りの蛇の頭が欠けており、蛇の尻尾も叙述されていない。この怪物の役割は、地獄から出て行こうとする魂を出さないようにすることと、生きたまま冥界に入ろうとする者を入れないようにすることである。オルペウスは竪琴でケルベロスを眠らせ、エウリュディケーを連れ戻しに冥界に降りた。ヘーラクレースは力ずくでケルベロスを縛り付け、首輪で犬のように引っ張って冥界から地上へ連れ出した（エウリュステウスにケルベロスを見せた後、ふたたび冥界に連れ帰った）。『アエネーイス』では巫女シビュッラが眠り薬を混ぜたフォカッチャを投げ与えて眠らせ、冥界に入っている。

＊4　ケルベロスの親玉であるルチーフェロに対しても「蛆虫」が用いられる（第三十四歌108）。蛆は死体から腐敗して湧き出てくるものと考えられていたことから、大地の分身であるケルベロスにふさわしい換喩となっている。

＊5『アエネーイス』のケルベロスが眠り薬入りのフォカッチャを食べて眠らされるのに対し、ダンテのケルベロスには一切の知能がなく、口に入りさえすれば何でも食べる単なる貪食の塊とされている。土くれという最低の物質で満足するケルベロスには、地上的な――物質的な――ものだけで満足する人間が投影されている。

＊6　外観は見たところ本物の肉体を備えているように見えるが、実際は中身のない虚ろな像であると、ダンテは言っている。古代ギリシャ人が影と呼んでいたものであり、立体ホログラムのようなものを想像すると判り易い。

＊7　君の受ける苦痛で顔かたちが変わったせいか、の意味。

＊8　チャッコ自身の街でもあるのに、「私たちの」と言わず、わざと「君の」と言っている。そこには愛憎共々の様々な思いが込められている。例えば、今やチャッコはその修羅場から身を引いて、フィレンツェを客観的に見ているため「君の」と言ったのであろうし、さらには、今は「君の」街でも、近いうちにもはやそれも「君の」ではなくなる（追放の憂き目に遭って）という暗黙の意味を込めていると解することができる。

＊9　チャッコは、ダンテが彼岸の旅を通じて出会う三十三人

のフィレンツェ人の最初の人物。注釈家フランチェスコ・ダ・ブーティ（一三二四－一四〇六）は「彼は、ある人々から豚という名のチャッコと呼ばれている。彼がこのように呼ばれたのはその食い道楽のためである」と注解している。しかし、ブーティの言うような綽名ではなく、名前そのものである可能性もある。トスカーナではジャーコモ Giacomo（ヤコブ：フランス語の Jacques）の縮小形であるジャッコ Giacco がなまった形のチャッコ Ciacco が使われていたからである。実際、ダンテの時代、チャッコ・デッラングイッラーラという詩人もいた。加えて、58行目でダンテは「チャッコ（よ）」と頓呼法で呼び掛けている（「おーい、豚よ」とはさすがに呼び掛けないであろう）。ダンテがチャッコを親しみと同情を込めて呼んでいることは文脈からも明らかである。チャッコは貪食に似つかわしい名だが、侮蔑的なニュアンスは入っていない。

*10　食悦の罪と言われる七つの大罪の一つ。飲食全般に関する罪であり、大食だけを対象としているわけではない。美食や奢侈な食事を始め、食事時間以外につまみ食いをしたり、おやつを食べたり、酔って醜態を晒したり、バカ騒ぎや馬鹿話に興じたりすることなども入る。

*11　ここで罰せられている者たちが、第四歌や第五歌と違い、みな区別なく同じ者たちだということを意味している。第四歌や第五歌では《高貴な群れ》と《無名の群れ》の区別があったが、食悦の罪を犯した者にはそうした別がなく、みなが等しく卑しい無名の群れとされている。恋には時として何らかの高貴さが含まれ得るが、食い意地には（日本語でも「いやしい」と言われるように）いかなる高貴さも存在しないためである。

*12　現在、旅人ダンテが旅をしているのは一三〇〇年の四月五日である。この時から、わずか一ヶ月もしない五月祭（五月一日にフィレンツェで行なわれる春の祭り）において、白派（チェルキ家派）と黒派（ドナーティ家派）が起こす傷害事件を予告している。この衝突によりフィレンツェ社会内部にあった亀裂は決定的なものとなる。

*13　白派のリーダーであるチェルキ家が田舎の出身であったことに由来する。そのため、白派は「田舎者の」と呼び慣らされていた。対して、黒派のリーダーであるドナーティ家は古くから市内に住む古い家柄であった。

*14　サンタ・トリニタ教会で鳩首凝議していた黒派の陰謀が発覚する。白派は、黒派の首謀者たちを一三〇一年六月中旬に捕らえ、コルソ・ドナーティたち黒派の首謀者たちをフィレンツェから追放する。これによって白派がフィレンツェ支配を確立する。チャッコの予言から一年二ヶ月後のことである。ダンテは、「ひどくいじめて（行き過ぎた大損害を与えて）」と、勝者側の白派が敗者側の黒派の人と物の両方に過度の損害を与えたと非難している。この結果、仕返しは倍返しとなり、やがて今度は黒派が白派を完膚無きまでに追放・抹殺・処分することになる。ダンテにおいて興味深いの

は、彼自身が白派に属していたにもかかわらず、その白派をはっきりと客観的に批判しているところである。

*15　この彼岸の旅から一年半後、教皇ボニファーティウス八世の意を受けて、フランスのフィリップ四世《美王》の弟シャルル・ド・ヴァロワがフィレンツェ支配に入城して来る（一三〇一年十一月）。かくして、黒派とボニファーティウス八世とシャルル・ド・ヴァロワの三者が組んで、フィレンツェを支配することになる。白派に属していたダンテは、他の六百人にも及ぶ同志たちと同様に、フィレンツェから追放され、死刑判決を受ける（一三〇二年三月）。チャッコは、こうした迫り来るフィレンツェの分裂と内部抗争を予言している。一三〇二年五月には「切除作業は完遂した。黒派がフィレンツェの主となった。シャルル・ド・ヴァロワはフィオリーノ金貨をいっぱい詰め込んでフランスに帰ることができた」と、エルネスト・セスタンが書き記しているように、ダンテの彼岸の旅から数えて二年二ヶ月後、即ち、太陽年で三年目に入って二ヶ月目のことである。白派に対する最後の刑の宣告一三〇二年十月を指すとすれば、二年と六ヶ月となる。その後も、白派の残党に対する迫害は一三〇三年の春まで続いているため、そこまでと考えれば、ちょうど三年ほどになる。このとき白派は完全に「没し」、以後、二度とフィレンツェ史に登場することはない。

*16　今は自分の立場を明確にせず、本心を隠して巧く操作することを意味している。

*17　追放処分を受けていた黒派のドナーティは白派を倒すために、禁じ手である外の勢力ボニファーティウス八世に助力を求める。かねてからフィレンツェ支配を窺っていた教皇にとってこれは渡りに船であった。これに乗じて、両派の融和を進めることを口実に、シャルル・ド・ヴァロワを使ってフィレンツェ介入を果たす。

*18　シャルルがフィレンツェに入城するのは一三〇一年十一月であり、それ以降、黒派の覇権が決定的となる。翌一三〇二年から粛正の嵐が吹き荒れ、白派の残党は白派連合を作って各地で抵抗を試みるが、フィレンツェの支配権を取り戻すことはできず、フィレンツェは完全に黒派の手に落ち、白派は永久に追放される。

*19　具体的に言えば、白派に対する不当な裁判による即決の死刑・追放宣告や人への暴行、家屋の破壊、放火、強盗・強奪、重税などのありとあらゆる蹂躙を指す。ダンテの家もこの時破壊された。当時の様子を年代記作者のディーノ・コンパーニが書き残している。「それ以前には、グランディ（豪族）と呼ばれる貴族に列せられていなかった多くの者たちが、極悪非道の行為を通じてグランディの仲間入りをした。彼らは残虐な行為を通じて市民を支配し、多くの者を捕らえ、反乱分子のレッテルを貼り、財産を没収し、追放に処した。多くの館を毀損し、甚大な被害を与えた。罰を懼れて、それを制する者は誰もいなかった。血縁関係も何の役にも立たなかった。予め決められた刑が減軽されることも変わるこ

ともあり得なかった。新しい婚姻も無効となった。友人はみな敵となった。兄弟は互いに相手を見捨て、息子は父を棄て、すべての愛情、すべての人間性が消え去った。多くの者たちが街から六〇マイル（約九〇キロ）も離れた地へ追放された。多くの大きな重荷が彼らに課せられ、多くの税を払わされ、多額の金銭が彼らから奪い取られた。多くの資産が露と消えたのだった」（『年代記』第二巻第二十三章）

＊20　この二人が具体的に誰なのか、その中にダンテ自身も入っているのか、あるいは、わずかな人間しかいないという表現なのか、作者以外に知る由もない。予言として多数の解釈が可能なように意図されているため、これ以上の詮索は無駄であろう。

＊21　いかなる原因によってかくも大きな不和が街を襲ったのかという疑問に対する答えこそ《高慢・嫉妬・貪欲》であり、ダンテの提唱する三大悪徳である。第一歌に登場した変身獣（豹、獅子、雌狼）が象徴する悪徳――《高慢・嫉妬・貪欲》――である。なかでも嫉妬が三つの悪徳の中心に位置する点で、ダンテは嫉妬に強勢を置いている。また、これらの三大悪徳は人間性の起源と関係していると解釈されることもある。すなわち、アダムの（神の禁令を軽く考えていた）《高慢》［神の命令に対する不服従は高慢とみなされる］、蛇（悪魔）が人間に対して覚えた《嫉妬》、エヴァの（木の実を食べようとした）《貪欲》である（ペトロッキ）。この三つの悪徳は、ダンテの時代の三つの階級にも正確に対応している。すなわち、《高慢》は封建制社会の貴族階級に（特権階級の彼らは人の上に立っていないと気が済まない）、《貪欲》は新しく台頭したボルゲーゼ有産階級（商人・金融業者たちは自分たちの利潤追求を至上命令とし、社会の不和と対立を煽り、自分たちの利益を最大にするために背後から政治を操り、政治ゲームに明け暮れる）に、《嫉妬》はポポラーニと呼ばれる平民階級（特権において貴族階級を妬み、資産において有産階級を羨み、自分たちの権利拡大にのみ奔放する）に特有の悪徳である。それ故、各悪徳は各階級の換喩そのものともなっている。人間の陥りやすいこの三大悪徳についてダンテの同時代の詩人アルベルティーノ・ムッサートはこう記している。「人間の野心はこのように舞い上がる［高慢］。偉大なものを手にしながらも、それに満ちたるを知らず、心は更に大きなものを求める［貪欲］。（中略）誰しも、他の者が自分と同じ対等（同等）であることに、決して我慢ならないのだ［嫉妬］」（『エケリニス』一二五－一二八、一三二）

＊22　皇帝派の有名な領袖であったファリナータ・デッリ・ウベルティのこと。ダンテの生まれる前の年の一二六四年没。ダンテは第十歌（異端者の圏）で彼に出会うことになる。

＊23　一二三八年にサン・ジミニャーノのポデスター（行政と司法の最高長官のことで、都市の最高権力者）、一二五六年にアレッツォのポデスターを歴任。ダンテは彼と第十六歌（男色者の第六圏）で出会うことになる。

＊24　ヴォルテッラとサン・ジミニャーノの和平の調停者。一

二五四年にフィレンツェ自治政府の特別代理人としてトスカーナの他の自治政府との間に休戦と同盟関係を締結させた政治家。ダンテは彼と第十六歌で出会うことになる。

＊25　十四世紀の注釈書においてすでにどのような人物なのか詳細は不明となっており、今も判らない。

＊26　ランベルティ家のモスカ。一二四二年レッジョのポデスターを務め、その地で亡くなっている。彼は、ブオンデルモンテの行なった侮辱に対して報復するようアミデイ家に助言し、アミデイ家の娘との婚姻を拒絶したブオンデルモンテを殺害した。かくして、フィレンツェ市全体が白派と黒派に分かれて血みどろの争いを繰り広げることになった。ダンテは彼に第二十八歌（第八圏の不和の種を蒔いた者たちの第九ボルジャ）で出会うことになる。

＊27　この五人の人物を通してダンテが伝えようとしているのは、政治的にどんなに有名であろうとも、また市民としての貢献がいかに顕著であろうとも、それは地上的な尺度の判断であり、天の判断と一致するわけではないということである。ここで挙げられている人物は、あくまでも地上的な次元において市民としての価値が抜きん出た者たちであり、永遠の価値とは別物であることを示している。政治的能力は必ずしも道徳的能力（緒徳）とは一致しない。ダンテは次のトマス・アクイナスの考えをそのまま受け容れている。「政治的な能力の習性は、肉体から分離した死後の魂に残ることはない。なぜならこの種の能力は市民生活の場においてだけ有効なものだからである。それ故、こうした能力は現世を終えると存在しなくなる」（『神学大全』Suppl., q. 98, a. 1, ad. 3）

＊28　死後、魂が望み得るのは、地上で自分の名前が生きることだけである。それで、自分に対する記憶がフィレンツェで新たにされることをチャッコは願っている。この願望は、死の恐怖とは何かを表わしている。本当に恐ろしいのは死ぬことではなく、自分の存在が人々の記憶からなくなることであると。自分の存在が誰からも顧みられなくなる恐怖を上層地獄の死者たちはみな切々と訴える。もはや地上の肉体を持たない死者にとって真の恐怖は身体がなくなることではなく、自分の存在が世の記憶から消え去ることにある。肉体の《第一の死》に対して、ボエーティウスは記憶における死を《第二の死》と定義している。「もしあなたがこの世に儚い名前を残して生きながらえることがあっても、その名前さえ奪われる日がいずれ近づき、やがて第二の死があなた方を待つのです」（『哲学の慰め』第二巻第七章）

＊29　チャッコの話の短さは祖国に対する悲憤慷慨に起因すると同時に、雨に打たれる耐え難さから来ている。また、飲食の摂取過剰から生じる眠気・酩酊効果を象徴してもいる。ここで注意すべきは、チャッコとの会話もフランチェスカのそれと同様に円環をなしている点である。会話の最初でダンテはチャッコに向けて、「私は君が誰であるか忘れたようだ」（44行）と言い、「晴朗な人生」（51行）に言及しているが、この二つのモチーフはともにチャッコの話を閉じるものとし

て「楽しい世界」（88行）、「いろいろな人に私の想い出を語ってくれ」（89行）と、キアズムス（鏡映対称）の形で帰ってきている。チャッコはダンテが自分のことを思い出してくれなかったので、会話の最後に念を押すように、現世のみんなが自分のことを記憶してくれるよう懇願しているのである。

＊30　ちょうど犬が二本足で長時間立っていられないように、チャッコも身を起こした姿勢を保っていられないため、視線は次第に下へ下へと傾斜してゆく。彼らにとって楽な姿勢、自然な姿勢とは、獣のように四つん這いになって地面を見つめる姿勢だからである。彼らは、生前、地上（的なもの）に目が吸い着けられ、肉体的・物質的な安楽と快楽ばかりを求めてきた。そのため、死後、その願望・欲求そのものに同化してしまう。甘美な地上へ思いを馳せることも、天を眺めることも、彼らには苦痛を強いる姿勢以外の何ものでもなくなっている。ダンテは、チャッコが視線を落としたことに掛けて、このことを巧みに表現している。この三行詩節は、人間性を取り戻そうと起き上がり、座り込んだチャッコが、ふたたび獣性に戻ってゆく様をスローモーションのように捉えて見事である。

＊31　94行目の現在形は未来を表わす現在形であり、言わば、無時間の現在形である。この状態が最後の審判まで続くことを示している。食悦の罪を犯した魂たちは皆、意識が朦朧とした酩酊状態にある（食悦が大罪とされる理由の一つは、こうした精神の鈍磨を惹き起こし、精神的・霊的な生活を遠ざけ、引いては神を忘れ、物質的な存在となるからである）。ダンテとの束の間の会話の間、チャッコは意識を取り戻したのであり、この後チャッコが意識を取り戻すことはない。獣や蛇のレヴェルに堕ちて泥土の上を這いずりながら、不活性の意識のまま生きることになる。しかし、ウェルギリウスのこの言葉には更にもう一つの意味が隠されている。つまり、チャッコを起こす者はもはや誰もいないのであり、ダンテの後に生き身で冥界に降りてくる者はもはやいないという意味である。ダンテが第一歌で述べているように、今まで冥界に降りて来た公式の訪問者はアエネーアースとパウロの二人だけであり、ダンテは《三》人目の訪問者、しかも最後の訪問者であることがこの第六歌で明かされている。これは、イエスが最後の預言者であるのと同じ関係にある。アエネーアースはローマ帝国に原動因を与え、パウロはキリスト教に信仰の基盤をもたらした。アエネーアースは『アエネーイス』にその偉業が記憶され、パウロのそれは『新約聖書』に記憶されている。三番目にして最後のダンテにおいて、先行者の偉業が一つに統合される。ダンテは神聖ローマ帝国の預言者にして、新たな人類の新生を告げるキリスト教の預言者として、『神曲』に記憶されることになる（天国篇第二十五歌1－2）。

＊32　中世のキリスト教教義によれば、最後の審判の日、魂たちは自身の肉体と再結合するために地上に戻るとされる。唯一の例外は、第十三歌で語られる自殺者たちである。彼らは自身の肉体と結合することは許されず、それを首吊り死体の

ように木に吊り下げることになる。「自分の肉体をまとい、自分の姿に戻って」とウェルギリウスは言っているが、これは、地獄の亡者も天国の至福者たちも《彼らが死んだ時点の年齢と外観を保つ》とのダンテの個人的な考えから来ている（天国篇第三十二歌46－48参照）。この見解は、トマスや他の神学者たちとは異なったものである。

＊33「ゆっくりした足どり」には二つの意味が込められている。字義的には泥濘を進みゆくことの困難さを示し、比喩的には、チャッコの衝撃的な未来の予言によってダンテの心に暗く落ちた影を、歩みが止まりそうになる重い足どりによって示している。この二つがたった三語で見事に表現されている。

＊34 チャッコは腐敗したフィレンツェの未来を告げたが、更に腐敗した人類が迎える最終的な未来についての予言がなされている。一つの街の未来と人類全体の未来が、個と全体とが、近い未来（ミクロ）と遠い未来（マクロ）が語られている。どちらの未来も、《正義》にかかっており、第六歌の主題に関係している（六は「正義」を表わす象徴数）。ダンテは最後の審判後の魂の運命について《三》つの可能性――増大か、減少か、変わらぬままか――を問うているが、ここにも典型的なスコラ神学の分類癖を見ることができる。またウェルギリウスの答えも、スコラ神学に特徴的な演繹法を使ったものとなっている。

＊35「おまえの学問に立ち帰れ」とは、アリストテレース哲学の基本に立ち戻れの意味。すなわち、「魂が完全になればなるほど、その働きもより完全に機能する」（トマス・アクイナス『アリストテレースの霊魂論注釈』第一巻第一章第十四講義）という原理に立ち返って考えれば、自ずと答えが判るという意味。

＊36 天上の至福者の場合、最後の審判において肉体が復活した後、その肉体と結合すると更に大きな至福を感じる。従って、天国と地獄は鏡映対称（反比例）の関係にあるため、天国でプラスに働くものは、地獄ではマイナスに働き、地獄の亡者たちの感じる苦しみは大きくなるとダンテは考えている。

＊37 真の意味で絶対的な完全さに到達するのは天上の至福者たちだけであり、地獄の者たちにとっては悪（苦痛）が完全になるだけである。地獄の魂も、至福者と同様、審判においてより完全な存在となるが、それが生み出す効果は正反対で、ますます大きな苦痛を受け、苦しみが完成されるだけである。

＊38 ギリシャ神話の富の神プルートス（デーメーテールとイーアシオーンの子）を指すのか、地下の神ハーデースの呼称であるプルートーン（「富める者」の意味）を指すのか、定かではない。どちらも富の意味を含有し、地下と結びつけられた神である。いずれにせよ、このプルートーは人間の敵である《富（従って、貪欲）》を象徴し、次の第四圏の入り口の番人を務めている。このようにギリシャ神話の下級の神々は、ダンテの地獄ではデーモンに格下げされている。このプルートーの登場によって次の圏が富に関するものだということが知られる。

＊39　各圏は円周をなして地獄を取り巻いているが、ある箇所に来ると下へ降りられる開口部があり、そこから下の圏へと降りて行ける。第六歌は第十一歌とともに『神曲』の中で最も短い歌章である。プルートーの存在だけが告げられ、読者は次の展開を待ち望んで次の第七歌に移ることになる。これも現在のテレビドラマと同じ手法（to be continued）である。

第六歌解説

第六歌の主題は大きく分けて四つある。①食悦の罪、②フィレンツェの近未来の予言、③フィレンツェの過去の輝かしい政治家たちの死後の運命、④最後の審判後の魂の運命、である。ここでは①と③に解説を絞り、③の問題から始めよう。

フィレンツェの五人の著名な政治家たちがみな揃いも揃って地獄に堕ちている点が重要である。ダンテ自身もこうした政治家に伍していた。ベアトリーチェがこの彼岸の旅を計画し、授けてくれなかったら、ダンテも彼らの仲間入りをする運命にあったことを忘れてはならない。政治的能力は現世でしか役に立たない。《偉大な》と称される、これら伝説的な政治家たちが地獄に堕罪している事実は、彼らに霊的な何かが決定的に欠けていたこと、そしてそれが現在のフィレンツェの痛ましい惨状を用意させることになったことを暗示している。でなければ、ここでわざわざ五人の政治家の死後の運命を尋ねる必然性はない。実際、彼らに欠けていた霊的な資質が、彼らを罰する圏で扱われることになる。それを一言で言えば、神に対する敬虔さである。人間的な尺度に固執する余り、彼らは神の尺度を忘れてしまう。それがフィレンツェの次の世代の高慢さを生む温床となったのである。また一方で、彼らの罪にもかかわらず、彼らの名前を読者に新たにしているということは、かつてのフィレンツェ市民は少なくとも記憶に値するとダンテがみなしていることの証左でもある。チャッコを始めここで言及されるフィレンツェ人はダンテより一世代前の人々であり、かつてのフィレンツェは今のフィレンツェほど腐敗しておらず、少なくとも市民生活のレヴェルでは政治や正義が機能していたことを郷愁とともに思い起こさせてもいる（この主題は煉獄篇で何度も繰り返されることになる）。

次に、最大の主題である①の食悦の罪に移ろう。食悦の罪と言われても、われわれ現代人には具体的に食悦そのものがなぜ罪なのか、判然としないであろう。トマス・アクィナスは『主要悪徳について』で「食悦者は瀆神者である」と述べている。食悦は《腹》を神とし、神よりも腹を大事にするという理由からだが、なぜ他の罪にもまして大罪とされるのか、今一つ納得がいかないのではないだろうか。ボナヴェントゥーラは『命題集注解』において「食悦は甘美に舌に訴える食物を節度を超えて渇望することに他ならない」と記している。要は、節度（中庸）を越えると悪になるというアリストテレースの論理が罪の基本とされている。

だが、罪だとは解っても、地獄に堕ちて永劫の呵責を受けるほどの大罪なのかという疑問が残る。日本のテレビはよく大食い競争を映すが、この視点から見れば、死に至る大罪を公共の電波を借りて喧伝していることになり、このような番組の関係者はみな地獄行きとなる。大食・美食そのものがなぜかくも断罪されるのだろうか。筆者自身、高一の時にこの歌章を初めて読んだ時、違和感を覚えずにはいられなかった。死に至る大罪の一つに数え上げるのは大げさであり、せいぜい小罪の部類ではないか、いかにも中世という抹香臭い時代のローカルで滑稽な発想に思えた。大食らいの罪よりも、他にいくらでももっと大きな罪があるように思えたからである。では、なぜ中世の人々は、食悦がかくも大きな罪となると考えたのか、その答えが判るには多くの歳月がかかったが、トマスを読んでいる時に偶然その答えを得た。

「一人の人間が外的な富を過度に所有すれば、必ず他の者はそれが欠乏することになる。現世的な善［富や地位など］は同時に多数者によって所有されることは不可能だからである。それゆえ、この意味において貪欲は直接的に《隣人に対する罪》である」（『神学大全』II-2, q. 118, a. 1）

中世の時代、満足な食事もできなかった圧倒的多数の貧しき人々を前にする時、貪欲の罪に限らず、食悦・貪食はまさに《隣人に対する罪》に他ならなかった。さらに、トマスは別な箇所でこうも言っている。

「浪費者は、それでもって他者のために配慮すべきであった財貨を浪費することによって、他者に対しても罪を犯しているのである。（中略）浪費者は自己と他者を傷つけている」（『神学大全』II-2, q. 119, a. 3）

ここまで来れば、われわれにも思い当たる節があることに気づく。膨大な食品ロスと飢餓に苦しむ膨大な人々である。日本の食品ロスは、国連WFP（世界食糧計画）による世界全体の食料援助量の倍近くになる。これが中世で起こっていたことである。だからこそ、アンブロシウスは次のように記している。「あなたが独り占めしているのは飢えている人々のパンである。あなたがしまい込んでいるのは、（着る服のない）裸の人々の衣服である。あなたが地中に埋めている金銭は哀れな人々の救済と解放に当てられるべきものである」（『説教』第八一）。ヒエローニュムスもこう断罪している。「タンスを服で一杯にし、毎日着物を変えている多くの女性を今も目にすることができる。（中略）羊皮紙を緋色で染め、文字を書くのに金を溶かし、写本に宝石を鏤（ちりば）める。こうしてキリストは彼らの戸口の前で裸のまま亡くなっていくのです」（「エウストキウムへの書簡」三二）。アッシジのフランチェスコが絶対の無所有を修道会の原則としたのは、このためである。彼は弟子にこう語っている。「私は盗人にはなりたくない。自分よりも困っている人に与えなかったら、私どもは盗人と同じだと思っている」（作者不詳『完全の鑑』30）

ここからダンテの地獄界の独特の応報の理が浮かび上がってくる。『ダンテ百科事典』にも載っており、イタリアの学校で教える応報の理の分類法は次のようなものである。

類似するものによる罰〈例〉生前、不和分裂を起こした者は、死後、自分の身体が引き裂かれる。

相反するものによる罰〈例〉生前、流すべき血と涙を流さなかった者は、死後、虻や蜂に刺されてそれを流す。

しかし、この分類ではダンテの地獄界の八割しか説明することができない。説明不能の典型例がこの第六歌の食悦の罪である。例えば、一三九六年のタッデオ・ディ・バルトロによるサンジミニャーノの地獄絵には、食悦者たちが生前とは反対に、悪魔に後ろ手にされ、贅沢な宴を前にしながら、それを食べることができないでいる《相反するものによる罰》が描かれている。一四一〇年頃のジョヴァンニ・ダ・モーデナによるボローニャの大聖堂の地獄絵には、生前、貪食であった者たちが悪魔たちによって、これでもかと腹がはち切れんばかりに食べ物を口に突っ込まれている《類似するものによる罰》が描かれている。

第六歌の懲罰とこの両壁画の懲罰とを比べてみると、ダンテの描く懲罰の特異性が浮き上がってくる。もし応報の理が《類似するもの》や《相反するもの》を基準とした罰であったなら、ダンテはこうした地獄絵にあるような刑罰をこの食悦者たちに科したはずである。しかし、ここ第三圏で食悦者に科せられている罰は、中世のこれら地獄絵の刑罰とは似ても似つかないものである。一方、聖書やキリスト教教父の文献に目を向けても、食悦に対する報い（懲罰）を規定するような言及や出典も見当たらない。では、なぜダンテはこのような懲罰を考え出したのであろうか。研究者も第六歌の応報の理については口を噤んで誰も論じていない。実際、『ダンテ百科事典』は、そうしたことを見越して、この二分法で必ずしもすべてがうまく割り切れるわけでないと断り書きがなされている。例えば、第九歌の異端者や第十二歌の暴力者たち、第十五歌の男色者たちなどもそうである。そこで、従来の分類から離れて、私は次のような新しい分類法を提唱している。

応報の理とは、原因である罪が惹起する結果を経験することであり、この経験は更に、自己の内に対する場合と自己の外で経験される場合に分かれる。

自己の視点を通してなされる罰（自分自身を通して）自分の罪が罰となる内面の現実化。〈例〉自殺者、吝嗇者・浪費者など。

他者の視点を通してなされる罰（他者を通して）自己の行為（不作為）が他者の経験を通して現実化される。〈例〉地獄前地、食悦者、不和分裂をもたらす者、他者への暴力者など（神に対する罪は、神の感情を害することによって、火という応報で罰せられる）。

従来のものよりもこの分類法の方がシンプルであり、食悦の罪に対する懲罰もこれで説明可能となる。とりわけ、後者の分類が新しい視点である。第五歌の応報の理は、自己の内面の物質化であり、彼らの心の状態が死後の状況を作りだしている（自己の視点を通してなされる罰）。それに対して、第六歌の応報の理は単に自己の内面を投影したものだけではなく、自分がしたこと、あるいはしなかったことによって生じる結果が罰として働いている（他者の視点を通してなされる罰）。

チャッコが現世について語る時、何と言っていたか思い出してみよう。彼は現世に思いを馳せる時、決まって「晴朗な［晴れやかな］人生」（51行）、「楽しい世界」（88行）と言っている。それは、現世でチャッコは美味しい食事をいつも腹一杯取ることができたからである。しかし、その時、チャッコたちが美食に舌鼓を打ち、高価な大量の食事を一晩で消費する奢侈な生活を送っていた裏では、貧しい人々が乞食のように惨めな気持ちで氷雨に打たれながら戸外にたたずんでいた。チャッコたちが消費したことによって、その分け前に与(あずか)れなかった人々の境遇と気持ちをチャッコたちは死後味わわなければならないのである。チャッコたちは現世で他人を顧みず、その声を聞こうともしなかったため、今は誰からも顧みられず、聞いてもらえない。チャッコは、死後、他者と一体化し、他者の苦しみを自分のものとして体験することになる。そしてそれが罰なのである。

われわれが《すべての中のすべて》である以上、好むと好まざるとにかかわらず、他者の経験を自己の一部として経験することになる。この時、それを苦痛としてしか経験できず、気づきを経験しない者にとっては、それは地獄のように、懲罰のように映る。他人の苦しみを自分のものとして経験するとき、実は、自分が食べ物を分け与えなかった貧しき人々は自分の一部だったのであり、もう一人の自分にほかならなかったのだと――従って、自分は自分自身に食べ物を分け与えなかったのだと――気づかなければならなかったのである。人にしてやらなかったことは、自分にしてやらなかったことなのだ、と。それに気がついていれば、彼は煉獄に行けただろう。

この応報の理を誰にでも判る例で言い換えてみよう。AがBをいじめたとしよう。死後、Aは、この経験を体験し直すことになる。ただし、今度は自分の視点からではなく、いじめられたBの視点から体験し直す。被害者の側から、いじめられた時の惨めな気持ちを味わうのである。これが二種類あるダンテの地獄界の応報の理の一つである。

実は、これに似た発想は、仏教において《浄玻璃の鏡》として、チベット仏教では《業鏡》として伝統的に表わされてきた。つまり、古代から人々は神霊体験や臨死体験を通じて、このことを知識としてすでに知っていたのであろう。例えば、『チベット死者の書』にはこう記されている。「汝の生前に行なった善い行ないと悪い行ないのすべてが鏡［浄玻璃の鏡・業鏡］の面に輝いてはっきりと映し出されるので、汝が嘘をついても無駄である」。地獄で、罪人は生前の自分の所業のすべてを映し出す鏡の前に立たされ、映画を見るように、ふたたび体験させられる。それから目を逸らすことはできない。目を逸らせぬよう獄卒がしっかりと摑んで見させるからである。ダンテの地獄では、自分の所業を被害者の視点から見直させられる。サンドバッグを叩く側からではなく、叩かれるサンドバッグの側から経験する（だから懲罰となる）。死後、われわれは自分のしたことによって、あるいは、しなかったことによって引き起こされた結果の連鎖を遥か彼方まで自分のものとして、自分の一部として体験するのである。死後、自己は延長され、この時になって、初めて、他者など存在しなかったことに気づく。だからこそ、煉獄では全員が互いを兄弟と呼び合う。そして、天国界では魂たちは「私」とは言わず、「私たち」と言い、「私の」とは言わず、「私たちの」と言う。彼らは人類が全体で一つだと、互いが互いの一部だと知っているからである。

第七歌

第四圏（貪欲と浪費の罪）・第五圏（ステュクスの沼）

一三〇〇年四月六日（水曜日）：午前零時過ぎ、第四圏を後にして、第五圏に降りる。
悪魔プルートーとの出会い。フォルトゥーナの真実。

「Pape Satàn, Pape Satàn, aleppe!」（パペ・サタン、パペ・サタン、アレッペ[*1]！）
プルートーは嗄(しゃが)れた声で話し始めた。
すると、かの賢人はすべてを悟り[*2]、心やさしくも
　私をなぐさめるために[*3]こう言った。「自身の恐れに
心をさわがせるな[*4]。いくら彼に力があったとて
われわれをこの岩から奪うことはできないだろう[*5]」
　それから、あの膨れあがった唇[*6]に
向かって言った。「黙れ[*7]、呪われた狼よ[*8]。
おまえの憤怒はおまえの中で燃やすがよい。
　深淵に行くのは理由(わけ)あってのことだ。
（大天使）ミカエルが、（おまえたちの）傲慢の反抗に
むくいたところ[*9]、天の意志なのだ」
　風をはらんだ船の帆[*10]が
マストが折れると[*11]、もつれて落ちるように、

酷い獣［プルートー］は地に倒れた。
　このようにしてわれわれは第四の崖に降り、
宇宙の悪をすべて容している[*12]
苦患の懸崖をより深くたずねて行った。
　おお、神の正義よ！　私の見た新たな
苦しみと痛みを、一体誰がこれほどかき集め得ようか、
われわれの罪はどうしてこれほどわれわれを損なうのか。
　メッシーナ海峡のカリュブディスの渦[*13]の近くでは、
潮の流れが反対の流れにあたって砕けるように
ここの人々も円［渦］を描きながら踊りくるっていた。[*14]
　ここには他の圏よりもはるかに多くの人々が見えた。[*15]
群衆はあちらでもこちらでも大きな叫び声をあげながら[*16]
胸を押し当てて[*17]重り[*18]を転がしていた。
　左右から互いに進み来て、一点でぶつかり合う。
そののち、各自は向きを変えて、後ろに重りを転がしながら
罵声を浴びせ合うのだった。「なぜ貯める」「なぜ捨てる」と。[*19]
　このようにして彼らは暗い環に沿って
両方の側から互いに対蹠（たいしょ）点まで戻っては
呪いに満ちた言葉を吐くのだった。
　環の反対側にまわって、対蹠点に

たどりつくと、みなふたたび馬上槍試合［反対側の衝突点］へと向かう。
（この光景に）心を痛めた私はこう言った。
「師よ、どうかこの人たちが誰なのか
教えてください。この左手にいる[20]頭を剃った者たちは[21]
聖職者たちだったのかどうか」
すると彼は私に言った。「すべてこの者らは前世で
理性が盲（めし）いていたのだ。そのため、
金を使うにあたって何の節度［中庸］ももたなかった。
彼らは互いに正反対の罪によって環の二点で
二つに分かたれているが、[22] その分岐点にやって来るたびに
発していた彼らの吠え声から、そのことがはっきりと判る。
頭に毛の覆いのないこの者たちは
みな聖職者だった。教皇や枢機卿たちもいる。
こうした手合いにおいてこそ、貪欲は極みに達するのだ[23]」
私は言った。「師よ、ここにいる者たちの中で
こうした悪に染まって穢れた者の何人かは、
私にも見分けられるはずですが[24]」
すると彼は私に言った。「そのようなことを考えても無駄だ。
見境なく過ごした生活のおかげで、生前、彼らは汚れ、
いまでは、どんな見分けもつかぬほど黒くなっているからだ。

永遠にこの二種の人間たちはぶつかり合う。*[25]
そして（最後の審判のとき）一方は、墓から甦るときこぶしをにぎり、*[26]
もう一方の者たちは、髪を剃り取られているだろう。*[27]
　不正に投げ与え、不正に貯め込んだことで彼らは
美しい世界［天国］を取り上げられ、この角逐(かくちく)に置かれたのだ。
その喧嘩がどのようなものか、言葉を浪費すまい。
　さあ、息子よ、これで判ったろう、運の女神(フォルトゥーナ)に
委ねられた富が、いかに束の間の戯れにすぎないか、
富のために人類がかくもいがみ合うものかが。
　月の下［地球］のあらゆる黄金も
いまあるものも昔のものも、これら疲れたたましいたちの
ただの一人も満足させることはできぬであろう」*[28]
　「師よ」と私は言った。「もっと教えてください。
あなたがいま話された運の女神(フォルトゥーナ)とは、
世の富を両の鉤爪(かぎづめ)*[29]に抱えるその女神とは、一体何なのですか」
　すると彼は私に言った。「おお、愚かな者たちよ。
どれほどの無知におまえらはむしばまれていることか。
さあ、これから私の言うことをしっかりと咀嚼して食べるがよい。
　すべてを超越し、すべてを御存じのお方［神］が
諸天をつくり、各天にそれを動かすもの［天使］を任命された。*[30]

そして隅から隅まで諸天が輝きわたるように、
　光を公平に配分された。[*31]
それと同じくこの世の富にも
これを司りこれを導き総べる管理者を据えられた。[*32]
　彼女は虚ろな富を、[*33]しかるべき時と共に
民から民へ、[*34]そして家系からよその家系に移し替える、
それに抗う人間の思慮のとどかぬところで。
　ある人々は栄えに栄え、他の人々は萎えて行くが、
その判断は、草のなかにかくれた蛇のように、
どこにあるかわからない。[*35]
　おまえたちの知では彼女に敵わぬ。
彼女は先を見越して手はずを整え、判断を下し、他の神々［天使たち］が
自分たちの王国［天］を支配するように、自身の王国［地球］を司る。
　彼女は休む間もなく変化する。
すばやく在るほか存在し得ないからだ。[*36]
境遇の変わってしまう人が多々あるのも、このためである。
　この女神こそは、いわれなく呪われている。
それも彼女を褒め称えるべき人々がまさに
彼女の悪口を言い、悪評をたてる。[*37]
　しかし至福に浴している彼女に、その声は耳に入らない。

他のはじめにつくられたものたち［天使たち］と共に
喜びに満ちて自身の球［地球］を巡らし、自らの幸を楽しんでいる。*38
　さあ、もっとひどい苦しみの場に降りよう。
私が歩き始めたとき昇り始めていたすべての星たちは
もう沈もうとしている。*39 あまり留まってはいられない*40」
　われわれはその環［第五圏］を横切り、反対の岸の
一つの泉*41の上に出た。泉は湧き立ち、
泉によってできた一つの堀へと水が流れ込んでいた。
　水は紫紺よりもはるかに暗かった。
われわれは黒く濁った流れに沿って
下り、荒涼とした道へと分け入った。
　この陰鬱な渓流はおそろしい灰色の
崖の下に落ちて、ステュクス*42という
名の沼に流れ込む。*43
　懸命に目をこらしていると
その沼の中に泥にまみれた人々が見えた。
みな裸体で、顔には怒気があふれていた。
　この者たちは手ではあきたらず、
頭や胸や足でぶつかり合い、
歯で相手をばらばらに引き裂いていた。

優れた師は言われた。「息子よ、いまおまえの見ているのは
怒情に負けた者たちのたましいだ。[44]
117 加えて、おまえに信じてほしいのは、
この水面の下にも溜息をついている者たちがいるということだ。
そのため、どこを向いても、目がおまえに教えてくれるように
120 水面に泡が立っている。
泥の中に打ち込まれて彼らはこう言っている。『俺たちの心は
いつも塞いでいた。太陽が賑わしく照らすやさしい空気の中にあっても、
123 心中、鬱怒（うつど）の煙がくすぶっていた。
それで、いまもわれわれは黒い泥濘の中で鬱々としている』
彼らがこうした連禱（れんとう）をのどの中でぶくぶくと唱えるのも、
126 それをまっとうな言葉で表現することができぬからだ[45]」
かくして私たちは、泥をほおばる者たちを見わたしながら
乾いた岸辺と泥の間を進んだ。
129 きたない沼が描く大きな弧をめぐるうちに、
130 やがて、私たちはある塔のふもとに着いた。[46]

第七歌注釈

＊1　ダンテは意図的に人間には解らない悪魔語をプルートーに発話させている。しかし、「かの賢人はすべてを悟り」（3行）とあるように、ウェルギリウスにはこの意味が解る。意味は「おお、サタン様、おお、神なるサタン様」（グエッリ）となろう。ここでプルートーは自身の発言を地獄の神サタンに対する称賛と礼賛で始めようとしている。それは祈願でも感嘆でもなく、サタンに対する忠誠、臣従の誓いである。プルートーは、「サタンは神であり、すなわち、地獄界の長、第一の者である」と言い、更に続けて「最後の者」にして「（究極の）目的（到達点）」、地獄の神々と魂たちのすべてが目指す「絶対者」（《aleppe アルファ》にして《オメガ》）であると言おうとしたのであろう。だからこそウェルギリウスはそれを侮蔑とともに遮り、話すのを止めるよう命じたのである。天上の至福の魂たちが神に呼びかける言葉と、プルートーのこの言葉が対照的に置かれていることを確認しておこう。「（神は）すべての善が始まり、終るところ」（天国篇第八歌87）。「（神は）すべての創造の御業のアルファにしてオメガである」（天国篇第二十六歌17）」（ヴァッローネ）。加えて、音声学的にも興味深い。ラテン語で教皇は pāpa であり、その属格形は pāpae = pāpe（中世形）である。このため、聞く者には意味は解らずともイタリア人には「教皇のサタン（敵対者）」（ポレーナ）と聞こえることになる。つまり、プルートーは「教皇の敵対者め！」とダンテに向かって呼びかけているかのように聞こえる。この教皇をボニファーティウス八世と解せば、「悪魔の盟友である教皇に逆らう者め」と聞こえる。ダンテは勿論これを意識していたことは間違いない。また十九世紀の英国の画家にしてダンテ研究家のガブリエル・ロッセッティは、pape を教皇 papa と結びつけて、「Pap'è Satan, Pap'è Satan aleppe. 教皇はサタンだ、教皇は第一のサタンだ」と解している。どちらの解釈にせよ、音声的に教皇に対する揶揄が含まれていると考えて間違いない。実際、「教皇」を始め高位聖職者たちが初めて明示的に非難されるのがこの歌章だからである。

＊2　悪魔プルートーの言葉をウェルギリウスが理解できるのは、これが呪文に属するものだからである。キリスト教徒であるダンテには理解できず、古代の異教の詩人が理解できるのはこのためである。ウェルギリウスは魔術師ではないが、『アエネーイス』でシビュッラを扱っているように、古代の詩人として霊媒や口寄せなどの知識を持っていたとみなされている。

＊3　ダンテの天を信じる心が十分でないことが暗示されている（同じく第八歌、第九歌でこのダンテの不信心が繰り返し強調される）。天はいつもダンテを見守っており、自身の為にならないことを天が送ることは何一つないという確固とした信念をダンテは未だ持ち得ていない。そのため、ダンテは絶えず動揺する。それを察知するウェルギリウスは、ダンテ

の心を安心させ勇気づけるために、繰り返し天はいつもおまえを配慮し、常に見守っていると告げることになる。

＊4「自身の恐れ」とあるように、恐怖は外からではなく、内から来ること、自身が恐怖を生み出す作り手であることを告げている。プルートーはいわば幻影であり、その幻影が作りだす恐怖こそが敵であり、真の敵はプルートーではないとウェルギリウスは諭す。人は、自分が作りだす恐怖によって自身を害し、駄目にしてしまうものだと、すでに第二歌45－48でウェルギリウスは警告している。

＊5「われらがこの懸崖を降りる邪魔立てなどできるはずはない」の意味。

＊6「膨れあがった唇（顔・頬）」は、キリスト教の伝統的な発想――高慢＝膨れあがり――に由来する。「高慢は膨れあがる」（ヒエローニュムス『エウストキウムへの書簡』八）からである。ダンテはこの高慢＝膨張の常套的な関係を帆に譬えている。高慢は人の心を膨れあがらせるが、また怒りは感情的に人の口（頬）を膨れあがらせる。この二つの意味がプルートーの膨れあがった唇に込められている。帆の見事な比喩は、ダンテの古典に依拠していないまったくの独創である。

＊7　プルートーに対するウェルギリウスの命令は、次のイエスの命令をサブ・テキストとしている。「イエスが起き上がって風を叱り、海に向かって『静まれ、黙れ』と言うと、風は止んで、大凪になった」（「マルコ福音書」四：三九）。凪となった海で帆が萎んで垂れ下がるように、プルートーの高慢で膨れあがった帆も萎んで垂れてしまう。このように『神曲』は、他から切り離され独立した単独の作品ではなく、自身の周りに無数のサブ・テキストを衛星のように従え、これらを内に取り込むことで一つの人類の作品を形作っている。

＊8　地獄篇第一歌で見たように、狼は貪欲の象徴である。プルートーが「狼」に喩えられていることからも、プルートーが《富→貪欲》のアレゴリーとして登場していることが裏書きされる。

＊9　時の初め、ルチーフェロは自分に従う他の悪しき天使たちとともに神に反旗を翻すが、大天使ミカエル率いる善なる天使たちによって地獄へ追いやられる（「ヨハネの黙示録」十二：七－九）。単に「天で」と言うよりも、相手の一番痛い所を突いて、「傲慢の反抗に（天誅で）むくいたところ」と言った方がプルートーを黙らせるには効果的である。過去の相手の落ち度を引き合いに出して、自己の主張を受け容れさせるウェルギリウスの交渉術の巧みさが示されている。また同時に、この交渉術も後の物語の伏線として置かれている。ウェルギリウスは理性の象徴でもあるが、理性の鮮やかな切れは、このような下級の悪魔には効果覿面だが、理性が通用しない相手にやがて出遭うことになる。真正の悪は、理性では太刀打ちできないほど恐ろしいものだと強調するためである。その最初の障壁は第九歌で語られることになる。この時は、さしものウェルギリウスの交渉術でも歯が立たない。プ

ルートーのエピソードは、そうした伏線としても機能している。

＊10　キリスト教では伝統的に「風」はしばしば高慢の象徴として用いられる（第十三歌42、92参照）。「風をはらんだ」とは、高慢で一杯に膨れ上がったという意味。

＊11「折れる」のはマストだが、船のマストはプルートーの出鼻の比喩となっていることより、（出鼻を・意気を）挫かれる、鼻っ柱が折れるという意味になる。

＊12　地獄は屑を容れるゴミ袋のようなものだという意味。この囚人は生前金銭を袋詰めにしてほくそ笑んでいたが、今では自分が屑となって袋詰めにされている。

＊13　メッシーナ海峡のシチリア側のある地点では海底が渦を巻いている。「カリュブディス」とは、その渦巻きが擬人化されたものであり、ギリシャ神話では伝統的に女の怪物として描かれる。その渦の中に多くの船と船員を呑み込んできたことから、貪欲の象徴として中世を通じて用いられた。メッシーナ海峡ではイオニア海とティレニア海の潮の流れがぶつかり合うが、ここでダンテはこの二つの流れのぶつかり合いを貪欲者（吝嗇家）と浪費家の二つの流れに比喩している。

＊14　生前、偶運（フォルトゥーナ）に踊らされた第四圏の者たちが生前同様、死後も踊らされ、第四圏の円環の中を巡らされていることを揶揄している。

＊15　ダンテは金銭愛の罪に染まる者が一番多いと言っている。「（ダンテのこの指摘は）何も驚くに当たらない。この悪徳に染まっていない者は僅かしかいないからである」（ボッカッチョ）

＊16　第四圏の囚人は、第二圏（第五歌）のように二つの群れに分かれているが、その分かれ方は第二圏とはまったく異なっている。ちょうど左にカリュブディス、右にスキュッラの潮の流れを形作るように、ダンテの左手には貪欲者（吝嗇）が、右手には浪費者が叫び声を上げながら重りを押し転がしてゆく。

＊17　ダンテはなぜ、手で転がすと言わずに、「胸を押し当てて」と言ったのであろうか。ダンテは読者に次のサブ・テキストを思い起こすように促している。「まこと汝の宝があるところ、そこに汝の心もある」（「マタイ福音書」六：二一、「ルカ福音書」一二：三四）。「まさに彼らは重りを自身の宝として心（臓）に当てているのである」（ヴィクレイ）。重りは各自と一体化を遂げており、貝殻とその宿主同様、切っても切り離せないものとなっている。どこへ行くにもその重りと一緒である。彼らの生前の第一の本性が金銭に執着することにあったからである。

＊18　ダンテは「重り、重荷 pesi」と言うだけで、この重りの正体を具体的には明かしていない。もし「岩」であれば、「岩」と書いたはずであり、何かが入った大きな袋のようなものが想像される。

＊19　トマス・アクイナスが「浪費と貪欲が互いに相対立するものであることは明らかである」（『神学大全』II-2, q. 119, a.1, resp.）と述べているように、両者は対立する関係にあるが、また同時に、互いが相手の欠けたものを有する補完関係にあることから、半円ほど彼らにふさわしいものはない。ダンテはトマスのこの記述に図像的なイメージを与え、幾何学的に理解している。「なぜ貯める」「なぜ捨てる」の言葉は「両者の盲目な精神構造の完璧なシンメトリーを表わしている」（バルダッツィ）が、貪欲者と浪費者が互いに角突き合わせて非難しあうその精神の盲目性は、まさにイエスの有名な警句そのものである。「あなたは兄弟の目にあるおが屑は見えるのに、なぜ自分の目の中にある丸太には気づかないのか」（「マタイ福音書」七：三－五）

＊20「この左手にいる」とダンテははっきり方向を指示している。つまり、左側には貪欲者（吝嗇）たちの群れがいる。ラテン語・イタリア語に見るように《左》は《悪い》を意味することより、貪欲の方が浪費よりも罪が重いことが示されている。ダンテがメッシーナ海峡について言及する時、右側にあるスキュッラではなく、左側のカリュブディスの方を挙げているのも、このためである。実際、トマスも「浪費は貪欲よりも小さな罪である」（『神学大全』II-2, q.119, a.3, resp.）と述べている。なぜなら「浪費者は、少なくとも彼が与える多くの者にとって役に立つが、貪欲（吝嗇）な者は、何人(なんぴと)にとっても役に立たないだけでなく、己自身にとってさえ役に立たない」（アリストテレース『ニコマコス倫理学』第四巻第一章）からである。お金をタンス預金しても誰の役にも立たない。金銭は誰かのために使ってこそ生きてくる（煉獄篇第二十歌31－33）。金銭は社会の血液であり、社会内を動いてこそ（動いている時だけ）存在価値がある。金銭を活かすも殺すも所有者次第である。

＊21 フランシスコ・ザビエルの肖像画に見るように、昔の聖職者は剃髪(ていはつ)をして頭の頭頂部を丸く剃っていたため。現教皇フランシスコも「ヴァチカンが患う十五の病気」の中で「物欲」「世俗的利益を求め、見えを張ること」を挙げている。

＊22「正反対の罪」とダンテが言っているのは、貪欲と浪費が、中庸（節度）の惜しみなき心を、プラス方向（過大に）とマイナス方向（過小に）それぞれ破っているからである。

《貪欲・吝嗇》［過小］←［中庸］《惜しみなき心》→［過剰］《浪費》

＊23「浪費は、とりわけ聖職者たちにおいてはっきりと認められる。彼らは、貧しき者たちのものである教会の財産の配分者に過ぎないにもかかわらず、浪費することによって、貧しき者たちから詐取しているのである」（『神学大全』II-2, q.119, a.3, ad.1）。神学の理論書である『神学大全』の中で珍しくトマス・アクイナスが聖職者の悪徳を厳しく糾弾している。著作の中で個人的な感情を表わすことのないトマスがこのように身内の恥部をはっきりと断罪しているのは異例であり、驚きである。四世紀から続くカトリック教会のこの致命的な宿痾を、ダンテは『神曲』の中でさらに厳しく追及していくことになる。これについては次の一点に留めよう。こ

こで重要なことは、この断罪が大きな怒りから生み出されている点にある。なぜトマスやダンテがかくも憤っているかと言えば、貪欲や浪費はキリスト教の根本精神に真っ向から対立するものであり、両者は水と油の関係にあるからである。キリスト教の根本精神にしてその至高の徳は清貧にある（聖フランチェスコの清貧がいかに神の御心に適ったものであるかは天国篇第十一歌で示される）。キリストに対立するアンチ・キリストが教会の外ではなく、他ならぬ教会内部の聖職者自身であることにダンテやトマスはやりきれない怒りを覚えているのである。

＊24　チャッコの言にあったように、フィレンツェにはこの種の悪徳に染まった者が大勢いるので、自分も知っている者が必ずやいるはずだと述べている。

＊25　さらにダンテは、貨幣の持つもう一つの特徴を、魂たちの行なう永久運動で表わしている。永遠の半円運動は、貨幣に対する欲望の限りなさを象徴している。貨幣に対する欲望が無限であるのは、他の欲望と違ってヴァーチャルだからである。このため第四圏の囚人は、いつ果てることもなく、重りを終わることなく転がしている。終わらないというのは、同じことを同じ平面に留まって行ない、進歩が一つもないことを意味している。

＊26　「金銭を誰にも渡すまい、失うまいと拳を固く握りしめて」の意味。

＊27　切り取られた髪は、中世では浪費の象徴とされ、古注では「過剰に投げ捨てたことを表わしている」（ラーナ）と説明されている。「髪が剃髪されるのは、彼らが生前すべてを投げ捨てたからである」（ベンヴェヌート）。ボッカッチョの解説によれば、髪は世俗的なもの、束の間のものの象徴であり、そうした地上的な富を失うことを意味している。散財して金を浪費したのであるから、その象徴である髪も持たないのが道理というわけである。

＊28　ダンテが勤しんで学んだ賢者たちの言葉を記しておこう。「いかなる時代も、貪欲の渇望が満たされ、成就されることはない。単に、今持っているものを増やしたいという願望のために苦しむだけでなく、それを失うまいとして同様に苦しむのだ」（キケロー『ストア派のパラドックス』一、六）。「富を愛する者（貪欲者）は決して金銭に満足することはない」（『コヘレトの言葉』五：九）。「ただ欲しいものがないときには、あるものが他のものよりも素晴らしいものに映るだけであって、それさえもひとたび手に入れれば、今度は別なものが欲しくなり、そして、いつもと同じ生の渇きが口を開けて、更に貪欲なわれわれを絶えず捕まえる」（ルクレーティウス『宇宙の本性について』第三巻一〇八二－八四）。「多くを求むる者ほど、多くのものが足りない」（ホラーティウス『歌集』第三巻第十六歌四二－四三）。「得た物を貪り食う残忍な貪欲は、すぐに口を開けて（新たな獲物）を待ちかまえる。贈り物でどんなに溢れ出ようとも、所有欲に燃えて渇望するのだから、いったいどんな手綱がこの転倒した貪欲をし

っかりと引き留めることができよう。こうした者たちは決して富むことが無く、絶えず震え、嘆き続ける。なぜなら自分はいつも不足していると思い込んでいるからである」（ボエーティウス『哲学の慰め』第二巻第二章）。金銭に対する欲求は愛欲や食悦とは根本的に異なる。性欲や食欲には限界があり、満たされれば、その欲求は低下する。一人で千人前を食することはできない。だが、金銭は本質的にヴァーチャルなものであるため、金銭に対する欲求は無限となる。実際、世界の三大資産家の資産だけで四八ヵ国の人々全員を養うことができる。世界の上位八人の総資産は地球の下位三十億人分の総資産に匹敵する。これほどまでに金銭愛は限界を知らない。まさにダンテの言う通り、現在の金と過去の金の総べてをもってしても満たされることはない。一人で一億人分の食料を食べることはできないが、金銭においてはこれでもう十分ということはないのである。

＊29　古来、フォルトゥーナは、善禍を偶然に、しかもしばしば不当に割り当てる目隠しをした女神や怪物として想像されてきた。旅人ダンテも他の下級の神々のように獣性を帯びた悪魔的な存在として「鉤爪」を備えた獣のように思い描いている。これに対してウェルギリウスは弟子がフォルトゥーナを邪悪な力として表面的に捉え、誤った迷信に陥っていることを指摘し、そのような想像は児戯に過ぎず、フォルトゥーナの真の姿を教える。

＊30「諸天の駆動力は、物質から分離された実体（離存的実体）、すなわち知性であるが、世間の人々はこれを《天使》と呼んでいる」（ダンテ『饗宴』第二巻第四章二）。中世では各天球を動かしているのは超知性体である天使だと信じられていた。だから、かくも完璧に規則的に天球は回転すると。

＊31　解り易く訳し直すと、次のようになる。「神は、九つの天球それぞれに対して、九種類の天使の集団を割り当てた。九種の天使集団はそれぞれ自分に割り当てられた天球に自身の光を輝きわたらせる。各天使集団が神から受ける光の量と強さには違いがあるが、各集団とも応分の光を自身の天球に均等に分かち与えて、輝かせる」

＊32　ウェルギリウスは「各天球が知性体（天使）によって管理されているように、神は地球という領域においても地上の輝きを統括する知性体（管理者）を割り当てたのであり、それがフォルトゥーナである」と述べる。古典古代のフォルトゥーナのイメージを革新的に変えたのはボエーティウスだが、ダンテはボエーティウスのフォルトゥーナ観を更に一歩進めて、フォルトゥーナを宇宙構造に組み入れている。これはダンテの独創であり、他に類を見ない。「これを導き総べる管理者」という表現は「事物の総括的管理者 *generalis yconoma rerum*」（エンリーコ［アッリーゴ］・ダ・セッティメッロ『偶運の変わり易さと哲学の慰めに関するエレジー』第二巻一八一）を下敷きにしている。

＊33　正確には「空しき地上善」であり、富だけではなく、自分のもの（所有物）だと錯覚している財産、地位、名誉、権

力など、地上的なものすべてを指す。「コヘレトの言葉」にあるように、こうしたものは、すべて《空》に過ぎないため、《空しき》と形容される。

＊34「覇権は民族から民族へ移される」（「シラの書（集会の書）」一〇：八）。権天使（第七位に位置する天使）の権能としてトマスは次のように書いている。「かくして、王国の配分や民族から民族への覇権の移り変わりは、この権天使の位階の職務に属しているはずである」（『対異教徒大全』第三巻第八十章）。ダンテはこの権能を権天使からフォルトゥーナに移し替えている。

＊35「草むらに蛇が隠れている」（ウェルギリウス『牧歌』第三歌九三）を下敷きにした表現。「蛇が待ち伏せするように、フォルトゥーナの判決も人間に隠され、不意に人間を襲う」（キメンツ）というイメージである。この比喩から、配分者の判決は「幸福の下に潜み、人間を逆境によって刺す」（ブーティ）ことを、また、神の判決は人間には到底理解の及ばないものであることを暗示している。従って、フォルトゥーナの行為は、人間の行為や見通し（思惑・予測）から免れており、そのようなものによって妨げられることもない。

＊36　フォルトゥーナは迅速な存在である以外に、その本性上、他の在り方ができないというダンテのこの詩句は、ボエーティウスの次の一節の翻訳であり、意味はまったく同じである。「もし車輪（フォルトゥーナ）が止まり始めたら、運（フォルトゥーナ）は巡り合わせ（偶然）であることを止めてしまいます」（ボエーティウス『哲学の慰め』第二巻第一章六二）。フォルトゥーナは、その本性上、常に車輪を回転させていなくてはならず、その回転を止めてしまえば、フォルトゥーナはフォルトゥーナではなくなってしまう。それ故、彼女は常に移ろいゆく運動状態でしか存在できず、常に素早い存在でしかあり得ない。

＊37　ここで述べられている内容は、ボエーティウスの次の記述を想定している。「（感謝することこそあれ、）私（フォルトゥーナ）を非難する権利、私に不平を鳴らす権利など、あなたにはないのです」（ボエーティウス『哲学の慰め』第二巻第二章一五）。なぜフォルトゥーナを褒め称えることこそあれ、誹謗すべきではないのであろうか。この答えが、ダンテのフォルトゥーナ観の核となる。ボエーティウスの答えは、《なぜならあなたは不幸なのだから、フォルトゥーナに感謝しなければならない》となる。不幸と引き換えに真実に目覚めたからである。いみじくも、シモーヌ・ヴェイユの言葉と軌を一にしている。「不幸。それは、素晴らしい言葉。人間の創り出した言葉の中で、これに匹敵するものはない」。不幸であることは、運命を褒め称える理由となることこそあれ、非難すべき理由とはならないとボエーティウスは答える。これは、無実の罪で投獄され、処刑台の露と消えていったボエーティウスならではの、歴史上、彼しか発想し得なかった独創的な答えである。

＊38　このフォルトゥーナの神的本性はルクレーティウスの語

る神々の本性に酷似している。「まさに、すべての神々の本性は、それ自身まったき平安のうちに、不死なる生命を喜び、人間界の煩いから遠くかけ離れ、何の係わりもない。まことに、神々はあらゆる苦しみから離れ、危険もなく、自身の力強い能力によって、私たちを何ひとつ必要とすることもなければ、（宗教上の）奉仕によって心捉えられることも、怒りに心動かされることもない」（『宇宙の本性について』第一巻四四－四九）。なぜ神的存在が喜びと至福の中にあるかと言えば、まさに神的存在だからである。苦しみや悲しみの中にあれば、神ではなくなってしまう。永遠不滅の存在にして喜びの恒常状態にあるものを神と呼ぶ。人間の栄枯盛衰につきあっていれば、同じように、苦しみと悲しみを体験しなければならなくなる。それではもはや恒常的な喜びの中にいられない。神はこのようなパトスを有さない。人間界の有為転変から離れて、自らの本性の中で人間とは次元の異なる喜びの恒常状態にある。「至福な」という形容詞は、フォルトゥーナが天使と同じ存在であることを示している。「その声は耳に入らない」という詩行はボエーティウスの次の一節を下敷きにしている。「フォルトゥーナは哀れな者たちに耳を貸すこともなければ、涙に心煩わすこともない。それどころか、彼女自身が引き起こした嗚咽を無情にも嘲笑う。このように彼女は戯れ、自身の力を試すのです」（ボエーティウス『哲学の慰め』第二巻第一章五－六）

＊39　この詩行から時間経過に関する二つの情報を得ることができる。まず第一に「すべての星たちはもう沈もうとしている」ことから現在時刻は、およそ午前零時を回ったところだと判る。ダンテは第二歌で夕闇の中、地獄の森へ入って行ったと述べていることから、冥界下りにすでに六時間近くを要している。また、ウェルギリウスがダンテを救いに行った時刻は第一歌では示されていなかったが、ここでその時刻が補われている。この詩節には二つ特異な点が認められる。一つは、ウェルギリウスが「《私たちが》歩き始めたとき」と言わず、一人称の《私》だけに限定している点である。これは非常に不自然な発言である。ダンテとウェルギリウスの冥界への歩みは一緒だからである。従って、《私たちが》旅を始めた時間は第二歌の冒頭ですでに夕刻と述べられていることから、ウェルギリウスは《私が》とすることで、新しい情報を伝えようとしている。すなわち、ウェルギリウスはここで自身の歩みだけに限定した時刻を示唆しているのである。従って、「私が歩き始めたとき」とは、ウェルギリウスがリンボを出て、ダンテを救いに行った時刻を指示している。

　次に、見落としがちな点だが、ウェルギリウスは、その時、「昇り始めていたすべての星たち」と奇妙な言い方をしている。ここで重要な点は「すべての星たち」という指示である。この指示から、ウェルギリウスが立っている半球の地平線上に見える星の動きだけを指しているのではないことが了解される。半球のどこに立つかで、子午線上の目に見える星の上昇時間は変わる。地平から天頂まで六時間で行き着く星もあれば、それ以上、あるいはそれ以下で辿り着く星もある。とりわけ、地極に近い星の動きは最も遅く、十二時間かけて昇り、十二時間かけて沈む。ウェルギリウスが「すべての星たち」と言っている以上、地極近くの星の場合から、イタリア上空の星や赤道近くの星などのすべての星も含めて、星々の全軌道を指していることになる。星が地球の周りを一周するのに二十四時間かかることから、すべての星が天頂に達し終えるまでの上昇時間は最大十二時間となる。よって、ウェルギリウスが歩みを始めたのは、今から十二時間前となる。具体的に言えば、正午頃である。まさに、その時、ダンテの救済のプログラムが開始されたのであり、それはアダムとエヴァが罪を犯した時刻でもある（ダンテの意図はここにある。アダムが罪を犯した同じ時刻に、ダンテの救済プログラムが発動しているという点である）。

＊40　この詩句は『アエネーイス』のひそみに倣っている。「夜が迫り来る、アエネーアースよ、涙を流しているうちに、われらは時を費やしてしまう」（第六巻五三九）と言われるように、「（われら二人に）許された時間」（第六巻五三七）は限られている。アエネーアースは夜に冥界に降り、朝方、エーリュシウムに赴き、その夜、地上に戻る。おおよそ丸一日かけての彼岸探訪である。これを受けて、ダンテは地獄降りを二十四時間以内に終えなければならないものとして設定している。このため二人は一分たりとも時間を無駄にできない。これは《時》の重要さ・貴重さを噛みしめるための古典的教訓であると同時に、煉獄や天国に比べて、罪からできるだけ早く抜け出るために地獄を早く通過しなければならないというキリスト教的教訓でもある。この二つの理由から、地獄に割り当てられた時間は、煉獄界の三日より遥かに短い（天国界では時間の計測は不能になる）。

＊41　ここに登場する「泉」には名もなく、『神曲』の中で二度と言及されることもない不思議な湧水地である。「湧水地」と言っても、自立した水源ではなく、その水源はアケローンの川と考えられる。そして、この湧水地はステュクスの川の水源となっている。地獄の川はどれも環状をなしており、互いに繋がっている。沼状の川ステュクスは、『アエネーイス』同様、ディースの都市をぐるりと囲んでいる。

＊42　ステュクスは「憎悪（嫌悪）、おぞましさ、陰鬱、悲しみを意味するギリシャ語 στύγος」に由来する。ギリシャ神話ではステュクスは冥界を七巻きして流れる川であり、オーケアノスとテーテュースの娘とされる。ステュクスはパラースとの間に、ニーケー（勝利・征服）、クラトス（権力・支配）→「高慢」、ゼーロス（妬み）→「嫉妬」、ビアー（暴力）→「怒り」の四人を生んでいるが、実は、これらは第五圏のステュクスが抱える罪でもある。このステュクスの沼にはこれらの罪を犯した者たちが棲んでいる。

＊43　湧水地から溢れ出る水は渓流となって滝のように流れ降る。「渓流」と訳すと、清涼感のある清水を思い起こさせるが、ここでは渓流のイメージとはほど遠く、暗く灰色に淀ん

だ泥水であり、地上の渓流とはまったく逆である。これには意味がある。第五圏のこの沼に浸かっている者たちは、憤怒者を始め、みな胆汁質の人間たちだからである。「胆汁 χολή/bilis」それ自体に怒り、不機嫌という意味があると同時に、暗い、憂鬱な、黒い、という形容詞とともによく用いられる（μέλαινα「黒い」＋ χολή「胆汁」から《憂鬱 μελαγχολία（=atra bilis）》という言葉が派生する）。ヒッポクラテース以来、怒り、悲しみ、憂鬱の気質はこの胆汁に由来すると考えられていた。実際、ダンテ自身、第五圏の沼を「黒い泥濘」（124行）と呼んでいる。この渓流に対する「紫紺よりもはるかに暗かった」「黒く濁った」「陰鬱な」という形容は、すべてこの胆汁質の人間の性質を表わしており、彼らの性質が彼岸世界の現実を形作っている。ダンテの宇宙は、心の内容の現実的対応物である。倫理的宇宙と物質宇宙は不即不離・表裏一体の照応関係にあり、それ故、この沼は、言わば、胆汁でできている。

＊44　ウェルギリウスは「怒情に負けた者」と呼んでいるが、これにはまず二種類のタイプがある。怒りを表に爆発させて暴力に訴えるタイプ（112－114）とそれを内に抱え込んで根に持つタイプ（121－124）である。後者の場合、怒りを発散できず、気塞ぎの状態となるため、鬱怒（うつど）と訳した。

＊45　鬱怒者は、単なる気塞ぎではなく、内面においては怒っている（「悲しみとは実は言語化されない内なる怒り」であることを語っている）。怒っているため、言葉がちゃんと発話されない。加えて、怒りを外に表わさない人生を送ってきたため、死後も、彼らの言葉は語尾がモゴモゴしていたり、はっきりと発音されていない不完全なものとなっている。ダンテはこれを水中で言葉を発する様に比喩している。泥の中の魂は、抑圧され溜め込んだ憤怒によって、言葉をちゃんと話すことができないでいる。声なき泡が、今となっては彼らの声なのである。怒りは正しく吐き出されなければならない。これが次の第八歌の主題となる。

ところで、この箇所には、二つの意味が隠されている。一つは、その言葉にならぬ言葉を、ウェルギリウスが、人間の言葉にしてやっている点である。「ここにはウェルギリウスの憐憫の情が隠されている。永遠に沈黙を強いられた堕罪者に、一瞬の間、声を与えてやる行為がそうである」（ウリーヴィ）。詩人の役割は人々の声にならぬ感情に声を与えることにある。まさにウェルギリウスの行為は詩人の行為そのものと言える。また、ここにも円環が見出される。プルートーの不可解な「嗄れた声」で始まった第七歌は、「ぶくぶく」という今や内にこもった無言の声で終わるからである。どちらも理解不能の声である。もう一つは、彼らは言葉（発話）という人間固有の特性を発揮できないことから、人間性から締め出されていることを含意している。この者たちは顔も見えなければ、名前もなく、しかも言葉さえ奪われ、永遠の泥の底に沈んでいる。生前思っていることを口に出したり、行動したりと、内にあるものを外に表わさなかったために、死後その応報として、内にあるものを外に表わすことができない。まさにこれが彼らの受ける懲罰である。チャッコに見るように第三圏の食悦者はいくら動物化していても、束の間、《言葉》を持つことができた。《顔》もあって、チャッコという《名前》もあった。地獄前地には《名前のない者たち》がいた。第四圏の貪欲者は《顔のない者たち》、従って《名前のない者たち》である。顔や名前が失われた彼らは人間性が殆ど剝奪されているが、その彼らでさえ人間の最後のよすがである言葉は持っていた。浪費者や吝嗇者たちのように、それがいくら機械的に単調な繰り言でしかない言葉だとしても。しかし第五圏にやって来ると、もはや顔や名前はおろか、言葉さえも剝奪されてしまった者たちがいる。死者の中で言葉を持っていないのは彼らと第九圏第四円環のユダの領域（第三十四歌：ここでは言葉の音さえも、発話そのものもさらに奪われている）の者だけである。この言葉の剝奪こそが鬱怒者の特徴であり、ダンテの地獄の中で特異さを放っている。従って、鬱怒者は《顔なき者》《名前なき者》にして《言葉なき者》と定義できる。このような視点・分類から見ていくと、地獄の下へ向かうほど、人間を人間たらしめる条件が欠けていくことが判る。人間でありながら、人間性を奪われていく人間性の喪失は、さらに下層地獄第八圏・第九圏において頂点を迎える。最後においてはもはや獣でもなければ、生き物でもなく、凍りついた麦藁（無機物）と化している。中世の地獄絵とは異なり、人間性の喪失（剝奪）がダンテの考える地獄の苦しみであり、懲罰と言えよう。しかも、更に言語に絶する苦しみがこの沼の中に隠されている。それは顔なき者、名前なき者、言葉なき者にして、存在なき者であり、彼らは第九歌で間接的に暗示されることになる。

＊46　ステュクスでの話はまだ続くが、ダンテは話を前半と後半に分けている。その際、最後にこれから何が起きるのかを読者に期待させる待機のレトリックで終えている。ここも、いわゆる to be continued である。

第七歌解説

第七歌は盛りだくさんの歌章であり、多くの主題が次々と現われ出てくる。しかも、今までの歌章では、各歌に一つの圏が当てられてきたが、第七歌では第四圏と第五圏という二つの圏が割り当てられ、さらにはフォルトゥーナの話まで登場している。今までとは違った、極めて圧縮した構成になっている。しかし、これら一見して無関係に見える主題の数々も実は、相互に有機的に繋がり合っている。

ダンテは相反するものどうしによって互いの悪徳の関係を浮き上がらせ、中心軸に徳を措定している。こうして、互いに無関係に見える三つの主題が左図の円において意図的に関係づけられている。要するに、ダンテは三者が左図のように共通の関係にあることから三者をこの歌章で一括処理しているのである。

〈三つの円による歌章の統一構造〉

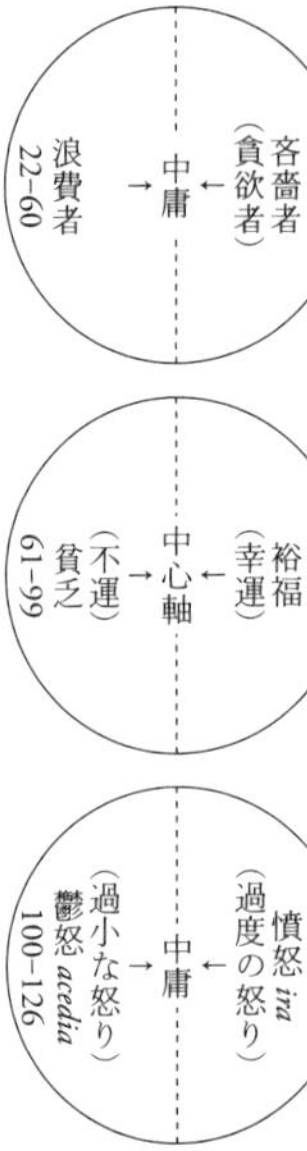

この三つの円のうち、最初の円について説明しておこう。他の二つの円もそれに準ずる考え方で理解できる。互いに自身の欠点は見えず、相手の欠点しか見えない貪欲者と浪費者は、互いに互いの平穏を破り合い、かわるがわる不幸にし合っている。「人々が互いに争奪を繰り返し、互いの平穏を破りあっている限り、かわるがわる不幸にしあっている限り、人生に実りもなければ、歓びもなく、いかなる心の進歩もない」（セネカ『人生の短さについて』第二十章五）

彼らの人生に何の実りもなかったように、死んだ後も、生前同様、心の進歩は一つもない。重りをただ転がす、それだけである。ただ金を貯め、ただ金を浪費している、その発展性のない性質をダンテは無限の半円運動という形で象徴している。両者が描くのはあくまでも半円でしかない。これはアリストテレス倫理学の根本原理である中庸の発想から来ている。中庸は円で表わされ、吝嗇者と浪費者の、互いにお互いを欠いた状態が半円で表わされている。彼らは互いの徳を永遠に欠いて、永遠の悪徳の中にある。両者の半円が合わされば、完全な徳を形成するが、彼らは永遠にそのことには気づかない。他人の欠点は解っても、自分の欠点だけは永遠に気づかないのである。

まず、第七歌の最初の主題から見てみよう。冒頭にプルートーが登場し、その高慢の鼻っ柱を折るのがウェルギリウスだが、ここにはウェルギリウスに象徴される智慧とプルートーに象徴される富との対決、さらに貪欲さと惜しみなさの対決が寓意化されている。実際、ウェルギリウスはプルートーを前にしてすべてを了解した優しき知者として描かれている（《やさしきgentile》には《惜しみなさ》の概念も含まれている）。地獄篇第一歌で見たように、貪欲の雌狼を前にしてダンテはウェルギリウスのことを「高名な賢者（知者よ）」と呼んで、雌狼から救い出してくれるようウェルギリウスに懇願している。実は、『神曲』の始まりから《ウェルギリウス》と《狼の本性（貪欲さ）》は対立関係、相反関係に置かれている。すでにダンテは『饗宴』において、知識（智慧）は忌まわしき富と真っ向から対立するものであることを長々と論じており、『神曲』を起草する以前からダンテの念頭にはこの明確な図式があった。

「それ故、これまで述べてきたすべての諸特徴から《富》が卑しいものであることは明々白々である。かくして正しき願望と真の知識を持つ人［ウェルギリウスのような人］は決して《富》を愛することがない。こうした人は《富》を愛さずして、自己を《富》と一つに結びつけることもなく、自己より遥かに遠ざけることを望む。（中略）これは、完全なるものが不完全なるものと結合し得ないがゆえに、当然のことである」（ダンテ『饗宴』第四巻第十三章一四－一五）

この引用からも、『神曲』がこの図式に従って構築されていることが裏書きされる。《富》と《高貴さ（惜しみなき心）》という二つの対立関係が、《狼およびプルートー》対《ウェルギリウス》という形で象徴的に暗示されている。

次に、第七歌が明かすダンテの地獄の深遠な意味を解説してみよう。第二圏のパオロとフランチェスカは「風」に翻弄され、第三圏のチャッコは「雨」に打たれている。これらの罰はどれも受動的であり、彼らは受動的に外から苦しみを受ける。対して、第四圏の貪欲者や浪費者たちの罰は能動的に自分の肉体を使うように定められている。これは何を意味するのであろうか。第四圏では貪欲者も浪費者も重りを転がしているが、いったい誰がそうするように強制しているのであろうか。悪魔たちが彼らを鞭打って、重りを運ばせているのだろうか。そうしないと、もっと手痛い目にあうために、転がしているのだろうか。そうではない。悪魔にしろ、誰であれ、ここには強制する者は誰もいない。彼らが「重りを転がし」ているのは、重りを転がすことに彼らが愛着を覚えているからである。彼らにはそれ以外の生き方ができない。彼らは何か外から、他者から強制されてではなく、自分たちの意志から重りを転がしている。このどこが罰なのかと思われるかも知れないが、これこそが彼らの罰なのである。彼らの生き方（彼らの罪）が、そのまま彼らの罰となっており、これはオウィディウスの『変身物語』を支配する原理であると同時に『神曲』の地獄篇を支配する原理でもある。

「自分が自分の罰（拷問）なのである」（オウィディウス『変身物語』第二巻七八二）

この原理を、ダンテはここで見事に視覚化して表現している。このことを理解するには、中世の地獄絵に描かれる懲罰と『神曲』の描く懲罰とを比較すると判りやすい。両者の間には本質的な違いがある。地獄絵では悪魔たちが罪人を懲らしめ、強制的に懲罰を強いている。しかし、ダンテはそのような単純な発想に与しない。ダンテが言おうとしているのは、自分が、自分の罰なのだということだからである。地獄絵の作者は、人は地獄に堕ちて悪魔に苛まれると単純に考えるが、ダンテは、人は自分で自分を苦しめるものであり、自分が自分の罰となると考える。ウェルギリウスが旅人ダンテに「自身の恐れに心をさわがせるな」（→自分を自分の罰とするな）と言い、プルートーに対しては、「おまえの憤怒はおまえの中で燃やすがよい」（→自分を自分の罰としろ）と言ったのはこのためである。自分が、実は、自分の最大の懲罰者となる。地獄の受刑者たちは、自分で自分を惨めにしていく自己毀損者でもある。この種の罪人には悪魔の手を借りる必要がない。自分で自分を苦しめ、罰してくれるのだから。それが本当に罰になるのか、と思われるかも知れないので、最初から順を追って説明してみよう。

彼らは生前せっせと金を貯め込み、そのためにどんな努力も惜しまず、骨折ってきた。われわれは、金持ちは年収が何億円もあるのだから、あくせく金を貯めるのを止めたらどうだろうかと思う。しかし、金持ちは年収が一億円を超えたからといって、これで十分だとは思わない。一億なら三億、あるいは十億なら二十億となる。浪費者でも同じである。ブランド品を買い漁ることがどんなに愚かで浅はかにわれわれに映ろうとも、彼らが止めることはない。なぜなら彼らにとってみれば、この上なく意味のある重要な行為だからである。彼らのこうした行動は、われわれから見れば、重りを無益に転がす空しい行為にしか思われないが、彼らはそのことには決して気がつかない。それゆえ、死後、重りを転がし続けても、本人の視点から見れば、一番重要な、止むに止まれぬ行為を自分は行なっているという意識しかない。死んだからといって、何かが大きく変わるわけではなく、死後も、生前同様に、愛着はそのまま残り、同じように生きていく。なぜなら人は生きてきたようにしか、生きられないからである。われわれにはどんなに無益なものに思えても、本人たちにとってはそれ以上に重要な関心事はないため、ブランド漁りを止めないように、重りを転がすことを止めることはない。神の光の下で彼らを眺めるわれわれ読者は彼らの真実の姿を見ることができるため、下らないことをしていると思えるが、彼らの目（理性）は、生前と同様、盲目であり、自身の真の姿に永遠に気づくことはない。これが第三歌で言われた「知性の恩恵を失った者たち」の真実の姿である。

このように、ダンテは金を貯め込み、浪費する行為を、重りを転がす行為に比喩している。岩を転がしているとは記述せず、「重りを転がしながら」と、故意にぼかした言い方をしているのは、彼らにとって愛着あるものがこの重りの中に入っているからである。その中身は、霊的に見れば、汚物でしかない。彼らは、生前盲目であったように、死後も盲目であり続け、知性がないため、自分たちが単に糞を転がしているだけだということに気がつかない。生前、知性を使うことを忘れ、その能力が退化してしまったために、フンコロガシのように、自身の愛着ある行為を本能的に繰り返すばかりである。イタリアにはタマオシコガネ（獣糞を球にして運び、地中に埋めて食料とする）がいるが、ダンテはこうした本能衝動のみで生きるフンコロガシに彼らを比喩しているのである。フンコロガシは生きるためにやっているが、人間はそうではない。神から見れば浪費者たちは意味もなく糞を転がしているように見える。彼らにはそれが無意味な行為だと認識する知性がないため、その無意味さ、徒労に気づかない。それは、死んで知性を失ったからではなく、生前もそれに気づく知性を持っていなかったからである。このため、死後彼らは《昆虫化》という変容を遂げ、糞を転がしている。彼らフンコロガシにとって、糞ほど大切で重要なものはない。それで後生大事そうに糞を転がしていく。どこに行くにも、この糞（重り）と一緒である。

知性とは、第三歌注釈5ですでに述べたように、神を見る能力――霊的・精神的なものを見る――霊的な視力である。金銭に囚われ、ブランドに囚われた人たちというのは霊的な視力を失い、地上的なものばかりに心が引きつけられた人たちである。ダンテはアケローンの川で異様な光景を目にしていた。罪人は地獄へ嫌々押し込められて行くのではなく、自らの願望で進んで行っていたからだが、浪費者と貪欲者にその本質が顕わされている。彼らは外から強制されたり、悪魔に懲罰を受けるがために、重りを転がしているのではなく、自らの願望・欲求からそれを転がしているのである。そのため、たとえ悪魔が転がすのを止めろと命じても、彼らは止めようとはしないであろう。彼らが永遠に転がし続けるのは、自分たちが行なっている行為の本当の意味――無意味さ――に彼らが永遠に気がつかないからである。貪欲者も浪費者もお互い相手の行なっていることの無意味さはよく理解しているが、自分のしていることの無意味さだけには気がつかない（これが《悪》と言われる）のである。

ダンテの地獄は、巷間で言われているよりも、遥かに人間心理に精通して深淵である。貪欲者や浪費者のような手合いには悪魔の懲罰など必要ない。彼ら自身が自分を懲らしめる罰そのものだから。そしてそのことに永遠に気づかず、自分で自分の首を絞めてくれるのだから、悪魔は放っておくだけでよい。そして互いの宿敵を配置しておけば、準備万端、あとは、彼らが勝手に互いに苦しめ合ってくれるのを、悪魔は無駄な精力を浪費することもなく、高みの見物をするだけでよいのである。ここには地獄の費用対効果がよく示されている。アリストテレースが述べているように、自然は最小の手間で最大の効率を生み出すようにできている。ダンテの地獄も例外ではない。何億もの罪人を一人一人鞭打って強制労働させようとすれば、悪魔はいくらいても悪魔手が足らない。悪魔は元天使であるため、数に限りがある。実際、ダンテの地獄で本当に悪魔から懲罰を受ける魂はわずかで、第八圏のうちの超エリートだけである（悪魔が直接手を下すのは、たった三箇所である）。なぜなら多くの魂にはその必要がないから。第五圏を見れば、それがいっそう明瞭になっている。憤怒者の場合、貪欲者と浪費者のように、反対の悪徳に染まった者を一緒に置く必要さえない。互いに相手を傷つけることが彼らの願望にして欲求だからである。彼らは互いに摑み合い、殴り合い、嚙みちぎり合ってくれるので、ケルベロスも必要ない。互いに痛めつけ合い、互いが互いの罰となって懲らしめ合ってくれるので、悪魔の手間はかからない。互いに不幸にし合ってくれるので、まさに悪魔の理想郷である。「人間が本当に悪くなると、人を傷つけて喜ぶこと以外に興味を持たなくなる」（ゲーテ『格言と反省』）

本当に人間が悪くなると、相手を傷つけ、相手を不幸にし、自分が相手の上に立つことが無上の喜びとなる。下層地獄に行けば、このことがもっとあからさまになる。地獄の懲罰の特徴は、地獄の魂には霊的な知性がないため、自分が自分を罰する道具になっていることに気がつかないことにある。これがダンテの提示する地獄の姿である。

次に、第七歌のもう一つの重要なテーマを解き明かしておこう。ダンテはウェルギリウスに次のように問いかけている。「師よ、ここにいる者たちの中でこうした悪に染まって穢れた者の何人かは、私にも見分けられるはずですが」と。するとウェルギリウスは奇妙な答えを返している。「そのようなことを考えても無駄だ。（金銭に）見境なく過ごした生活のおかげで、生前、彼らは汚れ、いまでは、どんな見分けもつかぬほど黒くなっているからだ」。つまり、貪欲者の誰一人として顔の見分けがつかないから、彼らの顔を眺めても無駄だと言っている。《（金銭に対して）見境（節度）のない生活（人生）》に関してこれまで注釈者や研究者は納得のいく解説をしてこなかった。従来の説明は、これを①理性を欠いた生活、②真理を知ることのできない生活、③節度を見極めることのできない生活、などといった漠然とした抽象的なものである。これらの解説が誤っているのは、何も解説していない点にある。すべてに当てはまる説明は何も説明していないのと同じことだからである。これらの三点とも、地獄の囚人すべてに等しく当てはまる。ことさら、第四圏の囚人たちにだけ当てはまるものではない。

またもう一つ注意しておくべき重要な点がある。ダンテが出会う魂たちの中で、顔の識別が本来的にできない魂は、第四圏の貪欲者の群れと第七圏の高利貸しの魂たちだけだという点である。チャッコの場合、泥をかぶって顔がよく判らなかったとダンテはわざわざ言い添えているが、貪欲者と高利貸したちだけは、本質的に見分けようがないとされている。これには特別の理由があるとしか考えられない。この疑問に対して、「富の誤用がダンテにとってとりわけ憎むべき犯罪に映ったからである」（カークパトリック）と説明されることがある。しかし、そうすると今度は、区別のつかないことと、とりわけ憎むべき罪であることの理由を説明しなければならなくなる。なぜ区別のつかないことが、彼らに似つかわしい峻厳な罰なのかという疑問が生じる。

ダンテは、ひどい罪や悪徳に出会えば、非難の的としてその個人名を挙げ、後世までその恥辱を伝えようとするのが常である。例えば、第八圏の女衒（ぜげん）や誘惑者たちはフルネームで告げられている。このように多くのフィレンツェ人をはじめ、聖職者の名前が読者に晒される。一方、貪欲者と高利貸しだけは例外となっている。それ故、殊更、貪欲者と高利貸しの罪が、罪の中で最も憎むべき罪であるとは言えない。実際、地獄の下層に行けば行くほど、罪は重たくなる。しかも、この解釈に従えば、憎むべき犯罪に対して、判別のつかないことがなぜ最も厳しい罰になるのかも説明しなければならない。このように、従来の解釈では矛盾は明白であり、なぜ彼らの顔が識別できないのかに答えることができない。次に、私の解釈の結論だけを提示しておこう。

　これまでいかなるダンテ研究者たちも指摘してこなかったが、貪欲者と高利貸したちだけが顔の識別ができないのは、次の霊的原理から説明することができる。

「人は皆、自分の最も愛する者を崇拝するものである」（ヒエローニュムス『エウストキウムへの書簡』一〇）

　貪欲者や高利貸しは金銭をこよなく愛してきた。従って、自分の愛する金銭を崇拝する（日本語でも《拝金》と言われる）。これを聖書の世界では、偶像崇拝と呼ぶのが慣習である。主以外のものを神のようにまたは神として崇めることはなべて《偶像崇拝》と呼ばれる。そして偶像崇拝者は神によって次のような報いを受ける掟が聖書に示されている。これが第一法則から導かれる、第二法則である。

「偶像を作り、それに依り頼む者は皆、偶像と同じようにならん」（「詩篇」一一三［一一五］：一六［八］）

　金銭を崇拝し、金銭を偶像化し、金銭に執着する者は、その偶像である金銭そのものと同じものとなる。偶像崇拝者は偶像と同化するというのが、聖書に記された神の掟――応報の理――である。貪欲者も高利貸しも金銭を愛し、金銭を崇め偶像化し、神の代わりに金銭を拝んでいた。その結果、彼らは金銭と一体化を遂げることになる。実際、先ほど引用した『饗宴』第四巻第十八章一五の中でダンテは「正しき願望と真の知識を持つ人は決して《富》を愛することがない。（中略）自己を《富》と一つに結びつけることもなく、自己より遥かに遠ざけることを望む」と述べていたが、これを裏返せば、「正しき欲求と真の認識を持たない貪欲者や高利貸しのような人間」は「地上的・世俗的な富を愛することによって、富と結びつく（→一体化する）」ことになる。金の亡者とは、金銭に執着し、金銭に固執した者のことであり、金銭が一番大事な者である。この想いが宇宙にシグナルとして発せられると、死後、その人が《本質体》に変わるとき、それが現実化する。愛するとは、男女に見るように、愛する対象と一体化したいという欲求である。それゆえ、死後、金銭や富を愛する彼らは愛する対象である金銭と一体化し、同一化を遂げることになる。つまり、彼らが無名で顔の見分けがつかないのは、彼らが貨幣と化しているからに他ならない。ダンテはアリストテレースの貨幣の定義を視覚化して見せているのである。

「このような交換関係が生じるのは、二人の医者の間においてではなく、医者と農夫においてであり、総じて異なった人々の間であって、等しい人々の間においてではない。しかし、（このため）彼らを均等化する［等しくする］必要がある。医者と農夫などのような異なった人々の間で交易を可能にするためには、何らかの形で比較可能なものが介在される必要があるからである。貨幣の目的はこうした人々を均等化するために生まれたのであり、貨幣はある意味で仲介者となる。実際、貨幣はあらゆるものを、従って、過不足をも計量する。（中略）あらゆる物に価格を付すことによって、交易は可能になるのであり、かくして貨幣はいわば尺度としてすべてを、通約的とすることによって、均等化する［等しくする］。交易は均等性［同等性］なしには成立せず、均等性は通約性なしには存在しない」（アリストテレース『ニコマコス倫理学』第五巻第五章）

貨幣の本質は異なる労働や物品を通約化し、均等化することにある。一方、また貨幣自体にも個性はなく、どの百円玉も区別がつかない。金銭欲に囚われている人間には、貨幣の持つこの二つの特性が働く。金銭の奴隷になるとはこのことだと、ダンテは言っているのである。

アリストテレースやトマスに見るよう、奴隷とは自分のためではなく他者のために存在する者と定義される。奴隷は主人の下に仕え、生きた道具として使われる。金銭欲にとり憑かれている者は、主人である金銭に仕える奴隷となる。金銭は本来人間によって使われるものだが、人間が金に使われている状態である。貪欲者たちが重りを運んでいるように見えながらも、実は、重りに働かされているのである。金銭が人間の奴隷とならなければならないのに、反対に、彼らは金銭の奴隷とされてしまっている。その結果、何が起きるかと言えば、金銭が人間を均等化し、自己と同じ区別のつかぬものに変えて通約化してしまうのである。また、人間の方も貨幣を愛する余り、貨幣同様、人間そのものの価値を失って、貨幣と一体化を遂げ、区別できない存在に変容する。金銭を愛する貪欲者や高利貸しが個性を喪失し、個人的な見分けがつかない状態にあるのは、彼らが貨幣に同化しまた同化させられた、相互作用の結果なのである。

第七歌のこの詩行には、貨幣を愛し、貨幣を惜しむ者の心の本質が、貨幣の本質ともども見事に形象化・視覚化されている。それゆえ、拝金主義者が貨幣に同化した現実からダンテは読者に「われわれが考え、感じるものにわれわれは同化してしまう。そのため、われわれが考え、感じるものは、とりもなおさずわれわれ自身だということを決して忘れてはならない」と、警告を発しているのである。

最後に、「なぜフォルトゥーナを褒め称えることこそあれ、誹謗すべきではないのか」について補足しておこう。この理由には大きく三つある。一つは、ボエーティウスの思想に沿って次のように説明できる。「今あなたはフォルトゥーナの過酷な面を体験して、自分のものと思ったものを失い、不幸だと感じているが、今自分が不幸だと感じるのは、かつて幸福であったからである。それ故、かつての自分が受けた幸福に感謝すべきである。あなたが幸福になり得たのも、幸不幸の巡り合わせがあったからであり、今の不幸なくして過去の幸福さえもなかったからである」。幸運が幸運であり得るのは、それが不運ともなり得るものだからに他ならない。不運となり得ないものは、幸運ともなり得ない。今自分の喜びの元になっているものは、それが悲しみの元たり得るからこそ、喜びの元たり得る。これがヘーラクレイトスの言う《反対物の一致》と呼ばれる原理であり、真実は撞着語法に依ってしか表現し得ない。実際、ボエーティウスのフォルトゥーナはこう言っている。

「私は輪をグルグル回し、一番下にあるものを一番上にし、一番上にあるものを一番下にして喜びます。これが私の力であり、私はこの戯れを絶えず繰り返します。しかしそれには、私の戯れの原則が要求する時、あなたは下降することを不当とは思わないという条件が付いているのです」(ボエーティウス『哲学の慰め』第二巻第二章二一―三三)

今自分の喜びの元になっているものは、それが悲しみの元たり得るからこそ、喜びの元たり得た。フォルトゥーナが人間に差し出す運命もこれと同じである。彼女が差し出す幸運が喜ばしいものたり得るためには、不運が悲しむべきものたり得て初めて可能となる。かつて享受した偶運が幸運たり得たのは、現在の不幸の原因たり得るからである。そしてこの同じものの両面が理解できたとき初めて人は心の平安へと導かれる入り口に立つことになる。それなのに、人はこのことを理解せず、良いとこ取りだけをしようとする。幸運だけを取って、不運は知らないという態度である(賭博と同じで、勝った時だけは賭博の規則に従うが、負けた時は従わないというのと同じ)。これは幸運ゲームの規則に違反している。もともと不運たり得るものだからこそ、幸運たり得る以上、不運を取り去ってしまえば、幸運そのものも最初から無かったことになる。人が外なるものに期待をかけている限り、常にこの幸運ゲームから逃れることはできない。これこそ輪廻の輪と同じで、人はこの輪から解脱しなければならない。では、どうすればよいのか、その答えは、解説の最初に描いた三つの円のように、上へ下へと気まぐれに動くフォルトゥーナの車輪の外輪にしがみつくのではなく、その中心軸に留まればよいのである。

「中世のいろいろなものに出てくるイメージに運命の車輪があります。中心の軸から四本の輻(や)が外輪とくっついています。例えば、もしあなたが運命の車輪の外輪にしがみついたとします。運命の車輪は回転していますから、あなたは頂点から下がるか、底から上がってゆくかのどちらかです。でも、もし中心軸にしがみついたなら、常に同じ位置に留まります。結婚の誓いの意味がそれです。健やかな時も病める時も、豊かな時も貧しい時も、つまり上昇する時も下降する時も、あなたと共にいる。あなたは私の中心であり、私にとっては無上の喜びである。あなたが私にもたらすかもしれない富でもなく、社会的な地位でもなく、あなた自身が至福だということです[これに対して、健やかな時だけ、豊かな時だけ、順境の時だけ、友となる人は《幸運の友》と言われ、《本当の友》ではないと言われる。無上の喜びを追求するとは、この中心軸に留まろうとすることであり、この軸に留まる限り、自分を見失うことはない」。(中略)男子のプレップスクールで教えていた時、将来何になろうかと迷っている少年たちとよく話をしました。彼らは私のところへやってきて訊くんです。『僕にこれができるでしょうか。僕は作家になれるでしょうか』。私は答えます。『それは私には解らない。君は、誰も相手にしてくれない失意の十年に耐えられるかね。それとも君は最初の一発でベストセラーをものにするつもりかな。どんなことがあろうと、本当にやりたいことをやり続ける根性があるなら、頑張ってやってみたまえ』。すると、その後で父親が寮に来て言うんです。『駄目、駄目、おまえは法律を勉強すべきだ。なあ、その方が金になるだろう』なんて。父親がしがみついているのは、運命の車輪の外側、外輪です。中心軸ではなく、至福の追求ではないのです。財産のことを考えて、無上の喜びを忘れているのです」（ジョーゼフ・キャンベル『神話の力』）

第二の理由もボエーティウスの思想によって説明される。「所詮、幸運は借り物でしかない」からである。フォルトゥーナのこの真意を解り易く言えば次のようになる。

「この幸福において、自分のものは何一つなく、すべては借り物だったのです。言わば他人の持ち物で幸福になれたことを感謝すべきであり、それが今本来の所属に戻って自分の許を去ったと言って嘆く理由はどこにもないことになります。元々あなたは無一文だったのですから、本来の姿に戻っただけのことです」。ボエーティウスはフォルトゥーナにこう語らせている。

「あなたともあろう者が、どうして私に罪を着せて、毎日不平ばかり並べているのですか。私があなたにどんな不正を加えましたか。あなたからどんな財宝を取り上げましたか。資産と名誉の所有について、誰か裁判官を立てて、私と争ったらどうですか。もしこれらのどれか一つでも、死すべき人間の所有物であるとあなたが証明したならば、私はすぐにもあなたの返して欲しいと思うものが、あなたのものであったと喜んで認めるでしょう。自然があなたを母の胎内から産み落としたとき、私は何も身につけていない丸裸のあなたを引き受け、いろいろと手を尽くして養い、そして今になってあなたに恨まれるとは知らず、特別の好意から甘やかして育て、私にできる限りの贅沢であなたを美しく飾り立てました。私は今はもう手を引きたいのです。あなたは言わば人様のものを利用したことで、私に感謝することこそあれ、あたかも自分の持ち物をすっかり失ったかのように、私に不平を言う権利はあなたにはないのです。それなのにあなたはなぜ嘆くのですか。私はあなたに乱暴を働いたことはありません。富や名誉やその他これに類するもの［地上善］は私の思い通りになるものです。これらの侍女［地上善］は自身の女主人を知っています。彼女たちは私に同行し、私が去れば、彼女たちも引き下がります。私は敢えて断言します。もしあなたが失ったと嘆いているものが、真にあなたのものであったならば、あなたは決して失いはしなかったでしょう。［あなたが失ったということは、それが真にあなたの持ち物ではなかったからなのです。真に自己のものは誰によっても、何によっても失われることも奪われることもないのです］」（ボエーティウス

『哲学の慰め』第二巻第二章二―二）

　第三の理由も同じく、ボエーティウスの思想によって答えが与えられる。解り易く言い換えれば次のようになる。「人は失えば失うほど、受ける贈り物があり、見い出すものがある。富や地上善の喪失は悲しみの原因ではなく、喜びの原因となりうる。そして富や地上善に心煩わされることなく、平静な心を手にすることができるようになる。喪失（不幸）こそ人を真理に目覚めさせる。それ故、フォルトゥーナに感謝することこそあれ、不平を鳴らし、非難を浴びせる理由とはならない」

「《運命 fortuna》は、実は、すべて本当に善いものしかないのです」（ボエーティウス『哲学の慰め』第四巻第七章二―三）

　人は地上善を失うことによって真なるものに目覚める。失えば失うほど、発見するからである。フォルトゥーナの変遷を通して、人は《不滅のもの》《永遠のもの》《不動のもの》へ目を開かされる。フォルトゥーナは奪い、破壊する。富、地位、名誉、権力など、自分の外にあるものすべてを。そうすることでフォルトゥーナは人間に自分に属するものは何一つないということを教え、自らが内に培ったもの、見出したものだけが真に自分のものであるという認識を与える。フォルトゥーナが奪うものは、真に自分のものではないものだけであり、フォルトゥーナが破壊するのは本当のものでないもの――虚飾――ばかりである。真に自分に属するものは外にではなく、内にしかない。自分の内に創ったものは、何人も、フォルトゥーナでさえ奪うことはできない。確かなもの、真なるもの、本物が顕わになるまで、フォルトゥーナは奪い、破壊していく。それは、金剛不壊の真なるものを人間に示すためである。人はフォルトゥーナによって《真なるもの》《内なるもの》に目覚め、天上を目指すことになる。フォルトゥーナは、かくして神の計画（摂理）を代行する然るべき位置と役割をもって宇宙の完全性に寄与することになる。神の計画は完璧であり、それぞれに役目が与えられている。神のグランド・デザインの中で不要なものは何一つなく、悪も禍も、不幸も逆境も神へと繋がる螺旋階段を形作っている。ダンテは、そのことを次のような比喩でも述べている。

「人は銀［外なる善］を探しに出かけて、意図せずに、黄金［内なる真の善］を見出すことがよくあるが、この黄金を差し出すのは《隠れた原因［フォルトゥーナ］》であり、神の配慮なしにはあり得ないであろう」（ダンテ『饗宴』第二巻第十二章五）

第八歌

第五圏（誤った傷心の罪〈高慢・嫉妬・憤怒・鬱怒〉）
一三〇〇年四月六日（水曜日）
ステュクスの沼をプレギュアースの舟で進む。
沼では四つの罪が一括して罰せられている。

　つづけて言うと、高い塔の
ふもとにさしかかるずっと以前に、
私たちの視線はその頂上に向けられた。[*1]
　というのも、そこに二つの赤々とした火が焚かれると、
もう一つの炬火（きょか）が答えたからである、
あまりに遠く、目にやっと入るほどであった。[*2]
　わたしはそこで、全知の海（である人）［ウェルギリウス］に
聞いた。「あれはなにを意味するのでしょう。あのもう一つの火は
なんと答えているのか。誰があれをやっているのでしょう」
　すると彼は私に言った。「もしあの沼の霧が視界を
さえぎりさえしなかったら、汚い波の上から、（最初の合図を
出した者たちによって）待ち望まれる者[*3]がもうじき見えるはずだ」
　弓弦（ゆづる）から放たれた矢が、
これほど速く空気をつらぬいたことはないと思わせるように、

小さな舟が現れて、
　私たち目がけて水の上をやって来た。[4]
漕いでいるのは船頭たった一人で、
こう叫んでいた。「さあ、おまえを摑まえたぞ。[5] 邪（よこしま）なたましいよ」
「プレギュアース、プレギュアース、[6] そのようにいくら叫んでも、
今度だけはむだだ」[7] と私の師は言った。「私たちを捉えておけるのも
この沼をわたるあいだだけだ」
　大きな詐欺に引っかかり、自分が騙されていたと
聞かされて、悔しがる者のように、[8]
プレギュアースは、怒りをため込んだ。[9]
　私の案内者は舟に降りて行き
つづいて私をそのそばに迎え入れた。[10]
舟は私が乗り込んだときだけ重さに揺れた。[11]
　私と案内者が船に乗りこむやいなや
その太古の[12]舳先（へさき）は、たましいたちを乗せたときとは違って、
いっそう深く水を切り裂いて進む。[13]
　澱（よど）んだ水を進むうちに
私の前に泥に被われた男が出て来て
こう言った。「時が到らぬのに[14]来たおまえは誰だ」
　私は答えた。「ああ、私は来たが、ここにとどまりはせぬ。

だがおまえのほうこそ誰だ。なぜそのように汚くなった」[15]
答えはこうだった。「俺はここで泣いている者だ」[16]
　そこで私は言った。「呪われたたましいよ、
涙と歎きのうちにとどまれ。
それほど汚れてはいても、私はおまえが誰かおぼえている」[17]
　すると彼は両手を舟にさしのべたが[18]
師はそれに気づいて、男を追いはらった。そしてこう言った。
「しっ、他の犬ども［第五圏のたましいたち］といっしょに向こうへ行け！」[19]
　それから腕で私の首を抱き、
頰に口づけして、[20]こう言った。「悪を蔑み返すたましいよ。
おまえを孕(みごも)った女性は祝されよ。[21]
　あの男は世にあって傲慢な人間だった。
善行のために知られた記憶は何一つない。
そのため、ここで奴のたましいは怒り狂っているのだ。[22]
　いま王様気取りで偉そうに威張っている者が上の世界に
何と多いことか。こうした輩(やから)は、自分たちについてのひどい評判を残し、
将来、ここで、豚と変わらず、泥の中に転がることになる」[23]
　そこで私は言った。「師よ、この泥沼から出る前に、
私は奴がこの泥汁の中に
漬け込まれるのを見とどけたいものです」

すると師は私に言った。「向こう岸が見える前に、
おまえの願いは聞きとどけられるだろう。
その望みはかなえられるにふさわしい」
　しばらくして、あの泥にまみれた者たちが
その仕打ちを男にしているのを見て、
私はいまでも神を讃え、神に感謝している。
　みなが、いっせいに叫んでいた。「フィリッポ・アルジェンティ[*24]をやっつけろ[*25]」
このため、短気なフィレンツェ人のたましいは
自分の体に嚙みついていた。[*26]
　それでわれわれは彼をそこに残しておいた。これ以上、彼については話すまい。
だが、そのとき、私の耳を新たな呻き[*27]が打った。
そのため、私はけんめいに目をこらして先を見た。
　優れた師は告げた。「いまや息子よ、
ディース[*28]という名の市が近づく。
罪の重い市民らと悪魔の大群とが」
　そこで私は言った。「もうあの回教寺院の尖塔の数々が
あそこの谷［下層地獄］の中で光っているのがはっきりと見えます。
まるで炎からとり出したように真っ赤です[*29]」
　すると師は私に言った。「あの中の
永劫の火が、あれを燃やして赤く染めているのだ。

この下層地獄でおまえが目にしているように」
　われわれはようやく、この慰みを知らぬ国の
まわりを囲む深い堀に着いた。
塀は私には、鉄で出来ているかに見えた。
　ぐるりと城壁に沿ってまわったあと、とある地点に
たどり着くと、プレギュアースがどなった。
「降りろ。ここが入口だ」
　私が城門の上に見たのは
天から堕（おと）されて降って来た千余の者[*30]（悪魔）たちだった。
（悪魔たちは）みなかんかんになって言った。「死ぬことなくして
　死の人々の国を歩く、この者は誰だ」
すると賢い私の師は（悪魔たちに）合図して、
彼らと一人だけで[*31]話したい旨を伝えた。
　すると彼らは、そのひどい軽蔑を少しゆるめて
こう言った。「おまえだけ入れ。そしてあいつは帰してしまえ。
このようにずうずうしくこの国に入って来た者は。
　向こう見ずにもやって来た道を一人で帰せ。
やってみさせろ。そしてこの真っ暗な国の
道を案内してきたおまえは、ここにとどまれ」
　この呪われた言葉のひびきをきいて、

読者よ、どれほど私がうろたえたか想像してみてほしい。
もうふたたび、地上には戻れぬと思った。[32]
「おお、親愛なる案内者よ。七度以上も
私を救いに導き、その他の
危険から私を守ってくれたあなたよ。
　このような落胆の中に私を置き去りにしないでください。
もし、ここから先に行くことができぬのなら
一刻も早く、いま来た道をひきかえしましょう[33]」
　すると、そこまで私を連れ来たお方［ウェルギリウス］は
こう答えられた。「恐れるな。われわれの行く道を
阻むことは誰にもできぬ。かのお方［神］が許されたのだから。
　ともかく、少しここで待っていなさい。そして善き希望を
食して、萎(な)えた鋭気を養うがいい。
わたしは決してこの下界［地獄］におまえを置き去りにはしない」
　そう言ってやさしい父は行ってしまったので
私は一人、疑いの中にとり残された。
そのため、《うまくいく、いかない》という思いが頭のなかで争った。
　師が彼らに何を言ったのか、聞くことはできなかった。
しかし彼らと共に長くはとどまらなかった。
悪魔たちはわれ先にと（城壁の中へ）退却して行ったからだ。[34]

　そしてわれわれの敵は、私の師の
顔の前でぴしゃりと扉を閉ざし[35]、外に残された師は、
117 足取りも遅く[36]私のところに戻ってきた。
　眼を地におとし、眉からはあらゆる覇気が消えていた。
そしてためいきと共にこう言われた。「ああ、私が
120 この悲しみの館［ディース］に入るのをさまたげる者がいようとは[37]」
　そして私に「よいか、私がいかに苛立とうとも
恐れてはならぬ。この試練に必ず勝ってみせる、
123 中の奴らがどのように防ごうとしたところで。
　あの者たちのこの威たけ高には慣れている。
まえにも第一の扉［地獄の門］でおなじことをやりおった[38]。
126 それで、いまもなおその扉は開いたままだが。
　その上に刻まれたあの（永遠の）死の碑銘[39]を、おまえは目にしたが、
その門を通って、いましも（地獄の）斜面を降りて、
129 誰にも伴われず圏から圏へとやって来られる
130 　お方［天の御使い］のおかげで、この（城塞）都市（ディース）はわれらに開かれよう」

第八歌注釈

＊1　ダンテは素晴らしい語りのレトリックを用いて第八歌を始めている。第七歌で終わった時点から時間を遡り、そこからふたたび第七歌で到達した時点まで戻っていくという技法である。左図参照。

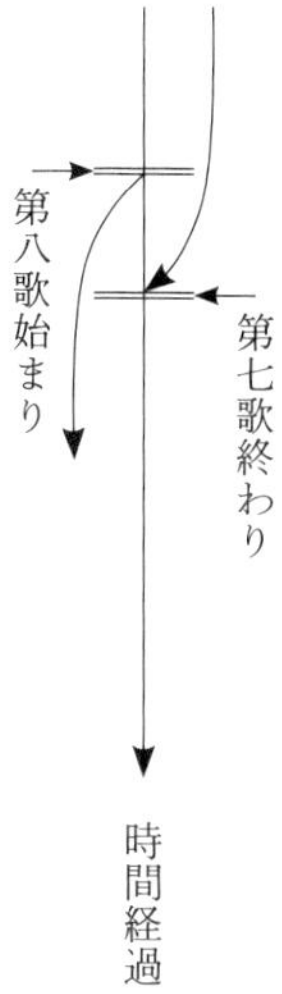

＊2「炎が二つであるのは、おそらく二人の来訪者のやって来ることを表わしているのであろう」（ドヴィーディオ）。「赤々とした火 fiammette」は当時、日常的に見られた灯火信号に由来する記述である。「あまりに遠い」からディースの都市を取り巻く沼の面積の広大さが示されている。後で判るように、この軍事信号は悪魔たちのものである。

＊3　プレギュアースを指す。塔の上から送られた合図に答えて、プレギュアースの舟がやって来る。しかし、ウェルギリウスはそれ以上の説明を避けて曖昧な答えしか返さず、ダンテの最後の質問には答えずじまいである。このため、ダンテの不安は宥められ得ないが、第三歌と同様、師ウェルギリウスの一貫した教育法が見てとれる。つまり、優れた教師であるウェルギリウスは最初から答えを言ってしまうようなことはせず、生徒に「自身の目で見ること」を要求している。

＊4　この高速船は飛ぶように走る魔法の舟であり、地上ではあり得ない冥界独自の空想的な舟である。中世ではこのような飛ぶような高速船が想像された。この種の不思議な舟は煉獄篇第二歌において《天使の運ぶ舟》という形でふたたび登場する。

＊5　プレギュアースの「摑まえたぞ」という言葉には彼の喜びが表われている。地獄に堕ちた魂を捕まえて惨めにすることが悪魔の喜びだからである。怒気を含んだ威嚇の底には、囚人を永遠に悲惨にできる看守の喜びが隠されている。

＊6　テッサリアのプレギュアイ人の祖。アレース神とドーティス（あるいはクリューセー）の子。イクシーオーンの父。自分の娘をアポローンが陵辱したことに《怒って》、デルポイのアポローン神殿を襲って放火した。ウェルギリウスはその罰として彼をディースに置いている（『アエネーイス』第六巻六一八）

＊7　この言葉と今までの言葉から判ることは、今回以外の通常の場合では、ここに堕ちてきた魂たちはプレギュアースの舟に乗せられて運ばれ、彼の管轄の下のステュクスの沼に永遠に留まるということである。このウェルギリウスの言葉は、ちょうど第四圏の番人プルートーの鼻っ柱を挫いたように、18行目のプレギュアースの歓喜を挫く役を果たしている。

*8　プレギュアースは地団駄を踏んで悔しがる。新参者を捕らえにやって来たと思ったら、反対に、彼らの道具にされてしまったからである。かくしてプレギュアースは神の意志に従属し、神の意志の道具と化して善の原因として働くことになってしまう。ここに第一歌からのモチーフである《神は悪をも善用する》が明確に見て取れる。

*9　やり場のない怒りに囚われたプレギュアースは身動きがとれなくなり、これが《鬱怒（うつど） *acedia*》を生むことになる。まさにプレギュアースのこの心理は第五圏の罪と密接にかかわっている。ここの罪人を監視する彼自身もここの罪人と同じ鬱怒を味わっている。

*10　ダンテがウェルギリウスの後につづくことで、理性を象徴するウェルギリウスが先導し、次いで感情を象徴するダンテがそれに付き従う寓意となっている。「理性が常に先に立たなければならない」（ベンヴェヌート）

*11「舟は私が乗り込んだときだけ重さに揺れた」とあるのは、魂のウェルギリウスには重さがないため舟に乗り込んでも舟が揺れないが、生き身のダンテには重さがあるため舟がかしぐ。

*12「太古の」と言われているのは、この舟も地獄と同じ年輪を重ねているため。

*13「水を切り裂いて進む」という表現は、鋸が木を切るように舳先が水を切るイメージ。例えばウェルギリウスの「北風によって黒々とした波頭を切り裂き進みながら」（『アエネーイス』第五巻二）のように古典の伝統的な表現である。舟の喫水線はダンテが乗ったことで、常よりも深く沈む。ダンテのこの描写は、主人公が冥界下りをする時、魂と生き身の体のコントラストを際立たせるために用いられてきた冥界文学の古典的トポスに従っている（ダニエッロ）。決まった状況で用いる常套的な表現・発想をトポスと言うが、ダンテも冥界文学に決まって用いられるこの伝統的なトポスをここで用いている。「（カローンは）いくつもの長い櫂座に座っていた他の魂たちを追い立て、通路の邪魔者を払いのけると、大いなるアエネーアースを舟に迎え入れた。獣の皮で縫い合わされた船は重みで軋み声をあげ、糸口の隙間から多量の水を受け入れた」（『アエネーイス』第六巻四一一－四一四）。「獰猛なカローンが叫んだ。『向こう見ずにどこへ行く。急ぐ足を止めよ』ヘーラクレースは一瞬の遅れも我慢ならぬと、その櫂を取り上げ、この渡し守を力ずくで屈服させると、舟に乗り込んだ。すると、無数の民を容れることのできる小舟がたった一人によってかしいだ。櫂座に座るや、常よりも重い舟は右に左にぐらつき、双方からレーテーの水を飲み込んだ」（セネカ『怒れるヘーラクレース』七七一－七七七）。ウェルギリウスやセネカは、舟に水が入り込むことで肉体の重量性を表わしている。一方、ダンテは、このトポスに変更を加え、喫水線によって肉体の重量性を表わしている。ここにダンテの比喩の工夫を見て取ることができる。巨軀のヘーラクレースならいざ知らず、自分が乗り込むことで、舟に水が入るの

は大げさに思えたのであろう。実際、アエネーアースにかかる修飾語は「大いなる*ingens*」である。これは体軀と精神の両方に掛けて用いられている。英雄は体も大きく、度量も大きいとされていたことによる。アエネーアースやヘーラクレースは戦士であり、戦いの勇者でもあったが、ダンテは非力でひ弱な詩人である。それで、自らを英雄のように描写するのは不釣り合いに感じ、謙遜の気持ちを込めて喫水線を用いたのであろう。

＊14「死んでもいないくせに」（ブーティ）という意味。この亡者（アルジェンティ）は舟の喫水線がいつもより深いことから、舟に乗っているダンテが生き身の者だと判ったのであろう。地獄の亡者は、第十歌のカヴァルカンテから第十五歌のブルネットまで、地獄探訪の特権の受益者を知りたいという同じ願望を表明するが、アルジェンティのように挑発的な言い方はしない。他の亡者たちは同じ質問をもっと丁寧に行なう。アルジェンティの尋ね方や語調は、居丈高で無礼なものである。このエピソードの核心はここにある。問題はアルジェンティの尋ねる内容にあるのではなく、その尋ね方にある。アルジェンティは名前を尋ねているが、実際はダンテの特権の理由が知りたいのである。ダンテとアルジェンティとの間に生じる確執は、その名前が明かされる・明かされないということにあるのではなく、なぜダンテは特権に与れ、自分は特権から除外されるのかという問題から生じており、アルジェンティの質問には毒気を含んだ当てこすりが隠されている。彼の内心を言葉にすれば、「なぜおまえのような分際の者がこのような企てを成し遂げることができるのだ」「おまえのような者がこのような栄誉を受けて、なぜ俺ではないのか」となる。アルジェンティの言葉には妬みが隠されているが、その妬みは彼の高慢さから発している。憤怒者アルジェンティは同時に嫉妬者にして高慢者なのである。そしてその憤りが晴らせないとき、彼は最後に鬱怒者となる。要するに、アルジェンティの内面に第五圏の罪――高慢と嫉妬、憤怒と鬱怒――が集約されている。

＊15 ダンテはこの男がアルジェンティだとすぐに判ったが、相手の傲慢な質問に合わせてわざと「おまえのほうこそ誰だ」と尋ね返している。読者は、61行目になって初めてこの男の名を知ることになるが、こうした先送りは、読者を待機させて好奇心を募らせる古典的なレトリックである。とりわけ喜劇で用いられるが、ここでも喜劇的文体が用いられている。亡者の「おまえは誰だ」という問いに対して、ダンテもそれに応じて「おまえのほうこそ誰だ」と応酬している。これは「テンツォーネ」という当時の詩の形式に則ったものであり、以下、この種の言葉の応酬が続く。「テンツォーネ」とは、中世で発達した口論詩であり、いわゆる口喧嘩の応酬を詩にしたものである。その特徴は相手の言葉尻を捉え、自分に投げかけられた批難の言葉を別な意味にして相手に投げ返して攻撃する点にある。実際、アルジェンティとダンテのやり取りを見れば、一目瞭然である。地獄篇ではこのテンツ

ォーネ形式のやり取りがこれからもしばしば登場する。ダンテが選ばれた理由をアルジェンティが尋ねるのに対して、ダンテの方はアルジェンティが救いから除外された理由を尋ね返している。その原因は次の言葉「汚くなった」に暗示されている。「泥に被われた」とは、勿論、魂の醜さを指している。死後の世界は、魂の美醜しか存在しないため、霊的・精神的な醜さが霊界では物質化して亡者たちの肉体と環境を決定する。

＊16　フィレンツェでも名うての高慢者フィリッポ・アルジェンティのこの言葉には「よく見て見ろ、ここで懲らしめられている者だ、おまえはいちいちそんなことも聞かなくては判らないのか。馬鹿な奴め」といったニュアンスが込められている。ここに住む魂たちは高慢な人間たちである。怒りは高慢から最もよく生み出されるため、結局、怒りやすい人間はこのように高慢でもある。この高慢から決して自分から名を名乗りはしない。それどころか、名前を言わずに隠すことがアルジェンティの傲慢さの最後の自己防衛手段となっている。ダンテはアルジェンティの意図を見透かしており、第六歌のチャッコに見せるような同情を拒み、アルジェンティの返答にふさわしい、相手を侮辱する表現でやり返している。

＊17　ダンテはここまでわざと知らないふりをして、相手を完膚無きまでに挫く言葉を最後に発する。この容赦のない言葉が、獣的な怒りの持ち主に暴力行為を呼び起こさせることになる。

＊18　アルジェンティの本性が顕わになり、その怒りが直接的な行動を生み出す。彼はダンテを害そうと、舟を揺るがし、ひっくり返そうとする。あるいは手でダンテを摑み、沼に引き込もうとしたのかも知れない。ともかく、亡者がダンテに直接危害を加えようとする初めての場面であり、今までにないことがここで起きている。これまで亡者たちの様子は、映画館のスクリーンやテレビの画面を見ているような映像でしかなかったが、ここで突如、そのスクリーンや画面から見ている者に手がヌッと飛び出てきたようなものである。この時、地獄の下層へ降りてゆくに従って、魂たちの在り方が今までとは違うことに気づく。上層にいる魂たちはホログラム映像に近い影のような虚ろな存在であったが、下層に行くほど魂たちは虚ろさを失って、より実体的・充実的になる。つまり、悪の度合いが濃くなるため、存在そのものが濃くなるのである。地獄で彼らに実在性を付与するのは悪だからである。従って、悪が濃い者ほど、地獄での存在も色濃く、より実体的となる。ここから先はスクリーンから映像が飛び出して観客に向かってくる危険性がある。例えば、マレボルジェという悪の巣では、近寄るのが余りに危険すぎて近くまで降りていけない場面もある。このため、下層地獄へ降りてゆくほど、ウェルギリウスが自身の身を挺して直接ダンテを護る場面が頻発してくる。ダンテはこうした違いを読者に訴えかけるために、意図的に下に行けば行くほど亡者たちの悪の存在感が強まる書き方をしている。

＊19　これは犬に向けての言葉である。というのも理性を失った憤怒者は人間性よりも獣性を帯びており、その獣性は「犬」に近いからである。このため、ウェルギリウスは彼らを野犬のように扱っている。

＊20　ウェルギリウスが感極まって弟子に対して与えた最初にして最後の口づけ。しかも続くダンテの母親を讃える讃辞もウェルギリウスがいかに感極まっていたかを伝えている。

＊21　ウェルギリウスのこの言葉は「（ある女がイエスに向かって言った）あなたを宿した胎に至福あれ」（「ルカ福音書」一一：二七）を下敷きにしている。イエスに対して述べられた讃辞がダンテに向けられており、最高の讃辞となっている。しかし、なぜウェルギリウスはこれほどまでに喜んだのであろうか。ダンテの蔑みがこれほど高く称揚される相手として、アルジェンティは余りに惨めな存在に思われる。しかもダンテは単に言い返しただけで、何か特別な英雄行為を為したわけでもなく、称賛に値するようなことは何もしていないようにわれわれには思われる。この疑問に関しては解説を参照のこと。

＊22　アルジェンティが「怒り狂っている」のには三つの原因がある。一つは言うまでもなく、彼の性格が尊大だからであり、尊大さは容易に怒りに結びつくからである。次に、彼は現世にどんな善行も残さず、マイナスしか残さなかった男だからである。この男から傲慢さを取れば、怒りしか残らない。これは、倨傲がいかに空しく無価値であるかを表わしている。自分の無価値さが怒りの火に油を注ぐ第二の原因となっている。また、アルジェンティは現世でその富と権力で幅を利かせ、周りの者を見下して威張っていた。彼は自分が一番偉いと思っている。なのに、現世の人からは何一つ覚えてもらえず、沼の中では王様ぶりを発揮できないどころか、有象無象の輩と一緒に泥水を嘗めている。しかもこの偉い俺様が今や、他の受刑者同様、豚同然の惨めな姿をさらしている。これが彼をさらに怒らせる第三の原因となっている。要するに、つまらない俺様男なのである。

＊23　この詩句では、現在と未来、現世と冥界とが相反するものとして対置され、王は豚へと変貌する。これは聖書に一貫して流れる「高ぶる者は低められ、卑しめられる」（「イザヤ書」二：一七）という応報の理に沿ったものである。ダンテの息子ピエートロはこの場面を次のように注している。「王様然として暮らす者たちとは、他者の上に君臨して偉ぶっている者たちのことであり、彼らは死後、その応報として、反対にこのステュクスの泥沼の中に沈められる。（中略）高慢者について預言者ホセアはこう語っている。『サマリアの王は、水の面に浮かぶ泡沫のように、滅ぼされる』」（「ホセア書」一〇：七）。この詩句を単純に「現世で偉そうにしていた奴は来世で豚のように卑しめられる」と理解するのであれば、現世の復讐を来世で行なっているだけの心理的勝利法で終わってしまう。それ故、この図式は次のように理解する必要がある。「王様然として暮らしていた者」とは、収入や地

位・権力といった外的な目に見える報酬で自分を量っていた者である。一方、現世で目に見えるものは、来世ではなべて無に帰す。対して、現世で目に見えなかったものは、来世では目に見えるものに変わる。「仲間の間では、権力のある者が尊敬されるが、主の前では、主を畏れる者が尊ばれる」(「シラの書(集会の書)」一〇:二〇)からである。ソークラテースの弟子アンティステネース(前四四五頃ー三六五頃)が「富は心の中にある」をモットーとしていたように、真に実在するものは心の中のものだけであることから、死後、それ以外のものは消え去り、心の中のものだけが目に見えるものとして残る。『神曲』が語っているのは、見えるものが見えないものとなり、見えないものが見えるものとなる変換なのである。

＊24　フィレンツェのアディマーリ家の門閥に属するカヴィッチュリ家のフィリッポ。自分の馬に時折《銀》の蹄鉄を施させたことからアルジェンティ(イタリア語で「銀」の意味)と綽名された。この事実がすでに、虚栄心の強い尊大な男であったことを物語っている。「アルジェンティは大柄の男で、浅黒く、筋骨逞しく、怪力の持ち主であった。彼は他の誰よりも怒りっぽく、どんな些細な理由からも癇癪を爆発させた」(ボッカッチョ)。今風に言えば、筋肉バカと言えよう。アルジェンティは、自分の名前を隠し続けたが、結局、周りの者全員から名指しされ、その目論見はあっさりと潰えてしまう(これは第三十二歌のボッカと同じパターン)。第五圏の水面上の亡者たちは、みなアルジェンティ同様、自分が一番偉いと思う威張り屋・嫉妬者ばかりであるため、他者が自分の上に立つことを決して許さない。誰もが絶えず他者を自分の下へ置こうと虎視眈々と狙っている。自分だけ目立ったり、ダンテたちを支配下に置こうと試みたり、少しでも他者に偉そうにしていると、それは一瞬のうちに他の受刑者たちにも知れ渡る。一瞬の隙でも見せたなら、文字通り、このように足を引っ張られて、沈められてしまう。彼らは全員、人の鼻っ柱を折ることを生き甲斐にしている者たちばかりだからである。プレギュアースが直接手を下さずとも、いったん沼の中に放り込んでおけば、あとは、囚人同士で懲罰を与え合うので手間がかからない。監視者がプレギュアース一人で事足りるのもこのためである。加えて、ここには興味深いコントラストが描かれている。ダンテは罪に対する《聖なる怒り》からアルジェンティに正義がなされることを望むが、沼の住人たちはそうした聖なる怒りという観念からではなく、全く反対の《悪意》から懲らしめている。結果的に、彼らが正義の代理執行人になっており、悪魔が神の正義の代理執行人に結果的になっているのと同じ構図である。このモチーフは、もう一度、三十二歌で戻ってくる。

＊25　沼の受刑者たちがアルジェンティに具体的にどのような拷問を加えたのかダンテは抽象的な言い回しで表現するのみで読者の想像に委ねている。読者に判ることは、ダンテの望みが叶えられていることから、皆に襲われ、泥の底へと沈め

られたということである。

＊26　これは憤怒者の典型的なジェスチャーであり、プルートー（「おまえの憤怒はおまえの中で燃やすがよい」第七歌9）やプレギュアース（「怒りをため込んだ」第八歌24）の反応もこれと似ている。同じく怒りに駆られたミーノータウロスは自分自身を嚙み（第十二歌14－15）、ミーノース（第二十七歌126）は自分の尻尾を齧る。注釈者マッタリーアは、「余りに度を超えた狂的な怒りのために、物事の方向感覚を失い、自分自身にその矛先を向けて、自らに危害を加える」と注している。アルジェンティは狂的な怒りによって正気を失い、あらんことか自分にその矛先を向ける。今や多勢に無勢であるため、自分の怒りの向かうべき先がなく、その怒りは無力であるため、怒りのはけ口を自分自身に向けるという転倒現象がこのジェスチャーである。こうしてアルジェンティも鬱怒者と同じ状況に置かれる。

＊27　天国では《喜びの合唱》が魂を迎えるが、地獄では《苦しみの嘆き》が束となって迎える。この嘆き声は下層地獄ディースから発している。

＊28　ギリシャの「ハーデース」「プルートーン」に当たるローマの冥界の神であり、ローマ文学では《冥府》の代名詞として用いられる。一方、ダンテはディースをルチーフェロの代名詞（別名）のように用いている。ここから先は、ルチーフェロ自身が直接統治する下層地獄となる。『神曲』のディースは《悪意に裏打ちされた悪》が懲罰を受ける下層地獄を指す。言わば『アエネーイス』のタルタロス（冥界の奈落）に近い悪所である。

＊29　ダンテは色によってこのディースの世界を表出している。つまり、この都市を支配しているのは炎と血の《赤》であり、これこそディースが闘争に明け暮れる都市に他ならないことを、しかもその敵が互いに城壁の内側に住む者どうしであることを表わしている（またこれがイタリアの都市にも当てはまることをダンテは煉獄篇第六歌82－84で告げている）。

＊30　ダンテは悪魔と言う代わりに、「天から堕（おと）されて降って来た千余の者たち」と表現しているが、「降る」と「送る」の質的な違いから、悪魔と天使の造りの違いが強調されている。悪魔が物質性を色濃く伴って重力に従って「落ちてくる」のに対して、天使は神から「送られて」来る（第九歌85）。ちょうど《舞い降りる》のと《落下（墜落）》の違いである。悪魔は最初、純粋形相であったが、神に反旗を翻して罪を犯した結果、粗雑な肉体を帯び、重力を得て、地球に落下した（いわゆる堕天使である）。地球は宇宙の中心に位置することから、宇宙の底（最下点）に当たる。浮遊するゴミが落下するように、地球はゴミの落下地点であり、とりわけ地獄はゴミの集積地とみなされる。

＊31　悪魔たちの敵愾心は、死者である自分にではなく、生者のダンテに向けられているため、自分が一人で直接交渉する必要があるとウェルギリウスは考えている。またアレゴリーの次元で言えば、ダンテという感情の部分を抜きにして、ウ

ェルギリウスという理性の部分だけで事に当たろうとしていると言える。このような悪に対して感情は無防備であり、悪に魅入られ、その誘惑に取り込まれてしまう危険があるため、理性を司るウェルギリウスだけで悪と交渉しようとする。

＊32　実際、今までウェルギリウスにダンテはちょうど七回以上（すなわち八回）救われている。内訳は次の通り。①雌狼（第一歌）②自信のなさ（第二歌）③カローン（第三歌）④ミーノース（第五歌）⑤ケルベロス（第六歌）⑥プルートー（第七歌）⑦プレギュアース（第八歌）⑧アルジェンティ（第八歌）。これまでウェルギリウスは八回はダンテの危機を救うことができたが、今回の《九》回目の危機は救うことができない。《九》回目は天の神的な助け（恩寵）が必要とされる。《九》は奇跡の恩寵を表わすベアトリーチェ数である。ダンテが数を挙げているのはこのため。

＊33　ダンテはおびただしい数の悪魔を前にして完全に怖じ気づき、天に対する信仰を失う。ここにダンテの——すなわち、われわれ人間の——弱さが描かれている。第二歌に逆戻りである。ダンテは自身を英雄としてではなく、極めて臆病な勇気のない男として描いている。大きな壁に直面すると、すぐに弱気になって、直面する課題から逃げ出そうとする人間の性質をこれは象徴化している。ダンテは英雄でも聖者でもない。だからこそ、『神曲』の旅路には意味がある。英雄や聖者は稀有の道を歩む極めて稀なエリートである。一方、ダンテはわれわれ一般人のようにすぐにひるみ、泣き言を言い、怯懦に囚われる。ダンテはベアトリーチェが約束した天の計らいを信じられず、戦線離脱しようとする。この弱さはわれわれ万人のものである。その信仰は脆く、壊れやすい。すぐに人は信仰を手放してしまう、このダンテのように。信仰というのは一瞬にして手に入れられるものでもなければ、一瞬にして盤石なものになるわけでもない。このように何度も揺り動かされ、少しずつ固まっていく。その信仰を取り戻させてくれるのが、やはりまた天から送られてきた恩寵であるウェルギリウスであり、最終的には天の助けである。人は天の助けを借りながら、少しずつ自身の信仰を得ていくことをダンテはここで描いている。

＊34　悪魔たちは大慌てで戻り、門を閉めようとするが、「われ先に」という表現には、慌てふためいた悪魔たちの様子がコミカルに示されている。読者はここでなぜ悪魔たちが慌てふためいているのか判らない。その理由は、このあとのウェルギリウスの言葉から説明される。ウェルギリウスは交渉にあたって悪魔たちに「門をすぐに開けなければ、天の使いがやって来て、開けることになる。どのみち開けることになるのは変わらないのだから、今すぐ開けよ」といった趣旨のことを告げたのであろう。これに対して、抵抗は無意味なのに、悪魔は愚かであるため、城門を閉ざして天の使いに対抗する備えをしようとする。

＊35　理性は善と悪を区別することができる。悪を怖れ、善へと意志を促す。しかし、情念に対しては有効に働いても、最

初から悪を意志する者に対抗するには人間理性（ウェルギリウス）だけでは十分ではない。このような悪に対抗するには、神の意志、神の恩寵が必要になることをダンテはここで暗示している。人間理性の限界を含意するこの表現は、また同時に、古典的叡智の限界に対する寓意ともなっている。

＊36　思惑が外れて気落ちしたウェルギリウスの様子が「足取り」で間接的に語られている。ダンテは、一流の作家がそうであるように、いつも心情の動きを小さな身ぶりや動作で表現する。

＊37　理性のきかない相手との交渉にお手上げの様子が見て取れる。どのみち神の意思に抗うことはできないのに、あくまでも抵抗する悪魔たちがウェルギリウスには理解できない（古代には悪魔の知識がなかったからである）。低俗な悪を理解するにはウェルギリウスは余りに高尚過ぎるのである。このモチーフは第二十三歌139－141で繰り返されることになる。

＊38　悪魔たちの思い上がりはいつものことであり、今に限ったことではないと言っている。これは、悪魔たちがイエスに対して行なった抵抗――外典「ニコデモ福音書」（四二五年に現在の版ができたが、すでにユスティノス［一〇〇頃－一六五頃］がこの書について語っているため、原型はかなり古いと考えられている）で語られている話――を下敷きにしている。キリストの死後のエピソードを扱う「ニコデモ福音書」は中世で非常に流布していた。トマスも『神学大全』第Ⅲ部第51問題第4項と第52問題で金曜日にイエスが磔刑に処せられた後、復活するまで何をしていたのかを論じている。キリストは死後、上層地獄に降り、リンボにいた旧約の義人たちを天国に連れ帰るが、この時、悪魔たちはキリストを中に入れまいと抵抗を試み、地獄の第一の門（第三歌）の城門を固く閉ざした。

＊39　地獄篇第三歌冒頭の地獄の門に刻まれた「われを過ぎるものはみな、すべての希望を捨てよ」の一連の文句。

第八歌解説

第八歌の主題は大きく分けて二つある。一つはフィリッポ・アルジェンティが他の亡者たちから復讐を受け、沼に漬け込まれるのを見たいとダンテが述べると、その願望を正しきものとしてウェルギリウスが賞賛する場面である。いくら悪党とはいえ、ダンテの憎悪は残酷に映る。ここで西洋における怒りについての考え方を知っておく必要がある。

トマス神学に沿って説明すれば、正しい理(ことわり)を外れて過大に怒る場合は、もちろん、日本と同様、悪しき怒りとされる。西洋で興味深いのは、怒りが過少である場合も、悪とみなされる点である。怒りの感情は自然なものである。自然なものとは神から予め付与されたものである。従って、「正当な理由による怒りは怒りではなく、正義の行為」(伝クリュソストムス『マタイ福音書未完成教話集』教話十一)とみなされる。その人は怒っているのではなく、《判断を下している》と言われるのである。トマスが「もしある人が正しい理に従って怒るとすれば、その場合は、怒ることが《称賛されるべき》である」(『神学大全』II-2, q. 158, a. 1, resp.)と述べているように、怒りは「悪しき怒り」と「善なる怒り」に弁別される。「こうした怒りは善であり、それは《道徳心による怒り[正義に対する熱愛から生じる義憤]》と呼ばれる」(『神学大全』II-2, q. 158, a. 1, ad. 2)。逆に言えば、怒るべき時に怒らなければ、つまり、正しく怒らない人は、罪を犯しているとされる。「怒りが存在しないことは、理性の判断が存在しないことを表わしている」(『神学大全』II-2, q. 158, a. 8, ad. 3)ことになるからである。この考え方は共観福音書に描かれるイエスの行為に由来する。イエスが怒りを見せる場面は福音書に事欠かない。一例を挙げておこう。

「イエスは神殿の境内に入り、そこで売り買いをしていた人々を追い出し始め、両替人の台や鳩を売る者の腰掛けをひっくり返した。また、境内を通って物を運ぶことも許さなかった」(「マルコ福音書」一一：一五－一六)

西洋では、悪がなされているのを見て見ぬふりをすることも、正しき怒りを持たなかった(行動を起こさなかった)として断罪される。それゆえ、ダンテのアルジェンティに対する態度は過剰でも不可解でもない。それどころか、優しい態度を見せることは非難されることはあっても称賛されることは決してない。なぜなら「怒りが存在しないことは、善悪の価値判断を行なうだけの理性がない」のと同義だからである。正邪の観念こそが善なる怒りの原動力となる。この考え方は古代ギリシャに端を発し、以来、西洋で受け継がれてきた。

「一方、不足の方は、それがある種の怒りの欠如であれ、他の何であれ、《非難される》のである。というのは、怒りを覚えるべき事に対して怒りを覚えないような人たち、そして然るべき仕方で、然るべき時に、然るべき人々に怒りを覚えないような人たちは、すべて愚かだ[理性の判断が存在しない]と考えられるからである。つまり、そのような人は事態に無感覚であって、苦しみもしないし、またそもそも怒りを覚えないのだから、防衛的でもないように思われるが、自分が侮辱されても我慢し、家族や親しい人たちが辱められても見逃すという態度は奴隷的なこと［不当な扱いに怒りの声を挙げないことは悪徳である］と考えられるのである」（アリストテレース『ニコマコス倫理学』第四巻第五章）

政治家や官僚にどんなに騙されようともニコニコしている日本人が、善悪の価値判断を行なうだけの理性がないとみなされる由縁である。

「理由がありながらも、怒らない人は罪を犯している［不作為の罪の一種とみなされる］。理不尽な我慢は悪徳の種を蒔き、怠慢を助長させることになる。それは悪しき人々だけでなく、善良な人々をも悪へと導くものである」（伝クリュソストムス『マタイ福音書未完成教話集』教話十一）

それ故、もしここでダンテが然るべき仕方で怒らなかったならば、彼は反対に罪を犯すことにさえなる。善なる怒りの不足は、本人の理性判断がないということに留まらず、社会悪を増大させる原因を作り出すからである。それは、まわりまわって、やがて自分を含め社会全体を悪へと導くことになる。「怒りの感情を欠くこともまた悪徳である」（トマス・アクイナス『神学大全』II-2, q. 158, a. 8, resp.）とされるのはこうした理由からである。

ダンテは第五圏で怒りに対する二種類の人々を描いている。すぐ怒りに駆られる者が罰せられているのは容易に理解できるが、実は、第五圏には怒りを外に表わさない鬱怒者たちも同様に罰せられている。こうした怒りの運動が欠けている者は、それ故、《無意欲な》者、すなわち、《霊的怠惰者 accidiosi》（怯懦者）と同一視される。なぜ《鬱怒者 accidiosi》が地獄に堕ちる大罪者なのかが、ここからも知られる。自然が、人間の中に怒りの感情を作り出しているということは、それが存在する必要があるからである。自然な感情はすべて善であり、それが引き起こされるのを自然が許しているということは、神がそれを許しているからであり、それはまた神の意志でもある。従って、もし人が自然から与えられた怒りの感情を善用するならば、正当な怒りは人間の道徳善と正義に寄与するものとなる。神はこのために、自然を通じて人間に怒りの感情を持たせた。それは人を殴るために在る怒りではなく、社会正義を行なうために在る怒りに他ならない。公害訴訟を例に挙げれば、公害によって被害を受けた人々が加害者である企業や国を訴えるのは、不正に対する怒りが原動力となっているのであり、その怒りが社会を正義へと導くことになる。

「私はすべての人に訴えたい。一人ひとりが怒るべき理由を見つけてほしい。怒りは貴重だ。（中略）一番善くないのは無関心である。『どうせ自分には何もできない。自分の手には負えない』という態度だ。そのような姿勢でいたら、人間を人間たらしめている大切なものを失ってしまう。その一つが怒りであり、怒りの対象に自ら挑む意志である。（中略）怒る理由は単なる感情よりも、自ら関わろうとする意志から生まれる」（ステファン・エセル『怒れ！ 憤れ！』村井章子訳、日経BP社、

二〇一一）

「人間を人間たらしめているもの」の一つが怒りであり、そこに見られる《意思》は尊いものとされる。ダンテの抱く喜びはサディスティックなものではなく、神を蔑ろにする高慢さを打ち砕く喜び、悪に抵抗する力を与えられた歓びであり、それは神を称えることと同義である。それ故、ダンテは個人的な恨みからアルジェンティを非難しているのではなく、障害となる悪に立ち向かい、「悪に対する蔑みを個人的な恨みの範疇を超えた次元まで高めようとしているのである」（キアヴァッチ・レオナルディ）

ここでダンテは、先ほどウェルギリウスから鬱怒者の事例で教わったとおり、《正義のための聖なる怒りを正しく保ち、外に表わしていかなければならない》という教えをさっそく実践している。その心意気を知ってウェルギリウスは「悪を蔑み返す（怒れる）たましいよ」と、ダンテを称賛したのである。正しき怒りは正義の行為であり、称賛されるべきものである。それ故、ダンテはアルジェンティに怒っているのではなく、悪に対して《判断を下している》とされる。

次に、なぜウェルギリウスがかくも弟子に感激し、称賛したのか、その理由をもう少し考えてみよう。これまで立ちはだかる障害に対して積極的行動を起こすのはウェルギリウスばかりで、ダンテはただそれを見ているだけの存在だった。これまでのダンテは言うなれば地獄ツアーの旅行者、ガイドの説明を聞くだけの傍観者に過ぎない。ダンテは一度でも自分から積極的にこの地獄の光景に参加したことはなく、ガイドの案内するまま、言われるままに、第三者として存在した。しかしダンテもここに至って、立ちはだかる障害を自ら取り除こうと反応する。当事者としての自覚がダンテに初めて起こった記念すべき箇所である。これは、障害となる悪とは何かを悟り、その悪に対抗する必要性を弟子が意識的に獲得した最初の場面である。ダンテはここで初めて自分で判断を下し、自分から障害となる悪に対して初めて行動することができるようになったのであり、聖なる怒りの用い方を理解し、それを実践し得たということは、とりもなおさず自身の力で進むことができるようになったことを意味している。立ちはだかる障害に自ら立ち向かい、勇気と正義を遂行できる人間は、自らの運命を自ら切り開いていける。またこの自覚なくして、更に恐ろしい下層地獄の悪に対面することなどできない。悪に対抗し、道徳的な善と正義へと導く正義の怒りを持てるようになったことで、ダンテはよちよち歩きながらも、自分自身の足で立つことができるようになったのであり、だからこそウェルギリウスはダンテに最大限の褒め言葉を贈ったのである。それどころか感極まって、ダンテの顔に口づけまでしてしまう。自分の弟子が聖なる怒りを体得できたことを知って、ウェルギリウスは自身の喜びを余すことなく表わす。これらの詩句は、生徒の成長に対する教師の感激を表わしており、息子がやっと一人前になったことを知って喜ぶ親の過剰反応に似ている。

次に、もう一つの主題に移ろう。それはディースの固く閉ざされた門である。悪魔たちは地獄の中を見せまいと城門を閉ざすが、それは羞恥心のためでもなければ、弱さや内気のためでもなく、傲慢さのためである。地獄は心の闇を描いているが、心の闇は、そこに光が入ることを好まない。それどころか、断固として拒否する。理性の光であるウェルギリウスを中に入れないのは、このためである。また、下層地獄への下降の旅について、グアルディーニが次のような示唆に富む解説を施している。

「『神曲』の読者が絶えず心に留めておかなければならないことは、ダンテの旅がなされているのは《ヴィジョン》の内においてだということである。彼が出会うものは、ヴィジョンとして彼に示されるのであり、人間存在の本質が、ちょうど神の前で明らかにされるように、様々な形で顕わにされるのだが、それはダンテが自分自身をそれによって認識し、救いを見出すためである。彼の外にあると思われるものは、実は、同時に彼の内部にあるものである。ダンテの前にいる存在［亡者たちや地獄の番人たち］は、神において顕わにされ、『我は汝なり』と告げている。ダンテは体験を通じて悪の諸相とその惨めさを知ることで、自分自身の悪を再体験するとともに、神がその悪に与える判決を再体験している。それゆえ、地獄の広がりすべてを支配し、力として実存する悪が顕わになっていたにもかかわらず、地獄の都市が彼に対して閉ざされるという出来事は、何よりもその悪がふたたびここで閉じることを意味している。旅人ダンテの動きは、ただ単に下に降りて行く単純運動では決してない。それは、恐怖という形で彼に抗う深淵が送り出す抵抗にたゆまず打ち勝ちながら進もうとする試みである。しかし、この抗う力はまた彼自身の内部から発している。彼の心の奥底に潜む悪もまた見抜かれることを拒んでいるからである。ダンテが上層地獄を通りぬける時、理性から外れた情念を黙視するが、その様々な像の中に彼は自分自身を認めているのである。今や、ダンテは真の悪の前に立っている。それはまた彼の奥底に巣くう悪であり、光と眼差しにさらされまいと堅く身を守っている。それゆえ、青銅の壁は高く聳え立ち、扉は閉ざされ、人間の単なる意志によっては決して打ち破ることができないのである。狭間胸壁の凸部には復讐の女神エリーニュスたちが現われ、メドゥーサを呼んできてダンテを石に変えてやろうと脅す。余りの危機的な事態にウェルギリウスはダンテに後ろを向くように叫んで、自分の手で彼の目を覆ってやる。エリーニュスたちは地獄の深みへ降りて行こうとするダンテの目的を挫こうとする。人間である限り、これ以上進むことはできない」

最後に、第八歌の終わりでウェルギリウスが告げる大いなる秘密について述べておこう。二人のこの窮状を察して、すでに天界を後にした「天の使い」が彼らのために支援にやって来る。ウェルギリウスが希望と自信に満ち、悪魔たちが周章狼狽しているのはこのためである。そしてそれを信じられないのが旅人ダンテである。この構図は多くのことを物語っているが、そのうちの二点だけを要約しておこう。

第一に、天はすべてをみそなわし、ダンテたちの窮状もすべて知っているということである。神はすべてを知っており、人間が窮状を訴える前に、すでに解決策を講じている。これが第八歌から第九歌にかけての主題の一つであり、また『神曲』全体の主題でもある。ダンテがパニックに陥っているとき、彼が神に救いを乞うよりも早く、すでに救援の手が差し伸べられている。神は、一見どこにも介入していないように見える。どこか遠く離れた場所にいて、ダンテの傍にはいないように見える。

ダンテのことに心を砕き、心配しているようには見えない。しかし、天の使いがすでにダンテのもとに向かっているという事実は、「神は常にダンテと共にあり、一瞬たりともダンテの傍を離れたことはない」ということを告げている。ダンテたちが助けを求める前に、すでに天の使いは天を出発しているのである。また何よりも、神から派遣されたウェルギリウスがダンテに常に付き添っている。ウェルギリウスは、神が自分の代わりに、すべての人間に贈り与えた理性を寓意している。

しかしダンテは、ウェルギリウスという光（理性）だけでは満足できない。神が目に見えないため、神は常に自分と共にあるという信念を抱くことができないでいる。そのため、現実の困難を前にしていとも簡単にうろたえ、意気消沈し、絶望の淵に簡単に投げ落とされてしまう。この信仰心の薄さがここで浮き彫りにされている。

第九歌

下層地獄の入り口　ディースの門

一三〇〇年四月六日（水曜日）
旅の停止。悪魔の妨害に出会い、天の助けを待つ。

　私の案内者が退却して帰ってくるのを見て
怖じ気づいた私の心がその色を外［顔］へと押し出すのを目にすると、
師はすぐに自身の常ならぬ顔色を内へと引っ込め、*1
　立ち止まって、意識を凝らして耳をすましました。
漆黒の大気の中、濃霧を通しては
遠くまで眼がとどかなかったからだ。
　「それにしてもわれわれはこの戦いに勝たねばならぬ」と師は口を切った。
「さもなければ……否、あの方［ベアトリーチェ］が助けようと言ってくださったのだ。
おお、それにしても天（の御使い）の到着がなんと遅く感じられることか」
　私は、師が最初の言葉を、続く別の言葉で
覆ったことにはっきりと気がついた。あとの言葉は、
最初の言葉と（意味が）違っていたが、
　それでも師の言葉は私を恐怖させるには十分だった。
言いかけの言葉から、おそらく実際には無い

悪い意味を、私が勝手に汲み取ってしまっていたからだ。[*2]
「罰として希望を取りあげられただけの
第一の圏「リンボ」の者たちの中で、かつて
この陰惨な底まで降りた者はいるのでしょうか」[*3]
　と私が訊ねると、師はこう答えた。
「われわれの仲間で、私がいま歩んでいる
この道を行く者はほとんどいない。
　実をいうと私は前にも一度ここへ来たことがある。[*4]
肉体にたましいを呼びもどす呪いを使って、
あの残忍なエリクトー[*5]めが私を無理やり呼び出したからだ。
　私が（前一九年に）死んでまもないことだったが、
この魔女は、ユダの圏「第九圏」から一人のたましいを連れ出すために
私をあの（ディースの）城壁の中に入れたのだ。
　ユダの圏「第九圏第四円環」は（地獄の）最下層にあって、
どこよりも暗く、すべてを巡らす天「原動天」から、もっとも遠くに
位置する。私は道をよく知っているから、安心するがよい。
　このひどい汚臭を放つ沼が
嘆きの都「ディース」のまわりをくまなく取り巻いている以上、
そこに（正義の）怒りなしに入ることはできぬ」[*6]
　さらに師は続けたが、私はおぼえていない。

そのとき私の視線は、高い塔の
燃えさかるいただきにひかれたからだ。
　その一点に、突如、立ち上がったのは
血に染まった三人の地獄の復讐の女神[7]［エリーニュス］、
体つきも、感情の表わし方も女のそれであった。[8]
　腰には真緑の水蛇を巻き付け、
頭からは小蛇や角蛇が髪のように生え出て、[9]
見るもおぞましくとぐろを巻いていた。
　永劫の嘆きの女王［地獄の女王］[10]の婢（はしため）らと
すぐに見て取った師はこう言った。
「見よ、獰猛なエリーニュスたちだ。
　（塔の）左側にいるのはメガイラ、[11]
右で泣いているのはアーレークトー、[12]
真ん中にティーシポネー[13]がいる」これだけ言って、師は口をつぐんだ。
　ひとりひとりは爪で胸をひき割き
自らを平手で打ちながら、声をあげて叫んでいた。[14]
あまりのおそろしさに、私は詩人［ウェルギリウス］にひたと寄りそった。
　「メドゥーサを呼べ。あいつを石にしてしまおう」
彼女らは下を見ながら口々に[15]言っていた。
「（地獄を）襲ったテーセウスにその報いを与えなかったのが悪かった[16]」

「後ろを向いて、眼を閉じよ、
ゴルゴーン[*17]［メドゥーサ］が現れて、もしおまえがその顔を見ようものなら
上界には二度と戻れぬ」
　師はこう言って、自身で
私を後ろに向かせ、私が自分の手で掩(おお)うのを
信用できぬかのように、自身の手でまた私の顔を掩った。
　おお、健全な知性を持ったあなた方よ。
これら不可思議な詩句のヴェールの下に
隠された意味を見抜き給え。[*18]
　そのときすでに濁った波の上を、耳を聾するばかりの
おそろしい騒音が伝ってきた。
そのため両岸が振動するほどであった。
　それは、相反する温度の大気［寒気と熱気］がぶつかり合って[*19]
烈風が引き起こす轟音に似ていた。
森を傷め、抗うものとてないままに、
　枝を折り、木を打ちたおし、吹きちらし、
ちりを舞い上げては高々と進み、
猛獣も牧人らも逃げさせる烈風と同じであった。
　師は私の眼をほどいて言った。「さあ眼をこらして
泡立つ太古の水面(みなも)[*20]の上を見よ。

靄のいちばん濃いところを[21]」
　蛙は、敵なる蛇が近づくと、
水面からさっと姿を消し、
水底にへばりついて背を丸めるが、
　ちょうどそれと同じように、足裏もぬらさずに、
ステュクスの沼をゆうゆうとわたる者が近づくと、
千余の亡者のたましいたちが恐怖に駆られて逃げ去るのを私は見た。
　顔にまとわりつくあの濃い霧を
左手で[22]振り払いながら進んできたが、
それだけが煩わしく鬱陶しいように見えた。[23]
　わたしはこの方が天の使いだとすぐにわかったので
師のほうを向くと、[24]彼は手まねで、
しゃべるな、そしておじぎをしろ、と言った。
　ああ、御使いはなんと蔑みに満ちていたことか。[25]
扉のところに行くと、右手の細い小杖で[26]
それをなんの抵抗もなく開けてしまった。
「おお、天を追われたもの［悪魔］よ、（神から）蔑まれたものらよ」
と彼は、その恐ろしい[27]入口で言いはじめた。
「なにゆえに、おまえたちはこうも思い上がっているのか。[28]
　どうしておまえらは、かの［神の］御意志を足蹴にするのか、[29]

その目的が途中で曲げられることは決してあり得ないというのに、[30]
逆らうたびに、おまえたちの痛みは深まったというのに。[31]
　神の運命［意志］に逆らって何になるというのか。
おぼえていないのか、おまえらのケルベロスは、
そのためにいまでも、あごとのどの皮がむけたままではないか」[32]
　それから、ふりかえると、（ステュクスの）泥水の道へと取って返した、
われわれに言葉もかけず、[33] いま自分の目の前にいる者に対する
気遣いよりも、他のことに気をとられ、
　心をわずらわしている人のように。[34]
かくしてわれわれは、その聖なる言葉に安んじて
ディースの国へと足をふみ出した。
　われわれはまったくたたかうことなく中に入った。
そして私はこのような砦に固く閉ざされている
内部になにがあるのか、かねてから見たくてたまらなかったので、
　中に入るや、あたりをくまなく見まわした。
だが、そこに見えたのは、広々とした野ばかりで、[35]
どちらを見ても嘆きとおそろしい苦しみに満ちていた。
　ローヌ河が澱む［沼をなす地域にある］アルル（の街）や、
イタリアが終るところ、その国境を
洗うクワルナーロ湾の近くに位置するポーラの街では

　夥しい墓が、あたり一面を起伏なす地形に変えているが、まさに
それと同じように、ここでも至るところ無数の凹凸が広がっていた。[*36]
ただし、その有様は比較にならぬほど悲痛なものであった。
　墓石のあいだには炎があちこちにめらめらと燃えていたからだ。
石棺は炎の熱によってことごとく赤熱し、
もはやいかなる鍛冶もこれ以上の熱を求めぬほどであった。[*37]
　墓のふたはどれも持ち上げられて「開いて」いて、[*38]
そこからはひどい呻きが漏れ出ていた。そのあまりの
痛ましさから、重い劫罰に処せられた者たちだとすぐに察せられた。
　私は言った。「師よ、あのような棺[*39]に葬られ、
このような呪わしいためいきをついて自身の存在を
明かしているのは一体どういう人たちなのですか」
　すると師は言った。「ここにいるのは異端の創始者たちと
その追従者たちだ。あらゆる分派がいるが、どの墓にも
おまえが想像する以上に[*40]多くが詰め込まれている。
　似たもの同士がいっしょに葬られており、
墓石を焼く熱も、過ちの度合いによってちがっている」
師が右に[*41]曲がるや、わたしたちは
　苦悩の墓と高い城壁のあいだを通って行った。

第九歌注釈

＊1　第九歌の冒頭は、一読して即座には意味が理解できない複雑な言い回しで始まっている。ダンテとウェルギリウスは互いに影響を与え合い、内と外への感情の出し入れが生じている。ダンテは表面上に現われるものと表面下に隠れるものを描写しているが、これが第九歌の隠れた主題を解くヒントとなる。着目すべき点は、顔色の変わる原因が両者で違う点である。ダンテの顔色が恐怖から生まれた蒼白の顔色であるのに対し、ウェルギリウスの顔色は困惑と苛立ちから生まれた紅潮した顔色である。また、ダンテに対して用いられた動詞「(私の心がその色を) 外へと押し出した」が内から外への運動を表わすのに対して、ウェルギリウスに対して用いられた動詞「(自身の顔色を) 内へと引っ込めた」は外から内への運動を表わし、対照的である。ダンテはウェルギリウスが引き返してくるのを見て、怖気づき、自身の内から外へとその恐怖を表出してしまうが、それを見て取ったウェルギリウスの方は、反対に、自身の外へ表われ出ていた困惑と苛立ちを自身の内へと引っ込ませる。互いに相手を見たことによって引き起こされる運動の出し入れが印象的に描写されている。ここには、自分の心の動きが弟子の心に影響を与えたことを見て取るや、自身の感情を抑制し、弟子を動揺させまいとするウェルギリウスの配慮が描かれている。賢者は、ダンテと違って、すぐに感情の揺れを補正するのである。

＊2　「この『神曲』を執筆している今から思えば、単にウェルギリウスはためらっているに過ぎなかったが、あの時の自分は恐怖に駆られ、我を失うあまり、何を聞いてもウェルギリウスの言葉の中に絶望を読み取った――実際の意味よりも悪い意味に解釈した」という意味。

＊3　ダンテには「ウェルギリウスに旅を続ける能力があるのか」という疑念が頭をもたげてきている。しかし、こうした疑念を問うのはあからさま過ぎるため (師に対する不信は師を傷つけることになる)、「道を知っているのかどうか」という間接的な問いに切り替えようとした。しかし、「道を知っているのか」と尋ねることさえも直接的であるため、「行ったことがあるのか」という問いに置き換え、それを更に普遍化して「リンボの人で誰かこれまで行ったことのある人はいるのですか」という間接的な問いに変えている。ダンテのこの《間接の間接表現》に対して、一を聞いて十を知るウェルギリウスには、ダンテの意図はすべてお見通しで、次の20行以下のように答えている。

＊4　ウェルギリウスは魔女エリクトーの黒魔術によって不可抗力的に下層地獄へ行ったことがあるため、自分にはその知識があると (だから、心配するなと) 述べている。生前、ウェルギリウスは『アエネーイス』の中で冥界を描いたが、下層界の詳しい知識は語っていない。ウェルギリウスがその詳しい知識を得るのは、死後のことだということがここで初めて明かされる。従って、この『神曲』の中で史上初めてその

詳細で正確な知識が人類に示されることになる。エリクトーの黒魔術によってウェルギリウスが下層界に行かせられるという設定はダンテの完全な創作で、ダンテ以前には存在しなかったものである。なぜダンテがこうした物語を創作したのか、その真の理由は第二十歌で明らかになる。

＊5　セネカの甥のルーカーヌスが書いた『内乱賦』第六巻五〇七－八三〇に登場するテッサリアの魔女（降霊術師）。ルーカーヌスの物語によれば、ポンペイユスの次男セクストゥスは父とカエサルの戦いの結末を知りたいあまり、魔女エリクトーを訪ねる。すると、魔女はセクストゥスに「もし私が真新しい死体を見つけるならば、その死体に魂を帰らせ、その死体に尋ねたいことを語らせよう」と答える。かくして魔女は、パルサーリアの戦いの前夜（前四八年）に死んだ兵士の一人の魂を呪いで呼び出す。この《招魂の術 νέκυια》によってウェルギリウスは、魂の呼び出しの道具として使われたという設定になっている。

＊6　沼がディースを「くまなく取り巻いている」ために、この入り口（門）以外からは入ることができない。すなわち、悪魔たちの抵抗に打ち勝つ以外に中に入る術はなく、悪魔に打ち勝つには聖なる怒り以外にない。

＊7　ヘーシオドスによれば、ウーラノスの男根がクロノスによって断ち切られた時、その血の滴りが大地に落ちて、そこから復讐の女神たちが生まれたとされる。ローマ神話でディーラエ（フリアエ）と呼ばれ、ギリシャ神話ではエリーニュスたちと呼ばれる。ダンテの息子ピエートロは、これら三人のフリアエはとりわけ高慢から生まれると解している。重要な点は、フリア（単数形）は日本語で「復讐の女神」と訳されるが、通常名詞として「憤怒」を意味しているということである。このため、第五圏のステュクスの沼にふさわしい存在となる。

＊8　悲憤慷慨したときに女性が示す特有の感情表出を指す。つまり、女性が怒りに駆られて半狂乱になったときの、極めてヒステリカルに感情を表わす様子に似ていたと述べている。

＊9　ダンテの息子ピエートロは、これらの頭部を取り巻く蛇髪は、「無数の邪悪な考えと、そこから生まれる言葉や業（わざ）や欺瞞を指し示す寓意である」と解説している。人が頭の中で抱く悪意や邪悪な想念は目に見えない。それで、古代の神話作家たちは、それを目に見えるよう視覚化して「蛇髪がとぐろを巻いている」と表現していた。蛇髪によって、おぞましい考えを喩えるのが神話の手法である。

＊10「地獄の女王」とは、文学的伝統では、プルートー（ハーデース）の妻プロセルピナ（ペルセポネー）もしくはヘカテーを指すが、『神曲』に地獄の女王が登場することはない。実際、地獄ではルチーフェロだけが王として君臨している。そのため古典詩人ウェルギリウスの口から出た純粋に文学的伝統表現とみなされている。第十歌80〈79〉行目の詩句からも窺えるように、ダンテはプロセルピナ（ペルセポネー）、ヘカテーを区別せずに、一般化して「地獄を治める女性」と

している。

＊11 彼女たちも、地獄に頻繁に登場する聖なる三位一体に対立する悪の三位一体の一つである。「左側に」いるメガイラは、右側のアーレークトーよりも悪い悪徳を象徴していると考えられる。第七歌のカリュブディスの渦と同じく《嫉妬》を象徴するメガイラの方がアーレークトーが象徴する悪《鬱怒》よりも重い罪を暗示している。

＊12 「泣いている」と言われるのは、いわゆる悲しくて泣いているのではなく、怒りから泣いている。その怒りが晴らせない無力感から泣くのであり、ルチーフェロが六つの目から涙するのと同じである。ルチーフェロは怒りを外に表わそうにも、宇宙の底に不動に固定されて、それができない悔しさから涙するのであり、まさに鬱怒者が沼の底に固定されている姿と同じである。従って、ルチーフェロは大いなる鬱怒者でもある。アーレークトーは怒りをいつまでも執念深く根に持つ心の状態を擬人化しており、まさに《鬱怒》に当たる。

＊13 ティーシポネーは復讐に燃える鬼であることから復讐心を擬人化したものだが、ダンテはそこに憤怒の本質を見出している。「怒りが目指す欲求の対象は報復である。（中略）処罰の欲求が、正義の維持や罪の矯正といった然るべき目的のためでない場合が《悪徳による怒り》と呼ばれる」（トマス・アクイナス『神学大全』II-2, q.158, a.2, resp.）。怒りの目指す対象は復讐であり、ティーシポネーは復讐と憤怒を擬人化している。また、ティーシポネーが真ん中に位置しているのは、悪徳による怒りが左右の悪徳の共通項――それゆえ、高慢を象徴している――からである（憤怒は高慢から生じる）。彼女たちが高慢を共有していることは、彼女たちが上の塔の頂に位置し、ウェルギリウスとダンテという神の意志の遂行者を下に見下ろしている位置関係からも暗示されている。

＊14 「爪で胸をひき割き」「平手で打ち」とは「大きな苦しみを感じたときに女性がする」（ボッカッチョ）典型的な伝統的表現。エリーニュス（フリア）たちはその言葉通り、典型的な「憤怒者」の行動を採っている（第八歌63参照）。そこには、①過去において犯さなかった悪に対する後悔の念から生まれる怒り、②自分たちの領域が侵される嫉妬心から生まれる怒り、③自分たちがダンテたちよりも優越しているという高慢の意識から生まれる怒り、④その侵入を防ぎえない無力感から生まれる怒り（鬱怒）、これら諸々の悲憤慷慨が、第八歌18、81行目のプレギュアースの叫び声と同じく、彼女らにこのような振る舞いをさせている。そして、彼女たちの威嚇は、メドゥーサを呼び出すことで頂点に達する。

＊15 テーセウスはアテーナイの王アエゲウスの息子。アリアドネーの夫となり、その後、パイドラーの夫となる。ここで唐突にテーセウスの話が登場するように思われるかもしれないが、テーセウスは、ヘーラクレース同様、生き身で冥界を訪れた英雄であり、その点で、ダンテと同様、地獄の侵犯者である。ペルセポネー（プロセルピナ）を捕らえようと、友

ペイリトオスと冥府に侵入した。ハーデース（プルートー）は二人が冥府に着いたとき、彼らを歓待するようにみせかけ、まず忘却の椅子に座るようにと言った。二人はそうとは知らずに座ると、この椅子は彼らに付いて離れず、大蛇が彼らを巻いてしまう。一般にはペイリトオスはそのまま冥府に囚われたが、テーセウスはケルベロスを取りに冥府に降りて来たヘーラクレースに救い出されてアテーナイに戻ったとされる。

＊16　この発言が意味するところは、「もし相応しい復讐をテーセウスにしておけば、それが警告となって、このように生者がのこのこと地獄にやって来る事態は避けられたであろうに（誰も地獄を襲うとは思いも寄らなかったであろうに）」というものである。同じ轍を踏むまいと、ダンテを石に変えて殺してしまおうとしている。こうして神話のエピソードが、いつしかダンテの歴史的な現在と結びつけられ、現実の出来事へ組み込まれている。ここで重要な点は、エリーニュスたちが悪いことをして悔いるのではなく、悪行を行なわなかったことを悔いて怒っている点である。エリーニュスにとっては悪を為すことは復讐であり、善だからである。このように悪は、転倒しているがゆえに、悪なのである。

＊17「ゴルゴーン」と総称で呼ばれているが、ここでは明らかに三女の「メドゥーサ」の換称で用いられている。「ゴルゴーンたち」は醜怪な顔を有し、蛇髪で、猪の歯と大きな黄金の翼を持ち、その眼は人を石に化す力があったとされ、三人姉妹のうちメドゥーサのみが不死ではなかったとされる。メドゥーサは本来古い大地の女神であり、かつまた厄除けの力を有するものであったらしく、盾や壁上にゴルゴーンの頭を付けるのはこのためである。

＊18　この読者への呼びかけは第九歌で最も難解な箇所であると同時に、第九歌を解く鍵となる。研究者のサンタンジェロは、ここまでの詩行のどこがいつも以上に難しいのか解らないと吐露している。サンタンジェロの主張はもっともである。ここまでのストーリーで不明なところもなければ、この歌章において初めて登場人物が象徴的に扱われているわけでもない。エリーニュスやメドゥーサ、天の使いの象徴や寓意が何を意味するかは、第一歌の三匹の獣以来、どの歌章にも出てくる疑問である。なのに、どうしてダンテはここで殊更このような発言をしているのだろうか。この呼びかけがあるがために、この詩行は、『神曲』の中でも難問中の難問として無数の解釈を生み出してきた。次のフォスラーの戸惑いは、研究者たちの正直な感想を要約している。「この不思議なヴェールの裏には、何か特別の意味が発見可能なのだろうか。神的扶助なしには、人間は自身の理性によって心の悪しき深淵に降り立つことができないということなのであろうか。それとも、悪魔的な自負心は自己認識を妨げるということなのであろうか。あるいは、エリーニュスたちは《良心の呵責》を、人間を石に変えるメドゥーサは《疑念や絶望》を意味しているということなのであろうか。（中略）詩に提示された視点を熱心に見つめさえしたならば、誰でもそこから他の意味を

読み取ることができるのだろうか。(中略)議論はいつまでも尽きることがない」

＊19 ダンテは冥界の超自然の出来事に具象性をもたらそうと、「相反する温度の大気がぶつかり合って」(アリストテレース『気象論』第三巻第一章および『アエネーイス』第二巻四一三-四一九参照)と、リアリスティックな説明を介入させている。超自然の出来事を自然学的な出来事に比喩するスタイルが『神曲』に一貫してみられる詩人の態度である。

＊20 この沼が「太古の」と言われるのは、第八歌29「太古の舳先」と同様、地獄が創造されて以来の古さに由来するため。

＊21 「靄のいちばん濃いところ」とは天使が通過している場所を指す。天使が通過すると、魂(蛙)たちが水面から水中に潜るため、水しぶきが上がり、靄が立つ。そのため、靄が一番濃い所を見れば、天使が通過していることを《間接的に知る》ことができる。

＊22 「天の使い」が「左手」を使っているのは、禍々(まがまが)しい縁起の悪いものには、それにふさわしい左手を使うため。89行目から察せられるように、右手(=正義)には、右に相応しい《正義の》小杖を持っているため、左手をワイパー代わりに使って霧を払っている。

＊23 第二歌のベアトリーチェの言葉にあったように、地獄の環境が天の使いに精神的な影響を及ぼすことはなく、あるのは物理的な鬱陶しさだけである。何よりも、天に早く帰りたい気持ちから物質界の些事を煩わしく感じる。

＊24 ダンテは天の使いに会うのは初めてのため、どう振る舞って良いか解らない。ダンテは何か新しいことがあると、子が母にするように何でもすぐにウェルギリウスの方を振り向いて指示を仰ごうとする。

＊25 神の意志に刃向かう者に対する《聖なる蔑み》。このフレーズに悪魔に対する神の使いの態度のすべてが凝縮されている。また、この「蔑みに満ちて」は、第八歌88の悪魔たちの「ひどい軽蔑」と対をなしている(どちらも同じ詩行数88行目に置かれていることから、ダンテの意図的な配置であることが判る)。disdegno は「蔑み」が原義であるが、第八歌88に見るように、ここ88行目でも「怒り、憤慨」の意味が強く込められている。悪魔の《神の意志と善に対する蔑み》が《怒り狂った苛立ち》(第8歌84)を生み出しているのと対照的に、天の使いの《悪に対する蔑み》は《神的な怒り》を生み出している。悪に対する天の使いの蔑みは91行目の「(神から)蔑まれた dispetta」にも表わされている。

＊26 天の使いは「細い小杖」を右手に持っているが、ダンテはここで「小枝 verga」ではなく、指小形の「verghetta 小枝より更に小さな枝」を持たせることで、地獄が全精力を傾けて抵抗しようとも、神はか細い小枝一本で事足りることを対照的に強調している。この指小形は、天の使いにとって地獄総出の抵抗も、赤子の手をひねるようなものでしかないことを際立たせている(神にとって悪魔は吹けば飛ぶような存在でしかない。神がその存在を許しているから存在できるに過

ぎない。しかし、悪魔は高慢であるため、このことが解らない）。「小枝（杖）verga」は笏と同様に権力の象徴であり、ダンテも『饗宴』第四巻六章二〇で《支配権》の意味で用いている。

＊27　これは代換法というレトリックであり、「入口」そのものが恐ろしいのではなく、入口の向こうの領域から呼び覚まされる恐怖から「恐ろしい」と言っている。

＊28　天の使いは「おまえたちの驕慢の権威（出所）はどこだ」と問うている。換言すれば「その権威の出所は、所詮、神に負けて追放されたルチーフェロに過ぎないではないか」ということ。

＊29「サウルよ、サウルよ、なぜ私を迫害する。突き棒［神の意志］に対して蹴り返す［逆らう］ことはおまえには難しいぞ［突き棒を蹴り返しても無駄である→神の意志に抵抗するのは止めて、従うべきである］」（「使徒言行録」二六：一四）を下敷きにした表現。神の意志を足蹴にする悪魔たちは——ギリシャ神話であれば、ゼウスの雷霆の一撃で丸焦げにされるところだが——ただ言葉で一喝されるだけである。悪魔たちのこけおどし——悪はいつもこけおどしだが——の暴力に対して、天の使いが使うのは言葉だけである。ここにキリスト教の本質的な側面がある。このように真のキリスト教は暴力で相手を屈服させるのではなく、古代のエピクーロス派が行なったように言葉で相手を折伏しようとする点に、あくまで理性を用いて言葉による説得を行なう点に、その本源的な特質がある。天使は悪魔に対してでさえ、決して暴力をふるわない。しかし、ダンテは地獄の最後の圏で、暴力をふるってしまう。そのため、ここの箇所は記憶にとどめておく必要がある。神は悪魔たちを鞭打つのではなく、彼らに恩寵を授与しないだけである。悪魔の方が勝手に恩寵を拒むのであり、神は悪魔を懲らしめているのではなく、悪魔の方が勝手に突き棒を蹴って、苦しんでいるだけである。従って、「どうしておまえらは、かの御意志を足蹴にするのか」とは、「神の意志に逆らっても苦しいのは自分の方である」という意味となる。

＊30　ウェルギリウスのカローンに対する言葉「望まれることすべてが可能となるところ［至高天］の思し召し［神の意志］なのだ」（第三歌95－96）、ミーノースに対する言葉「望まれることすべてが可能となるところ［至高天］で、かく望まれているのだ」（第五歌23－24）、プルートーに対する言葉「天の意志なのだ」（第七歌12）の言い換え。神の第一の特性は全知全能にある。物体が地上に落下するように、神の意志は必然である。それゆえ、悪魔の行為は、自分の頭の上に爆弾を投げて、落ちてこないことを望むようなものなのだが、知性なき悪魔にはこのことが永久に判らない。

＊31　時の始まりにおいて神に反旗を翻して戦ったことを指す。以来、神に逆らって勝利を収めたことはない。キリストが地獄に降りて来た時も、抵抗を試みたが、失敗した。それでも、悪魔には学習能力がないため、何度でも同じ過ちを繰り返す。

それは人間に対してはうまく働くからである（人間にも学習能力がないため、何度でも騙せる）。

＊32「おまえらの」と皮肉を込めてウェルギリウスは話している。ケルベロスが逆らった相手はヘーラクレースだが、それは神に逆らったのと同義とみなされる。54行目のテーセウスの逸話と同様、ダンテは古典の事績をキリスト教の文化的伝統に従って、キリストの事績の《予型》と解して両世界を接合させる。すなわち、テーセウスやヘーラクレースはキリストの予型であり、彼らの地獄降りはキリストの地獄降りの予型とみなされ、ケルベロスやその他の怪物は悪魔の予型として解釈される。すべての古代の神話的遺産は意識的に『神曲』の中でキリスト教と統合され、二つの世界と二つの詩形式が接続し合っている。また、ケルベロスの運命の中に悪魔の運命が重ねられている。ケルベロスはヘーラクレースに首輪をかけられた後も、なおもその意志に抗ったため、首の周りの毛が無くなってしまった。ヘーラクレースが原因ではなく、ケルベロスが抵抗して動き回ったために抜け落ちてしまったのであり、その原因はケルベロス自身にある。先ほどの、「突き棒に逆らう」と同じ構造である。「神の意志に逆らっても苦しいのは自分の方」でしかない。ケルベロスが被った運命は悪魔が被る運命であり、ケルベロスについて語りながら悪魔の運命について語っているのである。このように悪魔には学習能力がなく、性懲りもなく同じ過ちを繰り返す。天の使いは呆れて、嘆息混じりに、叱責している。

＊33　ダンテたちから感謝を受けようともせず、そそくさと立ち去っていく天の使いの態度には、見返りの期待や感謝を受ける願望が微塵も感じられない。ダンテがここで天の使いが誰であるか書いていないのは、ダンテ自身、誰だか知らないからである。それも当然である。天の使いが自己紹介をしない以上、ダンテやウェルギリウスに判るべくもない（誰がガブリエルの、ミカエルの顔を知っていようか。リンボの住人であるウェルギリウスにもその知識はない）。天の使いは当たり前のことを、なすべきことをするだけである。それが感謝されようと、されまいとまったく気に留めない。神に仕えて、神の意志を実現することが彼らの喜びであり、それ以外の——人間からの——評価や見返りなど眼中にないからである。ダンテがここで言おうとしているのは、愛の本質体である天の使いには、人間のように人から感謝されたいとか、人から認められたいといった願望や意識が存在しないということである。神への愛に燃える天の使いには外からの承認を求める承認欲求など微塵も存在しない。人間だけが外に承認を求め、自分の外で自分を体験しようとする。親が子の世話をする時、いちいち子供に感謝を求めることがないのと似ている。それはちょうど誰かが道で困っている時、通りすがりの人が手助けして、名前も告げず立ち去っていくのと同じである。なぜ名前も言わず立ち去っていくかと言えば、彼にとっては当たり前のことをしただけであり、その行為で何か見返りを求める気持ちなど毛頭ないからである。同じく、高次の

霊である天の使いは自分の名前が知られたいとも、感謝されたいとも思わないばかりか、そのような意識そのものが存在しない（低次の意識だけが銅像を建てて他者に感謝を要求する）。ダンテは天の使いの素っ気なさを通して、純粋愛というものがどういうものかを初めて眼にする。ダンテが読者に伝えたいと願ったのはこのことである。同時に、この通りすがりの人の名前が誰であるかを詮索することに意味がないのも、このためである。ダンテがその名を記さなかったのは、無名であることが通りすがりの条件だからに他ならない。そしてそれが、イエスの教える無名の愛である。

＊34　天の使いにとって唯一の関心事は、神の傍にいられることだけである。ちょうど愛する者から離れていることが非常な苦しみを伴うのに似て、父なる神から離れることは苦として感じられる。これを逆に言えば、地獄は何よりも愛する者から永遠に切り離される経験と言える。ある意味、天の使いの心理を描写することで、地獄の真の苦しみが間接的に表現されている。

＊35　通常、鍵をかけて守るのは、大事な宝を奪われないようにするためだが、悪魔たちが堅固な扉で必死に守っていたものは、渺茫（びょうぼう）とした荒野でしかない。あるのは墓だけである。要するに、悪魔は《虚無》を死守していたのである。これは煉獄の門（煉獄篇第九歌）と好対照をなす。煉獄の門を越えれば、永遠の宝、天の至福が待っている。煉獄の門（同時に、天国の門でもある）がこの世で最も大切なものを護っているのに対して、ディースの門は《虚無（無価値なもの）》を護っているに過ぎない。悪魔が守るものは所詮、墓に象徴される無でしかない。

＊36　地上世界では城門を通って中へ入って行くと、都市のにぎやかな景観が目に入ってくるものだが、ここでダンテを待ちうけているのは墓・墓・墓という殺伐とした風景である。この荒涼とした風景は、ここに葬られている人々の精神風景であり、まさに精神の墓地を形づくっている。アルルの街の墓地とはアリスカンの墓地を指す。元々は古代ローマの異教徒の墓地だったが、後にキリスト教の墓地となる。中世では大変有名で、聖地とみなされるまでになっていた。ティルブリ（イングランド南部）のジャーヴェイズ（一一五二頃－一二二〇頃）著『皇帝の余暇 *Otia imperialia*』（I, 90）によれば、《すべての正教徒の亡骸》のためにアルルの聖トロフィムスによって建てられたとされている。そしてこのような墓地では正教徒たちは決して悪魔たちに苛まれることはないと言われていた。これは、ディースの墓地に葬られている異端者が永劫の炎によって苛まれるのと対照をなしている。これに加えて、当時非常に流布していた『テュルパンの年代記』によれば、信仰のために戦ったキリスト教の擁護者たちがここに葬られていると信じられた。この点でも、キリスト教信仰に抗して戦った異端者たちと対照をなしている。

＊37　この炎は、異端者たちが誤った光で彼らの結論を照らした理性の炎でもあるだろう。この誤った炎の発する光が、真

の光（真の信仰）を見る視力を失わせたと読むことができる。アヴェロエスは、「魂がひとたび肉体から離脱したなら、もはや炎によって苦しめられることはない」と信じたが、実際はここで目にするように、死後、炎に苦しめられることをダンテは主張している。『神曲』では神に対する冒瀆は炎による懲罰となって受刑者を苦しめるというのが共通のパターンである。つまり、神の怒り（神は人間ではないため、あくまで比喩的な意味でだが）は「炎」として示される。

＊38　墓の蓋は超自然的に空中に支えもなく浮いている。第三歌の自走する旗や第八歌のプレギュアースの飛ぶように進む高速船に見るように、ダンテの冥界には超自然現象が織り込まれている。蓋が開いている理由についてブーティはこう記している。「異端者はこれで尽きたわけではなく、これからもここに堕ちてくる。そのために石棺は開いており、最後の審判が下された後、初めて蓋が閉じられることになる」

＊39　石棺の代わりに「棺 arca」という語が用いられている。arca は十戒を収める「聖櫃」を意味するとともに、「ノアの方舟」を意味する。このように、聖書世界では arca は救いの印だが、ここでは反語的に永劫の責め苦の印となっている。エピクーロス派にとって《死は一切の苦痛からの救い》であったはずだが、まさにその救いと思った墓（死）によって苦しめられているのである。

＊40　なぜなら異端は隠れた罪だからである。「異端のもう一つの特徴は、異端者の多くが隠れてその異端を信奉していることにある。それで、どの異端も表に見られる以上に多くの追従者を有しているのである」（ドヴィーディオ②）

＊41　通常、ダンテたちは地獄では常に左側の方向へ曲がりながら進むが、この箇所と欺瞞の象徴ゲーリュオーンの所でのみ右側へ曲がっている（第十七歌31）。異端者と欺瞞者の共通項は、その《偽り》にある。前者は教義や教えにおける偽りであり、後者は言動における偽りである。右に進むことは正しい方向へ進むことを象徴している。「正しさや誠実さこそ、こうした誤った信仰や偽りに対する最良の武器に他ならない。それでおそらく詩人は、偽りの信仰や偽りの言動（欺瞞）に対抗しようとする者は、正しさと誠実さという武器で武装しなければならないことを（右に曲がることで）読者に教えようとしたのである」（スカルタッツィーニ）

第九歌解説

第九歌には明かすべき大きなテーマが二つある。一つはエリーニュスたちが何を象徴し、メドゥーサが何の役割を担っているかであり、一つは読者への呼びかけの意味である。まず、復讐の女神たちについて解き明かしてみよう。『神曲』ではギリシャ神話の下級の神々は悪魔に属するものとして登場する。エリーニュスの象徴についてこれまでの解釈をすべて書き出せば、長いリストとなる。例えば、「盲目性」「獣性」「絶望」「良心を苛む呵責」「悔恨」「五感の悦び」などなどである。もっとも「五感の悦び」という解釈はまったくの的はずれだが（なぜ「五感の悦び」がディースの中にいるのか説明がつかない。これこそ上層地獄の罪だからである）。また「盲目性」や「絶望」とする解釈は地獄のどこででも当てはまる一般的性質である。地獄にあって「希望」を持つ魂は一人もいない。ダンテの息子ピエートロは、三人をそれぞれ《悪しき行為》《悪しき思考》《悪しき言葉》の擬人化と解しているが、これらも地獄全般に当てはまる。ジョルジョ・パドアンはこうした特定の象徴を捨てて、悪一般の象徴として、寓意的に解する必要はないと述べているが、それは思考停止以外の何物でもない。ダンテが漠然と三人のフリアエを登場させたなどということはあり得ない。

唯一論じるに足る解釈は「良心の呵責」だけである。実際、西洋古典ではエリーニュスは「良心の呵責」の擬人化とみなされてきた。だが、この古典的な解釈をここに適用することは、残念ながらできない。そもそも良心の呵責を感じる魂が地獄の、それも下層地獄に堕とされるであろうかという根本的な疑問が生じるためである。ディースから内側の世界は悪を意志した者たちが容れられている（言うなれば、快楽殺人などの類である）。上層地獄の者たちなら、いけないことと解っていても本能に負けて罪を犯してしまったと考えられ、良心の呵責もあり得るかも知れないが、ここには本能ではなく、理性を使って罪を犯した者たちが堕とされている。フィリッポ・アルジェンティを見ても、とても悔いているようには見えない。それどころか、心の痛みそのものが欠落している受刑者が一杯いる。なかには、思う存分悪を発揮し、罪を犯しうることに喜びを抱いている者さえ見受けられる。彼らは悔悟すること無き者たちであり、良心を持ち合わせない者たちである（例えば、従業員を搾取するブラック経営者や年老いた年金生活者からお金をだまし取る詐欺集団などがそうである。ある時、オレオレ詐欺で捕まった若者が警察の尋問で、「老人が可哀そうだと思ったことはないのか」と尋ねられた時、「そのようなことは考えてみたこともない」と答えている）。ダンテ自身も、彼らが良心の呵責に囚われているような表現をみせていない。また、良心の呵責を感じるほどの魂であれば、煉獄に行くであろう。このため、古典的な「呵責の擬人化」と解すべきではない。実はその逆で、彼らは「もっと罪を犯しておけば良かった」「悪をなせば良かった」という呵責しかない。従って、以下に引用するボンディオーニと同様、単なる「悪」一般ではなく、エリーニュスたちのすべての行為が「怒り（憤怒）」を表わしていると解すべきに思われる。「（この怒りは呵責の念から生まれているが、）それは《犯した悪に対する自責の念》ではなく、《過去において犯さなかった悪に対する後悔の念》である（例えば、この場面ではテーセウスを生きたまま帰したことによる）。そしてダンテの道行きを阻害することができないために、《今犯せない悪に対する呵責の念》である。エリーニュスたちの悪に対する変わることなき渇望とともに、その無力さの中には悪魔たちの本性が顕わされている。髪や腰帯が蛇であることも偶然ではない。悪魔性は古くから聖書の世界で伝統的に蛇によって象徴されてきたが、そうした悪魔性がエリーニュスたちの身体の中に蛇として深く刻印されているからである」（ボンディオーニ）少なくとも、この解釈を採れば、テキストに符合するだけでなく、なぜテーセウスの話がここで持ち出されたかが説明可能となる。

　また、どの注釈者も指摘していないが、彼女たちはディースの内部ではなく、外を（つまり、ステュクスの沼を）見ていることに注意を払うべきである。ここからも彼女たちがディース内部で罪人を懲らしめたり、監視したりする役を担っていないと推測される。彼女たちが城壁の上に立ち現われるのは、彼女たちの本分がステュクスの沼の監視だからであろう。エリーニュスは第五圏の罪を象徴しているというのが私の解釈である。こう解釈すれば、彼女たちがなぜ怒っているのかも（過去において犯さなかった悪に対する後悔の念）、なぜ憤怒と言われるのかも、またアーレークトーだけが涙を流すのかも、そしてなぜ沼の方を彼女たちが向いているのかも説明がつく。彼女たちが憤怒と言われるのも、元を正せば、三人とも第五圏ステュクスの罪《誤った傷心 tristitia》を象徴しているからである。鬱怒で怒る者、嫉妬で怒る者、高慢で怒る者の姿が、彼女たち《憤怒》に象徴化されている。

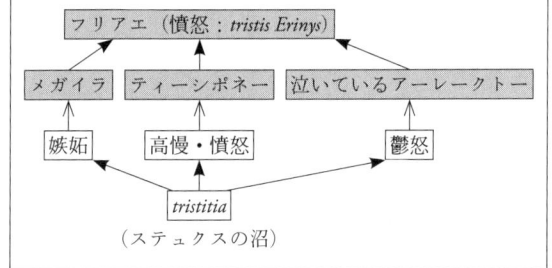

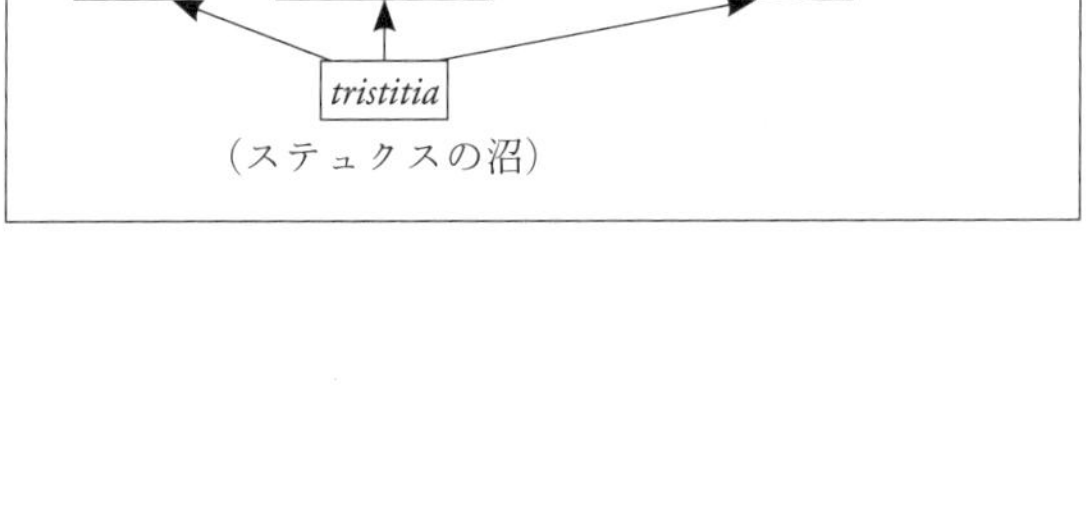

エリーニュスに付随して、メドゥーサの意味と役割も解き明かしておかなければならない。ウェルギリウスは執拗なまでにダンテの目を覆うが、これは何を象徴しているのであろうか。もしダンテが自分一人でメドゥーサに抵抗できるとウェルギリウスが思っていたならば、このような行為には及ばなかったはずである。ウェルギリウスがこのような行動に出たのは、メドゥーサの抗いがたい魅力にダンテ一人では対抗できないと思ったからであろう。ローマの詩人は、ダンテがほんのちょっとした隙に、悪魔の誘惑に捉えられ、ゴルゴーンに眼差しを向けてしまうことを怖れたのである。ジョルジョ・パドアンなどに代表される従来の解釈では、メドゥーサは《異端の知的な魔力》を表わし、ダンテはその魔力から未だ完全に解放されておらず、異端の蠱惑的な魅力に取り憑かれる可能性があったとされる。つまり、メドゥーサを異端の象徴とする解釈である。しかし、この解釈は誤りだと断定できる。メドゥーサが異端の魔力の象徴ならば、なぜ次の第六圏に姿を見せないのであろうか。またなぜ異端者の誰一人として石に変わっていないのであろうか。もし本当にメドゥーサが異端の魔力を象徴しているならば、第六圏には異端者が石化して辺り一面ゴロゴロと転がっているはずである。実際、オウィディウスの『変身物語』では、メドゥーサの周りには石像が散乱している。

「それから私［ペルセウス］は荒涼たる森に囲まれ、人里離れた、道もない岩地を長い間彷徨った後、ゴルゴーンたちの住処に辿り着きました。この辺りは、野原といわず、道といわず、メドゥーサを見たために、元の姿を失って石になってしまった人間や動物たちがあちらこちらにゴロゴロと転がっていました」（『変身物語』第四巻七七七－七八二）

もしメドゥーサが異端の魔力を象徴していながら、誰をも石に変えていないとすれば、何のためにメドゥーサは存在しているのだろうか。パドアンたちの解釈に従えば、メドゥーサは何の機能も役目も果たしていないことになる。ダンテを石に変えるためにだけ、異端の魔力として歴史上一度だけ登場するということはあり得ない（数千年もこの時を待っていたということになる）。こうしたことを考量するならば、従来の解釈は、次の圏がたまたま異端の圏であることからメドゥーサをそれに結びつけた場当たり的なこじつけと言えよう。私には、メドゥーサは煉獄篇第十九歌に登場するセイレーンと同様、悪へと人を誘惑する魅力を象徴しているように思われる。フリードリッヒ・ニーチェはこう記している。「怪物と闘う者は、その過程で自分自身も怪物になることがないよう、気を付けねばならない。深淵を覗き込む時、その深淵もこちらを見つめているのだ」（『善悪の彼岸』第四章「箴言と間奏」一四六）

悪を眺める行為は、今までの上層地獄ならば、理性で制御できるがゆえに有益だが、理性そのものが悪を意志する下層地獄以降では、この悪を眺める行為も致死的な結果をもたらす危険がある。この悪の魔力に取り憑かれたなら、正常な人間も帰っては来られなくなるからである。そうした一線を画す境がディースの城壁によって象徴されており、だからこそ他の領域から切り離されて牢獄のように閉じ込められている。ディースが地獄という監獄の中の更なる監獄となっているのも、この悪の魔力が外へと溢れ出ないようにするために他ならない。つまり、理性そのものが倒錯している世界は、興味半分の覗き趣味で訪れることができるような領域ではないのである。ニーチェが言う通り、「深淵を覗き込む時、その深淵もこちらを見つめ」引きずり込もうとしているからである（だからこそ、アエネーアースを始めとして、かつて誰も入って来なかったし、キリスト教の恩寵に浴さない古典世界の人々は入って来られなかった。神助なしには不可能な企てだからである）。今までの圏は、「解ってはいても、止められない」タイプの罪であり、誰もが理性においては理解し得るものである。食べ過ぎはよくないことは知っていても、止められないのが人間である。しかし、ここから先の領域は理性そのものが反対方向を向いて倒錯し、悪へゴーサインを出している。悪が《正しい》と思っているからである。悪意がそうであるように、意志そのものが悪を志向して止まない。わざと意識的に悪を行ない、それが唯一の悦びとなっているそうした者たちに理性の声は無意味である。理性の働きを悪に仕えさせているため、ウェルギリウスの説得は何の功も奏さなかった。人を悪へと誘惑するこうした魔力をメドゥーサは象徴し、それに取り憑かれてしまえば、魂は死んで石と化してしまうとダンテは言いたかったと思われる。ではなぜ下層地獄で、魂が石に化して石像だらけとなっていないのだろうか。

拳銃のない中世にあってメドゥーサは言わば悪魔たちの飛び道具のようなものであり、普段、悪魔たちはある種の罪を犯した人間に対してメドゥーサを道具として使う。これがメドゥーサの普段の役目であり、ダンテに対しても同じように呼び出されたに過ぎないと考えられる。では、メドゥーサの役目とは何であろうか。この問いに答えるためには、読者の呼びかけの意味を解き明かす必要がある。それがこの答えともなるからである。紙幅の関係で、その論証プロセスを明かすことができないため、その答えだけを開陳するに留めよう。

実は、第九歌は全体が三段構えの隠されたレトリックで統一されている。つまり、Aを言うために、Bを言うのが通常のレトリックだが、第九歌では、更にBを言うために、Cを言う三段構えのレトリックとなっており、それが殊更強調されている。これは、ディースの扉の開け難さに呼応するレトリックと思われる（私はこれを「二重鍵のレトリック」と呼んでいる）。ダンテはここで、ディースの門に掛けられた門の開け難さに呼応させて、レトリックにおいてもそれを転写し、二重鍵のレトリックによって第九歌を統一させている。この歌章ではすべてがこの構造に従っており、すべてが不可思議な詩行の下に隠された二重の閂の掛かったレトリックとなっている。

解りやすい例は、16－18行目のウェルギリウスに対する間接の間接質問である。ダンテは、「ウェルギリウスが旅を続ける能力があるのか《結果A》を言うために、「道を知っているのかどうか《原因B》」を聞く間接的な問いに切り替えて、それを婉曲的に表現することで自身の懸念を伝えている。「リンボの人で誰かこれまで行ったことのある人はいるのですか《原因C》」と。99行目のケルベロスに対する言及も同じである。「ヘーラクレース（神の意志）に逆らった」ことを言うために、「ヘーラクレースに鎖を喉にかけられた」と言う代わりに、「あごとのどの皮がむけたままではないか」と述べている。同じく、75行目では、「天の使いが通っているところ」《A》を言うために、「天の使いを怖れて魂たちが水に潜り、靄がより発生するところ」《C》と述べている。こうしたレトリックに意識を払いながら、読者への呼びかけを読み直してみよう。

「おお、（真実を見極める）健全な知性を持ったあなた方よ。これら不可思議な詩句のヴェールの下に隠された意味を見抜き給え」（61–63行）

ここで重要なのは「不可思議な詩句」の意味である。これを、実際に語られていることの他に別の特別な何か（出来事）が意図されているため、「不可思議な詩句」とダンテが記したと解釈すべきだと私は考えている。この場合、「不可思議な」は《代換法》として捉えることができる。というのも「不可思議な（奇妙な）」は論理的に言外に暗示された「出来事」に掛かっていると考えられるからである。この場合、「不可思議な（出来事を語る）詩句のヴェールの下に」が、代換法によって「不可思議な詩句のヴェールの下に」となっていると推測できる。つまり、ダンテは言葉では説明していない不可思議な出来事を語っているのであり、その隠された出来事と意味を読者に見抜いて欲しいと要請しているのである。それゆえ、隠された出来事とは何かを見抜く必要がある。ここで着目すべきは第七歌の次の詩行である。ダンテはすでにそこでヒントを暗示している。

「加えて、おまえに信じてほしいのは、この水面の下にも溜息をついている者たちがいるということだ。そのため、どこを向いても、目がおまえに教えてくれるように水面に泡が立っている」（117–120行）

次ページの対応関係を見れば、この両歌章の詩句が呼応していることが判るであろう。

一方、地獄と煉獄の罪は対応関係を持っている。煉獄の第七環道（愛欲）は地獄の第二圏に、第六環道（食悦）は第三圏に、第五環道（貪欲と浪費）は第四圏に対応する。そして第四環道から第一環道（怠惰・憤怒・嫉妬・高慢）までは一括して第五圏に対応する。すなわち、この四つの罪はすべてステュクスの沼に見出せられなければならないのである。しかし、これまで水面の上に見えたのは憤怒者や高慢者のフィリッポ・アルジェンティであり、水面下には鬱怒者の存在が第七歌の前述の詩行で示唆されるだけである。つまり、煉獄の怠惰（第四環道）・憤怒（第三環道）・高慢（第一環道）のそれぞれに当たる鬱怒者、憤怒者、高慢者はステュクスの沼に認められるのに、煉獄の第二環道（嫉妬）に当たる嫉妬者だけがステュクスの沼のどこにも見えないのである。嫉妬者たちは地獄のどこに行ったのであろうか。嫉妬者の存在は、フリアたちの一人メガイラから演繹される（フリアたちがディースの中ではなく、ディースの外に向いているのは、このために他ならない）。《嫉妬》を象徴するメガイラの存在から、ステュクスの沼に嫉妬が罰せられて

【地獄篇第 7 歌 117–120】⇔【地獄篇第 9 歌 61–63】

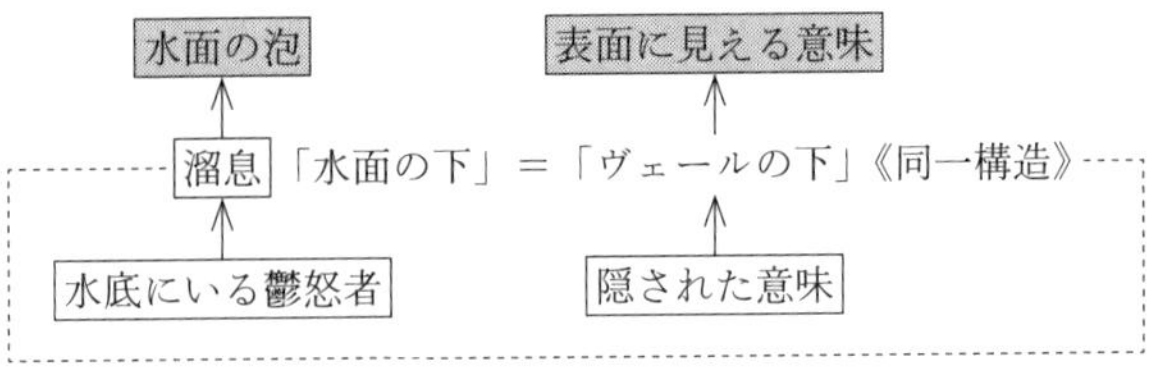

いることが間接的に指示されている。従って、*tristitia* に属する嫉妬者がこの沼にいるはずであり、いなければならない。これまで研究者は注意を払ってこなかったが、ダンテの息子ピエートロは十四世紀に嫉妬者がこの沼にいることを知っていた。

「作者（ダンテ）はこのことをステュクスの異なる二つの場所を使って暗示している。（中略）まず最初の場所で、作者は互いに引き裂き合う《憤怒者たち》を罰しているが、この憤怒者たちの下に泥の中に沈んだ《鬱怒者たち》を描写している。二番目の場所で、作者はアルジェンティのような《高慢者たち》を罰しているが、この高慢者たちの下には《嫉妬者たち》が隠れていると措定している。それはこの二つの悪徳――鬱怒と嫉妬――がわれわれの中で隠れ潜んでいるためである」（一五五―一五六）

「ステュクスの沼のこの二番目の場所において、沼の水面では（アルジェンティのような）《高慢者たち》の魂が罰せられ、沼の底では《嫉妬者たち》の魂が、あたかも両者の罪に相関関係があるかのように、罰せられている。というのも、嫉妬は高慢からその目標を受け取るからである。隣人が自分に並び立つことがないように、隣人の不幸を願う愛［嫉妬］は高慢から生まれる。こうした理由から嫉妬は、ちょうど高慢の子供や娘のように、高慢に対して後発的なものとして置かれていると解される。また嫉妬が隠れているのは、われわれにおいても嫉妬は隠れた悪徳だからである。それは前述の鬱怒と同じである。かくして作者（ダンテ）は嫉妬者たちを、高慢者たちのようには、

目に見えるところに置いていないのである」（一五七ー一五八）すると与えられた所与の条件からダンテの好む類比（A：B＝C：D）が作られる。

以上の考察から「不可思議な詩句のヴェールの下に隠され

【地獄篇第 7 歌 117-120】⇔【地獄篇第 9 歌 61-63】

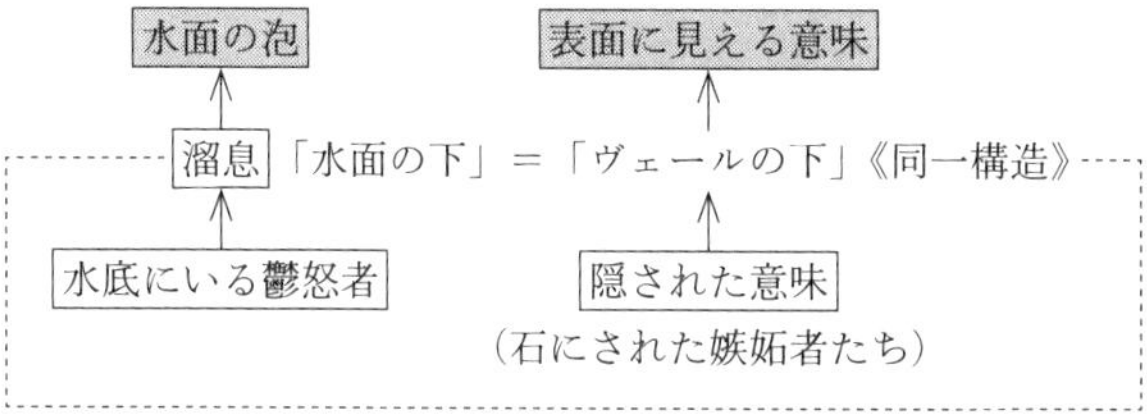

た」とは、二重鍵のレトリック（間接の間接表現）で隠された出来事を意味していることが判る。そして最後のパズルをはめ込むと答えが示される。ダンテは煉獄篇第十四歌139で、嫉妬者アグラウロスが石に変わったことを告げている。他者の不幸を愛する非情な心を持つ嫉妬者は硬い石に変えられる。すなわち、嫉妬者は石に変わっているからこそ、ステュクスの沼のどこにも見えなかったのである。そしてこれがメドゥーサの役割の答えともなる。

かくして、ステュクスの沼には、メドゥーサによって石に変えられた嫉妬者が埋まっていると推される。プレギュアースは嫉妬者を舟に乗せてステュクスの沼を渡り、メドゥーサに対面させて石に変えると、その石像を沼に打ち捨てていくのである。これが「不可思議な詩句のヴェールの下に隠された意味」だと思われる。ダンテは、この水面下に隠された者たちの存在を読み取ってくれるよう読者に呼び掛けたのである。この結果、ダンテの息子ピエートロがステュクスの沼に嫉妬者を想定していたことが、誤りでも単なる空想でもなかったことが証される。そして、ダンテが、殊更二重に固く閉じられたレトリックを用いたのも、心の扉を閉じるこの心の硬さ、頑なさという主題に合わせてのことであり、すべてが、この頑なに閉じられたディースの門の悪を象徴させるべく収斂されていることが判るであろう。

第十歌

第六圏（異端の罪）

一三〇〇年四月六日（水曜日）
同郷の偉大な政治家ファリナータと出会う（諍いと和解）。
ファリナータがダンテのフィレンツェ追放を予告する。

いまや、都市（ディース）の城壁と居並ぶ石棺のあいだの
隙間にできた隘路を進み行く、
師が先を、私はその後から。
「おお、至高の徳よ」と私は語りかけた。「ご自身の判断に従いながら、
数々の不敬の圏を巡って、私を連れて行ってくださいます師よ。
どうか教えてください。そして私の望みを叶えてください。
　墓所に横たわっている人たちを
見ることはできるのでしょうか。すでにふたは開いています。
それに、番人は誰もいません」
　すると師は言った。「（最後の審判の日にたましいたちが）地上に
置き去った肉体をまとって、ヨシャファトの谷［裁きの場］から
ここ［第六圏］に戻ってきたとき、ふたはすべて閉じられるであろう
　この辺りの墓地には、
たましいが肉体とともにほろびると信じるエピクーロス[*1]と

追従者たち＊2がことごとく収められている。
　それゆえ、おまえの質問は、
この中に入れば、すぐに満たされよう。
そのほかまだ私に打ちあけていないおまえの望みも＊3」
　そこで私は弁解した。「親切に私を導いてくださる先生に
私の心のうちをすべて申しあげないのは、前々から
口数を慎むよう、先生からご注意を受けていたからにすぎません＊4」
「おお、火の都（まち）を生きたまま
かくも恭（うやうや）しい言葉遣いで通り行くトスカーナ人（びと）＊5よ、
もし差支えなければ、ここに立ち止まってはくれまいか。
　その話しぶり「方言」から、君があの高貴な国「フィレンツェ」の
生まれだとよくわかる。
私は、その故国をあまりに苛（さいな）んでしまったかも知れぬが＊6」
　突如、こうした声が
石棺の一つから聞えてきたため、私は
怖じ気づいて、いっそう案内者に身を寄せた。
　すると師は言った。「なにをしている。向くのは向こうだ。
ファリナータ＊7を見よ、あそこに立ち上がっている、
腰から上が全部見えるだろう」
　私は眼差しを彼の眼差しに打ち込んでいた「じっと見つめていた」。

彼はまるで地獄を軽蔑しきっているかのように
胸を張り額を上げて起き上がっていた。
　すると私は、案内者の両の手から勇気をすばやく
与えられながら墓のあいだを彼のほうに押され、
「ふさわしい言葉を使って話すように」と忠告された。
　私が彼の墓のすぐ近くにやって来ると、
彼は私をしばし見つめたが、やがて半ば蔑むかのように
私にこう訊いた。「おまえの先祖は誰か」
　私は進んで服したいと望んでいたので
包みかくさず、すべて彼に打ちあけた。
すると、彼は少し眉をつり上げ、[*8]
　おもむろに言った。「彼らは敵ながら手ごわい相手だった、[*9]
私のみならず、わが先祖やわが党「教皇派」にとって。
それで、私は二度にわたって彼らを駆逐した「追放に処した」のだ」[*10]
「追われ[*11]はしたけれども、彼ら「教皇派・アリギエーリ家」はまた方々から
戻って来ました」と私は応じた。「二度ならず二度とも。[*12]
しかしあなたの家の者はその術を使いこなせなかったのです」[*13]
　するといきなり口の開いた墓から一つのたましい[*14]「カヴァルカンテ」が
起き上がり、ファリナータの傍らに、顎まで姿を見せた。
いま思うに、ひざで立っていたのであろう。

彼は、誰か私のそばにいないか
探しているかのように私の周囲を見まわしたが、
まもなく期待がことごとく潰えてしまうと
泣きながらこう言った。「もし君が高き詩才によって
この暗い牢獄を通って行くのなら、教えてくれないか、
わが息子[*15]がどこにいるのか、どうして君といっしょにいないのか[*16]」
　そこで私は答えた。「私は自分の力で来たのではありません。[*17]
あそこで待っている方［ウェルギリウス］が私をここを通って導いてくださるのです。
しかし、あなたのグイードはその方を軽んじて《いた》ようなのです[*18]」
　彼の言葉からも受けていた罰からも
もうその人物の名を察していたので
私はそれほどはっきりと返事をしたのであった。
　彼はすぐに身を起こして叫んだ。「なんと？
君は《いた[*19]》と言ったのか。息子はもう生きていないと。
息子の眼はもう甘美な光を見ていないと」
　私が答えを少しばかり
まごついている[*20]のに気がつくと
彼はばったりと倒れてもう二度と現れなかった。
　しかし先に私の足をとめさせたあの
大いなる矜持の持ち主は微動だにせず、表情一つ変えることもなければ、

首を動かすでもなく、胸を折りまげるのでもなかった。[*21]
　そして先の言葉につづけて言った。
「もしわが家の者たちがその（帰還の）術を学び損ねたというなら
このいまいる（炎の）寝床よりも私にとってはずっとつらいことだ。[*22]
　しかし、ここ［地獄］を治める女性［月］の
顔が五十回輝く前に、[*23] その術を学ぶことが
いかに大変か、君にも判ることだろう。[*24]
　君がいつの日か甘美な世界に帰り着くよう願っている。[*25]
ところで、教えてくれないか、どうしてあのなさけを知らぬ
民［フィレンツェ人］は、法令を定めて、わが家のものたちに敵対するのか[*26]」
　それで私は言った。「アルビア川を朱に染めた
あのひどい殺戮と責苦ゆえに[*27]
われわれの神殿［議会］ではあのように祈る［議決を行なう］ようになったのです」
　すると彼は溜息をつき、首を振って言った。[*28]
「それをしかけたのは私一人でもなければ、[*29]
何のいわれもなく他の者たちと行動を共にしたのでもなかった。[*30]
　しかしフィレンツェを消し去ってしまうとの
衆議が一致したあの町［エンポリ］で、これを正面から反対し、
町を守ろうとしたのは私ひとりだったのだ[*31]」
「ああ、どうかあなたの御子孫に平安が訪れますように[*32]」と

私は彼のために祈ったあと、訊ねた。「私の頭にまといついて
離れぬあの疑問を解いていただけませんか。
　お話を聞く限り、あなた方は時がやがてもたらすもの〔未来〕を
既にご存じとみえます。しかし現在に関しては、
別の規範に従っておいでのようだ[*33]」
「われわれは」と彼は言った。「眼の悪い（老眼の）者のように
いまから遠くにあるものだけが見えるのだ。この場合のみ
至高のお方がわれわれに照らしてお見せくださる。
だが、未来の物事が近づいてきたり、現在のこととなると、われわれの理性は
まったく利かなくなり、ほかのたましいが知らせを持って来てくれぬ限り、
人間の世界でいまなにが起っているか、さっぱりわからない。
　それで君もわかるだろう、未来の扉が
閉められるそのとき〔最後の審判〕以後、
われわれの認識能力はまったく死んでしまうのだ[*34]」
　そこで私は自分の罪を悔やむように
言った。「それではどうかあの倒れ伏した方〔カヴァルカンテ〕にお伝えください。
御子息はまだ生きている人たちと一緒にいると。
　そして先ほど返事をせずに黙っていたのは、いまあなたが
解いてくださった疑問について
思案していたからだとお知らせください」

その時すでに私の師が呼んでおられた。
そこで私はその霊［ファリナータ］に、いそいで、
どんな人たちといっしょにいるのか教えてくれるようたのんだ。
彼は言った。「私は千以上のたましいとここに横臥している。この（墓の）中には
フェデリーコ二世[*35]や《枢機卿》（オッタヴィアーノ・デッリ・ウバルディーニ[*36]）が
入っているが、他の者たちについては言わないでおこう[*37]」
そう言って彼は消えた。そこで私は古代の
詩人［ウェルギリウス］のほうに向かって進みながら、
あの不吉にきこえた言葉[*38]について考えていた。
師は進みはじめ、二人で歩きながら
こう言った。「どうしておまえはそんなに悩ましげなのか」
そこで私は師の問いにこたえた。すると、賢人は
「おまえにとってよくないその話を
よくおぼえておくがいい」と私に命じた。
「いまはこれから話すことを心に留めよ」と、人差し指を立てた。
「おまえがあのすべてを見そなわす[*39]美しいひとみを
持った女（ひと）［ベアトリーチェ］のやさしい光の前に出たとき
彼女がおまえの人生の旅について教えてくれるだろう[*40]」
そして足を左にまわし
われわれは城壁をあとにして、（墓と墓のあいだの）小怪を通って

135 （圏の）中心へと向かった。小径は深い谷［第七圏］までつづいていたが、
136 谷からは、この上［第六圏］まで耐え難い臭気[*41]が立ち昇っていた。

第十歌注釈

＊1　サモス島出身のエピクーロス（前三四一－二七〇）の《快》の哲学は古代から《快楽主義》として誤解され続け、一度として正しく理解されたことはない。キリスト教の時代になると、ラクタンティウスたちによって神の摂理と魂の不死性の否定者、地上の虚栄の信奉者として糾弾された。そのため、すべての著作は焚書に遭い、ダンテが知るエピクーロス哲学は古代ローマの著作家たちの引用や解説を通しての――従って、バイアスのかかった――ものでしかない。そうした誤解はあるものの、エピクーロスが神の摂理と霊魂不滅を否定していたことには変わりない。ダンテも霊魂不滅を否定する哲学の代表としてここで言及している。エピクーロス派が断罪されるのは、彼らが神々の存在を認めなかったからではなく、神々の存在を認めながらも、神々の現実世界への介入を認めなかったからであり（神の摂理の否定）、魂の存在を認めなかったからではなく、魂の存在を認めながらも、その不死性を否定し、死後の世界を認めなかったからである。ダンテがここで問題としているのは、エピクーロスがキリスト教的真実を知らなかったからではなく（それだけであれば、彼もデーモクリトスと同様に、リンボに置かれていたであろう）、彼が魂の不死性を否定し、死後の世界を否定したからに他ならない。ダンテ自身、次のように書き記している。「すべての狂的な誤りのうち、最も愚かにして最も賤しむべく、また最も有害なものは、此の世の後に、他の世がないと信じる者である」（『饗宴』第二巻第八章八）。これがダンテの揺るぎない信念であった。この世における《死》の表徴は《墓》である。エピクーロスは、人間は死ねば、それですべてがお終いであり、死後にはいかなる意識も残らないと主張した。死んだ自分を認識する主体そのものが死滅しているのだから、死の恐怖など存在しない、と。この考えを書き換えれば、人の生涯は墓で終わり、苦しみも墓で終わることになる。エピクーロス派の人々にとって、墓はまさに《すべての終わり *terminus omnium*》の象徴であったが、第六圏の魂たちはまさに墓の中で生き、墓の中で苦しみ始める。苦しみが終わりになると思ったその地点（墓）で彼らは苦しめられるのであり、墓の中ですべてが帰結すると信じたために、墓に縛り付けられ、そこから一歩も外へ出ることができない。なぜなら生前、墓の先は無いと信じたからであり、墓以外の可能性を否定していたからである。これをさらに言い換えれば、生前、自分たちが抱いていた考えに苦しめられ、自分に復讐されているということである。彼らを罰するのは、他でもない、彼ら自身がかつて抱いていた考えそのものなのである。ここでも、他の地獄の圏と同様、彼らの思考が彼らの罪であると同時に、彼らの罰と化している。

＊2「エピクーロスと追従者たちがことごとく」とは「エピクーロス哲学の古代の信奉者たちと言うよりも、魂の不滅性の否定者」（ボスコ＆レッジョ）と、より広く解すべきであろ

う。一つに、中世では誰も、エピクーロス哲学を詳細に知る者はいなかったためである。それは、ほとんどエンブレムのような呼称であり、「魂の不滅性の否定者」の別称として用いられていた。また、中世ではもう一つ特別な事情を勘案しなければならない。というのも中世ではエピクーロスとその学派に対する非常な混乱があり、「エピクーロス派」と言えば、しばしばパタリーア派（十一世紀から十三世紀にかけての異端だが、政治的にローマ教皇庁に反旗を翻していた皇帝派も「パタリーア派」と呼ばれた）を指すことがあったからである。

＊3「まだ私に打ちあけていないおまえの望み」とは、7行目の「人たち」という言葉に隠されたダンテの願望を指している。すなわち、複数形にしてぼかして尋ねているが、実際は特定の一人の人物――ファリナータ――に会いたいと願っているのである。第九歌30行目と同様、ウェルギリウスにはダンテの心の内がすべて解っていることが再確認されている。

＊4　ダンテが今まで何度かつまらぬことを口にしてウェルギリウスから注意されたことがあったからである。例えば、第三歌でダンテがアケローンの岸に集まる人々を目にして、彼らが誰なのかウェルギリウスに質問したことがある。『『アケローンの悲愁の川で、われわれが足をとめるときおまえにはすべてがわかるだろう』こう言われて、私は恥ずかしさのあまり眼を伏せた。私の言ったことが師の気に障るのを恐れて河に着くまで、話すのを差し控えた」（76―81）。つまり、ダンテは余計な質問をしないようにしていただけであり、師に隠し事をしようなど露にも思っていないと弁解している。

＊5　二十世紀最大の文学研究者アウエルバッハは次のように解説している。「『おお……もし差支えなければ』という言い回しは非常に厳かであり、古代叙事詩の荘重体に由来するものである。その響きが、ダンテの耳にはウェルギリウスやルーカーヌスやスターティウスらの作品の多くの特徴と同じように残っていたのである。私はダンテ以前にこの言い回しが中世の地方語（諸国語）で使われていたとは信じない。ダンテはこの言い回しを彼独自の方法で使っている。つまり、古代ではせいぜい祈願形式でしかなかったものに強い懇願の調子を響かせ、関係文では、彼だけにしかできない内容の緊密化を図っている。歩き過ぎようとするダンテに対するファリナータの感情と態度は『火の都を……通り行く』『生きたまま』『恭しい言葉遣いで』の三つの規定文によって極めて動的に集約されるので、巨匠ウェルギリウスが実際にこれらの言葉を聞いたとしたなら、きっと『神曲』中のダンテよりも遥かに激しく驚いたことであろう。ウェルギリウスが一つの呼格に関係節を連接して用いる文の数々は確かに申し分なく美しく調和的であるが、しかし、ダンテのものほど鋭く集中的で心を捉えることは決してない。『火の都を』と『生きたまま』という対立命題がもっぱら――それだけに効果的なのだが――『生きたまま』という語の位置を通して表現されているのにも注意を払う必要がある」（『ミメーシス』）

＊6　教皇派によってフィレンツェから追放されてシエナに亡命していた皇帝派が、シエナの皇帝派とともにフィレンツェ教皇派に報復戦争を挑んだ一二六〇年九月四日の《モンタペルティの戦い》を指している（第三十二歌81でも言及されている）。この戦いでフィレンツェは史上最も手痛い被害を被った（当時の記録では、最も少なく見積もっても死者は二千五百人であった。人口三万のフィレンツェで十人に一人が斃れた計算になる）。この時以来、フィレンツェ市民は皇帝派と組んだ一門・門閥に対して終生消えることのない怨念を抱き続けることになる。ファリナータはこの皇帝派の首領であった。この悲惨な事実に対して、ファリナータは「故国をあまりに苛んでしまったかも知れぬが」と第三者のように述べており、「そうした犠牲は致し方なかった」という自己弁解が働いている。

＊7　フィレンツェ史を彩る著名な歴史上の人物。本名はマネンテ・ディ・ヤーコポ・デッリ・ウベルティ、通称ファリナータ。代々皇帝派の由緒ある裕福な貴族の出身。生年は十三世紀初頭で、一二六四年に死去。フィリッポ・ヴィッラーニは彼のことを次のように描写している。「大きな体軀をし、男性的な顔つきで、手足は強く、身のこなしは重々しかった。洗練された軍人であり、話には教養があり、賢明な助言者であった。大胆かつ機敏な性格で、武功に秀でていた」（『著名なフィレンツェ人の伝記』）。これがファリナータの一般像だが、ファリナータはダンテが生まれる前に死んでいるため、ファリナータを伝承でしか知らない。ダンテは子供の頃から、ファリナータのことを伝説的な人物として聞かされて育ったであろう。

＊8　「眉」をつり上げる仕草は「当ての外れた不満」の意を、「蔑みの念」を表わしている。皇帝派のファリナータは期待に反して、敵である教皇派の子孫を目の前にして当惑している。そしてこの期待はずれの幻滅感は、次のファリナータの言葉によってダンテにも同様の幻滅を生み出すことになる。ダンテは、ファリナータの思想がいかなるものであれ、ファリナータを歴史の教科書で読むような人物と感じている。一方、ここで目にするファリナータは偶像化された歴史上の人物ではなく生の人間であり、直接対面することでダンテに反発心を起こさせることになる。両者は互いに期待しながら、互いに失望し合う。そこから緊張と対立関係が生み出されていく。

＊9　自身の自尊心を満たすように、自分の政敵にふさわしく敵ながら「手ごわい相手だった」と語っている。「ファリナータが手強い敵を自身の誇りとするのは、自身がそのしぶとい抵抗を打ち負かしたから」（カゼッラ）に他ならない。赤子を相手に勝利を得ても、その勝利が輝くことはない。勝利の栄光は、手強い相手であればあるほど、輝く。そのため、「手ごわい相手だった」と述べている。

＊10　「それで」にも、ファリナータの性格が表われている。彼は喜びも満足も表わすことなく、ただ現実の出来事・事実を

確認するだけである。教皇派と戦うことは止む得ない除去手術であり、愛国の道義的義務感から彼らを駆逐する他なかったという割り切った彼の思考が、この接続詞によく示されている。社会にとって害毒と判断したから、切除したに過ぎないという機械的な反応である。ユダヤ人は社会にとって害毒だから、切除したというナチズムの公衆衛生の考え方と同じである。政治的・宗教的スローガン――党派・宗派の正義――には常にこうした論理回路が働いている。

　ここで見逃してはならないことは、ファリナータのこの言葉が聖書を典拠にした言い回しだという点である。「それで、おまえも見た通り、私は彼女ら［ソドムとゴモラの住民］を取り除いたのだ」（「エゼキエル書」一六：五〇）。神が用いる言い方をしていることから、生前、ファリナータがフィレンツェの町に対して神のように振る舞ったことが浮き上がってくる。ファリナータは自身を《正義》とし、ソドムを滅ぼした《神》のように、教皇派たちを滅ぼそうとした。しかし、神の考える正義と、政治的・宗教的スローガン――党派・宗派の唱える正義――とは、似て非なるものである。人は、たやすく人間の正義を神の正義と混同する過ちを犯す。ファリナータはそうした典型例として存在している。

「駆逐した dispersi」とあるが、「中世では敗北した政党は、流罪と財産没収の厳しい命令によって追放処分を受けるのが常であった」（バジーレ）。ところで、『神曲』では二回ほどしか使われていない非常に頻度の低い動詞 disperdere がここで用いられている。これは「（四散・離散のニュアンスをもって）乱暴に追い出した（たたき出した）」「情け容赦なく一掃した」というニュアンスを持つ動詞である。この動詞をファリナータが使ったということは、相手を邪悪な仇敵として追っ払ってやったという意識が彼にあったことを示している。このニュアンスは重要である。この言葉の使い方に、犠牲者側の子孫であるダンテはかちんと来る。このように加害者は悪気はなかったにせよ、被害者の心に配慮せず、被害者を傷つけるような言葉をえてして使ってしまうものだが、この行にもまたファリナータの性格が極めて明瞭に表われている。本来は「われわれは」というべきところを、一人称で「私は二度にわたって彼らを駆逐した」と言っているからである。あたかも領袖である彼一人の手ですべてを行なったかのような錯覚をファリナータは抱いている。これがダンテとファリナータを分かつ重要な分岐点である。ダンテはこの旅を自分一人の力で行なったものではなく、自分以外の他の力によって行なわせてもらっている（61行）という意識を持っている。この点でも二人は対照的に描かれている。加えて、avversi - dispersi の韻も象徴的・暗示的に踏まれている。この二つの韻に挟まれた「parte（党派）」によって人は敵と味方と区別され、「敵 avversi」であるがゆえに、相手を「駆逐した dispersi」ことになるからである。「駆逐した dispersi」理由は、相手が「敵 avversi」だからであり、敵である以上、駆逐するのが道理であると、党派心は判断する。党派心に立つ以上、互いが正義の戦争を掲げ合い、互いを駆逐し合うことになる。これが党派というものの――すなわち、イデオロギーというものの――本質であると、ダンテは示唆している。皇帝派支配こそが祖国愛であるとする立場に立つ時、教皇派を駆逐することが祖国愛となる。

＊11「追われた cacciati」という語の使い方に注意してみよう。「追われた」と言うとき、ダンテの側が被害者の立場に変わっている。被害者の側から見れば、「（悪しき者として）駆逐された」のではなく、「（理不尽にも）追われた」と映る。「ダンテはファリナータが使った dispersi を訂正し、cacciati と言い直している。ダンテは、政敵の言葉遣いの中に潜む皇帝派中心主義の事実の歪曲を糺し、事実を客観的に述べ直そうとしている。たとえアリギエーリ家が二度にわたって追われたとしても、それは《根絶やしにされた dispersi》わけではなく、そのどちらにおいても、フィレンツェへの帰還を果たしたのであり、結局、《駆逐された dispersi》のは皇帝派の方であり、ウベルティ家の方であった、と」（サペーニョ）。ダンテが最初に抱いていた「進んで服したい」という気持ちは、（ファリナータが態度を変えたように）変化し、この時点で消え去っている。相手に噛みつくような答えをダンテがしているのは、自分のことならいざ知らず、自身の家族の名誉が汚されるように感じたからである。「家の名誉を重んじる中世の時代の人々は、家の不名誉を面罵されることに対して非常に敏感だった」（バルビ）。

＊12　一二四八年、フェデリーコ二世の助けを借りたファリナータ皇帝派に追放された後、教皇派はフィッリーネで皇帝派が敗北した一二五〇年の翌年一月に帰還を果たす（第一回目）。一二六〇年、フェデリーコ二世の庶子マンフレーディの助けを借りたファリナータ皇帝派にモンタペルティの戦いで敗れて追放されるが、一二六六年、ベネヴェントでマンフレーディが戦死した後に帰還を果たした（第二回目）。ベネヴェントの戦いに敗れた皇帝派はイタリアでの勢力を決定的に失っていく。ここでもファリナータが口にした言い方「二度にわたって」を、ダンテは「一度ならず二度とも」と言い換えている。しかも、そのどちらともアリギエーリ家はフィレンツェ帰還を果たしたと、ファリナータの使った「fiate」を「fiata」と、強調形に言い換えて反論している。こうした諷刺技法を《同語反復による面罵（インプロペリウム improperium）》と言う。政敵の使った言葉をそっくりそのまま借用し、意味を変えて使ったり、故意に間違って発音して揚げ足を取ったり、罪を互いに激しくなすり付けてなじり合う技法である。例えば、49〈48〉行目の「方々から parte」は47行目の「党派 parte」と同音異義脚韻となっており、ファリナータの使った言葉と同じ言葉をダンテは別な意味で使って言い返している。つまり、確かに「党派 parte」間の対立はアリギエーリ家をあらゆる「場所 parte」へ四散させたが、そのあらゆる「場所 parte」から戻ってきた、と。

＊13「（故国帰還の）術」という言葉は、ファリナータにとっ

て胸をえぐるような当てこすりとなっている。ダンテはファリナータの知らない現在の知識を使ってファリナータを遣り込めているのである。皇帝派領袖の受けた心の打撃は余りに深く、ここでしばしファリナータは絶句することになる。

＊14　ファリナータが直立して地獄を見下しているのと対照的に、控えめにもう一人の新たな人物が登場する。これはファリナータとの上下関係を暗示させているように思われる。このコントラストは彼らの語る主題――一方はフィレンツェの政治の話であり、他方は息子を案じる個人的な家族の話――にも表われている。

＊15「わが息子」とは詩人グイード・カヴァルカンティ（一二五五頃－一三〇〇）を指す。ここで語っているのは、その父カヴァルカンテ・デ・カヴァルカンティ（－一二八〇頃）である。カヴァルカンティ家はフィレンツェの有力な教皇派の貴族。ベネヴェントの戦いで皇帝派が敗れたおかげで教皇派はフィレンツェに帰還し始めたが、父カヴァルカンテは皇帝派のファリナータを顕彰した。これが基で、両家に結婚による和合の計画が生まれた。一二六七年、息子グイードはファリナータの娘ビーチェ（ベアトリーチェの愛称）と結婚した。数年後、二人の間にはテッサ（マンテッサの愛称と推される）という女児が生まれている（従って、ファリナータとカヴァルカンテは舅どうしの関係になる）。グイードは清新体派の有名な詩人であり、ダンテを文壇入りさせてくれた恩人にして「第一の友」（『新生』）でもある。第六歌64－65で予告される一三〇〇年の五月祭で白派（チェルキ家派）と黒派（ドナーティ家派）の傷害事件が発生した。同年六月、白派の主要メンバーであった彼は責任者の一人としてフィレンツェから追放され、ルニジャーナのサラザーナに居住するように命じられる。その地でマラリアに罹り、まもなくフィレンツェに帰国するが、同年八月二七／二八日に病没。従って、この彼岸の旅の時はまだ生きていた。

＊16「カヴァルカンテのこの直接の語りは、強く始まり、一度弱まってから、ふたたび57行目から強まっていく動き全体のクライマックスを画している。もしこの分析を読む読者の中で、俗語で書かれた中世の文学作品にあまり詳しくない方がいるなら、今日の幾らか才能のある作家や、手紙の言葉遣いをいささかでも心得ている多くの人々が易々と使いこなす文構造を、ここで私が殊更取り上げて、何か特別のもののように褒めそやしているとお思いになるかも知れない。しかし、ダンテ以前の先人を問題にするとき、ダンテの言語はほとんど理解を超えた奇跡に映る。偉大な詩人が含まれる先人たちすべてに比して、彼の表現には比較にならぬほど多くの豊かさ、具象性、迫力、そして柔軟性がある。彼は比類なく多くの形式を知り、活用し、様々に異なる現象と主題をやはり比類なく確実で安定した手法で把握しているため、彼はその言葉によって世界を新しく発見したのだという確信が生じるほどである。どの作品からあれこれの表現を引いてきたかといった証明や推測が頻繁に行なわれるが、その引用の源はきわ

めて多様である。しかも、ダンテはその典拠を正確に元の形を保ちながら、しかも彼独自のやり方で理解し活用しているので、引用の証明や推測は偏に彼の言語的天才の力に対する賛嘆を高めるに役立つだけである。『神曲』のどこであれ、手を付けさえすれば、そこに驚くべき箇所、俗語の文学ではそれまで想像もし得なかったような箇所を見いだすことができるからである」（アウエルバッハ『ミメーシス』一九七―一九八）

＊17「61行目の《私は自分の力で来たのではありません》のような目立たない例を挙げてみよう。とりわけかくも豊かな思想内容がこれほど簡潔に、しかも完全な形で表現されているのを、かくも平易な言葉のうちにこれほどの思想が集約されているのを、そしてこの意味で用いられた前置詞da（「〜《の力から》より、〜によって」）を、ダンテ以前の俗語作家の詩の中に想像することができるだろうか」（同右一九八）

＊18「作者は、グイードがウェルギリウスの研究をすることを蔑んだと言っている」（ピエートロ）。「もしグイードがウェルギリウスを読んで（研究して）いたならば、彼は偉大な詩人になったであろう」（ダニエッロ）。ダンテの時代、西欧でウェルギリウスを真に敬愛し、その詩を学ぶ者は誰一人いなかった。当時の詩人には古代の古臭い時代遅れの詩とみなされていたからである。どの時代でも自分のいる時代が最も進んでいて、自分たちの詩がアヴァンギャルドだと思い込むものである。ダンテの独創は古典を通じて、それこそ現代的な前衛に達した点にある。

＊19 ダンテは、ウェルギリウスなどの古典に範を取った自分の新しい詩をグイードが軽蔑していたことを言わんがために、過去形「いたebbe」を使ったのに、父カヴァルカンテは、ダンテが現在形「いるha」を使わなかったために、グイードはもはや生きていないと早とちりしてしまう。しかし、父カヴァルカンテが拙速に理解したことにはそれなりの理由がある。一つに父親の盲目的な愛情が彼の心を曇らせたからであり、一つは彼の異端者的性向が彼を誤らせたからである。異端者は部分をもって全体とする。自分の勝手な解釈を「正しい」と早合点してしまう。それで、ここでもカヴァルカンテはダンテの言葉を早合点して勝手な解釈を施し、それを真実と見誤ってしまったのである。ダンテはここでそうした「エピクーロス派の近視眼的な盲目性を強調している」（デッラークイラ）。ダンテが余すところなく答えたにもかかわらず、カヴァルカンテが理解し損ねて誤解したのは、そもそもカヴァルカンテには理解できないためである。現世の知識の価値しか信じなかったエピクーロスの徒に対する第一の罰は《無知》である。無知は、第六圏のみならず、地獄の住人全体に言えることだが、それがここで示されているのは、エピクーロスの徒にとりわけ顕著な傾向を強調するためである。

＊20 ダンテが答えにまごついていると、カヴァルカンテは勘違いして、ショックで倒れてしまうが、ダンテ自身が112―114行目で説明しているように、他のことを考えていて即答でき

なかっただけである。

＊21　ここには二つの含みがある。一つはファリナータの「大いなる矜持 magnanimità」だが、この語は日本語に翻訳しがたい広い概念を有している。これが肯定的に働けば、「大いなる精神・気概」となるが、否定的に働ければ、「野心」とも「気位の高さ」とも「高慢」ともなる。それは倨傲（きょごう）と紙一重であり、党派的野心や異端へと容易に堕していく。高きにあればあるほど、能力が秀でていればいるほど、滑りやすいからである。

　もう一つは、隣人カヴァルカンテに対する無関心である。彼はカヴァルカンテの話に何一つ心を動かされることがない。「大いなる矜持の持ち主」には、他人に関する事柄は劣ったもの、大いなる誉れに欠けているように映る。かくして、カヴァルカンテに対して同情を寄せることはない。しかし、彼がカヴァルカンテに関心を示さない直接の理由は、次のようなものである。「ファリナータには何も見えないし、何も聞こえない。なぜならカヴァルカンテの言葉が彼の耳に届いても彼の魂まで到達することはないからである。子孫が帰還できなかったというダンテの言葉が矢のように突き刺さったままの彼の魂は、ことごとくこの唯一の想念に捉えられているため、自分の外で起きることすべてが、彼の魂には何も起こっていないのと同じなのである」（デ・サンクティス②）。ファリナータは自分の子孫のことを心配するあまり、カヴァルカンテの息子のことなど眼中にない。子孫の追放に心奪われ、彫像のように無関心となっている。われわれには、両者とも自分の親族を案じている点で、同類のように思われるが、ファリナータは自分の親族のことしか関心がないように振る舞う。そこには、自分とは敵対する教皇派であったカヴァルカンテの家系に対して共感を遮断するファリナータの党派心が見え隠れしている。ここで異端と政治が混じり合う。異端は、政治的次元では、党派的闘争に姿を変える。互いに相手の党派は自分たちにとっての政治的異端だからである。大いなる気概・矜持は人を容易に高慢へと陥らせ、それが霊的次元では異端の罪を引き起こし、世俗的次元では門閥的・党派的精神を生み出すのである。

　また一方、ファリナータとカヴァルカンテの両人が心の通じていない間柄であるという点に、エピクーロス主義に対する痛烈な揶揄が隠されている。ファリナータがストア派であるならば、彼の不動の精神を表わすものとして捉えられるかも知れないが、彼はエピクーロス派として登場している。そしてエピクーロス派が最も大事にするものが友情である。二人の間に友愛が見出せないということは、エピクーロス主義のまやかしを雄弁に物語っていることになる。ここ第六圏は寂しく荒涼とした世界だが、またそれは受刑者たちの内面を表わしている。彼ら（かつての皇帝派と教皇派の指導者）は同じ石棺に入れられ、親戚関係でもあるにもかかわらず、互いに異質で、心は通っていない。

＊22　ファリナータは地獄を蔑んでいるような態度を見せるが、

最後には心中の苦しみを吐露している。快を至高善としながらも、彼らの陥っている状態は至高善とはまったく正反対である。ここに彼らの信奉するエピクーロス哲学の破綻が示されている。

＊23「月が五十回満月を迎えること」を指す。これを厳密に計算すれば、一太陰月は約二十九日十二時間であることより、五十太陰月は一四七五日であり、約四年後を指す。現在時点が一三〇〇年四月六日であることより、一三〇四年三月二十四日から四月二十日ほどの間に、ダンテのフィレンツェ帰還が絶たれることをファリナータは予言している。当時白派に属していたダンテは一三〇二年に追放刑に処される。その後、白派は武力でフィレンツェ帰還を果たそうと何度も試みるが、そのすべての武力闘争は失敗に終わる。そして、この上記の期間に教皇ベネディクトゥス十一世によってフィレンツェに派遣された使者ニッコロ・ダ・プラート枢機卿が黒派と白派の和解に失敗し、白派の帰還は断たれてしまう。

＊24　現在の無名の一政治家にすぎない旅人ダンテは、過去の偉大な政治家に先祖を見下され、その仕返しに、ファリナータにない現在の知識で対抗し、形勢を逆転した。しかし、ダンテには現在の知識はあっても、未来の知識はない。それに対して、ファリナータには現在の知識がなくとも、未来の知識がある。そこで、ファリナータは未来の知識をダンテに授けてやるが、それは先ほどダンテが反撃の意味で現在の知識を使った《同語反復による面罵（インプロペリウム）》からではなく、同情心から発している。決して攻撃の武器として使ってはいない。ここにファリナータの心の変化を認めることができる。つまり、「おまえはわが子孫がフィレンツェを追放され、帰って来れないことをわしに告げ知らせたが、そう言うおまえもフィレンツェを追放されて、わが子孫と同じく、フィレンツェに帰って来れなくなるのだ」と。この未来の予言によって今度はダンテが、ファリナータが受けたのと同じ打撃を受ける。ここでふたたび形勢が逆転する。先ほどまで、ファリナータをやりこめて勝利の美酒を味わっていたダンテは、冷水を浴びせかけられる。ダンテは他人事としてファリナータの子孫の追放を知らせたが、まさにそれが自分自身にまっすぐブーメランのように返って来たのである。これに気づかされたダンテはショックを受けると同時に、目を覚まさせられる。互いに不完全な知識しか持たない者どうしであるファリナータとダンテは、これまでその不完全な知識を拠り所にして対立し合っていた。どちらも視覚に障害を抱える者どうしでしかなかった。ファリナータは遠視で近くが見えず、ダンテは近視で遠くが見えない。この世の対立は、畢竟、お互いが半分の知識と視点しかないことから生じる。誰もが自分の視点からしか見ない。このことをダンテは見事に表現している。しかし、今や、互いの知識が照らし合わさることで、互いに欠けた知識が補われ、一つの完全な像——知識——が結ばれていく。そして、その後、驚くべきことが起こる。

＊25　事もあろうに、なさけを知らぬ第六圏の魂であるファリナータが祈願の言葉を発し、ダンテのために祈って励ましている。ここにまったく新たな展開が生じている。自分の政敵ダンテに対し、ファリナータは呪詛ではなく、祝福を与えているからである。地獄の住人でダンテのために祈願してくれるのは、ダンテの師ブルネット・ラティーニを除いて、後にも先にも、フランチェスカとかつての仇敵ファリナータだけだということを強調しておこう。しかも、「教えてくれないか dimmi」というこの言い方は同等の者同士、うち解けた間柄で使われるものである。ここで初めてファリナータが胸襟を開き、ダンテを同じ運命の苦しみを甘受する仲間とみなしていることが判る。

＊26「フィレンツェのコムーネの議会はウベルティ家の嘆願にいかなる耳も貸そうとはせず、ただウベルティ家の崩壊と撲滅を望んだ」（ボッカッチョ）のであり、「一二八〇年のラティーノ枢機卿によるいわゆる平和協定においても、それ以後のいかなる減刑の布令においてもウベルティ家は除外された。」（サペーニョ）。「ウベルティ家の者たちは他の者たちに許された恩赦は決して認められず、彼らの家は打ち壊され、一二九九年においてさえ、プリオーリ館の建設では、彼らのいた場所だけは利用が避けられた。ウベルティ家の物故者たちの遺骸は掘り起こされ、アルノ川に捨てられた」（クラヴェーリ）。ここでももう一度ダンテは、ともに恩赦の許されなかった皇帝派の一族ウベルティ家とアリギエーリ家（自分自身）の運命の浮沈を重ねることになる。

＊27　一二六〇年九月四日のモンタペルティの戦いを指す。モンタペルティの城（今はもうない）は、シエナの東五キロほどのところにあり、その近くをアルビア川が流れ、その丘で戦いが行なわれた。「朱（血）に染めた」とダンテは言っているが、実際にその眼で見た当時の人々から子供だったダンテはその情景を聞かされていたのであろう。当時の同時代人は次のように書いている。「道という道、丘という丘、すべての水路は巨大な血の川と化した」（『モンタペルティの戦い』）

＊28　ここで初めてファリナータの侮蔑的な頑固さや無感覚さが解かれ、人間的な要素が最も小さな動作の中にほとばしり出る。「暴力が暴力を呼ぶことを、モンタペルティの殺戮を思い起こすことで、自己を決して曲げることのなかった愛党家の不撓(ふとう)不屈さは、苦渋に満ちた内省と苦く深い憂愁に変わっている。そのことが頭を振る動作に表わされているのであり、このために、それまで地獄さえをも見下し、屹立していたあの胸からは溜息が漏れ出ているのである。エンポリの日のことを思い出して、その後、自己の行動を一瞬誇りを持って正当化するが、その言葉の中には対話の最初に見出されたような頑なな自意識はもはやない。かくしてこの並はずれた人物はふたたび新たな要素を身につけて豊かにされている」（ボスコ＆レッジョ）

＊29　ファリナータなりの自己弁護である。先ほどまで誇らし

げに「私は二度にわたって彼らを駆逐したのだ」（48行）と述べたファリナータの矜持はもはやここにはない。

＊30 かつて教皇派に敗れてフィレンツェを追放された皇帝派が祖国に帰還するためには教皇派のフィレンツェを完膚無きまでに打ち破るほか致し方なかったということであり、自ら望んでのことではないと弁解している。今のファリナータはそれが行き過ぎであったこと、片側だけの正義であることを認識し、自分たちの過ちを認め始めている。ファリナータは、ダンテとの対話により、今までとは異なる認識に到達し始めている。

＊31 モンタペルティの戦いの勝利の後、「近隣すべての都市の皇帝派指導者たちがエンポリでの会議に集まり、皇帝派のためにフィレンツェの都市を完全に滅ぼし、村落の状態にまで貶める案が提起され、かつての都市の名声も、権威も、権力も跡形もなく消し去ることで、皆の衆議は一致した。だが、この提案がなされたとき、ウベルティ家の知勇に優れたファリナータが一人立ち上がって反対した。（中略）そして賢明なる言葉でそのような案を議論することがいかに狂気の沙汰であるかを、いかに甚大な被害と危険を招くことになるかを説き、自分の他に誰もいなくとも、命ある限り、剣を片手に死ぬまでフィレンツェを守り抜く覚悟であると述べた。（トスカーナにおけるマンフレーディの代理人である）ジョルダーノ伯は、ファリナータの性格と彼が帯びる権威と威光をよく知っていた。ここで皇帝派が割れることを怖れたジョルダーノ伯は折れて、他の道を採択した。かくして、大いなる狂気と破壊と破滅からわがフィレンツェの都市を一人の市民が救ったのである。しかし、フィレンツェの民は、後に、忘恩にもファリナータ自身に対して、またその子孫や一門に対して悪意を抱き続けたのである」（ジョヴァンニ・ヴィッラーニ『年代記』第六巻八一）。ここにファリナータの真の《大いなる精神 magnanimità》が表わされている。これをきっかけに、ダンテ自身のわだかまりも氷解し、認識が変わる。ファリナータが単に野心と矜持に満ちた高慢者ではなく、善なる勇気を持つ人物であったと再評価することになる。今度は、変わるのはダンテの番である。

＊32 ダンテのファリナータに対する反発心はうって変わり、敵であるファリナータの家（ウベルティ家）のために祈ってやっている。互いに面罵し合っていたのに、今では互いに祝福を祈願し合っている。

＊33 ファリナータたちが未来のことは解るのに、どうして現在のことが解らないのか、ダンテには判らない。死後の霊は、未来が見えるという伝承的観念に『神曲』は拠っている。代わりに、地獄の霊は今現在の地上の様子が解らない。

＊34 人間の時間が尽きたときが最後の審判時である。それ以後もはや時間は流れず、世界は《永遠》に入る。そこにあるのは、永遠の現在だけであり、地獄の魂たちが認識すべきものはもはや何もなくなる。その結果、彼らは何も認識できなくなり、完全な盲目状態に永遠に陥る。

＊35　赤髭王フリードリヒ（フェデリーコ）一世の孫にして、ハインリヒ（アッリーゴ）六世の息子。一一九四年生まれ。幼少期から教皇インノケンティウス三世の庇護の下、未来のシチリア王としてパレルモで過ごした。実質上、一二一四年（戴冠は一二二〇年）から五〇年に死ぬまで神聖ローマ帝国の皇帝として君臨した。彼は、同時代の人々から「世界の驚異」と呼ばれた。旺盛な知識欲から、天文学、農学、生物学、哲学、法学、建築に幅広く興味を抱いた。彼はラテン語とシチリア方言を解したが、更にアラビア語・ギリシャ語・ドイツ語も話せたとの典拠もある。鷹狩りに関する彼の著作からは、中世には似つかわしくない科学的な方法に対するただならぬ関心が読みとれる。彼の治世においてイタリア俗語の最初の詩派、シチリア派が確立された。フェデリーコ二世はおそらく全ヨーロッパの歴史を通じて最も開明的な君主と考えられる。その彼をダンテは当時の評価に従ってエピクーロスの徒として分類している。十三世紀の年代記作者サリンベーネ・ダ・パルマはこう書いている。「彼はエピクーロス派だった。それ故、彼も彼に仕える学者たちも、死後の生が存在しないことを証拠立てるものを、聖書の中に見いだしうる限り、どんなものでも見つけようとした」と。一方、彼の息子マンフレーディは煉獄前地（煉獄篇第三歌）に置かれ、彼の母コスタンツァは月星天（天国篇第三歌）に登場する。

＊36　《枢機卿》は当時の彼の綽名であり、本名はオッタヴィアーノ・デッリ・ウバルディーニ（一二一〇頃－七三）。「オッタヴィアーノは当時群を抜いて最も偉大な枢機卿であったので、《枢機卿》と言えば、オッタヴィアーノのことだと知れた」（アノーニモ）。彼はトスカーナの有力な皇帝派一族の出身で、第九圏（第三十三歌14）に登場する極悪の大司教ルッジエーリ・デッリ・ウバルディーニは甥である。つまり、ダンテは下層地獄の最初（第六圏）と最後の圏（第九圏）に同族の皇帝派の出身者を配している（一方、彼の兄弟ウバルディーノ・デッラ・ピーラは救われて、煉獄篇第二十四歌29に登場する）。彼は、教皇グレゴーリウス九世の特別の計らいによって、一二四〇年、若くしてボローニャの司教に任命され、一二四四年にはインノケンティウス四世によって枢機卿に取り立てられている。高位聖職者にもかかわらず、神を信じず、皇帝派に肩入れした。

＊37　ファリナータがこれ以上の名前を挙げないのは、現世の子孫に対する配慮のためである。ファリナータが挙げなかった名前は、フィレンツェやその他のトスカーナの諸都市の文書の中に記載されている。彼らは過酷極まる裁判にかけられ、彼ら自身だけでなく、彼らにまつわる記憶も迫害された。死後裁判において裁かれたファリナータもその一人であり、彼の息子や妻もともに断罪された。ここで多くの名前を挙げれば、その影響は深刻な被害をもたらすためにこれ以上名前を挙げなかったのである。十四世紀初頭のフィレンツェでは異端審問が呼び起こされており、異端の噂だけで裁判が開始されるに十分だった。一二五四年以来、異端審問の本部はフィ

レンツェのサンタ・クローチェ教会にあった。

＊38 将来ダンテが追放刑に処せられ、四年以内に二度とフィレンツェに戻れなくなるというファリナータの予言を指す。

＊39 ファリナータを始め地獄の亡者たちは未来を見ることができるが、彼らに見えるのは神のグランド・デザイン（摂理）のほんの一断片でしかない。彼らは未来の完全な全体像とその意味を見ることはできない。対して、ベアトリーチェは、ファリナータたちのように地獄の闇によって曇らされていないため、「神の鏡の中でいかなる限界もなしにすべてを見る」（スカルタッツィーニ＆ヴァンデッリ）ことができる。その全体の眺望の中では、ダンテの不幸な追放劇も、神の摂理の一環として十全な意味を持つことになる。だからこそ、彼女の説明を受ける必要があるとウェルギリウスは述べている。地獄にいる者（ウェルギリウスも含め）には到底神の意図を知ることはできないからである。

＊40 追放に関する予言は、実際には、ベアトリーチェによってではなく、高祖父カッチャグイーダによって天国篇第十七歌43－99行において説明される。「ラテン詩人は自分が知っていることだけを、あるいは、彼が予測しうることだけをダンテに語っているのであり、なかでも彼が間違いなく知っていることの一つは、自身の弟子をベアトリーチェに委ねることであり、そこから先の旅路を知っているのはベアトリーチェであってウェルギリウスではない」（メッザドローリ②）。ダンテは意図してウェルギリウスの認識の限界を読者に提示している。

＊41 《悪臭》は、悪徳が嗅覚的に物質化された比喩で、古典や聖書で伝統的に悪徳の放つ臭気の意味で用いられる。つまり、第六圏の悪よりもはるかに大きな悪が次の第七圏に見られることを予告している。

第十歌解説

　第十歌には重要な主題が数多く盛り込まれているが、ここでは二点だけに絞って説明しよう。一つは、ダンテが生き身のまま霊界を旅することができる特権を、彼の持つ知的能力（詩才と学才）によるものだとカヴァルカンテが誤解している問題である。58－60行目のカヴァルカンテの発言の真意は、ダンテに優るとも劣らぬ才能を持っていた自分の息子もこの特権を得たはずなのに、どうして息子が一緒にいないのかということにある。素晴らしい詩才と学才に恵まれていた息子を誇る父親の発言は、また、詩人グイードに対するダンテの間接的な称賛でもある。だが、裏を返せば、グイードも、ダンテと同じように、このような旅ができたはずなのに、何らかの彼の欠点により、それが適わなかったということが暗に仄めかされている。つまり、どんなに才能があろうが、それだけでは十分ではないと。それどころかそれ以外の力の方が重要であるとダンテは言いたいのである（それが61行目の発言に凝縮されている）。

　カヴァルカンテは、詩才や学才といった地上的な優秀さによって霊界の知識や旅が可能になるといつものように勝手に誤解しているが、そうではないことをダンテは自分を通して語っていく。世の中には、才能があるのに失敗する人が沢山いる。教育や知性、能力、魅力、どれ一つとっても欠けることがないのに、成功することができずにいる。グイードの場合、詩人として名声を博し、決して詩人として失敗者ではなかったが、ダンテのような偉大な詩を残すことも、彼岸の旅の特権を得ることもできなかった。グイードに欠けている要素、つまり成功と失敗を分けたものが何であったのかが、ここで間接的に語られている。専門的な詩の視点から言えば、グイードには古典詩人から真摯に学び続ける謙虚さと努力が欠けていた。つまり、グイードという当時イタリアの最高の詩人を例にしてダンテは語っているのであり、グイードに欠けていたということは、当時の詩人すべてに欠けていたことを意味している。

　ダンテの時代、本格的にウェルギリウスが研究されたことは一度としてなかった。グイードたち現代詩人にとって千三百年も前のウェルギリウスのような古典詩人は、自分たちの目指す新しい詩には無用な抹香臭い詩人でしかなかった。中世ヨーロッパで最新のものを目指す若き詩人の誰一人として、ウェルギリウスを始めとする古典詩人や古典学を真剣に学ぼうとする者はいなかった。ダンテの詩と当時の清新体派の詩人たちを分かつ点はここにある。地獄篇第四歌でダンテが自身を古典文学の継承者として自己定義していたことを思い出していただきたい。古今を通じて、ダンテ以上にウェルギリウスやオウィディウスを研究した詩人はいない。

　また、グイードは若くして文壇の寵児となり、その才能が高く評価された。ダンテも彼に見出してもらったお陰で文壇の仲間入りができた。その点でグイードはダンテの良き先輩にして恩人である。しかし、その才能ゆえに彼にはダンテのような謙虚な心が欠けていた。グイードは、キリスト教神学の研究に勤しんだダンテと好対照をなしている。当時、ヤコポーネ・ダ・トーディのような特異な経歴の宗教詩人は別として、神学にうつつを抜かす現世詩人など存在しなかった。ダンテがキリスト教をますます真剣に考えるようになっていったのとは逆に、グイードは神学や宗教に関心を払わず、それどころか、知才を備える者の宿命のように、ますます懐疑主義的・無神論的になっていった。むしろダンテが例外で、グイードたちは、ある意味、現代人に近いメンタリティを有していたと言える。

　カヴァルカンテに答えるダンテの返答「私は自分の力で来たのではありません」（《61》行目）は、字義的には「ウェルギリウスのお陰でやって来た」ことを意味するが、比喩的にはウェルギリウスの背後に連綿と隠されている「天上の力（恩寵）」を指している。すなわち、「偏に私以外の、私を超えた外の力——天の見えない力——によってやって来た」と。『神曲』の文脈で言えば、「亡くなった人々のお陰」である。『神曲』の登場人物たちの中で生きているのはダンテ一人しかいない。ダンテを助け、救いへ導いていくのは、みな死者たちである。それ故、天上の力とは「亡くなった人たちの力」と言い換えられる。『神曲』には、《生者は死者によって支えられている》という思いが通底している。天上的な意味で言えば——カヴァルカンテには解らないことだが——、「ベアトリーチェの愛の力に導かれて」という意味を宿している。なぜならまさにこの詩行の置かれた《61》行目はベアトリーチェのゲマトリア数だからである。『神曲』の冒頭から数えて1276行目だが、その秘数は《16》であり、ベアトリーチェのゲマトリア数の強調数（61のキアズムス数）である（中世ではある観念を強調したい時、数字の場合、数を倍化するかひっくり返してキアズムス数にしていた）。従って、この詩句が何よりもベアトリーチェを最終的に指していることは数的象徴からも明らかである。この詩句はダンテの『神曲』の旅とダンテの思想を要約する最も含蓄深い言葉の一つである。

　また、第六圏の罪との関係で言うならば、《信仰なき理性の力》で来たのではないということを示唆している。人は理性を過信するあまり信仰なき異端に陥るのであり、自己過信の傲りを捨てることが、理性の最後の歩みであることを述べている。この時、グイードは当時の知的エリートに蔓延していた理性万能主義の代表者の一人として言及されていることになる。ダンテは、まさにそうした信仰なき理性による自己過信に陥らないお陰で、ここに来ることができたと言いたいのである。基本的に古典の詩人たちは、自分の才能——自分個人の力——など、取るにたらないものと見ていた。自己意識という領分がいかにささやかなものであるか、それよりも、他から動かされる力の方がいかに大きいものであるかを知っていた。つまり、他から動かされている力を自分のものと思い誤ることはなかったのである。

　以上から、両者の違いを一言で言い表わすことができる。つまり、《自分の才能を恃む人間》と、《自己の領分がいかにささやかなものであるかを知り、自己の才よりも自分の外からもらう力の方が遥かに大きいと自覚した人間》の違いである。こうした決定的な違いの数々が、才能溢れるグイードの大成を阻んだとダンテは言いたいのであろう。これが間接的に暗示されるダンテから見たグイード評でもある。ウェルギリウスを欠いたことで、新しい詩へと導く案内者がグイードには本質的に欠けていた。また、理性の真の歩みは理性を無限に超えたものを知ることだが、人を異端や無神論から救い、目に見えないものへと導く真の知性が彼には欠けていた。かくして互いが求める詩の間にできた亀裂が二人を引き裂き、ひいては生き方までも分かたせることになったのである。

　次に、カヴァルカンテの無知に焦点を絞ってみよう。彼は地獄降りの特権が才能によるものと勝手に決めてかかっているが、こうしたところに異端者の癖が表われ出ている。彼が勝手に息子はすでに死んでいると早合点して絶望するところも同じである。ところで、カヴァルカンテたちには現在が見えない。こうした無知の罰は、次のように説明される。「カヴァルカンテとファリナータにおける応報の理は次のようなものである。未来を見ようとしたために、彼らは特定の時期における地上の出来事を知ることが許されていない。すなわち、彼らは本影の中心に立っており、そこからある限度を超えた過去は見ることができるし、同じく未来に向かってもそこからある限度を超えた未来を見ることができる。そのような本影の中で彼らは生きているからである。ダンテが彼らに近づいたときの彼らの置かれた位置は次のようなものである。彼らは過去において生きているグイードを見るが、未来において見るときには、死んでいるグイードを見る。ある瞬間においてグイードが生きているか死んでいるのかは解らない。（中略）従って、構築性がなかったならば、そこに詩はない。構築性もまた詩の価値を決めるのである」（アントーニオ・グラムシ［一八九一－一九三七：マルクス主義者］『獄中からの手紙（一九三一年九月二十一日付）』）

　グイードやファリナータを始め地獄の住人は未来を見ること

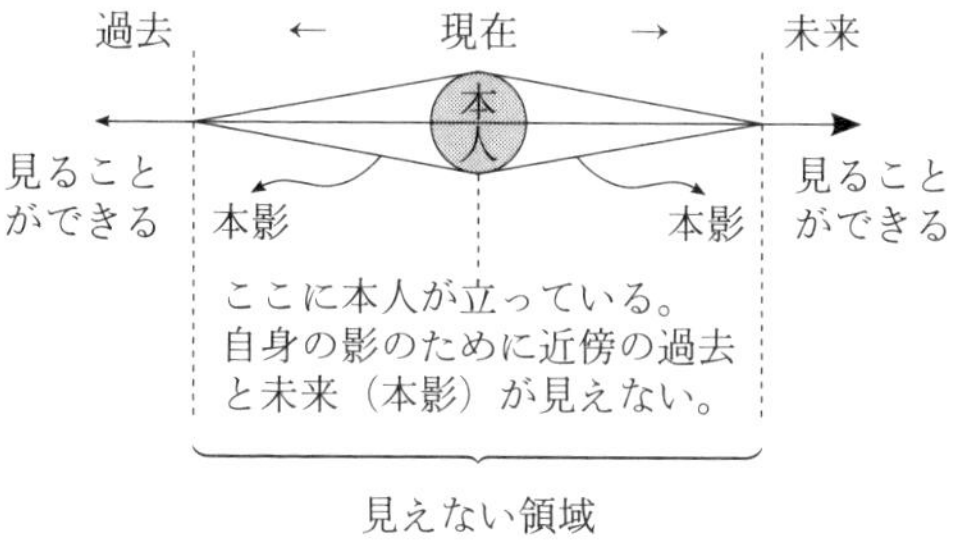

ができるが、自身のいる現在の影（本影）によって近い過去と近い未来は見ることができない（本影から脱した過去と未来は見ることができる）。

永らくカヴァルカンテのエピソードは本題とは関係のないマージナルな閑話とみなされてきた。しかし、実は、カヴァルカンテのエピソードは様々な点で全体の主題と有機的に接合し、本題と密接に関わり合っている。死してなお、父の息子を思う気持ちは読む者の心を打つが、その一方で、このような気持ちを強烈に宿し、訴えかけるのが、地獄の中でもとりわけ第六圏の住人だけだということに注意を向ける必要がある。地獄に居るのはみな死者であるため、誰もが地上に残した家族のことを憂慮しているはずである。しかし、家族の心配を語るのは第六圏の囚人だけなのはなぜであろうか。なぜ第六圏の囚人だけが息子や自身の派閥や家族にかくも固着しているのだろうか。それは、彼らがエピクーロス主義者（唯物主義者）であることと無縁ではない。

「来世を否定した結果、異端者たちは当然のこと、自分たちの希望のすべてを現世に置くと同時に、不死の地上的な対応物に思われる物事に自身の不死に対する欲求を置き換える。カヴァルカンテの場合、不死の地上的な対応物は彼の息子であり、ファリナータの場合、皇帝派と不可分の彼の子孫である。エピクーロス派にとって唯一考えられ得る不死は、子孫や組織（党派）だからである。だからこそ、カヴァルカンテは息子の死を受け容れられないのであり、ファリナータは子孫がフィレンツェに帰還できなかったことを最大の苦痛に感じるのである。ともに（同じ原因から）苦しんでいるが、ともに違った風に苦しみ、互いに孤立しているのである。（中略）魂の不死を否定する異端者は、代わりの不死の代替物を探すようになり、この世において不死の見かけを持ったもの、つまり、自身の子孫と政治的行動の中に、この世的な不死を見いだす。それゆえ、異端者であるファリナータは党派的矜持を象徴する人物でもある」（スコット）

霊魂不滅を否定する異端者カヴァルカンテは、人間に生まれながらに内在している死後生存への欲求と希望を、自分の息子とその詩才に託し、そこに移し替えている。同じく、ファリナータも、自身の拒否する不死性に対する地上的な代替物を、自分の所属した党派や門閥に託している。カヴァルカンテと同様、ファリナータの個人的な悲劇も、ここにある。彼の最大の苦しみは、地獄の炎の床でも、皇帝派フィレンツェ人の夥しい死でもなく、まさに自身の子孫が苦しみ、自身の党派が途絶えることなのである。肉体とともに魂も滅びると信じるからこそ、彼らは誰よりも一層自身の息子や党派が生きながらえることに関心を寄せる。自分の愛してきた息子や党派が生き伸びることで、その中で自分たちもともに生き残るという一縷の望みにすがっているためである。唯物主義を信仰する政体では遺体を——例えば、レーニン廟のように——いつまでも保存するが、それもこの一例である。また、銅像がやたらと建てられるのも同じ心理が働いている。唯物史観の下では魂の不死性は否定されるため、地位や名声・銅像といった世俗的なものの中で生き長らえようとする衝動は一層大きくなる。同じ理由から、地獄の中でとりわけ第六圏の住人において息子や党派に託す気持ちが突出している。従って、カヴァルカンテがここで自分の息子話を持ち出してくるのも論理的必然の結果であり、脱線的なエピソードなどではない。ダンテはこのエピソードを通じて、人間が生まれながらに持つ死後生存の欲求の誤った姿を読者に示しているのである。事実、第十歌の構成の上でもこのカヴァルカンテの話が中心軸を構成している。

カヴァルカンテは息子の生存に異様な執着心を見せるが、キリスト教徒として息子のことを真に慮るならば、息子の生死よりも魂の救いにこそ関心を寄せるはずである。魂が永遠に生き続ける以上、もし息子が天国に行けたのであれば、これ以上ない喜びとなる。肉体の死など物の数ではないはずである。キリスト教徒であれば、地獄に堕ちずにすんだかどうかこそが一番の心配の種になるはずである。未来において息子が地上にいないことをすでに見ている以上、なおさら死後の息子の運命にこそ関心が向いても良いのだが、今、生きているかどうかばかりを気にしている。それは、まさにカヴァルカンテがエピクーロスの徒——唯物主義者——だからに他ならない。

ところで、ここでテキストをよく読み込む必要がある。息子グイードの死そのものが、実は彼が関わった党派争いから生まれているからである。グイードも白派と黒派の政争に荷担し、一三〇〇年に追放刑に処せられ、追放の地サラザーナでマラリアを得て、帰国後亡くなる。ダンテがカヴァルカンテと会見してから四ヶ月後のことである。カヴァルカンティ家もウベルティ家も、その悲劇はその党派心、すなわち《自分の正義だけを尊ぶ異端性》にこそあった。息子グイードが死ななければならなくなった原因を遡れば、フィレンツェ人の党派争いに行きつく。だが、残念ながら、肉の目しか持ち合わせないカヴァルカンテには息子の真の原因が永遠に思い至らない。そしてこれこそが彼らの悲劇なのである。

最後に、第十歌の最大の主題、ファリナータとダンテの相克と融和に触れておこう。

A[1] 見知らぬ者どうしのうちは互いに丁重に接する

最初、ファリナータもダンテも、互いを直接知らぬ者として教養人らしく丁重な言葉遣いで会話を始める。それは、互いに相手を良く知らなかったためである。ダンテの場合、同郷の偉大な先達に畏敬の念を抱いていた。ファリナータの方は、自身がこよなく愛するフィレンツェの同郷の訛を話す見知らぬ相手に親近感と望郷の念を呼び起こされていた。

A[2] 相手の素性を知り、ファリナータの態度は一変する

しかし、ファリナータは若きダンテのみすぼらしさを目にするや、冷ややかな、どこか軽蔑の混じったよそよそしい物言い

に変わる。しかも、ダンテが、自分より後の時代の若輩であり、自分の政敵である教皇派出身の家系だと知るや、教皇派を駆逐した自身の業績を誇る（敗者となった相手の心を慮る配慮などない）。

B[1] ファリナータの見下した言動に、ダンテは反発し、その態度も一変する

ファリナータの態度と言葉の中に敵愾心を見出したダンテは、最初抱いていた崇敬の念は消し飛び、彼の辛辣さに反発して、彼の弱点〜ウベルティ家は永久追放のままである事実〜を揶揄して、やり返す（*improperium*）。ダンテも党派心という相手の土俵に降りて行き、同じ次元で言い争う。こうして敵対心が両者に芽生え、二人の関係は完全な対立に陥る。まさに「憎しみは憎しみを種として、憎しみから憎しみが芽生える」（カゼッラ②）。二人は、死後の世界にまでも地上の対立を持ち込み、現世と同じ対立を繰り返し始める。侮蔑には侮蔑で、反感には反感で応える、われわれ人間の悲しい反応が両者に示されている。また、二人の口舌の争いは両派の武力闘争と同じ構造を有している。互いが互いを駆逐し合ったのは、すべての攻撃は、攻撃者にとっては防御だからに他ならない。二人の意識に見るように、国家でも派閥集団でも個人でも、相手を攻撃するとき、自分たちを攻撃者だとは考えていない。どちらも自分は防御していると考えている。実際、ダンテはファリナータの言動から自分を護る防御としてインプロペリウムを使っている。相手を傷つけ（追放し）なければ、自分が癒されないのである。これは、これまで両派が行なってきたことでもある。この地球では、攻撃側は存在せず、防御側しか存在しない。誰もが防衛していると思い込んでいるため、自分たちの世界観から見れば、正しいことをしていると信じている。

C カヴァルカンテが息子グイードへの止むことのない愛情を語る

人が地上の低次な意識に留まる限り、第七歌同様、二次元的な対立関係が永遠に続くことになる。しかし、そこにカヴァルカンテが割り込むことで話の流れが変わる。ダンテは、ファリナータとの論争で熱くなっていたが、このカヴァルカンテの逸話がダンテの頭を冷まさせる。また、自身が挑発的に投げかけた言葉——ウベルティ家は永久に追放される——によってファリナータが非常な衝撃を受けていることを知る。「祖国 patria」の語源は「*patrius*/paterno（父親の）」だが、父性愛も祖国愛も一つの源泉からわき上がってくることを二人は再認識する。ファリナータとカヴァルカンテという性格的に似ても似つかぬ二人を結びつけるものがこの共通の愛情に他ならない。ダンテは、息子へのカヴァルカンテの、子孫へのファリナータの止むことなき愛情の激しさを知るに至ると、ここからすべてが回転し始め、両者に新たな認識が訪れる。

B[2] ファリナータはダンテに対する態度を一変させる。敵

愾心→励まし

ファリナータは自分の子孫が未だ祖国に帰れないことを知って激しい衝撃を受けるとともに、かつて自分が勝者であったとき敗者であった教皇派が、今や勝者となり、自身の子孫に、かつて自分が政敵に味わわせた追放の苦しみを味わわさせていることを知って今まで自分が勝者の側からしか物事を見ていなかったことに気づく。そして目の前にいるかつての政敵の子孫（ダンテ）が将来、自分の子孫同様、永久追放の憂き目に遭うことを知る。このとき、ファリナータの中で、何かが大きく崩れ去り、今までの頑なで見下した態度が一変する。なぜなら、かつて自分が政敵に対してやってきたことを、今は自分の子孫が反対に味わわされていることを知ったからである。そして今度は、その追放の刃が政敵のダンテにも向けられることを知ったからである。要するに、ダンテの中に自身の子孫と同じ境遇を見たことで、どちらの側に立とうが、早晩、裏切られ、追放の憂き目に遭い、誰もが忘恩の犠牲者となり得ることに気がついたのである。今まで自分に欠けた知識［現在の知識］をダンテが地獄に持ち込んだことで、ファリナータは自分が誤っていたことに、無理解から予断でダンテを判断していたことに気づく。そして持ち前の大いなる気概が寛容さとして表われる。いくばくかでもダンテの役に立つようダンテに未来を教えてやり、しかもダンテを祝福し、励ましてやるのである。第十歌のドラマはここ——ファリナータの大きく変化する内面に——集約される。

A^2→A^1　変化したファリナータの言葉がダンテを一変させる。敵愾心→畏敬

ファリナータの投げかける配慮と優しい言葉に、ダンテの抱いていた反発ははじけ飛び、ダンテ自身の心も優しくなる。まさに、憎しみが憎しみを生む循環の反対の現象が生じている。しかも、ファリナータこそ、フィレンツェをその破滅から救った勇気ある人物だということ［過去の知識］をダンテはこの冥界で初めて知る。ダンテはモンタペルティの戦いの事実だけで、ファリナータを量っていたが、実は、自分に欠けていた埋もれた歴史の真実を知ることで、ダンテのファリナータ像は別のものとなる。ダンテも、ファリナータ同様、新たな知識を得て、ファリナータに関する完全な理解に及ぶ（互いが、互いに欠けた知識を補い合うという構成はまさに天才的である）。相手を理解することで、互いの行き違いが解消される。つまり、互いに相手を予断と偏見で見ていたこと、互いに相手の半分——世界の半分——しか見ていなかったことが対立の原因であったことに気づくのである。そして互いの半円の知識が合わさることで、知識の円が完成される。かくして、ダンテも、ファリナータに倣い、かつての政敵ウベルティ家の幸運と安寧を祈願してやる。なぜならファリナータこそが命を賭してフィレンツェを愛した祖国愛の人だと知ったからである。そして、ともにフィレンツェを愛して止まない者どうしであることを、ともにフィレンツェから追放される運命の共有者であることを知ったからである。二人は互いの不完全な知識——ファリナータにとっての現在の知識とダンテにとっての過去と未来の知識――を補い合うことで誤解を解き、ともに一つの同じ認識に達していく。換言すれば、二人の対立は互いの知識不足にその原因があったのであり、互いの理解が不足していたために頑迷になっていた。二人は死後の世界にまでイデオロギー的対立を持ち込み、結局、地上と同じように、皇帝派と教皇派に分かれて、互いを痛罵し合っていた。ダンテはファリナータに先祖を見下されてイデオロギー対立の土俵に降りていき、地上と同じ対立を繰り返していた。しかし、未来の情報がファリナータからもたらされ、さらには自分の知らない過去の真実の知識を得て、イデオロギーが対立する低い次元からやっと抜け出し、新しい高次の認識を獲得する。このように第十歌は実によく考えぬかれた構成になっている。ダンテは、ヘーゲルよりも何百年も前に弁証法的止揚を物語にしていたのである。

人間に共通の《家族への愛》、《祖国への愛》が対立を乗り越えさせる

カヴァルカンテの突然の登場は巧みに仕掛けられており、前半と後半を有機的に結び付ける蝶番の役を果たしている。カヴァルカンテの登場によってファリナータは一見変化を被っていないように思われても、見えない内において変化を引き起こしている。「カヴァルカンテのエピソードは語りの二つの基本的な流れと二つの力を接続させ、繋ぎ合わせる連結器の役割を果たしている」(ノエー)

派閥への愛から教皇派と皇帝派とに分かれた二人が、追放という同じ運命の苦しみを共有し合うことで、また家族への愛、祖国への愛を共有し合うことで、その同じ苦難と愛情が二人の対立を乗り越えさせ、止揚して一つに結びつけられる。別れ際に二人の間に残るのは、互いを思いやる気持ちだけとなっている。互いの正義や党派を超えるもの、憎しみと戦争を超えるもの、それは純粋な愛情と共感だということをダンテはこのエピソードを通して語りかけている。いかなる敵であれ、互いに家族があり、それを思う気持ちに敵も味方も党派もない。二人を結びつけるのは自分たちを育んでくれる二つのもの、《家族》と《祖国》である。その前で互いの主義主張、正義の違いは取るに足らぬものとなる。「二人を一つの点に結びつけるのはまさにこれである。責任というこの共通の十字架である。(中略)今や二人の感情はともに一致して脈打ち、苦悩に満ちた共通の運命を分かち合うことで、表面的ないかなる対立も雲散霧消してしまう。(中略)両者は互いに重なりあい、一つとなる」(デッラークイラ②)。

ファリナータは、党派心によって自身の祖国愛を誤った方向に向けてしまったが、最後の最後にその祖国愛を正しい方向に向けることができた。ファリナータと他の皇帝派の者たちとを分かつものがこれである。地獄の中で新たな認識を得たのは唯一ファリナータだけである。彼だけが地獄の中で変わる。それは、彼だけがフィレンツェを愛し、フィレンツェを破壊から守ろうと身を挺した人間だったからである。ファリナータがただ

〈地獄篇第十歌の完全なシンメトリー構造〉

彼岸の旅（移動）1-3（1）
寓意の旅（理想の象徴ウェルギリウス）4-6（2）
会話（ダンテとウェルギリウス）7-21（3）
ファリナータa（ファリナータの出現と会話：A^1）22-39（4）
ファリナータb（ファリナータの問いとダンテの返答：A^2）40-44（5）
ファリナータc（論争：B^1）45-51（6）
カヴァルカンテa（カヴァルカンテの出現）52-57（7）
カヴァルカンテb（カヴァルカンテの問い）58-60（8）
カヴァルカンテc（ダンテの返答）C 61-66（9）
カヴァルカンテb（カヴァルカンテの反応）67-69（8）
カヴァルカンテa（カヴァルカンテの退場）70-72（7）
ファリナータc（理解：B^2）73-81（6）
ファリナータb（宥和：追放という共通の運命：A^2）82-94（5）
ファリナータa（会話とファリナータの退場：A^1）95-123（4）
会話（ダンテとウェルギリウス）124-129（3）
寓意の旅（信仰の象徴ベアトリーチェ）130-132（2）
彼岸の旅（移動）133-136（1）

一人フィレンツェを護ろうとするところに、真の正義の発露がある。それはフィレンツェに対する愛情であり、真の正義はこの愛情からしか生まれない。他の者たちがどんなに自分たちの正義を振りかざし、破壊に口実を見つけようとも、それが真の愛情に根ざすものでなければ、そのような正義には一顧だにする価値もないことをダンテは示そうとしている。愛情のない正義は邪の愛とされ、煉獄篇第十歌でふたたびこの主題が取り上げられる。そして、こうした真の愛を持つ人々は太陽天へと昇っていくことになる。それが扱われるのが天国篇第十歌である。『神曲』の中でこのように一つのテーマが地上的な視点からまた霊的・天上的視点から様々な角度と眺望の中で深化しながら扱われていく構造となっている。横糸は縦糸と交差し、『神曲』という織物が紡がれていく。各篇のそれぞれ第十歌においてのみなぜ同じ韻（parte-arte）――『神曲』では韻が背後から有機的に隠れた主題を結びつける役を果たす――が繰り返されているのかも、これで了解される。

　皇帝派は教皇派を追いやり、教皇派は皇帝派を追いやり、そして互いに自分たちの方にこそ正義があると主張してきた。だが実際は、互いが互いを追いやる原因を作り出していたのである。自分だけが正しく、相手は間違っており、敵だとみなすこの二分法の最大の誤りは、自分を正義とする独善性に、自分の中の悪を見ようとしない増上慢にある。相手に悪というレッテルを貼り、自分を善として世界を単純に分かつ態度は、自己の中に潜む悪に蓋をし、それに対峙しようとせず、自己の悪を他者に投影して事足りるとする思い上がりに他ならない。論争を通じて両者が得た新しい認識とは、まさにこれである。登場人物のダンテはこの認識を得ることで、今までの殻から抜け出していく。ダンテは互いに正義を主張しながら対立することの愚かしさに、やっと気づき、対立から新しい次元へと入っていく。これは神の眼から見ることを学び始めたことを意味している（実人生においても、ダンテは白派から分かれ、一人、孤高の道を歩むことになる)。第十歌はその数字が示すように、完全さ・神を意味する数である。完全な認識、完全な像を結ぶ歌章としての十である。人間的な次元では対立と映るものも、神の次元では一つに結びつけられる。《十》はまさに《神の視点》の謂いに他ならない。

教皇派も皇帝派も政治的アレゴリーであり、それが意味するものは、自分たちの信奉する唯一無二の正義である。これは、時代と場所によって、適時、名称を入れ替えることのできる普遍的なアレゴリーとなっている。最初、二つの派閥を代表する登場人物のダンテとファリナータは互いに相手を非難し合うばかりで、その真の原因には気づかない(互いに相手を非難し合う低い次元にとどまる限り、争いは永遠に続く)。しかし、対話を通じて、フィレンツェに三つの悪徳が巣くっていること、これが党派争いを生み出す原因であり、これを克服しない限り、この対立から抜け出せないことにダンテは気づき始める。第六歌でチャッコが言っていたことの意味がやっと判り始めるのである。

教皇派は自分たちが追放の憂き目にあったのは皇帝派が悪いせいだと主張し、皇帝派も自分たちが追放の憂き目にあったのは教皇派が悪いせいだと非難してきた。旅人ダンテもファリナータも、悪いのは政敵だと信じていた。追放という憂き目にあうのは、自分たちの内部にある敵のせいだとは露も疑うことがなかった。自分たちの信じるものだけが唯一絶対の正義だと信じていたためである。「自分たちが常に正しい」とする信念の前では、必ず「自分たち以外は間違っている」すなわち「相手は間違っている」ということになる。しかし、真の間違いは「自分たち以外は間違っている」という考えの方なのである。そうやって他を排除する嫉妬心、自分たちの正義だけを善とする優越感と高慢さ、独善的で復讐心に燃えた党派心、自分たちの善だけを信じ、他を支配しようとする貪欲さにこそ原因があることに気がつかなければならなかったのに、それを見ずに、自己の内に巣くう悪を相手に投影し合って、それを断罪し合っていたのである。しかし、自分の内にあるものを外のものに投影してそれを敵視し、それを悪の枢軸として非難しあっている限り、人間の進歩は露程も生じない。堂々巡りが繰り返されるだけである(教皇派と皇帝派、白派と黒派の対立はまさにそれを象徴している)。自分たちの意識が現実を呼び起こしていることに、自分たちの内部にこそ敵がいることに気づかなければならない。敵を外に求め、自分の外にあるものだけを非難しても、同じ状況が呼び出されるに過ぎない。同じ状況に何度も見まわれるということは、とりもなおさず、そうした事態を呼び込むものが自分たちの中にあることを意味している(教皇派と皇帝派が互いに二回ずつ追放し合ったという《二》は繰り返しを象徴している)。教皇派と皇帝派が互いに追放し合い、いつもどちらかが追放の憂き目に襲われるということは、その原因が自分たちの内部にあるということに他ならない。気がつかなければならない真実は、両者が共同でこの悲劇を生みだしてきたということである。彼らの不明は、両者が合作で悲劇を創り上げていたことに気づかないところにある。原因は常に心から生み出される。自分の置かれた悲惨な状況を嘆く前に、まず何よりもそれを自分が引き寄せたのではないかと、内なる悪を見つめる必要がある。自分たちだけを善とし、正義とし、相手を非難している限り、この悲劇の真実も、本質も解らない。そのことに旅人ダンテがやっと気がつき始めるのが、この第十歌である。

ダンテは、ここで今までの古い自分から脱して、新しいものの考え方をする人間に生まれ変わろうとしている。この意味で、第十歌のファリナータとの対峙の意義はとてつもなく大きい。戦争の原因は外に求めるものではなく、内に求めるしかないということに目覚めたのだから。われわれはマキアヴェッリの『君主論』を読みかじっては、「目的が手段を正当化する」と嘯いて戦争で平和を実現しようとする（「戦争による平和」という言葉自体、撞着語法）。しかし、そのような悪しき方法で聖なる平和が訪れることは決してないことは歴史が証明している。神聖な目的には神聖な手段が必要とされる。平和ほど高貴な理想はない以上、それを達成する手段がそれに見合うほど高貴なものでない限り、平和は達成できない。一方、暴力という対症療法を取ることで、ますます真の病巣から目を逸らされ、同じ症状にふたたび苦しまされることになる。フィレンツェが直面した問題もこれと同じである。教皇派も皇帝派も相手を暴力で駆逐し、市の問題を暴力——戦争——で解決しようとした。そして互いにそれに失敗したのであり、残ったのは暴力と報復の連鎖でしかなかった。問題はさらに複雑さを増して返ってくる。教皇派は皇帝派を駆逐したが、それでフィレンツェに平和は訪れはしなかった。教皇派が今度は黒派と白派に分裂したからである。

ダンテが第十歌で言おうとしているのは、互いの悪をあげつらって、自分たちの社会内部に巣くう悪、自分自身の内部にある悪に気がつかない限り、そしてその悪を自分の外にあるものに投影して、外なる敵を非難している限り、人は自分や自分たちの置かれている悲惨な状況には気づかず、その本質も理解できないということである。「人々が互いに争奪を繰り返し、互いの平穏を破りあっている限り、かわるがわる不幸にしあっている限り、人生に実りもなければ、歓びもなく、いかなる心の進歩もない」（セネカ『人生の短さについて』第二十章五）。第七歌の貪欲者と浪費者のように、いつまでも同じ暴力の平面に留まることになる。ダンテは、自身とファリナータの対立と宥和・理解を通して、人々に古い考え方から脱却し、新しい考え方をするべき時に来ていること告げようとしている。『神曲』の旅の設定が一三〇〇年に置かれた真意はまさにここにある。今ダンテが旅をしているまさにこの時、人類の歴史は中間点に位置し、霊的な意味で下降から上昇へ、古い考えを脱し去って、新しい物の見方へと上昇する転換点であることを訴えている。この問題は、ふたたび煉獄篇第十歌で舞い戻ってくる。そこではフィレンツェ社会内部だけの問題ではなく、イタリアという国の問題として、さらに天国篇第十歌では世界の問題として、人類共通の霊的な問題として舞い戻ってくる。同じ主題を三度繰り返すことで、ダンテはこの問題の本質を読者に理解してもらうことを願っているのである。

互いの信念が、互いを不幸にする行動を生み出していることに気づいたとき、彼らはこの対立・敵対関係から止揚されて、思いも寄らぬもう一つの高次の次元に辿り着くことになる。これこそが第十歌の最大の果実である。物語をもう一度思い出してみよう。ファリナータはもはやダンテを政敵として見下すこともなく、同志として彼の未来を知らせてやり、友として彼の恙(つつが)ない帰還を祈願してやる。一方、ダンテの方も、自身の親族のようにウベルティ家のために祈ってやる。敵対する者たちの和解を通じて、作者ダンテは読者に《赦し》というものの意味を教えている。ダンテが第十歌で設定する教皇派と皇帝派の対立と宥和の図式を、現代のイスラエルとパレスティナに置き換えて、考えることができる。ダンテは第十歌を通じて、人は互いに殺し合い、憎しみ合うために生まれてきたのではなく、他者を赦す経験をするため、互いの癒しとなるために生まれてきたということを示そうとしている。なぜならイスラエル人を本当に赦してやれるのは、日本人でもなければアメリカ人でもなく、パレスティナ人だけだからである。同じく、パレスティナ人を真に赦してやれるのも、イスラエル人だけである。両者は、実は、互いに相手を癒してやれる地球上で唯一の存在に他ならない。ダンテは見事な弁証法を用いて、対立から宥和へ、すなわち、赦しを与え合うことを描いている。イエスが地上にやって来たのは、人を赦し癒すためであり、互いに不幸にし合い、憎しみの連鎖を生み出すためではなかった。イエスは自身の行為を通じて、人が地上に生まれ来るのは互いを赦すためであり、互いに癒しあうためだということを示そうとした。皇帝派を赦してやれるのは教皇派だけであり、教皇派を癒してやれるのは皇帝派だけなのである。なぜなら人を癒すことができるのは痛みを知った者だけだからである。ここに人生の本質と地上の経験の意味がある。

ダンテとファリナータは、互いを非難しあう以前の低い次元から、今や互いを認め赦し合う高い次元に止揚されていくが、それはまさに両者ともに同じ辛酸を嘗め、同じ追放の憂き目に遭い、同じ苦難の運命をともにしてきたからである。互いに傷つけあった者だけが、互いを真に癒すことができる（その例として煉獄篇第七歌が設定されている）。皇帝派ウベルティ家を赦すことができるのは、彼らに追放された教皇派（アリギエーリ家）の者だけであり、教皇派アリギエーリ家を赦してやれるのは、教皇派によって追放された皇帝派（ウベルティ家）の者だけである。ファリナータの予言はインプロペリウムなどではなく、同じ境涯を受苦する者に対する同情と共感の念から発している。なぜならフィレンツェの民の忘恩によって死後裁判にかけられたファリナータは、ダンテもフィレンツェの民の忘恩によって石を持って追われることを知っているからである。ファリナータは、忘恩で報いられる苦しみを誰よりもよく知っている。第五歌同様、ここにも愛の原理――愛の傷は、傷を付けた者しか癒してやることができない――が適用されている。この世で人々が代わる代わる被害者となり、加害者となっているのは、互いが相手を罰する機会を得るためではなく、互いが相手に赦してもらう必要があるためである。地上とは復讐の場ではなく、そうした赦しの場に他ならない。旅人ダンテはやっとそれに気づき始める。そしてダンテがこの赦しの前提に重要な要素を付け加えていることを見逃してはならない。

この赦しの前提は、自身の弱さをさらけ出すことにある。ダンテはファリナータの弱み――彼の一門が追放されること――を告げ、ファリナータはダンテの弱み――フィレンツェ追放――を告げる。こうして互いが相手に自分の弱点をさらすことで赦しが訪れる。二人は本音をぶつけ合うことで、互いを赦す次元に引き上げられる。上辺だけの関係では、赦しの次元にはたどり着けない。ダンテとファリナータの間に信頼関係が生まれたのは、互いの弱さを赦すことで築かれている。自身の弱さを相手にさらけ出すことでそれが初めて可能となる（『イーリアス』第二十四巻におけるアキレウスとプリアモス王の和解がまさにそうである）。対立で始まり、赦しと癒しという和解で終わる第十歌を通してダンテは読者にもう一つの高い次元のあることを示そうとしている。異端や党派心によって人を分かつのではなく、共感によって人と分かち合うこと、第十歌の素晴らしさはまさにここにある。

第十一歌

第六圏（異端の罪）

一三〇〇年四月六日（水曜日）：午前四時頃、第六圏を後にする。
旅の停止。ダンテは師から地獄の罪の講義を受ける。

私たちは高き断崖の際(きわ)にやって来た。崩落による無数の
巨岩がぐるりと円をなしてこの断崖を作り出していた。[*1]
そのはるか下にはさらにむごたらしい[*2]群れが集まっていた。
　その深淵から吹き出る
悪臭[*3]のひどさにたまりかねて、
私たちは後ろへと退き、とある墓石のふたのほうへと
　近づいた。その石棺にはこういう碑銘があった。
《我が守るは教皇アナスタシウス二世。[*4]
ポーティーヌスが彼を道に迷わせた》[*5]
　「われわれはゆっくり降りたほうがよさそうだ。
このひどい臭いにわれわれの感覚が
少しは慣れて気にならなくなるまで」
　このように師が言われたので、私は言った。
「時間がむだにならぬようほかの手段を見つけてください」
すると彼は言った。「それはもう考えている」

「わが子よ、これらの巌の向こうには
と彼は言った。「三つの段階［第七圏・第八圏・第九圏］にわかれた（同心円状の）
環がある。これまで同様、下に行けば行くほど環は小さくなっている。
　そのいずれも呪われたたましいに満ちているが、
のちに彼らを見るだけで事足りるよう、
どのように、またどうして、あのようになったか説明しておこう。
　悪意はなべて天の憎しみを買うが、
悪意の目的は他者の権利を侵害することにある。
暴力あるいは欺瞞で他者を悲しませることが、その目的のすべてなのだ。
　ことに欺瞞は人間に固有の悪として
神は（暴力よりも）いっそう嫌い給う。[*6] それで人を欺いた者たちは
ずっと底にいて、よりひどい苦痛にさいなまれているのだ。
（これから訪れる）最初の環［第七圏］には、暴力者たちがいる。
暴力をふるう対象は三種あるから
そこは三つの冠状帯に分けられている。
　すなわち暴力をふるう相手としては神があり、
それから自分自身と隣人がある。もっと言えば、その相手と
その所有物に対してだ。[*7] 聞けば、その明白な道理からわかるだろう。
　隣人を暴力で殺したり、痛ましい
傷を負わせたりする。また隣人の財産を

ほろぼしたり、火を放ったり盗んだりする。
　人殺しや悪意から人を傷つける者、
破壊者や略奪者ら[*8]、それらすべてが、
第一の冠状地の中でそれぞれ異なる群にわかれてさいなまれている。
　人は自分自身に暴力を加えたり［自殺］、自分の資産に
暴力を加えることもある。[*9]このため、彼らは第二の
冠状地で空しく後悔せねばならない。
　誰なりと自分をこの世から奪い取る者［自殺者］たち、
賭けごとで財産を蕩尽する者（とうじんしゃ）［蕩尽者］、すなわち
楽しくあるはずのところで泣く者がそうである。
　神に対して暴力をなすこともできよう。
心で神を否（いな）み、口で神を呪うことによって、
また、自然とその善性[*10]［労働］を蔑（ないがし）ろにすることによって。[*11]
　だから最小の第三冠状地は、男色者[*12]や高利貸しに[*13]、
また心で神を蔑み、口で呪う者［瀆神者（とくしんしゃ）］たちに
（火の雨で）焼印を押している。
　すべての良心にとがめる欺瞞を
人は自分を信用している人に対しても[*14]、
信用していない人［他者一般］に対しても用いることができる。
　後者の欺瞞は、当然のことながら、

（他者とのあいだに）自然に生まれる愛*15の絆をもほろぼす。
それゆえ、その次の圏［第八圏］に入れられるのは、
偽善［第二十三歌］、おべっか［第十八歌］、占い［第二十歌］、偽造［第二十九－第三十歌］、
泥棒［第二十四－第二十五歌］、聖物売買［第十九歌］、汚職収賄［第二十一－第二十二歌］、
その他これに類する汚らしいことども［第二十六－第二十八歌］。
一方、前者の欺瞞は、生まれながらの（人と人との）愛情
だけでなく、のちに加わる愛情をも忘れさせる。
その愛情によってこそ（人と人のあいだに）特別な信頼が生まれるというのに。
かくして、宇宙の中心にある最小の環［第九圏］には
ディース［ルチーフェロ］が座を占め、
すべて裏切り者はそこで永遠に責められる」
そこで私は言った。「師よ、あなたの筋道だったご説明は
まことに明確であり、地獄の深淵とそこに入れられた人々について
実に鮮やかに区分してくださいました。*16
しかし教えてください。（第五圏の）あのひどい泥沼の人たち、（第二圏の）
風に拉（らっ）し去られていた人たち、（第三圏の）雨に打たれていた人たち、
そして（第四圏で）出会い頭にあのようなひどい言葉で罵倒し合う人たちは、
もしも神が彼らのことを怒っておいでなのなら、どうしてあの燃えさかる
（ディースの）町［下層地獄］で罰を受けぬのでしょう。そしてもし神が怒って
おいでないのであれば、またなぜあのような目にあっているのでしょう」

すると師は言った。「これはまたいつもと違って
なぜおまえの理解はそれほど道をふみはずれるのか。
それとも何かほかのことを思い描いているのか。[*17]
　おまえの学んだ（アリストテレースの）『（ニコマコス）倫理学』の、
あの言葉を忘れたのか。そこに敷衍（ふえん）されているではないか、
天のよろこばぬ三つの習性が
《無抑制》[*18]と《悪意》と《狂暴な獣性》であることが。
そしてどうして《無抑制》の罪が（他の二つに比べて）
神に背く度合もより小さく、その罰もより小さくなるのかが。[*19]
　もしこの考え方をよく考量したうえで
あの上の（ディースの）外で罰をうけていた（無抑制の）者たちが
誰であったかよく思い出してみれば、
　どうして彼らが、こちら（のディースの中）にいる
悪人どもと分けられているのか、そして神の復讐が
なぜ彼らに対してその怒りを減じているのかわかるはずだ」
「ああ、すべての病める眼をいやす太陽よ。
あなたが疑念を解いてくださると、私はうれしくてなりません。
疑問を抱くことも、知ることと同じほど喜ばしいものになります[*20]」
　「もう少し元にもどって」と私は言った。
「高利貸しが神の善性[*21]［労働］を損なうというところで、

私の疑問を解いてください」
　師は言った。「（アリストテレース）哲学は、それを理解する者に
一箇所以上で、いかにして自然が
その働きにおいて神の英知とその御業に
　従うかを説いている。
おまえの（アリストテレースの）『自然学』をよく調べれば、
あまり頁を繰らぬうちに[*22]こう言っているのを見つけるだろう。
　すなわち、ちょうど弟子が教師に従うように、《人間の技は、
能（あた）う限り、自然に従う》と。
ゆえに人間の技は神の孫のようなものだ。[*23]
　『創世記』の初め[*24]を想い出してみるとよい。
この二つ――自然と技〔労働〕――から、人は生きるのに必要なものを得て
前に進むべく（神によって）定められている。
　しかるに、高利貸しは他のもの〔利子〕に希望を託し、[*25]
別の〔自然に反した〕道を進むため、自然そのものと
自然に付き従うもの〔労働〕の双方を卑しめる。
　だが、もう行ったほうがよかろう。（東の）地平線には（魚座の）二匹の魚が跳ね、[*26]
大熊座〔北斗七星〕のすべての星々は
北西の上に沈み始めている。[*27]　さあ、私について来るがいい。
　ずっと向こうに、この懸崖の降り口がある」

第十一歌注釈

＊1　地獄の情景描写から始まるが、ダンテはこの崩落の原因を次の第十二歌で明かしている。それは自然学的な要因（合理的な理由）から生じたものではなく、超自然的な理由から生じている。

＊2「さらにむごたらしい」には受動と能動の二つの意味が掛けられている。すなわち「さらに残酷に罰せられている」（受動）と同時に、「さらに惨たらしい行為で罪を犯した」（能動）第七圏の囚人たちという意味。

＊3「悪臭」は罪の表徴であり、今までよりもさらにひどい悪臭のため、臭いもいっそうひどくなっている。

＊4　教皇アナスタシウス二世（在位：四九六－四九八）はコンスタンティーノポリスの総主教アカキウス（単性論者で教皇フェーリックス三世によって破門・解任されていた）の忠実な信奉者ポーティィーヌスを温かく迎え入れ、秘跡まで施したことで、非妥協的なヴァチカンとラテラノ教会の司教座聖堂参事会員たちを憤慨させた。ここからアナスタシウス二世が非正統の単性論に調伏されたという伝説が生まれ、十六世紀まで続くこの誤解をダンテも信じていた。

＊5「ポーティィーヌスが彼を道に迷わせた」とは「アナスタシウス二世を正統から逸脱させた」の意味。ダンテは『グラティアーヌス教令集』に採録された『司教の書 *Liber pontificalis*』の一章（アナスタシウスの人生に関する匿名作者の記述）に依拠している。「この中世の伝説に従えば、教皇アナスタシウス二世は教会の正統教義の守護を託されたにもかかわらず、その聖なる信頼を裏切り、テッサロニーケーの補祭ポーティィーヌスに説得させられてキリストの神性を否定したことになっている。だが、歴史的に言えば、アナスタシウス二世には伝説で科せられているような罪はなかった。現代の学者たちは、アナスタシウス二世の異端の評判が広まったのは、アカキウスの信奉者たちが引き起こしたローマ教会と東方正教会の分裂を、彼が終えさせようとして使者を派遣したことが原因になったと説明している。従って、問題はなぜダンテが多くの異端者の中から彼の名前をここに挙げたかである。ダンテは、異端は単に政治的党派にだけでなく、ローマ教会の首長自らをも襲うものであったことを示そうとしたのであろう」（キアヴァッチ・レオナルディ）。この誤った伝説に加えて、ダンテは補祭ポーティィーヌスを、アウグスティーヌス『告白』第七巻第十九章）によってとりわけ知られていた同名のキリスト単性論者の司教とおそらく混同している。「ダンテや初期の注釈家たちは、五世紀のテッサロニーケーの補祭ポーティィーヌスを、同名で、もっと有名な四世紀の異端者スィルミウムの司教ポーティィーヌス（イエスは単なる人間であり、神によって聖化され、キリストの普遍的な位階まで引き上げられたと説いた）と混同し、司教ポーティィーヌスの異端教義を補祭ポーティィーヌスに誤って帰している。ダンテの意図は、第十歌でエピクーロス主義の二人の信奉者について

語った以上、何らかのキリスト教の異端に触れることにあったのであろう」（ベルトリーニ）。多くの異端の中でダンテがポーティーヌスを選んだのは、キリスト単性論を最悪の過誤とみなしたからである。ベンヴェヌートは「ポーティーヌスはキリストが夫婦の契りによってマリアとヨセフの間で受胎したという最悪の誤謬に陥っている」と注釈している。「エピクーロスが肉体とともに魂も死滅すると説くとき、それは人間の本性が持つ真の尊厳を否定するものとなる。なぜなら人間の本性は永遠の命だからである。一方、単性論者のように、キリストが人間として生まれたとみなし、キリストに人性のみを見ようとすれば、神の御子における神性の真の現実を否定するものとなる」（ベルトリーニ）。このようにダンテは魂の不滅とキリストの神性の否定を最も罪深い異端として示しているのであろう。

＊6 「欺瞞は人間に固有の悪」という主張は古典的な発想である。ウェルギリウスは、暴力が獣にも当てはまるが、欺瞞は理性の悪用であり、人間だけに当てはまると説明する。さらに、これにキリスト教的な解釈を加味して、理性は神から与えられた至高の賜物であるがゆえに、その悪用はより一層深刻に神を貶めることになり、従って、欺瞞者たちは暴力者たちよりも下層の地獄で一層厳しく罰せられることになると説明する。

＊7 中世では人とその人の所有物が同一視される。所有物はもう一つの人格を表わしている（ここから後に法人という考えが生まれる）。神の所有物は、神の作品である「自然」と「自然の業（わざ）」を指す。

＊8 ダンテはトマス・アクィナスとは違って強奪・略奪よりも窃盗の方をより重い罪とみなし、強奪者・略奪者を第七圏に、窃盗者を第八圏に置いている。単に力による強奪よりも、人を欺き、欺瞞を使って盗みを働く窃盗行為の方をダンテは重く見る。一方、トマスは暴力を用いる強奪の方を重く見ている。ダンテはトマス神学に依拠しながらも、随時変更を加えており、ダンテが神学者とみなされる所以である。

＊9 「自分の資産に暴力を加える」とは自身の財産を蕩尽に帰すことを意味し、そのような自己破壊衝動を持つ者を「蕩尽者」と呼ぶ。興味深いのは、ダンテが蕩尽者を自殺者と同類とみなしている点である。「浪費者はいわば破滅者と言われる。というのも、それによって生きていかなければならない自身の資産を消失させることは、資産によって保たれる自分［命］を滅ぼすことだと考えられるからである」（トマス・アクィナス『ニコマコス倫理学注解』第四巻第一講義六五六）。アリストテレースもトマスも「浪費者」と言い、「蕩尽者」とは言っておらず、ここにダンテ独自の見方が表われている。ダンテは浪費者と蕩尽者を弁別し、ディースの外と内に分けている。ダンテは、トマスの説明からさらに独自に歩を進めて、浪費者が金銭を使うことに歓びを見出すのに対し、蕩尽者が財産を無にする欲求を抱いていることから、自己破壊衝動（自殺の一種）として区別している。ここにもダンテ独自

の見識が見られる。

*10 「自然とその善性［労働］」とは「自然が人間に生計の立て方を教えることで、また労働の果実を与えることで示す善性」（ボンディオーニ）であり、具体的には「（自然を真似る）人間の技術と労働」を指す。人間がなぜ小麦を育てることを覚えたかと言えば、土に種が落ちて芽生えるのを目にしたからであり、人間の活動の多くが自然から学んだものである。この自然から学んで得た「労働」こそが「自然の善性」、ひいては「神の善性」（95行）と呼ばれる。

*11 従って、「自然とその善性［労働］を蔑ろにする」とは、自然から学んだ人間の労働や男女間の生殖行為を蔑ろにすることであり、反自然的行為とみなされる。具体的には、自然に反すると考えられた「男色」が断罪される。また、「自然とその善性を蔑ろにする」行為として、自らの労働によってではなく、他者に金銭を貸すことで他者の労働を搾取して生きる「高利貸し」的行為が断罪される。

*12 古代ギリシャ・ローマ人とは異なり、ユダヤ人は世界でも稀な同性愛否定のドグマを有していた。「女と性交するように男と寝る者は、両者ともに忌まわしいことをしたのであり、必ず死刑に処せられる」（「レビ記」二〇：一三）。このため、キリスト教とともに旧約聖書がヨーロッパにもたらされると、ヨーロッパでも同性愛が禁じられ、男色は極刑とされた。

*13 中世では消費者金融は禁じられていた（実際は、ローマ教会自身が高利貸しをしていたが）。聖書が禁じているためである。「もしあなたが私の民、あなたと共にいる貧しい者に金を貸す場合、彼に対して高利貸しのようになってはならない。彼から利子を取ってはならない」（「出エジプト記」二二：二四）

*14 近親者や友人、庇護者、支援者などを指す。従って、裏切り行為（背信）を意味している。

*15 「人間は生まれながらに他者への愛情を互いに宿している」（ダンテ『饗宴』第一巻第一章八）。「人間が生まれながらに宿す友愛によって、私たちは皆、すべての人に対して互いに友人どうしである」（同前、第三巻第十一章七）

*16 ウェルギリウスに対する単純で純粋な賞賛というよりも、次の質問のための好意獲得のトポスとみなすべきである。なぜならその後、ダンテはやはり腑に落ちずに質問しているからである。現代でもイタリアでは教師に「解りません」と直接的な言い方をしない（失礼な言い方とされる）。「私にははっきりとしない所がありました」等のような間接的な言い回しをする。

*17 「何かほかのことを思い描いているのか」というウェルギリウスの問いは「おまえは他の教義（ストア派の《罪に軽重なし》という教義・キリスト教から見れば異端）に注意が引きつけられていたのか」という意味で述べられており、ぼんやり上の空で聞いていたという意味ではない。

*18 理性が本能に負ける自制心のなさを言う。これに対して

「悪意」は悪への意志を伴うため、「無抑制」よりも罪が重い。

＊19　古来、たいていの注釈者は「無抑制」を上層地獄に、「狂暴な獣性」を《暴力の罪（第七圏）》に、「悪意」を《欺瞞（第八圏・第九圏）》に帰してきた。暴力の圏に登場するミーノータウロス（第十二歌）がこの「獣性」のシンボルとして登場していると解してのことだが、この説明ではダンテの地獄を十全に分類・理解することはできない。

＊20　ダンテのこの言葉も、次の質問のための好意獲得のトポスとみなすべきである。なぜならその後、ダンテはやはり腑に落ちず再度質問しているからである。ここに第十一歌の主題が隠されている。なぜダンテは古典世界の代表者にして最高の権威である大先生に何度も自身の疑念――解らない――を繰り返しているのかを考えてみる必要がある。これがこの歌章を解くヒントとなっている。

＊21　48行目の「自然とその善性」の言い換え。自然の恵みは、結局のところ神の恵みであることから。

＊22　「（人間の）技術は自然を模倣する」（アリストテレース『自然学』第二巻第二章）を指す。人間が、その技を用いて自然（の諸物の形相）を真似ようとすることを述べている。例えば、種が大地に落ちると、そこから小麦が芽生えるのを観察から知った人間は、自然のその営みを、今度は自分たちの技に変えて、それを真似る。種まきは、播種という技を用いて大地に内在する自然の産出性を真似ることである。ミメーシスとしての技の観念は中世に定着していた。「業（わざ）（仕事・作品）には三種ある。創造主の業、自然の業、そして自然を真似る芸術家の業である」（ド・ブリュイヌ）。

＊23　「神の技［親］→自然の技［子］→人間の技［孫］」という説明だが、これはアリストテレースのものではなく、ウェルギリウス独自のものである。アリストテレースの著作のどこにもこのような表現は存在しない。

＊24　「主なる神は人を連れて行き、喜びの楽園［エデンの園］に据えた。これを耕させ、守らせるためである」（「創世記」二：一五）。「（主なる神は人に言った。）おまえは生涯労苦の中で（大地から）食物を得ることになるであろう。（中略）おまえが大地に戻るまで、おまえは顔に汗してパンを得ることになる」（「創世記」三：一七、一九）

＊25　自らの労苦によって天に希望を託すのとは反対に、他者の労働を搾取する高利貸しは、自分の代わりに他者が汗を流し、自分のために働いてくれることに希望を託す。

＊26　魚座の星々が地平線上にあることから、約二時間後に牡羊座が地平線上に現われることになる。ダンテが彼岸の旅を行なっている時期、太陽は牡羊座に居ることから、太陽はこの約二時間後に、地平線上に現われる。春分時の日の出はおよそ午前六時のため、今はその二時間前の午前四時頃となる。

＊27　魚座がこれから東の地平線に昇って来ようとしているとき、大熊座（北斗七星）は北西に沈んでいく途上にある。魚座と大熊座の経度（赤経）の違いが十四時間あるため、一方では昇り、他方では沈む。ダンテは「大熊座のすべての星」

が地平線上にあると指示しているが、この指示から大熊座を見ている者がナポリからヴェローナまでの間に位置していることが判る。エルサレムのような緯度（三二度）では大熊座の七つの星のうち二つがエルサレムの地平線下に六時間沈むからである。

第十一歌解説

冒頭で異端の《単性論》が断罪されているが、これについて簡単に触れておこう。キリスト単性論とは、《神性》と《人性》というキリストの二重の本性を否定し、単一の本性とする教義である。この単性論に対してカルケドン公会議（四五一年）は「混合も、変化も、分離も、区分もなく、二つの本性（両性）を持つ」と宣言した。キリストにおいては《神性》と《人性》という二つの本性が《御言葉》のペルソナの内に成立しているとする《両性論》がカトリックの正統教義とされている。

第十一歌は『神曲』の中で最も短い歌章だが、地獄の罪の区分とその理由の解説に当てられている。キリスト教では罪は《十一》という数で象徴されることから、まさに《十一歌》はそれにふさわしい。そして罪に関する説明も百十一（百十十一）行目で終えられている。

これまで注釈者たちは、ウェルギリウスがこれから訪れる地獄の罪を筋道だって説明していると単純に解してきた。だが、物語の途中で、しかもまだ半ばにも達していない時点で、これからのプロットを明かして何になるだろうか（『アエネーイス』第六巻と同じ）。これでは間抜けな構成としか言えなくなる。ダンテが一流の詩人であれば、むやみにそのような単純な解説のために一歌章を割くとは考えられない。ダンテは《読者を待機させる》レトリックを多用する詩人であり、詩的効果を高めるために故意に答えを先延ばしにする。そのダンテがここで残りの旅路を読者に開示しているということは、ダンテに別の意図があるとみなさなければならない。

まず第一に、罪の予告をしても、実際の場面に読者が遭遇すれば、予告を遥かに超える衝撃を読者に与える自信があるからこその予告と解す必要がある。知っているつもりの読者の想像を遥かに上回ることで衝撃を与える修辞となっているのである。そして十一歌の最大の主題はプロットの開示ではなく、ウェルギリウスの解説の不備を開示することが主眼となっている。プロットの中に物語が隠されているのである。ここがダンテの天才たる所以である。

実は、長い間、『神曲』の研究者を悩ませてきたのは、ウェルギリウスが用いるアリストテレース哲学では、地獄を整合性を以て説明できないことであった。それもそのはずである。ダンテは意図してウェルギリウスの説明では十全に説明し得ないことをここで明かそうとしているからである。次に、何が、どう不合理なのかを順を追って簡単に説明してみよう。

ウェルギリウスの説明における非整合性①

「悪意はなべて天の憎しみを買うが、悪意の目的は他者の権利を侵害することにある。暴力あるいは欺瞞で他者を悲しませることが、その目的のすべてなのだ」（22－24行）

このウェルギリウスの説明に見られる倫理体系は、キケローの『義務について』に由来する道徳的権威に基づいている。「《暴力》と《欺瞞》という二つの仕方のいずれかによって不正は行なわれる」（第一巻四一）。つまり、キケローは、不正は暴力または欺瞞によってなされると主張している。しかし、上層地獄の人々は悪意はないのに、不正を犯したことで罰せられ、天の憎しみを買っている。キケローに依拠するウェルギリウスの説明に従えば、悪意のない上層地獄の人々がなぜ天の憎しみを買うのか。また、同じ不正を犯しながら、なぜディースの外（上層地獄）とディースの内（下層地獄）とに分かれるのか、その区別が判然としない。この疑問を旅人ダンテは、67行目以下でウェルギリウスに吐露することになる。例えば、第七歌に登場する憤怒者（第五圏）は暴力者でもある。また、第十二歌に登場する殺人者（第七圏）も暴力者である。ともに暴力で他者を悲しませているのに、一方は上層地獄に、他方は下層地獄に置かれている。貪欲者（第四圏）も高利貸し（第七圏）同様、金銭を愛し、貯め込んでいる。それなのに上層地獄と下層地獄に分かれる理由がダンテには判然としなかったのであり、ウェルギリウスが想像するようなストア派のパラドックス（罪に軽重なし）に陥っていたわけではない。ウェルギリウスの基準と分類、説明の仕方が当を得たものではないのである。

ウェルギリウスの説明における非整合性②

次に、ウェルギリウスは上層地獄（第一圏～第五圏）と下層地獄（第六圏～第九圏）を分かつものとして、アリストテレースに依拠して、《無抑制》《悪意》《獣性》を持ち出してきている。だが、このウェルギリウスの分類では、第六圏の異端の罪は宙に浮いてしまう。エピクーロスのような異端者は「暴力」を用いるわけでもなければ、「欺瞞」を用いて「悪意」で人を騙そうとしていたわけでもない。しかも、先ほどのキケローとこのアリストテレースの基準がかみ合わず、不整合を起こしている。キケローの言う《暴力》と《欺瞞》、アリストテレースの言う《無抑制》《悪意》《獣性》がどういう関係にあるのか判然としない（暴力と獣性は重なり合っているようにも見える）。師のこの説明では弟子が疑問を持つのも当然である。

ウェルギリウスの説明における非整合性③

「ことに欺瞞は人間に固有の悪として神は（暴力よりも）いっそう嫌い給う。それで人を欺いた者たちはずっと底にいて、よりひどい苦痛にさいなまれているのだ」（25－27行）

ウェルギリウスのこの説明はもっともなものに見えるかも知れないが、ここには二つの事実誤認が隠れている。「欺瞞は人間に固有の悪」は悪魔を知らない古典的発想であり、キリスト教の視点から言えば、誤りでしかない。堕天使（すなわち悪魔）こそ欺瞞の生みの親だからである。実際、このことに思いが至らないウェルギリウスは偽善者に次のように説教されて、面目を失うことになる。

「すると、修道士（カタラーノ）は『私は以前（学問の都）ボローニャ（の神学校）で悪魔の悪徳を沢山聴いたことがある。中でもとりわけ耳にしたのは悪魔は嘘つきで、嘘の生みの親というものだ』」（第二十三歌142－144）

第九圏の主役である《悪魔》ルチーフェロこそ欺瞞の源である。ウェルギリウスは自ら、65行目でルチーフェロに触れながら、これを忘れている。すべての人間が欺瞞を犯すわけではないのに対して、悪魔は欺瞞しか行なわない。ウェルギリウスの説明にはキリスト教的な味付けがなされてはいるが、キリスト教の叡智によって完全な形で照らされたものではない。彼の説明は、あくまでも彼の持つアリストテレースやキケローなどの古典的知識に基づいたものであるため、このような不備が顔をのぞかせる。また、「下層の圏ほど激しい苦しみに襲われている」という説明も真実というわけではない。欺瞞者たちは下層にいるため、より大きな苦痛に襲われているという説明は正確とは言えない。なぜなら作者ダンテは苦痛の程度に従って、地獄界の階層を定めているわけではないからである。地獄各圏の配置に対して苦痛という尺度を適用することは余りに主観的過ぎ、神の正義の絶対的完璧さを映す尺度としては役に立ち得ない。実際、氷寒地獄と灼熱地獄とでは、どちらの苦痛が大きいであろうか。第九圏のように凍死するのと第六圏のように焼死するのとどちらが苦しいか。第七圏で沸騰する血の川に浸けられるのと、第八圏で糞尿の中に浸けられるのと、どちらが肉体的に苦しいだろう。苦痛という尺度で地獄界が定められていないことは、各圏の懲罰を見れば、明らかである。むしろ、人間の尊厳の毀損・剥奪こそが懲罰の基準になっている。このようにウェルギリウスの一見もっともらしく見える説明にも、多くの疑問符が付けられる。

ウェルギリウスの説明における非整合性④

②で指摘したように、アリストテレースの『ニコマコス倫理学』第七巻の三つの倫理的傾向による分類（無抑制、悪意、獣性）とキケローの分類（暴力と欺瞞）というこの二つの権威がうまく合致して整合すればよいが、逆に、その齟齬を露呈させている。地獄界の構造においてこの性状に当てはまる固有の圏が見当たらないからである。しかも、怯懦（地獄前地）、不信仰（第一圏）、異端（第六圏）はこの三つのカテゴリーから外れたままとなっている。どちらを使っても分類できないのである。

ウェルギリウスは第二圏から第五圏の罪人たちを「理性が情欲に打ち負かされ」（第五歌39〈37〉）た者たち、すなわち無抑制な者たちとして一括りにする一方で、かえって論理的な紛糾を招いている。第一に、下層地獄全体（第六圏－第九圏）を包含するキケローの《暴力》と《欺瞞》（24行）とアリストテレースの《悪意》と《狂暴な獣性》（82行）（これは地獄の最後の三つの圏――第七圏～第九圏――にしか当てはまらない）とをいかにして折り合いを付けるかという問題が生じている。しかも、これらの圏のうち、どの圏が《悪意》の圏に当たり、どの圏が《狂暴な獣性》の圏に当たるのか、まったく解らない。《悪意》と《狂暴な獣性》という悪の二つの表われにどのような意味の違いを賦与したらいいのかまったくもって困難だからである。ウェルギリウス自身、キケローとアリストテレースを整合させることができずに、かえって二つの権威のギャップを招き入れてしまい、教師に似つかわしくない失態を演じている。というのも、中世の基本となる知的戦略の一つは、まさに、同一の論理を用いて明かされる複数の権威の間に矛盾が存在しないことを確証するものだったからである。つまり、異教の詩人は説明することによって地獄界を明らかにするのではなく、逆に、自身の理解の不完全さを露呈させている。とりわけ101－108行ではアリストテレースが実際には述べていないことを自ら案出している。しかも、最後には最終権威として聖書を持ち出してきて結論を導いている。それもこれもアリストテレースでは十全に説明できないからであり、自らアリストテレースの不十分さを明かしてしまっている。

ウェルギリウスの説明における非整合性⑤

ウェルギリウスは52行目で「すべての良心にとがめる欺瞞」と述べているが、この主張は、復讐の女神エリーニュスたちを暗示する古典的発想であり、あくまでも古典的見解に留まり、普遍的な真理とは言えない。というのも下層地獄の囚人たちの中には、人間としての良心そのものを欠いた者、ひとかけらの良心も持ち合わせない輩が登場してくるからである（例えば、ヴァンニ・フッチ）。また、たとえ良心があったとしても、それに目をつむり、決して見ようとはしない者がいる以上、人を騙して良心の呵責を感じぬ者はいないというウェルギリウスの主張は下層地獄にふさわしいとは言えず、少なくとも全員には決して当てはまらない。また何よりも、良心の呵責を感じていたならば、地獄に堕ちずに煉獄に行くはずである。たとえ良心の呵責を感じている魂たちが地獄にいるとしても、下層地獄では、逆に、人を騙すことに喜びを感じる魂たちが大勢いる。トマスもこう言っている。「不正な者として振る舞うということは、単に悪意を以て不正を行なうというだけではなく、理性のたいした抵抗を伴うこともなく、喜びを以て行なうことをも意味する。これは悪の習慣を有する者だけに当てはまる」(トマス・アクィナス『神学大全』I-2, q.78, a.3, resp.)。実は、こうした認識に対するウェルギリウスの不足がのちに悪魔に騙される結果を生むことになる。

ウェルギリウスの説明における事実の省略①

55行目から60行目にかけての第八圏に関するウェルギリウスの描写もすべて不十分なものである。罪の順序も実際の順序に従っておらず、バラバラである。このようなカタログ的リストを羅列するときも――例えば第四歌の偉人たちのリストに見るように――何らかの規準に従って並べるのが通例である。ましてや大詩人であるウェルギリウスにそれができないわけがない。第八圏においては最も肝心な点が見落とされている。《第八圏が十のボルジャに分かれていること》をウェルギリウスは述べていないからである。マレボルジェが《十》の領域に分割されているというこの最も当たり前の基礎事実を指摘し忘れている。この《十》という数こそが、重要な象徴を意味するのにである。《十》は神の完全性を象徴する数であり、この構造こそ、マレボルジェが神の手による作品であることを明かしている。このため70行目以下で、ダンテがウェルギリウスに質問を投じるのも無理からぬことである。このような重要事項の見逃しは、旅が進行するにつれてウェルギリウスの知識に不完全さが混じってきていることを明かしている。ディースの扉を前にした時から、ウェルギリウスの知識はもはや一〇〇%のものではなくなってきている。ウェルギリウスは一度下層界に降りてきたことがあるだけで、すべてを完全に知っているわけではない。もちろん、その際に見たものを頭に入れているが、下層地獄の状況すべてについて知っているわけではない。例えば、ウェルギリウスが下層地獄に降りて来た時は、まだキリストが生まれる前であり、第八圏の岩橋は壊れておらず、岩橋を渡って更なる下層へと進んで行けたが、今ではこの岩橋は落ちていて存在しない。時代が変わっているのである。キリストの死は世界の相貌を一変させた。それなのに、ウェルギリウスの知識は古いまま留まっている。

ウェルギリウスの説明における事実の省略②

ウェルギリウスはキリスト教の七つの大罪の体系が、上層地獄の構成に影響を及ぼしていることに一言も触れていない(煉獄の七つの環道は上層地獄の第二圏から第五圏に対応していることはすでに見た)。この欠落は極めて象徴的である。なぜなら図らずも異教の詩人がキリスト教信仰の重要性を十全には認識し得ていないことがここから浮き彫りにされるからである。古典詩人のこの限界は、彼が最もキリスト教的な罪である異端を前にしたときの彼の沈黙の中に顕わにされている。ウェルギリウスは、ファリナータに対しても、アナスタシウス二世についても、一言も口を開くことなく沈黙している。それは彼にも同じ不信仰の罪があるからに他ならない。そしてこの罪こそはアリストテレースの範疇に当てはまらず、まったくアリストテレース哲学の想定外に位置している。

ダンテの疑問の正当性

ダンテは70－75行目にかけて、ウェルギリウスに正当な疑問を呈しているが、反対にウェルギリウスは弟子が「罪に軽重はあるのか」というストア派のパラドックスに陥っていると勝手に決めつけ、的はずれな叱責をしている。だが、ダンテの疑問を《罪に軽重なし》というストア派の命題としてウェルギリウスが解した点にこそ問題がある。ダンテがここで異端の罪を犯してストア派のパラドックスに囚われていることはあり得ない。ダンテは、今、異端者たちの圏を目の当たりにしてきたばかりであり、そこを超えて来たからである。神がそれぞれの罪に応じて異なる仕方で罰することは、旅人ダンテには自明の理であったはずである。ダンテはウェルギリウスの解説から第二圏から第五圏までの罪と、第七圏以降の悪意からなされた罪が同じではないことは重々承知している。キリスト教徒であるダンテが《罪に軽重などない》という疑問に頭を悩ますなど考えられないことであり、このような初歩的な疑問を抱くはずがない。ダンテの疑問は別なところから来ている。それなのに、ウェルギリウスは自分の知る古典の知識で、ダンテの疑問を誤ってストア派のパラドックスと解して一刀両断してしまう。そして地獄の罪をアリストテレースを使って説明しようとする。この二重の誤りこそが、第十一歌全体を貫く主題である。ダンテがウェルギリウスの説明に納得がいかず、再度疑問を呈するのもこのためである。

「『もう少し元にもどって』と私は言った。『高利貸しが神の善性［労働］を損なうというところで、私の疑問を解いてください』」（94－96行）

ダンテの質問はまったくもって論理的なものである。彼が知りたかったのは、今まで見た罪人と、これから会う罪人たちの間にいかなる倫理的・懲罰的な関係があるのかということであろう。なぜダンテは、数ある罪の中から高利貸しを選んで挙げたのであろうか。ダンテは貪欲者と高利貸しがどのように違うのか、そこが知りたかったのである。ウェルギリウスはディースの外と内の罪の違いを説明したが、その説明だけでは納得がいかず、それを質すために、この罪を取り上げてみたのである。（実際、95－96行の質問は、48行目のウェルギリウスの説明「（高利貸しが）自然とその善性［労働］を蔑ろにする」を言い換えたものである）なぜなら金銭を溜め込む貪欲者も高利貸しもともに意志の為せるわざだからである。高利貸しには意志があって、貪欲者には意志がないとは言えない。また、どちらも金銭に対する飽くなき執着——金銭愛——を示している。高利貸しも貪欲であることに変わりない。ともに神から嫌われているはずなのに、なぜ一方はディースの外に置かれ、他方はディースの内に置かれているのか、両者にいかなる懲罰的な関係があるのかを知りたいと思うのは自然である。実際、第十七歌で明らかになるように、この両者は顔を見ても区別のつかない同タイプの罪人として描かれている。もしアリストテレースの分類に従えば、貪欲者は《無抑制》で、高利貸しは《悪意》に分類されてしまうことになる。高利貸しの罪を反自然と解することはできても、《悪意》に還元するには大きな飛躍がある（悪意と言うよりも楽に金儲けがしたいだけであろう）。私自身もウェルギリウスの説明では理解できない。ダンテは、読者が地獄篇を読み終えた時、ウェルギリウスの先取り解説の不十分さを認識できるように構成しているのである。

憤怒者と暴力者も同じように疑念を生じさせる。アルジェンティは他人に危害を加えることを何とも思っていない。ダンテに攻撃を加えようとするアルジェンティには間違いなく《悪意》が存在している。それゆえ、ダンテは、師の説明が不十分であると直接的に言う代わりに、間接的にこれを質すことで両者の違いを会得したかったのである（もしこの両者の関係を説明するとすれば、個人的な罪と社会に及ぼす悪の影響の大きさ——社会の毀損性——という視点から説明され得るだろう）。

要するに、「師と弟子のこの一連の会話で誤りがあるとすれば、誤りは弟子の方ではなく、師の方にこそある。古典詩人はここでもふたたび、自身の知の限界を露呈している。そしてここにこそ第十一歌の重大な側面が認められなければならない。ダンテはキリスト教の冥界を説明するにあたってアリストテレース哲学の有効性に限界があるということだけではなく、理性的な認識一般に限界があるという判断を下しているからである」（バランスキー）。

ダンテが細心の注意をもってウェルギリウスの議論の中に導入した論理的な矛盾こそがこの第十一歌を支配する主題である。ここで導入される地獄界の構造説明は狂言回しに過ぎず、第一の主題は、この構造説明を題材として、ウェルギリウスの説明に象徴される人間理性の限界を示すことにある。ウェルギリウスは理性の象徴であるため、その説明が誤ってばかりということはない。当然、正しい指摘も行なう。しかし、ウェルギリウスの説明は部分的には正鵠を射ていても、同時に多くの誤りも犯しているのである。理性で正しく推論し説明することができるものがあると同時に、理性では合理的に説明がつきにくいものも多数あるからである。

ウェルギリウスは、第十一歌の冒頭箇所でダンテが細心に用意した神学的伝統の象徴的解釈の方法に従わず、アリストテレースの作品に言及し、異教の倫理哲学の読みを採用し、それをキリスト教の地獄区分に適用している。このように第十一歌は地獄の構造を明らかにするよりも、ウェルギリウス自身の知的限界を際立たせるように作られている。なぜなら読者にとって地獄の構成の説明など意味がないからである。先を読めば、ウェルギリウスの説明よりもはるかに詳しくすべてが明らかにされる。一つの文学作品の中で、これから展開される筋書きを教える一章をわざわざ設ける作家が一体どこにいるであろうか(そもそも『神曲』が謎解き構造でできている)。

ダンテの意図は、予告編を作品内で語ることではなく、ウェルギリウスという古典詩人の理解の仕方から学ぶべき教訓を汲み取るよう読者に求めることにある。つまり、これはラテン詩人一個人の限界というだけに留まらず、彼の属す古典古代の世界すべての、そして理性的認識を過度に信頼する異教およびキリスト教のすべての人々に共通する限界を象徴している。ウェルギリウスは、自身の論理的推理力を頼りにしながら、キリスト教の冥界世界と神的秘密を異教の哲学的権威によって説明しようと試みるが、このようなアプローチの結果、彼が成し得るものは地獄界について一定の観念をなんとか付与するだけで終わっている。その説明はあくまでも部分的なものに過ぎず、多くの問題を孕んでいる。ダンテは、古代世界の成し遂げた成果を否定することも、人間の理性的認識力を否定することも決してない。それどころか称揚している。しかし一方で、彼らの限界を包み隠すこともない。要するに、ウェルギリウスがアリストテレースの哲学を引き合いに出すときの確信と称賛に満ちた調子とは裏腹に、彼の説明からはっきりと浮かび上がるものは、彼の採用する思想と方法がまったく不十分かつ不適当なものだという点である。

ダンテは、ローマの詩人を批判しているのではなく、彼の思考様式の根幹部分を批判しているということを認識しておくことは重要である。というのもここに見られるのは、啓示vs理性主義、キリスト教vs異教思想の関係であり、真の問題は、ウェルギリウスが、《象徴的聖書的解釈》に従わず、《理性主義の議論》を展開している点にあるからである。

この歌章を読む際にわれわれが知っておかなければならないことは、十三世紀を通じて、キリスト教の思想家たちの間で推論方法を巡って大きな分裂があったという神学的背景である。彼らは互いに対立して二手に分かれていた。伝統的な象徴的解釈の手法の有効性を唱え続ける側と、アリストテレース的な新しい読みに依拠しながら、理性主義的・論理的手法を支持する側である。ダンテは、十三世紀当時のこの二つの思潮を第十一歌の中に意図的に組み込んでいる。もっと具体的に言えば、冒頭部分とウェルギリウスの説明に見られるコントラストは二つの伝統的思潮に相応し、この対比が第十一歌の主題となっている。

アリストテレース的な理性・合理主義を批判する傾向は、フランチェスコ会派の思想家たちの中に見ることができる。なかでも、ボナヴェントゥーラ、ペトルス・ヨハンニス・オリーヴィ、またアウグスティーヌス会派ではアエギディウス・ローマーヌスなどがそうである。とりわけオリーヴィは一二八七年(ダンテが二十二歳の時)にその立場を鮮明に明かしている。

オリーヴィほどではなくとも、十三世紀後半においてこのような傾向を持つフランチェスコ会派の思想家に、ジョン・ペッカム、ロジャー・マーストン、ウィリアム・ド・ラ・マールがいる。

オリーヴィはフィレンツェのサンタ・クローチェ教会で教鞭を執っており、若きダンテも直接彼の講義を聴いたと考えられている。オリーヴィは一般哲学に対する不信を表明し、アリストテレースを礼賛し、聖書研究に無用で有害な哲学的視点を不当に導入する《哲学的な神学者たち》に信を置くべきではないと訴え、アリストテレース哲学にはキリスト教信仰と共有すべきものが何もないと主張した。

アエギディウス・ローマーヌスは『哲学者たちの誤謬 *Errores philosophorum*』の中でアリストテレース哲学が主張する「運動は始まりを持たなかった」「時間は永遠である」「世界は始まりを持たなかった（神によって創造されなかった）」「天体は決して造られたのではなくて、常に存在した」「新しいものは何ものも神によって生じ得ない」「死者の復活はあり得ない」などといった見解を誤謬として列挙し、さらにはアヴェロエスやアヴィケンナ、アルガゼル、アルキンドゥス、マイモニデースといったアリストテレースの哲学を受け継ぐ思想家や注釈者たちの誤謬を批判している。

前述したように十三世紀の神学論争には二つの思潮があったが、一つは、神的痕跡の真実に信を置くキリスト教新プラトーン主義を信奉する人たちであり、もう一つは、科学的説明と合理的分析力こそ確実なものであるとみなすキリスト教アリストテレース主義を信奉する人たちである。後者に対するオリーヴィの批判を例として挙げておこう。

「（パウロが「コリントスの信徒への第一の手紙」一：二〇で言っている）『（神はこの世の知恵を）愚かなもの（とされた）』とは、哲学につきまとう誤りを指している。たとえそこに、この世の智慧として真実の束の間の煌めき［第十一歌でのウェルギリウスの解説がまさにそうである］が認められるにせよ、それが教えるものは空しく・空虚であり、その結果は無意味なものでしかない。なぜならこの世の哲学は、感覚のみに頼るその源によって限界づけられているからであり、否応なしに、この地上の智慧でしかない（物質と闇から形作られているこの世の智慧でしかない）。地上の哲学が愚かなものである以上、それは慎重に賢慮をもって読まれなければならない。真実の煌めきが点じている［部分的には正しい］がゆえに、よくよく見極めて読まなければならない。その空虚さゆえに、それを目的や結論としてではなく、あくまでも手段として用いるだけで、すばやく眼を通さなければならない。その狭量さゆえに、またその無邪気さと幼稚さゆえに、その僕としてではなく、その主人として読まなければならない。私たちはその弟子ではなく、その審判者として臨まなくてはならないのである」（ペトルス・ヨハンニス・オリーヴィ『哲学者たちの書をいかに読むべきか *De perlegendis philosophorum libris*』三七－三八）

ダンテは、叙事詩でありながら、第十一歌で意図的に哲学者アリストテレースの著作名を二度も挙げている。そのような箇所は『神曲』中ここだけである。それには理由がある。ウェルギリウスはすぐにアリストテレースを頼りにし、それに頼ってキリスト教世界の冥界を説明しようとし、またそれができると信じている。まさにこの態度に疑義を投じるためである。ダンテは明らかにオリーヴィたちの批判を念頭に置いてこの歌章を作ったと思われる。

「確かに、あちらこちらにちょっとした真実は、いくつか散見することはできる。だからこそ智慧という言葉で呼ばれる。例えば、秩序だった論理の展開、帰納法、原因や結果を通じての証明、背理法による論証など、方法論に利用するならば、そこにも幾ばくかの有用性（価値）が見いだされる。だが、ここにおいてでさえ、すべての理性による探求は誤謬に汚染されていたのである。思索的な学の目的が真実の観想であると主張することは正しかったが、こう述べながらも、哲学者たちはこの知の目的が、神の完全なる観想であることには理解が及ばなかったのである。（古代のギリシャ・ローマ人が）人間の生活を整えるに際して、実用的な学問の有用性に気づいたことは正しかったが、その目的が人間の救いであることに気づくことはなかった。こうしたことすべてが、いかなるキリスト教徒にも看過し得ない態度であることは言を俟つまでもない。哲学がいかに空虚であることか！　哲学者たちは、キリストの十字架を知りもしないくせに、（すべてを知っているかのように）思い上がり、高慢である。彼らは、神を師とすることはなかった。虚しき知は、人間を幸福へと導くことはないのである。物体的な自然についての研究から僅かばかりのことが解ったとしても、彼らは人間についてその僅かばかりのことも解らないままであった。彼らは、人間の魂の構造や肉体と魂の結合や魂の能力の階級構造を理解し得なかったし、自然の状態や原罪についても何も知り得なかったのである。離存的知性体［天使］をまったく誤解し、それらを神々としてみなしていた。結局のところ、彼らは神についても、三位一体についても、創造についても何も知らなかったのである。彼らが行なったことは間違いばかりである。彼らは世界を目にしながらも、その《製作者 artifex》が誰だかさえ解らなかった。これが、つまるところ、この世の学である」（ペトルス・ヨハンニス・オリーヴィ『哲学者たちの書をいかに読むべきか』四二）

「私は、アリストテレースがあちらこちらで考えたことをまったく意に介さない。なぜなら彼の権威は、どんなものも不信仰にして偶像崇拝的な権威でしかなく、私には何の意味もないからである。とりわけ、キリスト教の信仰やそれに類した主題においては尚更である。［従って、異端などの信仰に関する事柄にアリストテレースを援用することはできない］」（オリーヴィ『命題論集第二巻注解』16, I, 337）

そもそもダンテの地獄は聖書的・キリスト教的伝統の上に打ち立てられたものであり、古典古代の地獄界とは地勢学的にも意味的にもまったく異なっている。ウェルギリウスの説明にはそうした視点が抜け落ち、『アエネーイス』第六巻のタルタロスの説明に似た羅列で終わっている。ウェルギリウスは、神の創造の産物である地獄を合理的に説明しようと試みるが、神の創造した世界が人間の認識能力の遥か彼方に位置するものである以上、ウェルギリウスの試みはそれを平板化し、誤解してしまうだけに終わっている。つまり、ダンテは、神の被造物を説明しようとする人間のいかなる知的伝統も無力だということ、そして《至高の叡智》の創造物である地獄は、常に、人間理性の認識力を遥かに超えたところにあることを際立たせようとしている。ダンテは地獄に関する人間の理解は部分的で不完全なものに留まらざるを得ない理由をここで読者に提示し、「象徴的・聖書解釈的認識こそが神の定めた意思の伝達法に基づくものであり、他のいかなる認識法よりも、よりよく神の意志を明かすことができる」(バランスキー②) ことを示そうとしているのである。

キリスト教の神が創りだした地獄界を解説するにあたって、ウェルギリウスは《キリスト教の神》も《創造の御業》も《地獄の製作者》も知らないアリストテレースを権威として用いている。アリストテレースはそもそも創造主という存在を認めておらず、宇宙の創造も認めてもいなければ、地獄も知らなかった(第十一歌と第十二歌の冒頭で示される陥没はアリストテレースでは決して説明できない現象である)。実は、『神曲』の旅の中でウェルギリウスは弟子を案内することで、より正確な世界像を手に入れ、その誤謬が修正されることになる。ウェルギリウスは真理の一端を垣間見ることは許されていても、その全貌を見ることのできない古代の悲劇詩人として設定されており、その知識は予め限界づけられている。ウェルギリウスはいつも松明の光を他者に掲げながらも、自らは照らされることのない人物なのである。加えて、ダンテはこの第十一歌でもう一つの主題を隠している。

古代の詩人ウェルギリウスは古典的叡智の代表として、誠意からダンテに地獄界の説明を行なっている。彼は自分が信じ、自分が理解する世界を語っている。教師として嘘を教えようなどとは露程も思っていない。第十一歌のエピソードは、彼がかつて下層地獄で見たものが、彼にとってどれほど真実であろうとも、自身の古典的に限界づけられた料簡内でしか物事を認識できないでいることを語っている。つまり、人は、自分の能力を超えては物事を理解し得ないのであり、自分の理解できる世界しか語り得ないのである。人は、理解し得ないものに出遭うと、自分に理解し得る領域に還元して事物認識を行なってしまう。ダンテの疑問をストア派のパラドックスに還元してしまったことが、その良い例である。師は弟子の質問に対して、自身の理解する範囲内でしか答えられない。教師の限界は生徒の質問を自分の得意分野に還元して答えてしまうところにある。これが第十一歌のもう一つの普遍的な主題である。またそこには教師と弟子の微妙な関係が暗示されている。教師は弟子のために良かれと思い、自身の理解するところを語るが、弟子はもっと別なもの、もっと新しいものを見て取ることがある。弟子の方が師よりも大きなものを見ていて、教師にはそれが見えないことがあるのである（この師弟関係の主題はさらに第十五歌に引き継がれる）。

最後に、アリストテレースの分類によらず、象徴的・聖書的解釈の手法を用いて地獄界の構造を手短に説明してみよう。神は、自身の創り出した被造物を通して、その地勢・情景を通して、自身の意図を暗示させる。アリストテレースの分類からはみ出た罪がどのようなもので、地獄のどこに置かれているかをよく見てみると、そこに、ある共通点が見いだされる。

アリストテレースがまったく想定していなかった「《怯懦（地獄前地）》《リンボ（第一圏）》《異端（第六圏）》の三者に共通するのは、三者ともに《敷居（辺縁）》に位置している点である。《怯懦者たち》は地獄前地という冥界の入り口に、《リンボの魂たち》は上層地獄の入り口に、《異端者たち》はディースという下層地獄の入り口に位置している」（ボスコ&レッジョ）。「三者がともに、地獄前地、上層地獄、下層地獄の端（敷居）に置かれていることは偶然ではない」（ボンディオーニ）。なぜなら神が完全性そのものである以上、神の作品である地獄に偶然など存在しないからである。それは、「彼らが《規範の外》にあって、《分類の外》にあるからに他ならない」（ボンディオーニ）。「そして三者とも《消極的な罪》という点で一致している。《怯懦者》は実人生で《何もしなかった（行動しなかった）》者たちであり、《リンボの魂たち》は真の神を崇めなかった者たちである。そして、《異端者たち》はキリスト教の真の教義を受け容れなかった者たちである。すなわち、《行なわない》ことで三者は共通している。一方、他の罪は《能動的な罪》である」（ボスコ&レッジョ）。それ故、ウェルギリウスはアリストテレースに頼るのではなく、神の創造した地獄の構造や情景の象徴、地勢学的な意味、聖書やキリスト教の七つの大罪、消極の罪、能動の罪、無抑制の罪、知を働かせた罪といった概念で説明していくと同時に、人間理性を基にした分類概念で二つや三つにまとめ上げることができるほど、地獄を創った神の至高の叡智は単純なものではないと警告すべきであったのである。前述のように、「象徴的・聖書解釈的認識こそが神の定めた意思の伝達法に基づくものであり、それがたとえどんなに不完全なものであれ、他のいかなる認識法よりもよりよく神の意志を明かすことができる」（バランスキー②）からである。

神は、被造物の中で、自然の事物・情景を通して語る。自然をよく読むこと、そこにヒントが隠されている（煉獄篇でこのことがいっそう明らかにされる）。ダンテはオリーヴィのようにアリストテレースを否定することはないが（それどころか高く評価している）、かといって、その限界を包み隠すこともない。道具には使い道があり、万能ではなく、その限界がある。そして本物の地獄は、ダンテがこれから自分の目で見て、その真の姿を知ることになる。人から聞いた話ではなく自分の目で見て、その真贋を見極める。旅人ダンテにはよく解ったこのことが、旅を終えた作者ダンテにはよく解っているのである。

第十二歌

第七圏第一冠状地（暴力の罪）
一三〇〇年四月六日（水曜日）
ミーノータウロス登場。沸騰する血の川プレゲトーン。
監視者ケンタウロスたちとの出会い。

　けわしい崖を降りようと、私たちがやって来た場所は
峨々（がが）とした懸崖（けんがい）であったが、目という目を背けたくなる
おぞましい存在［ミーノータウロス］がそこをさらに険しくしていた。[*1]
　かつてトレントの南で、
地震か支えを失ったために[*2]
山のいただきから平野まで地滑りが生じ、
　アーディジェ川の岸を山崩れが襲ったことがある。
その時、岩壁が割れて砕けたおかげで
上から下へ、やっと通れるほどの道が通じたが
　ちょうどそのように、この切り立った崖から降り道ができていた。
そしてその陥没した急斜面のいただきには
あのクレータ島の恥辱[*3]［ミーノータウロス］が横たわっていた。
　つくりものの牝牛のなかで孕（はら）まれたものだ。[*4]
私たちを見ると、自らに咬みついた。

内なる怒りに苛まれるもののように。[*5]
　私の賢人［ウェルギリウス］は彼に向かって叫んだ。
「ひょっとするとおまえは、現世でおまえを
死に到らせたアテネ公[*6]［テーセウス］でも来たと思ったのか。
　向こうへ行け、けだものめ。[*7] ここにいる男は
おまえの姉に策を授けられた者[*8]［テーセウス］ではないぞ。
おまえたちの罰[*9]を見て歩くだけだ」
　死の一撃を受けた牡牛が
縛(いまし)めを解かれたとき、足取りもおぼつかぬまま
あちこちと跳ねまわるように、
　私は（怒りに悶えた）ミーノータウロスがそのようにするのを見た。
すると師はこの機を見逃すことなく、叫んだ。「早く通路へ走りよれ。
あいつが怒り狂っているうちに降りてしまうがよい」[*10]
　それでわれわれはあの岩の集積を縫うようにして
降りた。岩はたびたび私の足の下で
初めての重みを受けて、ぐらぐらと動くのだった。[*11]
　私が考えごとをしながら進んでいると、師は言った。「おまえは
たぶんいま私の追いはらったあの猛々しいけだものに
守られたこの崩落地[*12]のことを考えているのだろう。
　おまえに教えておこう。私が以前[*13]

この下層地獄に下ったとき
この岩壁はまだ崩れ落ちてはいなかった。
　わが記憶に間違いがなければ、ルチーフェロの手に落ちた
大いなる戦利品[*14]［旧約の義人たち］を上の圏［第一圏のリンボ］から
救い出しに、かの方[*15]［キリスト］が来られる少し前、[*16]
　この悪臭に満ちた深き谷［地獄］が大揺れに揺れ、
私は宇宙全体が愛を感じ取ったのかと思った。
愛によって世界は幾度も[*17]混沌[*18]に回帰すると信じる
　あの哲学者[*19]［エンペドクレース］の考えにしたがって。
あの瞬間、世界と同じだけ古い（地獄の）岩肌は
ここや他の場所でも[*20]崩れ落ちたのだ。
　しかし谷をよく見るがよい。
血の川[*21]が近づいてきた。あの川では、他者に暴力をふるって
害を及ぼした人びとのたましいが煮えている」
　おお盲目の強欲よ、狂気の憤怒よ、
この短い人生でわれわれを駆り立てては
永遠の生で（血の川に）浸け、かくも悶え苦しませるおまえたち[*22]！
　弧を描く広い堀［血の川］が見えたが
先ほどわが案内者から聞いていたとおり
広野［第七圏］全体を取り囲んでいた。

その堀と崖のふもと（の岸）を隊をなして[*23]
ケンタウロスたちが駆けていた[*24]。この世にいて
狩りに出かけたときのように弓矢をたずさえて[*25]。
　私たちが降りてくるのを見て、みな一斉に足をとめ、
その群れから三頭が離れた[*26]。
弓には前もってよく選ばれた矢をつがえて。
　そのうちの一頭［ネッソス］が遠くから叫んだ。「おまえら、
なにを苦しみに崖を降りて来る、
そこから動かずに言え。さもなくば矢を放つぞ」
　わが師は言った。「われわれがそちらに近づいてから
ケイローン[*27]だけに答えよう。おまえの
いつもの気短さがおまえに禍を招いた（ことを忘れたのか[*28]）」
　それから私を肘でつついて、こう囁いた。「あれは、
美しいデーイアネイラのために死んだあと、
自分でかたきをとった[*30]ネッソスだ[*29]。
　それから真中にいて注意深く見つめているのが、
巨軀のケイローン[*31]、アキレウスの育ての親だ[*32]。
その次があの怒りに満ちたポロス[*33]。
　何千と群れて彼らは堀［血の川］のまわりを行く。
血の川から、定められた罰以上に少しでも出ようとする

亡霊があると、矢を放つのだ」
　われわれはあの（三頭の）駿馬（しゅんめ）に近づいた。
ケイローンは矢を一本取り出し、矢筈（やはず）で
髭をかきあげた。[34]
　あの大きな口が髭の下から出てくると、
仲間たちに言った。「おまえたちは気づいたか。
あのうしろにいる奴［ダンテ］がものに触れるとそれが動くのを。
　死人の足ではこうはならない[35]」
するとわが頼もしき案内者は、そのときすでに人性（じんせい）と馬性（ばせい）の
二つの性が契りあう胸元のところまで近づいて、
　こう答えた。「確かに、この者は生きている。彼だけには
この暗い谷[36]を見せねばならないのだ。
必要に迫られてのこと、酔狂などではない。[37]
　ハレルヤを歌うところ［天国］から降りて来たお方[38]［ベアトリーチェ］が
私にこのかつてなき務め[39]を委ねられたのだ。
彼は追い剝ぎでもなければ、私とて盗人のたましいでもない。[40]
　私がかくも荒涼とした道に
足を運んでいけるも、偏（ひとえ）に天の御力のおかげ。その権能にかけて
おまえたちの一人をよこしてくれぬか、われらの付添いとして。
　徒（かち）で渡れる浅瀬の場所（ありか）を教えてもらいたい。

また、この男を背にのせてくれ[41]。
たましいではないから宙を行くわけには行かぬのだ[42]」
　ケイローンは右肩をふりむいて[43]
ネッソスに命じた。「引き返して、お二人をご案内さしあげろ。
そしてもし別の（ケンタウロスの）分隊に出くわしたなら、よけさせろ[44]」
　かくしてわれわれは頼もしい護衛を得て進んだ。
真っ赤にたぎる川の岸を行ったが、
血の中で煮られる者たちが金切り声をあげていた。
　私の見たのは眉まで漬かった人々だった。
大きなケンタウロスは言った。「こいつらは
ほしいままに人の血を流し、力ずくで財を奪った僭主どもだ。
　それで無慈悲な罪業に泣いている。そこにいるのは
（テッサリアの僭主）アレクサンドロス[45]や、あの苦しみに満ちた年月を
シチリアにもたらした酷いディオニューシオス（一世[46]）。
　それからあの真黒な毛に被われた額は
エッツェリーノ[47]だ。それからあの金髪の頭は
エステ家のオビッツォ（二世[48]）。何を隠そう奴は、
　現世で人でなしの息子によって殺されたのだ」
そこで私は詩人のほうを向くと、彼は言った。
「ここではネッソスが第一人者であり、私は二番手だ[49]」

少し行くと、ケンタウロスは足をとめた。
のどのところまであのたぎる熱泉［血の川］から
顔を出している人びとが見えた。[*50]
独り（みなから）少し離れたたましい[*51]を示して
彼は言った。「あれは、神の懐[*52]［教会］で心臓を刺し貫いた奴だ。[*53]
その心臓[*54]は今もテムズ川の岸で人々から敬われている」
それから、その熱湯から
頭のみならず、胸全体を出している人々が見えた。[*55]
その中には、私の知っている者がたくさんいた。[*56]
こうして少しずつ血の川は浅くなり、
ついには、足もとを茹でるだけとなった。
それで、私たちはそこから川を渡って行った。
「これまで［右側］熱泉が、常に浅くなっていくのを
おまえは目にしたが」とケンタウロスは言った。
「おまえに信じてもらいたいのは
この浅瀬から向こう［左側］では、川底は
徐々に深くなり、一回りして
暴君の呻（うな）るのがふさわしい（最も深い）所に繋がっている。[*57]
あそこでは［浅瀬の左側では］、地上で《神の鞭》と恐れられた
アッティラ[*58]やピュッロス、[*59]セクストゥス[*60]を

135 神の正義が懲らしめている。また（神の正義は）煮えたぎる血の川で、
その冷血な心をこじ開け、リニエーリ・ダ・コルネート[*61]や
リニエーリ・デ・パッツィ[*62]から、永劫の涙をとめどなく流させては搾り取っている。
138 奴らは、[*63]街道を戦場と化したからだ」
139 それから、ケンタウロスはくるりと向きを変え、浅瀬を戻って行った。

第十二歌注釈

＊1　第七圏（暴力者）の入り口を監視している頭部が牛で、体が人間（あるいはその逆）の混成怪物ミーノータウロスを指す。

＊2　岸壁の基底部がアーディジェ川によって浸食され、「支えを失ったために」山崩れが起きたと考えられている。

＊3　ミーノータウロスは獣との情交によって生まれたため、「恥辱」（古典的表現）と言われる。

＊4　クレータの王国を神々から授けられたものだと称したミーノース王は、その証となるようポセイドーン神に海底より牡牛を送ってくれるよう祈願し、その見返りにその牡牛を海神に捧げると誓言した。ポセイドーン神はその祈願に応えて牡牛を送り、ミーノースは王国を得たが、その見事な牡牛を惜しんで別な牡牛を代わりに犠牲に供した。ポセイドーン神は怒って、ミーノース王の妻パーシパエーに神罰を下し、牡牛に欲情を覚えさせた。彼女は家臣のダイダロスに命じて人工の牝牛を作らせた。これがダンテの言う「つくりものの牝牛」である。ダイダロスは楓(かえで)の木で牝牛を形作り、その四足に車をつけて可動式にし、牝牛の皮を剝いで木の牝牛に縫いつけ、牧場にこれを置いて、パーシパエーをその中に入れた。牡牛が、この作り物の牝牛を本物と勘違いし、交わった結果、怪物ミーノータウロスが生まれた。

＊5「自らに咬みついた」は盲目の暴力性と無力さを表わしている。第八歌63でフィリッポ・アルジェンティが同じ仕草（自傷行為）をするように、また第二十七歌126でミーノースも同じ仕草をする。獣的な怒りは、それを他者に向けることができない時、ベクトルを内側（自分）に向ける。これは愚かな行為だが、獣的な怒りはそれを抱く者の理性を消失させるため、怒りの盲目性が当人にそれを隠してしまい、当人にそれがいかに愚かなことかを解らなくさせてしまう。

＊6　ミーノータウロスを退治したテーセウスを指す。「アテーナイ王」（実際は、その時、王子であったが）と言うべきところを、ダンテは《公国（公爵の称号を持つ君主が統治する国）の君主》を指すducaを用いている。ダンテが執筆していた十三世紀末から十四世紀初頭、アテーナイが公領だったためである。ここに中世の人々の典型的な思考を見ることができる。テーセウスは遥か昔の神話上の人物だが、時代考証という発想のない中世では時代関係を無視して十三世紀当時の名称が用いられる。物事や出来事を三次元的座標において奥行きの中で捉えることができないところが中世的思考であり、すべてが現在という同一平面上に置かれる。こうした平面的理解はよく見受けられる。例えば、カルタゴ人が「アラブ人」（天国篇第六歌49）と呼ばれている。物事を奥行きをもって立体的に見る時代考証という観念が明確に意識され始めるのは十九世紀以降のことである。

＊7「けだもの」とあるように、ミーノータウロスが生肉――しかも人肉――を食すことから、古代の人々は彼の中に獣性

のあからさまな象徴を見て取っていた。それ故、貪食の象徴であるケルベロスが第三圏の番人となり、貪欲の象徴プルートーが第四圏の、過った傷心（tristitia）の象徴プレギュアースが第五圏の番人となっていたのと同じように、ミーノータウロスが暴力の圏である第七圏の番人となっている。

＊8　テーセウスは、ミーノータウロスの姉アリアドネーからラビュリントス脱出の策（有名なアリアドネーの糸）を授けられる。

＊9　ウェルギリウスは「おまえたちの（受ける）罰」と言って、第七圏の番人であるミーノータウロスを、ここで罰せられている囚人たちの一人のように扱い、愚弄している。これがミーノータウロスの怒りに油を注ぐことになるが、これこそがウェルギリウスの作戦である。

＊10「死の一撃」とは、ウェルギリウスが言葉でミーノータウロスに与えた一撃を指している。ミーノータウロスは、ウェルギリウスの言葉の鉄槌に撃たれ、怒りとやり場のない苦悶で興奮する。つまり、ウェルギリウスはミーノータウロスを完全に獣とするために、彼にかすかに残っている人間的な痕跡である言葉の理解力と彼のプライドを利用している。こうしてミーノータウロスが手負いの牡牛のごとく周りが見えなくなった隙に、二人は道を降りていく。この機会をウェルギリウスは窺っていたのであり、ウェルギリウスがミーノータウロスを怒らせたのは、この一瞬の隙をついて道を降りるためである。これまで道を妨げるものが登場したとき、ウェルギリウスは《神の思し召し》であることを告げて地獄の番人を服従させるのが常だった。カローン、ミーノース、プルートー、プレギュアースがそうである。ケルベロスのような完全に本能だけの獣の場合、その食欲本能を逆手にとって土塊の餌を与えて無害化した。しかし、この両者の中間に位置するミーノータウロスに対しては今までとは対処法が異なっている。ウェルギリウスはミーノータウロスを服従させ、おとなしくさせるのではなく、反対に、逆上させて怪物の裏をかいている。ミーノータウロスにとってテーセウスの名前を告げられることは、自分が死に至った慚愧に堪えない悔恨に触れられることであり、最も痛いところを面罵されることである。しかも番人である自分が受刑者の仲間として扱われ、侮られたとの思いで一層腹を立てている。つまり、作者ダンテは、様々な方策を通して邪悪なものに如何に対峙すべきか、邪悪な力を削ぐにはどうしたらいいか、その種々の対処法をこのような形で寓意化しているのである。

＊11「重み」とはダンテの体重のこと。「初めての」と言われるのは、キリストの死によって生じた地滑りによる落石以来、一二六七年間、一度も動いたことがないため。ここにやって来るのは霊だけなので、石が動くことは一度たりともない。それが、体重のある生き身のダンテがやって来たことによって一二六七年ぶりに動いたのである。これは、第八歌27－30と同様に、魂の無加重性と生き身のコントラストのトポスであり、81行目でふたたび繰り返される。ダンテの自然科学的

な観察眼が生きている、古典にない興味深い表現である。

*12　ダンテたちが降りてきた斜面を指す。36行目（加えて、第十一歌2）からも示唆されるように、キリストの死によって地震が生じ、第六圏から第七圏へと降りることのできる斜面ができた（崩落地）。それまで岩壁は垂直に切り立ち、降りることはかなわなかった。

*13　ウェルギリウスが紀元前一九年に死んで間もなく、エリクトーの呪いによって下層地獄に降りて来させられた時のことを指す。それからおよそ五十年後、キリストの死によって岩壁が崩落し、生き身の人間が降りられる斜面ができた。

*14　時の始まりにおいてルチーフェロは神に反逆し、敗れて地球に堕ちてきた。アダムとエヴァを誘惑し、罪を犯させることで神に復讐し、天国の門を閉じさせた。その結果、すべての人類は死後、天国に行けず、地獄に行くことになった。アダム以来、すべての人類は地獄の王ルチーフェロの戦利品となったが、その戦利品の中で旧約の義人たちは「大いなる」と呼ばれる。本来なら天国に行けたであろう魂を俘虜として所有することができたからである。この義人たちの魂は、ルチーフェロにとって神との戦いにおけるとりわけ「大いなる戦利品」なのである。

*15　ダンテの地獄ではキリストの名前を控えて婉曲表現で表わすのが一般則である（地獄で神の名を発するのは不敬だと考えたのであろう）。キリストの名前は『神曲』全体で四十回用いられるが、すべて煉獄篇と天国篇においてである。

*16　キリストは亡くなった後、墓に葬られるが、そこから地獄に降りて地獄の門を打ち破り、旧約の義人たちを救い出し、天に連れ帰ったと信じられていた（この創作を記した外典が「ニコデモ福音書」であり、現在の聖書には収録されていない。中世では外典・偽典という考え方がなく、すべて聖書とされていた）。

*17　「幾度も」という言葉にウェルギリウス的理解が示されている。愛によって世界が混沌へと何度も回帰するならば、その度にキリストは十字架に上らなければならなくなる。エンペドクレースの永劫回帰の思想（第四歌注釈57参照）に対して、キリスト教ではキリストの死は宇宙で一回限りの行為とされる。そしてこの一度限りの歴史的行為にこそキリスト教の信仰と教義がかかっている。このため、キリスト教は、こうした永劫回帰の思想を決して認めない。一六〇〇年にジョルダーノ・ブルーノが焚刑に処せられたのも、このためである。ブルーノはルクレーティウスの学説を信奉し、宇宙は無限であり、それ故、この宇宙に世界は無数にあると説いた。ローマ教皇庁が懼れたのはまさにこの思想であり、これに比べれば、地球と太陽の位置関係（コペルニクスの地動説）は大した問題ではなかった（太陽は神の象徴とみなされていたため、宇宙の中心に地球ではなく、太陽が位置しても神学的には困らないからである）。それよりも、もしこの宇宙が無限で、無数の世界（すなわち、無数の地球）が存在するのならば、キリストの一回だけの歴史的贖罪行為は意味を失って

しまう。キリストは無数の世界で無限回磔刑に処せられるべく、すべての世界を無限回救わなければならなくなる。キリストを旅芸人のような姿に変えることほど屈辱的な冒瀆思想はないと教皇庁は考えたのである。しかも、無限の時間の中では、最後の審判も意味を持たなくなる。カトリック教義の根幹を覆すこうした思想は絶対的に葬ってしまわなければならないものであった。円環的な時間を持つ「幾度も」という言葉は、キリスト教の直線時間とはまったく相容れない時間観念なのである。

*18「混沌」とウェルギリウスが呼ぶものをエンペドクレースの言葉で言い換えれば、「単一の混合（未分化）状態」となる。「エンペドクレースの主張によれば、《愛》が（世界を）支配しているときは、すべての基本元素（地・水・火・空気）が一つになり、性質というものを持たない《球》を完成する。というのは、その中では基本要素の各々がそれ自身の形相を失うことによって、火の特性もその他のいずれの基本要素の特性も維持されないからである」（ピロポヌス：四九〇頃－五七〇頃、『アリストテレース「生成消滅論」注解』一九、三）。元素そのものもいかなる形相も持たない一なる統合状態にある時を、「単一の混合状態」、すなわち「混沌」と呼ぶ。

*19「ある時には《愛》の力により、すべては結合して一つになり、ある時には争いの持つ《憎しみ》のために、逆に、それぞれが離ればなれになりながら、これら四つの根元（地・水・火・風）は永遠に交替し続けて止むことがない。このように多なるものから一なるものになるのを慣わしとし、また逆に一なるものが分かれて多となる限りでは、それらは生成しつつあるのであって、永続する生を持ってはいない。しかしそれらが永遠に止むことなく交替し続ける限りにおいては、それらは円環（周期）をなしつつ常に不動のものとしてある」（エンペドクレース：前四九〇－四三〇、「断片一七」）

*20 キリストの死が惹き起こした大地震によって生じた《崩落地 ruina》が「他の場所でも」あるという言及は今なお謎である。明確に判っているのは、ここと第八圏の第六ボルジャの上にかかる岩橋の崩落である。第二圏の「崩れた崖 ruina」（第五歌34）も「崩落地」とすれば、全部で三か所となる。ただ、第二圏の ruina を前にして魂たちがなぜ叫び、嘆き、呻くのか判然としない。一方、ウェルギリウスは第六ボルジャの上に架かっていた岩橋が崩落していたことを知らないため、「他の場所」は第二圏の ruina について言及していると考えるほか選択肢はない。

*21 地獄を流れる五つの川の三番目の川であるプレゲトーン。第十四歌116でその名が明かされる。ダンテはギリシャ神話で語られる地下世界を流れる「火の川」を下敷きにしている。プラトーンが『パイドン』一一三Bの中で言及しているように、古代の人々は《溶岩流 ῥύαξ》を指して「火の川」と呼んでいた。

*22 作者ダンテの慨嘆。第六歌でチャッコは嫉妬と高慢と貪

欲が人心に火を付けて社会的な暴力へ駆り立てると述べたが、僭主たちに暴力の火を点じるのは、正気を逸脱した怒りと盲目の強欲であり、両者は同類の関係にある。

＊23　ケンタウロスたちは軍隊さながらに隊列をなして、ここ第一冠状地の「血の川」に浸けられた囚人たちを監視している。

＊24　ケンタウロスに対する詩人の第一印象は、彼らが常に運動状態にある点である。寝そべっていたミーノータウロスとまったくの対照をなしている。

＊25　「ケンタウロスたちは、ディースの都市の入り口でダンテたちをてんでんばらばらに阻止しようとしていた怒りやすく思い上がった千余の悪魔と対照的な千余の存在として描かれている。瀝青の中に漬け込まれている汚職収賄の徒を見張る役をしている悪魔たち（第二十一－二十二歌）もいつも喧嘩ばかりして隅に置けない醜悪な群れである。このように『神曲』では意図的に二つの異なる軍隊、二つの違った世界と様式が描かれている。一方は、秩序だった叙事的おとぎ話的な集団であり、他方は、奇怪でおどけた醜悪な集団である。詩人がケンタウロスのエピソードに託した意図はこの好対照の中に明かされている」（ボルツィ）。「弓矢をたずさえて」という描写にも、彼らの職業軍人的な要素が認められる。

＊26　隊から三名離れて偵察のために先遣隊を送る行動様式も、軍隊の斥候活動を表わしている。加えて、「前もって」と、万が一を想定して、準備を怠ることなく武器を携行していくところも軍隊的である。

＊27　ケイローンはクロノス神とオーケアノスの娘ピリュラーの間に生まれた神の子であり、通常のケンタウロス（テッサリア地方の山野に住む野蛮で乱暴な種族）とはまったく異なる。クロノスが后レアーの嫉妬を恐れて、馬の形を取ってピリュラーと交わったため、ケンタウロスの姿になったに過ぎないからである。神の子であるため、ケイローンは普通のケンタウロスとはまったく違う威厳を身にまとっている。実際、一世紀のローマの詩人スターティウスは、ケイローンをケンタウロスの長として描いている。ケイローンはケンタウロスでありながらも賢明で正しく、音楽、医術、狩猟、運動競技、予言の術に優れ、多くの英雄たちを育てた。彼は運悪くヘーラクレースの射たレルネーのヒュドラーの毒を染み込ませた矢に当たった。だが、不死であったため死ぬことができず、ただただ恐るべき激痛に苦しむばかりであった。彼はゼウスに死を乞い、ゼウスは彼の苦しみに終止符を打たせてやり（今で言う安楽死）、彼を射手座の姿に変えてやった。

＊28　ウェルギリウスの答えに巧みな交渉術が示されている。原文で見れば、ウェルギリウスはネッソスとほぼ正確に同数の言葉数・音節数で応えている。さらに、ネッソスの「おまえら」に対し、ウェルギリウスは「われわれ」と応え、「そこから動かずに」とのネッソスの命令に反して、ウェルギリウスは逆に「われわれがそちらに近づいてから」と言葉巧みに応戦している。「動かずに」という脅しには「近づいてか

ら」と反対に答えているように、まず「Ｎｏ」から交渉を始めている。そればかりか、ネッソスの性急な命令を逆手にとって、彼の弱点を突いている（その短気さがネッソスの命取りとなったからである）。これは第七歌の最初でプルートーを従わせるときと同じやり方――合気道的に相手の力を利用して反対に相手を倒すというやり方――である。古代ローマ人であるウェルギリウスは、交渉術に極めて長けている。一般に、イタリア人は交渉をまず「Ｎｏ」で始める。たとえ、Ｙｅｓの気があっても、「Ｙｅｓ」と言ってしまうと、相手の言い分を一〇〇％受け入れなくてはならなくなり、劣勢な立場で交渉することになるからである。一方、「Ｎｏ」で始めることで、自分の言い分を有利に交渉に織り込むことができる。つまり、「Ｎｏ」から交渉を始めれば、以後は譲歩してやることになるため相手に負い目を感じさせることができ、相手から譲歩を引き出すことができるからである。こうして優位に立ったまま交渉を行なうことができる。ウェルギリウスは、古典古代の人物や怪物に対しては極めて優れた交渉術を見せる。彼の手にかかれば、どんな相手も手玉に取られてしまう。しかし、ケンタウロスなどのような古典的な相手ではなく、キリスト教的な悪魔に対しては勝手が違うため、一筋縄ではいかなくなる。こうした意図的な対応関係はウェルギリウス自身を映し出す鏡となっている。すなわち、ウェルギリウス自身が古典古代の人物であることより、古典古代の相手は彼の手中にある。この意味で、ウェルギリウスはまさにこの種の障壁を乗り越えるに最適の人物だが、一方、彼のこの長所は彼の限界ともなる。キリスト教の悪魔に対しては（とりわけ地獄篇後半では）その力がうまく働かなくなるからである。

＊29　生前、ネッソスはエウエーノス川で旅行者を背に乗せ、川を渡して日銭を稼いでいた。ある時、ヘーラクレースとその妻デーイアネイラがやって来て、彼女を背に乗せて渡すことになったが、彼女に惚れて、渡河の最中に彼女を犯そうとしたため、川岸にいたヘーラクレースによって毒矢で射殺された。このため、ウェルギリウスから「いつもの気短さがおまえに禍を招いた」（66行）と、弱点を突かれている。一方、ネッソスは死ぬ間際、ヒュドラーの毒で冒された自身の血が染み込んだ下着をデーイアネイラに渡し、ヘーラクレースが他の女性に心を寄せることがあるなら、これを着せると、昔のような愛情が戻ってくると言い残した。ここが動物にはないケンタウロスの人間的な狡猾さだが、これがネッソスの復讐であった。案の定、後にヘーラクレースは他の女に心奪われた。彼がイオレーを愛したとき、デーイアネイラはネッソスの嘘の言葉を信じ込んで、ヘーラクレースにこの下着を着せた。まもなく毒血がヘーラクレースの皮膚を腐食し始め、あまりの激痛のために英雄は自ら火葬壇に登り、焚死した（オウィディウス『変身物語』第九巻一〇一―二七二参照）。デーイアネイラは自身の愚かな行為を嘆き、自ら縊れて死んだ（オウィディウス『名婦の書簡』第九書簡「デーイアネイ

ラからヘーラクレースへ」参照)。

＊30　ダンテはケイローンを「最も権威あるものの印として真中に置いている」(キアヴァッチ・レオナルディ)。「ダンテは敬意の印として、その高貴さ、その価値ゆえに、ケイローンを真中に置いているのであり、彼の仲間たちの怒りを抑えるためである」(ベンヴェヌート)。一方、ネッソスはダンテたちから見て左側にいる。面白いことに、「真中」という語自体も第十二歌のちょうど「真中」の70行目に置かれている。

＊31　ウェルギリウスがケイローンのために返事を取っておいたのは、ケイローンがケンタウロス族の首領であり、彼の言には権威があり、指令を待つ必要もなく、唯一落ち着いて冷静に話のできる相手だからである。

＊32　ケイローンはヘーラクレース、ネストール、オデュッセウス、アキレウス、医神アスクレーピオス、テーセウス、イアーソーンなどを養育し、その教育を任されたと言われる。とりわけアキレウスの育ての親として有名。

＊33　通常、ギリシャ神話ではポロスは気の良いケンタウロスとして描かれる。ヘーラクレースがエリュマントスの猪退治に行く途中に立ち寄ったときも歓待している。このため、ダンテがポロスを「怒りに満ちた」と形容している理由は判然としない。ラピタイ人の王ペイリトオスの結婚披露宴でケンタウロス族が酒を飲んで狂暴化し、戦闘になった話は有名だが、これに関してウェルギリウスが『農耕詩』第二巻四五五－四五六でポロスが酒のせいで殺される羽目になったと語っているとともに、スターティウスも『テーバイ物語』第二巻五六三－五六四でポロスが大きな混酒器をラピタイ人に投げつけたと記していることから、ダンテはポロスを「怒りに満ちた」としたのであろう。

＊34　ケイローンは話すために長い髭を口からどかすのに「矢筈(矢の最後部にある弦をつがえる箇所)」を用いている。当時の傭兵隊長を思わせる無骨で粗野な仕草。

＊35　ここで29－30行目のダンテの置いた足が岩を動かしたという記述が生きてくる。ケイローンは他のぼんくらのケンタウロスとは違って、しっかりと石の動きを察知している。

＊36　地獄と言う代わりにウェルギリウスは「暗い谷」と言い、ダンテにとってこの地獄が暗く心細く恐ろしい所であることを暗示し、ダンテの心情をケイローンに理解させようとしている。この直喩は視覚的比較 *imago* と呼ばれるレトリック。

＊37　ウェルギリウスはこの道行きが物見遊山などのためではなく、必要に迫られてのことであり、その事情を察してくれるようケイローンに促し、それ以外の選択肢を暗に否定し、外堀を埋めている。これは、これから取りかかろうとするものに対して予め先手を打ってその根拠を固めておく予防法 *praemunitio* というレトリックであり、ケイローンが断れないように予防線を張っている。強制ではなく、婉曲的な間接表現を使って、相手の同情と理解を求めながら説得するウェルギリウスのこの方法は、今まで相手にした怪物や悪魔たちに対する接し方とは異なっている。ケイローンは思慮深く話の

解る相手であることより、彼に命令形を使うことも、見下した言い方をすることもない。あくまで巡視隊の隊長に対する敬意を示している。

＊38「ハレルヤを歌うところから降りて来たお方」といった言い方をすることで、語られていること以上の意義があることを相手に思わせている。この仄めかし *significatio* のレトリックによって、ケイローンはベアトリーチェのことも、事の成り行きも知らないが、何かとてつもなく重大なことらしいと想像させることになる。これも説得の技術の一つ。

＊39「このかつてなき務め」とは、生き身の人間を今まで誰も行ったことのない死者の世界に案内するという前代未聞の務め。ケイローンは予想したこともない任務を初めて聞き知る。このように、相手の予想を超えた意外な言葉をかけるレトリックを意外法 *improvisum quoddam* と言う。仄めかしと意外法によって上意下達(かたつ)をケイローンに意識させている。軍隊は上意下達の世界であるため、これで内堀も埋められてしまう。

＊40「追い剝ぎ」「盗人」は、この血の川で罰せられている者を指している。ウェルギリウスはあたかも相手に尋ねられた質問に答えるかのように述べているが、これは想定回答法 *expositio suae sententiae* というレトリック。これによってウェルギリウスは身の潔白を弁明するが、これは《身の潔白の弁明 *purgatio*》という手法である。こうしてケイローンには断るべき理由、反論すべきものが何もなくなってしまう。ローマ人であるウェルギリウスはこうした修辞を子供の頃から学んで育っている。

＊41　生き身のダンテが煮えたぎる血の川を直接渡ると大火傷を負って死んでしまうため。

＊42　ウェルギリウスは魂なので、川の上を歩いていくことができることを示している。このことから、第七圏に降りて来るのに、ウェルギリウス一人であれば、崩落跡の通り道を使わなくとも、崖の上からふわふわと飛び降りることができたことが判る。まさにキリストの死によって崖にできた斜面はダンテに使われるためだけにできたのであり、キリストの死は、一二六七年後の未来のダンテの旅路を手助けしてくれている。ウェルギリウスの最後の言葉（94－96）は懇願と言うよりも、自分の意志を相手に課すのに用いる《願望の形で述べる法 *optatio*》という話術である（結果的には相手に対する命令となる。第二十二歌100行目で囚人チャンポーロがこれを悪魔たちに対して巧みに用いている）。こうして、ウェルギリウスは様々なレトリックを駆使しながら、ケイローンが選択すべきはＹｅｓという言葉以外にない道へと誘導していく。ネッソスによって最初、「動けば殺すぞ」と命令された立場にあった二人は、今では、彼らから通行の許可を得るだけでなく、彼らの助力まで引き出し、更にはダンテをネッソスの背に乗せて運ばせるというおまけまで付けさせている。まさにローマ人ウェルギリウスの弁論術の巧みの為せる技である。

＊43　ここからケイローンの右側にいるのがネッソスで、左側にいるのがポロスだという三頭の位置関係が判るようになっ

ている。ケイローンがポロスではなく、ネッソスにダンテを運ぶよう命じたのは偶然ではない。生前、背中に旅行者を乗せて渡し守をしていた経歴が買われたのである。

＊44　ケイローンは①「引き返せ」、②「ご案内さしあげろ」、③「（脇へ）よけさせろ」と、軍隊式に短く、命令形で三つのコマンドを発している。

＊45　ペライのアレクサンドロス（統治期間：前三六九－三五八）に関してはキケロー『義務について』第二巻第二十五章参照。

＊46「ディオニューシオスは二十五歳で支配権を掌握して以来、三十八年間にもわたってシュラークーサイの僭主であった。何という美しい町を、何という富を備えた国を、彼は抑圧し、隷属状態に陥れたことか！」（キケロー『トゥスクルム荘対談集』第五巻第五十七章）

＊47　頭の上部（額まで）しか見えないために、髪でしか判別できない。エッツェリーノ・ダ・ロマーノ（一一九四－一二五九）：シチリアのフェデリーコ二世の女婿）を指す。一二二三－五九年にかけてマルカ・トレヴィジャーナを支配していた僭主。一二五四年、教皇インノケンティウス四世はエッツェリーノの残忍非道を厳しく非難し、彼に対する十字軍を宣告した。四年に及ぶ戦いの後、彼は敗れて教皇派に捕らえられた。三十六年の彼の治世は終わりを告げ、獄死した（享年六十五歳）。ダンテと同時代の桂冠詩人ムッサートはエッツェリーノについて悲劇『エケリニス』という作品をラテン語で書いている。ムッサートはエッツェリーノを《悪魔の子》として描いているが、悪魔から人間が生まれるわけがないことを天国篇第九歌でエッツェリーノの妹クニッツァ自身に否定させている。同じ親から生まれ、兄は地獄に沈み、妹は天国の金星天で輝いている。こうした事例は『神曲』に多い。『神曲』は、救われるのに家柄も性別も身分も関係がないことを一貫して主張している。

＊48　一二四七－一二九三。シャルル・ダンジューの軍とともにマンフレーディ（皇帝派）と戦った。フェッラーラ、後に、モーデナとレッジョの領主として、その情け容赦ない残忍さで知られた。彼は熱烈な教皇主義者で、アンジュー家の支援者であった。当時の年代記によると、彼は家督を継いだ息子のアッツォ八世によって羽根枕で窒息させられたという。ダンテは当時巷間に流布していたこの話を真実としてネッソスに語らせている。ダンテの意図はエステ家がいかに悪の巣窟であるかを示すことにある。

＊49　ネッソスの説明が正しいかどうかウェルギリウスに確認を求めて、ダンテは振り向くが、ウェルギリウスはネッソスに信を置いて、ネッソスの言っていることは正しいと認めている。

＊50　この新しい集団は今までの僭主たちとは違う暴力者であり、殺人者を指す。

＊51「独り（みなから）少し離れ」ているのは、無実の者を殺害し、しかも、教会において凶行に及んだ、その過失のあま

りの大きさとその唯一性のためと思われる。あたかも他の受刑者たちも恐れをなして敬遠しているかのように、一人孤立している。

＊52 教会は神の住まいであり、教会にいることは、あたかも神の懐の中にあるのと同じように、いかなる者であれ、いかなる暴力からも身の安全が保証される。聖域における庇護権はまさにこの原則に基づくものであった。この観念は極めて古く、古代ギリシャでは「アシューロン」、古代ローマでは「アシュールム」と言い、神殿や聖域は不可侵の場所（駆け込み寺に似ている）とされていた。その教会で殺人を犯したことで、通常の殺人よりも罪が重いとされる。

＊53 イングランド中部の都市レスターの伯爵シモン・ド・モンフォール（一二〇八頃－一二六五）の息子ギー・ド・モンフォール（一二四三？－一二九一）を指す。父シモンはフランス生まれの軍人・政治家で、一二六四年に義兄の英国王ヘンリー三世に反抗し、王を捕らえて初の議会を招集したことで有名だが、皇太子エドワード（英国王エドワード一世：在位一二七二－一三〇七）と戦って敗死。その遺体は泥の中を引き回された。息子のギーはシャルル・ダンジューの元に身を寄せ、シャルルは彼をイタリア遠征に帯同する。一二七〇年、ギーはシャルル・ダンジューのトスカーナ代理となるが、その残忍さで――特に皇帝派に対する――際だっていた。一二七一年三月、教皇クレーメンス四世の後継者選出のためヴィテルボのサン・シルヴェストロ教会に集まっていた枢機卿たちに混じって、フランス王フィリップ三世やシャルル・ダンジューが列席する中、英国王エドワード一世の甥にして自身の最初の従兄弟でもあるコーンウォールのヘンリー王子が聖体奉挙に跪いたその瞬間、父の死とその遺体になされた侮辱を晴らさんと、無実のヘンリーの心臓を細身の剣で刺し貫いた。この蛮行をいっそう罪深いものとしたのは、ギーが自身の父の遺体が引き回されたことを思い出すや、ヘンリーの髪を鷲掴みにして、その遺体を通りまで引きずり出した行為であった。ギーは教会から破門されたが、シャルル・ダンジューの庇護により、この凶行に対する罪はお咎めなしとなった。その後、南イタリアでの戦闘に参加し、敵の手に落ちてメッシーナで獄死した。

＊54 コーンウォールのヘンリー王子の心臓。言い伝えによれば、遺体は英国に運ばれ、グロスターシャーのヘールズにあるシトー会の僧院に葬られた。「ヘンリーの心臓は黄金の盃（小箱）の中に収められ、テムズ川にかかるロンドン橋の端の頂上に置かれ、蛮行をなした者を英国人に思い出させるよすがとなっている」（ジョヴァンニ・ヴィッラーニ『年代記』第七巻三九）

＊55 臍から上（上半身）が血の川から外に出ている彼らは「略奪者・強奪者・追い剥ぎたち」である。

＊56 覚えのある者たちがここにたくさんいるということは、ダンテの時代のフィレンツェ社会がいかに荒んでいたかを示している。

＊57　血の川は円環をなしており、最初にダンテたちが見た僭主たちのいる場所に一回りして繋がっている。

＊58　フン族の王（四〇六?－四五三）。その残酷さから「神の鞭（災厄）*flagellum Dei*」と恐懼された。ガッリアを襲った後、四五二年にイタリアに南下し、ミラノやパヴィアを始め多くの都市を襲った。アッティラの馬が通った痕には、草さえ生えなかったと言われるほど、彼が行なった略奪と破壊はすさまじかった。第十三歌149〈148〉に記されているように、ダンテはアッティラが古フィレンツェを灰にしたという伝説を信じていた。

＊59　アキレウスとデーイダメイアの子。ピュッロスはネオプトレモスの別名。トロイア戦争で、父の死後、残忍にもヘクトールとアンドロマケーとの子供アステュアナクスを城壁から投げ落として殺した。後に、アンドロマケーを自分の女奴隷とし、息子を生ませた。父の霊を慰めるべく、トロイアのプリアモス王の娘ポリュクセネーを人身御供にしたのも彼である。『アエネーイス』第二巻五〇六－五五八にピュッロスの正気を逸した殺戮、暴力に燃え立つ獣的な怒りが描かれている。自身の息子ポリーテースを目の前で殺されたプリアモス王は、このピュッロスに対して天の神々の正当な裁きを祈願しているが、まさにその祈願がここで成就されているのをダンテは目にする。

＊60　大ポンペイユスの二人息子の弟の方（前六七頃－前三五）を指す。エジプトで父が殺された後も、アントーニウスと同盟を結んで、オクターウィアーヌスと戦った。紀元前四三年に追放令を受けると、シチリアで追放者たちを傭兵として雇い、イタリア沿岸で海賊行為を始めた。後に、捕らえられて殺された。

＊61　ダンテの時代の悪名高いマレンマの山賊。道行く者を襲い、殺していた。一三〇〇年より少し前、教皇の軍隊に捕まえられ、処刑された。

＊62　パッツィ家の皇帝派の首領で、一二八〇年には死亡。フィレンツェ（ヴァルダルノ）－アレッツォ間の道を縄張りとし、手下を率いて追い剝ぎを働いた。

＊63　いつダンテがネッソスの背に乗り、いつ降りたのか、一切記述されていない。この一語に《話を終えるとともに渡り終え、ダンテを降ろし終えた》ことが圧縮されている。また、最終行にも、ケンタウロスの軍隊的な特徴が示されている。ネッソスは命令を受けてそれを遂行するだけである。詩人たちに同行し、案内役を果たす。それ以上に付け加えるべき何もなければ、行なった義務に対していかなる感謝も期待していない。ただ、指令を遂行し、去りゆくのみ。ダンテは、語らない言葉の使い方に長けており、ディースの門を開けに来た天の使いも、またウェルギリウスも地上楽園で無言のうちに立ち去って行く。それぞれの沈黙には、それぞれ異なるニュアンスが含まれている。

第十二歌解説

　第十二歌にも論ずべき主題は多いが、四点に絞って解説してみよう。まず第一はキリストの死によって生じた大地震についてである。「マタイ福音書」（二七：五〇－五二）や外典の「ペトロ福音書」（六：二一－二二）にあるように、中世ではキリストが亡くなったとき、「大地全体が震えた」と信じられていた。リンボにいた異教徒のウェルギリウスは、当時、イエスの事績の意味を十全に把握できていなかったため、その地震が宇宙開闢以来の大事件とは思いも寄らなかった（知る術もなかった）。そのため、ウェルギリウスは、これほどの大事件も当時の自分には、史上最大の事件として記憶されていなかったことを、「わが記憶に間違いがなければ」（37行）と告白している。実際、当時のウェルギリウスはこの地獄で生じた地滑りを、浸食や地震といった地上世界の地滑りと同じ原因から自然学的に理解していた。崩れるメカニズムはそれで記述できても、地震を起こさせた真の原因には至らない（ダンテはこれが古典的叡智の限界と認識しており、深い真実はキリスト教によってのみ明かされることを示そうとしている）。地震が生じたとき、ウェルギリウスは古代哲学で合理的に理解したつもりであったが、正鵠を射てはいなかった。異教徒の彼はキリストの持つ意味を、すなわち、この地震の真の原因は自然的なものではなく、キリストの愛に宇宙が（感動して）応えたという超自然的なものだということを知らなかったからである。

　キリスト教ではキリストの死は人類全体を救済するための自己犠牲であり、人類に対する最も深い愛に裏打ちされた行為と捉える。従って、「宇宙全体が愛を感じ取った」とは、キリスト教の文脈で言えば、「宇宙全体が人類に対するキリストの最も深い愛をその死によって感じた」という意味になる。当時のウェルギリウスは、この大地震に対して誤った異教徒的な理解をしていたが、それは美しい誤りでもある。なぜなら《万物が愛を感じる》というエンペドクレースの古代の叡智も真実の一端を突いていたからである。古典の叡智は真実そのものではないが、真実の影であり、断片ではある。

　翻って言えば、これは、キリスト教によって初めて真実の本体が明かされ、知が完成されることを物語っている。この意味で、エンペドクレースの学説は不完全ながらも、福音書によって啓示された真実の予型となる。それゆえ、この点においてエンペドクレースの学説は決してキリスト教と無縁というわけでない。エンペドクレースが直観したように、宇宙もまた愛を感じるからである。命を持たない大地までキリストの深い愛を受けとめ、身震いする。この意味で「宇宙全体が愛を感じ取った」という言葉は第十二歌全体に反響し、密接に関係してくる。ダンテの思想によれば、宇宙はその本性上、愛を感じるようにできている。神がこの宇宙を創り出したのは、愛からだからである。人が精魂込めてものを製作するとき、そこにあるのはその製作物に対する愛情である。それを憎むために製作する者はいない。

「あなたは存在するものすべてを愛し、お創りになったものを何一つ嫌われない。憎んでおられるのなら、創られなかったはずだ。あなたがお望みにならないのに、存続し、あなたが呼び出されないのに存在するものが果たしてあるだろうか」(「知恵の書」一一：二四－二五)

宇宙は神の被造物であり、神の愛情によってなった作品であり、その始動因は愛である。そのため、愛の神が創り出したすべての被造物には愛が刻印され、愛を感じるようにできている(煉獄篇第十七歌91－93)。宇宙全体が愛に満ち、宇宙空間は愛という媒質によって満たされているからこそ、星々は回転運動を続けることができる(天国篇第三十三歌)。それゆえ、この宇宙で愛を感じないことは不可能なのである。第十一歌55－56の注15で「人間は生まれながらに他者への愛情を互いに宿している」(『饗宴』第一巻第一章八)というテーゼが述べられているのも、このためである。それゆえ、この宇宙で一番自然なことは愛を感じることなのに、彼ら暴力者・殺人者たちは、命ある人間でありながら、他者に対して感じる心を持たなかった。宇宙は愛を感じるようにできているにもかかわらず、彼らは愛を感じなかった。それどころか、冷血無情にも、多くの隣人を何の感情もなく殺害した。ダンテがここで宇宙全体が愛を感じるという思想を持ち出したのは、第十二歌が他者に何一つ愛を感じることのない者たちの罪を扱うものだからである。イエスの受難——すなわち、人類の身代わりに自身の命を投げ出す自己犠牲——という愛の行為の対極にあるのが、まさにここで罰せられている人々の心なのである。それゆえ、ウェルギリウスのこの解説は無用な知識の披瀝などではなく、第十二歌全体を一つにまとめ上げる要となっている。

第十一歌の解説の最後で触れたように、ここでも神の創りだした地獄界の情景が、一つの象徴(記号)としてキリスト教の深い真実を伝えるメッセージを発信している。人間は、神の被造物(全自然)を通じて神の意志を忖度しなければならない。ここで、次の疑問を考えてみよう。地獄界全体が、キリストの死によって震えた時、なぜこの第七圏で地滑りが起きたのだろうか。地獄のどこが崩れてもおかしくないはずである。しかし、崩れたのは、今まで見てきた中ではっきりと判るのは第七圏だけである。ここに神のメッセージが隠されている。第十二歌は暴力の圏だが、ここでキリストの死に言及しているのも偶然ではない。なぜならキリストも他者から受けた暴力のために亡くなったからである。イエスが暴力死を遂げたことを永遠に忘れさせないために、神は第七圏に地滑りが起こることを許したのである(『神曲』は全自然を映すミクロコスモスであることから、マクロコスモスの被造物すべてに神の刻印とメッセージが隠されている以上、『神曲』というミクロコスモスの描く情景にも各単語と配列の中にも作者のメッセージが刻印され、隠されている。そしてこれを忖度するのが読者の役割となる)。

また、ここにはさらに深い意味が隠されている。キリストの死による犠牲が、今こうして、ダンテの救いの道を切り開いてくれているからである。もし地滑りが起きていなければ、ダンテはこれ以上旅を続けることはできなかったのであり、救われる道は絶たれていた。一二六七年前のキリストの死が現在のダンテを助けてくれている。キリストは死後もこのような形で働きかけ、ダンテ（すなわち、人間）を助けている。ダンテが理解しなければならないことは、神のグランド・デザインの中で彼が救いの道を進むよう支援されているということである。この懸崖にできた第七圏に降りる通り道は、今の旅人ダンテには、偶然にも都合良く存在するラッキーな道にしか思えないかも知れない。しかし、すべての冥界の旅を終えたとき、旅人ダンテは気づくことになる。偶然と思えたものもすべて、自分を助け支援するために、神がグランド・デザインの中で予め用意していたものだったのだと。

同様のことがダンテを運ぶネッソスについても言うことができる。ネッソスは血の川の番人であり、地獄で悪魔の手下代わりの役を果たしている。

「しかし、われわれの祖先はいかなる悪も何らかの善なしには存在しない（どんな悪にも何らかの有用性が混じっている）とはっきりと公言し、人々に知らせた」（大プリーニウス［二三－七九］『博物誌』第二十七巻九）

プリーニウスのこの古の教えをダンテはキリスト教的に深化させている。ダンテにおいては古典古代の怪物や悪魔的な力が救済の旅路を容易にすべく仕向けられているからである。カローンもプレギュアースもネッソスも悪に属する者たちだが、神の摂理の中では、結局は、善のプロセスの部分として働いている。ダンテは、悪を善の道具とするこのような形でアレゴリー化しているのである。つまり、単純に悪と善に弁別し、悪を全否定し、悪の存在を無視したり、悪を切除し、撲滅したりするのではなく、悪が善に至るための欠かすことのできないプロセスであること——悪の有用性——をダンテは教えているのである。《悪の善用》という（ユダヤ・）キリスト教の観念をこのような形でアレゴリー化していることを付記すべきだろう。

われわれ地上の人間は、全体の一点、個々の細部、すなわち、無限小の一部しか見えない。そのため、あることを簡単に悪として、忌むべきものとして捨て去ったり、それから逃れようとしたりするが、しかし、大いなる全体の視点から見れば、純粋悪というものは存在しない（ウイルスでさえ進化の役に立っている）。すべてをみそなわす神のグランド・デザインの中では、悪も善の一部をなしている。悪であるものが、いつのまにか善に変わって大いなる全体の一部に寄与していく。なぜなら悪に属するネッソスなしにはダンテは血の川を渡ることができず、その結果、救いに達することができないからである。ネッソスは自身の意図とは関係なく、ダンテの救いに欠かせない一助となっている。この主題は第十六歌のゲーリュオーンにおいてふたたび帰ってくる。ダンテの地獄の道行きは、地獄の悪の力なしには完遂できないのである。

次に、ギリシャ神話の主題に移ろう。ウェルギリウスはダンテにケイローンのことを「アキレウスの育ての親」だと紹介している。ギリシャ神話ではケンタウロスであるケイローンが多くの英雄を養育・指導してきたとされる。この理由について神話学もうまく説明できていない。例えば、G・S・カークは「当時、馬は賢く、従順で親しみやすいものと見られたであろう。しかし、このことをもってして、ケイローンが当時の最大の教育者として果たした役割を十全に説明できるわけではない」(『ギリシア神話の本質』辻村誠三・松田治・吉田敦彦訳、法政大学出版局、二三九頁)と述べている。しかし、この問いに一つの解答を与えてくれる著作家がいる。

「ところで戦いに打ち勝つには、二つの方法があることを心得ておく必要がある。一つは法律によるものであり、一つは力によるものである。前者は人間固有のものであり、後者は本来的に獣のものである。だが、多くの場合、最初のものだけでは不十分であり、後者の助けを求めなければならない。つまり、君主は獣と人間とを巧みに使い分けられなくてはならない。このことについて、古代の作家が秘かに比喩の形で君主に教えてくれている。例えば、彼らは、アキレウスを始め多くの古代の君主たちが半人半馬のケイローンのもとに預けられ、彼によって《養育され》、その教えの下で訓練されたと書き記している。半人半獣を個人教師としたという話は、君主たるものは、こうした両方の性質を使い分ける必要があるのであり、そのどちらか一方が欠けても、君主として永らえることはできないことを言おうとしているのに他ならない。このように君主は獣の性質を適切に学ぶ必要があるのだが、その場合、獣の中では狐と獅子に倣うようにすべきである。というのも、獅子は策略の罠から身を守れず、狐は狼から身を守れないからである。それ故、罠を見抜く点で狐でなくてはならず、狼たちの度肝を抜く点で、獅子でなければならない。もっとも、ただ単に獅子の上にあぐらをかいている［獅子の方法（即ち、力）だけを使って事足りると思っている］者たちはこのことがよく解っていないのである」（マキアヴェッリ［一四六九－一五二七］『君主論』［一五一三年執筆］第十八章二－三）

ケイローンが兵士の養成に選ばれた理由は、マキアヴェッリが述べている通り、ケイローンは獣として自然に通じると同時に、それを言語化できる唯一の存在だからである。彼は、兵士に必要な《獣的な肉体と感覚および本能的知性》を知悉していると同時に、それらを《人間の持つ理性》に変換することができる唯一の存在なのである。ダンテがいみじくもケイローンの胸元を指して「人性と馬性の二つの性が契りあう胸元のところ」(84行)と述べている通りである。マキアヴェッリがここで使っている動詞「養育され」は、郷里の大先輩ダンテのこの箇所(71行)から来ていると言って間違いないであろう。

最後に、ギリシャ神話の登場人物が、寓意的解釈を施されることでキリスト教の前史として理解され、キリスト教に包摂される現象を解説しておこう。中世キリスト教では真理はキリストによってもたらされたと信じられていた。だが、ここに一つの問題が生じる。それではキリストが到来する前、人々はキリスト教徒たり得ないことになるからである。キリスト教以前の人々は神の啓示から締め出されており、彼らがキリスト教徒になれなかったのは神の責任であり、彼らの責任ではなくなってしまう。キリスト以前の人々を異教徒という理由だけでリンボに置くことは理不尽となる。われわれからすれば、もっともな意見だが、中世の神学者たちはそう考えなかった。彼らがキリスト教徒足りえず、異教徒として亡くなったために救われなかったのは、彼らの落ち度であると説明した。なぜならキリスト来臨以前から、神はすべての民族に様々な形で啓示を行なってきており、キリスト来臨以前にもキリスト教徒たり得たとみなしたからである。実際、旧約聖書の義人たちはキリストによって救われている。では、ユダヤ人以外の異教徒の場合はどうなるのだろうか。ギリシャ人やローマ人には、史実やギリシャ神話という形で予告されていたのであり、その中ですでにキリストは啓示されていたとみなしたのである。こうして中世を通じて、ギリシャ神話も、旧約聖書と同様に、寓意的に解釈が施され、キリスト教を予告する物語とみなされた。

ここでテーセウスを一例として挙げてみよう。テーセウスには、ヘーラクレースと同じように、街道を荒らし、略奪・殺人を働く野盗の類を掃討した経歴がある。次いで、彼はアテーナイに犠牲を強いるクレータ島のミーノータウロスを退治し、アテーナイを救い出す。さらに、友ペイリトオスとともに冥府に降っている。ペイリトオスは地獄で捕らえられ、そのまま留まったが、テーセウスは運よくケルベロスを捕まえにやって来たヘーラクレースに助けられて、地上に生還する。さらにテーセウスはテーバイの解放・救済者としての物語も有している。以上のテーセウスの事績は中世において、キリスト教的に読み替えられ、人類を悪魔の手から解放したキリストの投影写像 *figura* とみなされた。ミーノータウロスは《悪魔》を、悪魔に食べられる少年少女は《人類》を象徴しており、ミーノータウロスが人肉を食するのは、悪魔が人間の魂を奪い去ることとの比喩とされ、ラビュリントスからの少年少女たちの救出は、地獄に閉じこめられた義人たちのキリストによる救出の予型と解された。

また、ディースの門の悪魔たちと天の使者の到着のエピソードにおいて地獄降りを行なった二人の予型的人物が示されている。すなわち、フリアたちが怒りに満ちてなじり返す場面におけるテーセウス（「(地獄を）襲ったテーセウスにその報いを与えなかったのが悪かった」第九歌54）と、ケルベロスが自由を奪われたことを悪魔たちに思い返させる場面におけるヘーラクレースである（「おぼえていないのか、おまえらのケルベロスは、そのためにいまでも、あごとのどの皮がむけたままではないか」第九歌98–99)。この二人は、地獄の門を開け放ったキリストの地獄降りとパラレルに置かれている（「それで、いまもなおその扉は開いたままだが」第八歌126)。第十二歌17–18でも「現世でおまえを死に到らせたアテネ公でも来たと思ったのか」と、ふたたびテーセウスが呼び出され、同じく37–39で「ルチーフェロの手に落ちた大いなる戦利品を上の圏から救い出しに、かの方が来られる少し前」と、キリストの地獄到来が語られている。そして、ヘーラクレースが殺した三人のケンタウロスが登場する（「いつもの気短さがおまえに禍を招いた」「あれは、美しいデーイアネイラのために死んだあと、自分でかたきをとったネッソスだ」第十二歌66－69）。これらのことから、キリストの予型として異教の英雄をダンテが意識的に呼び出していることが判る。地獄篇の中でテーセウスやヘーラクレースは予型的（投影写像的）言語に従って、間違いなくキリストを暗示しているように思われる詩行で呼び出されており、決して偶然ではない。ともに、キリスト同様、困難な状況を救い出す解放者として思い起こされている。テーセウスもヘーラクレースもキリストの事績を暗示しており、地獄ではキリストの名前を出すことができないために、彼らの名前がキリストの名の代わりに持ち出されているのである。それ故、悪魔や怪物に対して、彼らの名前が呼び出されるとき、それは「天の思し召しである」と同じ、超自然的な（悪霊を調伏する）力を宿すことになる。実際、悪魔たちも、ミーノータウロスやネッソスもこの言葉に反論できない。われわれ現代人にとってテーセウスやヘーラクレースの名前は神話上の一人物に過ぎないが、中世の人々にとってそれはイエス・キリストの代理としての意味を持っていたのである。

第十三歌

第七圏第二冠状地／自己破壊の罪

一三〇〇年四月六日（水曜日）

灌木に変えられた自殺者たちの森。そこでは蕩尽者たちが黒犬に追われている。

　ネッソスが向こう岸に渡りきらぬうちに[1]
われわれは一つの森に入り込んだが
そこには小径さえもついていなかった。[2]
　緑の葉はなく、色は黒ずんで、
枝という枝はまっすぐではなく節くれて曲がりくねっていた。
実はなく、毒々しい棘ばかりが生えていた。
　耕地を嫌い、チェーチナとコルネートのあいだ[3]［マレンマ］に
潜む、あの野獣たちでさえ、
これほど密生した茨の藪（やぶ）に棲みはしない。[4]
　そこに巣くっているのは、かつてトロイア人に
不吉な未来を予言し、ストロパデス（諸島）から
追い払った汚らしいハルピュイアたちだった。[5]
　広い翼を持ち、首と顔は人間のそれで、
脚には鉤爪が、大きな腹には羽毛が生えていた。

奇怪な木々の上で奇妙な呻(うめ)き声をあげている。[*6]
　するとは、優れた師は「(森の中に)分け入る前に
知っておくとよい。おまえはいま第二の冠状地にいる」と
話し始めた。「おそろしい砂原[第三冠状地]に出るまで
　ずっとこの森がつづくことになる。[*7]
それゆえ、目を凝らしておけ。(いま私が話したとしても)私の言葉が
信じられなくなるほどのことを、おまえは目にするからだ」[*8]
　私はそのとき四方から叫び声を聞いたが、
声の主(ぬし)はどこにも見当たらなかった。[*9]
それで私はすっかり狼狽し、立ち止まった。
　いま思うに、あの茨の藪の中から、われわれの眼に隠れた
人々が多くの声を発していると、私が思い込んでいると
師は思っておいでだった。[*10]
　それで、師はこう言われた。「もしおまえが
これらの藪の小枝を一本折ったなら、
おまえの考えていることはみな切り落とされてしまうだろう」[*11]
　それで私は恐る恐る手を前にさしのべて
大きな茨の茂みから細い小枝を一本摘みとった。
するとと幹が叫んだ。「なぜ私をへし折る」
　それから、どす黒い血が流れ出し

幹がまた言った。「なぜ私を引きちぎる。
おまえには憐れみの心がひとかけらもないのか。[*12]
　いまは茨に変えられているが、われわれはかつて人間だった。
われわれがたとえ蛇のたましいだったとしても、
おまえの手には、もっといたわりがあってもよいはずだ」
　生の薪を火にくべると、
一方の端が燃え、もう一方の端からは樹液がしたたり、
吹き出す風［蒸気］の漏れざまに、シューシューと音を立てるが、
　ちょうどそのように、枝をもがれた幹の口から
言葉と血がともに噴き出してきた。私は持っていた枝を
取りおとし、怯えた人のように立ちすくんだ。[*13]
　「傷ついたたましいよ」と、わが賢人は言った。
「もしこの者［ダンテ］が、自分の目で見る前に、
私の詩［『アエネーイス』第三巻］の中で目にしただけで、信じることができていたなら、
　君に手をふれようとはしなかっただろう。
しかし、あまりに信じがたいことゆえに、このような
振る舞いをさせてしまい、私自身、心に重くのしかかる。
　だが、君が誰であったのか彼［ダンテ］に教えてくれれば、
幾ばくかの償いとして、彼がやがて戻ることのできる
現世で、君の記憶［名望］を新たにしてくれよう」

　すると幹の切り口は言った。「そのような甘い言葉を囮（おとり）に誘われては
黙ってはいられない。（話す）喜びに捕えられるあまり
話が延びて、君たちの重荷にならなければよいが。[14]
　私はかつてフェデリーコの心の
両の鍵を握っていた者だ。[15] その鍵を、またとなく優雅に用いて
心を開け閉めしてのけたため、[16]
　私は彼の心からほとんどすべての人々を締め出した。
この栄えある務めを忠実に果たすあまり、
私は寝食を忘れ、ついには命脈をも失った。
　娼婦［嫉妬の擬人化］が御稜威（みいつ）［皇帝］の住まい［宮廷］から
その蠱惑（こわく）の眼差しを離すことは決してないからだ。
世に死をもたらし、[17] 宮廷のこの悪徳[18]［嫉妬］は、
　すべての人の心を私に反して燃え上がらせた。
（嫉妬の）火をつけられた者たちは、次には陛下に（怒りの）火をつけ、
喜ばしき栄誉は悲しき喪に変わった。
　わが心は蔑みに満ちた性向ゆえに、[19]
人々の蔑みを死んで逃れようと、
私は正しき自分に、不正を行なった[20]［自死した］。
　この奇しき新たな根にかけて誓うが、[21]
私は一度たりとも、わが主君に対して忠誠を破ったことなど

なかった。主君はそれほどまでに誉れにふさわしいお方だった。
それで、君らのどちらかが地上に帰り着くよう祈っている。
どうか私についての評判をふたたび立ち上がらせてほしい。
未だ嫉妬に打ちのめされ、地に伏したままなのだ」[*22]
　詩人［ウェルギリウス］は、しばし待ってから私に言った。
「彼は口をつぐんだようだから、この時を逸することなく、[*23]
もっと聞きたいことがあれば、（いまのうちに）おまえから訊ねなさい」
　そこで私は言った。「私が得心すると思われる
ことを先生のほうから聞いてください。私は哀れみに
心しめつけられるあまり、何も話せません」
　すると師は口を継いで言った。「君の願いが、その言葉どおり、
惜しみなく叶えられるよう祈っている。
囚われた霊よ、[*24] もし差支えなければ、もっと語ってくれないか、
　どのようにしてたましいがこの節くれた茂みに結ばれるのか。
そして、もし知っているなら教えてほしい、
こうした四肢からいつの日か解放されるたましいがいるのかどうか」[*25]
　すると、幹の折口が激しく息を吹き出すと、
その風は次のような声に変わった。
「君らに手短に答えてみよう。
　狂猛なたましいが、自ら激しく根こそぎにした

肉体から分かたれると、
ミーノースによって第七の口［圏］へと送られ、
　この森に落ちて来るが、定まった場所があるわけではなく、
偶然のおもむくままに飛ばされる、[26]
スペルタ小麦[27]の如く、落ちたところで芽を出す。
　か細い若枝で立ち上がると、やがて野生の植物に成長する。
すると、ハルピュイアどもがその葉をついばみにやって来て
苦しみを作り出すと同時に、苦しみの窓［はけ口］を作り出す。[28]
　ほかのたましいたちとおなじように、われわれもあの谷間［地上］に
自身の亡骸を取りに行くが、誰一人としてそれをもう一度身に付ける者はいない。
自分で脱ぎ棄てたものを着るのは道理に合わないからだ。[29]
　われわれはそれをここまで引きずって来るが、
そのとき、森全体が悲愁に包まれる。それぞれの肉体は、
肉体を忌み嫌うたましいでできた茨の灌木に、一つずつ、吊り下げられるからだ[30]」
　われわれはその幹がほかにも話したいことがあるのかと
なおもその幹に耳をそばだてていたが、[31]そのとき
突然の騒音に驚き打たれた。
　あたかも犬の吠え声や枝葉のざわめきを耳にして
猟犬に追い出された猪が、自分の待ち伏せ場所に
迫り来るのに気づいた狩人のように。

すると、左手から[*32]真っ裸で[*33]全身掻き傷だらけの[*34]男が二人、
森の枝という枝を折りしだきながら
死にものぐるいで逃げて来た。
　前の一人〔シエナ人ラーノ〕が叫んだ。「さあ早く、助けてくれ、死よ、助けてくれ[*35]」
そして後から、ひどく後れを取っていると気づいた
もう一人の男〔パードヴァ人ジャーコモ・ディ・サンタンドレーア〕は、「ラーノ、
おまえの足はトッポ辺りの槍試合じゃあ[*36]、こうも速くはなかったぞ[*37]」
と叫ぶと、そこで息がつづかなくなったらしく、
茨に飛び込んで、自身と茂みとを一かたまりとして身を隠した[*38]。
　鎖をとかれた猟犬のように、
すばやく駆けて来る貪婪（どんらん）な黒い雌犬[*39]の群れで
二人のうしろの森は埋め尽くされた。
　犬たちは茂みに身を潜めていた男にかみつき
一片また一片と千々に引き裂くと、
まだ苦痛にうごめく肉片をくわえて立ち去った。
　それから、私の案内者は私の手をとり[*40]、
その灌木（かんぼく）のもとへ私を連れて行った。
茂みは空しく[*41]血を噴く無数の折れ口を通して[*42]泣いていた。
「おお、ジャーコモ・ディ・サンタンドレーアよ」と灌木は言っていた。
「私を隠れ蓑にして一体なんの得があったというのか。

135 おまえの罪深い人生に対して、私に何の責任があるというのか」
　師はその灌木のわきに立ちどまって、
言われた。「あちこちの（折れた）幹の先から痛々しい
138 言葉を血とともに噴き出している者よ、おまえは（生前）誰だったのか」
　すると灌木はわれわれに（答えた）。「おお、私を見に
来てくれたたましいたちよ、身体から、かくもむごたらしく
141 枝葉を引き剝がされ、辱めを受けたこの私を。
　この不幸な茂みの足元に落ちた枝葉を集めてくれ[*43]。
私は、その最初の守護者「マールス神」を洗礼者（ヨハネ）に変えた[*44]
144 町「フィレンツェ」の者だ。まさにそのために[*45]、
　軍神は絶えずその技「戦争」でこの町を悲嘆に陥れるだろう[*46]。
もしもアルノ河に架かる橋「ポンテ・ヴェッキョ」の上に
147 この神像のよすががいまなお残っていなかったならば[*47]、
　のちにアッティラによって[*48]灰となった
町を再建した市民たちの労苦は
150 無駄になっていたことだろう[*49]。
151 　私は自分の家を自分の絞首台に変えた[*50]」

第十三歌注釈

＊1　ケンタウロスのネッソスはダンテを乗せてプレゲトーンの沸騰する血の川を渡り、対岸に送り届けた後、ふたたび血の川を渡って、元いた第一冠状地に戻る途上にある。

＊2　地獄篇第一歌に登場した「暗い森」を彷彿とさせる森にダンテたちは辿り着く。「暗い森」にも「正しき道」がなかった。これは旅人ダンテが第一歌と同じ精神状況に連れ戻されていることを暗示している。

＊3　トスカーナとラツィオ間の湿地帯マレンマを指す。ダンテの時代、マラリア禍を恐れて、人が立ち入らなかった有名な地域。

＊4　冒頭のわずか九行のうちに原文では七つもの否定辞が用いられている。自殺者の否定的な性格を写し取るために、古典文学における《否定のトポス》を独創的に応用している。

＊5　ペロポネーソス半島の西にあるストロパデス諸島は、古代からハルピュイアの本拠地としてのみ有名な小さな島々。ハルピュイアたちは人間に食事をさせぬよう、食べ物をその汚物で汚す怪鳥であり、アエネーアースの一行を襲って彼らを追い払った。その時、ハルピュイアの頭領ケライノーがトロイア人に未来の不吉な禍を予言して飛び去って行く。第十三歌の始めで言及されるハルピュイアとその不吉な予言は、この歌章を読み解く鍵となる。

＊6　ハルピュイアも地獄に属する悪の怪物であり、乙女の顔をしている。木々が「奇怪」なのは、冒頭の描写にあるように普通の地上にある木々とは異なって、自殺者の魂が灌木に変えられているためだが、「奇妙な呻き声」をあげているのはハルピュイアではなく、実は、木々の方だからでもある（旅人ダンテはこの時点ではハルピュイアのあげる奇声だと勘違いしている。植物が声を発することなど想像だにしなかったからである）。後で判るように、ハルピュイアが葉をついばむことで灌木が痛みを感じてあげる呻き声が、あたかもハルピュイアがあげているように聞こえる。

＊7　なぜ「おそろしい」砂原かと言えば、火が降ってくるからである。第七圏では自然環境がすべてねじ曲がっている。すべてが反自然であり、恵み深い自然と対照的になっている。第一冠状地では、瑞々しい清冽なはずの川は血で沸騰している。ここ第二冠状地では、緑なすはずの森はどす黒く、木々からは樹液ではなく血が迸る。梢に囀るはずの小鳥は大きな腹をした人面鳥である。第三冠状地では、慈雨の代わりに火が降って来る。人間に限りない恵みを与えてくれるはずの自然は、すべて牙をむき、魂たちに襲いかかってくる。それは、彼らが自然をねじ曲げたからである。

＊8　「結局、自分で経験しなければ、私の言葉など信じられないだろう」という意味。実際、この後、ウェルギリウスはダンテに実験させている。

＊9　注釈6に記したように、「声の主」は、ハルピュイアについばまれて悲鳴をあげている灌木たちだからである。

＊10「弟子と師との間に意思の不通・中断が起きている」とする文芸評論家レオ・シュピッツァーの解釈とは全く逆に、「弟子と師の間にはいかなる意思の途絶も生みだされてはいない。それどころか、両者の息は完全に合っており、弟子の心を読んでみせるウェルギリウスの能力の中にも同じ波長を見いだすことができる。それは25行目の有名な詩句からも推察できる。この詩句は様々な形でダンテ学者から批判されてきたが（ヴェントゥーリの「模倣に値しない気まぐれな表現」やペトロッキの「ダンテはいささか度を越えて心中で独り相撲をしている」など）、シュピッツァーが考えるような、弟子と師との間に意思の不通・中断が起きていることを表わしてはいない。それどころか、この詩句で作者ダンテは、ウェルギリウスが弟子の隠れた思いを十全に読み取ることができ、そして、嘆きが木々の間に隠れている人々から発せられていると信じている弟子の誤った推測を正すことができることをはっきりと認めているのである」（ムレスー）。人間の植物への変身は、ウェルギリウスの『アエネーイス』第三巻に記されたポリュドーロスの植物への変身を典拠としている。ウェルギリウスはこの変身について知悉する《熟達者》である。そのため、ウェルギリウスは、怪異を前にしたダンテの心中で起きる反応を良く心得ている。旅を終えたダンテはこの箇所を執筆しながら、ウェルギリウスが自分の心の内をすでによくご存じであったと述べているのである。師と自分の心が完全に重なり合っていることを強調するために故意に特異な反復法を採っている。

＊11「切り落とされる」と訳した形容詞「monco」の使用は非常に衝撃的であり、ダンテの天才的な語彙の選択が見られる。というのもこの語は「腕が切断された痕の切り株状の様」を指す非常に変わった形容詞であり、ダンテがこれから行なう枝折りの行為を先取りすると同時に、次の「おまえの地上的な考えは、彼岸世界における経験という刀で切り落とされ、手足のない状態になろう（真実には呼応しない、誤った考えだと判るであろう）」という意味を掛けているからである。

＊12 この箇所は『アエネーイス』第三巻の有名な以下の個所を下敷きにしている。「私は葉の生い茂る枝で祭壇を被うために、青々とした蘖（ひこばえ）を大地から引き抜こうとしました。その時です。語るも恐ろしい驚くべき異象を目にしたのは。最初、地面から根を引きちぎり、その木を引き抜いた時、その木から黒々とした血が滴り落ち、腐った血で大地を汚したのです。冷たい恐れが私の手足を震わせ、恐怖のために総身の血が凍りつきました。なおも私は、この隠された原因をしっかりと見極めようと、別のしなやかな細い幹をふたたび抜き取ろうとしました。するとまた、もう一つの木の皮から黒き血が流れ出ました。心中、様々なことを思い巡らしながら、私は田園のニンフたちやゲタエ族の野を治める父マールス神に祈りを捧げました。彼らがその異象を吉兆となし給うよう、その凶兆を祓い給うようにと。しかし、前にも増した力で第三の小枝を攻め、膝をついて、逆らう砂と格闘していると、——

話すのがよいものか、それとも黙ったままの方がよいものか――、塚の底からすすり泣くような呻きが聞こえて来たのです。そして、返ってきた声は、次のように耳に届きました。『アエネーアースよ、何故に惨めな者を引き裂く。もう埋葬された者を見逃してやれ、その敬虔な手を穢すのは慎むがよい。私はおまえにとって異邦の者ではない。私を生んだのはトロイアであり、この血潮も木から滴り落ちたのではない。ああ、この残忍な地から立ち去れ、この貪婪の浜から立ち去るがよい。何を隠そう、私はポリュドーロスだ。ここで突き刺された私を槍の鉄の作物が被い、鋭い槍を伴って育ったのだ』。この時まさに、不可解な恐怖によって心は押し潰され、驚き打たれた私の髪の毛は逆立ち、声は喉に引っ掛かりました」

＊13　ダンテは、死者が植物になるこの不可思議な事例から自殺者が植物となる発想を得たことが48行目で暗示されているが、『アエネーイス』の描写とダンテの描写とではかなりの違いが見られる。例えば、植物となる原因と過程が根本から異なる。ポリュドーロスの場合、槍が彼を貫いて地面に突き刺さり、その槍が作物のように芽生え、成長した結果である。槍に生木を使うため、土に突き刺さった槍が挿し木のように死体の養分を吸って根を張り、大地に根付いたという自然学的な発想に因っている。一方、ダンテの自殺者たちは、死後、本人の性質によって植物へと実体化する。ダンテの描く《人－植物》は、オウィディウスが『変身物語』で描くような、肉体が植物に変化したのではなく、魂が生前に獲得した性質（習癖）に従って植物に変貌を遂げる。全体が植物であって、また人間である（人間の魂そのものは不変的形相であるため）。修辞的な視点で言えば、ダンテはウェルギリウスのように感嘆も、修辞疑問も、頓呼法も用いていない。意図の点で言えば、アエネーアースが祭壇を飾るという敬虔な意図から枝をもぐのに対して、ダンテはウェルギリウスに誘われ命じられるまま実験を行なっている。アエネーアースはこの後、ポリュドーロスを正式な儀式に則ってもう一度懇ろに埋葬し直してやり、この凶兆を吉兆に変えることができるが、ダンテは声を失うばかりである。アエネーアースが不思議を前にしてどう振る舞えばよいかを知り、大人の対応ができているのに対し、ダンテはどうしてよいか判らない人格形成半ばの人間として描かれている（英雄と詩人の違いがくっきりと示されている）。また、一番の違いは、『アエネーイス』の場合、ポリュドーロスの言葉が「塚の底から」発せられているのに対して、『神曲』の場合、言葉は血とともにしか発せられない点である。傷口が開かないと、口が形成されず、喋れないのである。40－45行は『神曲』の中でもダンテの力強いイマジネーションがあふれ出た見事な一節である。薪を燃やすと、端から白い樹液の泡が漏れ出してくるが、ダンテはこれを幹が噴き出す血に喩え、薪の中から蒸気が外に向かって噴き出してくる時、シューシューと音を立てる様を幹から血とともに噴き出してくる音声（言葉）に喩えている。ダンテは、想

像を絶する出来事を、あまりに的確に日常的に見られる現象に接続させているため、日常の中に非現実が繋がって見えてくるほどである。まさに異様な現象が、目の前で見る日常の出来事のように異様な力強さで迫ってくる。この比喩はいかなる古典の典拠も有しておらず、ダンテ独自の優れた観察眼から生まれている。ダンテ以前のいかなる詩人も用いたことがない日常的なリアリズムに立脚したこの比喩は、『神曲』の中でも最も優れた比喩と言える。この一節は、米国の自殺した詩人シルヴィア・プラス（一九三二－一九六三）の詩を思い起こさせる。「詩は血液の噴出。溢れてくるのを抑えることができない」（「kindness」より）

＊14 「甘い言葉を囮に」とは「餌で釣る」ことを、「喜びに捕えられる」とは「鳥もちに捕えられる」を原義としており、この自殺者は《餌釣りによる魚の捕獲》と《鳥もちによる鳥の捕獲》というエレガントで洗練された比喩を用いて、ウェルギリウスが差し出す「償い」の甘い言葉に惹かれる自分を譬えている（この自殺者が自身の身の上を語るのは、自身の生前の汚名を雪ぐことこそ彼の最大の望みだからである）。この自殺者ピエロは生前詩人でもあったことから、ダンテは彼にふさわしい言葉遣いをさせている。例えば、「君たちの重荷にならなければ」は、ウェルギリウスの言葉「心に重くのしかかる」（51行）に呼応している。これは、控えめに言うことで一層印象を強める逆言法である。加えて、興味深いのは、「黙ってはいられない」にも見られるように、あたかも否定形を使わずには話せないかのように否定の non を自殺者が繰り返している点である。

＊15 本名はピエートロ・デッラ・ヴィーニャ（ここではピエートロのトスカーナの呼称であるピエロと呼ぶ）。一一九〇年頃カプアに生まれた彼は上流の出ではなく、支援者の費用か篤志による義援金によってボローニャで学んだ。時を経ずしてパレルモの大司教の目に留まり、神聖ローマ皇帝フェデリーコ二世に推挙された。一二二〇年頃、宮廷に入るが、めきめきと頭角を現した。一二二五年から一二四七年まで大法官（最高司法長官）に任命され、フェデリーコ二世の個人的な秘書官や大使、法務官などさまざまな活動を幅広く行なった。一二三一年、シチリア王国の最高司法長官として成文法の全体系を改訂・変更し、新たな法典を施行するに必要とされる官僚制を整え、監督・指揮した。加えて、この制度が要求する官僚たちを作り出すために、ナポリ大学のカリキュラムを改変したとされる。一二三四年から一二三五年にかけてフェデリーコ二世と英国のヘンリー三世の妹イザベルとの結婚を取りまとめた。一二四七年までにはフェデリーコ二世の最も親密な顧問として権力の極みに達するが、この時の彼の肩書き「皇室書記官長兼シチリア王国首席秘書官」は彼のために創設された。要するにピエロはフェデリーコ二世の宮廷で皇帝に次ぐ権力の地位にあった。しかし、その二年後、突如失脚し、投獄されて盲目にされた。獄中、彼は自害するが、伝えられるところでは、石の壁に頭を打ちつけて命を絶った

という。彼の失脚の原因が何であったかは、はっきりと知られていない。最も考えられるのは、ピエロが教皇に通じ、更には教皇にけしかけられて、皇帝の毒殺を謀ったと疑われたことである。冤罪によって命を絶ったピエロはダンテの未来の可能性の一つを象徴している。なぜならダンテも、この彼岸の旅から二年後、冤罪を着せられて、フィレンツェから死刑判決を受けるからである。加えて、ピエロの文筆上の業績も知っておく必要がある。彼の名はダンテやダンテと同時代の人々によく知られており、彼の名前で書かれた書簡集は修辞教育の模範として当時広く活用されていた。ダンテ自身、彼が追放中に書いた書簡の文体に影響を受けた可能性もある。

＊16　この表現は言うまでもなく、聖書の一節をもじったもの。ピエートロ（ペトロ）がイエスから天国の鍵を譲り受けたように、この第二のピエートロ（ペトロ）であるピエロが皇帝の心の鍵を握っているということを聖書（「イザヤ書」二二：二二および「マタイ福音書」一六：一九）を下敷きにして述べている。「両の鍵」という言い回しは、祓魔式に悪霊を結びつけることを意味するユダヤ教のラビたちの用いる用法から転じて、禁止と許可の行為を表わすようになったと考えられている。古代ユダヤで開け閉めに二つの鍵を用いていたわけではなく、あくまでラビの比喩的用法に由来しており、鍵は一つである。この「天国の鍵」はローマ教皇のシンボルとなっている。

＊17「悪魔の嫉妬によって、この世に死が忍び込んだ」（「知恵の書」二：二四）

＊18　この主張はあくまでピエロの考え方であり、ダンテのそれとは相容れないものである。

＊19　他者（宮廷の者たち）を見下す蔑みの心は、また同時に高慢な性向を意味している。この高慢さが自殺の遠因となっている。自殺者はまた高慢者であることから、応報の理として生命の最下層に当たる植物に変えられる。

＊20　ここでピエロは自殺のことを「不正」と呼んでいるが、西洋世界ではアウグスティーヌス以降伝統的に「自殺は犯罪」とみなされてきた。

＊21　ピエロは「根にかけて誓う」という不思議な言い方をしているが、イタリア語では一昔まで「自分の頭（命の意味）にかけて誓う」という宣誓が定型表現として用いられていた。ピエロは、自然に反した自分たちの行為に合わせて、転倒した言い回しをしている。というのもアリストテレースが述べているように「動物の頭に対応するのが植物の根だからである」（『霊魂論 *De anima*』第二巻第四章）。同じく、アヴェロエス（一一二六－一一九八）が「植物の根は動物の頭に似ている。この類似は、動物にとって頭が食物摂取の入り口として用いられるように、植物の根は栄養を摂取する入り口となっていることによる」（『霊魂論注釈』第二巻第四章一五〇）と述べているように、植物となった自殺者は、人間にとって最も大事な頭部に当たる根にかけて誓っている。

＊22　ウェルギリウスがここで少し間を置き、すぐには話そう

としなかった点にダンテのリアリズムを垣間見ることができる。イタリアの著名なダンテ学者ボスコ＆レッジョは「ピエロの劇的な告白を前にして、ダンテ同様、ウェルギリウスも心乱され、いたたまれず沈黙した」と注解しているが、そうではない。ウェルギリウスは、確かに、弟子に枝を手折らせてピエロに苦痛を与えたことで心を痛めるが、かといって、心が千々に乱れ、ものも言えないほど感極まったわけではないからである。実際、ウェルギリウスは最初から枝を折れば血と言葉が噴き出してくることを知っている。ウェルギリウスが弟子に実験をさせておいて、自ら感極まるというのはおかしなことである。ボンディオーニが指摘しているように、ウェルギリウスがここで植物と話をしていることを忘れてはならない。植物が自分の話し相手を目で見ることができないように、聞き手も植物を相手にして口や表情を認めることができない。枝の折口から血とともに言葉が発せられるだけで、枝の折口が、人間の口のように開け閉じするわけではないからである。植物には表情がないため、聞き手は、植物が話し終えたのかどうか窺い知ることもできない。そのため、ウェルギリウスは「これですべてを話し終えたのかどうか」を確かめるべく、しばらく間を置いて待っていたのである。これこそ細部にまで意識の行き届いたダンテのリアリズム描写であり、また同時に、こうした描写は、顔の表情も奪われ、下位の存在に変えられた魂の外観を浮き彫りにしている。魂のこうした側面は、91－92行、131－132行、137－138行でも引き続き強調されている。

＊23　ウェルギリウスのダンテに対するこの警告はこれまで「時を無駄にせず」などと訳されてきたが、誤りである。なぜなら第十一歌14－15ですでにダンテ自身が同じことをウェルギリウスに告げているからである。ダンテ自身、ウェルギリウスに言われるまでもなく、時間を無駄にしてはならないことは重々承知している（地獄降りの時間は限られているため）。「この時を逸することなく」と、ウェルギリウスがここでダンテをせき立てているのは、この植物が話ができるのは傷口が開いている間だけだからである。ダンテが開けた傷口がふたたび癒着する前に、植物の魂と話をするようウェルギリウスは促しており、「今この瞬間の機会を逃すことなく、話せ」と急かしているのである。ここにも先ほどと同じ、精緻なダンテのリアリズムが見て取れる。ここで用いられている ora は一般的な時間を意味するものではなく、「この今の瞬間」を指している。ダンテが「時を無駄にするな」と言う時は、「時」一般を表わす tempo を用いる（同じく、現代イタリア語でも抽象的な時間の観念に対しては tempo を用い、ora を使うことはない）。ダンテは両者を明確に使い分けている。

＊24　「（植物という形で地面に）囚われた霊よ」という呼び掛けからウェルギリウスが、魂が肉体という牢獄に閉じ込められているというピューターゴラースープラトーン以来の古典的発想に基づいて「すでにある樹木を牢獄として、その中に魂

が縛り付けられ、幽閉されている」と思い込んでいることが判る。しかし、「決して魂がこれらの茂みや灌木に結びつけられたり閉じ込められたりするわけではない」（バンバリオーニ）。灌木の中に魂が閉じ込められているわけではなく、魂自身が灌木という霊的肉体を形作って、その中に自身を閉じ込めているのである。ウェルギリウスのこの一言と「教えてほしい」という発言からウェルギリウスがここの魂に関して正確な知識を持っておらず、前もって存在している樹木の中に魂が後から閉じ込められると誤って信じていることが明かされている。「要するに、ウェルギリウスは、樹を形成しているのが魂そのものであることを知らないのである」（ニコシーア）。煉獄篇第二十五歌で明かされるように、死後、魂は自分に見合った霊的肉体を自身の周りに形成する。決してすでにある樹木に閉じ込められているわけではない。この植物の体は、魂が自分で形成して纏う衣なのである。

＊25　最後の審判の時に、この灌木から魂が解放されることがあるのかと尋ねている。

＊26　自殺者は人間に与えられた自由意志を乱用し、自らを殺めることに自由意志を用いた。その結果、自分の意志ではまったく制御できない偶然の力に支配されると、ピエロは説明している。

＊27　スペルタ小麦は、どこででも容易に自生し、成長の速いのが特徴。このため、魂が墜ち行くところどこでも速やかに成長していくことを述べている。

＊28　ここには今までの地獄の魂たちには見られなかった異例の応報の理が見出される。ここに来てやっと「（ハルピュイアたちが）奇怪な木々の上で奇妙な呻き声をあげている」という15行目の真の意味が明らかになる。また、ここでダンテが同じ言い方をしている点に留意する必要がある。「呻き声をあげている」（直訳すると「嘆きを作り出す」）（15行）、「苦しみを作り出す」、「苦しみの窓を作り出す」（102行）、この三つの表現は同じ事を三様の言い方で示している。ハルピュイアは嘴で灌木の魂たちを「苦しませる」が、これは二つの効果・結果をもたらす。一つは彼らに《はけ口》となる《窓》を開けてやると同時に、彼らに「嘆かせる」ことを可能にする。ここからなぜダンテが「嘆きを作り出す」（15行）という奇妙な言い方を取ったのかが了解される。ハルピュイアは奇怪な木々の上で「嘆きを作り出し」、木々に悲鳴を上げさせるが、人の姿が見えないため、あたかもハルピュイアが奇妙な呻き声ともつかぬ鳴き声を発しているように聞こえる。旅人ダンテは、そのため、てっきり鳥が鳴いていると思ってしまう。しかし、現実は、ハルピュイアが鳴いていたのではなくて、木が泣いていたのであり、このことが102行目で明かされる。作者ダンテはその二つの意味――「呻き声をあげている」と「嘆きを作り出している」――をかけて表現していたのである。「傷口」というこの通路を通して諸々の苦しみ、痛み、歎きが外に出て行くことが可能となる。ここに希望のない自殺者の精神状態が見事に表現されている。

＊29　最後の審判時に、地上に残した自身の遺骸を取りに行くことをピエロは述べている。「ほかのたましいたちとおなじように」と、ピエロはわざわざ「ほかの」という言葉を加えているが、そこに自殺者の意識が透けて見える。彼ら自殺者は、他の魂たちとは根本的に違っていると感じているからである。それは歴史的にもそうであり、死後の共通の運命でさえも、彼らは例外的に扱われる。「アリストテレースが『ニコマコス倫理学』第五巻第十一章で述べているように自分自身を殺めた者たちは、国家の法に基づいて罰せられる。実際、これは古来より埋葬の礼を剝奪するという形で罰せられている」（トマス・アクィナス『神学大全』II-2, q. 59, a. 3, arg. 2）。ダンテは地獄の受刑者たちの中で魂と肉体の合一を欠く唯一の例外を決めるとき、市民法や教会法が自殺者たちの埋葬を例外的に禁じていることを類比的に参考にしたのであろう。ダンテは「埋葬の礼を剝奪する」という古来の罰を、最後の審判の後も、自殺者は肉体を剝奪されるという応報に変えている。

＊30　森全体が首吊り場となって、すべての灌木に死体が永遠にぶら下がるという情景は地獄の中でも最も凄惨なものである。最後の審判時に地上の肉体を取り戻すという、他の魂たちに認められた共通の権利も自殺者には剝奪されており、魂は地上の肉体と合一することができない。従って、自殺者は、死後、二重の屈辱を受けることになる。一つは、生命の階梯の中で最も低い次元である植物の形を取るという屈辱であり、もう一つは永遠に魂と合一し得ないという屈辱である。ダンテは自殺者に対する最終的な懲罰として首吊りを選んでいるが、ダンテの時代、自殺を行なおうとする者が最もよく用いた方法が首吊りであったという事実も少なからぬ影響を与えたと思われる。だが、何よりもまた、「最初のキリスト教の自殺者が、イエスを裏切ったイスカリオテのユダであったという原型的な意味を見逃すことはできない。中世の伝説や視覚芸術においてイスカリオテのユダは、通常、実を結ばない枯れた木に首を吊った姿で描かれてきたからである」（レスタ）。

＊31　注22参照。話が終わったかどうか解らず、ふたたびダンテたちはしばらく固唾を飲んで見守っていた。

＊32　ダンテがやってきた右方向とは反対側であり、ダンテたちは今、左手方向に進んでいる。

＊33　地獄の亡者は、偽善者を除いて、全員裸だが、ここではその裸性を強調するためにわざわざ「真っ裸で」と言い添えられている。というのもこの新たな登場人物たち（蕩尽者）は財産を蕩尽に帰し、身ぐるみ剝いで裸となったからである。

＊34　最初の形容「真っ裸で」は、後の形容「掻き傷だらけの」の原因となっている。「真っ裸」のため棘に満ちた枝から傷を受けて、満身創痍となっている。

＊35　地獄の受刑者たちが業罰の苦しみから逃れようと、第二の死を希うことは第一歌117で見たが、いくら願っても、もはや死ぬことはできない。

＊36　一二八八年のシエナとアレッツォによる「トッポの戦い」を指している。

＊37　ジャーコモは「トッポの戦いでは（死からの）逃げ足はこうも速くなかった」と、ラーノが逃げ足が遅くて戦死してしまったことを馬鹿にしている。トッポの戦いでラーノたちシエナ人はアレッツォ人の待ち伏せを受けて死んでいった。ラーノがもっと足が速ければ、逃げおおすこともできたかもしれないが、捕まって殺されたこの戦いを馬上槍競技の娯楽試合に喩え、トッポを「トッポ辺り」と言い換えることでラーノをからかう、この台詞にジャーコモという罪人の悪の人格がよく描かれている。嫉妬に骨の髄まで蝕まれたこの男は悪意に満ちた言葉を浴びせかけるが、悪意を投げつけることがこの男にとって唯一の喜び、はけ口なのである。そこには同じ業罰を受ける同胞への連帯感は微塵も存在しない。あるのは「自分の先を行きやがって」という妬みと敵愾心だけである。ジャーコモは自分の方がラーノよりも上でなければ気が済まないのである。自分を他者の上に置こうとするジャーコモの徹頭徹尾自己中心的な行為ほど地獄の本質を的確に表わすものはない。地獄的な心とは、他者を常に自分の下に置こうとする優越感に他ならない。足の速さでは勝てないために相手をこのような嘲笑で貶め、心理的に相手よりも優位に立とうとする復讐心がこの言葉に込められている（これは、魯迅の『阿Q正伝』で描かれる精神的勝利法でもある）。天国が遜り（へりくだり）と共歓共苦の世界であるのに対して、地獄は敵愾心と嫉妬の世界である。

＊38　「自身」はジャーコモの「エゴ」を暗示している。灌木の茂みに飛び込んで身を隠すジャーコモは灌木の痛みなど眼中にない。茂みを隠れ蓑として自分さえ助かれば良いとするエゴだけである。この種の人間は自分にしか興味がないため、「森の枝という枝を（片っ端から）折りしだきながら」他者を平気で自分の踏み台にする。他人はどうでもよく、自分だけ助かればよいというのが、まさに地獄の風景である。

＊39　中世では動物の雄よりも雌の方が獰猛とされていた。この「雌犬」が象徴するものとして初期の注釈家たちは「債権者の群れ」や「心配」などを挙げている。こうした解釈も可能だが、私はもっと心理学的な解釈を採りたい。犬の「速さ」を「債権者の群れ」の足の速さと解するのは不釣り合いに思えるからである（債権者が足が速いとは限らない）。この足の速さは特別である。誰もこの脚の速い猟犬から逃げおおせることはできないからである。それゆえ、これほど速いものとは「自分自身」以外にない。「自分自身」よりも速い者はいない。ハルピュイアが自殺者の狭隘な意識を表わして自殺者と一体となっているように、蕩尽者も猟犬とともに対を構成し、二つで一つ、共生生物のように一体なのである。誰も自分自身からは逃げられないのであり、雌犬は「（自身の心の）鎖をとかれた」蕩尽の習癖を実体化したものと解することができる。実際、このあと、雌犬は魂を食い尽くして、蕩尽に帰してしまう。蕩尽者は黒い雌犬に追いかけられ、狩

られているが、地上の世界ではこの逆である。人が犬を使って獲物を狩る。自然な欲求を捻じ曲げたために、自然な関係がここでもねじ曲がって、人が獲物となって狩られるのである。死後、自分から逃げ出そうとして自分から追われ、逃れようとしたものから反対に追われているわけで、ここでも通常の関係が反転されている。また、自殺者が植物とされているように、蕩尽者は獲物とされており、第十三歌はまさに《植物化した人間》と《獣化した人間》からなる世界であり、彼らの心理が投影された世界となっている。

＊40　ウェルギリウスは一言も発することなく、驚きうろたえて質問もできないダンテを導いている。親のような役割を演じていると同時に、この「暗い森」にあって、再度、ウェルギリウスの導きが必要とされていることを暗示している。

＊41「空しく」は、「血を噴く」と「泣いていた」の両方にかかっている。灌木が泣いて訴えたとしても、誰も責任をとってくれるわけでもなければ、助けに来てくれるわけでもない。皆が灌木の茂みに変えられている以上、仲間が苦しんでいるのを聞いても不動のまま何もしてやれない。これも自殺者の孤独な様を表わしている。彼らは一人一人絶対の孤絶の中で生き、生前と同じように、一人で孤独のうちに苦しむのであり、助け合うこともない。また、灌木はジャーコモによって何の益もなく無意味に傷口を開けられている。枝を折ってジャーコモは自身の身を隠しおおせたわけでもなく、「千々に引き裂」かれるだけで何の意味もなかった。第十三歌を特徴づける《絶望》はまた地獄全体を特徴づける《意味なき空しさ》に置き換えられる。灌木となった自殺者はハルピュイアと蕩尽者の暴力に日夜さらされるが、その苦痛に意味はない。蕩尽者も同じく、毎回、犬に「千々に引き裂」かれるが、この永遠の繰り返しにも意味はない。単に罰せられて終わりなのである。このように地獄の囚人は苦しみの浪費者でしかない。対して、煉獄では苦しみは熟して果実となる。

＊42　ダンテの前置詞 per の使用法も秀逸である。灌木は「折りしだ」かれたために per le rotture《原因》泣いていると同時に、「折れ口を通して per le rotture」《手段》泣いているからである。枝が折れて傷が開くと、血が出て痛みを伴うが、同時に、言葉の通り道が作られることで、その痛みを初めて表現できるという自殺者特有の表現方法を——すなわち、苦しみの原因を、苦しみを吐き出す手段に変えてしまう彼らの存在様式を——ダンテは per 一語で見事に表わしている。

＊43「枝葉を集め」るという行為の意味するところについて定説はなく、よく解っていない。その心理は、このような生命の最も低い次元に落ちてもなお、欠けることのない存在として自分を感じたいという願望を表わしているのかも知れない。というのも地獄の懲罰は下層地獄では、肉体的苦痛というよりも人間性の毀損が懲罰の尺度となっているからである。神の似姿に作られながら、その人間の姿を保っていられないことが下層地獄の懲罰でもある。灌木に変えられながらも、自分の手足である枝葉を自分の許に置いておきたいと願ってい

るのであろう。

＊44 字義的には、フィレンツェが古代ローマの異教信仰からキリスト教信仰へ変わったことを意味している。イタリアがキリスト教信仰へ移行したのは、コンスタンティーヌス皇帝（在位：三〇六―三三七）からテオドシウス皇帝（在位：三七九―三九五）の時代（四世紀）である。かつてフィレンツェは古代ローマでユッピテル（ゼウス）に次いで重要な神であったマールスを信仰していたが、キリスト教の時代になると、街の新しい守護聖人として洗礼者ヨハネを採択した（サン・ジョヴァンニ洗礼堂は、この洗礼者ヨハネに捧げられたと信じられていた）。

＊45 「そのために」とは、軍神マールスの祟りを意味している。マールスから洗礼者ヨハネへと守護者を変えたことが原因となって、マールス神が怒り、その祟りでフィレンツェはいつまでも内憂外患の闘争に明け暮れ、決して平和がやって来ることはないと予言している。

＊46 フィレンツェ市民はアウグストゥスの時代にマールス神を称えて大きな神殿を建立したが、四世紀、街の庇護者を異教の神マールスから洗礼者ヨハネに鞍替えし、マールス《神殿》を《教会》に衣替えして聖ヨハネに捧げた。一方、マールスの神像に関する次の言い伝えを気にしてフィレンツェ市民はその像をアルノ川の近くの塔に移設した。「フィレンツェ市民はマールスの神像を壊すことも、粉々に砕くことも望まなかった。というのも昔からの言い伝えによれば、この神像は火星が優勢にある時に［星位の上昇時］、神に捧げられたものであるから、もしそれが壊されたり、卑しい場所に置かれたりすれば、街は忽ちのうちに危難と災厄に見舞われ、大異変が起きると信じられていたからである」（ジョヴァンニ・ヴィッラーニ『年代記』第一巻六〇）。要するに、祟りを恐れたのである。

＊47 「この像は、そのときまで、フィレンツェが破壊されて以来、アルノ川に沈んでいた。言い伝えによれば、古代の人々は、もし先にアルノ川から代理石像を見つけて取り出さなければ、フィレンツェ再建はならないという考えを持っていた。というのもこの像は、フィレンツェの創建者たちがマールス神に降霊術を施して捧げたものだからである。彼らはそれを見つけ、アルノ川の岸の石柱の頂きに置いた。今日その場所にポンテ・ヴェッキョの入り口がある」（ジョヴァンニ・ヴィッラーニ『年代記』第三巻一）

＊48 ダンテはアッティラがフィレンツェを破壊したという伝説に従っているが、史実ではない。史実に基づいて言えば、アッティラがフィレンツェを攻略したことも、打ち負かしたことも、破壊したこともない。五四二年に東ゴート族の王トーティラによって包囲されたことと混同されている。フィレンツェの再建に関しても、ヴィッラーニの伝える伝説によれば、フィレンツェはシャルルマーニュと教皇レオ三世の支援によって八〇一年に再建されたことになっているが、ダンテやヴィッラーニが信じたように、フィレンツェがアッティラ

（やトーティラ）によって破壊されたこともなければ、シャルルマーニュによって再建されたこともない。こうした言い伝えは、現代では史実ではないと考えられている。

＊49　マールスの神像を一部でも残して崇めておかないと、軍神は「いくら再建したとしても、その後すぐに、フィレンツェをふたたび灰燼に帰していたことであろう。マールス神の一部が残っていたことで、市民の労苦は徒労にはならなかった」という意味。マールス神殿にあったとされる代理石でできた（実際はゴシック様式の）マールス神の騎馬像（実際は、ゴート族の王の像と思われる）は、神殿からアルノ川沿いの塔の上に移設され、マールス神殿はサン・ジョヴァンニ教会（後のサン・ジョヴァンニ洗礼堂）となる。伝説によれば、アッティラ（実際は、トーティラ）が通過した後、市民たちはこの像の下部のみをアルノ川の中で見つけたと言われている。祟りを恐れる市民はこの像をヴェッキョ橋の袂に置いていた。像の残余（下部）はダンテの時代にもまだ目にすることができたが、一三三三年の大洪水で流され、今は残っていない。ところで、作者ダンテは自殺者の口を使って、フィレンツェを軍神マールスの街として示すことで、フィレンツェが憎しみと諍いの渦巻く街であり、今もなお軍神を崇拝していることを批判している。このような街で生を受け、首吊りの最期を遂げるのは論理的な必然であるとさえ言いたげである。第十三歌でダンテはこれまで人間の心理面から自殺に光を当ててきたが、今度はもっと社会学的な視点から、命を軽んじる行為である戦争・内戦に光を当て、そうした社会では少なからぬ人間が縊死を遂げることを暗示している。表向きは、マールス神の崇拝から洗礼者ヨハネの崇拝に切り替えたことで、マールス神の祟りにあい、フィレンツェは止むことのない内乱に苦しめられるという意味に聞こえるが、隠された裏の意味は、もっと深いものである。というのも戦争や内戦を生み出す真の原因こそが、フィレンツェを蝕んでいるからである。自分がフィレンツェの出身であることを言うために、「私はフィレンツェの者だった」と言えば済むところを、この自殺者はわざわざ「その最初の守護者〔マールス神〕を洗礼者〔ヨハネ〕に変えた町の者だ」という婉曲表現を用いているのは、この含みがあるためである。その答えは天国篇で明かされる。「その悪魔（の蒔いた種）から芽生えた君の都市〔フィレンツェ〕は呪われた花〔フィオリーノ金貨〕を造ってばらまいている。この花が牧者〔高位聖職者〕を狼に変えたために、羊や子羊〔国民〕に道を誤らせたのだ」（天国篇第九歌127−132）。「わし〔教皇ヨハンネス二二世〕は、独り身の生活を望んだ男、踊りの褒美として殉教した男〔洗礼者ヨハネ〕から目が離せん。漁師〔ペトロ〕だのポーロ〔パウロ〕だのわしの知ったところではない」（天国篇第十八歌133−136）。フィオリーノ金貨には片面に百合の花、片面に洗礼者ヨハネが刻印されている。このためこの金貨は「花」とか「洗礼者ヨハネ」と呼ばれる。従って、ここで自殺者は「自分たちの守護聖人をフィオリーノ金貨に変えた」と言っているのであ

る。つまり、信仰の対象が内面的なものから金銭崇拝（マンモニズム）に変わったことこそが、フィレンツェのすべての闘争・内乱の真の原因なのだと告げている。こうした物質至上主義の社会では霊的なものはないがしろにされるため、自殺者も多い。そして、その犠牲者の一人がこの自分だと、告発しているのである。

＊50　この自殺者が誰なのか同定されていない。元々、作者自身が身元が判らないように語らせているため、詮索にはあまり意味がない。人物が誰かよりも重要なことは、当時、非常に多くのフィレンツェ人が首吊り自殺を遂げていたという事実である。中世では樹による首吊りも多かったが、一番多かったのは自宅の家屋内での首吊りである。これが中世において最も頻繁に行なわれていた自殺の方法である。シュミットの「中世の自殺」における調査サンプルでは、五十四人の自殺者のうち三十二人（すなわち、六割）が縊死であり、更に、そのうちの十七人が自身の住む家屋内で首を吊っていたことが明かされている。フィレンツェの自宅で首を吊る無名の人物によってこの歌章を締めくくったところにダンテの意図があると思われる。最後の審判のその日、森は至る所、見渡す限りの絞首台と化す。吊り下がった無数の屍の一番深奥には、彼らの始祖である金で主を売ったユダのイメージが支配している。キリスト教徒で最初に首を吊ったユダの名前がここで挙げられることがないように、この自殺者も名前が言及されることはない。

第十三歌解説

第十三歌は『神曲』百歌の中でも出色の歌章であり、この歌章を余すところなく解説すれば、一冊の本になる。そのため、ここでは基本的な事項を押さえるに留めざるを得ない。

まず、ここ第二冠状地では自殺者と蕩尽者という二種類の罪人が罰せられている。われわれ現代人からすれば、この両者はまったく別物のように見える。これについては第十一歌の注釈9を参照頂きたい。トマス神学を始めキリスト教神学では浪費者と蕩尽者を区別していないだけでなく、両者の罪について何の規定も行なっていない。ましてや自殺者と同列に論じることもない。従って、両者を類似の罪として同一箇所に配置しているのはダンテの完全な独創であり、ダンテ以外に例がない。ダンテによれば、消費の快感に引きずられて節制がきかない状態にあるのが浪費者であり、彼らにおいては消費の快感が抑制心（理性）を上回っている。これに対し、財産を無に帰することを意志する蕩尽者においては、理性が本能に負けているのではなく、理性そのものが浪費を意志しており、これをダンテは一種の自己破壊衝動とみなしている。ダンテは自殺という生命の自己破壊と、蕩尽という資産の自己破壊を根底において同じ衝動から生み出される二種の発現とみなし、両者を並置している。さらに、ダンテは両者の自己破壊衝動の奥底に絶望が潜んでいるのを見て取っている。すなわち、絶望が内に籠もった者たちは灌木の中に閉じ込められ、絶望が外に現われた者は永遠に逃亡し続ける、と。どちらも自分から逃げるのであり、現実から逃避する者たちとみなされる（これは今までにないダンテ独自の視点である）。両者が絶望という点で一つに結ばれることを、ジャーコモ・ディ・サンタンドレーアが自殺者の茂みに絡まって一体となる行為によって、蕩尽者と自殺者が通底していることを暗示している。

次に、自殺者の問題に移ろう。自殺が不正とされる最も古い理由をプラトーンの『パイドン』六二B－Cやアリストテレース『ニコマコス倫理学』第五巻第十一章に見出すことができるが、聖書には自殺を直接禁じる箇所はない。自殺が罪とみなされるようになったのは、主にアウグスティーヌスからである。彼はモーセの「十戒」の第六戒、「汝、殺すなかれ」を自殺にも適用して断罪している。以来、西洋社会では自殺は伝統的に大罪とみなされた。五六三年のブラガ宗教会議ではすべての自殺者の葬儀が禁止され、六九三年のトレドの宗教会議で自殺未遂者を破門とすることが決定されている。自殺者はキリスト教の墓地に埋葬されず、街道の四つ辻などに葬られた（ゲーテの『若きウェルテルの悩み』では、僧侶は誰一人ウェルテルの遺骸につきそっていない）。この第十三歌でも最後の審判時に自殺者が地獄の他のすべての魂たちと異なる例外的な扱いを受けているのは、こうした社会背景と関係している。ヨーロッパ各国では十八－十九世紀まで自殺罪という罪が存在し、英国では自殺者の財産没収に関する法律が一八七〇年まで施行され、自殺未遂者は一九六一年まで投獄の憂き目に遭うこともあった（アルフレッド・アルヴァレズ『自殺の研究』参照）。なお、一語で「自死」を表わす「自殺 suicidio（suicide）」という語がイタリア語に現われるのは一七七一年（英国では一六四二年）であり、それまでは「自らを殺める」という意味の *seipsum occidere / interficere / intermere* などが用いられていた。ここから自殺は「自分を殺す」という《殺人》の一形態として理解されていたことが判る。ダンテが「自分をこの世から奪い取る」（第十一歌43）という言い方をしているのはこのためである。

本題に入ろう。なぜ自殺者は植物に変わるのだろうか。キリスト教の伝統においても、また西洋古典の伝統においても自殺者が死後その報いを受けて植物に変わるという先例は存在しない（ギリシャ神話では多くの植物変身が語られるが、その原因・動機は異なり、自殺が原因で植物に変わる例はない）。従って、この歌章の自殺者の森はダンテの完全な独創である。ダンテが自殺者を植物に変えた理由を知るには、まず、古代・中世の植物観を知っておく必要がある。

一八三〇年代まで植物は動物と同じ意味で生きているとは考えられていなかった。アリストテレース以来、植物は栄養摂取能力以外の能力は何一つ備わっていないとされ、生命の最低限の状態、最下層にあると考えられていた（こうした能力は植物魂とか栄養魂と呼ばれる）。それに対し、動物はこの能力に加えて感覚能力を備え、欲求を有し、運動をすることができる（こうした能力は動物魂とか感覚魂と呼ばれる）。さらに、理性を有する人間は、これら二つの能力に加え、思考力を備えている（これを理知魂とか理性〈知性〉魂と呼ぶが、その中に植物魂と動物魂の能力も備わっている）。生命を軽じて投げ捨てる者は、生命を最低のものとして扱ったがゆえに、その応報の理として生命界の最も低い階層に位置する植物状態に置かれる。自殺者は現世で自己の命を最も低い価値のものとして扱った以上、生命の一番下位の次元（植物）に変えられることこそふさわしいという論理である。

　加えて、キリスト教では人間だけが、純粋形相の天使と違い、肉体を有しながら、理知魂という動物にはない尊い魂が神から授けられていると考える。しかも、その肉体は神の似姿として授けられた神聖なものである。人間だけが神の似姿（肉体）と理知魂の両方を有しており、この点で天使よりも完全な存在となり得る。人間は肉体と魂の結合によって初めて完全な存在となるのであり、そのどちらか一方が欠けても人間ではなくなる。そのため、最後の審判の時、肉体をふたたびまとうのであり、それによって人間はより完全な存在となり、より大きな至福を享受するとされる。このため、自殺者のように、神の似姿である肉体を自らの意志で捨て去るということは神からの賜物を捨て去ること、ひいては神そのものを捨てることとみなされる。

　さらに言えば、自殺は神の計画を破壊する点でいっそう罪深い反逆罪となる。神はそれぞれに霊的試練を与えて、魂の成長を促そうと計画しているのに、自殺者はその計画を無にしてしまうからである。さらに、自殺が罪とされるのは、人間に許されていない禍福の判断を自分で行ない、自身の人生に対する審判者として振る舞うことを意味するからである。「何人(なんぴと)も自分自身についての裁判官ではない」（トマス・アクィナス『神学大全』II-2, q.64, a.5, ad.2）にもかかわらず、神を演じて自分の人生に最終判断を下す、その高慢さが罪とされる。人間の人生を裁けるのは神だけであり、人生の裁判官たる資格も能力もないにもかかわらず、自分に最終判断を下したことで、自殺者は高慢の罪を犯したとみなされる。

　もう一点、知っておくべき知識がある。魂は永遠不滅であり、知性魂自体が変化することはないが、生前、各自が身に付けた習癖が魂の周りにこびりついてしまう。死後、肉体を失うと、魂は生前、獲得した後天的性質にふさわしい霊的肉体を、自己の周りに形成して纏う。生前、魂が肉体を忌み嫌い、生命を軽んじて投げ捨てるほどの低い価値しか与えなかったならば、生命の最も低い段階の肉体――すなわち、植物の肉体――を纏うことになる。従って、ダンテの描く灌木人間は外観だけが植物であり、理知魂はそのまま不変なものとして留まる。形相は不変だからであり、植物に変えられても、あくまで理知魂を有している。そして自殺者の悲劇はまさにここから生じる。彼らが悲劇的なのは植物でありながら、人間のよすがを残しているからである。彼らには、植物とは違って、感覚能力、欲求能力、思惟能力といった人間の諸能力が保持されている。このため、彼らの苦しみは言語を絶したものとなる。これが《血》と《言葉》という語句に象徴されている。血は動物の証であり、彼らが痛みと苦痛を感じる存在であること、すなわち、感覚能力と欲求能力を備えた存在であることを示している。また一方、言葉は人間固有のものであり、彼らが思惟能力を有していることを語っている。自殺者の悲劇性はまさにここに、人間でありながら、肉体だけが植物に変えられている点にある。しかも、生前よりも悲惨なのは、死後、植物となった彼らには運動能力が欠けているため、自分ではもはや自殺することもできず、苦痛から逃げ出すこともできないからである。

死後の世界は生前のレプリカであり、魂は生前、愛着を覚えた行為を繰り返す。高利貸しは死後も財嚢を見つめ、泥棒は盗み続ける。しかし、自殺者は植物に変わった以上、手足を動かし、自分を破壊することができない。そこで登場するのがハルピュイアである。ハルピュイアが代わって枝葉をついばんで毀損してくれることで、自殺者としての自己のアイデンティティーを維持することができる。ハルピュイアなしには自己表現もなしえない想像を絶する状況に置かれているのである。いわば花と蜜蜂の関係のように、植物と化した自殺者とハルピュイアは両者で一つの共生関係にある。

ハルピュイアは自殺者の身体である枝葉をついばみ、常食とすることを喜びとして行なう。ちょうど生前の自殺者が喜んで自傷行為を行なったように。自殺者はハルピュイアの暴力に日常的に曝されているが、この行為こそ、今は植物と化したためにできないだけで、生前、自らに対して自殺者が行なってきた行為に他ならない。死後も、生前と寸分たがわず、同じ状況が際限なく繰り返される。ハルピュイアが身体の一部をついばんでくれることで、苦痛を伴うが、また自殺者は初めて自身の肉体的・精神的な苦しみを外に吐き出すことができる。この言語を絶した苦しみこそ、また生前、彼らが置かれていた状況に他ならない。現世で自殺者たちは植物のように孤独のうちに苦しみを抱えた結果、その苦しみの捌け口として自己を傷つけ、出口のない苦しみに出口を作り出そうと自殺したからである。共生生物のようにハルピュイアと一体化した植物は、こうして死後も生前と同じ状況を繰り返し、逃げ出そうと思った現実に、死後、際限なく連れ戻され、向き合わされる。

ダンテが自殺を避けるべきものとして地獄に置いた最大の理由はここにある。人間は自分からは永遠に逃げられない。苦痛の世界を自殺によって避けて通っても逃れることはできないのであり、苦痛の世界を通り抜ける最短の近道は苦痛の真ん中を行くしかないことをダンテは語っている。ダンテの冥界では、人は死後も創造し続ける。生前、自分の人生を創造し続けたように。従って、死んだからといって、別な人生が送れるわけではない。人は生きてきたようにしか、死後も生きられない。それまで自分が創造してきた体験を継続するだけである。現代的に言い換えれば、死はエネルギーの変換装置であり、どんなエネルギーによってその入り口を通過するかで、死後の世界に何が待ち構えているかが決まる。

それまで食事を汚し、邪魔する役でしかなかったハルピュイアを自殺者と結び付けた、この組み合わせは天才的である（凡庸な詩人であれば、食悦者を罰する道具としてハルピュイアを使っていたであろう）。自殺者の心を実体化して投影したハルピュイアは人の顔を持ちながらも、暴力的なその性質によって、獰猛さを宿す自殺者の本性を具現化している。また、「いつも飢えて青白い」（『アエネーイス』第三巻二一七－二一八）ハルピュイアは、自殺者の希望の極度の欠乏状態を表わしている。

次に、第十三歌のメイン・エピソードに移ろう。ピエロの描写は注12に記したように、『アエネーイス』第三巻のポリュドーロスの物語を下敷きにしているが、実は、ダンテは、想像を絶するピエロの出来事を、ウェルギリウスのように自分の語りの力を奪うほど信じがたい《不可思議な出来事》としてではなく、すでに『アエネーイス』のポリュドーロスによって証明された信じ得る歴史的な事実として語っている。ポリュドーロスの異象は、最初、アエネーアースには凶兆に映るが、彼を懇ろに葬ってやることで、ローマ建国の吉兆に変わる（セルウィウス『アエネーイス注釈』参照）。

「ロームルスは、ある日パラーティーヌスの丘に突き立った彼の投げ槍に、突然、葉が生えだしたのを見て驚いた。その槍は、やがて大地の中に突き刺さった穂先によってではなく、新しく生えだした根によってしっかりと立ち、もはや槍ではなく、しなやかな若枝のある樹となり、呆気に囚われている人々の上に思いがけない陰を作ったのであった」（オウィディウス『変身物語』第十五巻五六〇－五六四）

ウェルギリウスはポリュドーロスの不可思議な出来事を用いて、実は、遠い未来の暗示を行ない、ポリュドーロスの物語に歴史的な意味を付与している。ロームルスの投げた槍がパラーティーヌスの丘に突き刺さって根を張ることで、ローマの建国がその地になされることになるからである。いわばポリュドーロスの物語は旧約聖書に、ロームルスの物語は新約聖書の関係に当たり、前者は、成就された後者のフィグーラ（投影写像）として機能している。ポリュドーロスの異象はローマ建国の吉兆としてロームルスによって成就されるのである。

これと同じ仕方で、ダンテはウェルギリウスの描くポリュドーロスの異象を、ピエロという実際に起きた出来事に変換し、『神曲』の中でその真の意味を見出し得る歴史的な出来事に変えている（旧約と新約が投影写像の関係にあるように、『アエネーイス』と『神曲』もこの投影写像関係に置かれている。すなわち、『アエネーイス』は『旧約』に、『神曲』は『新約』に当たる）。かくして、ウェルギリウスの描くポリュドーロスの植物への変容は真実の不完全な影であり、作者ウェルギリウスには見抜けなかった、その変容の真の原因と意味が『神曲』の中で初めて十全に明かされることになる。ポリュドーロスはピエロのフィグーラ（投影写像：予型）となっているのである。『神曲』を通じてのダンテの詩的戦略は、不可思議な出来事を歴史化することにある。この彼岸の旅で示されるすべての物事が、信頼できる真実として読者に理解してもらう必要があるからである。ウェルギリウスは『神曲』の中で自分自身がかつて語った異象を再訪することになるが、彼は『アエネーイス』の時と同様、この第十三歌20－21においても、いくらおまえに私が語ってみたところで、おまえは私の話を信じないだろう、それほどまでに信じがたい話だからだ、と言って、具体的に話すことを拒んでいる。この沈黙は、裏を返せば、ウェルギリウスの言葉が、信じられない不可思議な出来事を叙述するには十分適していないことを暗示している。なぜならウェルギリウス自身この異象の本質のすべてを完全に理解していたわけではないからである（それゆえ、ウェルギリウスは図らずもこの発言によって自身の詩の限界を示している）。

案内者としてのウェルギリウスの役割はダンテの誤った考えや無知を吹き払い、地獄の驚嘆すべき怪異現象の原因を明かすことにあるが、時として、ある出来事がなおもウェルギリウスにとって驚異であることが判明することがある。第十三歌がまさにそうである。彼は弟子に真実を学び体験するように命じる。それは、ダンテ自身に直接体験させることで学ばせるというローマ人らしい経験主義的な彼の教授法だが、しかし、彼が弟子に枝を折るように命じた後でさえ、ポリュドーロスの物語がキリスト教宇宙の中で成就された姿を目にして、すなわちピエロの傷を目にして、心を痛めている。ウェルギリウスは、人間が植物の体を持ち、血と言葉を発するということは知っているが、そこから先の秘密は知らない。実際、自殺者の魂がいかにして植物に入り込むのかといった誤った考えからピエロに質問しているように、彼は植物と化した魂の最終的運命については何も知らない。ここ第十三歌で初めてウェルギリウスは弟子と同じように真実を知ることになる。ウェルギリウス自身が生前に書き記した、人間が植物に変わるというポリュドーロスの異象のその真の意味はまさにここ『神曲』の旅の中で開示され、師は弟子に教えながらも、弟子とともに学ぶことになるのである（自分がその真の意味を知らずして書いていたポリュドーロスの物語が、冥界の出来事をおぼろげな形で予告していたものだと知ることになる）。

ウェルギリウスはベアトリーチェのようにすべてを完全に知る案内者ではない。古典の代表としてダンテとともに知られざる真の世界の驚異を目の当たりにする。ポリュドーロスの《サブテキストによる論証 metatextual / *demonstratio*》の目的のすべては、『アエネーイス』の作者の心を驚嘆で満たすことにある。こうして驚くべき事柄を表現するにあたっては、ダンテのキリスト教芸術の方が古典芸術よりも勝ることを認めさせているのである。

次に、ピエロに焦点を当てて、ダンテの意図を解き明かしてみよう。なぜピエロが自殺に及んだのかは、テキストをじっくり解析していくと、その理由があぶり出しのように浮かび上がってくる。

ピエロのレトリックは二点に収斂する。彼が訴えるのは、第一に自身の無実についてであり、第二に、自身を破滅させた自殺の選択が避け得ないものであったということである。実際、地獄の他の受刑者たちも――フランチェスカ、オデュッセウス（第二十六歌）、グイード・ダ・モンテフェルトロ（第二十七歌）、ウゴリーノ伯爵も（第三十三歌）――劣らず、この点では雄弁である。誰もが何とかして自分たちは正しかったと、自己正当化しようとする。しかし、ピエロたちのような下層地獄の住人に弁解の権利がないことは明らかである。それにもかかわらず、ピエロはそれを試みるため、彼がどんなに努めても、彼の自己弁明に内在する脆弱さは、結果的に弁明すればするほど内的矛盾を明かすことになる。実際、ピエロの語りは矛盾に満ちている。「娼婦」に擬人化された嫉妬の議論は本末転倒している。この嫉妬の炎を点火させたのは、ピエロが皇帝を独り占めしたからであり、究極の原因は自分に起因する。同じように、「蠱惑の眼差し」（65行）は、男をおびき寄せて誘う女性の眼差しの意味で用いられているが、自分が、おびき寄せる蠱惑的な眼差しの犠牲になったと断言しながら、他方で、ふたたびおびき寄せられる（55行）ままになることを喜んで受け容れるというのは矛盾以外の何ものでもない。

　このように、ピエロが二つの異なる場面で行なう二つの主張が結果的に互いに食い違っていることが、意図的に再三再四示されている。例えば、どちらの場合にも魂という同じ名詞が使われている場面でも、それが見られる。最初、傷を受けたピエロが、最大限の思いやりを自分の権利として要求するとき、彼は自分が動物状態からほど遠いことを強調して、「われわれはかつて人間だった。われわれがたとえ蛇のたましいだったとしても、おまえの手には、もっといたわりがあってもよいはずだ」（38－39行）と主張するが、そう言っておきながら、自分たちが自殺という選択を行なったのは、下位の能力、すなわち、まさに彼自身が定義している「狂猛な」（94行）部分が優性となったせいだとしている。一方で、自分たちが動物や植物とは遥かに隔たった存在であると主張しながら、他方で、自分たちが自殺という選択を行なったのは、そのような下位の魂能力に自分たちが囚われていたためだと主張しているのである。ピエロは一方で否定しておきながら、他方で肯定している、この矛盾に気づいていない。これは70－71行で彼が用いる「蔑み disdegno」という語にも表われ出ている。ダンテの使用法の中でこの語は頻繁に高慢の観念に結び付けられており、「侮蔑的 disdegnoso」は「高慢な」の同義語とみなされる。ここからも彼に自殺を選択させたものが高慢であることが暗に示されている。

　72行目でピエロは「正しき自分に、不正を行なった」と述べているが、これも自己矛盾以外の何ものでもない。「不正を被る（働かれる）こと［受動］は、不正を行うこと［能動］の反対である。しかし、何人も自分の意志による以外に不正を行うことはない。従って反対に言えば、何人も自らの意志に反して［自ら進んで］、不正を働かれる（被る）ことはない」（トマス・アクィナス『神学大全』II-2, q. 59, a. 3, contr.）。「《正しいこと》と《不正なこと》は常に必然的に複数の人間においてのみ成り立つものだからである」（ラテン語訳アリストテレース『ニコマコス倫理学』第五巻第十八章「自分自身に不正なことをなすことは可能か」1138a19-20）。ピエロの主張の誤りの根本原因は、そもそも「正義が常に他者に対するものであるように、不正も同じく他者に対するものである」（トマス・アクイナス『神学大全』II-2, q. 59, a. 3, ad. 2）という前提を忘れている点にある。従って、古代・中世の論理に従えば、自殺によってもたらされる不正は自分自身に対してではなく、社会や神に対するものでしかあり得ないことになる（トマス・アクイナス『神学大全』II-2, q. 59, a. 3, ad. 2）。また人が不正を犯すのは、唯一自分の意思によってであるため、正しい意思の持ち主が不正を犯すことはあり得ないことになる。正しき者が、自らに自殺という不正を犯して、自らを不正な者にすることは不可能であり、不正な意思の持ち主にのみ、それは可能となる。「（自殺によって）不正な行為を行なう者は単に不正な者になるだけであって、全面的に不正な者でない限り、自分自身に不正な行ない［自殺］をすることはあり得ない」（ラテン語訳アリストテレース『ニコマコス倫理学』第五巻第十八章 1138a13–15）。ピエロからすれば、その手段が間違っていただけで、彼自身は最後の最後のところでは自分は正しかったと思っており、彼の心の一番奥底にある、自殺という手段を思い立たせた《自身の高慢さや慢心》には決して思いが至らないのである。だからこそ彼は「正しき自分に」と言っている。地獄の魂は、必ず自分の外にその要因を求めようとする。それは、彼らの魂の奥底が光で照らされることが決してないからであり、自分の心の奥底まで見つめようとしないからに他ならない。

また、ピエロに潜む虚栄心は「栄えある務め」（62行）や「栄誉」（69行）といった言葉遣いに示されている。地上の栄誉こそが彼のすべてであり、彼の価値観をなしている。ピエロにとって死してなおこの公職が絶大の意味を持ち、権威ある要職として映っているため、現世の空しい地位を自己と同一視し、これが自分だと今も思い込んでいる。現世の地位や職業、財産は、不可視の霊の世界において何の意味も持ち得ないのに、ピエロは死んでも、この永遠の事実に気がつかないのである（実は、84〈83〉行でダンテの感じた「哀れみ」はここに起因する）。

また、ピエロは自分が皇帝といかに親しい関係にあったかを印象づけようとして、皇帝を「フェデリーコ」と名前で呼んでいる（59〈58〉行）。皇帝とこれほど親しかったということを示すことで、自分が大物であるという印象を与えたい彼の願望が無意識のうちに表われている（これと同じ発言をするのが、第二十七歌に登場するグイード・ダ・モンテフェルトロである。彼は死んだとき、アッシジの聖フランチェスコが自分の魂を迎えに来てくれたと語るが、まさにこの時、彼も厚かましくも「フランチェスコ」と呼んでいる）。また一方で、皇帝を指すのに「御稜威」（64行）といった形式ばった別称を彼が好んで使うのは、君主と臣下の間に横たわる距離を強調せんがためであり、そうした皇帝と自分がいかに近かったかを言うことで、自分を引き上げようとしている。魂の世界にもはや地上的な区別は存在しないにもかかわらず、彼は死んだ今も、それを受け容れようとしないで、頑なに地上のままの意識で生きている。植物になった今なお現世にしがみつく彼の執着心、その惨めさが、彼の人生の悲劇よりも、ダンテに哀れさを誘う原因となっているのである。

次に、ピエロの自己中心性について触れておこう。ピエロは宮廷の家臣たちを「娼婦」という比喩で一括りにして、個々人のすべての個性を消し去っている。ピエロの語りには三人の登場人物しか存在しない。犠牲者である自分と皇帝、そして嫉妬（宮廷の一団）である。ピエロにとって関心があるのは自分だけであり、「その意味で嫉妬の擬人化は非難する者の性格をよく表わしている」（ボノーラ）。彼はまた自分の目の前にいるダンテとウェルギリウスに対してさえも同じような無関心さを示している。「ピエロが二人に言葉をかける時、主語はいつも複数形や非人称形の不定代名詞である『君らのどちらかが di voi alcun』（76行）、『君らに答えてみよう sarà risposto a voi』（93行）と、能動で言う代わりに、故意にラテン語用法の非人称受動を用いている。ここにも彼の自己中心性を垣間見ることができる」（ムレスー）。それ故、宮廷の一団を「嫉妬」で一括りにする態度は、精神の偉大さから来るものではなく、自己以外の者は取るに足らない者として眼中にない、ピエロの高慢さ、侮蔑的な嗜好から発している。

実際、「手短に答えてみよう」（93行）という言葉で話を始めているように、自殺者たちすべての運命について語る後半の話が前半の自分の話よりも少ない（25行 vs 16行）のも、この自己中心性――他者への無関心――を表わしている。自分のこと、自身の苦しみについては、饒舌に長広舌（ちょうこうぜつ）を振るうが、自分のこと以外は簡単に手早く答えようとする。これは下層地獄に広く共有される性質の一つだが、ここ第七圏でもそれは顕著に現われている。僭主は自己の利益にしか興味はなく、そのために他者を傷つけ殺しても何とも思わない。蕩尽者は、自分が助かるためには、灌木に変わった自殺者たちを傷つけても何とも思わない。自分のことしか眼中になく、必ず責任を他者に転嫁する点が下層地獄の特徴である。それゆえ、読者はこのことを常に念頭に置いて彼らの言い分を眉に唾を付けて聞く必要がある。

またピエロは自身の名声を修復することにかけてはどこまでも熱心だが、反対に、皇帝から課せられた恐るべき拷問（盲（めしい）にされたと言われる）や頭を壁にぶつけて自殺した自分の死に方については一切語ろうとはしない（ここも煉獄の魂と異なる点である）。自身のプライドを傷つける恥辱には触れたがらないのである。こうした彼の自己中心主義は、次の二つの細部にも浮かび上がっている。最後の審判の後、自殺者の肉体はそれぞれ「茨の灌木」に吊り下げられることになると、ピエロは説明している（106－108行）が、ピエロは森の受刑者全員が彼と同じ樹の状態「茨の灌木 pruno」を共有することになると確信している。しかし、樹木を言い表すためにダンテが用いる非常に多種多様な語彙――「茨の茂み cespuglio」（123行）、「茂み cesto」（142行）、「茨の藪 sterpi」（7〈9〉行）、「茨の藪 bronchi」（25〈26〉行）、「茨の灌木 pruno」（108行）――から見て、全員が同じ種類の樹になることはまったくあり得ないように思われる。

ここにも自分を基準としてしか考えられないピエロの思考が表われている。また、嫉妬という「宮廷の悪徳」が彼の破滅の唯一の原因であるとする彼の主張も、自分の場合からすべてを演繹する類比的な思考である。彼はすべての時代の宮廷を無差別に一括りにして、同じように断罪されるべきと考えている。しかしこの考えは、ダンテの持論とは相容れないものである。というのも、ダンテは宮廷がその理想的な状態から堕落した状態へ移行したのは比較的最近のことであり、「古の宮廷においては有徳で麗しい風習が常在していた」（『饗宴』第二巻十章八）と確信していたからである。

ピエロの瀆神性と霊的盲目性は「私はかつてフェデリーコの心の両の鍵を握っていた者だ。その鍵を、またとなく優雅に（soavi）用いて心を開け閉めしてのけたため、私は彼の心からほとんどすべての人々を締め出した」（58－61）に、はっきりと示されている。この言葉からピエロが皇帝と自身を同一視する錯覚に陥っていたことを知ることができる。皇帝の心を開け閉めできる自分の能力を「優雅に［巧みに］soavi」という語で形容していることも、それを裏付けている。これは慢心以外の何ものでもない。加えて、霊的に無知なピエロの態度は、天国の鍵のような聖なる象徴に対する瀆神的な言葉遣いに表わされている。ダンテは、皇帝の権威は直接神に由来し、皇帝の役割を聖なるものと考えていた。皇帝の心を自在気ままに扱うピエロの不遜な態度は、皇帝の権威に対する冒瀆以外の何物でもない。そもそも、この二つの鍵の表現はキリストが第一の使徒ペトロに天の王国を開け閉めする鍵を授けたことに由来するものであり、そうした比喩を自分に用いるのは自分をキリストやペトロになぞらえることであり、瀆神的な高慢さ以外の何物でもないからである。ピエロがここで用いる「開け閉めして」（60行）とまったく同じ言い回しを使うのが、あの腐敗堕落した教皇ボニファーティウス八世である（第二十七歌103）という事実は、神に対するピエロの瀆神性を間接的に明かしている。皇帝を操ろうとするピエロの心理はまさにアウグスティーヌスの警告そのままである。

「人間的な名誉をことのほか愛する者は、他人を支配することも切に熱望する傾向を持っている」（アウグスティーヌス『神の国』第五巻第十九章）

悪は他者を支配しようとする度合いで測られる。支配欲こそ悪の指標となる。

さらに61行目の「締め出した」という語の中に彼の占有欲、すなわち嫉妬心が明確に示されている。ピエロは「私は一度たりとも、わが主君に対して忠誠を破ったことなどなかった。主君はそれほどまでに誉れにふさわしいお方だった」（74－75行）と訴えている。この部分は、ピエロの視点から見た真実の訴えと言えるであろう。しかし、問題はいつも彼の信じる忠誠であり、彼の思考の枠内の忠誠である点に注意を払う必要がある。「わが主君」という言葉は、一見中世の封建的主従関係を表わす忠誠心の発露に見えるが、しかし、彼の忠誠心とは主君を独り占めにすることであり、主君の心を巧みに操ることなのである。そこにあるのは、あくまでも彼が考える忠誠心であり、彼にとって都合の良い忠誠心でしかない。フェデリーコ二世がこうした忠誠を快く思っていたであろうか。ピエロの呪縛から逃れるためにピエロを処刑しようとしたとも想像できる。ピエロは皇帝を自分の視点からしか見ておらず、皇帝の人格は無視されている。つまり、彼の考える独りよがりの思い上がった忠誠が、このような結末を引き寄せる遠因を形作っていたのである。

また、ピエロはフェデリーコ二世によって獄死させられたにもかかわらず、「主君はそれほどまでに誉れにふさわしいお方だった」と称揚している。ここにはピエロのいじましさが滲み出ているように見える。悪いのは、嫉妬に駆られた取り巻きの宮廷人であって、フェデリーコ二世に咎や責任はなく潔白であったと、死んだ後も忠誠を尽くしているように見える。しかし、この主君称揚の言葉には、無意識深くにまで浸透する彼の現世至上主義の思考が見て取れる。つまり、自分が心血を注いで仕えた主君が愚昧であったならば、自身の現世での忠誠も仕事も無意味になるからである。自分が仕えた主君は、自分の命に値すべく素晴らしい誉れを有していなければならない。この称賛は、裏を返せば、フェデリーコ二世に投影された自己愛に他ならないのである。

現世しか信じないピエロに真の宗教的関心が欠落していることと（霊的な盲目性）は、彼の次の説明に見て取ることができる。「この森に落ちて来るが、定まった場所があるわけではなく、偶然（fortuna）のおもむくままに飛ばされる、スペルタ小麦の如く、落ちたところで芽を出す」（97―99行）

地上の世俗的な視点しか持ち合わせないピエロは、あらゆる出来事の原因をフォルトゥーナ（偶然）の運動に帰して、神の行為を偶然のなせる業にしている。しかし、第七歌77―81でウェルギリウスがダンテに教えたように、フォルトゥーナの働きは、生者たちの世界の枠内に限界づけられており、死者の世界には及ばない。死後の世界はすべて必然が支配している。それなのに、地上の栄光にしか眼中にないピエロは、「この世の富」（第七歌77）の分配を司るべく神から委託されたフォルトゥーナが、冥界においても作用を及ぼすと思い込んでいるのである。神の必然の働きを偶然とみなすこのピエロの思考は、瀆神的思考以外の何物でもない。もし説明するならば、「われわれ受刑者には解らない力により、われわれの理解を超えた仕方で、ここへ落ち行く」とピエロは語るべきだったのである。自分たちには理解できないために偶然と映っているだけなのに、自分たちの思考の枠組みに勝手に合わせて偶然と思いなす、これこそが、自分の視点しかない自殺者の狭隘さを表わしている。永遠の支配する神の世界に偶然など存在しない。そのことが、霊の世界に来ても、ピエロには解らないのである。彼の意識はいつまでも地上に釘付けとなっており、「喜ばしき栄誉は悲しき喪に変わった」ように、死後も同じ摂理が働いていると思い込んでいる。このようにピエロの言葉の至るところにピエロの高慢さが暗示されており、ダンテはピエロを単に苛酷な運命の可哀そうな犠牲者として描いているわけではない。実際、読者が誤った理解に陥らないよう、ダンテはこのピエロの主題を三段構えで展開させている。煉獄篇第六歌のピエール・ド・ラ・ブロスと天国篇第六歌のロミューがそうである。彼らも宮廷の讒言によって同じ冤罪を被った政治家だが、ピエロとはまったく違った生き方をする。ダンテは、彼らを通して、同じ状況下にありながらも、ピエロ以外の生き方——より高貴な選択・最も高貴な選択——ができたことを示しているのである。

第十四歌

第七圏第三冠状地（瀆神の罪）
一三〇〇年四月六日（水曜日）
火の雨の降る熱砂に瀆神者カパネウスが横たわっている。

　生まれ故郷への愛に心を
動かされたので、私は散らばった枝を寄せ集め、
もはや口をきかなくなったあの木に戻した。
　そのうち、われわれは第二の冠状地［自殺者の森］が終わって
第三のそれに入るところに来たが、そこから
またもや正義が、恐ろしい業を行っているのが見えた。
　新しい景色をよく説明するために言うと、
われわれの着いたのは一面の平地で
そこには草木一本とて生えていない。[*1]
　さきの痛ましい森が花環のようにその平地を
とりかこみ、その森をさらに呵責（かしゃく）の堀［プレゲトーン川］が囲繞（いじょう）する。
われわれはその境界線ぎりぎりのところで立ち止まった。
　その場所は乾いた砂に掩われ、固く詰まっていた。
かつて小カトー[*2]がその足で踏みしだいた

あの砂地とまったく同じようなものであった。
　おお、神の復讐[*3]よ、私の眼に
示されたものを読む人たちのすべてが
いかにあなたを畏れることになろうか。
　裸のたましいたちの群れが、ここかしこに
悲惨な様子で泣いているのが見えたが、
群れによって異なる掟に縛られているようであった。[*4]
　ある人々は仰向けにねころがり、[*5]
またある人々は身を丸くすぼめて地にうずくまっていた。[*6]
それから、ある人々はずっと歩きつづけていた。[*7]
　まわりを歩きめぐっている者がいちばん多く、
寝て苦しんでいる者は最も少なかったが、[*8]
神罰に対する（不平の）口数はいちばん多かった。[*9]
　その砂地全体の上にゆっくりと
風のないときの山に降る雪のように、
大粒の火の雨が降りそそいでいた。
　アレクサンドロス（大王）があのインドの
暑い地方で、彼の軍隊の上に
ほとほとと炎が降るのを見たように。[*10]
　そのとき彼は、火は単独のうちが消えやすいことから、

地面に落ちた火を兵士たちに
命じて踏み消させたが[11]、
　そのように永劫の熱が降りそそいでいた。
このため、砂は、火打ち金（がね）の下の火口（ほくち）のように、
火を発し、（たましいたちの）苦しみを倍化させていた。[12]
　その惨めな手の乱舞は
休むひまもなく、[13]たえまなく次から次へと
降りかかる新鮮な炎を振りはらおうとしていた。
　私は言った。「（ディースの）扉に入ろうとしたとき、
我らを拒んだ頑なな悪魔たちを別として[14]、
すべての障害に打ち勝つ師よ、
　あの巨漢の男[15]は何者ですか、体をよじっては、
（天を）蔑むように横たわり、火をおそれる様子もなければ、
（火の）雨も彼を打ちのめすようにはみえませんが」
　ところが、私が彼について案内者にたずねて
いるのに気がついた[16]そのたましいは
こう叫んだ。「俺さまは、死んでも、生きていたときと変わりはせぬ。[17]
たとえゼウス[18]が自身の鍛冶屋［ウルカーヌス］を疲れ果てるまで働かせようとも[19]、
――怒りのあまりゼウスはこの鍛冶屋から切っ先鋭い稲妻を
手に取って、生涯最後の日に俺を撃ったが[20]――。

また、たとえ『助けてくれ、辣腕のウルカーヌスよ、助けてくれ[*21]』
と叫びながら、エトナの黒い火口に棲むほかの鍛冶屋〔キュクロープス〕どもを
疲れ果てるまで交互に働かせたとしても、
　ゼウスがプレグラーの野[*22]で戦ったときのように[*23]
俺を力のかぎり打ちのめしたとしても、
心ゆくまでこの俺に復讐することなど、あいつにはできはせぬ[*24]」
　そのとき私の案内者が大きな声でものを言ったが、
彼がこのような大声を出すのを私はかつて聞いたことがなかった[*25]。
「おお、カパネウスよ、おまえの高慢が
　熄（や）むことがない限り、おまえの罰は増すばかりだ。
いかなる責め苦も、おまえの（不毛の）怒り以上に
おまえの狂った瞋恚（しんい）にふさわしい罰はない[*26]」
　それから私のほうを振り向いて、やさしく
言った。「あれはテーバイを包囲した七人の王の一人〔カパネウス〕だ[*27]。
生前も神を見下し、（死んだ）いまもなお
　神を蔑んでいるのが判るだろう。
しかし私が彼に言ったように、彼の軽蔑こそが
この男の胸に似合いの勲章なのだ[*28]。
　さあ、私のあとについて来なさい。足を
焼けた砂の中に踏み入れぬよう気をつけて、

75 常に足を森に向けて進むようにせよ」
　沈黙の中で歩いて行くと、やがてわれわれは
一筋の小川が森から外へほとばしり出ているところに来た。
78 その水の赤さに、いまなお、ぞっとしないではいられない。[*29]
　ブリカーメから湧き出る熱水を
罪深い女〔湯女（ゆな）〕たちが自分たちの家に引き入れるように、[*30]
81 その小川も熱砂を横切って下っていた。[*31]
　その川底も、（内側の）両岸も
（外側の）両側面も、みな石でできていたので、[*32]
84 私はそこを渡ればよいのだと気がついた。
「われわれが、万人に開放された[*33]
あの（地獄の）門をくぐって以来、
87 私がおまえに見せて来たすべての中で
　おまえの目はこの小川ほど
特筆すべきものをまだ見ていない。[*34]
90 というのも、この小川はその上空ですべての炎を消し去るからだ」
　わが案内者の、この言葉に、
私の食欲はかき立てられ、
93 もっと食事を与えてほしいとせがむと、[*35]
　師は言った。「海〔地中海〕の真ん中にクレータと呼ばれる

島がある。いまは凋落したが、太古の昔、この島の
（最初の）王[*36]［サートゥルヌス］の治下では、世界は清純であった。[*37]
　そこには緑と水に恵まれた
山があり、イーダと呼ばれていた。しかし、
老ゆるものがすべてそうであるように、いまは不毛の山となっている。
（女神）レアー[*38]は昔その山を、わが子［ゼウス］の
安全な揺籃として選んだ。赤子が泣くたび
（祭司団に）甲高い声を挙げさせて、うまく子を隠した。
　その山の中[*39]には老いた巨人[*40]が立っていて
その背を（エジプトの町）ダミヤートに向け、
自らの鏡としてローマを眺めている。[*41]
　彼の頭は純金でつくられ、
腕も胸も純銀でできている。
胸下から足のつけ根まで［腹部］は銅である。
　それから下はすべて混じりけのない鉄でできているが、
右足だけがテラコッタで、[*42]
左足よりも右足に重心を載せて立っている。[*43]
　黄金の部分［頭部］を除き、どの部分にもヒビが入り、[*44]
その亀裂から涙が滴り、寄り集まっては
洞穴の岩底に穴を穿つ。

涙の流れは岩間をつたい、この谷まで流れ下って
アケローン、ステュクス、プレゲトーンとなる。
それからこの細い水路[*45]を通って下り落ち、
ついにはこれより下に降りていけないところ［地獄の底］で
コーキュートスを形作る。その湖が
どのようなものかおまえも目にするだろうから、ここでは話さぬ」
私はたずねた。「この小さな川が
現世から流れてくるのでしたら、
どうしてこの端［第三冠状地］で初めてわれわれの前に姿を現わしたのですか」
これに師は答えた。「おまえはこの場所が円形なのを知っていよう。
いつも左にまわりながら、（地獄の）底へと
下へ下へ降りて来た。もうずいぶんと巡ったとは言っても、
それでもまだ円周のすべてを回ったわけではない。
それゆえ、見たことのないものが初めて現われたといって
驚く顔をするにはおよばぬ」
そこで私はさらにたずねた。「師よ、プレゲトーンとレーテーはどこに
あるのですか。レーテーについては何もおっしゃられてはいません。
プレゲトーンについては涙の雨でできているとの説明だけでした」[*46]
「おまえの質問はどれもみな私の心をほだす」
と師は答えた。「しかし赤い水のたぎっていたのが

135 おまえの質問の一つをしっかり解いていたはずだが。[*47]
　レーテーはいまに見るだろう。この濠［地獄］の外ではあるが。[*48]
そこは悔いた罪が消されたとき、
138 たましいたちが身を浄めに行くところだ[*49]」
　そして言った。「もうこの森を出る
ときが来た。私のあとからついてくるとよい。
141 焼けていない堤を通って行こう。
142 　その上ではあらゆる炎も消えるから」

第十四歌注釈

＊1　反自然行為（神への冒瀆も含む）を罰する第三冠状地では、その反自然の罪に呼応して環境も反自然となっている。この冠状地の描写は次のルーカーヌスを下敷きにしている。「移りゆく流砂のシュルティスを取り囲むすべての岸は、灼熱の陽の下、炎熱の大気の近くに伸び広がり、穀物を焼き尽くし、葡萄を砂塵で窒息死させる。粉のような土壌のために、いかなる植物も根付かない。生命にふさわしい気候を欠いている。ユッピテル神［ゼウス］はその土地を顧みようともされない。（そこでは）自然も休止し、麻痺している。決して鋤が入れられることのない茫漠とした砂の命なき広がりは季節さえも知らない」（『内乱賦』第九巻四三一−四三七）

＊2　ウティカの小カトー（前九五−四六）がリビアの砂漠においてポンペイユスの軍隊を指揮したことを指している。ただし、アラビア砂漠のような砂の丘陵が連なる砂漠を想像すべきではなく、大地のように固く目の詰まった砂地である。

＊3　「神の復讐」とは「神の正義」に等しい。神の場合においてのみ、「復讐」は「正義」と同義語になる。ここでは応報の理が正しく現われていることを述べている。

＊4　各集団はそれぞれの罪に応じて異なる罰が当てられ、分類されている。

＊5　「天を侮蔑するためである」（マルティ）。神に対して暴力をふるう［神を冒瀆する］瀆神者たちを指す。

＊6　同じ体積で表面積が最も小さくなる形が球体であることから、できるだけ火の雨に当たる表面積を小さくしようとして体を丸めてうずくまっているのが高利貸したちである。

＊7　男色者たちを指す。休みなく歩き続けている様は、彼らの性衝動が彼らを常に運動状態に置いていることを表わしている。また、夜、町の中をうろつき歩き回って男あさりをしていた生態に由来する（男性同性愛者は異性愛者と違って、その多くが不特定多数の男に求愛活動をするとみなされていた）。

＊8　ここに珍しい地獄の統計調査が示されている。これは十三−十四世紀のフィレンツェの縮図に他ならない。男色者が一番多く、二番目に高利貸しが多い。十四世紀のドイツでは「フィレンツェ人」と言えば、「男色者（同性愛者）」を意味していた。「瀆神者・冒瀆者たち」が、挙げられた順番とは反対に、最も少ないが、不平・不満は最も多い。

＊9　「三つの集団が紹介される順序も、罪の重さに対して逆転している。男色・高利貸し・瀆神と、罪が重くなっていくが、ここでは逆に紹介されている。また、通常、ダンテはより軽い罪人からより重い罪人に出遭うが、ここでは唯一その順序も逆転している」（ボンディオーニ）。というのも反自然の行為を行なった彼らに見合って順序も通常とは反対になっているのである。

＊10　中世では次のようなアレクサンドロス大王に関する伝説が流布していた。「南東の風が止み、夕方からは、非常な寒

波が押し寄せてきた。たちまち、大きな雪片が羊毛の綿のように降り始めた。野営地が降雪によって埋まるのを怖れ、私は兵に命じて雪を踏みつぶさせた。足で踏みつけて、できるだけ早く雪を溶かすためである。（中略）これからしばらくすると、異様な火の雨が降ってきた。これに対して、兵士に服で防ぐように命じた」（『自身の遠征行路とインドの位置に関して師アリストテレースに宛てたアレクサンドロスの書簡』名前不詳のギリシャ人著者による――ラテン語版で、アレクサンドロス大王が書いたとする偽造書簡）。中世では伝説も真偽を問うことなく歴史文書として読まれていた。そこが近代とは異なる点である。

＊11　右のアレクサンドロス大王の偽造書簡がいつのまにか次のように改変されて信じられていた。「更に、アレクサンドロスはアリストテレースに宛てた書簡でインドの驚くべき数々の事柄についてこう書き綴っている。空から燃える雲が雪のように降ってきた。そのためこの燃える雲を彼は兵士たちに踏み消すように命じた、と」（アルベルトゥス・マグヌス『気象学』Lib. 1, Tract. 4, Cap. 8）。ダンテはこれを典拠にしたのであろう。

＊12　上から降り注ぐ火の雨と、下から発火する熱砂によって二重に苦しめられている。

＊13「新鮮な fresca（みずみずしい、冷えた、涼しい、爽やかな）」と「炎 arsura」が結合し、オクシュモーロン（撞着語法）を形成している。fresca（freesh）は「清冽な水」を連想させる形容詞だが、ここでは水ではなく炎を形容し、斬新でシュールレアリスティックな表現となっている。反自然の世界では、「清冽な水」は「新鮮な［清冽な］炎」となる。

＊14　なぜダンテは師に対してこのような言わずもがなの事をここで口にし、ウェルギリウスの限界を思い起こさせたのであろうか。この疑問にボッカッチョはこう答えている。「これは、寓意的に理性はすべてに打ち勝つが、心の頑なさに対しては、神的な力のみが打ち勝ち、屈服させることができることを表わしていると解すべきである」。この寓意的解釈に加えて、次の行と関連付けて、「かつての悪魔たちのような頑なな高慢さをカパネウスの中に見たから」と解することができる。即ち、「先生は何にでも勝つことがおできですが、理性の説得に耳を貸さない悪魔たちは先生でもどうにもなりません。その手の類がここにもいるようです」と。

＊15　巨漢で知られたカパネウス（テーバイ攻めの七将の一人）を指す。テーバイ市に火をつけるべく、城壁を登らんとし、ゼウスも自分を止められはしないだろうと大言壮語したため、ゼウスの雷に撃たれて死んだ。神を冒瀆する瀆神者の代表。

＊16　これは喜劇の登場人物の振る舞いを下敷きにしているように思われる。すなわち、舞台に立つ他の二人の役者がひそひそ話をして、自分のことを話していると気づいた第三の登場人物が自分の悪口を言っているのではないかと思う、喜劇

に典型的なシチュエーションである。

＊17「俺（の生き方）は、死んでも、生前と変わらない」の意味。「バカは死ななきゃ治らない」という名言が日本にはあるが、キリスト教では「バカは死んでも治らない」とされる。死ぬ前の心の状態は、死後そのまま固定されて、変化しないと考えられているからである。カパネウスは、ダンテが今目撃しているように、生前も同じように生きてきた。カパネウスが名前を名乗らないのは、彼にとって自分が何者であるかを宣言するのにこれだけで十分であり、名を名乗るのは余計なことだと思っているからである。カパネウスは生前「神々を侮蔑する者 *superum contemptor*」（スターティウス『テーバイ物語』第三巻六〇二）として鳴らしてきた。それゆえ、死後も同じように何一つ変わらず、神を侮蔑する瀆神者であり続ける。各自の人間性は生前の物質界で形成され、生前に身に付けたその心の状態が死後の状態を決定する。それ以外のものは、なべて流れ去る。

＊18　カパネウスは異教の神の名を挙げているが、彼にとっての至高の存在であり、ゼウスは「神」の予型であるため、神性に対する冒瀆と同義にみなされる。「ダンテは、神性の永遠性をすべての民族、すべての時代が頭を垂れるべき普遍的な価値とアプリオリにみなしている」（パラトーレ）からである。

＊19　ゼウスは自身の武器である稲妻を鍛冶の神ウルカーヌスとその手下のキュクロープスたちに作らせている。

＊20　スターティウスの『テーバイ物語』を下敷きにしている。「世界の目も眩む高さの中に英雄［カパネウス］が立ち、狂気の戦いを神々に挑んでいるのを神々が眼にしたとき、神々は青ざめ、雷の力に疑念が生まれた。（中略）カパネウスが話し終えると、ゼウス神はすべての力を込めて稲妻を投げつけて彼を撃った。最初、彼の兜が雲の中へと消えていった。盾の鋲は黒焦げとなって落ち、英雄の身体全体は閃光を放って輝いた。両軍とも彼が落ちて来そうな場所から退き、どの隊にその燃える身体が落ちてくるか恐れていた。カパネウスは炎が自身の中でジュージューと音を発するのを、兜と髪が燃えるのを感じた。苦しめる鎧を手で取り払おうとして、胸の下で焼けつく鋼に触れた。しかしそれでもなお、彼は立ちつくし、最後に喘ぎながら天の方に向きなおり、倒れないよう、自身の煙立つ胸を城壁にもたれかけた。しかし、英雄の身体は彼を地上に残し、その霊は肉体から解き放たれた。もし彼の四肢がもう少しゆっくりと倒れていたならば、第二の雷を望むことができたであろう」（第十巻九一八－九二〇、九二七－九三九）

＊21　カパネウスの描くゼウスは、たった一人の人間を服従させるためにエトナの鍛冶場すべての助けを借りなければならない、息を切らして救いを求める神とされている。ギリシャ神話ではゼウスの武器である稲妻は火山の溶鉱炉の中でキュクロープスたちによって製作されるとされた。元々、キュクロープスはカルデラ火山を擬人化したものである。ウルカー

ヌスも火山島を意味し、ギリシャの鍛治の神へーパイストスと同一視される。

＊22 テッサロニーキの南約六〇キロに位置するプレグラーの野（現、ギリシャのカッサンドラ半島の平野部）でのギガースたち（「巨人族」）とオリュンポスの神々との戦いを指す。ギガース（その中には第三十一歌94に登場するエピアルテースも含まれる）たちは、カパネウスと同様、オリュンポスの神々に戦いを挑んだ不届き者たちであり、ダンテは彼らをカパネウスを始めとするすべての瀆神者の予型とみなしている（オリュンポスの神々に戦いを挑んだ、人間よりも先に誕生したこの力強き巨大な存在は、神に反抗したサタンとその追随天使たちと同じモチーフを宿す地中海世界の先駆的原型神話と考えられる）。この巨人族と神々の戦いは《ギガントマキアー Γιγαντομαχία（巨人の戦い）》と呼ばれ、彫刻の題材として有名。

＊23 次のスターティウス『テーバイ物語』を下敷きにしている。「ゼウスの王座の周りでギリシャとテュロスの神々が幾つもの派に分かれてかまびすしく論じていた。（中略）だが、ゼウスの平安が乱されることはない。その時である、彼らの話が止んだのは。天のただ中でカパネウスの声が聞かれた。カパネウスはこう呼ばわった。『慌てふためくテーバイの町を支援する神はおまえたちの中に誰もいないのか。バッコスとヘーラクレースよ、この呪われた土地の怠け者の息子らはどこにいる。小者どもに挑むのも、わが恥だ。俺様にもっとふさわしい相手、おまえが出て来い。（中略）出て来い、ゼウスよ、おまえのその炎の雷電すべてをもって俺様に挑め。それともおまえは、おどおどした娘っ子らをその稲妻で震え上がらせるときの方が勇敢なのか』（中略）この言葉を聞いて、神々の間にけたたましい憤慨の嵐が湧き起こった。ゼウス自身は狂人の戯言に笑い、ふさふさとした聖なる髪を揺り動かしながら言った。『プレグラーの野での傲岸不遜の攻撃の後、人間どもにいかなる望みがあろうか。おまえもまた打ち倒されたいのか』。こうしてユッピテル神が間を置いている間、神々の一団は歯がみし、懲らしめの武器を手に取るように促すのだった」（第十巻八八三－八八四、八九七－九〇二、九〇四－九〇五、九〇七－九一一）

＊24 ゼウスがあらん限りの力を振り絞っても、自分ただ一人も屈服させることなどできはしないと、神を冒瀆している。カパネウスは神に反抗する自分に酔っているが、彼には、真の偉大さは遜って神の意志に仕える、ということが永遠に解らない。「カパネウスはテーバイの敗者であり、地獄第七圏の敗者である。ローマの神々からキリスト教の神へと変わっても彼への判決は変わらない。過去は現在であるとともに未来でもある」（ヴァッローネ②）

＊25 「ウェルギリウスに憤慨を起こさせているのはカパネウスの高慢 ὕβρις であり、ダンテに侮蔑と恐怖を引き起こさせているのは背徳的な言動と不信仰である。この不道徳の砂地は荒れ果てた砂漠の不毛性と相応している。ウェルギリウスが

カパネウスを辛辣に叱責しているのは、ダンテがカパネウスのこれ見よがしの大物ぶりに惑わされることのないようにというういつもの教育的配慮からだが、また同時に叡智 σοφία や賢明さ φρόνησις に照らされた理性（ウェルギリウス）が、高慢（カパネウス）を前にして、まったく誇らしげに距離を置いて超然と眺める様を寓意している」（パラトーレ）

＊26　罪と罰は決して別々のものではない。オウィディウスが「罪は他人を蝕むと同時に、（それによって実は）自分を蝕む。まさに自分が自分の罰なのだ」（『変身物語』第二巻七八一－七八二）と記しているように、時のない霊界では罪は、即、罰となる。

＊27「テーバイ」はカドモスが創建し、後に、その末裔であるオイディプースが王となる。しかし、彼が盲目となって王位を追われた後、二人の息子エテオクレースとポリュネイケースが隔年で王となる協定を結ぶが、エテオクレースが王位についてのち、弟のポリュネイケースに譲らず、弟をテーバイから追放した。ポリュネイケースはアルゴスの王アドラーストスの宮殿に赴き、やがて王の娘アルゲイアーと結婚する。ポリュネイケースは義父となったアドラーストスに頼んでテーバイ遠征軍を起こした。ポリュネイケースは自身とアドラーストスに加えて五人の将（その中の一人がカパネウス）を誘う。これが世に言う《テーバイ攻めの七将》である。テーバイの七つの城門に七将がそれぞれ攻略しようと攻めたが、テーバイを攻め落とすことはできなかった。それどころか、アルゴス方の七将のうちアドラーストスを除く六将が命を落とし、エテオクレースもポリュネイケースと相討ちする。

＊28　これは勿論、皮肉で、「名誉の勲章」などではなく、「不名誉の勲章（烙印）」であり、これこそが「彼にふさわしい罰」である。第八歌のフィリッポ・アルジェンティに対してウェルギリウスが行なった説明に用いられた韻 fregi-regi-dispregi（47・49・51行）がここでふたたび regi- pregi-fregi（68・70・72行）と戻ってきている。この同一の韻による繰り返しによって、また「蔑み disdegno」（70行）「軽蔑 dispetto」（71行）という同一の語の繰り返しによって、ウェルギリウスはアルジェンティとカパネウスが同じ傲岸不遜さと他者に対する暴力によって通底していることを示唆している。

＊29　第十二歌で見た血の川のプレゲトーンがここへと流れ来ている。このため、血の色をしている。ダンテは地上でこの詩句を書きながら思い出しては今なお慄然としている。

＊30「ブリカーメ」とは、ローマの北八〇キロほどに位置する町ヴィテルボの西、約三キロの所にある硫黄を含む熱水鉱泉の名前。「罪深い女たち」は、温泉地・湯治地には付きものであった湯女（娼婦）たちを指している。

＊31　冠状地は水平ではなく、地獄の中心に向けて緩やかな勾配を持っていることがこの詩句から判る。

＊32　小川がプレゲトーンから水路のように引かれて、第二・第三冠状地をよぎっているが、小川が流れる水路は三面張り

の石でできており、堤のようになっている。その堤の片端の上を通ってダンテたちは進むことになる。この堤が土ではなく、石でできていることから、これが自然の産物ではなく、神の創造物だと判る。

＊33 地獄の門は広く、いつも開いているので、誰でも労せずして入ることができる。従って、裏の意味は、「それ故、人はもう一つの狭き門（煉獄の門）から入るよう努めるべきである。悔悛して赦された（選ばれた）者しかその敷居を跨ぐことができないのだから」となる。

＊34 何がかくも「特筆すべきもの」なのか、未だ明らかになっていない。『神曲』の未解決の箇所の一つ。ほとんどの注釈家は沈黙を守って一言も触れていない。ボッカッチョは正直にこう述べている。「作者ダンテの投げかける問いに私は驚きを隠せない。今まで見てきたものよりも何がさらに特筆すべきことなのだろうか」

＊35「心の最も甘美な食事である才知を働かせる楽しみ」（『トゥスクラム荘対談集』第五巻六六）と、キケローも言っているように、古来から西洋では食事が肉の胃袋を満たすように、精神の胃袋を満たすのは智慧とされてきた。これが中世では天使のパンと呼ばれる（「天使たちのパンが食される食卓につく僅かな者たちは、幸いなるかな」（ダンテ『饗宴』第一巻第一章七）。ダンテは師の言葉に好奇心を掻き立てられ、子供が親にもっと食べ物をせがむように、もっと知りたいとせがんでいる。

＊36 伝説では、クロノス（サートゥルヌス）はゼウスに王位を奪われた後、イタリアにやって来て、カピトーリーヌスの丘に一市を創建し、サートゥルニアと呼んだとされるが、これに対し「ダンテはサートゥルヌスの正義の王国の中心地をイタリアではなく、クレータ島に置いている」（パドアン）。

＊37 ヘーシオドスの『労働と日々』一〇九－一一九以来、多くの詩人によって語り継がれてきた「サートゥルヌスの黄金時代」を指す。この詩句は次のユウェナーリウスの一節を下敷きにしていると思われる。「思うに、サートゥルヌスが王たりし世には《純潔の女神Pudicitia》が未だに地上に住まい、長い間、その姿を目にすることができたに違いない」（『風刺詩』第六歌一－二）

＊38 ウーラノス（天空）とガイア（大地）の娘。兄クロノス（サートゥルヌス）の妻となり、デーメーテル、ヘーラー、ハーデース、ポセイドーン、ゼウスを生んだ。クロノスは自分の子によって支配権を奪われるとの予言を知り、次々と生まれ来る子たちを呑み込んだ。このため、レアーは末子のゼウスだけは食べられまいと、クレータ島に匿（かくま）って成長させた。

＊39 山の中には洞穴が垂直に空いており、そこに像が置かれている。古代や中世では山の内部は空洞だと信じられていた。

＊40 ダンテは次のプリーニウスを典拠にして老巨人像を発想したのであろう。「かつてクレータ島で地震によって山が裂けたとき、高さ四六キュービット（約二一メートル）の身体が見つかった。それがオーリーオーンのものだという者もあ

れば、オートス「ポセイドーンの巨大な息子」のものだという者もいた」(『博物誌』第七巻第十六章七三)

＊41　老巨人像は「自分を映す鏡として」ローマ(教皇庁)を見ている。それはまた聖職者たちの腐敗した姿を見ることでもある。

＊42　巨人像を形作る五つの素材は、五つの時代の特質を象徴的に表わしている。例えば、ネブカドネザル王の夢に現われる像がそうである。「その像は巨大で、身の丈高くあなたの前にそびえ立ち、その姿は見るも恐ろしいものでした。その像の頭部は最上の黄金で、胸と腕は銀でき、腹と腿は青銅からなり、すねは鉄ででき、足の一部は鉄、一部は陶土ででていきます」(「ダニエル書」二:三一-三三)。一方、「ダニエル書」よりも古いヘーシオドス以来、この五つの時代が文明批評として文学の伝統的な主題となっていた。オウィディウス『変身物語』第一巻八九-一五〇に金・銀・青銅・鉄の四つの時代を経るたびに人類が堕落していく様が描かれている。ここでもダンテは聖書と西洋古典の伝統を『神曲』で統合している。

＊43　ユウェナーリスは「われわれの生きる今の世は、鉄の時代よりも悪い。その余りの邪悪さゆえに、自然さえも、いかなる金属からもそれを指し示す名前を見つけ出すことができなかったのだ」(『風刺詩』第十三歌二八-三〇)と記している。金属ではないテラコッタ(陶土)は鉄の時代よりも悪い時代を象徴している。素焼きでできた右足に重心を置き、腐敗したローマの教皇庁を自らの鏡として眺める老巨人像は、従って、現代が腐敗の極みに達していることを物語っている。

＊44　この「ヒビ(亀裂)」はアレゴリーとして次のように解釈できる。もしこの傷が一つだけであるなら、それは一般にイギリスの神学者ベーダ(六七三頃-七三五)やトマス・アクイナスが論じている《生まれながらの傷》とされる原罪を意味するであろう。複数の傷であれば、トマス神学に従って、理性にとっての過ち・誤り、意志に対する病、怒りに対する脆弱さ、欲望に対する貪欲を意味することになるだろう。老巨人像の担う象徴に関しては様々な解釈がある。一般に注釈書では、クレータ島の老巨人像は人類史全体を象徴すると解されるが、現在最も妥当と思われるギュンタートに従えば、「人類の腐敗の歴史」を象徴すると解した方がよい。なぜならもし人類史全体であるならば、そこにキリストの贖罪と人類の再生の可能性に対する暗示が表わされる必要があるからである(このどちらも老巨人像には示されていない)。加えて、この寓意的な像が地獄篇で登場している点に留意する必要がある。ここからも、この老巨人像が総括的な人類史ではなく、悪と罪という側面から見た歴史だということが裏書きされよう。またこの像から流れ出る涙は、地上楽園を流れるレーテー(忘却と赦しの川)を形作っていない。レーテーがどこにあるのかダンテはウェルギリウスに尋ねているが(130-131行)、この質問は看過できない意味を持っている。なぜならレーテーはこの地獄の外――煉獄――にあるものだから

である。それと同じく、この像も赦しの範疇の外にある歴史を語っているとみなすのが妥当である。老巨人像には不幸な人類の姿が映されているのであり、パウロのイメージでいう《旧き人間 *vetus homo*》を象徴している。それは原罪の結果惹き起こされた人類の腐敗を象徴し、その対蹠点にアウグスティーヌスやトマスの言う恩寵によってふたたび生まれた《新しき人間 *homo novus*》が位置する。

*45　今ダンテたちが目の前にしている「一筋の小川」（77行）を指す。従って、老巨人像が流す涙が、地獄の四つの川に姿を変え、今、目にしている水路を流れる小川もそれらに加わる。しかし、源流は一つに遡る。この寓意は明快である。地獄の川は、その罪や悪と同じように、一つしかない。その表われ方で、名前が次々と変わるだけである。第七圏の第一冠状地を去ったこの川はもはや名前を持っていないため、「小川」だとか「水路」とか、一般的呼称で呼ばれる。

*46　「プレゲトーンが老巨人像の流す涙の雨でできていることは仰られましたが、それがどこにあるかは仰っていません」の意味。ダンテは第七圏第一冠状地で見た煮えたぎる血の川が《プレゲトーン》だということに気が付いていない。

*47　「プレゲトーン φλεγέθων < φλέγω（燃え立つ）」は「火の川」の意味であることから、たとえダンテがギリシャ語を知らなくとも、『アエネーイス』第六巻五五〇を思い出していたならば、すぐに判ったはずなのだが」の意味。

*48　レーテー（忘却）の川は煉獄にあり、煉獄の山の頂上にある地上楽園を流れ、地獄にあるわけではないという意味。

*49　神が科した罰を悔悛とともに贖い終えると、煉獄の魂は自分が生前犯した罪の記憶からも浄められるためにレーテーの水を飲む。罪の記憶が重くのしかかっている限り、人は現世に縛り付けられ、天に昇ることができないからである。誤解してはならないのは、二度とその罪に陥ることがないほどまでに罪を犯した性向が根絶されることを「悔いた罪が消された（罪の記憶の忘却）」と呼ぶのであり、まかり間違っても、「自分は罪など犯したことがない」と忘れ去ってしまうことではない。

第十四歌解説

第三冠状地は、反自然の罪に呼応して、環境も反自然となっている。ここでは慈雨の代わりに火の雨が降り、草一本生えることがない。アメリカのダンテ学者チャールズ・S・シングルトンは、「男色が自然の否定にして自然に対する侵害であるため、同じく広野もあらゆる自然な植物の生長を拒否している」と述べている。男色が子を生み出し得ないように、また金銭が子（利子）を生み出し得ないように、瀆神行為という造物主への暴力が何も生み出し得ないように、この砂地も何も生み出さない不毛・不妊の地となっている。反自然の罪のうち第十四歌で扱われるのは、カパネウスに代表される瀆神行為だが、彼の言葉を掘り下げてみよう。

カパネウスは「俺さまは、死んでも、生きていたときと変わりはせぬ」（51行）と豪語するが、ここに瀆神者の頑なな性向が示されている。人は生きてきたようにしか、生きられない。死んだからといって何かが変わるわけではない。地獄の人々は「自分（の生き方）を変えようとしなかった人々」であり、煉獄に行く人々と彼らを分かつ境界線はこれだけである。ただし、この紙一重の違いが無限に聳える壁のようにそそり立っている。カパネウスに見られるこの頑なさは人間誰しもに潜む自身の限界（「バカの壁」とも称されるが）でもある。自分を変えたがらない、性格の慣性力に人間の保守的な本質がある。日本は福島第一原発の事故を受けても、原発の再稼働を許す国である。カパネウスに未来がないように、過去から学ばない日本にも未来はあり得ない。まさに詩人オーデン（一九〇七－一九七三）の言葉通りである。

変わるくらいなら　滅びてしまおう
今十字架に上って
幻想を砕くより
恐怖の中で　死を選ぼう

地獄の人々は、自分を変えるくらいなら、地獄に堕ちることを選ぶ。神は、そうした生き方を変えるよう、忍耐強く人生に障害や苦難を設けて様々な手段で諭すが、人は、そうした障害や苦難をカパネウスのように、単なる偶然の懲らしめや不運としか受け取らず、あくまでも自分の生き方を通そうとする。カパネウスは、自身を変えない限り――誤った解答を提出し続ける限り――、同じ問題と障害が繰り返し立ち帰り、火の雨が降りかかることに気がつかない人類の代表として登場する。自分を変えることは人間にとって最も――とりわけ高慢な人間ほど――難しい。しかし、何も変わらないということは、何も学んでいないことと同じである。自分の殻の中に閉じこもって、自分のスタイルを変えようとしない者がカパネウスで象徴されている。謙虚さ・遜った心こそ、人が最初に学ばなければならないのはこのためである。人間の限界を弁えつつ大事に挑むのが大いなる精神の持ち主であるのに対し、人間の限界を超えて法外な事柄に挑むのは愚かな自惚れ（思い上がり）でしかない。このカパネウスの話のあと、老巨人像の話が続くが、両者の話は決して無関係ではない。

「高慢は、神からも人間からも、憎まれる。（中略）高慢の始まりは神からの離反である。すなわち、自身の創り主である神からその心が離れることである。すべての罪の始まりは高慢だからである。高慢を抱く者は忌まわしき事柄に満たされるだろう。主はこの高慢なる者を滅ぼしになる」（「シラの書（集会の書）」第十章七、一四－一五）

前半の瀆神者カパネウスと後半の老巨人像にどんな関係があるのか、ギュンタートの答えをみてみよう。

「後半部のこの老巨人像の悲劇的神話と前半部の瀆神者カパネウスとはどのような関係があるのだろうか。この疑問を呈したのはエミーリオ・ビージであったが、彼はカパネウスの瀆神的な振る舞いを高慢の罪の典型として解している。つまり、人間の永遠の高慢さが自身を原初の幸福から遠ざけ、神との関係を歪めたのである。スターティウスのカパネウスは不敬の英雄にして大いなる精神の持ち主として描かれている。至高のゼウスに挑戦し、雷に撃たれるほどゼウスを挑発し、最後の最後まで挑み続け、死に際にあっても蔑視し続ける高慢な態度の持ち主である。（中略）一方、ダンテのカパネウスは大いなる精神の徳を示すものではなく、大いなる精神をはき違えた者として、傲岸不遜の悪徳、大いなる精神のグロテスクな変形として描かれている。ダンテは、カパネウスの中に他のすべての罪の起源である高慢の罪を象徴させようとしたのであり、この罪が人類の不幸の起源であり、それをクレータ島の老巨人像に象徴させたのである」

十三世紀にジャンボーニ（一二四〇？－一二九二？）という作家が「罪深き性向が人間を高慢にさせ、神に反旗を翻させる。これが、諸々の悪徳の頭であり、すべての罪に共有されるものである」と述べているように、中世では高慢が人類の罪の始まりであると認識されていた。ダンテは高慢をカパネウスで、その罪の結果である人間の不幸を老巨人像の涙で示している。そして、罪の結果である不幸が現世の人間を苦しめると同時に、死後の人間をも苦しめていることを、地獄の四つの川で象徴している。「ちょうどカパネウスの怒りがそれに見合った苦しみに姿を変えるように、その涙は地獄の中を滴り落ちて、懲罰の道具に姿を変えるのである」（マルティ②）

第十四歌には二つの難問が立ちはだかっている。一つは、地獄のこれまでの旅の中で、今ダンテたちが目にしている「この小川ほど特筆すべきものをまだ見ていない」（88－89行）という言及であり、一つはその言及と老巨人像との関係である。この二つの難問を解くことで、この歌章の解説としよう。これまで幾人かの研究者や注釈者がこの謎の言及に挑んできたが、それらをまとめると次の①～③の三つの解釈に整理できる。

①小川が特筆すべきなのは、自身の上空ですべての火を消し去る点にある。

だが、これは字義的な意味に過ぎず、その理由を説明して初めてなぜ「特筆すべきもの」なのかが理解される。しかも、この解釈で探究を終えると、クレータ島の老巨人像の話にどう繋がるのか解らないまま終わってしまう。両者を結びつける唯一の説明としてパリアーロは、罰せられた者に更なる罰を加えることは二重罰となるため、それを避けるために、炎が消えると解しているが、この解釈のどこが「特筆すべき」ことになるのかまったく理解不能である。そもそも本当に二重罰を避けるためなのか疑問が残る。

②地獄の数々の川は、実は互いに繋がり合っており、すべての地獄の川が一つの源流から発していることにある。

③地獄の三つの川（アケローン、ステュクス、プレゲトーン）が、この小川に合流することにある。

これら②③の解釈も、①と同様、そのどこがかくも「特筆すべき」ことなのか何も明かしていないとともに、小川が火を消し去ることとの何の説明にもなっていない。

以下、私見を述べてみよう。まず、必須条件として「小川に特筆性が見いだされなければならない」と同時に、十分条件として「小川の特筆性の起源が老巨人像と結びついていなければならない」。この二つの条件を満たせば、この問題を解決することができる。次に、今までの研究で得られた手がかりを整理してみよう。

A「涙の有する贖罪的効力」

最初の手がかりはヴァレーゼの指摘である。「小川から立ち上る蒸気は、ダンテが堤を通って地獄を越えいくことを可能にするが、この時、この蒸気は涙が有する贖罪的な効力を指している。なぜなら涙の効力だけが、炎を消し、地獄堕ちでない魂（ダンテ）に地獄を通っていくことを可能にするからである」

B「懲罰の血の川と懲罰の炎が重なり合う所で炎が消える」

この歌章は、ダンテの同郷の誼による慈悲 carita で始まり、火炎を消す神の慈悲 carita で終わる。すなわち、懲罰の血の川が懲罰の炎と重なり合うところで消え合い、神の慈悲が現われ出て、救済への地獄の道が作られる。「特筆すべき notabile」とは二つの異なる懲罰が合流するところと関係している。地獄でこうした現象は今までになかった。

C「涙の成分は汗と血」→「小川の成分は水と血」

二十世紀の著名なダンテ学者ナルディの次の指摘は重要である。「涙は本当は目から滴り落ちるものである。それ故、もし（老巨人像において）胸から始まる傷口から涙が滴り落ちるというならば、その涙は汗や血の滴であるだろう。貪欲が人間たちの間に引き起こした同胞同士の殺し合いのため、人間の苦しみによって迸り出た汗と血の混じり合った滴が地獄の川を養っているのである」。従って、この小川の成分は血と水であると結論づけられる。胸から流れる血と水は、キリスト教徒に何よりも十字架上のイエスを思い起こさせるものである。

D「しかし、兵士の一人が槍でイエスの脇腹を開いた。すると、すぐに《血と水 *sanguis et aqua*》とが流れ出た」（「ヨハネ福音書」一九：三四）

この一節が中世でどのように理解されていたか、念のために確認しておこう。

Ｅ「『それから兵士たちはイエスのもとにやって来たが、彼がすでに死んでいるのを見ると、その足を折ることはしなかった。しかし、兵士の一人が槍でイエスの脇腹を開いた』。ここで福音史家ヨハネは、『傷を負わせた』ではなく、はっきりと『開いた』と書いている。なぜならこの脇腹によってわれわれに永遠の生命の入り口が開かれるからである。また、大洪水を免れるべく動物たちが入って来られるようにノアの方舟の側面に開けられた入り口がこれである。この入り口は救いのためにある。そこからすぐに血と水が流れ出た。これは奇跡以外の何ものでもない。死者の体の中で血は凝っているにもかかわらず、死者の身体から血と水が流れ出ているからである。しかし、なかにはこう言う人もいるかも知れない。まだそのとき体の中に微かな生気が残っていたためにそのようなことが起きたのだと。しかし、奇跡が起こらない限り、水が流れ出ることはあり得ない。（中略）またこのことは、キリストが生身の人間、真の人間であったことを示している。人間は二つの構成要素からできている。一つは、勿論、元素からであり、一つは体液からである。元素の一つが《水》であり、一方、体液の中で最も主要なものが《血》である。また、キリストの受難を通して私たちは十全に洗われ得るのであり、罪という汚れから洗い清められる。私たちのための贖いの代価である血によって私たちは罪から洗われるのである（「ペトロの第一の手紙」一：一八）。私たちを生まれ変わらせる洗礼の水によって汚れが落とされるのであり、「エゼキエル書」三六：二五に書かれている通りである。また「ゼカリア書」一三：一にある通りである。また、《血》と《水》はとりわけ二つの秘跡に関係している。《水》は洗礼の秘跡に、《血》は聖体の秘跡に関係している。また、《血》と《水》は聖体に関係している。というのも聖体の秘跡において《水》と《赤ワイン》が混ぜられるからである。（中略）これは次の予表に一致する。すなわち、十字架の上で頭を傾けて眠りにつくキリストの脇腹から血と水が流れ出、それによって教会が聖化されるように、眠っているアダムの脇腹から造られた女性エヴァは、教会そのものの予型となっているからである」（トマス・アクイナス『ヨハネ福音書講釈』第十九章第五講義）

以上の手がかりから、次のように推論することができる。十字架上のキリストの傷ついた脇腹から迸り出たのが《血と水》であり、この《血と水》が、自らの死の見返りに贖罪と赦しという恩寵の機会を人類に与えることになる。このキリストの《血と水》が人類の原罪を洗い流し、人類に贖罪の道を作り出したが、まさにそれと同じことがここでも起きている。キリストの贖罪とその効力がここで再現されているのである。人類の象徴である老巨人像が空しく流した《血と涙（すなわち、水）》（ラテン語やイタリア語の文語では「水」も「涙」も同じ語 *aqua*/acqua である）が神の怒りにして懲罰である炎を消し去り、同時に、ダンテに救いの道をまさに作りだしているからである（血と水がこのような効験を有することになったのは、キリストがまさに血と水を流して神の怒りを宥めたからであり、キリストの血と水がこの流れに混じったからに他ならない。従って、キリスト以前にはこの堤の上で炎の雨は消えていなかったことになる）。ダンテが堤を通って救いの道を歩むことができるのは、キリストが流したこの血と水のお陰以外の何ものでもない。この堤を通る者は誰であれ、キリストの流した血と水という神の御業が人類の罪を消し去ったことを思い出さずにはいられない。ウェルギリウスが「悔いた罪が消されたとき」（138〈137〉行）と言っていたのは、これを暗示している。それゆえ、「特筆すべき」こととは、ダンテの詩句の通り、《血と水》が火の雨――神の怒り――を消し去ることと言える。だからこそ、ウェルギリウスはこの《血と水》の由来を老巨人像において語ったのである。人類は《高慢》から罪を犯し、その結果、悲惨な状態に陥った。その悲惨は《血と涙》を流す老巨人像で象徴される。この悲惨な状態にある人類を、キリストが同じく《血と水》を流すことによって神の怒りを鎮め、罰の状態から救い出した。このキリストの御業が、まさにここに象徴的に再現されているからこそ、地獄のこれまでのどの情景よりも「特筆すべき」ことだとウェルギリウスは言ったのである。もしキリストの御業を指すものでなかったならば、決してこのような言い方をウェルギリウスは採らなかったはずである。キリストの《血と水》の恩寵の中でふたたび生まれた新しき人間と対極に位置するのが旧き人間を象徴する老巨人像であり、《血と水》によって消される炎の下を通っていく新しき人間ダンテは老巨人像の対極に位置することになる。そしてカパネウスのように自分の身を低くすることのできない人間が、この血と水の恩寵に浴することは決してないのである。

最後に、第十四歌の統括的な主題――持ち主への回帰――を解説して終わりとしよう。

「生まれ故郷への愛に心を動かされたので、私は散らばった枝を寄せ集め、もはや口をきかなくなったあの木に戻した」（1－3行）

ダンテは自殺者の木の望みを叶えてやるが、この三行詩節を前歌の第十三歌ではなく、第十四歌の冒頭に置いている。これは単に第十三歌と第十四歌を繋ぐレトリカルな機能を果たしているだけでなく、この第十四歌の主題を暗に告知するためである。この歌章で涙が持ち主へ回帰していくさまが語られていたことを思い出していただきたい。「ダンテにとって涙は、罪の結果であると同時に本質である。なぜなら、涙はことごとく地獄の川を通ってすべての悪の根元であり起源であるルチーフェロの元に戻ってゆくからである。ルチーフェロこそこの世に罪を導き入れた最初の罪人であり、人々に罪をそそのかしてきた。そしてこのためルチーフェロ自身、永遠に涙を流し続けるのである」（サンタンジェロ②）。ルチーフェロこそこの世に罪を導き入れた張本人であり、宇宙で最初に罪を犯した被造物である。以来、ルチーフェロは神に対立して人々に罪をそそのかし、人間から涙を搾り取ってきた。そうやって人類が流したすべての涙は、一滴残らず、地獄の川を伝ってルチーフェロを閉じ込める氷の湖（コーキュートス）を創り出しているのである。自分が放った悪は、まさに、姿を変えて、自分をがんじがらめにする氷として自身に戻ってくる。

クレータの老巨人像は人類の堕落の歴史のシンボルであり、人類の内面を、目に見える形で像の姿に映し出したものである。罪によって自らを毀損してしまった人類の傷は像に現われ、罪の結果、人類が流す涙は像の傷口から流れ出る涙として表わされている。そしてこの涙が、地獄の様々な川を作り、罪人を様々に苦しめる。人類は罪を犯し、自分たちが流してきた涙によって地獄で苦しめられているのである。まさに地獄の川は、人類自らが作り出しているものに他ならない。罪から生まれたその涙は、老巨人像の足元から滴っては地獄の四つの川に姿を変えて経巡り、懲罰の道具に姿を変える。涙からできた川の流れは《罪は罰》であることを象徴的に語っている。まさにウェルギリウスがカパネウスに告げている通りである。

「おお、カパネウスよ、おまえの高慢が熄むことがない限り、おまえの罰は増すばかりだ。いかなる責め苦も、おまえの（不毛の）怒り以上におまえの狂った瞋恚にふさわしい罰はない」（63－66行）

瞋恚の炎こそがカパネウス自身を苦しめる炎となって舞い戻ってくるのであり、この恐るべき循環を人類は知らなければならない。これまで人類に隠されていた世界の真実（世界の仕組み）がまさに第十四歌で明かされている。第六歌で応報の理の説明をしたように、死後、自分の犯した罪を今度は自分が経験することになる。これが霊界の法則である。

「しかし私が彼に言ったように、彼の軽蔑こそがこの男の胸に似合いの勲章なのだ」（71－72行）

小川という細部の背後を、すなわち小さな現象の背後を遡っていけば、そこに真の原因がある。人間の行ないも同じである。高慢が様々な罪深い行為を生み出すように、川も一つの流れから四つの支流を生み出して同じ姿と性質を映し出す。そして高慢が生み出す罪は、高慢の根元であるルチーフェロに帰っていく。かくしてルチーフェロは自身の蒔いた罪の涙に閉じ込められる。自身の悪と罪は自身を苦しめる罰として回帰し、自身を一層厚い氷で閉じ込めることになる。ここで、なぜダンテが、第十四歌の冒頭で枝葉を失った哀れな木の根元にふたたびその枝葉を集めてやったのか、そのエピソードが第十三歌ではなく、第十四歌の冒頭に置かれたのかが理解できる。こうして罪も悪も、自身の所有物としてその原因・持ち主に戻っていくことを示そうとしたからに他ならない。ダンテは冒頭にこの歌章の読み方を暗示していたのである。

このとき、レーテーの流れも、最終的な目的地としてルチーフェロに向かう。生前犯した罪を、死後、煉獄で悔悛する魂は悔恨と贖罪に苦しんだ後、地上楽園を流れるレーテーの川で自身の罪源の汚れを洗い落として清める。人々の罪の汚れが流れ落ちたレーテーの水は地上楽園から地中をくぐって流れ落ち、地球の中心・重力の中心へと至る。すなわち、ルチーフェロの元に回帰するのである。ルチーフェロがいる場所こそ宇宙の底であり、宇宙のすべての重力が一点に集まる所こそ、すべての罪の最終的な終着点だからである。人間の魂の終着点が天上にある神の世界・至高天であるのに対して、すべての罪は宇宙の底に澱のように溜まっていく。この澱こそが、まさにルチーフェロに似合いの勲章なのである。

小川がプレゲトーンから水路に引かれていく様は、「罪深い女たち peccatrici」が自身の家に温泉の湯を引き込む様に喩えられているが、まさに罪から出た涙は、自身の故郷である《罪の根源》ルチーフェロのもとへと引き込まれていく。それはちょうど散った枝葉をその故郷である木の根元に返すのと同じである。

第十五歌

第七圏第三冠状地（男色の罪）

一三〇〇年四月六日（水曜日）
熱砂の中を進む、かつての師ブルネット・ラティーニに出会う。

　いまや、堅固な堤の一方の上を私たちは進み行く。
その上には小川の靄がうっそうとかかっていて、
火の雨から水［小川］と両の堤を守っていた。
　ヴィッサンからブリュージュに至るまでフランドル人たちが、
（満潮時に）襲ってくる洪水［高潮］をおそれて
海が退くための堤防をつくるように、
　またパードヴァ人たちが、トレントの山々が
暑気を感じぬうちに［春になる前に］彼らの町や城塞を守ろうと、[*1]
ブレンタ川の岸に沿って堤を築くように、
　あの堤も、こうした堤に似ていたが、[*2]
ただし、それを造った工匠が誰であったにせよ、[*3]
高くもなければ、厚みもなかった。[*4]
　もうそのとき私たちは森から遠く離れていたので
いくら後ろをふりかえって見ても

森がどこにあるのか判らなかっただろう。
　そのとき私たちは、岸〔堤〕に沿ってやって来る
たましいの一群[*5]に出会った。その一人一人が
新月の夕方、互いの顔を
　見合わせるように、私たちをしげしげと眺めるのだった。[*6]
そして、眉を寄せて私たちに目を凝らす様は
老いた仕立て屋が針の穴に糸を通そうとする時のようであった。[*7]
　こんなふうにこの一族からじろじろと見つめられていると、
その中の一人〔ブルネット・ラティーニ〕が私をみとめ、私の服の裾[*8]を
捉えて叫んだ。「おお、何という奇跡！」
　私に伸ばされた腕に驚いた私は
その焦げただれた容貌をじっと見つめた。
顔が焼け焦げていようと、
　彼が誰であるか見過つことはなかった。
私は手を彼の顔に差し伸べて答えた。「ブルネット先生、
あなたがここにおいでなのですか[*9]」
　すると彼はこう言った。「おお、わが息子よ。[*10] もし
さしつかえなければ、[*11] このブルネット・ラティーニ[*12]は君とともに
いま少し後戻りして、連中を先に行かせたいのだが」
　私は言った。「願ってもありません、是非ともお願いします。

それどころか、もしここに座るようお望みでしたら
私の連れ［ウェルギリウス］さえよいと言えば、そういたします」
「おお、息子よ」彼は言った。「この群れの誰であれ
少しでも立ち止まると、その者は百年のあいだ、降り注ぐ
あの火の雨から身を守れずに横たわっていなければならない。
だから、そのまま先へ進んでくれたまえ。私が君のそばについて行く。
あとでわしの仲間に追いつこう、
自分らの永劫の刑罰に泣きながら進む者たちに」
私は堤を降りて、彼と肩を並べて歩きたかったが、
それは叶わぬ願いだったので、せめてもと
尊敬をこめて歩く人のように頭を垂れて進んだ。
彼は話し始めた。「どのようなフォルトゥーナが、それとも運命が、*13
まだ死んでいぬのに君をこの下界まで導いているのだろうか。
また、君に道を指し示すこの人はだれであろう」
「現世での晴朗な人生のさなか、
私はとある谷で*14道に迷ったのです」と私は答えた。
「まだ齢(よわい)満ちぬうちに*15［三十五歳になる前に］。
その谷に背を向けたのはたった昨日のことです。
私がふたたびそこへ舞い戻ろうとしたとき、この方［ウェルギリウス］が現れて、
いまこの径(こみち)を通って私を家*16へと連れ戻してくださっているのです」

するとかれは私に向かって言った。「もし君が自分の星[17]に従うならば、
君は必ず栄光の港[18]につくことができる。
もしうるわしの世［現世］で私が君について感じたことが正しければ。
　もし私があれほど早く死ななかったら、
天がこのように君をひいきにしているのを見ていた以上、
君の仕事を励ましたことだろう[19]。
　しかし、古代にフィエーゾレから降りて来た[20]
あの邪な忘恩の民[21]は、
いまも山と岩の性質を保ちつづけている[22]。
　君が正しきことを行なうがゆえに、君の敵となるだろう[23]。
それも当然のことだ。すっぱいナナカマドの実のあいだに
甘いイチジクの実がなる道理はないからだ[24]。
　世間では昔から彼らのことを盲人どもと呼んできた[25]。
貪欲で、嫉妬深く、傲慢な輩[26]だ。
彼らの習俗に染まってはならぬ[27]。
　君の運命は多大な栄誉を君に用意しているため、
（黒派・白派の）両派とも君に飢え、貪ろうとするだろう[28]。
しかし、草はヤギから遠くにあって食まれることはない[29]。
　フィエーゾレの畜生どもには互いを秣とさせて
おくがよい[30]。だが、彼らの堆肥の中で

なおも植物が生えるなら、それを獣たちに触れさせてはならぬ。[31]
　あの多くの邪悪の巣［フィレンツェ］が創建されたとき、
その地にとどまったローマ人たちの
聖なる種[32]がその植物の中に生き返っているのだから」
「もし私の希望がすべて叶えられていたならば」
と私は答えた。「あなたはいまでも
人間の生から追われてはいらっしゃらなかったでしょう［ご存命であったでしょう］。
　あなたのやさしい、慈愛にあふれた父のようなお姿が
心に深く刻まれているため、それだけに心がしめつけられます、
時にふれ、現世で、
　どのように人は永遠に生きるかを教えてくださったときの。
私が先生にどれほど感謝しているか、生ある限り
私の言葉を通して示しつづけるつもりです。
　私の行く末についておっしゃったことを心に銘記し、
他の予言とともに、それを解くことのできるかの女性［ベアトリーチェ］に
解き明かしていただきましょう、[33]そこまで行きつくことができるなら。
　ただあなたに知っておいていただきたいのは、
私の良心が咎めない限り、[34]運命の望む
いかなる巡り合わせも受ける覚悟ができています。[35]
　そのような証［予言］は私にとって

真新しいことではありません。それゆえ、フォルトゥーナには
運命の輪を好きなように回させ、田夫には鍬を振り回させましょう[36]」
　するとわが師［ウェルギリウス］は右頬を
後ろへ向け、私を見つめ、それから言われた。
「まさに心に銘記する者こそ、よく聞く者だ[37]」
　行く末の気がかりを措いて[38]、私はブルネット先生と歩きながら
話しつづけ、彼の仲間の中で誰が
もっとも有名で、もっとも地位が高かった者なのか、たずねた。
　すると彼は私に言った。「何人かについては知っておくのは有益だが、
他の者についてはだまっているほうがよいだろう。
多くを語るには、時はあまりに短いからだ。
　つまり、言ってみれば、どの者もみな、
聖職者か、大いなる声望の大いなる学者[39]たちばかりだが、
現世では同じ一つの罪を犯して汚れた[40]。
　プリスキアーヌス[41]がこの惨めな群れに入っている。
それからフランチェスコ・ダッコルソ[42]も。
また、疥癬（かいせん）の類（たぐい）もご所望（しょもう）であれば、見ることもできたのだが、
　すなわち、アルノ川（の町）からバッキリオーネ川（の町）に
僕（しもべ）の中の僕[43]［教皇］によって左遷され、
そこで悪徳へと勃起した魔羅を遺した男［アンドレーア・デ・モッツィ］を[44]。

もっと話したいが、共に歩むも共に語らうも、
もはやこれまでだ。というのも
117 向こうの熱砂から新たな砂煙が見えるからだ。
　私がともにいるべきでない人たちがやってくる。[*45]
わが『宝典』[*46]をよろしく頼む。
120 その中で私はまだ生きている。もはや頼むものは何もない」
　こう言い残して、後ろを向いて去って行ったが、
その（走りゆく）[*47]姿は、ヴェローナの野で緑の優勝旗を
123 競って走る人たちのように見えた。その中でも、
124 　勝者のように見えた[*48]、敗者ではなく。

第十五歌注釈

＊1　春の雪解け水による洪水に備えて堤を堅牢にする。

＊2「あの堤」と言われるのは、作者ダンテが今、地上で回想しながら、執筆しているため。

＊3「それを造った工匠が誰であったにせよ」とは、「神のほかに誰がいようか（神以外にあり得ない）」という意味。地獄は神によって創造されたのであり、堤もその一部。

＊4　神の造ったこの堤は高くない。23－24行と40行に示唆されるように、人間の背丈よりも少し高いほどであり、幅も人一人が通れるほどである。このため、ダンテとウェルギリウスは並んで堤の上を歩くことができない。まさに重要な言及である。

＊5　男色者たちの集団を指す。瀆神者たちが火の雨の下に固定されているのに対して、男色者たちは絶え間ない動きを科せられている。この絶え間ない動きこそが男色者たちの特徴（リビドー）をなしている。

＊6　堤の上を歩いていく者たちがいるという前代未聞の光景に、魂たちが好奇心に駆られて眺め入っているが、その見つめ方は他の地獄の囚人たちとは違う独特のものである。

＊7　英国の詩人・批評家のマシュー・アーノルド（一八二二－一八八八）は、ダンテのこの仕立て屋の直喩を激賞しているが、残念ながら、その真の意味には気がついていない。ダンテの詩は日常の鋭い観察眼に支えられているが、単に卓抜な詩的描写で終わらない。そこにはまた同時に深い次元での暗喩が隠され、幾重にも層をなしている。ダンテの詩の本質は、そこにある。

＊8　第16歌8行目で明かされるように十四世紀フィレンツェの公職者や地位のある市民・学者が纏っていた衣服をルッコと呼ぶ。服の下の裾を摑むことができることから、ダンテが長くゆったりとしたトゥニカに似た服を着ていることが判る。ルッコの色はおよそ黒か赤である。この描写から、『神曲』の挿絵でダンテはルッコをまとった姿で描かれる。また、堤の下から手を伸ばして裾を摑めることからダンテの歩いている堤の高さが人間の背丈よりも少し高いほどであることが判る仕掛けとなっている。ダンテの詩は細部に至るまで考え尽くされており、一語として無駄がない。

＊9　この詩句は通常の疑問文ではない。あの偉大な先生がこのような場所にいらっしゃるとは、という信じ難い不釣り合いに驚くダンテの遺憾極まりない気持ちが示されている。地獄でダンテが敬称のvoiを用いる三人目の人物（最初の二人は第十歌のファリナータとカヴァルカンテ）が、師のブルネット・ラティーニである。

＊10　この呼び掛けからも判るように、ブルネットは大学で教授然として座っている人物ではなく、父親のような家族的な親密さをもって生徒と交わる人物として紹介されている。ブルネット・ラティーニ（一二二〇年頃生）は公証人、政治家、詩人、文学者として多彩な活躍をしたダンテの時代のフィレ

ンツェを代表する知識人。一二五九年、モンテヴァルキのコムーネ政府の顧問。翌年、シエナ人と亡命皇帝派に対抗すべく援軍を求めて、カスティリアの王アルフォンソ十世（一二二一―一二八四）の許に外交使節として派遣される。帰国の旅の途上ロンチスヴァッレで教皇派のフィレンツェ軍がモンタペルティの戦いに大敗を喫した（一二六〇年九月四日）ことを知らされ、外交使節の務めは意味なきものとなる。このとき、ブルネットはフィレンツェに帰還するよりもフランスに亡命する方が賢明だと判断した。その後、主に北フランスのアルトワ（現、ノール・パ・ド・カレ地方）やピカルディで様々な文学的・詩的著作を著す。一二六六年、ベネヴェントの戦いで教皇派が勝利したことで、ようやくフィレンツェに帰国する。様々な公職・要職に就いた後、ダンテが二十九歳の時（一二九四年）に死去。彼は、当時、文学者としてもまた政治家としても最大限の声望と尊敬を集める人物であった。文学者としてはキケローの様々な著作を俗語に翻訳し（例えば『発想論 *De Inventione*』の翻訳と『修辞学 *La Rettorica*』の注解）、またオイル語（中世の北方フランスの俗語）で百科全書的――歴史・自然学・地理学・芸術・哲学・倫理学・政治学などの諸分野を含む――著作『宝典 *Li Livres dou Trsor* (*Trésor*)』を著した。年代記作者のジョヴァンニ・ヴィッラーニは彼をこう評している。「偉大な哲学者であり、修辞学の至高の達人であった。（中略）フィレンツェ人を教化し、フィレンツェ人に話法を教え、知を施し、政治学に従ってわれわれの政府をいかに支え導くべきかを教えた師であった」（『年代記』第八巻一〇）

＊11　ここでは話者の願望・祈願を表わす接続法が使われており、ブルネットの心情が示されている。つまり、この今の自分の惨めな状態と罪が、かつての弟子の心に侮蔑的な嫌悪感を引き起こしているのではないかという危惧が、このような丁重な表現（次行の「いま少し」を含め）となって表われている。

＊12　ここでブルネットが、「私」という一人称を用いないで、自分のことを三人称で述べているのは、ダンテの呼び掛けに間違いのないことを伝えるためでもある。ブルネットはそうした心配りのできる繊細な一面を持っている。

＊13　ブルネットは自分のかつての弟子が今こうして生き身で地獄を旅していることがいかに特別なことであるかを完全に意識しており、そこに表われ出ている奇跡が「神の御業（運命 destino）によるものなのか、それとも神の僕（しもべ）（フォルトゥーナ）の御業によるものなのか」と訊ねている。生前ブルネットが弟子の中に天の特別の配慮を直観していたものが、このような奇跡的な形で表わされているのを知り、自身の直観が正しかったことを踏まえて、このように訊ねている。決して「いかなる偶然から地獄に生き身でやって来たのか」と訊ねているわけではない。ダンテは第一原因を神による《運命 destino》、第二原因を神の僕による《フォルトゥーナ fortuna》で表わしている（第三十二歌76）。将来ダンテに向

けられるフィレンツェ人からの敵意（70－71行）は、まさに神の僕フォルトゥーナによって望まれたものであり、だからこそ、ダンテにとって最高の栄誉となる。

＊14　言うまでもなく、第一歌の最初の部分を指しているが、ブルネットに敬意を表して彼の著作の表現を借りた言い方をしている。「私は大いなる道を失い、異様な森を横切る径へと向かった」（『小宝典 *Il Tesoretto*』一八八－一九〇）

＊15　ダンテは『饗宴』第四巻第二十三－二十四章で人生の区分について論じているが、その中で生命力と精神能力が頂点を迎えるのがおよそ三十五歳だとしている。「齢が満ちる」のは三十五歳であり、ダンテは五月末か六月初めの生まれであることから、彼岸の旅のこの段階ではまだ満三十五歳になっていない（三十四歳）ことが明かされている。ここからも地獄篇冒頭句の意味を「ダンテ三十五歳のこと」と解すべきでないことが裏書きされる。

＊16「天の祖国への帰還」（ベンヴェヌート）を意味している。ボッカッチョも「私たちの家……私たちはそこの市民である。私たちはみんな天の市民である。その天で私たちの魂は創造されたのだから」と記している。

＊17「自分の星」とは「神の恩寵が汝に示す道」「汝に神が課す使命（至高の目的）」のこと。

＊18　ブルネットがダンテに予告する「栄光の港」を、文学的声望や政治的な栄誉と解する考え方は慎まなければならない。なぜなら、ダンテにとっても、またブルネットにとっても、名声 fama と栄光 gloria はまったく異なる二つの概念だからである。名声 fama は、それがどれほど続くにせよ、ある時間内に限定される。対して、栄光 gloria は永遠の次元にかかわる。ダンテは『饗宴』第四巻二十八章三－四で、まさに神を港に喩えており、その港から魂は出港し、この世の大海原へとやって来る。ブルネットは、ダンテの文学的声望でも政治的栄誉でもなく、永遠の港である神の御許に辿り着くことを予告している。

＊19　ブルネットがダンテの「仕事 opera」に「励まし conforto」を与えてやることができなかったことを悔やむ時、この「仕事 opera」が詩作上のことなのか、政治上の活動なのかと、二者択一で臨む従来の解釈は還元主義の誹りを免れ得ない。ダンテがわざと opera という曖昧な言い方をして特定化を避けているのは偶然ではない。この語は、彼の活動すべてを唯一の目標達成へ向けて目的化しようとするだけでなく、神から課された特別の使命を果たすために全身全霊を以て仕えるダンテの全人格的活動を指しているからである。だからこそ、包括的な単語 opera が使われている。「励まし conforto」という語に関して言えば、具体的な支援内容を指さないこの表現から、一般に政治家としての心構えや政治的助言などと推測されてきた。しかし、opera と同じく、このような特定の意味で解すべきではない。というのも、この語は、ある特定のシチュエーションでのみ用いられる特別な語だからである。『神曲』においてダンテはこの「励まし conforto」に幾度も

頼ることになるが、それは常にダンテが冥界の旅の途上でウェルギリウスとベアトリーチェから受けるものであり、（第四歌18〈17〉、煉獄篇第三歌22、第九歌43、第二十三歌124、天国篇第十八歌8）、霊的・精神的なもの以外で用いられることはない。従って、ブルネットがこの語を使用しているということは、彼がウェルギリウスやベアトリーチェと同じように、ダンテの特別な使命遂行に際して最も適切な霊的助言を与える資格のあることを証している。ブルネットは生前においては星を読み、死後は、あの亡者特有の未来を読む力を備えている。それ故、彼はこの詩行で「ダンテの特別の使命遂行に際して、自分がダンテに適切な助言と精神的な励ましとなることができただろうに」と言っているのである。

＊20 中世に流布していた伝説に依れば、フィレンツェはカエサルの時代ローマ人によって建てられ、植民してきたローマ人とフィエーゾレから降りてきたエトルーリア人が住んだという（フィエーゾレ人は反逆者カテリーナを支援したために、少し前に破壊され、住む町を失っていた）。フィレンツェの道徳的な貴族階級はローマ人の子孫に由来し、フィエーゾレから降りてきたエトルーリア人の末裔は、山の生活、すなわち、田舎臭く粗野で頑固な性格を保ち続けたとされる。「フィレンツェ人が絶えず闘争に明け暮れ、互いに紛争を繰り返してばかりいることに何も驚く必要はない。それは、風習も気風もまったく異なる敵同士の二つの民族からフィレンツェ人が生まれたからである。すなわち、一方は有徳の高貴なローマ人を祖先とし、一方は粗野で気性の荒いフィエーゾレ人を祖先としているからである」（ジョヴァンニ・ヴィッラーニ『年代記』第一巻三八）

＊21 ブルネットは「忘恩の ingrato」という言葉で、ファリナータが第十歌で行なったように、非常に間接的な言い回しで一三〇二年に起こるダンテの追放を予告している。ダンテのフィレンツェ市政に対する貢献は忘恩によって報いられることになる。

＊22 ボッカッチョは次のように解説している。「《山》によって粗野で非文化的な性質が、《岩》によって自由で市民的な気風に従おうとしない頑固な性質が比喩されている」

＊23 いつの時代でも転倒した社会や組織では正しき者は、その正しさゆえに、忌み嫌われることになる。第一の予言は第六歌のチャッコによって、第二の予言は第十歌のファリナータによってなされたが、第三の予言がブルネットによってなされる。

＊24「甘いイチジクの実」はローマ人を祖先とするダンテを指し、「すっぱいナナカマドの実」はフィエーゾレの末裔を指す。

＊25 フィレンツェ人の盲目さは諺になるほど有名だった。「われわれフィレンツェ人は、その欠点と不和のために、昔から流布した諺によって《盲人ども》と呼ばれている」（ジョヴァンニ・ヴィッラーニ『年代記』第十二巻一七）。ダンテが言おうとしているのは、フィレンツェ人は自分たちを利

口者と信じ込んでいるが、内実は、三つの致命的な悪徳によって道徳的に盲目となっている。この盲目性からフィレンツェ人は、ダンテの行為の正当性も価値も解らず、追放刑に処してしまう、というのがブルネットの真意。

＊26　第六歌74行ですでにチャッコがフィレンツェの三つの悪徳として「傲慢と嫉みと貪欲」を挙げていた。ここで着目すべきは、ブルネットの語順は逆になっているが、嫉妬が常に中央に位置している点である。『神曲』の構造においても嫉妬がその中心において論じられている。

＊27　ブルネットのフィレンツェ人に対する非難は、ダンテの考えをそのまま代弁しており、二人はこの点でもまったく軌を一にしている（「第六書簡」二十四、天国篇第六歌53－54参照）。次の第十六歌73－76で三人の同郷の者たちに向けて、ダンテは地上のフィレンツェに向けて叫んでいる。十六歌のこの告発の中には、ブルネットがフィレンツェ人たちに投じた皮肉と侮蔑に充ちた表現が文字通りこだましている。ブルネットの予言によれば、悪しきフィレンツェ人たちは、ダンテのように古の価値を再建するために闘おうとする者を何としても妨害しようとする。それゆえ、ブルネットがダンテを「甘いイチジクの実」に喩えて称揚しているのも、ブルネットがダンテと同じ考えを有しているからである。この点でも師弟がぴったりと重なり合っているが、それは二人が同じ歩調で共に歩いていくところに寓意化されている。

＊28　「君は白派・黒派の両派からかくも迫害される栄誉を得るだろう」（モミリアーノ）の意味。未来の見えるブルネットの視点から言えば、フィレンツェ人の敵意は詩人の栄誉となる。悪しき者たちの中で善を為せば、敵意でもって報いられるからである。悪しき者たちの敵意は善なる行為を行なっている証に他ならず、ダンテの栄誉となる。ダンテ自身、カンツォーネの中でこう述べている。「私に与えられた追放を、私は栄誉とみなしている」（*Tre donne intorno al cor*, v. 76）正しければ正しいほど抵抗は大きく、それは詩人にとって大いなる栄誉となる。第十四歌のカパネウスの飾りとは正反対であり、これこそが、真の栄誉の勲章に他ならない。

＊29　白派のダンテに死刑判決を下した黒派は、身柄が手に入れば、死刑に処すことを望む。一方、亡命の憂き目に遭った白派は捲土重来とばかりに、武力によってフィレンツェを奪還しようとするが、ダンテはこの武力計画に反対した。計画に加わろうとしないダンテは白派から裏切り者とみなされ、そのため、白派とも袂を分かち、一人孤高の道を歩むことになる。白派は、白派を捨てたダンテに復讐を望み、捕えようとした。しかし、両者がいくら飢えてダンテを復讐の対象にしようとも、「草はヤギから遠くに」ある。すなわち、「善き草［草は善の象徴］であるダンテが、飢えたフィレンツェ人によって貪り食われることはない」。

＊30　「このような輩たちには、互いに争奪を繰り返させ、互いの平穏を破り合わせ、代わる代わる不幸にさせ合えばよい」ということ。ダンテ自身こう述べている。「今やイタリアで

は、住民たちは戦なしには夜も日も明けぬ。しかも、同じ城壁、同じ堀に囲まれて暮らす者どうしが相食み、互いに不幸にし合う」（煉獄篇第六歌82－84）。このような民の人生には何の実りもなく、心の進歩は一つもない。だから、そのような者たちを相手にするな、とブルネットは述べている。

＊31「植物」とは、「ローマ人の聖なる血を引く非凡な人物」すなわち、ダンテを指している。「秣 strame」と「堆肥 letame」が韻を踏み、フィレンツェ人が「秣」と「堆肥」に喩えられているが、これによって、フィレンツェ人が「秣」の役を果たすだけでなく、その秣を食べた獣が出す糞尿によって肥やしの役割をも同時に果たし、「甘いイチジクの実」をならせるということが意味されている。つまり、フィレンツェ人が逆境と反面教師の役を果たしてくれるお陰で、その逆境が反対に肥やしとなって甘い果実を生み出させる。それ故、ブルネットには、すべてがはっきりと解っている。耐えがたい逆境も、それが、高貴な植物には最も大いなる栄養となるということが。これも、第十三歌で述べたように、『神曲』の重要な主題である。「どれほどの達人であっても、火がなければ鉄を鍛えることができない」（ミケランジェロ）ように、鉄に生まれついた者は、強い本物の鉄となるために、運命の打ち下ろすハンマーによって鍛えられる。不幸は人を鍛える。逆境は、鉄が真の鉄となるために不可欠な条件であり、だからこそ、逆境は鉄の勲章となる。

＊32「ローマ人たちの聖なる種」とは、ダンテを指す。つまり、ダンテは、フィレンツェの古い貴族の家系すべてと同様に、自身の家系を古代ローマ人の子孫と考えている。またダンテにとってローマは聖なるものであった。なぜならキリスト誕生のために帝国の首都として天から選ばれたからである。従って、ダンテにとってローマはその路傍の石に至るまで畏敬に値するものだった（『饗宴』第四巻第五章六、一二〇参照）。ここで重要なのは、地獄のいかなる囚人も、ブルネットほど聖書から引用したイメージを繰り返し用いることはないという点である。とりわけフィレンツェ人に対する非難の中には異例の頻度で聖書からのイメージが用いられている。これが意味するところは、ブルネットが単にダンテの道徳的・政治的な公正さを称揚しようとしているだけではなく、ダンテに課された使命の神聖さを、聖書の神聖なイメージで裏づけ強調しようとしていることにある。例えば、甘いイチジクがそうである。聖書では、旧約であれ、新約であれ、甘いイチジクは《神の贈り物》であり、人間はその果実から極めて貴重な恩恵を引き出すことができると語られる。同じく、72行目の「草 erba」や76〈78〉行目の「聖なる種 sementa santa」も霊的な価値を意味している。加えて、ブルネットは地獄の囚人たちの中で唯一、形容詞「聖なる santa」を口にする人間である。また、ダンテの敵として登場する「ヤギ becco」（72行）は、ちょうど「草」と反対の位置に置かれている。天国篇第二十五歌5においてダンテは「子羊 agnello」に喩えられることから、一つの象徴的な関係が打ち立てられる。ダン

テ（草、子羊）：フィレンツェ人（秣、肥やし、ヤギ）という関係である。「最後の審判において、人の子は正しき者たちと悪しき者たちを分けると聖書に語られているが、この時、まさに正しき者として右に羊が、悪しき者として左にヤギが置かれる」（ディ・ペトラ）。従って、ブルネットがダンテについて聖書のイメージをちりばめて話すのは、神から課されたダンテの特別の使命を完璧に意識しているからである。ブルネットは、単に政治的な予言を行なうべく限界づけられているのではなく、神がダンテに課した使命の意味がよく解っている。ちょうど生前に直観していたように。そして、ダンテが天国でカッチャグイーダの最も権威ある声から聞かされる内容によって、ブルネットの言葉は完全に裏づけられることになる。

＊33　実際はベアトリーチェではなく、天国篇第十七歌で高祖父カッチャグイーダから説明を受けることになる。

＊34　ダンテはここで自身の良心に反して行なうことは何もないことをブルネットに知ってもらおうとするが、ここでの「良心」とは、ブルネットから受けた教えによって揺るぎないものとなった価値体系、今や血肉化した価値体系のことを表わしており、それが今は亡き師の代わりにその役を果たしていると述べている。「あなたが私の心に植え付けてくださった良心、すなわち、あなた自身の身代わりを私は心に持っていますから、ご安心ください」と。

＊35　敗北が避け得ない必然ならば、それを喜んで受け容れるということの言葉は、神が自分に受けさせる試練を恭しく頂戴するという宣言に他ならない。なぜならフォルトゥーナは神の僕であり、その回転には――それがどんな逆境であろうと――神の意志が込められているからである。このように、ブルネットとダンテの考えがフォルトゥーナ観において軌を一にしていることから、次の鍬を手にする農夫の話も、ブルネットの話と軌を一にしていることが判ってくる。

＊36　ボッカッチョや初期注釈者アノーニモがはっきりと理解していたように、ブルネットが野蛮な無法者として侮蔑と共に語った（61－63行）執拗に危害を加えることになるフィレンツェ人を、ダンテは田夫に喩えている。実際、ダンテは普遍的帝国に反対する者たちを「田夫 villani」（煉獄篇第六歌126）と呼び、フィレンツェの頽廃を「アグリオンの田夫」（天国篇第十六歌56）がフィレンツェに移住してきたためだと高祖父カッチャグイーダに言わせている。鍬を振るってダンテを脅すこの田夫は、重大な使命を担う者に内なる勇気があるかどうかを試すためにフォルトゥーナが用いる道具に他ならない。第七歌でも見たように、ダンテは、運命をこのように捉える。ここがダンテの到達した素晴らしい境地である。ダンテにとっては、どんな逆境も、神がフォルトゥーナを使って遣わす試練であり、自分にとって不可欠でかけがえのないものとなる。逆境さえ、神の座から見るならば、祝福に変わり得るのである。

＊37　フォルトゥーナに挑む気など微塵もないことを述べるダ

ンテを、ウェルギリウスは強く承認している。それはウェルギリウスのゆったりと厳かな仕草「右頬を後ろへ向け」にも示されている。右へ向けることは賛意を示す仕草であり、ダンテをまじまじと見つめて話を始める前に、一呼吸置いている（98−99行）のが、そうである。ウェルギリウスがダンテを褒めるのは、第十歌のファリナータの予言の後でダンテに行なった自分の忠告にダンテがしっかりと従っているからである（第十歌127−132）。ウェルギリウスは「銘記する notare」という動詞を使っているが、これは承認と同時に、明確な奨励となっている。驚くべき冒険が書き記されることになる『神曲』の中に書き写して、万人にそれを知らせなければならないからである。このため、ウェルギリウスはブルネットと歩調を合わせて、ダンテにその使命の重要性を繰り返し、ブルネットから聞かされた言葉を万人のために忘れず心に刻むよう促している。のちに地上楽園でも同じようにベアトリーチェからも世の人々にしっかりと伝えるよう促されることになる（煉獄篇第三十三歌52−54）。一方、ウェルギリウスのこの承認は、ブルネットに対する暗黙の尊敬を暗示している。ブルネットの言葉は心に銘記され、皆に知られるべきものだとウェルギリウスはみなしているのである。ファリナータの予言の際にウェルギリウスが述べた言葉とは違って、弟子の未来に関する部分だけでなく、その対話全体をよく覚えておくように強調している事実が、そしてアフォリズム的に示される絶対的な表現が何よりもそれを物語っている。同じく、ダンテがブルネットに採った恭順の態度にウェルギリウスがいかなる条件も付けることなく無条件で賛同し、自身の承認をブルネットの前で明らかにしたことも意味深い。

*38 トンマゼーオはこう注解している。「このようなウェルギリウスの（称賛の）言葉も、悲しき未来の予言も、私の知りたいという欲求を妨げることはなかった」

*39 ここには現世での業績の大きさと、死後の魂の悲惨さが対照的に語られている。地上の名声と地位がいかに大きかったとしても、魂の永遠の尺度を前にするとき、地上の人間的な尺度が何一つ役に立たないこと、魂にとっては無縁であることをダンテは強調している。

*40 ダンテはここで「聖職者 cherci」と「汚れた lerci」に韻を踏ませている。すなわち、両者が不即不離の関係にあることを示しているのである。

*41 西洋古典学の世界では今なお有名な五−六世紀の文法学者。マウリーターニアのカエサレーアで生まれ、コンスタンティーノポリスでラテン語を教授する。彼の著作『文法教程』（全十八巻）は古代末期に大きな成功を収め、中世の時代すべてを通じて人文主義の時代まで最高の権威として文法の基本図書となった。中世の時代、ドーナートゥスの著作とプリスキアーヌスのこれが学校で用いられ、非常に普及していた（ボッカッチョもそれについて言及している）。プリスキアーヌスが同性愛者であったかどうか、確かな証拠は残っていない。彼の男色者としての罪に言及する文献（証言）は、

現在、ダンテのほか、ウグッチョーネの『語源論』における暗示――カエサル風恋愛――しか残っていない。彼は背教的司祭（修道士）と信じられていた。また、ボッカッチョが説明しているように、初期の注釈家たちにとって「教育者・教師 *paedagogus*」はほとんど男色者と同義であった。小さな閉鎖社会（寮、学校、刑務所など）においては――現代でもそうだが――教師の言いつけはどんなに理不尽であっても、若い生徒は従わざるを得ない立場にある。この服従的隷属関係が教師の同性愛的行為を助長させていた。このため、中世では教師は容易にこの罪に陥りやすいとされていた（し、実際そうであったろう）。

*42　一二二五年、フィレンツェ人を父としてボローニャに生まれる。長じて、父と同様、有名な法律家、ボローニャ大学の民法の教授になる。その後、その高名によりイギリスの王エドワード一世によってオックスフォード大学に招聘される。一二九三年ボローニャにて死去。

*43　教皇グレゴーリウス・マグヌス（六世紀）の時代から教皇は「神の僕の中の僕 *servus servorum Dei*」と呼ばれた（「マルコ福音書」十：四四参照）。ここでは教皇ボニファーティウス八世を指している。

*44　フィレンツェの有名な貴族の出で、一二七二年にフィレンツェの司教座聖堂参事会員、一二八七年には司教となる。しかし、不徳がたたり、一二九五年、教皇ボニファーティウス八世によって「アルノ川の町（フィレンツェ）」から「バッキリオーネ川の町（ヴィチェンツァ）」に左遷され、同年（あるいは翌年）同地にて死去。ダンテの同時代人・同郷人であり、ダンテは直接彼の風説を知っていたと考えられる（実際、その描写の具体性からも、他の二人とは明らかに異なっていることが判る）。「遺した」とは「残して死んだ」の意味。死して初めてこの男色行為を止めることになったことが、さらに言えば、この行為を死ぬ直前まで続けたことが明かされている。「魔羅」と訳した原語の nervi は、当時のイタリア人で知らぬ者はいない「ペニス」の隠語であり、ラテン文学以来、この意味でよく用いられた。この卑俗な語彙の意図的な使用は、ブルネット自身が、いかにこの罪を唾棄すべき卑しいものとみなしているか、そしていかにその罪を客観的に意識しているかを示している。ここでブルネットは三人の代表例を挙げているが、最初のプリスキアーヌスは聖職者にして学者であり（実際は聖職者ではなく、四世紀の異端の司教プリスキッリアーヌス［三三五／三四五－三八五］とダンテは混同しているが）、二番目のフランチェスコ・ダッコルソは聖職者ではなく、学者であり、三番目のアンドレーア・デ・モッツィは聖職者であるが学者ではない。ダンテは意図的に三種類の人物を選んでいる。どの例も、学者か聖職者であり、106－108行目で述べたことを例証している。

*45　ブルネットの属する集団とは異なる別の男色者の集団。ブルネットたちは、この別の集団とは一緒にいることができない。

＊46　知識の宝庫と言われるこの著作はまた、ブルネット自身が誇り得る彼の唯一の宝であると同時に、その著作の中で最上の彼が生き続ける唯一の希望でもある。
＊47　毎年、ヴェローナ郊外で徒競走の大会が開かれていた。ボッカッチョによれば、走者たちは真っ裸で走ったという。勝者には緑の織物（パリオ）が与えられた。
＊48　ダンテはここで意図的に二回続けてpareという動詞を用いている。この推測の動詞はあくまでも視覚情報から来る推測でしかなく、「一見したところ、外観は〜に思えるが」の意味で用いられている。従って、多くの注釈者が誤って理解しているが、「彼は一見したところ、外観は勝利者に見えた」ということであり、「内実は敗者であった」ということを意味している。

第十五歌解説

第十五歌の大問題として、なぜダンテがブルネット・ラティーニという優れた自分の師を地獄に置いたのか、しかも男色という不名誉な圏に置いたのか長らく論じられてきた。『神曲』が教科書として中学から大学までイタリア全土で用いられていることからも、イタリアの教師にとってこれは看過できない問題でもあった（自分の教え子から地獄に堕とされる物語は——しかも、男色という性的な罪のため——教師にとって扱いにくく、従って、学校では第十五歌は短時間で通過される傾向にある）。このため、多くのダンテ学者が、男色の罪を教師から取り去ろうと多くの論文や書籍を著してきた。

一番有名な例は、フランスのダンテ研究の大家ペザールのものである。彼はブルネット・ラティーニが第七圏で罰せられているのは男色の罪のためではなく、彼が著作を母語のイタリア語（トスカーナ方言）ではなく、外国語のオイル語で書いたため、自然に反する罪を犯したと主張した。この解釈はかなりの支持を受けたが、テキストはそうした解釈を許容しない。119行目でブルネットは自身の最大の著作を、オイル語の原題「Trésor」ではなく、イタリア語で「Tesoro」と呼んでいるからである。これは、ダンテがこの著作が外国語で書かれたという事実にことさら心煩わされることがなかったことを明かしている。もしペザールが主張するように、オイル語で書いたことが自然に反する罪とみなされ、それが地獄堕ちの真の理由であったなら、ダンテはブルネットに間違いなくオイル語で「Trésor」と言わせていたはずだからである。従って、この一言からもペザールの主張が誤りであることが裏付けられる。その他、ブルネットが普遍的な帝国の聖性を侵し、哲学を自治政府の僕（しもべ）に服させたためであるとか、異端のカタリ派に同調して人間の善性の教義に対する拒否の態度を採ったためであるとか、まったく見当違いの解釈を施す研究者もいる。しかし、こうした研究ほど空しいものはない。ダンテが男色の罪としてこの冠状地を設定し、そこに自分の恩師を置いている以上、この厳然たる事実は変えようがないからである。ブルネットから男色の罪を取り除こうとするこじつけの解釈は当時の歴史的背景に対する無知を露呈しているだけでない。テキストを読み解くことなく、ダンテの意図を無視して自身の恣意的な偏見を混入させることは検事調書を捏造するような研究倫理に悖（もと）る行為である。

　同性愛は中世では死に至る大罪として断罪されてきた。ダンテも中世の狭量な判断を踏襲しているという点で過ちを犯している。これはダンテの限界として認めなければならない。どんなに偉大な詩人でも誤った見解を持ち得る証左である。だが、それは、地球が太陽の周りを回っていることも知らなかった科学的知見のない時代の限界であり、ダンテ一人に帰することはできない時代の限界である。現代では必然的に人口の（少なくとも）四％は同性愛者として生まれてくることが明らかになっている。それは罪ではなく、単なるDNAとホルモンの問題に帰属し、道徳とは一切関係ない（自分がたまたま、四％に入るか、九六％に入るかの確率の問題でしかない）。このことを明確にしておいて、ダンテの視点からこの歌章に解説を加えよう。すると、第十五歌では男色が主要な主題になっていないことに気がつくであろう。自分の師が一つの罪から抜けられなかった。それがたまたま男色だっただけであり、他の罪でもこの主題に変わりはない。実は、男色は表向きの狂言回しに過ぎず、この歌章の本質は別なところにある。紙幅の制約からそれだけに焦点を絞って、他は割愛しよう。

　ブルネットに対する従来の見解は偏見に満ちており、それがダンテのテキストの正しい解釈を阻んできた。一つは男色の罪から生じた偏見であり、一つは地獄の亡者に対する偏見である。ブルネットが地獄にいることから彼には地上的・世俗的な視点しかなかったとされ、彼の人となりは全否定されてきた。かくして霊的なものを求める弟子ダンテに対して、まったく霊性を欠いた師ブルネットという対照的な図式で捉えられてきた。しかしこれは大きな誤りである。地獄にいるからといって、ブルネットの人間的価値が減じることはない。これを見誤って、地獄の住人を全否定しては、作者の意図を過つことになる。罪を憎んで人を憎まず、なのである。

　地獄には二種類の人間がいる。一つは複合的な罪人であり、坂を転げ落ちるように、様々な罪を呼び込んで罪のデパートを呈するタイプである。下層に行けば行くほど、囚人たちはそれ以前のすべての罪を兼ね備えるようになる。一方、もう一種類の住人はたった一つしか罪を犯さなかった者たちである。フランチェスカやブルネットがそうであるように、どんな素晴らしい人間でもたった一つの罪のために身を滅ぼしてしまうことがここで扱われている。ブルネットはダンテと対照をなすような人物ではない。それどころか師と弟子は同じ価値観、同じ思想を共有している。それは、師が弟子に教えたものだからである。弟子が有する価値観は師から教わったものであり、そのため両者の息はぴったり合っている。ダンテはブルネットを地獄に見出した後も、変わらぬ畏敬の念を表わし続けており、師を心から敬愛していることが、その証左である。ダンテが昔と変わらずブルネットを師 maestro と感じている手がかりは他にも見出される。例えば、46行目の「彼は話し始めた El cominciò」に着目してみよう。この動詞の使い方は、一見したところ、いささか不適切に見える。なぜなら、ブルネットはすでにかなり前から話し始めているからである。

①「その中の一人が私をみとめ、私の服の裾を捉えて叫んだ。『おお、何という奇跡!』」(23–24行)

②「すると彼はこう言った。『おお、わが息子よ。もしさしつかえなければ』」(31–32行)

③「『おお、息子よ』彼は言った。『この群れの誰であれ……』」(37行)

④「彼は話し始めた cominciò。『どのようなフォルトゥーナが、それとも運命が……』」(46行)

実に、四回目の発言に際して、ブルネットは「話し始めた」とダンテは言っている。なぜここで「話し始めた cominciò」という言い方をしたのだろうか。実は、煉獄篇第十七歌92においても、同じ意味で「彼は話し始めた (cominciò el)」が使われている。それは、ウェルギリウスが愛についての極めて重要な講釈を始める場面である。ダンテが「始める cominciare」という動詞を使うのは、ここから話の内容がマージナルなものから本題に変わる場面において、今から師の《講義》が始まると言うためである。すなわち、「自身の講義を始めた」の意味でダンテは「話し始めた cominciò」という動詞を使っており、従って、この動詞の裏に隠された意味は「師は、生前折りあるごとに講釈を始められたように、ふたたび講義を始められた(本題に入られた)」を意味している。この動詞はダンテがブルネットを今もなお自分の師として認める印となっているのである。

次に、「人は永遠に生きる」(85行)という語句の意味を明らかにすることで、ブルネットが弟子に何を教えたかを知ることができる。これまで、この一節は永生の「名声」を得るという意味で解されてきたが、これも大きな誤りである。既存の解釈は『宝典 *Trésor*』の中で神学的な問題も扱われているという点を見落としているからである。ブルネットが地上的・世俗的な事柄にのみ目を向けていたとする伝統的な見解は予断から生じたもの以外のなにものでもない。初期の注釈者オッティモは次のように正確に見抜いている。「(ダンテが師ブルネットに対して恩義を感じているのは、)師の教えが人を悪徳から離れさせ、神学的・道徳的な徳を身につけさせるものであり、それを通して人が真の至福に達する教えを受けたためである」。オッティモが指摘しているように、対神徳についての言及が『宝典』の中で主要な割合を占めていないとしても、まさにそうした問題が、折あるごとに二人の会話の中心を占めていたと想像することができる。少なくとも地上的・世俗的な事柄のみが二人の会話を占めていたとは決して言えない。そもそもダンテは非常な恩義をブルネットに感じ、それを「生ある限り（一生かけて）」言葉にしていく決意を表明している（86－87行）以上、それが単に世俗的なものであるはずがないことは言うまでもない。

また、ダンテがこれほどまでに感謝の気持ちを抱くブルネットの教えを、修辞学的・文学的な種類のものか、それとも倫理学や市民としての責任に関するものなのかという単純な二者択一的な議論にすり替えてもほとんど意味がないことを最初に押さえておく必要がある。なぜならダンテにとって、教育的な目的を欠いた文学も、社会にいかなる作用を及ぼさないような修辞学も考えられ得ないものだからである（そもそも修辞学は裁判や政治に資するために開発され発展した学問である）。ダンテにとって、それらは表裏一体のものとして理解されている。またブルネット自身にとっても、修辞学の真の機能は政治活動を最も効果的に支えるものであった。それ故、ダンテが得た貴重な教えとは、永遠に到達するために最もふさわしい行為に関するものしかあり得ない。ダンテの教育にブルネットが携わったことは揺るぎない事実であり、ブルネットだからこそなし得たことをダンテは報告している。

ブルネットは、生前そうであったように、死後も、自分の弟子の異例さを明確に意識している態度を示している。フィレンツェ人の悪意に対する激しい告発が聖書の響きでちりばめられているのも偶然ではない。ブルネットがかくもフィレンツェ人を激しく告発しているのは、彼らがダンテの中に示された神の意志に盲目的に盾突こうとするからである。ブルネットの告発を、神の意志を曲げる者たちに対して発せられた断固たる非難として読んでこそ、初めてその告発は真の意味を獲得することになる。

また、この詩行に登場する用語の多くをダンテがいつもと同じように用いていることを知るならば、この詩行が永遠の名声を意味するものではないことがはっきりとする。「永遠に生きる（永遠となる）こと etternarsi」（85行）を、文学的名声（高名）を達成することとみなしてはならないのは、まず第一に著作の中で生きることと永遠となること etternarsi は同じものではないからである。ダンテの用いる用語からも、これは裏書きされる。というのも『神曲』の中でダンテは etternarsi という語をここでしか用いていないからである。この動詞の同族の語彙の形容詞「etterno/etternale 永遠の」、副詞「etternalmente 永遠に」、名詞「永遠 etternità」のどれをとっても、地球上（人間時間）の事柄に関して用いられることは一度もない。言うまでもなく、《人々の記憶》や《声望》は人間時間——残り六五〇〇年——の領域のものであり、決して永遠の世界のものではない。ダンテの依拠する文化的伝統にとっても、またダンテ自身にとっても、《人間時間 *tempus*》と《永遠 *aeternitas*》は互いに比較し得ない二つの実体であり、むしろ根本的に対立する概念である。煉獄でダンテの友人オデリージ・ダ・グッビョは、こう述べている。
「千年の月日も、《永遠》に比べれば、短いものだ。恒星天の一回転である三六〇〇〇年も、測り得ないもの（永遠）から見れば、瞬き一つにも足らない」（煉獄篇第十一歌106－108）
ダンテ自身、至高天に達したとき、この二つの時間の間には、腐敗したフィレンツェと天のエルサレムと同じほどの距離があると述べている。
「人間の領域から神の領域へと、《人間時間》から《永遠》へと私はやって来た、すなわち、フィレンツェから正義の健全なる民へと。（その距離はフィレンツェから天のエルサレムまで隔たっている）」（天国篇第三十一歌37－39）
従って、ブルネットに対してダンテが恩義を感じているのは、時の終わりまで続く、名声をいかにして獲得するかについて助言を受けたからだけではなく、いかにして永遠に達するかを彼から学んだからに他ならない。以上からも、弟子に市民的・倫理的徳の重要性を理解させるために労を取ったことを唯一の功績としてブルネットに認める従来の解釈が誤りであることは明らかである。また同じく、ブルネットを次の歌章で登場するテッギヤーヨやルスティクッチなどのフィレンツェの同郷人の集団と同一視することも的はずれである。ダンテは第六歌79－84でチャッコに政治の世界で偉大な足跡を残した幾人かの人物の死後の運命について訊ねているが、そうした人々の中にその第一人者であるブルネットの名前が入っていないことが、何よりもそれを証している。
「私は彼に言った。『もう少し教えてくれないか。もっと話してもらえれば、ありがたいのだが。昔あれほど賞賛されていたファリナータとテッギヤーヨや、ヤーコポ・ルスティクッチ、アッリーゴとモスカら、善いことをする［善政の］ために才能を用いた人たちがいまどこにいるか教えてくれないか。私は天が彼らをなぐさめているのか、それとも地獄が彼らを苦しめているのか、知りたくてたまらないのだ』」（第六歌77－84行）
ダンテはすでに第六歌において仕掛けをしている。つまり、彼らに優ることはあっても劣ることの決してない《善き行ないben far》（第六歌81→第十五歌64）において抜きん出たブルネットの名前をダンテはわざと出していない。なぜなら人はいかにして永遠となるかを自分に教えてくれたあの偉大な師の死後の運命について、ダンテはいかなる疑念も抱いていなかったからである。当然、ダンテは、ブルネットは天の至福に到達しているはずだと露程も疑うことがなかったため、チャッコに訊ねもしなかった。こうしたアプリオリの確信が、ここでブルネットに出会うことで、まったく根拠のないものだったと知り、先生がここにいらっしゃるとはと、茫然自失の驚きを表わすことになる。ここで用いられている場所の副詞「ここ」は、「熱砂の第三冠状地」を指しているというよりも、「地獄の深淵」そのものを指している。ダンテがショックを受けているのは、恩師の名声を汚すような恥ずかしい罪を知ったからではなく、人がいかにして永遠に達するかを説いてくれた、あの偉大な師が地獄という救い得ない悲劇的な結末に陥っていることを知ったからなのである。ダンテが、会話の間じゅう、心から遺憾の気持ちを示し続けることになるのはこのためである。実は、この痛恨の極みがダンテに、ブルネットに対する非常な気遣いや恭順さを示させる原因となっている。もし生前、ブルネットが地上的な名誉や名声しか教えていなかったなら、これほど驚くこともなければ、無念を表明することもなかったであろう。チャッコに師の死後の運命について訊ねていたはずである。極めて多くの気遣いや丁重さ、悔悟の念が頻繁に繰り返されるのは、思ってもみなかったブルネットの運命に対するダンテの驚きと無念さによって倍加された結果に他ならない。

もう一つ重要な考え方を述べておこう。従来の解釈は、地獄の罪人が他の者たちに「いかにして永遠の至福に到達することができるか」といった高邁な思想を教えることなどできはしないとみなしてきた。だが、それも間違っている。なぜなら、ブルネットが地獄にいるのは、自身の罪に対して時を得た償いをしなかった（痛悔をしなかった）ためであり、何が真実かを知らなかったからではないからである。それゆえ、心得ておかなければならないことは、ブルネットの犯した罪と、彼の深い確信との間にはいかなる関係もないということである。実際、ダンテ自身、この詩行の内容をブルネットと完全に共有している。ブルネットが「星 stella」や「君の味方をしてくれる天 il cielo a te cosi benigno」といった表現を使っているからといって、純粋に占星術的な予兆を述べているだけで、神の意志を正確に暗示しようと思ってはいないなどと推論することはできない。

例えば、ブルネットがかつての弟子に出会ったときに発した「何という奇跡！ Qual maraviglia!」という感嘆を取り上げてみよう。この言葉には非常に多くの意味が込められている。この叫びを、単純に仰天した驚きとみなすべきではない。というのも、maraviglia という語は、ラテン語の形容詞「不可思議な、奇跡的な、驚くべき *mirabilis*」に由来するが、このラテン語は、聖書の中に頻繁に見いだされるものだからである。例えば、「神の驚くべき（不可思議な）御業 *mirabilia Dei*」（「ヨブ記」三七：一四）というふうに、聖書では「神の驚くべき不可思議な奇跡」を表わすのに *mirabilia* を用いる。従って、ブルネットが「何という奇跡！ Qual maraviglia!」と言うとき、彼は直観的に悟って「神がお示しになった奇跡的な驚くべき出来事よ」と感嘆しているのであり、ダンテの地獄降り（生き身での冥界探訪）の中に神のなせる奇跡——神の意志——を見て取っているのである。それ故、地獄に堕罪する罪人であっても、永遠の至福に到達する道を教えることはできるのである。ブルネットは真実を知っていたのであり、地獄に堕ちたからといって、彼の持つ知識のすべてが誤りであったわけでも、無価値なものとして無に帰するわけでもない。このことを従来の解釈は見落としている。そしてそこにこそ教師の性（さが）が示されている。多くの教師が自身を救えないのは、何が真実かを知らなかったからではなく、知っていながら、それを実践できなかったからである。まさにこれが第十五歌の真の主題となる。

次に、ブルネットとウェルギリウスの関係を見てみよう。「私の連れさえよいと言えば、そういたします」（36行）とあるが、なぜダンテがこういった言い方をしたかといえば、生前、精神的な指導者として全幅の信を置いていたブルネットに、今は、他の者がその代わりをしていることを知らせたかったからである。だからこそブルネットは、これほど重要な役目を担っている人物、これほど異例の出来事に立ち会い、今ダンテとともにいるこの人物についての情報に興味を示して、「道を指し示すこの人はだれであろう」（48行）と尋ねているのである。このブルネットの質問は単なる身元照会のような好奇心からというよりも、かくも重要で困難な役割を果たすのに十分な資格のある人物かどうかを確かめたいという願望から生まれている。ブルネットは、案内者の役割がいかなるものかを直観的に理解した上で、このように質問している。ブルネットの問いに込められた意味を初期の注釈家ベンヴェヌートは見抜いて、こう注解している。「この者は、地獄を通って数々の苦患と懲罰の責め苦の間を苦痛もなく君を導いていくものである以上、威光に充ちて有徳の人物である必要がある」

「この人はだれであろう」というブルネットの質問にダンテは、こう答える。

「『現世での晴朗な人生のさなか、私はとある谷で道に迷ったのです』と私は答えた。『まだ齢満ちぬうちに［三十五歳になる前に］。その谷に背を向けたのはたった昨日のことです。私がふたたびそこへ舞い戻ろうとしたとき、この方［ウェルギリウス］が現れて、いまこの径を通って私を家へと連れ戻してくださっているのです』」（49－54行）

「この方」と言うだけで、名前を挙げていないためにダンテはブルネットの質問に一見答えていないように見える。しかし、そうではない。ブルネットの質問は、単に身許を知りたいというものではなく、そうした案内者に相応しい人物かどうかという点にある。ダンテはそこに焦点を絞って、ウェルギリウスの役目が誰も代わりをすることができない種類のものだと答えているのである。ダンテはブルネットの質問をうまく誤魔化しているのではなく、それどころか反対に、彼の現在の経験が始まった決定的な瞬間に焦点を合わせようとしていることが、ダンテの言葉から浮かび上がってくる。そのことは、ダンテの用いる「晴朗な人生 vita serena」という表現に暗示されている。

そもそもなぜダンテは自分が谷間に迷った暗い時代のことを「晴朗な人生」と言っているのであろうか。実は、ダンテはブルネットにこう告白しているのである。「私の人生は、折角、先生の教えによって晴朗な serena ものとなり、受けた教えで輝き照らされたにもかかわらず、私は、とある谷で道に迷ってしまいました。そこへ私がふたたび舞い戻ろうとしたその時、この方が現われて、今、この径を通って私を家へと連れ戻してくださっているのです」と。最後の言葉によってダンテは、この案内者が神の遣わした神的な役目を担っていることを知らせ、ブルネットを安心させようとしている。従って、ダンテの返答は、ブルネットの欲求を余すところなく叶えるものであり、その答えがごまかしを含んでもいなければ、曖昧でもなかったことは、ブルネット自身の反応からも推察される。ブルネットは不満の意を述べるどころか、その意味が非常によく解った態度を示しているからである。実際、ウェルギリウスがその役目を果たすに完璧な資格を備えていることにすっかり安心したブルネットは、その後すぐに、ダンテが間違いなく「栄光の港」に着くであろうと、すなわち、至高の目的は達成されると予言している。こうしたことを踏まえて、ブルネットは「栄光の港」という言葉や「君の仕事を励ましたことだろう」と言っているのである。

また「声望（名声）fama」の観念に関しても、ダンテとブルネットの間に食い違いがあると多くの研究者が主張してきた。この意見は二つに分かれる。一つはブルネットは自身の名声を地上においてできるだけ長く引き延ばしたいとばかり考えているとする解釈。すなわち、名声にばかり執着する思考も悪徳であるという解釈である。もう一つは、侮蔑には値はしないが、永遠の至福を保証するには不十分な地上的な価値に寄与する有徳行為に結びついた名声をブルネットは希っているとする解釈である。しかしながら、この両解釈とも的はずれであり、真実は逆である。名声に関しても、ブルネットとダンテは同じ波長をもって同調している。この点で、次の第十六歌で登場する三人の男色者たちが抱く名声とブルネットの考える名声はまったく異なっている。第十六歌のフィレンツェ出身の三人の男色者は名声に今もなお固執している。

「われらの名望を知れば、君も心を屈めて」（31行）
「君の名声が、君のあとも光り輝かんことを！」（66行）
「われらのことを（地上の）人々に話してもらいたい」（85行）

これに対して、ブルネットは、ただ自分の主著が忘却されないよう努めて欲しいとダンテに頼むだけである。こうした両者の違いを際立たせるために、ダンテはブルネットの話と三人の男色者の話を意図的に近くに置いているのである。

また『神曲』において栄誉ある名声の獲得へ精力を傾けること自体は不遜なものとはみなされていない（天国篇第六歌112－114）。天国篇第六歌（116）に登場する魂たちの「逸脱」は、時宜を得て正されたために、彼らは救われている。思い起こしておく必要があるのは、名声と栄光はイコールで結びつけることはできないという点である。名声が人間時間に関するものであるのに対して、栄光は永遠に関するものである。ダンテが「栄光gloria」を使うとき、その殆どすべてにおいて「聖なる」「天上の、天国の」栄光を意味している。その一番の好例にして最も象徴的な使用として、「栄光La gloria」で始まる天国篇の冒頭を挙げることができる。対して、「名声」は極めて世俗的な意味で用いられ、有徳な行為を奨励させる正しき拍車を意味している。この有徳な行為を通して人は天上の栄光に達するが、名声を最終的な目的として度を越えて追い求めるとき、人は最も有害な罪である高慢に陥る（煉獄の第一環道で高慢の罪を浄めるオデリージがその一例である）。第十三歌のピエロの使い方と比較するなら、ブルネットのそれとピエロのそれとがまったく正反対だということが判るであろう。ピエロの用いる形容詞「栄光の glorioso」は、ブルネットのように「天上の栄光の港」ではなく、「地上の世俗的な職務」を指している。栄光は人間に仕えるものではなく、神に仕えてこそ得られるものだからである。

ここで、ブルネット自身の「声望 fama」の使い方を確認しておこう。

「つまり、言ってみれば、どの者もみな、聖職者か、大いなる声望の大いなる学者たちばかりだが、現世では同じ一つの罪を犯して汚れた」（106―108行）

聖職者や大いなる名声の大いなる学者たちが自身の穢れた群れを構成しているとブルネットが蔑みをもって説明する時、彼が名声の虜となっていないことがはっきりと示されている。永遠という視点から見れば、いかなる名声も何の頼りにもならないことを完全に意識しているからこそ、このような発言ができる。

ブルネットの主張のすべてが、また会話の間じゅう彼の示す態度そのものが、魂の異例の高貴さと一点の曇りもない清廉さを証している。彼は自分自身の罪に対してまったく全面的な軽蔑を示している（実は、すでに彼が自分の著作の中でそうした軽蔑を公に示していた。そして今、その軽蔑の中に自分自身を最初に入れている）。それは、彼がこの罪を「疥癬」（111行）と侮蔑しているところに、また、男色者を「汚れた」（108行）と定義しているところに、あるいはアンドレーア・デ・モッツィを皮肉たっぷりに「悪徳へと勃起した魔羅」（114行）と揶揄するところに、更には自分の属する集団を「（動物の）群れ」（37行）や「わしの仲間（一族）」（41行）、「惨めな群れ」（109行）として指すところにはっきりと示されている。

また、ブルネットは、ダンテが自分に気がついたとき、自ら「ブルネット・ラティーニ」（32行）であると、自分の姓名すべてを発しているが、これも自己卑下の結果である。しかも、ダンテに会いに行かずに隠そうと思えば、そのまま隠しおおせたにもかかわらず、自ら、自身の不名誉にダンテの注意を引かせている。ブルネットには恨みがましさのかけらもなく、自分の懲罰も、懲罰がもたらす制約もすべて甘受している。この点で、フランチェスカやピエロ、グイード・ダ・モンテフェルトロ（第二十七歌）といった他の地獄の登場人物全員とまったく異なっている。ブルネットは、次の歌章に登場する男色者とは違って、地獄に堕ちた原因を他者に責任転嫁するようなことは一切しないからである。ブルネットは地獄界で自分の罪を自覚している唯一の住人とさえ言える。このことは次の歌章で一層明確に浮き彫りにされることになる。

次に、ブルネットの最後の言葉に移ろう。

「わが『宝典』をよろしく頼む（『宝典』が君に託されんことを）。その中で私はまだ生きている。もはや頼むものは何もな

い」（119－120行）

ここには空虚な自己顕示欲の片鱗もなければ、いかなる個人崇拝もない。あるのは、地上のあらゆるものが束の間の命しか持たないことを知り尽くした意識である。彼の要望は極めて慎ましく、尊大さのかけらもない。「託す raccomandare」を受動形にし、接続法勧奨用法を用いることによって高貴で洗練された言い回しになっているとともに、命令形ではなく、接続法で要望が示されている点にブルネットの謙虚さがはっきりと表われ出ている。彼の話は、きっぱりと、しかしまた、含羞を含んだ表現で閉じられている。ここでブルネットの最初の言葉を思い出してみよう。

「おお、わが息子よ。もしさしつかえなければ」（31行）

押しつけがましさや煩わしさを弟子に与えまいと、繊細さを示す接続法で始めている。つまり、彼の言葉遣いは、この対話を始めた仕方と同じ接続法で締めくくられ、円環が閉じられている。生前自分が行なっていたのと同じ役目を自分の著作が担い続けることができるように願う、この接続法の使用法からもブルネットの表明する願望が決して文学者の虚栄でないことが判る。

それは同じく、「託す raccomandare」という動詞の使い方からも裏書きされる。ダンテは、この動詞を『神曲』の中で常に《他者に救いの道を指し示すこと》と結びつけて用いている。この特別な動詞は、『神曲』中で、ここ以外では三回しか用いられない。しかも、そのどの場面も意味深いものばかりである。最初の使用は、彼岸の旅が始まる前に、聖母マリアが聖ルチーアに「彼のことをよろしくお頼みしますよ」（第二歌99）と、ダンテを託す場面である。二つ目は、マリアはダンテを救済に導くためにルチーアに託している。二つ目は、聖フランチェスコが最も愛おしい女性――すなわち、清貧――を自身の弟子たちに託す場面である（天国篇第十一歌113）。清貧こそが人々に救済の道を指し示してくれるからである。三つ目は、イエス・キリストが聖ペトロに教会の鍵を託す場面である（天国篇第三十二歌126）。言うまでもなく、天国の鍵は、人々に救いの道を直接与えるものである。それゆえ、ブルネットの場面でも raccomandare は、それに値する意味を持つものでなくてはならず、文学者の虚栄を示すものでないことはここからも明白である。ブルネットは、人はいかにして永遠となることができるかを説いたのであり、生前自分が行なっていたのと同じ役目を、死後、自分の著作が担い続けることができるようにと、その願望をいつもの慎みと含羞をもって表明しているのである。また同時に、そこにはダンテが、自身の作品を引き継いでくれるという信頼が充ちている。なぜならダンテの方も、師に対する測り得ない感謝の念を示すために、生きている限り、その恩義を返すことをすでに表明しているからである。

「時にふれ、現世で、どのように人は永遠に生きるかを教えてくださったときの。私が先生にどれほど感謝しているか、生ある限り私の言葉を通して示しつづけるつもりです」（84－87行）

「示す」は、「教える」と同じ三行詩節に属し、最初と最後を画して、ともに「（指し）示す」を意味している。つまり、「先生が指し示してくださったことを私が指し示し続けます」ということであり、両者は互いに呼応し、同調している。

次に、この歌章を読み解くうえで欠かすことのできない最上の研究に直接解説してもらおう。元ローマ大学のムレスー教授は次のように記している。

「『神曲』には全体を統括する規則があり、『神曲』の目指す目的のためには、ブルネットだけを唯一の例外とするわけにはいかない。このブルネットの物語も、他のエピソードと同様、必然的に、ある明確な教訓的な範型を形作っていなければならないからである。ブルネットの物語からダンテが学び、そして読者に伝えなければならない教えは極めて峻厳なものである。ブルネットを、フランチェスカやピエロのような人物たちと同じようにみなすことは決してできない。というのも、彼らはその死の瞬間まで地上的な愛と栄誉に忠実であり、罪に巻き込まれて生きたからである。彼らが罪に巻き込まれて生きてきたのに対して、ブルネットは、自然に反する罪を犯し、その罪を然るべき時に悔い改めなかったために地獄にいるのであり、文学的名声のような価値を頑なに追い求め続けたからではなかった。彼は超越的なものに霊感を受けて、天上の至福へ至る道を人々に指し示すことにその人生の大半を捧げた。フランチェスカやピエロと違い、彼は人々に天の道を指し示すために人生を捧げ、偉大なる業績を残したフィレンツェのキケローのような人物である。ダンテも、人がいかにして永遠となるかを教えるという点で、このかつての師とぴったりと重なり合う。それゆえ、ダンテは、このような役目を担う者でさえ、救いが保証されることなど何もないということを驚愕とともに学ばなければならないのである。たった一つの罪が、それが何であれ、然るべき時に贖われなかったならば、すべての功績を駄目にしてしまい得るのである」（ムレスー②）

また、ダンテはブルネットにもっと長生きしてもらいたかったと痛恨の願望を表明する場面がある。

「『もし私の希望がすべて叶えられていたならば』と私は答えた。『あなたはいまでも人間の生から追われてはいらっしゃらなかったでしょう』」（79－81行）

当時の平均寿命から言えば、ブルネットは十分に長生きしている（享年はおよそ74歳前後）。それなのに、ダンテがさらに師の長命を願っているのは、その死によって、もはやたった一つの汚れさえをも洗い流す可能性が潰えてしまったことを悔やんでいるからに他ならない。ダンテが痛恨の願望を表明しているのは、死んでしまったからには、もはやこの一点の汚点を洗い流す悔悟の時を持つことができないからである。

ダンテの「心がしめつけられる（心痛）accoramento」（82〈83〉行）は、師ブルネットの身体が受けた恐るべき火傷の痕によって引き起こされたものではなく、ブルネットが全生涯をかけて達成した計りがたい偉大な功績と、現在、彼が置かれた状況との間にある余りに大きなギャップを認めたからである。ダンテもブルネット自身もともに、この相容れることのない落差を完全に意識している点で、ブルネットは『神曲』中、最も悲劇的な人物と言える。その悲劇性は、最後の詩行に極めてはっきりと、余すところなく伝えられている。それを読み間違えて、現代の注釈者キアヴァッチ・レオナルディは裸で走り去っていくブルネットをこう評している。「ブルネットはその動作の中で賢者としての貫禄も尊厳も失っている」。ダンテは今までブルネットに対して非常な尊敬を示してきた。その人物をダンテは「裸の老人が一目散に駆けていく」という尊厳のかけらもない見苦しい振る舞いに置いているとするキアヴァッチ・レオナルディの読みは納得のいくものではない。というのも煉獄篇第二十四歌94－97で、フォレーゼ・ドナーティも──未来の至福者であるにもかかわらず──ブルネット同様、ダンテとの対話を終えた後、見苦しくも走って離れていくことになるからである。それゆえ、キアヴァッチ・レオナルディが述べているような見苦しい走りにここで焦点が当てられているわけではない。答えは既存の注釈書ではなく、ダンテ自身の著作の中にある。もしこの場面を『饗宴』の中でダンテ自身が引用翻訳したパウロの書簡と対比してみるならば、最後のイメージの目的、その隠された意味が余すところなく明らかになる。ダンテはパウロの手紙に言及してこう記している。

「パリオ（勝利の布）を求めて多くの者が競走する。しかし、それを手にすることができるのは一人だけである」（『饗宴』第四巻第二十二章六）

　ダンテがそこで言及しているパウロの言葉をすべて直接引用しておこう。これが歌章の最後の意味を解き明かしてくれる。

「あなた方は知らないのですか。競技場で、皆、競走して走るが、《賞》を得るのはたった一人だけだということを。（中略）ところで、競技会で優劣を競う競技者は、皆、すべてに自制します。彼らは《朽ちる冠》を得ようとしてそうするのですが、私たちは《朽ちない冠》のためにそうするのです。私は目指す目標のないような走り方をしません。（中略）私は自分の身体を懲らしめ、身体を奴隷として扱います。他の者たちに道を説いておきながら、自分が《失格者（偽者）*reprobus*》〈一見正しいと思われるが、誤っている者〉と判明してはならないためです」（「コリントスの信徒への第一の手紙」九：二四－二七）

　ダンテから離れて自分の集団へと駆けて戻ってゆくブルネットをダンテはパリオの競技会で競走する者たちに譬えているが、それはパウロが語るこの競技会を念頭においてのものである。ダンテはパウロの用いる「賞 *bravium*」を「パリオ」と訳している。「パリオ」とは、刺繍もしくは彩色の施された高級の織物で、町の祭りなどで催される競技の勝利者に賞品として与えられていた。『饗宴』に引用されているパウロの手紙で、パウロはキリストのメッセージを告げ知らせるために、自身が行なった努力や地上のいかなる報奨も放棄したことを語った後、多くの者が競技場で競走して走るが、勝つのは一人だけであるという話をする。そして、次の一点をパウロはとりわけ強調している。すなわち、勝利は、唯一、自身の肉を放棄し、肉に苦行を課すことによってのみ達成されるのであり、一方、そのように振る舞わない者は、いかに他者のために専心しようとも、破滅に終わる危険がある、と。キアヴァッチ・レオナルディは「（ダンテはブルネットを）あのような惨め極まる状態においても敗者としてではなく、勝者として思い出しているのかも知れない」と注釈しているが、この見解が誤りであることは、上記の『饗宴』とパウロの言葉の引用から明らかである。「パウロの言葉は、ブルネットが救いがたく敗者となっていることを告げているからである。彼の敗北は、聖霊が彼に授けてくれた豊かな才能を養い強化して、自身の同性愛的傾向にうまく対抗することができなかった点にある。ブルネットは、ダンテを始め他の者たちに永遠の救いへ通じる道を指し示すことができた。しかし、その教えを自分自身のために使うことができたにもかかわらず、彼は自身の衝動を抑制することができなかったのである。ブルネットの悲劇は、パウロの《他の者たちに道を説いておきながら、自分が失格者（偽者）と判明してはならないためです》という言葉の中に集約されている。使徒のように献身的なブルネットの仕事はダンテを始め多くの者たちにとって極めて貴重なものだったが、このような客観的な功績は、彼の場合、肉の欲望を抑えつけることができなかったため、すべて水泡と帰してしまったのである。ブルネットは《見たところは》《勝利者》に見えるが、現実には、非情にも《敗者》なのである。今、彼が希求できる唯一の冠は、競技場の勝者に手渡される地上の冠に喩えられているものでしかない。すなわち、パウロが《朽ちるもの》と呼ぶ地上の冠であり、永遠の至福を意味する《朽ちぬもの》と対極にあるものである。それゆえ、第十五歌の真の主題は、単なる男色の諫めにあるのではなく、朽ちることのない勝利が他者に叶えられるよう手助けし、永遠の道を指し示しながらも、今は、『永劫の刑罰に泣きながら進む者たち』（42行）の一人となり、永遠の恐るべき側面——地獄——を味わうことを余儀なくされた人間の悲劇にこそあるのである」（ムレスー②）

師ブルネットの志を継いで、師と同じように、『神曲』を通じて読者に永遠の道を指し示そうとするダンテにとって、第十五歌ほど苦い経験もなければ、師と同じ轍を踏まぬ諫めもない。ブルネットはいかにして人が永遠となるかを人々に教え諭したが、それは頭の中で彼が理解していたものに過ぎず、生活の中にまで完全に自分のものとなっていなかった。その師の話を聞いたダンテも同じである。ダンテも、ブルネットから《人が永遠となるかを》教わりながらも、今、地獄にいるのがその証である。ダンテも耳で聴いただけで、その教えを活かせなかったために暗い森に迷い、地獄降りをしなければならなくなった。弟子のダンテも師のブルネットと同じ轍を踏んでいるのであり、ダンテはまだ生きているために希望があるという違いだけである。ベアトリーチェが駆けつけたのも、神の鏡に未来のダンテが地獄に堕罪しているのを見たからに他ならない。この前提を決して忘れてはならない。

全身全霊を打ち込んで知ることと、頭で知ることは別物である。師弟ともに欠けていたのは知識ではなく、自己を深く見つめる心である。ブルネットは地獄で初めてそれに向き合い、ダンテもウェルギリウスに先導され、地獄に降り来て初めて自己に向き合っている。自己の内面に潜む悪を知悉しない限り、真の意味で人が永遠となるかを身につけることができないことを第十五歌は語っている。まさに、ブルネットは自分が学ばなければならないことを教えていたのであり、それに気づくのが遅すぎたのである。教師は自分が学ばなければならないことを教えるのである。

教える側は確信と感動を以て教えてはいても、その教えが完全に自分の中にまで浸透しているとは限らない。教える者は、教師としての性分からどこまでも教えようとするが、自身を顧みることにおいて自分自身がエアーポケットとなっていることが多い。自分の外を照らすことばかりに気を取られ、自分を照らすことを忘れてしまう。つまり、これが師と弟子が共有した過ちである。

ブルネットが父に、ダンテが子に比喩されていることからも、これが師と弟子、父と子の永遠の関係でもあることを物語っている。それ故、第十五歌ほど旅人ダンテにとって身につまされる切実な歌章はない。なぜならダンテも、ブルネット同様、『神曲』を通じて、人はいかにして永遠となるかを説いているからである。このような役目を担う者でさえ、救いが保証されることなど何もない。だからこそ、ダンテは煉獄篇第二歌16で「ふたたび（煉獄に魂を運ぶ天使の）光を見られんことを！」と祈願している。この言葉は、彼岸の旅を終えた後の、作者ダンテによる祈願であり、『神曲』を書きながら、ダンテは煉獄に行けるようにと祈念している。もしダンテがここでブルネットに会っていなければ、彼も師と同じ轍を踏むことになったろう。「いまこの径を通って私を家へと連れ戻してくださっているのです（ここを通ってしか天の国に行き着けない）」（54行）とダンテが言ったのは、このためである。かつての師の過ちをダンテも犯す可能性があるからである（実際、犯していた）。

ダンテは一つの歌章で必ず表と裏、肉の意味と霊の意味を二重に語る。表向きは男色について語っているが、裏の霊的な意味では、別のもう一つの精神のドラマが展開していく。それゆえ、「ここを通ってしか天の国に行き着けない」ということは、自己の中の悪を見つめることなくして天には行き着けないということであり、いかなる悪も自分とは無縁ではないと知ることに他ならない。男色は自分には関係ないとダンテは高を括っていたが、自分に関係のない、いかなる悪も存在しない。人に永遠の道を指し示しながら、自身の内が照らされていなかった痛恨の極みが、ブルネットに凝縮されている。それ故、ダンテがブルネットを地獄に置いたのは、過去の自分をブルネットの中に見るためであり、自分もブルネットと無縁ではないことを明かすためである。そして将来において自身が救われる保証など存在せず、常にブルネットを眼前に思い浮かべて、自身の戒めとするためである。

最後に、教師ブルネットに関して述べておこう。生前のブルネットは投影写像 *figura* であり、死後のブルネットは成就された姿を示している。彼の本質が教師にあったことを第十五歌は見事に浮き彫りにしている。というのも、彼はダンテを認めたとき、今の自分の恥ずかしい姿をかつての弟子にさらさずに会わずにいることもできたからである。しかし、教師である以上、ブルネットは惜しげもなく自身の醜態を弟子に明かし、教え続ける。恥辱よりも愛弟子に対する愛情が優るがゆえに、弟子の未来に待ち受ける苦難の出来事を弟子に教えてやらずにはいられないのである。ブルネットは生前もダンテに教えを施したが、死してなお弟子の行く末を案じ、何かの役に立つことを願って、死を越えてまで教え続けようとする。未来の逆境に対してどのような心構えが弟子に必要か語ってやらずにはいられない彼の心情に生前と同じ慈父のような人間性が示されている。

今までチャッコやファリナータがフィレンツェとダンテの未来について予言を行なってきたが、自ら進んでそれを語り聴かせてくれるのは唯一ブルネットだけである。彼は単に未来を予言するだけではない。彼は予言を通してダンテの道徳的正当性を擁護し、弟子の善性を励ます。ブルネットだけが、ダンテの行く末を真に案じ、真に関心を持って語っている。ダンテが聞かされてきた未来の予言は暗澹たるものばかりだったが、同じ未来の不幸な出来事をブルネットは違う側面から、希望の持てる仕方で話している。「皆がおまえに敵対しようとも、私はいつもおまえを支持し、いつまでもおまえの味方だ。私はおまえの正しさを励まし続ける」と。同じ未来の逆境も、ブルネットの口を通せば、神から承認された肯定的な明るい側面が表われ出てくる。ブルネットは未来に立ち向から勇気が湧くような言葉でダンテを励ます。ここにウェルギリウスとは異なるもう一つの教師像を見出すことができる。向からべき目標を知っていなかったために自分はついにその光を目にすることはできなかったが、後にやって来る者のために灯火をかざす者（煉獄篇第二十二歌67－69）、それがウェルギリウスという教師である。それに対し、向からべき目標を知っていながらも、自身では成し得ず、自分のようにならぬよう、弟子に永遠の道を絶えず指し示し続ける反面教師、それがブルネットである。その名状しがたい姿に人間の悲劇があるのであり、ダンテが感動を覚え、敗者である彼を勝利者のようにみなそうとするのも、情愛に満ちた献身的な師が受ける余りに悲劇的な運命に対するダンテの抑えがたい感情のためなのである。

第十六歌

第七圏第三冠状地（男色の罪）

一三〇〇年四月六日（水曜日）

別な方向からやって来た同郷の三人の政治家たちに出会う。

すでに私は、蜜蜂の巣が立てる羽音の呻(うな)りのように、
次の圏へと落ちゆく小川[*1]の立てる
ざわめきがきこえてくる地点にいた。
そのとき三人のたましい[*2]が、あの苛烈な苦しみ［火］の
雨の中を通って行く[*3]隊列から
そろって離れ、駆けて来た。
彼らは私たちに向かって来ると、ともに叫んだ。
「止まれ。君は着ているものからして[*4]
われらと同じ、背徳の地［フィレンツェ］の者と思えるが」
おお、彼らの手足に私の見た傷のひどかったことよ。
炎に焼かれ、肉の剝き出た新しい傷もあれば、
古い火傷の痕もあった。思い出すだに、なおも心が痛む。
彼らの叫び声にわが賢者[*5]は足をとめ、
私のほうを向いて言った。「待ちなさい。

この人たちには礼をもって接する必要がある。
もしこの場所が、炎の矢の
降るところでなければ、
急いで駆けつけねばならぬのは彼らよりおまえのほうだ」
　われわれが立ちどまるや、
彼らは従来の動きをふたたび始めた。[6] すなわち、
われわれに追いつくと、三人は輪を描いた。[7]
　油を塗った裸のレスリングの闘士たちは[8]
互いに傷を負ったり打たれたりする前に
相手を先に摑んで有利に立とうと、虎視眈々と相手を狙うものだが、
　ちょうどそのような目つきで、三人とも回りながら、
私のほうへ顔を向けていた。そのため、彼らの首は
絶えず足とは反対の方向へ動きつづけていた。[9]
「この凹みやすい場所［砂地］の悲惨さが、
そしてこの黒焦げて皮むき爛（ただ）れた姿が、
われらとわれらの頼みを蔑ませるかも知れぬが、
　われらの名望を知れば、君も心を屈めて、[10]
君が何者なのかわれらに教える気になろう、
無傷のまま、生きた足を地獄（の地）に擦りつけているが[11]
　私がその足跡を踏んでいくこの方は[12]

見てのとおり、裸で髪も毛も剥がれていようとも、
君の思いもよらぬほど位の高い人だった。[*13]
　徳の誉れ高きグアルドラーダ婦人[*14]の孫であった
この方の名は、かつてグイード・グエッラ[*15]と言った。
その生涯において賢〔政治家として〕と剣〔軍人として〕とで大事を為した。
　一方、わが後ろで、砂を踏みしだいて進むは、
テッギャーヨ・アルドブランディ。上界〔現世〕で
その声が喜んで聞き容れられるべき方だった。[*16]
　そして彼らとともに苦しみをうけているこの私は
ヤーコポ・ルスティクッチ[*17]だった。私にもっとも
害を及ぼしたのは高慢なわが妻だった」[*18]
　もし私の身が火から守られさえすれば、
私は彼らのところに飛び降りて行っただろう。
そして賢者〔ウェルギリウス〕も必ずやそれを許してくださったと思う。
だが、そうすれば、私は焼け焦げてしまうため、
彼らを抱擁したいという
私の熱意も恐怖に負けてしまった。
　そこで私はこう言った。「軽蔑どころか、あなた方の
お姿を見ると心に深い痛みが走ります。
この痛みが消え去るには長い時が必要でしょう。

　ここにおいでのわが主［ウェルギリウス］がおっしゃった
言葉を聞いて、皆さんのような立派な方が
お出でになると察しております。
　私もあなた方と同郷の者です。あなた方の
なさったお仕事や名誉あるお名前を
常々感激をもって話し、うけたまわってきました。
　私はいま、苦き［罪の苦しみ］を去り、真の先導者が約束してくださった
甘美な果実[19]［天の至福］を目指していますが、その前にまず
私は（世界の）中心［地獄の底］まで降りて行かねばなりません[20]」
　「君のたましいが末長く君の肉体を
導かんことを[21]」と、先ほどのたましいがさらに答えて言った。
「そして君の名声が、君のあと[22]も光り輝かんことを！
　惜しみなき精神と徳が、昔そうであったように
われらの都にいまも生きつづけているかどうか教えてくれ給え。
それともまったくあとかたもなくなったのか。
　というのも、あそこで仲間らと進み、われらと苦しみをともにして
まだ日の浅いグリエルモ・ボルスィエーレ[23]の知らせに
われらは悲憤やるかたないのだ[24]」
　「新参者[25]と俄か儲け[26]［虚業］とが
おおフィレンツェよ、汝の中に傲慢と無節操を植え付けたため、

汝はすでにその結果に泣いている」と、
私は面をあげて［地上に向けて］叫んだ[*27]。
すると、これを（質問の）答えと解した三人は
おののきを以て真実をのぞむ人のように互いに顔を見合わせた。
「君がいつも人の質問に
これほどたやすく答えられるのなら」と一同が答えた。
「自身の心に従って臆することなく話す君は幸いなるかな！
それなればこそ、君がこの常夜の地［地獄］を無事に脱して
（地上に戻り）美しい星々をふたたび仰ぎ見んことを。
いつの日か《私は（地獄に）行った》と言うのが、君の悦びとなる[*28]、
そのとき、どうかわれらのことを（地上の）人々に話してもらいたい[*29]」
こう言うと、輪を解いて、走り去っていったが、
その足はあまりに素速く、羽が生えているかに思えた。
彼らはあまりにも素速く消えてしまったので
私は「アーメン」ひとつ唱える暇（いとま）もないほどだった[*30]。
これを受けて、師にはもうここを離れる頃合いに思われた。
私は師のあとにつき従った。それからしばらく進むと、
話しかけたとしても、声がきこえなくなるほどまで[*31]
水の音が近くに迫って来た。
ヴェーゾ山[*32]から東に向かい、

アペニン山脈の右斜面[*33]から最初の川として[*34]
自立した道を持つ［海に直接流れ込む］あの（モントーネ）川[*35]は
　上流ではアックワケータと呼ばれるが、
やがて谷を伝って平野に下り、
フォルリィーに着いたところで、その名をなくし[*36]、
　聖ベネディクト・デル・アルペ修道院のすぐ上で
千条に分岐すべきところを、
一条の滝となって瀑音をとどろかせるが、
　ちょうどそれに似て、血の色に染まったあの水は
耳を聾さんばかりの激しい音をたてて、
険しい崖[*37]から流れ落ちていた。
　私は腰に一本の縄を巻いていて、
それでかつて、あの斑目（まだらめ）の皮をした豹を
捕まえようと考えたことがあった[*38]。
　私は師に命ぜられたとおり、
腰から縄を解いて
ぐるぐると丸く巻いて彼に手わたした。
　すると師は体を右に向け[*39]、
崖から少しはなれたところから[*40]
その深い淵に向かってそれを投げこんだ。

《あれほど熱心に先生が眼で追われている
この前代未聞の合図に対して、きっと、なにか
前代未聞のことがおこるにちがいない》と私は心の中で考えていた。
　ああ、何と注意せねばならぬことか、
人の行動を見てその内なる考えまでを
理性で当ててしまう人のそばにいるときは。
　師は私に言った。「もう少しすると、やって来よう、
私の待っているもの、おまえが頭で夢見ているものが[41]
おまえの目の前に正体を現わすはずだ」
　偽りの仮面を被(かぶ)った真実の前では、
できるだけ唇を閉ざしているべきである。
さもないと故なくして嘘つきと非難されるからだ。[42]
　しかしここで私は口をつぐんでいることはできない。[43]
それで、読者よ、この『喜劇(コメディーア)』[44]にかけて誓うが、
――どうかこの詩が末長く愛されんことを――
　私は見た、あの濃い暗黒の大気を通して
どんなに肝の据わった者をも
驚愕させずにはおかない一つの姿「ゲーリュオーン」が昇ってくるのを。
　あたかも海底に隠れた岩礁か何かに
引っかかった錨を外すために海に潜った水夫が

135 上体を上にのばし、脚を縮めながら

136 （海面に）浮上してくるように、[*45]（宙を）泳いでやって来た。

第十六歌注釈

＊1　第十五歌で言及されていた小川が次の第八圏へ瀑布となって流れ落ちている。

＊2　この三人は、あたかも一人の人間が三つの顔を持つように共に動き、共に話す。三人とも高貴な家柄出身の誉れあるフィレンツェ人であり、「善政 ben fare」（第六歌81）に人生を捧げた者たちである。

＊3　男色者たちが一瞬たりとも休むことを許されず、行進を続けているのは、肉欲を抑えがたい情欲として捉える伝統的観念による。愛欲の罪を犯した第二圏や煉獄の第七環道の魂たちは常に絶え間ない運動状態に置かれている（フランチェスカたちは永劫の風に引き回され、煉獄第七環道の群れは挨拶のキスを交わすときでさえ立ち止まることは許されない）。

＊4　ボッカッチョが「ほとんどどの町にも、近隣とは違う、その町固有の服装があった」と解説しているように、中世では服装から出身地が判った。フィレンツェの年代記作者ジョヴァンニ・ヴィッラーニによれば、「フィレンツェ人の服装は古代ローマ人のトーガに似て、他のどの町よりも美しく、高貴で清楚なものであった」（『年代記』第十二巻四）という。

＊5　ウェルギリウスを指すのに dottor（賢者）が第五歌70と123で二回用いられているが、この歌章でも「賢者」（48行）と「真の先導者」（61行）と、同じく二回用いられている。だが、地獄篇ではこれを最後に dottore は用いられていない。残りは、煉獄篇第十八歌2と第二十一歌22、131で三回のみ用いられる。かつてローマでは詩人を doctus と呼んでいたが、第二十一歌の二回はローマの詩人スターティウスの歌章であり、それに合わせて dottore が選択されている（古典の伝統に由来した使い方である）。一方、煉獄篇第十八歌は「愛の性質」について論じる歌章である。つまり、全部で七回のうち、スターティウスの歌章を除く五回はすべて、「愛（の性質）の見識」に関連づけられている歌章で用いられている。「賢者」という呼称は、単なる「師 maestro」のヴァリエーションでないことが、これらの使用方法からも浮かび上がってくる。ダンテにおいて dottore の語源であるラテン語 *doceo* は単に「教える」という意味ではなく、アリストテレースやソロモンまたはキリストによる《至高の教え》を意味しており、このため、「賢者」の呼称はウェルギリウスの叡智に対する賛嘆を強調している。煉獄篇第十八歌で開陳される彼の叡智は「愛」に関するものであり、ウェルギリウスは《愛について造詣が深い賢者》とされているのである。つまり、「賢者」という呼称は地獄篇第五歌の愛欲の罪と第十六歌の同性愛の罪とを結びつけ、煉獄篇第十八歌でそれらが統一的に説明されることを暗示する指標となっている。

＊6　「三人は直線運動を行なってダンテたち目がけてやって来たが、到着するや、従来の動きになった」、すなわち、「ふたたび円運動を開始した」という意味。

＊7　三人は駆けながら円を描いている。ブルネットの集団が

円運動をしない（直線運動）のに対して、この新たな集団は円運動をする。これが二つの集団の違いであり、それぞれの集団の特質である。そしてこの二つの集団は一緒にいることが禁じられている（第十五歌117－118）。

＊8　古代ギリシャ・ローマでは死者の霊を弔うためや祝い事にレスリング競技を催した（『アエネーイス』第三巻二七九－二八三）。「古代の人々は取っ組み合いの競技を行なっていたが、これはレスリングと呼ばれていた。まだ若く、強壮にして非常に熟練した若者だけがこの競技に参加していたが、彼らは競技者（アスリート）と呼ばれた。そして今日われわれは彼らのことを決闘者と呼んでいる。彼らはこの競技を効果的に行なうために、着ているものすべてを脱いで裸となった。服があると自分の邪魔になったり、相手に有利になったりするからである。加えて、彼らは強い方の卓越性が一層顕わになるように、全身に植物油や油脂または石鹸を塗った。ぬるぬると滑りやすくすると、ちょっともがいただけで相手の手から自由になることができるので、相手が摑むのが難しくなる。こうした理由から彼らは、もしできれば、自分の方から最初に相手を摑んで有利に立とうとするために、摑む前にしばらく睨み合うのである」（ボッカッチョ）。

＊9「三人は輪を描いて廻っていた。そして三人とも絶えず背をダンテの方に向け、顔も常にダンテの方に向けていた。そのため反転するたび、ダンテを見つめるために首をねじっていた」（トンマゼーオ）

＊10　この言葉遣いにブルネットとは異なる三人の名声に対する考え方が示されている。彼らは死後も地上の名声を恃み、自分たちの誇りとして生きている。そのプライドの高さが動詞「屈めさせる」に表われている。

＊11「生き身のまま歩いている」という意味。ここにもダンテの科学的な思考が示されている。魂たちには重さがないため、地面をへこますような圧力を与えることがない（第十二歌80－82）。

＊12　実際は魂なので砂地といえども、足跡は残らない。従って、ここでは「私がその後ろを付き従っている」の意味であり、比喩的には「同じ罪を前世で犯したこと」を暗示している。

＊13　ここで裸性や火傷を強調しているのは、今は威厳や品位が剝ぎ取られ、貶められているが、かつては地上で名望ある重要人物だったことを思い起こさせるためである。加えて、「君の思いもよらぬほど位の高い人だった」という発言に、彼らが地上の思考の枠組みで物事を今なお見ていることがはっきりと示されている。

＊14　フィレンツェのラヴィニャーニ家のベッリンチョーネ・ベルティの娘で、十二世紀末から十三世紀中庸にかけての人。伯爵グイード・イル・ヴェッキョ（グイード・グエッラ四世）に嫁ぎ、四人の息子をもうけたが、その四番目の息子マルコヴァルドがグイード・グエッラの父である。彼女は、フィレンツェの古き良き伝統――高い道徳性と家庭的な徳――

を体現する有徳な女性の鑑(かがみ)として知られていた。ここではグイード・グエッラがいかに良き血筋を引いているかを誇っている。逆に言えば、個人の魂が生前積み上げてきたものが死後の運命を決定するのであり、どんなに善き血筋であれ、どれほど徳の高い祖母を持とうと、救いには関係ないということである。

＊15 マルコヴァルドの長男で、グアルドラーダは彼の祖母に当たる。フェデリーコ二世の宮廷で成長し、長じてトスカーナ教皇派の主要人物となった。一二五〇年、皇帝派の包囲からオスティナを解放し、一二五五年にはアレッツォから皇帝派を駆逐した（後に、皇帝派はアレッツォに復帰したが）。一二六〇年、モンタペルティの戦いの敗北の後、ロマーニャ地方に避難し、そこで指導的な役割を果たした。一二六六年、ベネヴェントの戦いでシャルル・ダンジューの軍において四百の騎士を率い、マンフレーディを打ち破る決定的な役を担った。翌年フィレンツェに凱旋し、一二七二年、モンテヴァルキの自身の城で亡くなった。グイード・グエッラは言わば教皇派版のファリナータ（皇帝派の首領）に匹敵する。従って、ダンテが幼い頃に亡くなった彼の名は三十年近い時を経ても、フィレンツェの偉大な教皇派として、フィレンツェ教皇派復興の祖として、なおも鳴り響いていたことが判る。

＊16 ダンテの一世代前の有名なフィレンツェ市民で、グイード・グエッラやファリナータと同世代の人物。有力なアディマーリ家の教皇派であり、一二五六年にアレッツォのポデスターを務める。一二六〇年のモンタペルティの戦いではフィレンツェ軍の指揮官の一人であった。彼はこの戦いに先だって攻撃が不首尾に終わることを予期してシエナへ遠征軍を派遣しないようフィレンツェの教皇派に助言していた。つまり、「その声が喜んで聞き容れられるべき方だった」とは、もし彼の進言が聞きいれられていたならば、モンタペルティの戦いにおける恐るべき大敗北を免れて、フィレンツェを救うことができただろうという意味。彼はモンタペルティの敗戦に生き残り、トスカーナの他の教皇派たちと共にルッカに避難した。ダンテはすでに彼の死後の運命について第六歌79でチャッコに尋ねている。

＊17 フィレンツェの裕福な小貴族で、教皇派。初期の注釈者たちによれば、彼は他の二人の仲間に比べて、社会的に身分が低かった。現存する公文書に登場するのは成年に達して以降の一二三七年から一二六九年である。彼は政治家・外交官として頭角を現わした。とりわけ一二五四年、フィレンツェが皇帝派の都市ピストイア、シエナ、ピサを次々と屈服させた時、フィレンツェ・コムーネ政府の代理人として折衝にあたり、その外交手腕をフィレンツェのために発揮した。一二五八年にはアレッツォのカピターノ・デル・ポーポロとなった。三人の紹介における三パターンを見て判るように、三人とも三行詩節の中心行の冒頭に名前が置かれている。自分たちの名前を聞いてもらいたいという、彼らの願望がこのパターンに託されている。換言すれば、彼らの心を占めるのは今

なお地上の人間的な価値であり、ブルネットとは違って、彼らは地上の空しき名声に今なお縛られている。

＊18　自分が男色に走ったのは妻のせいだというルスティクッチのこの言い訳は滑稽だが、このように地獄の民は決して自分の悪をみつめようとせず、常に他者や状況に責任を転嫁する。ここが煉獄の人々との違いである。ダンテの息子ピエートロは次のように注解している。「彼には強情極まる妻がいた。彼女と一緒では平穏な生活を送ることは不可能であると悟り、妻とも、いかなる女性とも交わりを絶とうと心に誓った。その結果、汚らわしくも自身の情欲を男で解消したのである」。同じことをベンヴェヌートも報告している。「事実、彼の妻は気の強い女であった。そのため、妻と暮らすことは不可能であった。かくして彼はこの悪徳に身を染めたのである」。このように古注は伝えているが、これはまた旧約聖書のトポスでもある。「女の癇癪ほど始末に負えないものはない。獅子や龍と住む方が悪妻と暮らすよりましである。（中略）物静かな夫が口やかましい妻と暮らすのは、まるで老人がその足で砂丘に登るようなものだ。（中略）悪妻は夫の気持ちを卑屈にさせ、顔つきを憂鬱にさせる。夫を不幸にする妻を持つと、手は萎え、膝は弱る」（「シラの書」二五：23－24［一五－一六］、27［二〇］、31－32［二三］）。聖書には女性の悪口に事欠かない。ボッカッチョは次のように私見を交えながら解説している。「幾人かの言によれば、彼には極めて頑固で意地の悪い妻がいたのであり、今日われわれが非常にしばしば目にするように、当世風の新しい気風の女性であったため、この妻と一緒にいることも、生活することもいかにしても不可能であったという。このため、ヤーコポ・ルスティクッチ氏は彼女と袂を分かち、肉欲に突き動かされた時に、この惨めな悪徳［男色］に身を染めたのである。（中略）それ故、男性は決して急いで妻を娶ってはならないということであり、それどころか、熟慮に熟慮を千万遍重ねて慎重に事に当たらなければならないということである。また妻は、子供を持つため、慰めを得るため、家庭での憩いを得るために娶るのでなければならない。極めて頻繁に起こることだが、妻を娶るに際して女性なら誰でもよいとすぐに飛びついてしまうが、このような男が家に帰っても、それは、消えることなき業火に見舞われた火宅、停戦なき戦場に帰るようなものである」

＊19　第十五歌66で師ブルネットが用いた表現「甘いイチジク」をダンテは早速、自己のものとして受け継いで使っている。

＊20　天に、即ち、幸福に辿り着くためには、まず地獄の悪の中心にまで降りていき、自己と世界の悪に対峙しなければならない。そうしなければ、自身を悪から解き放ち、真の自由を手に入れることができないという『神曲』の旅の主題が要約されている。人は、このことを忘れ、上に昇ろうとするために堕ちる。昇るためには降りなければならず、下降は上昇であり、上昇は下降であるという第一歌の主題が繰り返され

ている。

＊21　君の長命を祈るという意味で、好意獲得を形づくっている。魂は肉体の導き手であるというアリストテレス『霊魂論』第二巻に由来する考え方を下敷きにした言い方。

＊22「私がその足跡を踏んでいく」（34行）にせよ、「わが後ろで」（40行）にせよ、「君のあと」（66行）にせよ、ルスティクッチの表現は無意識のうちに常に「後ろ（後）」に固執している。ここにも彼の生前の女形への無意識の愛着が漏れ出ている。

＊23　ベンヴェヌートによれば、グリエルモ・ボルスィエーレは財布を作るフィレンツェ市民であったが、自分の仕事に嫌気がさして仕事を止め、社交の人となった。つまり、貴族の館を訪れたりして時間を過ごした。ボッカッチョはこう説明している。「彼は貴族や領主の館に出入りする騎士であった。立ち振る舞いも立派で、とても洗練された男だった。彼や、彼と同類の者たちの役割は、豪族（グランディ）と貴族の仲を和合させたり、婚姻や家と家の仲立ちをしたりといったことであった。また彼は、時あるごとに面白い話や人情話・教訓的な話を聞かせては悩める者たちの心を解きほぐしてやったり、立派な行為をするよう勇気づけていた。今の人々はこうしたことはもうしなくなった。それどころか、今では、邪で不愉快な人間であればあるほど、その醜い言動によって、ますます人々から好かれ、より多くの報酬を得る有り様である」

＊24　フィレンツェが腐敗堕落し、道徳は地に落ち、騎士道的精神は廃れてしまったという知らせ。現世の知識に関して、地獄の囚人たちはその遠い未来を見ることはできても、新たに新人が地獄に堕ちて来て現況を知らせてくれない限り、現在を知ることができない。このため、ダンテに最新情報を確かめている。

＊25　この三行詩節におけるフィレンツェ批判について当時の歴史的背景を知っておく必要がある。「コンタード」が拡張した結果、自分たちの意見を聞き容れさせるために必要とあらば軍事力に訴えることも辞さない封建貴族たちが市中に移り住むようになる。一方、それと並行して商業の発展によってそれまで貴族でないがゆえに支配者階級から除外されていた社会の一階層であるブルジョワジーの力が強まり、彼らがもっと重要な地位を要求するようになった。いくつもの門閥が形成され、古い年代記が伝えるように、彼らは互いに血みどろの衝突を繰り広げ、フィレンツェ史を不吉に照らし出す騒乱が姿を現わした」（マリエッティ）

＊26　汗水流してのものではなく、濡れ手で粟の商業活動や高利貸しなどのようないわゆる資本が資本を生み出すすべての経済活動を指す。ダンテはこうした資本主義経済活動を正当な労働ではない虚業として糾弾する。こうした経済活動から生まれた俄大尽たちは、古くからある家門に対して嫉妬心を抱くようになり、そこに対立が生まれ、フィレンツェ社会を引き裂く圧力になった。一言で言えば、拝金主義が横行し、

美徳よりも金を稼ぐ者が一番偉いとみなされる社会に変質したのである。

＊27　フィレンツェがある地上に向けて叫んでいる。またこのポーズは聖書に登場する預言者に特徴的なものである。イザヤにせよ、エゼキエルにせよ、顔と手を上へと掲げて祈願・預言する。ブルネットとの出会いを通して確信を得たダンテの人格は、次第に預言者のそれへと変容していっている。

＊28　過去の苦しみを懐旧する伝統的なトポスが用いられている。古くは『オデュッセイア』に発する。「きっとこの苦しみは、いつの日か、思い出の種となるだろう」（第十二巻212）。「多くの苦しみを舐め、遠く旅した者には、労苦の思い出もまた楽しいものだ」（第十五巻400-401）。このトポスはキケローによってローマにもたらされる。「思い出となった過去の労苦は甘美なものです」（『善と悪の究極について』第二巻一〇五で引用されたエウリピデース『アンドロメダー』の断片一三三）。「過去の苦しみを心穏やかに思い起こすことは喜びとなるからです」（『縁者・友人宛書簡集』一二二［五、十二］、四）。そしてこれをウェルギリウスがアエネーアースの演説に用いる。「気力を呼び戻し、陰鬱な恐れを吹き払い給え。きっといつの日か、これらの苦難を思い出すことが喜びとなる日が必ずやって来る」（第一巻二〇二-三）。次いで、これをセネカも利用している。「耐えるのが辛かったことも、耐えてしまえば喜ばしくなります。自己の苦しみに終止符が打たれたことを喜ぶのは自然です」（『道徳書簡集』七八、一四）。「耐えるのも苦しかったことこそ、思い出すのが甘美となる」（『怒れるヘーラクレース』六五六-七）。こうした文学的伝統を踏まえてダンテはこの一文を草している。

＊29　名声を貴ぶ彼らは、ダンテが地上に帰り着いた暁に自分たちのことを語って名声を新たにしてもらいたいと願っている。死者にとって自分たちの唯一の生きるよすがは地上の名声だけであり、それが彼らに残された唯一の希望だからである。だが、もっと下の地獄に行くと、自分の悪名が新たにされることを嫌がって、名前を隠し告げぬ者たちが登場する。

＊30　秒の単位が実際に計られ得るようになったのは十六世紀末（一五八三年のガリレオによる振り子の法則）以後のことであり、分に関しては、ダンテの死後一三四五年頃からやっと認識されるようになった。それ故、ダンテの時代、分や秒の長さは、数理学上を除いて、一般には馴染みのないものであった。実際、分や秒を測る装置もなく、腕時計のない中世では礼拝の祈禱文句などを基準にして時間を計っていた。例えば、一二九五年八月二十三日に起こった地震に関して、「アヴェ・マリアとパテル・ノステルを言うのと同じくらい続いた」と記録されている。一四五六年のナポリの地震に関しては「ミゼレーレの祈りを極めてゆっくり詳細に一回半言うのと同じくらい続いた」といった具合である。従って、『アーメン』ひとつ」とは約一秒から一秒半程度の時間を想定していると思われる。勿論、比喩的な意味で、「一秒も経たない内に」→「瞬く間に」の意味である。イタリアでは、

一昔前までは「一瞬のうちにin un momento」を「アーメンひとつ唱えるうちにin un amen」と言っていた。

＊31 ふたたび冒頭で触れた瀑布の音に話が戻る。このように、瀑布の音が第十六歌の三人のフィレンツェ人の物語の幕を開け閉めする語りの装置として機能している。

＊32 ロマーニャ地方のアペニン山脈に連なる山。現、フォンテ・ディ・モンテ・ヴィーズィ。

＊33 原文は「左斜面」だが、当時の地図は、現代の地図とは反対に、南が上に、北が下になっている。そのため、現代の地図で言えば、「右斜面から」という意味になる（古代・中世の地図は南を上にして描いていた）。

＊34 ポー川より南においてアドリア海に流れ出る最初の川という意味。現在では地形が変わって、レーノ川が最初の川となっている。

＊35 フィレンツェ北東五十キロほどのアペニン山脈から発する川。

＊36 なぜダンテが長々と九行（94－102行）も費やして地理学上の詳細を施しているのか、今までどの研究者も指摘したことはなく、その意図は不明のままとなっている。このモントーネ川は、上流では「静かな川（アックワケータ）」と呼ばれるが、その名とは裏腹に、瀑布となって轟音を立てている。つまり、この川は、見かけと実体が異なり、欺瞞と同じ構造をしている。ダンテは、これから欺瞞の領域に入るにあたって、その構造を思わせる自然の即応物としてこの川の描写を行なっているのではないかと思われる。実際、第十六歌はこのパターンで統一されており、このような寓意的な意味が情景に託されている。

＊37 この懸崖が第七圏と第八圏とを分かつ自然の境界。この「険しい崖」という空間的な落差は倫理的な心の世界に即応し、第七圏と第八圏の罪の落差を表わしている。滝の深さは罪の深さに相応しており、次の第八圏の罪が今までの罪とは異なり、そこに容れられている囚人の質も本質的に異なっていることを意味している。

＊38 第一歌に登場する三匹の獣の「豹」を指している。

＊39 ウェルギリウスが右利きであることがここから判る。右利きゆえに、右側を向いて反動をつけて投げている。また右＝正しさであることから、「正しさdestro」を表わす行為でもある。

＊40 崖の途中に引っ掛かることなく、ちゃんと谷底に落ちていくよう、反動を付けて勢いよく投げるため。

＊41 「頭の中で想像するもの」と言えばすむところを、ウェルギリウスは「おまえが頭で夢見ているもの（夢の中でかいま見るようにおまえが頭の中で想像するもの）」と述べている。なぜ「夢」という観念を持ちだしているのか、これについては最後に明らかになる。

＊42 真実の仮面を被った嘘が世の中にはびこっているが、今から語る出来事はその反対であり、嘘のように見えるかもしれないが、真実であるとダンテは強調している。この詩句は

次の典拠を踏まえている。「体験したことのないことは何一つ主張してはならない。なぜなら本当のように思えることすべてが真実とは限らないからだ。同様に、最初、信じがたく思われることが、後になって、嘘偽りでないことがしばしばある。つまり、真実が嘘偽りの外観を呈していることがよくあるように、嘘偽りもまた真実の外観によってよく隠されているのである。友が悲しい顔つきを示す時、追従者が愛想の良い顔つきをよく示すように、まさに騙したりするために、偽りは、まことしやかに潤色され、飾られているからである」（偽セネカ『四大枢要徳について』II, 4）。この作品は中世では若きセネカの作と信じられて広く流布していた（ダンテは『饗宴』第三巻第八章一二と『帝政論』第二巻第五章三で引用している）が、現在ではマルティーヌス・ドゥミエンシス作と考えられている。ブルネットもこの作品を典拠として『宝典（第一の徳、それは賢慮である）』第二巻第二部第五十三章§2の中で同様のことを語っている。

＊43　このトポスの伝統的な思考は、偽りの顔を持つ真実について明言を禁じることにある。しかし、ダンテはそれを彼独自のものに改変している。なぜならダンテは口をつぐんではいられないからである。また、ここには次の歌章に登場するゲーリュオーンに象徴される欺瞞者や追従者の本質が、今まで指摘したものと同じパターンで先取りされている。ゲーリュオーンは一見したところ、「虚偽の顔をした真実」に見えるが、その本質においては「真実の顔をした虚偽」でしかないからである。従って、第十八歌（第八圏）以降でダンテが学ぶべき知恵とは欺瞞を見抜く賢明さということになる。

＊44　ここで初めて『神曲』の題名が言及される（天国篇第二十三歌62と第二十五歌1では「聖なる詩」とダンテは呼んでいる）。古代・中世では著作に題名を付す習慣がなかった。このため、『神曲 *La Divina Commedia*』という題名も後代に付されたものである。

＊45　船の上にいる者が、海面下で水をかき分けて浮上してくる素潜りの姿を眺めている情景。空中を浮遊し飛行する様を泳ぎに喩える発想は、ダンテ以前にすでに見られる。「飛行と泳行は多くの点で共通している。実際、泳ぐことは飛ぶことであり、同じく飛ぶことはある種の泳ぎだからである」（アルベルトゥス・マグヌス『動物の運動について』第一巻第二章三）

第十六歌解説

　第十五歌で扱いきれなかった点をここで解説しておこう。ブルネットたちの集団はダンテに向かってやって来たが、三人のフィレンツェ人が属しているもう一つの集団は別な方向からやって来る。しかも、ブルネットの集団のように堤に沿ってやって来るのではなく、堤から遠く離れた熱砂からやって来る。この違いについて、今までの注釈書は、第三冠状地の囚人たちは生前の職業に従って分類されているためと説明してきた。すなわち、ブルネットたちの集団は知識人と聖職者であり、三人のフィレンツェ人たちが所属する集団は政治家たちだという解釈である。しかし、この説明にはいかなる教義上の根拠もないだけでなく、ダンテの冥界についての基本的な考えとも一致しない。ダンテの冥界では、地上での職業と死後の運命にいかなる関係も存在しないからである。生前の職業と死後の罰の分類が呼応するなど絶対にあり得ない。なぜならまさにそのことを明かすことがダンテの冥界探訪の目的の一つでもあるからである。死は、人間から見かけのものを剝奪する。当然、生前の地位や職業は消えてなくなる。実際、トマスもはっきりと述べている。「政治的な能力の習性は、肉体から分離した死後の魂に残ることはない。なぜならこの種の能力は市民生活の場においてだけ有効なものだからである。それ故、こうした政治能力は現世を終えると存在しなくなる」（『神学大全』Suppl., q. 98, a. 1, ad. 3）

　政治的にどんなに有名であろうと、また市民としての貢献がいかに顕著であったとしても、それはあくまでも地上的な尺度に過ぎず、天の判断と一致するわけではない（第十五歌のブルネットにおいて見たばかりである）。ここで挙げられている人物は、あくまでも地上的な次元において市民としての価値が抜きん出た者たちであり、永遠の価値とは別物である。政治的能力は道徳的能力と一致するわけではない。ただし、心のあり方と生前の職業がたまたま一致するように見えるものもある。例えば、泥棒、高利貸し、女衒（ぜげん）など。しかし、これらは真の意味での職業ではない。泥棒も高利貸しも女衒も、職業ではなく、罪の行為を言い表わすものである。貪欲が行為として現われるとき、それが泥棒と呼ばれたり、高利貸しと呼ばれる。またブルネットの場合、彼は文人であると同時に公証人であり、政治家だった。従来の解釈に従えば、彼をどのように分類するのであろうか。彼の職業が何であるか、どれに分類するかは極めて恣意的なものにならざるを得ない。彼を政治家として分類しても何の不都合もない。ダンテは生前の職業や地位で死後の運命を判断したりしない。冥界そのものの性質からして不可能である。死後の地位は、偏（ひとえ）に、生前の心の状態によって決定される。このことは地獄篇の至るところで示されている根本則であり、囚人たちの区分は生前の職業ではなく、生前の彼らの罪のありよう——心の状態——に従う。もう一つの集団が別な方向から来るのは、従来の説明とはまったく異なる理由に基づいている。

　もう一つの重要な疑問も挙げておこう。三人のフィレンツェ人は輪を描いて円運動を行なう。しかも、その際、絶えず背中をダンテに向けながら、ダンテの顔を見つめている。この不思議な振る舞いを説明する必要がある。ここからが思案のしどころだが、絶えず運動を続けなければならない男色者たちは、①なぜブルネットのようにダンテに歩いて付いてこないで、面倒な円運動を行ないながら話をするのか。また、②なぜ常にダンテの方に顔を向け続ける必要があるのか。③彼らが一瞬たりともダンテから目を離さないのは、なぜなのか。しかも、④目を離したくないなら、ダンテの方に体と顔を向けて輪を描けば、首を廻さなくてすみ、楽なはずである。なのに、なぜ彼らはわざわざ首と足の動きを逆にして、すなわち、常に背中をダンテに向けながら輪を描く必要があるのか。

長らく疑問とされてきたこれらの疑問を解くために、もう一度、第十五歌で描かれた彼らの独特の眼差しから考えてみよう。⑤なぜ男色者たちが《見る》とき、vedere という一般的な動詞が用いられず、riguardare など特別な動詞が用いられているのか。また、⑥なぜ彼らに仕立屋の比喩が用いられているのだろうか。

「そのとき私たちは、岸［堤］に沿ってやって来るたましいの一群に出会った。その一人一人が新月の夕方、互いの顔を見合わせるように、私たちをしげしげと眺めるのだった。そして、眉を寄せて私たちに目を凝らす様は老いた仕立て屋が針の穴に糸を通そうとする時のようであった。こんなふうにこの一族からじろじろと見つめられていると」（第十五歌16－22）

第十五歌の他の箇所（14、59、110〈111〉、116〈117〉行）では一般的な動詞「見る vedere」が用いられているにもかかわらず、男色者との出会いの場面でだけ、普段ではあまり用いられない「しげしげと眺める riguardare」（18〈19〉行）や「見合わせる guardare」（19行）（しかも原文では、どちらも隣どうしの詩行で冒頭に用いられている）や「目を凝らす aguzzare」（20行）、「じろじろと見つめられる adocchiare」（22行）が用いられている。ダンテは意図的に、一般的な動詞 vedere を避けて、特別のニュアンスを込めて、これらの動詞を使っている。この眼差しの主題の周りを、二つの同じ喩えが回っている。一つは、《月明かりのない新月の夜に道で出遭う人が相手を確かめる難しさ》の喩えであり、もう一つは《年老いた仕立屋が、老眼のために、糸を穴に通すのに苦労する》喩えである。

同じモティーフが、三人のフィレンツェ出身の男色者たちの描写において、もっとあからさまな形で示されている。

「油を塗った裸のレスリングの闘士たちは互いに傷を負ったり打たれたりする前に相手を先に摑んで有利に立とうと、虎視眈々と相手を狙うものだが、ちょうどそのような目つきで、三人とも回りながら、私のほうへ顔を向けていた。そのため、彼らの首は絶えず足とは反対の方向へ動きつづけていた」（第十六歌22－27）

ここでもダンテは男色者たちが視覚によって他者との関係を定めようとしている様子を浮き彫りにしている。この三人はダンテに背を向けざるを得ないときでさえも、首が脱臼して曲がってしまう危険を冒してまでもダンテから目を離そうとはしない。つまり、男色者は特別な眼差しを有しており、その眼差しで相手の男を見ないではいられないのである。男色者が男を見る目はおのずと違いがある。その違いをダンテはこれらの動詞で強調している。視覚と自然に反する悪徳の結びつきは眼差しの持つ性的な意味合いに根ざしている。実際、ダンテにとって（また中世の詩人たちにとって）、「目は愛の始まりを意味する」（ダンテ『新生』第十九章二〇）。パオロとフランチェスカの恋愛も互いの眼差しの交換から始まる（第五歌130－131）。目は愛の入り口であり、情欲の罪の入り口ともなる。ダンテは煉獄で愛欲の罪を犯した人々が罪を浄める第七環道に入る時、ウェルギリウスから次のような戒めを受ける。

「この場所では、目にしっかりと手綱をかけておく必要がある。僅かの油断で過って（堕ちて）しまうからだ」（煉獄篇第二十五歌118－120）

この「過つ errare」は愛欲の罪に陥ることを意味している。そのため、愛欲の罪へと過つことのないよう、愛の通路である目をしっかりと制御していなければならないとウェルギリウスは戒めている。

新月の比喩が男色者に当てられているのも理由がある。それは罪を犯すには格好の条件――罪を犯す場としての闇――だからである。実際、ベンヴェヌートはそのことを良く知っており、新月の宵闇迫る描写について、こう注解している。「この者たちが、あたかも夜にじろじろ眺めるのは、彼らの罪が極めて密やかなものであり、光をまったく避けるからである」

もっと具体的に、ブルネットとその仲間たちが《自然に反する淫蕩》を犯した特定の仕方については、続く20－21行目の類比の中で明かされている。つまり、「男色者たちの、生前に身に染みついた習慣である粘着質の眼差しの悲しき名残り」（デッラ・テルツァ）が二つの比喩を通して暗示されている。すなわち、相手を誘う行為であり（実際、ダンテは「じろじろと見つめられて adocchiato」、その視線の圧力を感じている点にそれが強調されている）、彼らは夜陰に乗じて活動を開始し、相手を闇夜の中で確かめようとする（今でも、フィレンツェの夜の道にはそうした女装した男たちが立っている）。そして、その罪の行為はさらに二つに分けられる。次の研究論文を参考にして謎を解き明かしてみよう。

「一四九四年、フィレンツェのサント・スピーリト地区に住む八名の《ふしだらな少年たち》のグループに関する密告が、同市の男色を取り締まる官吏であった《夜の役人 Ufficiale di Notte》になされた。これらの少年たちのうち年齢が明らかな五名のうち、十～十二歳程度の子が一人、十四歳が三名、十七歳が一名である。八名の少年たちは社会的に概ね中下層に属し、二名は肉屋の息子、別の二名は仕立屋で働き、一名ずつが織物商と絹織物業者に雇われていた。彼らのうち五名が《夜の役人》に四十四名もの交際相手を明かした。そのうち二名だけが三十歳以上で、三十二名は十六歳から二十五歳の若者である。密告者によれば、これらの若者たちは少年たちに金銭や贈り物を与え、その代償として少年たちと性的関係を持ち、自分たちに忠誠を誓わせ、彼らを監視し、服従しなければ、彼らの父親にすべてを暴露すると脅迫していたという。（中略）十三世紀以前は同性間の性的関係に対して、不寛容な姿勢は積極的には打ち出されなかった。転換期となったのは、十三世紀である。同世紀におけるスコラ学の交流は立法の分野にも大きな影響を与えた。トマスが定義する《自然に対する悪徳》にはマスターベーション、獣姦、同性間の性的関係、生殖目的でない男女間の性交が含まれる。しかし、《自然に反する罪》の中で最も重罪とされたのは同性間の性的関係で、一般に男性間の性的関係を指した。このような定義のもとに十三世紀中葉から後半にかけて、スペインやフランス、英国において《自然に反する罪》を社会に対する犯罪行為として禁止する立法が相次いで制定されるようになる。そしてこの犯罪に対する刑罰は、去勢や四肢の切断などの身体刑や死刑、財産没収など苛酷なものであった。十三世紀から十四世紀にかけて、ヴェネツィア（十三世紀）、ボローニャ（一二六五年）、フィレンツェ（一三二五年）、シエナ（一二六二年）、ペルージャ（十四世紀半ば）などの諸都市において男色を禁止する立法が制定されている。（中略）男色に対する日常的なレヴェルでの本格的な取り締まりが行われるようになるのは十五世紀になってからである。フィレンツェでは一四三二年に《夜の役人》が、ヴェネツィアでは一四一八年に《男色専従班》が、ルッカでは一四四八年に《品行に関する役所》が創設されている。（中略）フィレンツェでは男色に関する条項は一三二五年の行政長官の法規の中に初めて現れる。そこには、『少年 *puer* と男色を犯した堕落せる者が発見されし場合、去勢の刑に処せられる』と規定されている。ただし、少年の場合、十四歳未満であれば五〇リラ、十四歳から十八歳であれば百リラの罰金刑と鞭打ち刑であった。（中略）フィレンツェでは、一四三二年から《夜の役人》が廃止される一五〇二年までの間に、約一万七千人が告発され、そのうち約三千人が有罪宣告を受けている。これらの数字は、同一人物を含み、告発の中には偽りもあったが、約四万人ほどの都市においては、殆どの男性が男色にかかわっていたのではないかと推測させるほどの数字である。（中略）容疑者の全員が下層民であったわけではない。彼らの職業を合わせると、三五〇種類にものぼる。多い者を順にあげると、織物生産業者（二四％）、衣料関係（一五％）、その他の手工業、小売商（各一一％）、食料品販売（一〇％）、床屋・墓掘り人夫・馬丁（六・四％）、官吏・聖職者（各二・三％）、……教師（〇・六％）。特に多いのは、靴・靴下製造職人（九・三％）、……仕立屋（三・三％）である。しかしその一方で、フィレンツェの支配層の家系に属する容疑者が全体の一二％相当もいることは看過されるべきではない。（中略）一般にこの時代の男色は、十八歳以上の男性が十二歳から二十歳くらいまでの少年を相手に行うものであった。両者の性的役割は各々、《能動的 ***agens/agente***》《受動的 ***patiens/paziente***》として区別される。この性的役割の区別は、法の条文や刑罰にも反映されている。一三二五年の『ポデスタ法規』のように、《少年と男色行為を行う者［能動役（男役）］》《このような犯罪によって自らを汚すことに同意した少年［受動役（女役）］》といった表現で両者の性的役割が区別されている。（中略）フィレンツェの支配層の家系に属する者が《能動的》役割をした容疑者全体の一一%、《受動的》役割をした容疑者全体の一六%を占めている。男色容疑者は中下層民が多いが、《受動的》役割をした者の中には、上層市民の子弟が若干目立っている。（中略）フィレンツェと同様に、ヴェネツィアでも男性間のソドミーでは《能動的》《受動的》という性的役割の区別がなされている。この区別は一四四〇年代の半ばに十人会の記録に *agens/patiens* といった用語で現出する。同市においても《女役 *patiens*》よりも《男役 *agens*》の方が重い刑罰が宣告され、原則として《男役 *agens*》が火刑であったのに対して、《女役 *patiens*》は重い刑の場合でも、身体刑や禁固、追放刑などで、《女役 *patiens*》が被害者とみなされた場合は釈放されることもあった。例えば、一四七四年、貴族一名を含む六名の男が関与した事件で、十人会は《能動的》役割を行っていた二名を斬首後に火刑に、《受動的》役割をした二名のうち十歳の少年には、その幼い年齢のゆえに、拷問室での十回の鞭打ち刑を、もう一名の床屋の十八歳の若者には、二十五回の鞭打ち刑と鼻を削ぎ落とされた後、一時間の晒し刑と、さらに五年間の追放刑に処している。（中略）ところで、鼻を削ぎ落とす刑は、一般には女性の罪人に対する身体刑であった。男性の罪人に対する主要な身体刑は手の切断や目潰しである。これは男／女のジェンダーの差異に基づく刑罰であったといえよう。当時の社会では、男の価値が仕事をする力量によって決定づけられていたのに対して、女の価値は容姿の美しさによって決定づけられていた。従って、男色で《受動的》役割をした男に鼻を削ぎ落とす刑罰が科せられたことは、《受動的》すなわち《女》の役割をした男は、《女》のように処罰されるということを公に示すものであった。この刑罰は、フィレンツェでも、公安八人委員会が担当した深刻な事件に対する判決の中に見ることができる。都市権力は、少年期を過ぎても《受動的》役割を行う男を公の場で《女》に貶め、嘲笑の的にすることによってジェンダーに基づく社会秩序を維持し強化しようとしたのである。（中略）男色で《受動的》役割を行う成人男性に対する社会の憎悪が規範化されるのは、フィレンツェの君主となったメディチ家のコジモ一世が一五四二年に制定した反男色立法においてである。この立法は、《受動的》役割を行った二十歳以上の男性に死刑を定めている。一方、《能動的》役割を行った再犯の男や二〇歳未満の男は百スクードの罰金刑とガレー船内での終身強制労働に処せられた。コジモは男色を絶対君主に対する侮辱として捉え、特に《受動的》役割を行う成人男性により苛酷な刑罰を定めている。成人男性が《女》の役割を行うことは、神と絶対君主に対するより邪悪な冒瀆とみなされたのである」（高橋友子『十四－十五世紀イタリア諸都市における反ソドミー政策――フィレンツェとヴェネツィアを中心に』立命館大学第558号、一九九九年、pp. 125–152）

この研究からも判るように、男色者たちは、彼らが犯した自然に反する罪の仕方に応じて二つの集団に分けられている。すなわち、第十五歌に登場するブルネットたちが属していた集団が放つ視線は、彼らが生前行なっていた《男役 *agens*》の振る舞いを暗示している。これはアンドレーア・デ・モッツィの習慣的な振る舞い――悪徳へと屹立するペニスという描写――からも裏書きされる。また、この二種の男色行為は、古来「針の役（能動役）」と「針穴の役（受動役）」と揶揄されていた。

例えば、十八世紀のイタリアの詩人ラニエーリ・デ・カルツァビージは次のようなパロディ詩を遺している。

「ある時は、《針 ago》の役をし、ある時は《針穴 cruna》の役をする」（『リュリの歌 *La Lulliade*』）

ここから、なぜ男色者が、「(相手を見定めようと) 互いの顔を見合わせるように、眉を寄せて私たちに眼を凝らす様は、老いた仕立屋が針の穴 cruna に糸を通そうとする時のようであった」と、仕立屋に比喩されているかが了解される。また裸の男色者たちは輪の形を描くが、この輪は男色者たちが自然に反して行なう「忌むべき業 *opus nefarius*」を象徴している。というのも「輪（円）」も「肛門」も共に《*ānus*》と言うからである。ラテン語では「肛門」のことを隠語で「輪（尻の穴）*ānus*」と言った（英語の anus はこのラテン語《*ānus* 輪》に由来する）。ラテン文学ではお馴染みの単語である。

「君は本来の言葉を使わずに、《輪（尻の穴 *ānus*）》と言っている。どうして本来の言葉を使わないのか。もしそれがはしたないのであれば、別の呼び名も使うべきではない」（キケロー『縁者・友人宛書簡集』189, 2〈9, 22, 2〉）

「オエノテアはなめし革のペニスを取り出し、それにオリーブオイルをふりかけて、胡椒の粉末とイラクサの種を擦りつけ、少しずつ僕の《輪（肛門 ānus）》に差し込み始めた」（ペトローニウス『サテュリコン』一三八）

つまり、結論を言えば、第十六歌に登場する三人のフィレンツェ人の描く《輪 rota》は彼らの標識として示されており、「女役」を明らかにするために詩人が用意周到に選んだものに他ならない。「針の穴 *cruna*」（第十五歌21）と「輪 rota」（第十六歌21）のイメージは、読者が躊躇することなく、彼らの罪の様態を定めることができるよう、詩人が読者に残した標識なのである。三人の男色者が描く輪舞は、セネカが『恩恵について』において解説している恩寵の三人の女神のグロテスクな倒錯形に他ならない。

「なぜ恩恵の女神が三人であり、なぜ女神たちは手を握りあっているのだろうか。更に、なぜゆったりとした薄衣を纏っているのだろうか。（中略）あの輪を描く踊りにはどんな意味があるのだろうか。（中略）それが薄衣であるのは、恩恵は眺められることを望むからである」（セネカ『恩恵について』第一巻第三章二―五）

彼らが裸で、常にダンテに背を向けて尻を見せているのは、ダンテに見られることを望むからに他ならず、その「恩恵が眺められることを望むから」である。

ここまで来るとすべてが明らかになってくる。なぜダンテが男色者を古代のレスリングの競技者という一見場違いと思われるような譬えで比喩しているかも了解されよう。かつてどの研究者もこの譬えの意味を問うたことはなかったが、今までの解説から「油を塗った裸の」の意味は、言うまでもない。第十六歌の三人の男色者は生前《女形》の性的役割を担った者たちであり、彼らは罪を犯すとき、つまり、彼らが、グレコ・ローマン・スタイルで、男同士絡み合って愛の戦いをする際、《女役》の彼らは尻を裸にして油を塗っていたことから古代のレスリング競技者に喩えられているのである。『サテュリコン』の引用を引くまでもなく、オリーブ・オイルは潤滑油として用いられ、彼らが油を塗っていたのはこのためである。彼らが首をねじってダンテを見ようと望むのは、性行為に際して背を向けながらも相手を見ようと望む彼らの生態を顕わにしている。性の営みは古代から愛の戦いと比喩されたように、男色行為において受動的役割を行なう彼らを、ダンテは「古代のレスラー」に喩えているのである。

　ここまで来ると、「なぜブルネットはもう一つの集団と一緒にいられないのか」という疑問にも答えることができる。「自然に反する罰」として、両者は必然的に「ともに」いることが禁止されているからである。罪に対する応報の理として彼らは互いを欠くことによって、互いの最大の願望が否定されるよう罰せられているのである。パオロとフランチェスカとは逆の関係で応報の理が働いている。パオロとフランチェスカは《自然に従った》罪を犯した。従って、彼らは永遠にくっついていなければならない。一方、男色者たちは《自然に反した》罪を犯した。従って、彼らは永遠に離れ離れになっていなければならない。両者は貪欲者と浪費家と同じように、鏡映対称の関係に置かれているのである。もし男役と女役のグループが一緒になれば、地獄の懲罰ではなくなってしまう。彼らは、永遠に自分の相方、自分たちの願望は成就されない定めに置かれている。だからこそ、ブルネットは彼らから逃げるようにして、自分の集団に戻ったのである。男役のブルネットたちが直線的なピストン運動しかできないのに対して、女役の三人の男色者たちの集団は熱砂の中を円運動している。このため、彼らは異なる方角からやって来たのであり、直線的な堤に沿って来なかったのである。

　次に、第十六歌でルスティクッチの放つ興味深い発言「私にもっとも害を及ぼしたのは高慢なわが妻だった」（45行）を取り上げてみよう。先に引用した史料に見る既婚者における同性愛検挙者はかなりの高率（二四％）を示している。原文は現在形で書かれていることから「今もなお私に（地獄の懲罰という）害を及ぼしている」ことを述べている。これは過去の原因と現在の状況を同時に指す一種の圧縮用法である。この発言からも判るように、地獄の囚人たちは自分の罪を純粋に悔いているわけではない。彼が悔いているのは自分の妻であって、自分ではない。妻が原因で地獄堕ちし、その罪で今もなお自分は傷つけられていると不平を託(かこ)っているのである。ルスティクッチのこの弁明はダンテの諧謔精神の表われであると同時に、「盗人にも三分の理」という諺があるように、自分の中の悪を見ることなく、自分の犯した罪の原因を他者に求める地獄の人々の共通の心性を表わしている。ダンテが出遭う地獄の囚人たちの中で自分の悪を知り、認めているのはブルネットただ一人である。ブルネット以外の誰も彼も、悪いのは自分以外の誰かとみなす。人間は、地獄に堕ちてさえも、自分を庇い続ける。うまくいかなかった理由を外に探そうとする。それが誤魔化しであることに地獄の囚人たちは決して気がつかない。裸にされ、ありのままの人間にされているにもかかわらず、地位を誇り、身分の高さを誇らないではいられない。彼らは前世で着ていた服にしがみついて（ダンテの服に彼らが着目したのもその表われ）、丸裸の自分を見ようとはしない。男色者たちは「眺め、見つめる」が、それは他者を見つめる目でしかなく、自分を貫いて見つめる目ではない。ルスティクッチは三人の中で唯一、自身の罪を認めているように見えるが、妻を引き合いに出しているることからも判るように、ブルネットのように認めているわけではない。どんなに外に原因を求めても、誰も自分自身からは逃げられはしない。それ故、うまくいかない理由をどんなに並べても、自分自身が本当に反省していないため、彼らにおいては永遠に何も始まらず、永遠の繰り言が繰り返されるだけなのである。

最後に、第十五歌と第十六歌のまとめをしておこう。第十五歌の冒頭に長い比喩が二つ置かれているが、いつものように、この冒頭の序歌に、その主題が隠され、その歌章の読み方が提示されている。つまり、第十五歌が単に男色を取り扱う歌章でないことが、すでにその冒頭において示されている。冒頭をもう一度見直してみよう。

「ヴィッサンからブリュージュに至るまでフランドル人たちが、（満潮時に）襲ってくる洪水をおそれて海が退くための堤防をつくるように、またパードヴァ人たちが、トレントの山々が暑気を感じぬうちに彼らの町や城塞を守ろうと、ブレンタ川の岸に沿って堤を築くように、あの堤も、こうした堤に似ていたが、ただし、それを造った工匠が誰であったにせよ、高くもなければ、厚みもなかった」（第十五歌4－12）

この類比は自然に対する暴力（男色）に加えて、神に対する暴力（瀆神）や自然の業に対する暴力（高利貸し）という反自然の罪についての序歌をなしている。冒頭でフランドルとパードヴァが言及されているのは偶然ではない。ダンテの時代、フィレンツェとともにフランドルの都市は商業と金融が最も盛んな中心地であった。また、第十七歌で言及される高利貸しはフィレンツェ人の他には二人のパードヴァ人（レジナルドとヴィタリアーノ）だけである。詩人の目には、高利貸し（もっと一般的にあらゆる種類の金儲け主義）は市民の共同社会を正しく機能させるにあたって最も有害な活動に映っていた。実際、ダンテは第十五歌と第十六歌でフィレンツェを舌鋒鋭く非難している。フィレンツェこそが、あろうことか世界中に輸出している反価値の発祥の地だからである。ダンテは、この反価値の原因をとりわけ「倨傲」と「過剰」の中に――言い換えれば、神が人間に課した限界を止めどもなく踏み越えていこうとする思い上がりの中に——見ている（これは、第二十六歌でもう一度繰り返される）。ダンテは《物で栄えて、心で滅びる》これら経済都市の実態を非難しているのである。ダンテの時代、それは金融都市フィレンツェであり、商業都市フランドルであり、高利貸しのパードヴァだった。ダンテにとってこれら三つの都市は自然の業（わざ）に背く反自然を象徴するエンブレムだったのである。詩人のこうした思いは冒頭の類比の中に示されている。フランドル人は海がはねつけられるほどまでに、パードヴァ人は川の水が追い返されるほどまでに、敢えて堤防を法外に高くしている。この類比は聖書の次の二つのサブテキストを指示している。

「モーセが手を海に向かって差し伸べると、主は夜もすがら激しく吹きつける熱風をもって海を押し戻されたので、海は乾いた地に変わり、水は分かれた。イスラエルの子らは海の真ん中の乾いた所を進んで行き、水は彼らの右と左に壁のようにそそり立った」（「出エジプト記」一四：二一－二二）

「ヨルダン川を渡るために、人々が天幕を後にしたとき、契約の聖櫃（ひつ）を担いだ祭司たちは、人々の先頭に立ち、ヨルダン川に達した。春の刈り入れの時期で、ヨルダン川の水は堤を越えんばかりに満ちていたが、聖櫃を担ぐ祭司たちの足が水際に浸ると、川上から流れ下る水は逆流し、遥か遠くのツァレタンの隣町アダムで山のようにそそり立った。このため、アラバの海（塩の海）に流れ込む水はまったく断たれ、人々はエリコに向かって渡ることができた。主の契約の聖櫃を担いだ祭司たちがヨルダン川の真中の乾いた川床に立ち止まっているうちに、人々は全員砂地の川床を通ってヨルダン川を渡り終えた」（「ヨシュア記」三：一四－一七）

「詩篇」はこの二つの出来事を簡潔に要約して次のように述べている。

「海は見て、退いた。ヨルダン川は逆流した」（一一三［一一四］：三）

そしてダンテは、この「詩篇」を典拠にして、次のようにイタリア語に移し変えている。

「しかしながら、ヨルダン川が逆流したのも、海が退いた
fuggir のも、神がお望みになったからだ」（天国篇第二十二歌95）

このように第十五歌と同じ表現（海が退く fuggir）が天国篇第二十二歌95にも戻ってきているが、そこでは選ばれた民を通すために開かれた紅海であり、ヨルダン川であり、海や川は神の意志によって退いている。自然の流れを逆流させたり、押しとどめたりすることができるのは唯一、神だけである。神だけが自ら造った自然を意のままに変えることができる。一方、フランドル人が行なったことは神の意志ではなく、神が定めたものを矯正するという手前勝手な人間の常軌を逸した folle 試みに他ならない。同じことが、パードヴァ人の労力にも言える。彼らは自分たちの所有物を、堤防の中に築き上げた財産を護ろうとして、自己愛からブレンタ川の増水を抑えようとしたので

あり、神の聖櫃を運ぶためでも、モーセのように選ばれし民を導くためでもない。彼らは高利貸しで稼いだ自身の利益のために、自然を改変した。フランドル人やパードヴァ人のこうした振る舞いは、諫早湾の干拓と同じように、ダンテにとって自然を自分たちの都合で改変する、神を畏れぬ冒瀆と映ったのである。

実際、ウェルギリウスは高利貸しについての説明で、すでにダンテに「弟子が教師 maestro に従うように、《人間の技 arte は、能う限り、自然に従う》」(第十一歌103－104) ものでなくてはならないと述べていた。「人間がなすべきことは、ダムを造ったり、自然を切り開いたりと、自然を改変することではなく、自然に従うことである」。これがダンテの主張である。自然が神の御心と神の技に従って進むように、自然に従うことこそ人間が従うべき掟であり、義務に他ならない。この解釈が正しいことはこの比喩を閉じる二行の詩行(11－12行)が明かしている。ダンテが入念に託した嘲笑的な揶揄を理解することができなかったならば、この二行はまったく意味をなさない詩行となってしまう。12〈11〉行目で神が「工匠 maestro」として提示されているのは偶然ではない。それは第十一歌104行で高利貸しの説明に用いたウェルギリウスの言葉を思い起こすべき標識として用いられている。神は小川の堤を築くにあたって、自身の偉大さを過剰に証明して見せようとしたりはしなかった(思い上がった人間だけが自身の偉大さを証明してみせようと、空中浮遊を行なおうとする)。自己の偉大さを顕示することは神から最も遠い行為である。神は、これ見よがしに自身の偉大さを誇示する必要などない。なぜなら偉大なものが神だからである。偉大でない者だけが偉大さを示そうとする。それ故、神は、逆に慎ましい堤を造る。全知全能の神が造った堤は、フランドル人やパードヴァ人の堤とは対照的に、やっと人一人が通ることのできる幅しかなければ、その高さも人の身の丈ほどでしかない。ウェルギリウスとダンテが並んで歩くこともできない狭さであり、ブルネットが手を伸ばせば堤の上のダンテに触れることのできる高さである。これが寓意しているものは、人は人間の身の丈を越えてはならないという教えであり、自然にやむなく手を入れる時には、最小限に人間的な尺度内で行なうようにというものである。それが分限を知ることであり、その限度を超えると法外とされる(第16歌73－75でダンテが断罪しているのがこのことである)。ダンテが冒頭の類比で言おうとしていることを解りやすく説明すれば、次のようになる。

「もし人間が神や自然を師として仰ぐならば、あのような法外な堤を築きはしなかったであろう。フランドル人やパードヴァ人を突き動かしているのは、神や自然に対する敬虔な思いではなく、増上慢でしかない。神に従って生きるとは、自然を尊んで生きることだ。なぜなら自然は神の被造物であり、神の作品だからである。もし人間が自然の中に見いだされる摂理に学び、それに従わないとしたなら、人間は大いなる錯覚を犯していることになる。パードヴァやフランドルやフィレンツェの民と同様、資本主義経済に従うことは、神の知ろしめす道を逸脱することに他ならない」

こうした意味でこの冒頭の類比は、第十五、十六、十七歌の三つの歌章の序歌の役割を果たしている。まさに本質的に反生態学的な資本主義を奉じるフランドル人もパードヴァ人も自然とその技に暴力を働く典型例として示されているのである。

第十六歌で『神曲』の題名が初めて言及されているので、『神曲』の題名について付録として解説をしておこう。

当時の本に表題が付せられていないことは必ずしも珍しいことではなかったように『神曲』にも題名はない。このため、『フィレンツェのダンテによる喜劇』（一四七二年：最初の活字本）とか、『ダンテの三韻句詩』（一五〇二年）、『神聖なる詩人ダンテの作品』（一五一二年）、『神聖詩人ダンテ・アラギエーリの地獄・煉獄・天国』（一五四五年）、『幻想（ダンテの詩）』（一六一三年）などのように様々なタイトルがつけられていた。一五五五年のヴェネツィア版（発行者ガブリエル・ジョリート）において初めて「神聖な」という形容詞を付せられた版が出版され、十八世紀以降、ほとんどすべての版で『神曲 *La Divina Commedia*』となる（ちなみに、日本語の題名は『神曲』を初めて日本に紹介した森鷗外が考案したものであり、中国語訳でもこの鷗外訳が用いられている。中国語訳は最初、日本語訳からの重訳だったことによる）。

ダンテ自身による呼び名は「コメディーア（喜劇）」であるが、これはラテン語「コーモエディア *cōmoedia*」に由来する。更に、それはギリシャ語「コーモーディアー κωμῳδία」（卑俗な文体で書かれた劇）から来ている。ダンテの時代、ギリシャ語・ラテン語がそうであるように、comedia と、m は一つだった。m が commedia と、初めて二つになるのは一五九五年フィレンツェ版においてである。十八世紀以降の版はどれも m が二つになっている。ダンテ自身は「コメディーア」という言い方をしているが、このアクセントはギリシャ語に準じている。

ダンテは自作を第二十一歌2でも「わが喜劇 la mia comedìa」と述べているが、天国篇第二十三歌62では「聖なる詩 lo sacrato poema」と呼び代えている。この「喜劇」という分類はダンテ独自のもので、後にも先にも、文学史上、このような観点から分類がなされたことはない。ダンテ以外では、喜劇は面白おかしく人を笑わせる劇である。『神曲』の中にもそうした側面がなくもないが、誰もこれを読んで喜劇作品とは思わない。ダンテは古典的な喜劇観に特別な解釈を施して改変している。ダンテは「最初、幸福な状態から始まって、最後、不幸な状態で終わるものを悲劇」と呼び、「最初、不幸な状態から始まって、最後に幸福な喜びの状態で終わるものを喜劇」と呼んだ。これはダンテの好むシンメトリックな観念から発する分類と言える。

次に私見を述べておこう。ここにも二重構造が現われている。幸福な状態から始まり、最終的に、不幸な状態に転落して終わる悲劇は、人間が真の意味で本質的に幸福な状態ではなかったことを明かしている。なぜなら幸福な状態は絶対的なものであり、決して変わり得ない不変なものだからである。これが不幸に変わるとは、幸福の見せかけをした不幸に囚われていたということであり、そもそも偽りの幻の幸福だったことを意味している。欺瞞の幸福という仮面が剝げ落ち、不幸という真の本質が姿を現わしただけである。一方、人は不幸な罪の状態に陥っているように見えようとも、キリストの来臨により、真の不幸は存在しなくなった。人がそれに目覚めさえすれば、不幸の顔をした幸福でしかなかったことに気がつくことになる。人はすでに神の恩寵の中にいるからであり、不幸に思えながらも、その真の姿は幸福だからである。どんな不幸も善用し、幸福に変える神のグランド・デザインの中では、悲劇も至福のために用意された一プロセスとなる。人類の不幸は、キリストの恩寵という幸福をその仮面の下に宿していたのであり、従って、キリスト教文学においてそれは喜劇でしかあり得ない。これは異教徒の文学が悲劇において特徴づけられるのと対照的関係にある。ダンテが『アエネーイス』を悲劇と呼ぶのは、キリストの救いを知らなかったに他ならない。ダンテが第十六歌で自己の作品を初めて喜劇と呼んで紹介しているのには、こうした理由によるる。偽りの顔をした真実を予告するこの歌章こそ、彼の喜劇を提示するにふさわしい歌章はないと考えたからである。一見したところ悲劇に見えるものが、実は、喜びの劇――救い――をその本質としている。第十六歌で「コメディーア」という作品名が初めて呼び出されたのは、第十六歌がこうした二重構造を主題とする歌章だからである。そして、なぜダンテがゲーリュオーンの二重性をこの『神曲』という作品に誓って保証したのかという理由もここから説明される。また、文学史的次元から見た革新性も同時に、「コメディーア」という命名に込められている。

確かに、喜劇はダンテの提示する図式に準じ、ハッピーエンドで大団円を迎えるが、『神曲』の場合、内容と文体・表現が今までの喜劇とは根本的に異なっている。この差異・違いこそ、ダンテが文学的に新しい試みを行なっている点である。ダンテの時代も、またその後もダンテのこの意図は理解されなかった。自身の作品に適用した新しい観念・様式があまりに革新的であったためである。現代になってようやくその意味が十全に理解され得るようになったほど、時代を超えて、未来を先取りしていた。要するに、ダンテは、その当時まであらゆる文学ジャンルを正当化するものと思われていたすべての基本則を拒絶し、作品の内容、文体、言語の間に打ち立てられていた階級的な規準をここで議論の俎上に載せているのである。ダンテが自身の詩に対して選択した「コメディーア」という用語がいったいいかなる意味で用いられているのか、バランスキーの解説を付しておこう。

「第十九歌から第二十一歌を特徴づける多様な文体は、喜劇の伝統的な観念に一致していない。『神曲』は《中間の》文体で書かれているが、ダンテは、こうした文体にふさわしいとみなされる形式と内容の伝統的な組み合わせにもはや拘束力がないことを示そうとしている。『神曲』は、まさに中間的文体をはっきりと形作っている。ありとあらゆる表現・文学ジャンル・

題材が一点に交差して、一つの詩的構築物を作り上げているからである。ダンテが以前抱いていた多言語併用の観念――様々な言語と文体は互いにはっきりと区別されなければならない――は、文学的・言語的な伝統的基本則との密接な関係において、もはや意味を持たなくなっていたのである。なぜなら詩人は、人類を救うべく、彼岸世界で見聞きしたすべてを『神曲』において余すところなく表現するように神自身から使命を与えられたからである（ルーカーヌスやオウィディウスが沈黙しなければならないのは、このためである）。高祖父カッチャグイーダから授けられた指令に従えば、ダンテは最も忠実にこの務めを果たさなければならない。カッチャグイーダはダンテにこう命じる。

『だが、それでも、おまえは一切の偽りを排して、おまえの目に映った一切を明るみに出すがよい。疥癬病みには、勝手に掻かせておけばいい』（天国篇第十七歌127－129）

詩人は、描く対象に最もふさわしい道具と自身が思う言語上の手段を自由に用いてこそ、初めてこの目的を果たすことができる。従って、『神曲』は、《ラテン弁論術の最も高尚な表現》から《悪魔たちの理解不能なかけ声》までを含むことになる。もはやダンテは、言語上の階級を定めたり、それを維持することに第一の興味を抱いていない。偏にその関心は、神の使命を果たすための道具として、神から人類に与えられた賜物である言語を完全に使い切ることにある。こうしたまったく新しい革新的な言語使用の正当性は他ならぬ神に直接由来しているのである。

ダンテは非常に多くの異教の作家・キリスト教の作家から多大な影響を受けているが、それでも『神曲』において何よりも二つの書物を真似ていることを明言している。その一冊は、ダンテがその頁をめくることを許された、被造物すべてを一巻に収めている宇宙という本（天国篇第三十三歌86－87）であり、もう一冊は《下級の言葉 *sermo humilis*》で書かれた聖書である。しかも、『神曲』をかくもはっきりと特徴づける言語的実験は、彼岸の旅の中で明確に正当化されている。カッチャグイーダがダンテにその詩の使命を説明するときに、実例を自分でダンテに指し示すことで、《詩的自由を求めよ》と教えているからである。『目に映った一切を明るみに出すがよい。疥癬病みには勝手に掻かせておけばいい』と。この二行の詩の中で、カッチャグイーダは、神の声の代理として《神秘主義者たちの使う言語》から《フィレンツェの居酒屋で使われる言葉》へと移行している。《製作者としての神 *Deus artifex*》の行ないは基本的に混淆的な行為であり、言語的には折衷的な行為である。このためダンテが真似得るものはこの唯一の権威である。従って、その神的な起源ゆえに、文体・言語・内容のゆえに、『神曲』は他のあらゆる文学作品を超え出ることを目指している。（中略）ダンテは、伝統的にマイナー作品を特徴づけるものとみなされていた多言語併用を乗り越えて、統一的な詩的言語の融合を目指していたのである。『神曲』はすべての古典と俗語の文学ジャンルを同化しているだけでなく、今までのすべての先例を遥かに超えて進んでいる。このようにして、ダンテはラテン語に対する俗語の伝統的な従属関係「ラテン語を上位の言語とし、俗語を下位の言語とする関係」をきっぱりと打ち消しているのである。他の中世の作家たちが多言語併用を気取った文学遊戯とみなしていたあいだ、ダンテは死命を決する文化的課題としてそれを解していたのであり、その解決こそが彼の詩の成功にとって欠かせないものであったのである」(バランスキー③)

要するに、ダンテが自身の作品を《喜劇》と呼んだのは、諸言語と全階級の文体の混淆を《喜劇》とみなしたからである。こうして古典的な本則——内容と文体・語彙の一致——の伝統を打ち破ったのである。

第十七歌

第七圏第三冠状地（高利貸しの罪）
一三〇〇年四月六日（水曜日）
熱砂の中に座る高利貸したちに出会う。ゲーリュオーン登場。

「見よ、尾の先端の尖った獣を。[*1]
山を越え、城壁や堅固な防御も打ち破る。[*2]
見よ、世界中を汚臭に染めるものを！」[*3]
　私の案内者はこのように語りはじめた。
そして私たちが歩いてきた石［堤］の終わりにいちばん近い
岸［絶壁の縁(ふち)］にやって来るよう、獣に合図した。
　するとあの汚らしい欺瞞(ぎまん)にかたどられたものが
浮かび上がってきて、[*4]頭と胴体を接岸させたが、
尻尾を岸の上にもたげようとはしなかった。[*5]
　その顔は正直な人間の顔で
見かけはまったくの善人であったが、
残りの胴体はすべて蛇であった。[*6]
　鉤爪の両脚は（胴の）つけ根まで毛に被われ、
背にも、胸にも、（胴の）両脇にも

複雑な唐草のような模様や小さな輪が描かれていた。[*7]
　タタール人やトルコ人でさえ、これほど多彩で豊かな地と
浮き織りの布を織ったこともなければ、[*8]
アラクネーもこれほどの織りものを作ったことはなかった。[*9]
　岸につながれた小舟が
半分は水の中、あとは陸に乗り上がっているように、
またあの鯨飲馬食のドイツ人たちの国で[*10]
　ビーバーが獲物を獲ろうと（水と陸の間に）身構えているときのように、[*11]
あの最悪の獣[*12]「ゲーリュオーン」は、砂地を取り囲む
境界石[*13]の縁にじっと留まっていた。
　蠍の如く、その尖端を武器とする
二股に分かれた毒針[*14]を上にねじりながら
尾全体を宙にうち振っていた。
　導者は言った。「ここでわれらの道を少し曲げて
あそこに横たわっている
あの邪悪な獣のところまで行かねばならぬ[*15]」
　そこでわれわれは（堤から）右側に降り、
熱砂と炎を十分によけられるよう、
十歩ほど歩いた。
　獣のところまでやって来たとき

すぐ向こうの熱砂の上に私が見たのは
峡谷近くに座っている人々［高利貸し］であった。
　そこで師が言った。「この圏での
経験を完全なものとするよう[16]
行って彼らの有り様をよく観察してくるとよい。
　長話は無用だ[17]。おまえが帰ってくるまでに
私は、強き肩[18]をわれわれに貸してくれるよう
この獣と話をつけておこう[19]」
　こうして第七圏の境界の上を先へ
私はただ一人進み[20]、
苦しむ人々が座っているところまで行った。
　彼らの眼からは苦痛が迸(ほとばし)り[22]、その手を
あるときは火炎に、あるときは焦土にと、せわしく
上へ下へと差し出していた。
　その様は、夏にノミやハエや虻(アブ)などに
咬まれた犬が[23]、脚や
口で体を掻くのとそっくりだった。
　苦しみの炎がはらはらと舞い落ちる
何人かの顔に私は眼を向けた。
誰一人、誰だか判らなかったが[24]、誰もかれも

小さな金袋を一つ首からぶら下げているのに
気がついた。財嚢には一つ一つに特定の色と家紋がついていた。
みなその財嚢で眼を養っているように見えた。[*25]
　彼らを一人ずつ子細に眺めているうちに
金地の財嚢の上に獅子の顔と体が
描かれた青い紋章が見て取れた。[*26]
　それからなお眼を走らせて行くと
もう一つ、血のように赤い財嚢が見て取れたが、
その地の上にはバターよりも白い鵞鳥が描かれていた。[*27]
　すると、腹の大きい青い牝豚が描かれた
白い巾着[*28]をかけた男[*29]［レジナルド］が私に言った。
「おい、この（地獄の）深淵で何をしている。
　さっさと失せろ。[*30] おまえはまだ生きているから
教えてやろう、わしの同郷［近親］のヴィタリアーノは
ここでも、わしの左に座ることになるはずだ。[*31]
　この並み居るフィレンツェ人に伍している[*32]わしはパードヴァの者だ。
連中がわしの耳も張りさけんばかりに『来たれ、至高の騎士よ、
三匹の雄ヤギの付いた金袋を携えて[*33]』と
　しょっちゅう喚くから、うるさくて堪（たま）らん[*34]」
こう言うなり、鼻なめずりする牛のように

口を歪めて舌を出した。[*35]
　これ以上長く居ると、つい先ほど
私を諌めた師の気を揉ませるのではと思い、
この（苦患に）打ちひしがれたたましいたちを離れてもとへもどった。
　見ると、わが導師はすでにあの
身の毛もよだつ獣の背にまたがって、私に言った。
「さあ、ここからは心をしっかり保ち、勇気を出せ。[*36]
　いまから（神によって）作られたこの階段［ゲーリュオーン］を使って下に降りるぞ。
おまえは（私の）前に乗るがいい、おまえが尻尾に
やられぬよう、私はあいだに入る」[*37]
　四日熱［マラリア］の悪寒[*38]が近づいてくるのを感じて
爪が真っ青になり、
日陰を見るだけで全身震えが走る人のように
　私はこの言葉を聞いて震えた。しかし恥を知る心に、
強められた。[*39]雄々しい主人の前では
僕（しもべ）も恥ずかしさから強くなるものだ。[*40]
　私はあのおぞましい両肩[*41]［背］にまたがり、
「私をしっかりと抱いていてください」と
言おうとしたが、声が思うように出なかった。
　しかし、以前も危ないときに私を

助けてくださったように、師は、私が乗るや
私の体に両腕を回して、私をしっかり支え、
　号令をかけた。「ゲーリュオーンよ、[*42] 進め。
大きく回って少しずつ降りて行け。
おまえが初めて乗せる稀有の荷［ダンテとウェルギリウス］に気をつけながら」
　繋いであった小舟が後ろ向きに
少しずつ岸を離れるように、獣は崖のふちを離れた。
次いで、完全に身の自由を感じると、
　さきほど胸のあったところに尾を向けて
それをすっと伸ばすと、うなぎのようにくねらせ、
二本の前足で大気を体に搔き集めながら進んでいった。[*43]
　パエトーンが手綱を放して[*44]
大空が火事になった——その痕は今も見えるが——ときさえも、
あるいは哀れなイーカロスが[*45]
　熱で蠟が溶けてしまい、——そのとき、父親が「道を間違えているぞ」
と叫んだが——両肩から翼が外れるのを感じたときでも、
このとき私が味わった恐怖には及ばなかっただろう。
　周囲はみな空気ばかりとなり、
すべての景色は消え失せ、
見回せど、獣の体以外、何も見えなかった。

　獣は泳ぎながらゆっくりと進み、
ぐるぐると回りながら下降をつづけたが、私は
顔に吹き寄せる風と同時に下から吹き上げる風からそれがわかった。*46
　やがて右のはるか下のほうに
谷の水が凄まじい轟きをたてて流れ落ちるのが聞こえてきた。
それで私は頭をつき出して下に眼を向けた。
　すると、落ちて行くのがいままで以上にこわくなった。
幾つもの火が見え、泣き叫ぶ声が聞こえたからである。
私はわなわなと震え、両脚で必死にしがみついた。
　いままでは見えなかったが、ようやく
旋回しながら降りて行くのが見え、大いなる責め苦が
四方八方から近づいてきた。*47
　長らく飛びつづけた鷹が、(鷹を呼び戻す合図の)
呼び返し囮も獲物も見つけもせぬうちに、*48
鷹匠から「ああ、なぜ降りて来る」と言われ、
　百もの輪を描きながら、*49勢いよく飛び立った場所へ
元気なく舞い戻り、鷹匠から遠く距離を置いて、
むっつりと不機嫌そうに身を置くように、*50
　ゲーリュオーンは降り立って、
私たちを谷底の切り立った崖の

135 きわに降ろした。そして積み荷を厄介払いするや、[*51]

136 弓弦（ゆづる）から飛び立つ矢筈（やはず）［矢］のように消え去った。[*52]

第十七歌注釈

＊1　「獣（猛獣）fiera」と呼ばれるだけで、97行目までその名（ゲーリュオーン）は明かされない。ダンテがいつも用いる読者の関心を高めるための待機のレトリックだが、ここで着目すべきは、三匹の獣（第一歌42〈41〉、第二歌119〈120〉）やケルベロス（第六歌13）、悪魔プルートー（第七歌15）に対する呼称と同じ「獣 fiera」で呼ばれている点である。この呼称によってゲーリュオーンが悪に属するものであることが示されている。ダンテのゲーリュオーンは当時の伝統的なゲーリュオーン像とは異なっている。そもそもゲーリュオーンがラテン文化やロマンス諸語の文化で関心を呼び起こすことは殆どなかった。また古典のラテン作家においても一般にヘーラクレースの功業の中に含まれ、その三身の性質が手短に言及されるだけである。ウェルギリウスにせよ、オウィディウスにせよ、《三体複合体 *forma triplex*》という表現で終わっている。ダンテ以前、ゲーリュオーンの正確なイメージを描いた者は誰もいない。もちろん、誰一人ゲーリュオーンを欺瞞という観念に結びつけた者もなかった。ゲーリュオーンはダンテによって初めて明確化され、存在を始めたと言っても過言ではない。古代において三つの身体を有するゲーリュオーンは、一般に「ゲーリュオーンが治めていた三つの島」あるいは「仲の良い三人の兄弟」を表わすものと解されていた。中世のベルナルドゥス・シルウェストリスは「三身 *tricorpor*」を比喩的に解して《隠された悪徳》《明らかにされた悪徳》《習慣的な悪徳》という三つの悪徳としている。中世のメンタリティーにおいて悪徳は怪物に結びつけられ、人間の背徳的悪徳は怪物の姿で示されたからである。ダンテもこうした道徳的寓意解釈に従ってゲーリュオーンを欺瞞に結びつけたのであろう。

＊2　「山」によって自然の障壁が、「城壁」と「防御」によって人工の障壁が代表されている。自然の障害であろうが、人間の防御であろうが、欺瞞に抗することができないことを寓意している。三身のゲーリュオーンは単にその姿形においてだけでなく、その三重の行為によっても示されている。①「山を越え（自然の障壁をものともせず）」②「城壁や防御を打ち破り（人間の一切の営為を打ち砕き）」③「世界中を汚臭に染める」。これは、聖書の世界で罪の三段階と結びつけられる行為でもある。山を越えるとは、掟から逸脱し、違う道に従うことであり、山を登るのではなく、空という異なる道を通って行くゲーリュオーンは、ダンテが煉獄の山を登るのと対照をなしている。また、城壁や防御を打ち破るとは、人間の守るべき諸徳や戒律を打ち砕くことを意味している。「ヨブ記」ではこれが次のように語られている。「（彼らは）私の道を断ち、私に罠を仕掛け、（中略）あたかも城壁を打ち壊し、門を開けて私に押し寄せた」（三〇：一三－一四）

＊3　聖書の暗号コードでは悪臭は腐った魂の臭気を象徴する。道徳的に頽廃し、罪にまみれた魂は、神から乖離していること

とから、その魂は霊的に死んでおり、そのため、腐って悪臭を放つことになる。

＊4　深淵から獣が上って来るよく似た場面を「ヨハネの黙示録」から挙げてみよう。「一匹の獣が深淵から上がって来た」（一一：七）。「私はまた一匹の獣が海の中から上ってくるのを見た。（中略）私が見たこの獣は豹に似ており、その足は熊の足、口は獅子のようであった」（一三：一‐二）。ここでも三身である。

＊5　欺瞞者が自分の姿を全部明かさないように、欺瞞のゲーリュオーンも自身の正体を明かそうとはしない。この尾こそが彼の武器だからである。

＊6　第一歌に登場する三匹の獣が嫉妬→高慢→貪欲と変化する通時的な悪を象徴しているのに対して、三つの頭を持つケルベロスや人間と蛇と蠍（サソリ）の複合体であるゲーリュオーンは共時的（同時共存的）な悪を象徴している。後の詩人たちによってゲーリュオーンは様々な怪物的な特徴を獲得するに至るが、「正直な人間の顔」とあるように、ゲーリュオーンがかつて巨大な王であったという原初のイメージに従って、ダンテもゲーリュオーンが以前は人間であったと想像している。ダンテがゲーリュオーンを造形するとき、「ヨハネの黙示録」を参考にしたことは間違いないであろう。「彼ら［イナゴ］の顔は人間の顔のようであった。（中略）更に、蠍のように尾と針があった」（九：七、一〇）。中世では蠍は蛇と同族の生き物とみなされていた。「ヨハネの黙示録」（九：五）の注解でトマスは「《その苦しみは、蠍が人を刺したときのような苦しみである》と言われているが、その刺し傷はまことに深刻なものである。それは癒すこともできないからであるが、この者は顔に微笑（お追従笑い）を浮かべながら、その尾で、人を刺すのである」（『ヨハネの黙示録注解』）と言っている。ゲーリュオーンは「見かけはまったくの善人」と言われるが、『神曲』ではこの形容詞「善良な（情け深い）benigno」は神、キリスト、マリア、天使に対して用いられる。また、第十五歌59でブルネットが天に対して用いた形容詞でもある。その反対が「邪悪な maligno」だが、ゲーリュオーンは「善良な」顔の下に「邪悪な」本性を隠している。「顔以外の胴体はすべて蛇」とされているが、アダムとエヴァの物語にあるように、「蛇」は狡猾さの象徴でもあり、甘い言葉で誘っては罠に陥れる。アウグスティーヌスは蛇についてこう記している。「蛇の中に最大の狡猾さ、すなわち人を毒する罠がある。しかも、蛇は知らぬまに忍び寄る。蛇に脚がないのは、近づく音が聞き取られないようにするためである。蛇が進むとき、その歩みは緩慢であるが、まっすぐではない。それゆえ、このように蛇は隠された毒を持ち、害するために、這い忍び寄るのである」（『詩篇注解』第一三九編四）。ヤクザやチンピラは外見からしてそれと判るため警戒しやすいが、真の悪人は常に善人の顔を装って現われるために判別が難しいことを寓意している。

＊7「毛に被われ」ているのは、欺瞞は隠されているからであ

る。模様が何を象徴しているのかはよく解っていない。大方の一致を見ているのは、欺瞞者たちが餌食を捕えるための追従の罠だという点だけである。

＊8 「浮き織り」（トルコ語で「ジジム織り」）とは、糸を浮かせることで模様を刺繡のように織り出す織り方。すでにヨーロッパに浮き織りが入ってきていたことから、ダンテはこのような織物を目にしたことがあったと思われる。いずれにせよ、その模様は人間の意匠を超えているとダンテは言っている。興味深いのは、ここで引き合いに出されている「タタール人（モンゴル系の中央アジアの遊牧民）」が中国人の意味で用いられていると考えられる点である。というのも当時中国人は浮き織りを生産し輸出していたからである。また、ダンテは中国人という言葉を一度も使ったことはなく、当時の中国は、モンゴル帝国の元王朝の時代であったため、ダンテにとって「タタール＝中国人」であった可能性がある。

＊9 ギリシャ神話に登場する有名な機織り娘「アラクネー（ギリシャ語で「蜘蛛」の意味）」が引き合いに出されている。彼女は、自身の機織りの技術を誇って女神ミネルウァに挑んだため、女神によって蜘蛛に変えられた。中世の注釈者たちはアラクネーの神話を《増上慢の典型》と解していた。アラクネーが女神に罰せられたのは、その大胆不敵な高慢と神に戦いを挑んだ不敬のためとされている。また、蜘蛛は、蜘蛛の巣という罠を織る。この罠の技術においてゲーリュオーンの右に出るものはない。ゲーリュオーンの描写においてアラクネーが引き合いに出されているのは、蜘蛛こそ生物界で最も有名な欺瞞者とみなされていたからである。

＊10 ダンテの偏見というよりも、一般に、中世の時代からフランス人は虚栄心の強い民として、ドイツ人は大食漢で大酒飲みの民としてイタリア人から見られていた。

＊11 中世ではビーバーは尻尾を巧みに使って魚を捕まえると信じられていた。ゲーリュオーンがその欺瞞の尻尾で人を捕えることに掛けている。

＊12 これは単に「厭わしい獣」という意味ではない。聖書世界において「最悪の獣 la fiera pessima」は人間を誘惑する罪の総体を表わす。例えば、罪の罠は、エルサレムに入ってくる最悪の獣 bestia pessima という比喩で描かれる。聖書では、この表現は次のように用いられる。「私［主］は、皆殺しとなるまで、飢えと《最悪の獣ども bestiae pessimae》をおまえたちに送り込み、疫病と流血はおまえの中を通り抜けるであろう。そして私は剣をおまえの上に降らせる」（「エゼキエル書」五：一七）。第一歌の三匹の獣で見たように、内面の心理的葛藤が、獣との闘いという比喩で語られるのはこのためである。もう一つ重要な例を見てみよう。ヤコブは末息子のヨセフを誰よりもかわいがるが、その結果、兄たちはヨセフを憎み、妬むようになる。そして、ついにはヨセフの殺害を企む。そのときの場面である。「さあ、ヨセフを殺して古い貯水池に投げ入れ、《最悪の獣 *fera pessima*》が彼を食ったと言おう」（「創世記」三七：二〇）。ここで着目すべきは、ヨ

セフの兄たちがヨセフの失踪を最悪の獣のせいにしている点である。聖書の書き方の特徴は、このように内面の心理を外的なものに投影して、あたかも別のものが存在しているように語るところにある。ヒエローニュムスは『エゼキエル書注解』（五：一七）で、「エルサレムに送られて来る最悪の獣ども」は実際の野獣ではなく、比喩的な次元における《内面の獣性》を表わしていることを説明している。これは、「詩篇」三五［三六］：一二の「高慢の片足がやって来る」と同じ発想である。自分の外からやって来るように見えるが、実は、自分がそうなってしまうという意味である。従って、ダンテはゲーリュオーンという欺瞞こそが人間の内なる悪の最悪のものだと告げている。

＊13　この詩句から砂地の周囲全体が石で縁取りされ、取り囲まれていることが判る。

＊14「二股」と描写されているが、蠍の尾の先端は二股に分かれてはいない。蠍は前肢に二股の鋏を持っており、ダンテはこれをゲーリュオーンの尾に合成させて、鋏のような武器を持たせている。二股の一方の毒針は自分を信用しない者に対する欺瞞を、もう一方は自分を信用している者に対する欺瞞を寓意しているとも言われている。

＊15　堤を降りてから右へと方向を変え、境界石の上を少し進む必要があるとウェルギリウスは述べている。

＊16　ダンテが第七圏でまだ見ていないのが最後に残った高利貸しであり、ウェルギリウスから離れて一人で彼らを観察しに行くことになる。また、ゲーリュオーンの話は33行目で一時中断し、34行目から78行目まで高利貸しのエピソードが挿入され、79行目からふたたびゲーリュオーンへと話が戻る。物語のこうした入れ子構造は、第十歌のファリナータ＋カヴァルカンテ＋ファリナータや前歌章で既に見たものである。二つの物語の同時進行は現代のドラマでもよく使われる手法であり、ダンテが編み出した話法と言えよう。

＊17「（高利貸しに対して）長話は無用だ」とウェルギリウスは警告するが、実際には、ダンテは一言も喋ることはない（それどころか、ダンテは第十七歌で一言も発していない）。この警告には二重の意味が込められている。一つは、時間がないため急ぐ必要のあること。また一つは第三歌の地獄前地で生きながら死んでいた怯懦者たちに対して「ただ見て、過ぎよ」とウェルギリウスが言ったのと同じ理由である。すなわち、高利貸しは話しかけるに値しない軽蔑すべき相手だからである。

＊18　ゲーリュオーンがなぜ強いのかと言えば、「全世界は欺瞞の上に成り立っている」（ベンヴェヌート）からである。聖書の世界においてこの強さは人間の心につけ入り、それを罠にかけて誘う悪魔の暗黒面の強さを表わす。なぜ強いかと言えば、その強さが暗黒面から来ているからである。この「力ある強力なものたち」は第一歌の三匹の獣でもある。第一歌ではこの強力な悪の力が三匹の獣としてダンテに向かって突進して来るが、「詩篇」の「見てください、（主よ）《強

き》者たちがわが魂をとらえ、私に向かって突進してきたのです」（五八［五九］：四）を踏まえたイメージと言える。また、ペトルス・ロンバルドゥス（一一〇〇頃〜一一六〇）の『詩篇注釈』（五八：二）では「《強き者たち *fortes*》とは自身の正義を過信している高慢な者たちのことである」と述べられている。このように、ゲーリュオーンの肩が詩人たちを運ぶのに十分なだけの頑丈さを備えていると言うだけでなく、その強さが悪に起因することを述べているのである。このことは「マルコ福音書」からも明らかである。「イエスは言われた。まず《強き》者を桎梏にかけなければ、《強き》者の家に押し入って、その家財道具を奪い去ることは決して誰もできない、と」（三：二七）。聖書世界の暗号コードに従って、「強き者」とは「悪魔」を表わし、その「家」とは「悪の王国（地獄）」を表わす。キリストが地獄に入る前に、「強き者」である悪魔を縛ったようにダンテも、ウェルギリウスの助けを借りて、地獄のマレボルジェに生き身で入る前に、縄によって欺瞞の象徴ゲーリュオーンを「桎梏にかけて」服従させなければならないのである。

＊19「この獣と話をつけておこう」というウェルギリウスの言葉からゲーリュオーンがケルベロスなどのような真性の獣と違って、理性を持つ存在であることが判る。具体的にどのように話を付けるのかは述べられていないが、今までの例から察するに、カローンやミーノース、プルートーやプレギュアースに対して行なったように、天の思し召しであることを告げて、降下の手伝いをするよう説得すると思われる。

＊20 ウェルギリウスはダンテを一人で高利貸しのもとに送っている。この悪徳に関してウェルギリウスがわざわざダンテに解説を加えるまでもなく、ダンテ自身、その卑賤さも悪徳の意味もよく解っているため、独りで行かせて十分対処できると信じているからである。

＊21 男色者が動き続けていたのに対して、高利貸しは対照的に火の雨の下に座り続けている。ダンテは、彼らが座っていることを強調して、36行目、45行目でも繰り返しこの動詞を用いている。彼らは生前、汗水垂らして働くことなく、カウンターに座して、手だけを絶え間なく動かし、お金を右から左へと動かして暴利を貪っていた。そのため、死後も座して手を絶え間なく動かしている（一方、瀆神者のカパネウスも男色者たちも手で炎を振り払ってはいない）。とりわけ高利貸しの手の動きにダンテが注目して描写しているのは、その手が人を助けるためではなく、金利を稼ぐため、金銭を勘定するため——自分の利益のため——に用いられたことを際立たせるためである。

＊22 ダンテは、「迸る」と極めて強い動詞を用いている。生前、彼らが金利の形で搾り取った債務者の涙を今こうして返しているのである。そのためダンテは彼らに対して微塵の同情も抱いていない。熱さを束の間でも減らそうと「上へ下へと」手を差し出す彼らの様を犬に喩えていることからもそれが判る。火焔に対して彼らは、炎を振り払おうと手を上へ掲

げて団扇のように打ち振り、灼けた地面（熱砂）に対しては、両の手を下へやって自分たちを持ち上げてみたり、熱砂と自分の体の間に手を敷いたり、足裏から熱砂を掻き落としては、その熱を和らげようとしている。

＊23　古代や中世では犬は最低のものを喩えるに用いられた。このことからも、高利貸したちの生がいかに卑しむべき侮蔑すべきものとされているかが判る。注17で触れたように、怯懦者と高利貸しはともに論ずるに足らない卑しむべき人生を送ったという点で重なり合う。このことから、ダンテは両者の近親性を意識して、似た描写を施している。両者とも涙を迸らせ、一方は昆虫そのものに、他方は昆虫に比喩された火の雨に苛まれている。怯懦者は生前他者のために動かなかったため、死後、疾駆させられ、高利貸しは反対に死後も座らされ続けている。怯懦者の目的もなく徒（いたずら）に駆け回る無行為性は、高利貸しの座して手だけを動かし続ける無生産性と重なり合う。

＊24「誰一人、誰だか判らなかった」のは第七歌で説明した通り。地獄で、唯一その顔を見分けられないのが、第七歌の貪欲（吝嗇）者と、第十七歌の高利貸し（顔が見えない第十九歌の聖職売買者も加えることができる）だけである。それ以外の地獄の囚人たちの顔は、たとえ泥や人糞にまみれていようと、見分けられるのに対して、彼らだけが金銭同様、見分けがつかない。金銭と一体化しているからである。

＊25　イエスの有名な言葉「木はその実によって知られる」（「マタイ福音書」七：二〇）を下敷きにした発想である。その人がどういう人間かは普段その人が何を考えているかで判るように、人ととなりは、その人の行動や興味の対象から判る。彼らは死後も財嚢にしか興味がない。彼らが高利貸しだと判るのは首から「財嚢（中世でお金といえば硬貨しかなく、その硬貨をしまうために高利貸しが使っていた金袋）」をぶら下げているからである。財嚢は、高利貸しという卑賤な職業のシンボルとなっている。彼らは、仕事場ではカウンターに帳簿と財嚢を置いて業務を行ない、外では財嚢を腰帯から吊り下げていた。ダンテはこの財嚢を高利貸しの首にぶら下げさせることによって、あたかも土鈴をぶら下げられた牛のように高利貸しを扱っている。紋章の多くには動物の絵柄が入っており、これによって彼らがどの家柄に属する者かが判る。つまり、紋章によってしか見分けがつかない、人間として最も悲しむべき姿にある。「みなその財嚢で眼を養っている」とあるが、「養う」という意味でここで用いられている動詞 pascere は「糧として与える」「楽しませる」「悦ばせる」という意味である。彼らにとっての宝は財嚢であるため、彼らの心もそこにあり、彼らは財嚢を心の糧とし、財嚢を見ることで心を楽しませ悦ばせている。「金銭こそが彼らの神だからである。かくして、彼らの幸福はそこに置かれているのである」（ベンヴェヌート）。高利貸しの真の悲惨さは、生前と同様、死後も永遠にそのことに気づかない点にある。それに気づくだけの知性 intelletto を欠いているためである。知

性を欠くことがいかに恐ろしいか、正法（しょうぼう）の光に照らされたダンテ（と読者）には解っても、永遠の闇に包まれている彼らには永遠に理解できない。彼らは生前、金について何かを考えたことはあっても、人間とは何かを考えたことがない者たちである。そのため、死後も、同じように解らない。高利貸したちは現世では投機に当たって他者を出し抜く、機を見るに敏な切れ者だったかも知れないが、そのような頭の良さは、死後、何の役にも立たない。その証拠に、今、彼らはまったくの痴呆者として牛のように首に財嚢をぶら下げて熱砂の上に座っている。彼らの知性が動物ほどのものでしかないことが高利貸しの詩行に当てられた比喩によって暗示されている。「ノミ」「ハエ」「アブ」に始まり、「犬」「獅子」「鵞鳥」「豚」「ヤギ」「牛」と、動物園の様相を呈している。金銭に仕えていた彼らのモラルの低さ、知性の低さが動物のレヴェルにあって、心理的に動物に近似していることをダンテは痛烈に揶揄している。キリスト教の文脈では、知性と言っても愛と言っても同じことである。神が無限の知性と愛である以上、知性が高まれば高まるほど、神を見る能力が高まり、愛が深まる（知と愛は正比例の関係にある）。言い換えれば、知性は、愛と同じく、他者に仕えることによってしか開花しないのである。

＊26　金地の上に後ろ脚で立っている青い獅子はフィレンツェのジャンフィリアッツィ家（教皇派）の家紋とされている。ジャンフィリアッツィ家はモンタペルティの戦い後の一二六〇年にフィレンツェを追放される。ここではフランスで高利貸しを営み、フィレンツェに帰国した際、騎士に叙されたカテッロ・ディ・ロッソ・ジャンフィリアッツィを指しているとされる。彼は一二八三年以降、ほどなくして亡くなったと推測されている。

＊27　オブリアーキ家の家紋とされる。皇帝派だったこの一族も一二五八年にフィレンツェを追放されている。ダンテはいつものように公平に両派を地獄の同じ場所に置いている。ダンテは政敵を地獄に堕としたという巷間に流布した考えが誤りであることは言うまでもない。

＊28　パードヴァのスクロヴェンニ家を指す。元は身分の低い家柄であったが、金貸しで台頭した。スクロヴェンニ Scrovegni 家は、その名前から「雌豚 scrofa」を家紋とするようになったと考えられる。その紋章は白地に後ろ脚立ちする妊娠した青い雌豚である。ここまで来ると、人間が動物という紋章によってレッテルを貼られ識別されるのが第十七歌の世界だと判る。またここからなぜダンテが「鯨飲馬食のドイツ人」という言い方をしたのかが推察できる。つまり、「ビーバー」が鯨飲馬食のドイツ人の紋章の役を果たしているのである。

＊29　レジナルド（またはリナルド）・デッリ・スクロヴェンニは、パードヴァで最も財をなした人物の一人。彼の息子エンリーコはジョットをパードヴァに呼んで、礼拝堂の有名な壁画を描かせている。レジナルドは一二八八年から九〇年にかけて亡くなったと推定されている。

＊30 「さっさと失せろ」というレジナルドの暴力的な言葉は、彼の道徳性と知性のいずれもが獣化していることを表わしている。

＊31 パードヴァのヴィタリアーノ・デル・デンテを指すが、生没年は不明。一三〇四年、ヴィチェンツァの、一三〇七年、パードヴァのポデスターになっている。ヴィタリアーノの娘アニェーゼは一三〇三年、バルトロメーオ・デッラ・スカーラに嫁ぐが、一三〇四年三月七日に夫バルトロメーオが亡くなると、持参金を返還するよう求めてデッラ・スカーラ家と係争した。ダンテは追放の初期――おそらく一三〇三年の夏から一三〇四年の春にかけて――このバルトロメーオ・デッラ・スカーラの食客となっていたことがあったため（天国篇第十七歌71－75）、ヴィタリアーノのことはよく聞き知っていたはずである。レジナルドは、「ここでも、わしの左に座ることになる」と、ヴィタリアーノが将来地獄に堕ちて自分のところに来ると予言している。「ここでも自分の左に座る」という言い回しから、現世においてもヴィタリアーノはレジナルドの片腕だったと判る。レジナルドの娘はヴィタリアーノに嫁いでいるため、ヴィタリアーノはレジナルドの婿であり、レジナルドはヴィタリアーノの舅になる。このことを知って、レジナルドの予言を読み直せば、「同郷の」という言葉が、単に「自分と同じパードヴァ人の」という意味だけでなく、自分の親族の、更に言えば、自分の娘婿のヴィタリアーノを指していることが判る。また、「左に座る」は、ミサの信仰箇条の一節（「天に昇りて、父の右に座る」）のパロディーとなっている。イエスが天に昇って父なる神の右に座るのに対して、ヴィタリアーノは地獄に降って、父なる舅のレジナルドの左に座るというわけである。また、この発言は注目に値する。というのもモミリアーノが述べているように、これが最初だからである。悪意を以て他の罪人の名前を挙げるのは、地獄の魂が、生き身のダンテを通して他者の恥ずべき悪行を地上世界に伝えさせるためであり、そこには底知れぬ悪意が潜んでいる。これが頻繁に見られるのが次の第八圏であり、レジナルドは第八圏の世界を先取りしている。彼らは他の者たちの罪を暴露したり、まだ生きている者たちの地獄堕ちを宣言したりすることに言い知れぬ喜びを感じている。慈悲の心の微塵もない世界、それがこれから向かう第八圏の姿である。

＊32 ここにはフィレンツェ人たちがうようよしており、そのフィレンツェ人の海の中で、アウェーのようにパードヴァ出の自分がいるとレジナルドは嘆いている。石を投げたらフィレンツェ人に当たる高利貸しの巣が地獄第七圏の第三冠状地である。この第三冠状地は、男色者といい、高利貸しといい、フィレンツェ出身者の独擅場（どくせんじょう）となっている。

＊33 「至高の騎士よ」という呼び掛けは皮肉である。「史上最高の金貸し」という意味だからである。この「至高の騎士」は皇帝派に属するベッキ家のジョヴァンニ・ブイアモンティと考えられている。バルビ②によれば、彼は一二六〇年に生

まれ、一三一〇年に亡くなっているため、ダンテの記述に適合する。街金で利益を上げたブイアモンティは、フィレンツェでは知らぬ者のいない高利貸しであり、賭博に入れあげていた。しかし、それにもかかわらず、一二九三年にはフィレンツェ市民の軍隊の長である「正義の旗手 gonfaloniere di Giustizia」に就いている。更にその後も、様々な公職を歴任した結果、一二九八年までには騎士に叙されている。腐敗した教皇たちは称号や紋章を金で売っており、金さえあれば、貴族の家柄を買うことができた。このように金さえあれば、市の要職にも就くことができ、騎士にさえなれるという現実は、当時の社会が高利貸し業を公に是認していたことを示すと同時に、金がすべてという当時の恥ずべき社会状況を示している。ジョヴァンニ・ブイアモンティは、その後、一三〇八年に他人の金銭および財を持ち逃げした廉（かど）で告発され、一三一〇年に貧困の内に亡くなっている。

＊34　ここのフィレンツェ人たちは小さなケルベロスのように咆哮している。自殺者の森では、財産を蕩尽に帰したパードヴァ人ジャーコモ・ディ・サンタンドレーアが黒い雌犬に食いちぎられ（第十三歌115－129）、熱砂には高利貸しの罪でパードヴァ人レジナルド・デッリ・スクロヴェーニが罰せられている（第十七歌64－75）。この両場面ともパードヴァ人とフィレンツェ人が対で扱われている。第十七歌ではパードヴァ人レジナルドをフィレンツェの高利貸したちがうるさい呼び声で取り囲んでいる。一方、第十三歌ではパードヴァ人ジャーコモが自分の身を守るために無名のフィレンツェ人の枝葉を不当に折る。自分の利益のために、互いに相手を犠牲にし合うパードヴァ人とフィレンツェ人の関係は現実世界の写しとなっている。

＊35　意味不明の箇所の一つ。まず、どんなジェスチャーなのかがはっきりしない。顔を歪めて「舌を出す」のか、それとも「唇を舐める」のか。また、何のためのジェスチャーなのか。獣に喩えられたこの比喩は、レジナルドの獣的な下品さを伝えるものだが、そもそも誰に対するジェスチャーなのか解っていない。ダンテに対してなのか、フィレンツェ人たち、あるいは至高の騎士に向けられたものなのか、それとも単なる個人の、あるいはここの囚人たちの癖なのか、解釈が分かれてはっきりしない。解るのは、第七圏の始まりにおいてミーノータウルスが牛に比喩されていたように、第七圏の終わりにおいてもレジナルドが牛に比喩されていること——いつもながらのシンメトリー構成——だけである。

＊36　ウェルギリウスのこの励ましは「おまえは鞘より剣を抜いて、ひるまず道を進め。いまこそ勇気が要る、アエネーアースよ、いまこそ心をしっかりと持つのです」（『アエネーイス』第六巻二六〇－二六一）を典拠とする定型的な表現。

＊37　ここでウェルギリウスはダンテを鼓舞するためにあらゆる手段に訴えている。ウェルギリウスは理に適った西洋的な教師であり、興味深い。①《模範》自ら率先して予めゲーリュオーンに乗っている。②《励ましの言葉》「心をしっかり

保ち、勇気を出せ」③《理由》なぜなら第八圏に降りるにはゲーリュオーンに乗るほか手立てがないから。④《保護》ダンテを自分の前に座らせ、自身はダンテと危険な尾の間に身を置き、後ろから守ってやる（これは古典的叡智によってダンテが守られていることを寓意している）。

＊38　熱発作の間隔が七十二時間であることから「四日熱マラリア」と言われる。では、ダンテはなぜ自分を四日熱に喩えるのであろうか。「マタイ福音書」を見てみよう。「それからイエスは、ペトロの家に入り、その姑が《熱を出して》寝ているのをご覧になった。そこで、イエスは彼女の手にお触れになり、彼女から《熱》を追い払われた。すると、姑は起き上がって、イエスをもてなした」（八：一四－一五）。この箇所を偽ベーダは次のように解説している。「道徳的に言えば、肉欲と戦っている魂は皆、発熱のようにうなされる。しかし、神の慈悲の手に触れて快復するのであり、肉の放縦は自制の手綱によって引き締められる。そして俗事の面倒のために体を使うということは、永遠の命にある正義に仕えることを意味している」（「マタイ福音書注解」八：一四－一五）。熱もゲーリュオーン的性格を持っている。熱病に罹っている者にとって、熱はそれ自体悪しきことのように思われるが、それが善――健康――への第一歩となる。熱を発することで病気と戦っているからである。これはキリスト教的に次のような意味を持つ。「義なる者は大いなる熱にうなされる。獅子に比喩されるその内なる火はすべての骨をすりつぶすのであるが、自身がその大いなる苦しみのために打ち負かされるだろうとは信じないのである」（ヒエローニュムス『イザヤ書注解』三八：一四）。この比喩に従えば、熱のある獅子は義人を意味し、四日熱は義人の典型的な熱となる。ダンテは、自分が浄化の苦しみを通して最終的な褒賞に与る準備をする義人の状態にあることを意味させようとしているのである。中世の考え方において魂の状勢は肉体の生理的状態に対応する。発熱による比喩は、魂が罪の状態から悔悛を通して最終的な救いへと向かっていく諸段階を表わしている。つまり、発熱は、肉体の状態が病気から健康という救いへ向かう変化を告げている。ダンテが発熱の兆候を示しているということは、彼が今悪と戦い贖罪や浄化の状態にあることを暗示している。

＊39　恐れと恥ずかしさを伴う震え、この三つの要素が『神曲』において同時に表われ出る箇所は三つ――①彼岸の旅の始まり、②ゲーリュオーンとの出会い、③ベアトリーチェとの出会い――しかない。ここはその一つである。この三つの要素はダンテが新しい状態に参入するために被る精神の変容の始まりを画す指標となっている。

＊40　ダンテは自分を僕（しもべ）に喩え、自分のような者でも古典の偉大な教えを受けて強くなれることを寓意している。ダンテはここで古典を師として勇気を得るというキリスト教にない視点――古典の積極的な評価――を示している。

＊41　聖書世界の伝統では「両肩［背］」は神の庇護を象徴する。例えば、「主は狩人たちの罠から、また辛辣な言葉から

私を助けだして下さるでしょうから。主はその両肩（背）の中であなたを保護して下さるでしょう」（「詩篇」九〇［九一］：三―四）。「ちょうど自身の雛に飛ぶように呼び掛け、雛たちの上を旋回する鷲のように、主はその翼を広げて、彼を引き寄せ、自身の両肩にお乗せになった」（「申命記」三二：一一）

＊42　ここで初めて獣の名前が明示される。

＊43　ゲーリュオーンは翼を持っていないので、飛翔するのではなく、水の中を泳ぐように二本の足で大気を掻いて進む。「うなぎのように」という形容から、尾は単に方向舵の役割をするだけでなく、推進力を与える役も果たしているのであろう。

＊44　オウィディウスの「少年は手綱を放した」（『変身物語』第二巻二〇〇）をダンテはそのままイタリア語に訳している。太陽神の子パエトーンは父ヘーリオスから望みを何でも叶えてやると言われ、太陽神の車を御することを願った。だが、パエトーンには荒馬を御する力はなく、天の道を外れて天空を大火事にしてしまう。ゼウスはやむなく雷霆でパエトーンを撃ち落とし、事なきを得た。だが、その時の焼け焦げた痕跡が「天の川」として残ったと言われる。

＊45　クレータ島のラビュリントス（迷宮）を造った父ダイダロスとともに幽閉されていた塔から、父の造った翼を付けて空中を飛んだが、父の命令に従わず、高く飛翔したために、太陽の熱で翼を接合していた蠟が溶けてしまい海に墜落死した。中世では、パエトーンもイーカロスも、アラクネーと同じように、神に並び立とうする野心を抱いた高慢の際立った形態、増上慢の典型例とみなされた。そのような上昇への思い上がった意志は惨めにも落ちてゆく運命にあるのであり、彼らはその象徴となっている。ダンテの歩みは、こうした不敬の上昇ではなく、遜って地下の底を目指す。その結果、不敬者たちが落下するのに対して、ダンテは天へと上昇する。ここでのダンテの落下は、神の視点――宇宙の視点――から見れば、大いなる上昇となる（このことが第三十四歌で宇宙構造的に明かされる）。これも真実と見えるものが偽りであり、偽りと見えたものが真実であるという一種の欺瞞の構造をなしている。天に上がると見えたものが落下であり、地の底へ下がると見えたものが、天への上昇だからである。ところで、ダンテは「第十一書簡」五でパエトーンを「偽りの御者」と呼び、教会という車を正しく導くことのできない枢機卿たちに喩えている。

＊46　周りは闇で何も見えないため、降下中の風の吹きつけ方からダンテは自分が回転しながら降りていることを理解する。「顔に」向けて、「と同時に」、「下から吹き上げる風」がなかったならば、「ぐるぐる回りながら」「下降をつづけた」ことには気がつかない。

＊47　ゲーリュオーンは様々なボルジャの上空を旋回飛行していることから各ボルジャの異なる責め苦がダンテに聞こえてくる。

*48「呼び返し囮」とは、放った鷹を呼び戻すのに用いる鳥の形をした道具で、棒の先に羽根で覆われた囮の鳥が差し込まれている。「鷹は獲物を獲ってくるまで、あるいは鷹匠が《呼び返し囮》を頭上に振り、降りてくるよう呼び戻されるまで下に降りないよう訓練されている」（シングルトン）

*49 鷹は獲物を捕えた時や呼び返し囮を見た時、このように輪を描きながら降りて来ないで、まっすぐ鷹匠のもとに降りて来る。ここでダンテは「百もの輪を描きながら」降りてくるゲーリュオーンに『神曲』を譬えている。『神曲』も百の歌章を通じて目的地（神）に到達するからである。ゲーリュオーンは悪しき鷹の象徴であり、『神曲』は良き鷹の象徴として対照をなしている。

*50 獲物が何も捕れず、主人を満足させられないことを知っているため、鷹はむっつりとしている。鷹匠の意に反して、主人から遠く離れたところに身を置く、この鷹の姿はまた人間の姿でもある。人間も悪しき鷹と同じで、天の鷹匠（神）が星辰という「呼び返し囮」（煉獄篇第十九歌63）を使って呼び戻そうとしても、呼び掛けに応じず、下を見て――すなわち、地上善ばかりを眺めて――罪の中に堕ちていく（煉獄篇第十四歌148－151）。

*51 ゲーリュオーンは獲物を捕らえられない不機嫌な鷹に喩えられているが、ゲーリュオーンがこのような態度を採るのは、彼の武器である尾を使ってその欺瞞を発揮することができず、優しく乗客を運んでしまったからであり、彼らの道具として使われてしまったからである。

*52 ゲーリュオーンは、最初、神秘的な儀式によって無言で舞台に現われたが、それと同じように、最後も、神秘的な存在として無言のまま舞台から消えていく。意に反した命令に仕えていたゲーリュオーンは嫌な務めから解放され、せいせいした気持ちで飛んでいく。天使や至福者たちができるだけ早く神のもとへ帰りたがるように、悪のものたちも、神の恩寵を受けた彼らから一刻も早く逃れ去りたいのである。また「弓弦から飛び立つ矢筈のように」という表現も興味深い。「矢筈 cocca」とは、矢を弦につがえる時に触れる矢の尻の部分であり、ここでは矢の換喩として用いられている。また、「弓弦 corda」は弓の換喩として用いられている。つまり、「矢筈」と「弓弦」の両法に換喩が用いられて二重換喩となっている。一方、「弓弦 corda」は「縄 corda」と同一の単語である。つまり、ゲーリュオーンは今までかけられた「縛り corda」から解放されて、「弓弦 corda」から飛び立ったのであり、「弓弦 corda」に「縄・縛り corda」の意味が同時に掛けられている。ゲーリュオン召還は「縄 corda」の縛めで始まり、同じく「縄」（「弓弦」）からの解放で終わる。第十七歌は「尾 coda」で幕を開け、「弓弦 corda」で閉じられるが、coda は corda のヒュポグランマ（下書き）（第一歌注17参照）になっている。実に見事な言葉の使い方である。

第十七歌解説

ここでは二点だけに絞って解説しよう。

第十七歌の作成にあたってダンテが「ヨブ記」に登場する海中の怪物レヴィヤタンのイメージを使っていることは間違いない。その第四十章に現われる単語や表現は第十七歌にも同じように出て来る。ただし、「ヨブ記」では、「おまえにはこのレヴィヤタンを縄で捕えることができない」と言われるのに対し、ウェルギリウスはこれを縄で捕える。ここで留意すべきは、ヨブを始めとするユダヤ人――あるいはキリスト教徒――がこうした怪物を捕らえることができないのに対し、異教徒の詩人ウェルギリウスにはそれができる点である。ここに古代から中世にかけてのキリスト教の全伝統を覆すダンテの思想を見ることができる。今までのキリスト教教父の考えは、異教徒にできないことがキリスト教徒によって可能になるという――言葉を換えれば、キリスト教徒は異教徒に対してすべてにおいて優位に立つという――発想の上に立っていた。しかし、ダンテはキリスト教徒にできないことを異教の詩人に行なわせている。これが意味するところは一つしかない。つまり、異教の叡智や伝統が人間の救いに貢献し得るということである。われわれは古典古代を固有の価値として必要としているというメッセージは、地獄篇全体に一貫して流れている。

古典の伝統がそれまで明確なイメージを賦与することができなかったゲーリュオーンにダンテは明確な機能と姿を提示している。ダンテが自身の怪物を「前代未聞の（新奇なる）こと novità」（第十六歌115〈117〉）と呼んでいることがその証左である。また同時に、ダンテだけがその卓越した芸術的な手腕によって独創的な怪物に命を吹き込むことに成功している。ただし、まったくの無からこの怪物を創造しているわけではない。その描写は既存の要素に由来し、伝統的なレトリックの文脈に挿入されている。

ダンテが自身の作品を「最悪の獣 pessima fiera」（ゲーリュオーン）になぞらえて説明しようとしていることに奇異の感じを受けるであろう。しかしながら、芸術的創作と怪物の類比を行なうにあたって、ダンテは西洋の伝統的な詩学に従っているだけである。ホラーティウスの『詩論』の冒頭を思い出して頂きたい。詩作のあるべき姿に怪物がいつも伴っていることに気づくであろう。ダンテはこの『詩論』に従って、自身の作品を《怪物》になぞらえている。

「もし画家が、人間の頭に馬の首をくっつけ、あちこちからかき集めてきた手足や胴に色とりどりの羽を纏わせようと思ったならば、顔は美しい女性でありながら、下が不釣り合いな醜い魚で終わっていたならば、わが友たちよ、その絵を眺めにやってきた君たちは、笑いを堪えることができないだろう［詩においてもイメージや内容と文体が最初と後で変わっていたなら、変てこな作品になるの意味］。ピーソー家の人々よ、熱病にうなされる者が見る夢のように、頭（始まり）も足（終わり）も一つの姿に統一されていない、ありもしない姿が跋扈する本は、まちがいなく、こうした絵に似たものとなるでしょう。《いかなる大胆な試みも、古来、画家や詩人に等しく許されてきた特権である》と言われるかも知れない。それは、私たちも承知している。実際、私たちはその特権を求めることもあれば、それを許すこともある。しかし、それも、野獣が家畜と仲良く暮らしたり、蛇が鳥とつがったり、子羊が虎と交わったりしない限りにおいてのことである」（ホラーティウス『詩論』一－一三）

ダンテの主張は、「わが師ホラーティウス *magister noster Oratius*」（『俗語詩論』第二巻第四章四）の伝統が主張するものとちょうど反対となっている。ホラーティウス『詩論』の一－五行目で怪物は非難の対象となっている。ホラーティウスは、絵画と同様、作詩における正しき構成と配置を説明するために、芸術と怪物の類比を持ち出しているが、この『詩論』の伝統的な解釈は、この類比を拡大応用して、異なる文体を分離しなければならない教則として理解されてきた。実際、修辞学者クィンティリアーヌス（三五頃－一〇〇頃）はこう述べている。「われわれが崇高な言葉と卑俗な言葉を、古語と新語を、詩の言葉と散文の言葉を混淆させるとき、この種の欠陥が生じるのであり、これこそが、『詩論』の冒頭でホラーティウスが思い描いている怪物である。《もし画家が、人間の頭に馬の首をくっつけようと思ったならば》と言っているように、性質の異なるものを一緒にしてしまうことである」（『弁論家の教育』第八巻第三章六〇）

このようにホラーティウスによる詩における怪物の排除は忠実に繰り返され、クインティリアーヌスからソールズベリーのジョンに至るまで様々な作家に神聖な伝統として伝えられていた。これは、ダンテも『俗語詩論』（第二巻第四章四－一一）の中で受け容れている見解である。しかし、『神曲』の段階において、ダンテはホラーティウスの修辞的権威に異議を差し挟むに至っている。その最もあからさまな挑戦は天国篇第二十三歌64－66で宣言されることになるが、地獄篇第十六、十七歌においてその意図はすでに明かされていると言える。怪物的なものに対する両詩人の態度を見れば、それは明らかである。ホラーティウスにとって嘲笑の対象（『詩論』五）でしかないものが、ダンテにとってはまさに驚異の源（第十六歌132）とみなされているからである。ダンテにとって怪物が現実の存在であるのに対して、ホラーティウスにとっては非現実のもの（『詩論』七－八）でしかない。ダンテにとって怪物が「おまえが頭で夢見ているもの ciò che il tuo pensier sogna」（第十六歌122）に結びつけられているのに対して、ホラーティウスにおいては「病人（熱病にうなされた者）の見る夢 *aegri somnia*」（『詩論』七）に結びつけられている（ここからなぜ突如「夢」という観念が122行目で出てくるのかが明かされる。ダンテはホラーティウスの『詩論』をサブ・テキストとして対比するように指示していたのである）。従って、『詩論』に対するダンテの意図的な対立は『神曲』の持つ独創性を明らかにするためにダンテが用いている戦略の一つに他ならない。

また、中世では驚愕（驚異）*mirabilia* と芸術的創造は単に修辞学の中だけで結びつけられたわけではない。古典ラテンとは逆に、キリスト教の文脈では、異象を自然に反するものとみなすことを否定する考えが発展していた。「(古代ローマの文法学者)ワッロー(前一一六－前二七)は《異象は自然に反して生まれたものとみなされる》と述べているが、しかし、万物は神の意志によって生み出される以上、自然に反したものではない。創造されたものはいかなるものであれ、その本性は神の意志に従っているからである」(セヴィーリャのイシドールス『語源論 *Etymologiae*』第十一巻第三章一)。この伝統は、この世にある生きとし生けるものや無生物の夥しい驚異はなべて、神に源を発しているとするアウグスティーヌスの次の言葉に起因している。「事実、神は万物の創造者であり、いつ、どこで、何が創造されるべきであったか、また創造されるべきかを、神御自身が心得ておられる。すなわち、世界全体の美が、各部分の美との類似や相違によって織りなされることを知っておられる。しかし、全体を見通すことのできない者は、いわば部分の醜さに不快を感じるが、それはその部分が何に適合し、何と関係しているかを知らないからである」(『神の国』第十六巻第八章二)。実際、聖書において神自身もこのように言っている。「見よ、獣(ベヘモット)を。おまえを造ったように私はこの獣も造った」(「ヨブ記」四〇：一〇[一五])。従って、キリスト教の文脈では古典と異なって、レヴィアタンやベヘモットのような怪物さえも創造主 *Deus artifex* の表現とみなされる。ゲーリュオーンでさえ神がその高き造り主である以上、非現実の夢想の産物とみなすわけにはいかないのである。

同じく、類比によって *per analogiam*、『神曲』も、至高の製作者の雛形に従っている以上、単なる文学的逸脱としてみなすことはできない。『神曲』の差し出す詩の内容と形式の豊かな多様性は創造主の豊饒な多様性と似ており、宇宙同様、『神曲』もまた、その豊かな多様性はその全体において眺められて初めて正しく評価され得るものとなる。ダンテのゲーリュオーンに見られる混淆主義は、単に身体上のものだけではなく、文化的・文体的な混淆主義を表わしている。ダンテは類比的にゲーリュオーンを自身の作品である『神曲』に結びつけているが(第十六歌128－132と第十七歌131〈130〉)、両者はともに三つの構成要素からなるという点で共通している。『神曲』もゲーリュオーンの身体同様、三つの文体を融合したものだからである。ゲーリュオーンの登場、その実在をダンテが自分の詩にかけて誓っているのは、ダンテが両者を同じものとして結びつけていることを明かしている。自身の『神曲』の性質を、類比によっていっそう明瞭にする手段としてゲーリュオーンを利用しているのである。

類比は中世において最も好まれた説明方法の一つであったが、この怪物を提示するその方法を考え合わせるとき、ダンテは獣と詩を結びつけ得る二つの主要な特質をあぶり出そうとしている。一つは、両者とも統合的な機能を有しており、一つは、両者とも通常互いに結びつきようのない要素が組み合わさってできている混淆的な存在だということである。つまり、ダンテは、構成・文体・怪物の三点において『神曲』をゲーリュオーンに掛けているのである。構成は地獄・煉獄・天国の三つの混淆において、文体は卑俗な文体と中間体と高雅な文体の三つの混淆においてダンテは古典的な教則を打ち破っている。また最後に、怪物の存在を非現実の妄想が生み出した存在ではなく、自然の中に生み出された実在として描いている。この三点においてダンテはホラーティウス的な枠組みを越えようと試みているのである。

ゲーリュオーンの三身の身体は空想の産物であるというよりも、『神曲』においては、文字通り、現実のものであり、神の正義の結果、そのような姿になっている。ダンテは、他の詩人の詩的ヴィジョンよりも、自身の詩的ヴィジョンの優越性を引き出すためにこの怪物を用いている。『神曲』においては倫理的なものと詩的ものとが分かちがたく結びついているからである。欺瞞の怪物を『神曲』になぞらえるのは、「偽りが真実の外観によってよく隠されているように、最初、信じがたく思われることが、後になって、偽りでないことがしばしばあるのであり、真実が偽りの外観を呈していることがよくある」（偽セネカ『四大枢要徳について』II, 4）からである。ゲーリュオーンが《真実の仮面を被った偽り》の代表であるのに対して、『神曲』は偽り（フィクション）の仮面を被った真実の代表である。中世の解釈の伝統に従って、すべてのものは善からも悪からも解釈され得るものだが、これは『神曲』の多層的な意味を前にしてこそ最も良く当てはまるものなのである。

ところで、ウェルギリウスはダンテに「この階段［ゲーリュオーン］を使って下に降りるぞ」と言っているが、ここに『神曲』の秘密が隠されている。地獄降下は善なる力だけではなしえない。地獄の最下層に降りて行くためには、ゲーリュオーン――悪そのもの――の助けが必要とされる。これまでもダンテはプレギュアースの舟に乗ってステュクスの沼を渡り、ケンタウロスのネッソスの背に乗ってプレゲトーンの沸騰する血の川を渡ったが、今回はゲーリュオーンを階段に使って下に降りて行く。これは神の摂理の道具として悪を用いることを寓意している。ダンテは『神曲』の中で悪を切除するのではなく、「悪を通して」「悪によって」「悪を使って」救いの道を作り出す。ここに悪の唯一の存在理由がある。

悪が単なる悪でしかなく、どこまでいっても悪であるならば、悪がこの宇宙に生まれるのを神が許す理由も必然性もなくなる。神が悪の存在を許しているのは、それを通して――それを使って――人間が救いへの道を知るためである。人を罪へと導いた（悪の）道は、また裏返せば、人を恩寵へ、徳へ、救いへと導く同じ道だからである。ここに悪が存在する唯一の形而上学的・神学的・存在論的な理由がある。神のグランド・デザインの中では、存在するものは存在する限り、必ず善が含まれており、神の意図が込められている。それは怪物であれ、悪魔であれ、変わらない（われわれには悪としか映らないウイルスでさえ、役に立っている。ウイルスは生物の進化を加速させるエンジンとなっているからである。実際、われわれのゲノムの多くはウイルス由来のものでできており、ウイルスがわれわれを人間にした)。これはまた、西洋古典の叡智とも呼応する。

「しかし、われわれの祖先はいかなる悪も何らかの善なしには存在しない［どんな悪にも何らかの有用性が混じっている］とはっきりと公言し、人々に知らせた」（プリーニウス『博物誌』二七、九）

善は有用性という言葉で置き換えることができる。ゲーリュオーンはダンテたちを乗せて、救いの一助を演じることになる点で、ダンテの役に立っている。人生でも同じように、どんな悪――失敗や挫折、不幸や逆境――も善に転化する可能性を秘めている。ゲーリュオーンは、自身の与り知らぬところで、ダンテの救いの道の手助けを演じる役回りを担わされているが、ゲーリュオーンにこの役回りを演じさせるこの物語の作者こそが神である。ゲーリュオーンもプレギュアースも善をなそうなどと微塵にも思っていない。しかし、本人の意に反して、彼らの与り知らぬところで、彼らは善のために一役を担うことになる。これが神の計画であり、神が「悪をも善用される方」（アウグスティーヌス）と言われるゆえんである。この考え方は旧約聖書に見出すことができる。

「これ［ベヘモット］こそ、神の諸々の道［御業］の最初のものである（これは主の「造りし最初のものなり」）」（「ヨブ記」四〇：一四［一九］）

「主は、私［知恵］をその諸々の道［御業］の最初のものとして所有された」（「箴言」八：二二）

最初のものとして《悪（怪物ベヘモット）》も《知恵》も神によって創られた。実際、ゲーリュオーンでさえも神によって《造られたもの（階段）fatte scale》（82行）である。ベヘモットも智慧も神の世界創造の中に含まれており、だからこそ「神の道（御業）は無限なり Le vie del Signore sono infinite.」と言われる。神のグランド・デザイン（神の摂理・計画）の中では悪や不幸にも人間には計り知れない完璧な存在理由がある。神の御業は計り知れない大きなスパンで計画されているため、近視眼的な人間知性ではその御業の真の意図を見抜くことはできない。このため、「災いなるかな、汝らは《悪》を呼んで《善》と言い、《善》を呼んで《悪》と言う」（「イザヤ書」五：二〇）ことになる。

神が人間には計り知れない道を通じて、悪を善に転化することは「創世記」にすでに記されている。ヨセフの物語がそれである。末弟のヨセフは、兄たちの嫉妬によって穴の中に放り込まれて殺されかける。この兄の嫉妬による殺害計画こそ、善への第一歩となる。なぜなら隊商に救い出されてエジプトに連れていかれ、奴隷として売られたからである。これが善の第二歩となる。なぜなら売り飛ばされた先が、エジプトのファラオの宮廷役人ポティファルの家だったからである。ここでヨセフは持ち前の才能を発揮して頭角を現わし、ついにはポティファルの家のすべてを任せられるまでになる。しかし、ポティファルの妻が美男子のヨセフを誘惑しようとする。誠実な若者ヨセフは主を裏切ることなどできないと言って、それを断るが、ポティファルの妻は逆恨みから、ヨセフが自分を誘惑して犯そうとしたと事実無根の罪をヨセフに着せ、夫に訴える。かくしてヨセフはポティファルに捕えられて投獄される。これが善の第三歩となる。この不幸の何が善かったかと言えば、牢獄の中でヨセフの持ち前の夢解きの才能が評判となるからである。その頃ファラオは毎晩見る不思議な夢に悩まされていた。この夢の意味を解ける者がエジプトには誰もいなかったため、ヨセフの噂を聞きつけたファラオはヨセフを呼び出す。ヨセフは見事にその夢を解いてみせ、エジプトを襲うであろう禍を防いでみせる。これに気をよくしたファラオはヨセフを宰相に取り立て、エジプトの政治すべてを任せるまでになる。かくしてヨセフは夢に示された数々の禍を防ぎながら、エジプトを飢饉から救っただけでなく国力をも高めた。だが、それだけではない。また同時に近隣諸国をもその飢饉から救ったのである。それもこれも、兄たちの悪しき企みが、ヨセフだけでなく、エジプトの民と近隣諸国の民まで救ったのである（ヨセフの父や兄たちも飢餓から救われる）。もちろん、兄たちは悪しき意図から悪しきことを行なったに過ぎない。ちょうどゲーリュオーンが善の意図などなしに結果的にダンテを救うことになるのと同じである。本人には善の自覚などない。あくまでもヨセフの人生の作者は神である。神はこのように無限の道を使って悪を善へと変えていく。これを身をもって体験したヨセフは、自分の中に神の見えざる手を認めて、次のように言って兄たちを赦す。

「怖れることはありません。私たちは神の意志を拒むことなどできはしないのです。あなた方は私に悪を企みましたが、神はその悪を善に転化され、今あなた方が見るように、私を（宰相にまで）お高めになって、多くの民をお救いになったのですから。どうか怖がらないでください。この私が、あなた方とあなた方の子供を養いましょう」（「創世記」五〇：一九－二一）

兄たちの悪に対してヨセフは善で返す。これがのちにイエスの取る道であり、隠されたユダヤ教のもう一つの側面である。一般には、悪には悪をもって、「目には目を」の思想が有名であるが、ユダヤの教えの中にイエスの教えがすでに胚胎していたのであり、イエスの独創というわけではない。イエスはこの教えを発展させたのである。そしてダンテが『神曲』で表現しようとした最大の主題がこれである。すべては神の計画のうちにあり、悪も神のグランド・デザインの中で人間には計り知れない形でその存在理由を有している。神は各自に最善のものを計らってくださっているというヨセフの言葉は「創世記」の掉尾を飾るにふさわしい最も感動的な信仰告白である。そして『神曲』も「創世記」と同じ主題を異なる筋立ての下でその変奏曲を奏でている。ダンテは、プレギュアース、ネッソス、ゲーリュオーンと、多くの悪を用いて地獄を降り、救済への旅を続ける。これはまた、人が救いへ至るために様々な存在が手助けしてくれるということを寓意している。ダンテほど多くの存在に助けられている者はいない。ベアトリーチェを始めとする天の女性たちだけではない。悪しき者たちであるはずの存在さえ、人間には計り知れない不思議な力で、ダンテを手助けしているのである。

「あなたがたみなが不思議な力で私を助けてくれる。あなたは昼の力であり、そしてあなたは夜の力。あなたがたみんなが私を見て、この世界と私が一つであることを知るだろう」（ヨクーツ族の祈禱の言葉）

＊

第十八歌から第三十四歌まで

地獄篇は全部で三十四の歌章で構成されているため、数の上ではここで前半が終わり、第十八歌から後半に入る。地獄は九つの圏から成るが、すでに七つの圏が語られており、ダンテは後半のすべてを残り二圏のために割いている。それはこの後半こそが地獄の本質をなすものだからである。第八圏と第九圏が扱うものは人間の欺瞞（悪意）であり、ここにこそ地獄の、すなわち、悪の本質があるとダンテはみなしていた。

　これまでの悪は、単純なものであり、理解も容易であり、われわれに比較的身近なものである。地獄篇は悪についての考察を語るものであるが、真性の悪は人を騙すことにあるというのがダンテの思想である。ダンテは欺瞞こそが悪の本質であり、真の悪であると捉えている。

　そこで、まず欺瞞を二つに分割して第八圏と第九圏に分けて考察している。第九圏は欺瞞の対象が恩人や近親・友人に向けられたもので、いっそう悪質というだけで、やはり本質は欺瞞（だまし）にある。

　次に、ダンテは第八圏で欺瞞一般を十種類に分類して考察している。第八圏は「悪の嚢（マレボルジェ）」と呼ばれ、罪人たちは十の「嚢（ボルジャ）」に分類されて閉じ込められている。地獄を巨大な監獄に見立てれば、各嚢は監獄の中の監獄、独房のようなものである。そこで扱われる罪は第十一歌58–60でウェルギリウスが列挙している。そのどれも欺瞞から生み出される罪である。

　興味深いのは、他人を騙す第八圏の囚人たちは、下層のボルジャに降りていくと、他人だけでなく、自分をも騙す自己欺瞞者だということが判ってくる点である（また同時に、人間らしさからも遠ざかっていく）。他人をうまく騙すには、まず自分を騙して、その嘘を信じ込んでいる必要があるからである。他人を欺くことに長けた者はまた自分を欺くことに長けた者でもある。このため、ここからの登場人物の言葉に対しては、まさに探偵並みの洞察力を働かせないと、読者はいとも簡単に騙されてしまう。

　悪を通して人間とは何かを追求する後半は、人間性の本質に関してダンテが極限まで突き進めた人類の叡智を形作っているのである。

『神曲』の理解のために

藤谷道夫

1 ダンテの時代

四世紀から始まったローマ教会の腐敗は、十三世紀にはその腐敗が深く広く浸透し、人々を導くべき高位聖職者たちは富に溺れ、聖職売買は日常の風景となっていた。歴代教皇は霊的な務めを忘れ、富と世俗権力の伸長に余念がなかった。その行き着く先が、教皇権がすべての世俗権力に優るとした教皇ボニファーティウス八世による教書『ウーナム・サンクタム』(一三〇二年)であり、教皇庁のアヴィニョンへの移転である(一三〇八年)。

教会が腐敗を極める一方、フィレンツェでは十二世紀から商人が権力を持ち始め、人口も増大し、十三世紀に歴史の表舞台に登場してくる。ライバル都市のピストイア、シエナ、ピサを次々と屈服させるなか、フィレンツェの経済力は自国の通貨の成功によってその強さを現わし始めていた。一二五二年から発行され始めたフィオリーノ金貨は西洋の市場で重要な地歩を築き、基軸通貨となる。しかし、富み栄えていくフィレンツェは二つの宿痾に侵されていく。商業と銀行のおかげで実業家層がますます金銭をため込むようになると、拝金主義が横行し、精神の頽廃が進行していったからである。これがダンテに『神曲』を書かせる原動因となっている。格差が増大すると、社会が分断されるのが歴史の常である。二つ目の宿痾である対立抗争は取るに足らない出来事から始まる。当時の年代記作者ジョヴァンニ・ヴィッラーニはその経緯を詳細に語っている。

「キリスト暦一二一五年、フィレンツェの貴族ブオンデルモンテ・デ・ブオンデルモンティは、誉れ高い貴族アミデーイの若い娘と結婚する約束をしていた。まことに容姿端麗であったこのブオンデルモンテが市中を馬で進んでいる時、ドナーティ家の淑女が彼の名を呼び、彼が件の女性と結婚の約束を交わしたことをなじって、こう言った。『あの人はあなたに見合うほど美しくもなければ、あなたに値する女性でもありません。私はあなたのためにこのわが娘を取っておきました』。こう言うと、その女性は自分の娘をブオンデルモンテに見せた。その娘は、実に見目麗しかった。彼はたちまち悪魔の手にかかって、この娘の虜となった。彼は彼女と結婚の約束をし、実際、結婚してしまったのである。アミデーイ家の親族は鳩首して、ブオンデルモンテが自分たちの面目を丸潰しにしたことを悔しがった。彼らのこの悲憤慷慨がフィレンツェを二分し、台なしにすることになる。というのも、多くの貴族の家門がこの恥辱を晴らさんとブオンデルモンテに天誅を下す陰謀を巡らしたからである。彼らは、いかなる制裁を加えるか、殴打するか剣で傷を負わせるかについて論じ合った。その時、モスカ・デ・ランベルティが邪悪な言葉を放った。『一事が成れば、万事けりがつく』［地獄篇第二十八歌107］。すなわち、殺ってしまうべきだ、と。かくしてこの通りに事がなされた。彼らは復活祭の朝、サント・ステーファノにあるアミデーイ家に集まった。純白の真新しい服を纏い、立派に着飾ったブオンデルモンテがアルノ川の向こう岸から、白い乗用馬に乗って戻って来るところだった。彼がヴェッキョ橋のたもとにやって来た時、まさにマールス神の彫像が置かれているたもとで、ウベルティ家のスキアッタによってブオンデルモンテは馬から投げ落とされた。モスカ・ランベルティとアミデーイ家のランベルトゥッチョが彼を襲い、剣を突き刺した。オダッリーゴ・フィファンティが彼の血管を切り、殺害した。これによって街は武装に走り、暴動が勃発した。このブオンデルモンテの殺害が、フィレンツェにおける教皇派と皇帝派の呪われた党派争いの端緒にして原因となった。かつてはこれらの党派に属する貴族たちの確執であったものが、街を挙げての、全市民を巻き込んでの党派争いを引き起こしたのである。市民は、教皇派に属していたブオンデルモンテの側に付く者と、皇帝派の首領であったウベルティ家に付く者とに分かれた。以来、大いなる災厄がフィレンツェを襲い、街を台なしにしてしまったのである。神が終止符を打ってくださらない限り、この戦いに終わりはないであろう。このことからよく判るように、人類の敵は《武力》に訴えて、《暴力》を行使することである。まさに異教徒であった古のフィレンツェ人はこの戦いの神［マールス神］を崇めていたのである。この殺人がマールス神の彫像の足元でなされたことによって、フィレンツェの街はその後、大いなる災厄に見舞われることになるのである」(1)

これが教皇派と皇帝派の党派争いの端緒である。政治抗争と門閥抗争と利害対立が三つ巴で重なり合い、市民は両派に分断された。最初は小さな火花に過ぎなかったものが、トスカーナ全体に、さらにはイタリア全土に飛び火し、血みどろの抗争が繰り広げられた（地獄篇第十歌参照）。一二六六年にベネヴェントの戦いで皇帝派のマンフレーディが敗れ、六八年に最後のホーエンシュタウフェン家のコッラディーノが処刑されると、教皇派が勢力を強め、フィレンツェでは一二八二年（ダンテ十七歳）以降、皇帝派を権力から遠ざけることに成功した。これでフィレンツェ内部の対立は終息したかと思いきや、今度はチェルキ家とドナーティ家の揉め事(2)から教皇派内部が二つの派、白派と黒派に分裂してしまう。富裕市民の中で最も力のある門閥が黒派（ドナーティ家）に付く一方で、市民たちはなべて、とりわけ職人たちは白派（チェルキ家）に味方した。またもや内部抗争である。一二九五年、ダンテは三十歳の時、白派の一員として政治の世界に入る。この頃、フィレンツェのコムーネ政府は白派の支配下にあり、ダンテは順調に経歴を積んでいく。

2　ダンテの生涯

ダンテがいつ生まれたのか、正確な誕生日は判らない[3]。ダンテ自身が天国篇第二十二歌115－117で語るところによれば、ダンテが生まれたのは五月末から六月初めにかけてである。一方、地獄篇第二十一歌112－114でキリストの死後、一二九九年が経過したと語られていることから、冥界の旅が一三〇〇年目の出来事であることが判る。さらにこの時、ダンテは自分は「齢満ちぬうち」（地獄篇第十五歌51）すなわち、「三十五歳になる前」であったと述べている。これら『神曲』の中にちりばめられた自伝的断片を繋ぎ合わせていくと、ダンテが一二六五年五月末か六月初めにフィレンツェの小貴族[4]の家に生まれたことが逆算される。「ダンテの出生日が不確かな一方、洗礼日は確実である。というのも当時の慣習に従って、ダンテと同じ年に生まれた者たちはみな一緒に出生の翌年の聖土曜日――一二六六年三月二六日――に洗礼を受けているからである」[5]。ここからもダンテが一二六五年生まれであることは間違いない。

Dante は苗字ではなく、名前である。従って、われわれは姓ではなく、名前で呼んでいることになる。しかも、「ダンテ」という呼称は、「永続する者」を意味する「ドゥランテ Durante」の習慣的短縮形（愛称）である[6]。だが、煉獄篇第三十歌55で自分の名前をベアトリーチェに「ダンテ」と呼ばせていることから、われわれもダンテと呼んで構わないであろう[7]。

問題は、ダンテの姓であるアリギエーリである。

「ダンテ学者のニコラ・ジンガレッリはダンテの時代の史料や最も古い写本から、十通り以上もの名を抽出して検証している。今日ではこの考察は再検証を要するものの、ジンガレッリの研究から導き出された正しい名称は《アラギエーリ Alaghieri》である。だが、勝ち残ったのはトスカーナ方言の異化［音が似通った別の音に変わること］を被った形の《アリギエーリ Alighieri》であり[8]、これが当時権威のあったボッカッチョによって広められ、今日に至る。次に異形を列挙してみよう（最後の三つは採用に値しないものである）。アルディギエーリ、アラギエーリ（異形のアラゲーリ、アラジェーリはこれに還元される）、アレギエーリ、アリギエーリ、アッラギエーリ、アッレギエーリ、アッリギエーリ、アデゲーリイ、アルディゲッリ。実際、ダンテの家名は、イタリアの古典作家の中で最もややこしいものである。（中略）しかしながら、今日ではアリギエーリという名を採用することで全員一致しており、これにもはや疑義を差し挟む余地はない」[9]

なお、「アリギエーリ」という家名は高祖父カッチャグイーダの妻の家系に由来する[10]。

ダンテの父はアリギエーロ二世（一二二〇頃－一二八三以前）と言った。彼は父ベッリンチョーネ（ダンテの祖父）が興した高利貸しと仲介業を営んでいたことが史料から知られている。祖父ベッリンチョーネは六人の子供をもうけたが、そのうちの長男がダンテの父アリギエーロ二世である。ダンテは父については何ひとつ書き残していない。研究者はダンテが父の職業を恥ずかしく思っていたからだと推測しているが、謎の存在としか言いようがない。アリギエーロ二世はベッラ[11]との間に長男ダンテをもうけるが、そのあと、名前の知られていない娘（ダンテの妹）をもうけたとされている。

ダンテの生涯における最初の波風は母ベッラの死によって訪れる。正確な年代は判らないが、ダンテは五～八歳の間に母を亡くしている。父はラーパという女性と再婚しているが、ダンテはこの継母についても何一つ語っていない。父はラーパとの間にフランチェスコとターナ（ガエターナ）――ダンテにとっては異母弟妹となる――をもうけている。

ダンテの最初の天啓は九歳の時（一二七四年春）に訪れる。ベアトリーチェ[12]に出会ったからである。

その時のことを、ダンテは『新生』にこう綴っている。

「私が生まれてから、すでに九回、太陽天が自身の軌道上の同一点に回帰していた時、栄光に満ちた女性、わが心の支配者が初めてわが眼に姿を現した。彼女は多くの者たちからベアトリーチェと呼ばれていたが、彼女がなぜそう呼ばれるのか彼らは判っていなかった。彼女がこの世に生を享けてから恒星天はすでに十二分の一度東へ回転していた。それゆえ、彼女が九歳の始まりの頃[13]、私に姿を現したのであり、私が彼女を目にしたのは、九歳の終わり頃であった[14]」

父は、ダンテが十八歳になる前に他界している。このため、長男であったダンテは幼い異母弟妹三人の面倒を見ながら、厄介な資産の切り盛りせざるを得なかったはずである。

ダンテの転機は、一二八三年、彼が十八歳の時に再会したベアトリーチェ（「至福を授ける者[15]」の意）によって訪れる。彼女に霊感を受けて書いた抒情詩がダンテの詩人としての始まりである（この時の詩が詩人カヴァルカンティに認められ、当時すでに有名であった彼と友情を結ぶ）。

ジェンマ・ディ・マネッティ・ドナーティ[16]の嫁資を一二七七年一月（ダンテ十二歳の時）に受け取っていたダンテはジェンマと一二八三〜八五年の間に結婚したと推測される（一二九五年とする学者もいる）。ダンテはジェンマとの間に、長男ジョヴァンニ[17]、次男ピエートロ（?-一三六四）、三男ヤーコポ（?-一三四八?）、そして長女アントーニアをもうけている。アントーニアは、後にラヴェンナの修道院サン・ステーファノ・デッリ・ウリーヴィの修道女となり、ベアトリーチェと呼ばれた。ピエートロとヤーコポは『神曲』の注釈書を残している。ピエートロは法律家として成功し、今はトレヴィーゾのサン・フランチェスコ教会に眠る。

ベアトリーチェとの再会から七年後、ダンテに大きな痛手を与える第二の波風が訪れる。一二九〇年六月八日、ダンテが二十五歳の時、ベアトリーチェが二十四歳の若さで亡くなるからである。以後、ダンテは哲学研究に没頭し、一二九二年から一二九四年にかけてベアトリーチェを悼む作品『新生』を執筆する。ベアトリーチェに出会った年齢が九の倍数であることから、彼女はこの作品の中で幾度となく《九》という数字に象徴的に結び付けられている（『新生』の中で《九》にまつわる出来事は作品全体で《九》回生じる。こうした数の信仰は西洋世界においても忘れ去られた伝統であり、日本にはなかった伝統であるため、現代の読者は十分留意しておく必要がある）。

古代ギリシャの詩人アラートス、古代ローマの詩人マーニーリウスは措くとして、ダンテほど天文学に精通した詩人はいないが、ダンテがボローニャ大学で学んだからではないかといわれている。と言っても、それを明かす証拠は何もない。ボローニャについての詳しい知識からダンテがボローニャを訪れたことだけは間違いない。また、ダンテほど神学に精通した詩人はいないが、その知識はフィレンツェの托鉢修道会の学院で身につけたと思われる。サンタ・マリア・ノヴェッラ教会（ドミニコ会）とサンタ・クローチェ教会（フランチェスコ会）の修道院付属の二つの学院と、サント・スピーリト教会（アウグスティーヌス修道会）の学院（一般信徒にも門戸を開いていた）である。『神曲』に示される神学の該博な知識から、ダンテが旺盛な知識欲をこれらの学院から得たであろうことは想像に難くない。

一二九五年、ダンテが三十歳の時、フィレンツェの法規「正義の規定」が緩和されたおかげで公職への道が開かれ、市民行政長官（Capitano del popolo）の特別評議会や百人委員会のメンバーに選ばれている。一三〇〇年五月七日にはフィレンツェのコムーネ政府の大使としてサンジミニャーノに赴いている。同年六月十五日から八月十五日の二か月の一任期、フィレンツェ政府の最高職である六人のプリオーレの一人に選出されている（これがダンテの政治的経歴の頂点をなす）。一三〇一年、ダンテは百人委員会に有識者の肩書で招かれ続けていたが、この会議の席でダンテが表明した意見が残っている。例えば、「三月十五日、シチリア晩鐘事件による反乱を終息させるためにシャルル・ダンジュー二世がフィレンツェ市に要請してきた金銭援助にダンテは反対している。また、六月十九日、教皇ボニファーティウス八世がトスカーナに領土を拡張しようとする自身の目論見を阻もうとするマルゲリータ・アルドブランデスキの抵抗を屈服させるためにフィレンツェ市に軍事援助を要請した時、全員出席の総会の場においても、また少人数の会議の場においても、二度にわたってこの要求を拒絶する意見を述べている」[18]。

一三〇一年十月、教皇ボニファーティウス八世のもとへ使節としてローマに派遣されるが、十一月にフィレンツェで政変が起こり、ダンテが属していた白派の政府は転覆され、黒派に取って代わられた。黒派による破壊と殺戮がフィレンツェを覆い尽くし、白派はフィレンツェから一掃されたが、この時ダンテは白派の何人かの仲間とともに「詐欺と収賄の罪」に問われて――勿論、濡れ衣を着せられての冤罪であった――一三〇二年三月十日欠席裁判の中で死刑判決が下される。以来、ダンテはフィレンツェに帰還できないまま流浪の身となる。これがダンテの人生を襲った第三の波風である。この事件は、現在のリストラどころではない痛烈な大打撃である。フィレンツェを追放された白派の家は破壊され、資産は黒派に取り上げられ、身ぐるみ剝がされたからである。しかもフィレンツェに帰還すれば、死刑が待ち受け、黒派の刺客がダンテを追っていた。家も財産も職も失ったダンテは、家族とも離れ離れになり、文字通り一文なしの状態で、彼を食客として寄留させてくれるパトロンの庇護を求めながら、イタリア語が話されている地をくまなく放浪することになる。その頃のことをダンテ自身、『饗宴』にこう綴っている。

「私が不当に被った罰とは追放と貧窮のことである。私をその甘美な懐から外に投げ出すことが、ローマの最も美しく、最も名高き娘であるフィレンツェ市民の喜びであった。（中略）運命に傷つけられた者は、人々から不当な謗りをよく受けるものだが、私は、運命によって受けた傷を心ならずも見せながら［自身の寄る辺なさと貧窮を、恥を忍んで他者に見せることで同情を得、施しを受けていた］、イタリア語が通じるほぼすべての地を巡礼者の如く、ほとんど物乞いをしながら経巡った。まさに私は帆も舵もない船の如く、貧窮が放つ痛ましい乾いた風に煽られて、こなた彼方の港や河口や岸辺へと運ばれた[19]」

あまたの詩人の中でもこれだけの貧窮を味わった者は少ない。自らを養えないことほど惨めで、自尊心を傷つけるものはない。とりわけ自身を貴族のはしくれと思っていたダンテにとってこの体験ほど骨身に堪えたものはなかったであろう。ダンテは寄留先の主の求めに応じて係争の仲介の労を取ったり、書きかけの『神曲』の一部を披露したり、ダンテを温かく迎え入れてくれた人々を『神曲』に登場させたりして、その恩に報いている。こうした不自由な追放生活の中で『俗語詩論』(一三〇五?)や『饗宴』(一三〇七)『書簡』(一三〇四-一三一七)が綴られていく。『新生』(一二九五?)の終わりで予告していた畢生の大作『神曲』の執筆はおそらく一三〇七年頃から始められている。一三二〇年に天国篇を完成させた頃、ラテン語の著作『帝政論』や『牧歌』(一三一九-一三二〇)、『水陸論』(一三二〇)を草している。ラヴェンナの君主グイード・ノヴェッラの命を受け、一三二一年七月末から八月初めに全権大使としてヴェネツィアに派遣された帰途、病を得て(おそらくマラリア)、九月十三日から十四日の夜半、ラヴェンナにて不帰の人となる。享年五十六歳であった。

3 『神曲』とは何か

文学史上、類を見ないこの大伽藍を手短に解説することは難しい。一万四千二百三十三行からなる『神曲』は「文学作品(詩作品)」と言うよりも百科全書的「文化の総体」と呼んだ方がふさわしい。このため、文学や歴史、哲学を始めとしてあらゆるジャンルの読者の興味を掻き立ててきた。例えば、ガリレオ・ガリレイの最初の研究は地獄篇に描かれた地獄の逆円錐構造に関するものである。あまたの天文学者が『神曲』の天文学的計算に参加してきた。中世の数学史家は『神曲』に隠された数の関係を解き明かしてきた。古典文学者は『神曲』とラテン文学との関係を研究し、言語学者はダンテをイタリア語の父とみなした。ダンテ学はそれ自体が、医学や法学と同じような一つの学問分野であり、専門は細分化している。ダンテに関連する論文や著作は世界で毎年一千点に及ぶ。これはシェイクスピアに次いで世界で二番目に多い。

『神曲』とは何か。『神曲』はあまりに豊かな内容をもつため、読み手によって様々なイメージが湧くであろう。警世の書として、ダンテは『神曲』を通して当時の腐敗・堕落を痛烈に揶揄している。その批判の対象は聖職者であり、政治家であり、商人たちである。あるいは、神に至る精神の道のり、魂のルート・マップにも映るであろう。人が自己の悪と対峙しながら、自身の精神の深みへと降りてゆき、真の自分自身を見出す魂の救済の旅である。あるいは、人類の歴史の旅のようにも映る。『神曲』は人類のこれまでの歩みと現在を精査していく壮大な旅でもある。

また、『神曲』を読めば、旧約聖書と新約聖書およびギリシャ神話を読んだことになる。ダンテの時代、聖書はイタリア語で読むことはできなかった。最初のイタリア語訳は一四七一年であり、ダンテの死後、百五十年後のことである（ルター訳は一五二二－三四年、ダンテの死後、二〇〇年後のことである）。しかし、『神曲』は聖書の主要な箇所すべてを網羅し、解説付きで作品に取り込んでいる。このため、『神曲』は最初のイタリア語訳聖書の役をなしている。『神曲』を読めば、ラテン語を知らない一般の人々も、新旧の聖書（キリスト教の根本）とギリシャ神話（西洋古典の粋）を読んだのと同じ知識が得られる。実はダンテは『神曲』を通して宗教改革とルネサンスを目指していたのである。ダンテが『神曲』をラテン語ではなく、イタリア語（トスカーナ方言）で書いた理由はまさにここにある。それは一部の知識人だけでなく、万人に知識を分け与え、万人の魂の救いに資するためである。『神曲』の機能は社会に警告を与えるとともに、霊的真実に目覚めさせ、自身と人々を救済へ導くことにある。そしてこれがダンテの考える究極の恋愛詩となる。『神曲』はまさに文学史上まったく新しい「恋愛詩」として構想されたものだからである。そのことをダンテは『新生』の終わりに告げている。

「このソネットを詠んでのち、私は驚嘆すべき幻視に見舞われた。その中で私が見たもののために、あの至福の女性についてもっとふさわしい形［これが後の『神曲』］で語れるようになるまで、もうこれ以上あの女性について語るまいと考えるに至った。以来、私はそれに達すべく、全身全霊を打ち込んで励んでいるが、そのことは何よりも（天上の）かの女性がよく御存じである。それゆえ、生きとし生けるもののすべての原因であられるかの方［神］が嘉されて、わが命がもうしばらく生き永らえることができるならば、私はいかなる女性についてもかつて語られたことのないものを、かの女性について語ろうと希っている。そしてわが魂があの祝福された婦人の栄光を――すなわち《久遠にわたり祝福されし》かの方［神］のお顔を栄光とともに見つめているベアトリーチェを――見に行くことができるよう、かの天主がお望みにならんことを」

「いかなる女性についてもかつて語られたことのないもの」とは、『神曲』を指す。従って、『神曲』は究極の読者としてベアトリーチェ（と神）を想定して書かれており、『新生』においてなし得なかった究極の恋愛詩として『神曲』が構想されている。『神曲』の多面的な側面を「恋愛詩」へと収斂させることは飛躍しすぎのように思われるかもしれない。しかし、『神曲』を読む時、ダンテの社会批判も教会批判もすべてベアトリーチェへの愛に収斂されていく恋愛詩と解す必要がある。この論理の飛躍を少し埋めてみよう。

　これまでダンテ以前の詩人たちは何世紀にもわたって自身の恋人を、その美しさを、恋の苦しみと喜びを謳ってきた。しかし、その恋愛は魂を救い出すものではない、閉じた二人だけの愛である。恋人たちの究極の終着点は互いの腕の中にある。愛する者と結ばれ、そこで幕が下りる。

　ダンテ以前の恋愛が目指していたものは、なべて恋人を所有することに行きつく。見返りを求める愛である。それに対してダンテの考える恋愛は、恋人を愛することによって自分が救い出される愛である（地獄篇第五歌解説参照）。つまり、愛する女性は、神と自分を繋ぐ架け橋（仲介者）となる。

これは、ボローニャの詩人グイード・グイニツェッリの理論をダンテが発展させたものである。人間の高貴な心はそれ自身の内に自身を高め、より善き者となる能力を宿しているが、この能力は自身の中で引き金が引かれない限り、不活性状態にあり、働かずに眠っている。それが活性化するためには火花となる動機が必要となる。そしてこの引き金こそが愛である。人間は恋をすることによって真に有徳なものとなる。その時、彼の中で神と合一したいという欲求が生まれる。この欲求を引き起こしてくれるのがベアトリーチェであり、その愛によって、ダンテは神へ合一したいと願うようになる。

「愛は二つの異なる仕方で語ることができる。まず第一に個人的な感情の発露としてである。詩人は愛から受ける喜びや、愛によってもたらされる苦しみを表現する。これは清新体派やダンテ自身が詩で行なってきたことである。だが、詩人は愛を《彼 - 彼女》という二人の登場人物の感情の変遷とみなすのではなく、自身の内的本質の中で捉える。こうした変遷を描くのではなく、自身の中で愛の火花が点火した時に自分の心の中で生じるものをひたすら詩的に研究するのである。言い換えれば、愛によって始まった内的向上のプロセスを詩の形で表現する。これが「愛の意味を知る貴婦人たちよ Donne ch'avete intelletto d'amore」のカンツォーネで始めたダンテの新しさであり、『神曲』において完成を見ているものである。『神曲』は見失われた自身の能力を再び獲得するために一人の男が行なう旅路を描いている。この旅路に彼を向かわせるものこそが愛であり、ベアトリーチェである[20]」

ここから恋愛が双方向性を伴う必要がないことが判る。愛は自律的であり、その愛によって自分がどのように変わったかだけが重要となる。ダンテは現世でベアトリーチェと恋愛関係にはなかったが、それはそれでいっこうに構わない。重要なことはダンテの愛だからである。所有も見返りも求めない純粋な愛の成就こそがダンテの追求する理想の愛であり、その時、天上のベアトリーチェはその愛に応えてくれる。この理解があって初めて『神曲』が理解できる。『神曲』はこれまで誰も書いたことのない恋愛詩であり、永遠の片思いの詩であり、だからこそ真の愛となる。

4 ダンテの地獄について

ダンテの地獄は、円錐形の煉獄の山とは対照的に、逆円錐形になっている。地獄も煉獄も各円周の上に魂たちが滞在している。前者は罰せられるためだけに、後者は罰せられて罪源を浄めるためである。天国は透明な球体が入れ子式になって同心円状に広がる。ダンテの宇宙はすべて円と球で構成されている。ダンテの地獄は降りて行けば行くほど、円周は小さくなり、最下層の第九圏で最小となる。一方、天国は月の天球から始まって各天球は上へ行くほど大きくなり、原動天で最大となる。原動天の彼方には無限の神の世界、至高天が広がっている。これは愛を空間的に寓意化したものである。地獄の人々の愛は自己へ向かう。下に行けば行くほど、自分第一になる。自己愛の行き着く先がルチーフェロのいる最下層である。そこには究極の利己愛しかなく、自己を他者の上に置き、すべての他者を自分の下に置こうとする。支配と狭隘こそが地獄にふさわしい。一方、天国の人々の愛は自己から他者へと向けられ、隣人愛がますます拡大していく。そこは自分を最後に置く世界であり、すべての他者を自分の上に置こうとする。自由と広がりこそが天国にふさわしい。ここで重要なことは、神と言っても、自由と言っても、愛と言っても、知性と言っても、同じことだということである。天球が同心円状に大きくなっていくさまは、愛が延び広がるほど、知性も増大することを寓意している。愛情の増大と知性の増大は比例関係にあるからである。一方、地獄では愛は自分にしか向けられないため、知性はどんどん退縮していく。地獄の人々が獣や昆虫に譬えられるのもそのためである。

通常、地獄界は下に行けば行くほど肉体的苦痛が増大すると思いがちだが、ダンテの地獄は肉体的苦痛の尺度に必ずしも従っていない。それは神が用いるにはあまりに主観的な尺度とされる。なぜなら地獄の第六圏ですでに肉体的苦痛はマックスを迎えるからである。異端者たちは火で焼かれ、第7圏第一冠状地では暴力者たちは沸騰する血の川に漬けられている。これに対して、第八圏第二ボルジャの阿諛追従たちは糞尿に漬けられているだけである（第十八歌）。第八圏第六ボルジャの偽善者たちは重いマントを被らされているだけである（第二十三歌）。どちらの苦痛が大きいか、言うまでもない。私であれば、炎や熱湯に焼かれるくらいなら、迷わず糞尿に飛び込む。この例をもってしてもダンテの地獄の劫罰が他の基準に従っていることが判る。つまり、人間性の剝奪が下層地獄の刑罰となっているのである。神に似せて象（かたど）られた人間の尊厳が踏みにじられる屈辱である。最下層の第九圏では魂は冷凍され、氷の中に閉じ込められた藁に譬えられる。もはや無機物の藁くずの価値しかないのである。また、氷寒地獄と炎熱地獄と、どちらが苦痛が大きいかと言えば、間違いなく炎熱地獄である。しかし、地獄の最下層は氷寒地獄である。これは愛が慈愛の熱で表現されるように、愛が減少すれば、熱が失われることに基づいている。かくして地獄の底は絶対零度に近づく。心の冷たさが自己の周囲の環境を作り出しているからである。このようにダンテの地獄は哲学的に演繹されたものであり、情緒に訴える過去の冥界文学や後代の地獄絵とは一線を画している。

　第一歌で説明しなかった点を最後に補っておこう。ウェルギリウスは第一歌でダンテに不可思議なことを言っている。最初、「どうして、おまえはあの苦悶［暗い森］の中へ舞い戻ろうとしているのか」（76行）と言い、「おまえは（今とは）別の道を旅する必要がある」（91行）と言っておきながら、暗い森へと後退りしていたダンテを暗い森へと連れて行っている。結局、ダンテが向かっていた暗い森へ舞い戻っている。このどこが別の道なのであろうか。この答えは、地獄篇第三十四歌で明かされることになる。実は、ダンテは上へ上ることが下降であり、下へ下ることが上昇であるということを宇宙の構造から示している。

　ダンテは最初、高きを目指して光に照らされた丘を登り、「上」へと運動を始めていた。だが、ウエルギリウスは、その進行方向を変えて、「下」へ、暗い森へ、地獄へ行くように勧める。このウェルギリウスの指示は、われわれの地上的な視点（北半球）から見れば、下に落ちていくように見える。だが、南半球を上にして見れば、実は、南半球にある煉獄の山へと登って行っていることが判る。

プラトーン、アリストテレース以来、宇宙にも上下があるとされた。古代や中世では南が上であり、北が下であった（このため、地図も南を上にして描かれている）。このとき、かつての丘への登攀は上へ登って行くように見えながらも、実は、神の許への上昇ではなく、神から離れていく下降運動だったということが判る。煉獄の山を登るために、下に降りて行く必要のあることが次ページ図から了解される。

地上のわれわれ人間の通常の視点から見れば、ダンテは地獄を通してひたすら降りていくように見えたが、実は、ただただ登っていたのである。これは、道徳的に言えば、煉獄の山を登るためには、「遜（へりくだ）らなければならない」ことを寓意している。それなのに、ウェルギリウスに会う前のダンテはこれを弁（わきま）えず、降りることなしに、上に登ろうとしたために、落ちていった。地球という場では、「遜って」下に降りることが煉獄の山の「頂点」を目指すことなのに、ダンテはそれに気づかなかった。世間の臆見に従い、救われるためには単純に上を目指せばよいと思い込んでいたのである。しかし、宇宙の視点、神の視点から見れば、南こそが宇宙の「上」に当たり、北こそが「下」に当たる。まさにダンテは聖ベルナルドゥスの言葉「遜りの頂点には真理の認識がある」（『遜りと高慢の諸階梯について』I, 3）を空間的に写し取って表現しているのである。そしてこの時、ウェルギリウスがダンテに勧めていた道こそが、煉獄に行く最短の道のりだということが判る。まさに「苦痛の世界を通り抜ける最短の近道は苦痛の真ん中を行くこと」（ヘルマン・ヘッセ『ヘルマン・ヘッセの手紙』）なのである。

最後に、ダンテたちが地獄を降りて行くにあたって、なぜ左方向へと回っていく（煉獄の山では反

〈地獄の構造〉

	暗い森	第1～2歌	
	アケローン	第3歌	
上層地獄	1（第1圏）	第4歌	原罪のみ
上層地獄	2（第2圏）	第5歌	愛欲
上層地獄	3（第3圏）	第6歌	食悦
上層地獄	4（第4圏）	第7歌	貪欲・浪費
上層地獄	5（第5圏）	第8歌	高慢・嫉妬・憤怒・鬱怒
	ディースの門	第9歌	
下層地獄	6（第6圏）	第10～11歌	異端
下層地獄	7（第7圏）	①第12歌	暴力
下層地獄		②第13歌	自己破壊
下層地獄		③第14歌	瀆神
下層地獄		第15～16歌	男色
下層地獄		第17歌	高利貸し
下層地獄	8（第8圏）	第18～30歌	欺瞞
下層地獄	巨人たち	第31歌	
下層地獄	9（第9圏）	第32～34歌	背信

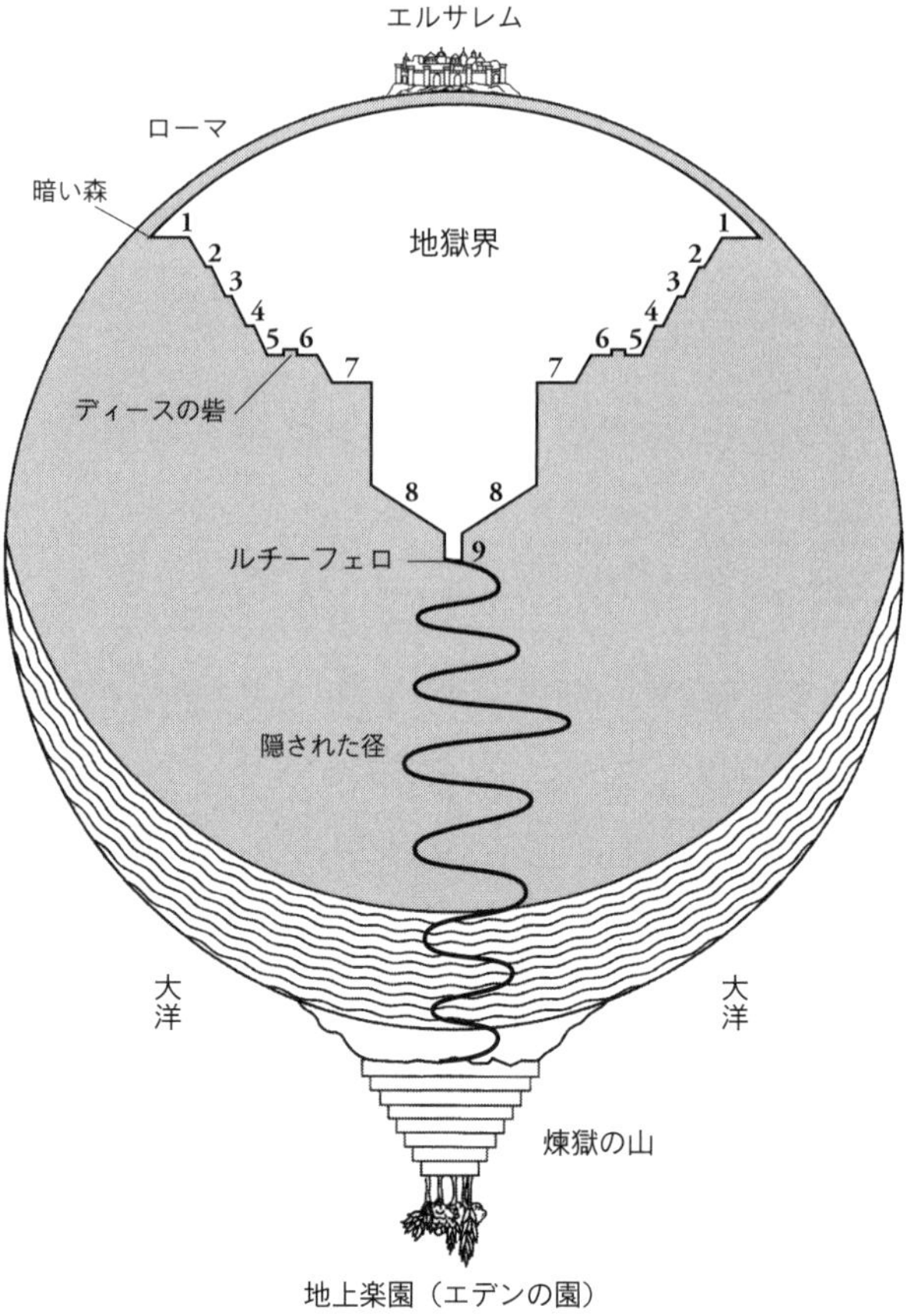

対に右方向へと回っていく）のか、種明かしをしておこう。[21]地獄の全行程を通じてダンテとウェルギリウスが遵守する左への ad sinistra 運動（第十歌133、第十四歌124－129、第十八歌21、第二十一歌136、第二十九歌53、第三十一歌83）は、上の半球へと彼らがひとたび反転すると、（煉獄では）右への ad dextera 運動になる。これが、彼らが煉獄の山を登る時の方向となる（煉獄篇第十一歌49－51、第十二歌100－107、第十九歌79－81、第二十二歌121－123、第二十五歌109－111）のも偶然ではない。実は、彼らは最初から最後まで唯一の方向を維持しながら動いていたからである。ダンテたちは、自分たちの全旅程の方向を恒星天と同じ方向に一致させていたのである。天の進み具合と時間の経過を一致させるにあたって最も確実で同一なのが「恒星時計 horologium stellare」である（実際、『新生』第二章二においてベアトリーチェとの出会いは《恒星時間》で示される）。この恒星時計が沈黙のうちに彼らの進行を天の故郷へ向かって案内していたのである。まさにそのことが地獄・煉獄・天国の三篇の終わりにおいて「星々 stelle」（「惑星」ではなく「恒星」を指す）というキー・ワードで示されている。[22]『神曲』の旅路は、「上」半球の原初のエデンに対して、世界を方向づけする恒星の運動の神秘的で物理的な意味に従いながら展開されていたのである。ダンテはずっと最初から恒星天の動きに一致すべく、地獄を回り、煉獄の山を登っていたのであり、天の究極の動きに歩調を合わせていたのである。そのダンテの旅を垂直線上にたどっていけば、その頂には至高天が位置し、それが宇宙における絶対的上位を示している。そこで名実ともにダンテは天と合一するのである。

注

（1）ジョヴァンニ・ヴィッラーニ『年代記 *Cronica*』第五巻三八。
（2）マキアヴェッリ『フィレンツェ史』第二巻第十六章にこの揉め事と白派・黒派の名前の由来が説明されている。
（3）「近代におけるまでフィレンツェ市では出生の日付を五月の最終土曜日と記録する慣習があったため、日付を確定することができないのである。」（Guglielmo Gorni, *Dante. Storia di un visionario*, Laterza, Bari, 2009, p. 4）

（4）「後に私はコッラード皇帝の麾下に馳せ参じ、皇帝より騎士の位に叙せられた」（天国篇第十五歌139－140）と高祖父カッチャグイーダが述べている。

（5）Guglielmo Gorni, *op. cit.*, p.12.

（6）「詩人は『ドゥランテ』という洗礼名を授かったが、フィレンツェの慣習に従って語中音を省略した愛称『ダンテ』の名で呼ばれることとなった」（フィリッポ・ヴィッラーニ：一三二五－一四〇五『フィレンツェ市民とその有名な市民の起源について *De origine civittias Florentie et de eiusdem famosis civibus*』A, XXII 二五）。

（7）「生前のいかなる史料にも《ドゥランテ》という名前は挙がっていない。実際、この名前は、あらゆる議事録や有罪判決にも一切記されていない。一方、詩人は創作活動においては必ず《ダンテ》と名乗っており、様々なソネットの冒頭句に見られるように、当時の詩人たちからも常にこの名で呼ばれていた」(Guglielmo Gorni, *op. cit.*, p.5)

（8）今日用いられている「アリギエーリ」は、ダンテの時代から現れた形（残存する一番古い文書は一三一五年）なのかもしれない。いずれにせよ、ゴルニの言う異化を被った形 Alighieri が広く通用し（ボッカッチョの権威も相俟って）、今に生き残った。似た例としてミケランジェロの名前を挙げることができる。ミケランジェロが生きていた当時、彼はミケランジョロと呼ばれていた（実際、フィレンツェのミケランジェロ広場は正しくは「Piazzale Michelangiolo」と言う）。フィレンツェでは「天使」のことを「アンジョロ angiolo」と言っていたが、後に「アンジェロ angelo」と呼ばれるようになったため、それに連動して「ミケランジェロ Michelangelo」という形が広く流布して今日に至る。なお、「アリギエーリ姓」をドイツ語またはロンゴバルド語の祖先から来ているとするゲルマン語起源説は否定されている。

（9）Guglielmo Gorni, *op. cit.*, p.10–11.

（10）「私の妻はポーの谷から嫁に来たから、それでその姓がおまえの姓となったのだ」（天国篇第十五歌137－138）。カッチャグイーダはダンテの祖父ベッリンチョーネの祖父に当たる。

（11）ダンテは『神曲』の中で一度だけ、母ベッラについて言及している。ウェルギリウスがダンテの正義の怒りを褒める場面である。「おまえを孕った女性に祝福されよ」（地獄篇第八歌45）と、『ルカ福音書』（一一：二七）を下敷きにした言い回しで、母ベッラは「聖母マリアと同じように、神の与える高き使命に結び付けられている」（マリーナ・マリエッティ『ダンテ』藤谷道夫訳、白水社、一九九八、p.66）

（12）ダンテの息子ピエートロによれば、「ポルティナーリの娘」、ボッカッチョによれば、「フォルコ・ポルティナーリ」の娘とされる。銀行家のシモーネ・デイ・バルディに、あるいはアンドレア・ランチャ（一三四一－一四三）の注によれば、ジェーリ・デ・バルディに嫁いだとされる（もし前者の場合であれば、当時のフィレンツェには複数のシモーネ・ディ・バルディがいたため、真の夫を特定することは困難である）。

（13）ここからベアトリーチェの出生は一二六五年十一月から一二六六年一月の間に絞り込まれる。

（14）ダンテ『新生』II, 1–2。

（15）ベアトリーチェは天国篇第七歌14で「ビーチェ Bice」というニックネームでも呼ばれるが、これは写本におけるキリストの短縮形――「祝福された、至福の beato」の短縮形 Be と「イエス・キリスト Iesu Cristo」の短縮形 IC――を踏まえたものである。要するに、ベアトリーチェはダンテにとってキリストに等しいことを意味している。

（16）「彼女はコルソ・ドナーティとその弟フォレーゼ・ドナーティの遠い親戚に当たる。」（ゴルニ）コルソ・ドナーティは、ボローニャやピストイアのポデスターを歴任した強力な政治家で、黒派の領袖（煉獄篇第二十四歌82で詳しく言及される）。フォレーゼ・ドナーティ（一二九六年没）は煉獄篇第二十三歌41以下で登場するダンテの親友である。

（17）成人になったのちルッカへ移り住んだと考えられている（Giorgio Inglese, *Vita di Dante. Una biografia possibile*, Carocci, Roma, 2015, p. 71 & 91 参照）。「この結果、息子たちは、使徒の如く、ピエートロ、ヤーコポ、ジョヴァンニと並ぶことになる。まさにこの順序でダンテは天国篇で三つの対神徳～信仰・希望・慈愛～について使徒ピエートロ［聖ペトロ］（第二十四歌）、使徒ヤーコポ［聖ヤコブ］（第二十五歌）、使徒ジョヴァンニ［聖ヨハネ］（第二十六歌）から試問を受けることになる」（Guglielmo Gorni, *op. cit.*, p. 9）

（18）マリーナ・マリエッティ、前掲書、pp. 72–73。Giorgio Inglese, *op. cit.*, p. 16.

（19）ダンテ『饗宴』第一巻第三章三－五。

（20）Umberto Bosco, *Dante Alighieri: Il Purgatorio*, ERI, Torino, 1967.

（21）Giorgio Stabile, *Cosmologia e teologia nella Commedia, in Dante e la filosofia della natura. Percezioni, linguaggi, cosmologie*, Sismel, Firenze, 2007, pp. 166–167 参照。

（22）至高天は回転しないため、時を計る時計の役をなし得ない。同じく、原動天は回転を生み出すが、不可視の天球である。従って、目に見える物質天球は恒星天から始まる。

解説、というか読みかた指南

池澤夏樹

須賀敦子にダンテの『神曲』の翻訳がある、と聞いた時はちょっと驚いた。もちろんイタリア文学に精通していた彼女のことだから『神曲』はその教養の中にあったはずだし、精読もしていたかもしれない。しかし読むことと訳すことの間には大きな距離がある。前者は意味が頭に入って鑑賞ができればそこで終わるが、後者は原文を担う日本語の文体を構築しなければならない。

それはこういうことだった。

ある時、須賀敦子は自分で丁寧に『神曲』を読もうと思い、原テクストと辞書と注釈書を机上に用意して一歌ずつ読み進めた。そして正確に読んでいることを確認するために日本語に移していった。刊行を意図したものではなくあくまでも自分のための覚え。それでも彼女の中の詩人がきちんと意味の通るきれいな日本語で書けと命じたことだろう。自分の文体で書けることがすなわち原テクストを正しく読んだことの証しだから。

イタリア語は彼女にとって日常語だったから、新しいパートを読む時ははじめに声に出して読んだのではないか。ダンテが書いたのはまずもって詩であり、言葉どうしの音の響き合いがなによりも大事なのだ。ぼくには彼女の声が聞こえるような気がする。

しかし『神曲』は長い。教室で学生を相手に講読するとか雑誌などに定期的に発表するなどの責務でないかぎり、同じペースで最後まで読み進めるのはむずかしい。どうしても速度が落ち、他の仕事が割り込み、自分自身を相手のこの楽しみは後回しになる。地獄の半ばで歩みが遅くなり、煉獄の終わりにようやく辿りついたが、天国に足を踏み入れることはできなかった。

そんな時に一人の青年がやってきて『神曲』を教えてほしいと言う。教えることは自分の知識を整理することであり、更に理解を深めることである。よくわかっていないことは人に教えられない。そこで改めてこの西洋文学の偉大な古典を講読の形で最初から読み直すことにした。

最もうまくゆく場合、教育というのはこういう形を取る。それをこそ師弟と呼ぶのだが、詳しいことはその青年である藤谷道夫さんの「はじめに」を読んでいただきたい。おずおずとした講読が最後には立派なダンテの専門家を生んだ。彼女が優れた師であり、彼が才能のある弟子であり、なによりも『神曲』が生涯をかけるに価するほど魅力的な文学であった。

ぼくにも似たような体験がある。

一九七八年にギリシャから帰った時、ぼくはカヴァフィスという近代ギリシャ最大の詩人の作品を日本語に訳すという無謀なことを考えた。そして、どういう経緯だったか読書会を開くということが実現し、数名の聴講生が集まってくれて、月に一度くらいか、四谷のどこか小さな部屋で数篇ずつ読み進めることがしばらく続いた。

やがてこの読書会は解散したが、この会が促しとなってぼくは雑誌に連載で翻訳を載せるようになり、彼の百五十四篇を三十五年かかってぜんぶ訳し、今ようやく本にすべくゲラに手を入れている。

あの時、少しだけ現代ギリシャ語ができる仲間たちはどうやって集まったのだろう。あの会場はどんな場所だったのだろう。ぼくは誰も育てることができなかったわけだが、彼らは今どうしているのだろう。

『神曲』は大きい。

十四世紀から現代まで多くの詩人や作家がここに源泉を見出している。あるいはその水脈から水を汲んでいる。

大岡昇平は『花影』の巻頭に「煉獄篇」の「第五歌」の一節を原文のまま引いている

――

ricorditi di me, che son la Pia;
Siena mi fé, disfecemi Maremma:

どうか私、ピーアのことを思い出してください。
シエナが私を生み、マレンマが私を滅ぼしました。

トロメイのピーアと呼ばれる不幸な女の訴えである。シエナで生まれた彼女はマレンマのパンノッキエスキ家に嫁ぎ、夫に殺された。これを大岡は『花影』のヒロインの葉子に重ねる。三島が彼女を作り、東京が滅ぼした。

古典というのは愛読されるものであると同時にこのように応用されるものでもある。世界文学ぜんたいが一個の体系を成している。

この『神曲』、すなわち二人の共同作業でできあがったこの文体、藤谷がそれにつけた注釈ならびに解説はまこと瞠目に価する。注釈は彼の後の研究成果がもっぱらなのだろうが、それにしてもこの広さと深さには驚かざるを得ない。

「第一歌」の最初の一行から衝撃なのだ。

この訳で「人の世の歩みのちょうど半ばにあったとき」(Nel mezzo del cammin di nostra vita)とある部分は、従来はダンテ自身が三十五歳、すなわち七十年と考えられていた寿命の半分の時と読まれてきた。しかしこの訳はこれを人類の歴史の中間点と読む。神が人間に与えた終末までの時間は一万三千年。ダンテが『神曲』を書き始めた西暦一三〇〇年はその折り返し点になる。この点についての注釈と解説は周到で、ほうとため息をつくばかり。今まで自分は何を読んできたのだと考えてしまう。

その先には『神曲』ぜんたいの主題の見事な要約がある。それは「悪の中に善を見出すこと」であり、「現世は悪に満ちている。しかし、この悪は善へと転化される前の状態に過ぎず、神の摂理によってやがて善へと変わるのを待っている」のだ。なるほど。


『神曲』は文学作品としてずいぶん特異な姿をしている。作者であるダンテ自身が古代ローマに実在した詩人ウェルギリウスに導かれて地獄と煉獄を巡り、更にベアトリーチェに導かれて天国を巡って最後には至高天にまで至る。ベアトリーチェが実在の女性かあるいは抽象的な徳の象徴か、議論は分かれる。

体裁から言えば旅行記だが、しかしヘロドトスの『歴史』やマルコ・ポーロの『東方見聞録』のような現実の世界を巡る旅ではなく、幻想の旅である。

(ちなみに、『歴史』はウェルギリウスから四百年前、ダンテからは千数百年前に書かれた。『東方見聞録』の作者はダンテの同時代人であるが、果たして彼はこれを読んだだろうか。まあこの本の記述については多くの疑問が提出されているのだが。)

幻想の旅行記ということはダンテが訪れる先の地理がすべて彼の創作であるということだ。地獄は地面に下向きの円錐の形にあいた穴の形をしており、縦に割った断面で見れば三角形であるその穴は階段状になっていて、その一段ずつに特定の罪人のための地獄がある。下へ行くほど罪は重くなり、罰は厳しくなる。おそろしく工学的で構造的、そしてまた、まことに観念的な世界像でもある。

これはキリスト教の神学の論理の反映であり、そこにスコラ哲学の形式論が形を与えたのだろう。キリスト教と言ってももちろん宗教改革以前のカトリック。作品ぜんたいは三位一体の原理に基づいて三という数字によって構成されている。煉獄篇と天国篇は三十三歌からなり、地獄篇はそれに一つを加えて三十四歌。合わせるとちょうど百になる。

ダンテが行く先々で体験するのは過去の人々との出会いだ。彼らは実在の者もあり文学作品などの登場人物のこともある。それぞれが悪徳から美徳へのスペクトラムの上に位置していて、それに応じた処遇を与えられている。地獄にいる者は永遠に逃れることができず（入口の門の頂きには「われを過ぎるものはみな、すべての希望を捨てよ」と書いてある）、煉獄の者は悔悟の過程を経て天国に進むことができる。天国にも階梯がある。

人間を倫理の尺度で評価して死後の扱いが決まる。異議申し立ての余地なき決定論で、それを統(す)べる権威は神にあるが、その神は最後に一瞬の光としてしか登場しない。見えない絶対の存在が神であり、それ故に人間と神の無限の距離をつなぐために教会は人の子イエス・キリストやその母マリア、使徒、無数の聖者を発明した。この構造を得たことで啓示の宗教は一民族だけを相手のユダヤ教から世界宗教に進化した。

（進化はいつも環境との関係において結果が出るものでなかなか使いかたがむずかしいのだが、ここでは使ってもいいだろう。ユダヤ教から生まれたキリスト教は、あの時代のローマ世界という環境において勢力を伸ばし得るものだった。）

つまり、『神曲』は旅行記の体裁を取る倫理体系であり人物考査表である。それが細部においてどうしてこれほど魅力的なのだろう。

例えば、なぜ導き手はウェルギリウスなのだろう？　カトリックの世界ならばアウグスティーヌスの方がずっとふさわしいのではないか？

ここのところで文学は神学と分かれる。ダンテはウェルギリウスが好きだったのだ。それにキリスト以前のギリシャ・ローマも作品の中に取り込みたかった。教化された世界とそれ以前を対比したかった。さまざまな罪の恐ろしさを説く話を神父の説教のレベルに留めたくなかった。だから罪の恐ろしさの実例が一つ一つまこと魅力的で、人間的で、読む者の心に訴えるのだ。

この本から例を取れば――

第十二歌にミーノータウロスが登場する。彼は「第七圏第一冠状地」に置かれている。ここは暴力の罪を犯した者が閉じ込められるところだ。ミーノータウロスは半人半牛。母パーシパエが作り物の牝牛の中に隠れて牡牛と交わってできた子で、クレータ島の迷宮の中に住み、アテネに少年少女の人身御供を要求する。テーセウスが行って、ミーノータウロスの姉のアリアドネーの援助でこれを倒す。よく知られたギリシャ神話である。

第十二歌のミーノータウロスは「内なる怒りに苛まれるもののように」、「自らに咬みついた」。これを避けて過ぎ、揺れる岩を踏んで先へ進む。血の川が見えてくる。ケンタウロスたちが登場する。こちらは半人半馬。その一頭であるネッソスの案内で行くと「恣に人の血を流し、力づくで財を奪った僭主ども」が「血の中で煮られ」て「金切り声をあげていた」。その先ではリニエーリ・ダ・コルネートなどダンテの同時代の悪党の名まで登場する。

ヨーロッパ史の故事来歴から今ならば週刊誌のネタになりそうな話題までが並べられ、具体的に派手に描写され、それに対するキリスト教的解釈が加えられる。読む者はそれを楽しむと同時に教養を試される。同時代の読者たちはたぶんお互いに知らないことを教え合って笑ったのだろう。

そしてここでも本書では注釈と解説が無類におもしろい。ケイローンというケンタウロスの性格について最も納得のゆく説明をマキャヴェッリの『君主論』から引くあたり、読んでいて興奮を覚える。その先、「ギリシャ神話の登場人物が、寓意的解釈を施されることでキリスト教の前史として理解され、キリスト教に包摂される現象」についての説明も明快で知的興奮を誘う。はっきり言えばこじつけなのだが、そこに知力を投入した無数の神学者たちの努力はそれなりに敬意を払うに価する。

さて、藤谷道夫さんによる、この密度の注釈と解説を完備した『神曲』ぜんぶの翻訳が読めるのはいつのことか。ぼくたちだけでなくたぶん煉獄から天国へ登る途中あたりにいると思われる須賀さんもその完成を待っておられると思うのだが。

Lucca sopra la Commedia di Dante, Edited by R. Hollander & J. Scnapp with K. Brownlee & N. Vickers, University Press of New England, Hanover and London, 1989.
トンマゼーオ（1802–74：イタリアの文学者） Niccolò Tommaséo, *Commedia di Dante Alighieri,* con ragionamenti e note di Niccolò Tommaséo, Milano, 1954.
バンバリオーリ（14 世紀前半のラテン語による注釈者） Graziolo de'Bambaglioli, *Commento all'«Inferno» di Dante,* a cura di Luca Carlo Rossi, Scuola Normale Superiore, Pisa, 1998.
（ダンテの息子）ピエートロ（–1364：ラテン語による注釈者） Pietro Alighieri, *Il «Commentarium» di Pietro Alighieri nelle redazioni Ashburnhamiana e Ottoboniana,* trascrizione e c. di Roberto della Vedova e Maria Teresa Silvotti, Olschki, Firenze, 1978.
ブーティ（14 世紀末の注釈者） Francesco da Buti, *Commento di Francesco da Buti sopra la Divina Comedia di Dante Alighieri,* publicato per cura di Crescentino Giannini, Nistri, Pisa, 1858–1862.
フォスラー（ドイツのダンテ学者） Karl Vossler, *Die Göttliche Komödie,* 1929.
ベンヴェヌート（14 世紀後半の最も優れたラテン語による注釈者） Benvenuto da Imola, *Comentum super Dantis Aldigherij Comoediam,* nunc primum integre in lucem editum sumptibus Guilielmi Warren Vernon, curante Iacobo Philippo Lacaita, Barbera, Firenze, 1887.
ボスコ&レッジョ（20 世紀のダンテ学者） U. Bosco & G. Reggio, *La Divina Commedia. Inferno,* Le Monnier, Firenze, 1988.
ボッカッチョ（1313–75：『デカメロン』で有名な作家） Giovanni Bocaccio, *Esposizione sopra la Commedia di Dante,* a. c. di Giorgio Padoan, Mondadori, Milano, 1965.
ポレーナ（20 世紀のダンテ学者） Manfredi Porena, *La Divina Commedia di Dante Alighieri,* Zanichelli, Bologna, 1955.
ボンディオーニ（現代のダンテ学者） Gianfranco Bondioni, *La Divina Commedia. Inferno,* Principato, Milano, 1998.
マッタリーア（20 世紀の注釈者） Daniele Mattalia, *La Divina Commedia. Inferno,* Rizzoli, Milano, 1975.
モミリアーノ Tommaso Casini, Silvio Adrasto Barbi e di Attilio Momigliano, *La Divina Commedia. Inferno,* Sansoni, Firenze, 1972.
ラーナ（14 世紀前半の注釈者） Iacopo della Lana, *Comedia di Dante degli Allagheri col commento di Jacopo di Giovanni dalla Lana bolognese,* a. c. di Luciano Scarabelli, Civelli, Milano, 1864–1865.
ランディーノ（15 世紀の注釈者） Cristoforo Landino, *Comento sopra La Comedia,* a cura di Paolo Procaccioli, Salerno, Roma, 2001.

メッザドローリ　Giuseppina Mezzadroli, *Seneca in Dante,* Le Lettere, 1990, p. 4. ② *Enigmi del racconto e strategia comunicativa nei riassunti autotestuali della Divina Commedia,* «Lettere italiane», XLI, 4, ottobre-dicembre, 1989, pp. 481–531.

リッチ　Pier Giorgio Ricci, *Il canto IV dell'«Inferno»,* in *Casa di Dante,* Bonacci, Roma, 1977, pp. 93–4.

ルノデ　Augustin Renaudet, *Dante Humaniste,* Paris, Les Belles Lettres, 1952, p. 436.

レスタ　Gianvito Resta, *Il canto XIII dell'Inferno* in Aa. Vv., *Inferno: letture degli anni 1973–1976,* Bonacci, Roma, 1977, p. 336.

福山佑子　「政治手段としてのダムナティオ・メモリアエ――『悪帝』ドミティアヌスの形成」『西洋史論叢』第 30 号（2008）、早稲田大学西洋史研究会編、pp. 13–27。「ダムナティオ・メモリアエをめぐって」『西洋史論叢』第 31 号（2009）、早稲田大学西洋史研究会編、pp. 39–48。

注釈書

アノーニモ（14 世紀のフィレンツェの匿名の注釈者）　Anonimo Fiorentino, *Commento alla Divina Commedia d'Anonimo Fiorentino del secolo XIV,* a. c. di Pietro Fanfani, Romagnoli, Bologna, 1866–1874.

イングレーゼ（最新の注釈書執筆者）　Giorgio Inglese, *Commedia. Revisione del testo e commento di G. Inglese,* Carocci, Roma, 2007.

オッティモ（14 世紀中葉の注釈者）　*L'Ottimo commento della Divina Commedia. Testo inedito d'un contemporaneo di Dante,* a. c. di Alessandro Torri, Capurro, Pisa, 1827–1829.

キアヴァッチ・レオナルディ（現代の注釈者）　Anna Maria Chiavacci Leonardi, *Commedia. Inferno,* Zanichelli, Bologna, 1999.

キメンツ（20 世紀のダンテ学者）　Siro Amedeo Chimenz, *La Divina Commedia. Inferno,* Unione, Torino, 1976.

クラヴェーリ（現代の注釈者）　Marcello Craveri, *La Divina Commedia. Inferno,* Il Girasole, Napoli, 1995.

サペーニョ（20 世紀中葉のダンテ学者）　Natalino Sapegno, *La Divina Commedia. Inferno,* La Nuova Italia, Firenze, 1968 [2ed.].

シングルトン（20 世紀の米国を代表するダンテ学者）　Charles S. Singleton, *The Divine Comedy, Inferno. 2. Commentary,* Routledge & Kegan Paul, London, 1971.

スカルタッツィーニ（19 世紀のダンテ学者）　Giovanni Andrea Scartazzini, *La Divina Commedia di Dante Alighieri,* riveduta nel testo e commentata da G. A. Scartazzini, F. A. Brockhaus, Leipzig, 1900.

スカルタッツィーニ＆ヴァンデッリ（20 世紀前半のダンテ学者）　*La Divina Commedia* col commento scartazziniano rifatto da Giuseppe Vandelli, Hoepli, Milano, 1979 (ristampa: 1937).

セッラヴァッレ（14–15 世紀の注釈者）　Giovanni da Serravalle (Giovanni Bertoldi), *Fratris Johannis de Serravalle translatio et comentum totius libri Dantis Aldigherii cum textu italico fratris Bartholomaei a Colle eiusdem ordinis nunc primum edita,* a cura di Marcellino da Civezza M. O. e Teofilo Domenichelli M. O., Prato, Giachetti, 1891.

ダニエッロ（16 世紀の注釈者）　Bernardino Daniello, *L'espositione di Bernardino Daniello da*

Bulzoni, 1991, p. 38.
ドヴィーディオ（20世紀初頭のダンテ学者） Francesco D'Ovidio, *Nuovo volume di studi danteschi,* 1926, p. 197, A. Momigliano, *Commento,* p. 145. ② *Studii sulla Divina Commedia,* 1901, p. 280.
ド・ブリュイヌ Edgar De Bruyne, *Études d'ésthétique médiévale,* II, Slatkine Reprints, Genève, 1975, p. 266.
ナルディ Bruno Nardi, *Saggi e note di critica dantesca,* Ricciardi, Milano-Napoli, 1966, p. 156. ② *Intorno al tomismo di Dante e alla quistione di Sigieri,* «Giornale Dantesco», XXII, 1914, pp. 182–197.
ニコシーア Paolo Nicosia, *"Sappi che sei nel girone" Inf. XIII 17,* in *Alla ricerca della coerenza-saggi d'esegèsi dantesca,* 1967, p. 240.
ノエー Enzo Noé Girardi, *Sulla struttura di «Inferno» X,* in *Filologia e criticadantesca. studi offerti a Aldo Vallone,* Firenze, Olschki, 1989, p. 65.
バジーレ Bruno Basile, *Enciclopedia Dantesca,* vol. II, p. 504.
パドアン Giorgio Padoan, *Enciclopedia Dantesca,* V, p. 41.
パラトーレ Ettore Paratore, *Il canto XIV dell'«Inferno»,* in *Tradizione e struttura in Dante,* Sansoni, Firenze, 1968, pp. 221–249.
バランスキー Zygmunt. G. Barański, *Canto XI,* in *Lectura Dantis Turicensis,* p. 157–8 & ② p. 163. ③ *Il «meraviglioso» e il «comico» (Inferno XVI)* in *«Sole nuovo, luce nuova» Saggi sul rinnovamento culturale in Dante,* Scriptorium, Torino, 1996, pp. 70–77.
パリアーロ Antonio Pagliaro, *Ulisse. Ricerche semantiche sulla Divina Commedia,* D'Anna, Messina-Firenze, t. 2, 1967, p. 514.
バルダッツィ Giovanni Bardazzi, *Canto VII,* in *Lectura Dantis Turicensis. Inferno,* Franco Cesati, 2000, p. 108.
バルビ Michele Barbi, *Con Dante e coi suoi interpreti,* 1941, p. 165. ② *"Vegna il cavalier sovrano..." (Inf., XVII 72),* «Studi danteschi», X (1925), pp. 55–80.
ビラノヴィッチ Giseppe Billanovich, *Lo scrittoio del Petrarca,* 1947, pp. 109–116.
ペザール André Pézard, *Dante sous la pluie de feu (Enfer, chant XV),* Paris, Vrin, 1950.
ペトロッキ Giorgio Petrocchi, *L'inferno di Dante,* Rizzoli, Milano, 1978, pp. 82–3.
ベルトリーニ Paolo Bertolini, *Anastasio II, Enciclopedia Dantesca,* I, Roma, 1984, pp. 249–251.
ボッタジージョ Tito Bottagisio, *Il limbo dantesco,* Padova, 1898, p. 306.
ボノーラ Ettore Bonora, *Il canto XIII dell'Inferno,* «Cultura e scuola», IV (1965), 13–14, pp. 446–454.
ボルツィ Italo Borzi, *Il canto XII dell'Inferno,* in *Casa di Dante,* 1977, pp. 303–304.
マリエッティ Marina Marietti, *Dante,* Paris, Presses Universitaires de France, 1995.（マリーナ・マリエッティ・藤谷道夫訳『ダンテ』白水社、1998、pp. 13–14）
マルティ Mario Marti, *Canto XIV dell'Inferno,* in *Lectura Dantis Neapolitana,* Napoli, Loffredo, p. 245. ② p. 258.
ムレスー（現代最高のダンテ学者） Gabriele Muresu, *La selva dei disperati, "Inferno" XIII,* in *Il richiamo dell'antica strega, altri saggi di semantica dantesca,* Bulzoni, 1997. ② *Tra gli adepti di Sodoma («Inferno» XV),* in *Tra gli adepti di Sodoma. Saggi di semantica dantesca,* Roma, Bulzoni, 2002, pp. 64–67.

引用文献

文頭のカタカナ名は注釈・解説内での表記を示す。

論文・著書

アウエルバッハ　Erich Auerbach, *Farinata e Cavalcante,* in *Mimesis. Il realismo nella letteratura occidentale,* vol. I, Einaudi, 2000.

ヴァッローネ　Aldo Vallone, *Canto VII,* in *Lectura Dantis Scaligera,* 1960, p. 228. ② *Inferno XIV,* «Studi Danteschi», 2000, vol. 65, p. 82.

ヴァレーゼ　Claudio Varese, *Canto XIV,* in *Letture dantesche* a cura di G. Getto, Firenze, 1962, p. 261.

ヴィクレイ　John F. Vickrey, *Inferno VII: Deathstyles of the Rich and Famous, Philologus,* vol. 79, n. 4, October 1995, p. 599.

ウリーヴィ　Ferruccio Ulivi, *Il canto VII dell' «Inferno»,* in *Casa di Dante,* 1974, pp. 194–195.

フィリッポ・ヴィッラーニ　Filippo Villani, *Expositio seu comentum super 'Comedia' Dantis Allegherii,* a c. di Saverio Bellomo, Firenze, Le Lettere, p. 83, n. 30.

カークパトリック　Robin Kirkpatrick, *Dante's Inferno: Difficulty and Dead Poetry,* Cambridge University Press, 1987, pp. 100–105, note 28.

カゼッラ　Mario Casella, *Il canto X dell'Inferno,* «Studi Danteschi», vol. 33, 1955–1956, p. 38 & ② p. 41.

ギュンタート　Goerges Güntert, *Canto XIV, in Lectura Dantis Turicensis. Inferno,* Franco Cesati, Firenze, 2000, pp. 201–202.

グアルディーニ　Romano Guardini, *Dante,* Morcelliana, 1999, pp. 21–23.

グエッリ　Domenico Guerri, *Di alcuni versi dotti nella* «Divina Commedia», 1908.

ゴルニ　Guglielmo Gorni, *Dante nella selva. Il primo canto della Commedia,* Franco Cesati, Firenze, 2002, p. 37.

サンタンジェロ　Salvatore Santangelo, *L'allegoria del canto IX dell'Inferno,* in *Saggi danteschi,* Padova, 1959. ② *Il Veglio di Creta,* in *Saggi Danteschi,* CEDAM, Padova, 1959, p. 154.

ジャンボーニ　Bono Giamboni, *Il Libro de'vizi e delle virtudi e il Trattato di virtù e di vizi,* a cura di C. Segre, Torino, 1968, p. 46.

シュミット　Jean-Claude Schmitt, *Le suicide au Moyen Âge,* «Annales», 1977, vol. 31, n. 1, pp. 3–28.

スコット　John A. Scott, *Inferno, X: Farinata as Magnanimo,* «Romance Philology», vol. XV, n. 4, 1962, p. 409 & 410.

デ・サンクティス（19世紀の文学研究者）　Francesco De Sanctis, *Saggi critici,* Principato, Milano, 1947, p. 43 & ② p. 46.

ディ・ペトラ　Antonio Di Petra, «*... ma lungi fia dal becco l'erba*» (Inf. XV 72), «Lettere italiane» XXIX (1977), 2, pp. 191–196.

デッラークイラ　Michele Dell'Aquila, *Il canto X dell'Inferno,* in *Humanitas e Poesia. Studi in onore di Gioacchino Paparelli,* t. II, 1989, p. 79 & ② p. 82.

デッラ・テルツァ　Dante Della Terza, *Il canto di Brunetto Latini,* in *Forma e memoria,* Roma,

須賀敦子（すが・あつこ）
1929年兵庫県生まれ。聖心女子大学卒業。53年よりパリ、ローマに留学、その後ミラノに在住。71年帰国後、慶應義塾大学で文学博士号取得、上智大学比較文化学部教授を務める。91年『ミラノ　霧の風景』で講談社エッセイ賞、女流文学賞を受賞。98年逝去。著書に『コルシア書店の仲間たち』『ヴェネツィアの宿』『トリエステの坂道』『ユルスナールの靴』など。訳書に『ウンベルト・サバ詩集』、N・ギンズブルグ『ある家族の会話』、A・タブッキ『インド夜想曲』、I・カルヴィーノ『なぜ古典を読むのか』など。没後『須賀敦子全集』（全８巻・別巻１）刊行。

藤谷道夫（ふじたに・みちお）
1958年広島県生まれ。慶應義塾大学仏文科卒業。筑波大学大学院博士課程文芸・言語研究科文学専攻単位取得満期退学。学部・大学院時代の５年間、須賀敦子から個人的に『神曲』を学ぶ。須賀からフィレンツェを勧められてイタリア政府給費留学生としてフィレンツェ大学に留学。この留学がダンテのフィレンツェ方言の理解に大きな助けとなる。現、慶應義塾大学文学部教授。著書に *Shinkyoku, il canto divino. Leggere Dante in Oriente*、『ダンテ『神曲』における数的構成』など。訳書にM・マリエッティ『ダンテ』など。論文に “Dalla legge ottica alla poesia: la metamorfosi di《Purgatorio》XV 1-27” など。

Dante Alighieri
LA DIVINA COMMEDIA: INFERNO

須賀敦子の本棚1　池澤夏樹＝監修
神曲　地獄篇（第1歌〜第17歌）

2018年6月20日　初版印刷
2018年6月30日　初版発行

著者　ダンテ・アリギエーリ
訳者　須賀敦子／藤谷道夫
注釈・解説　藤谷道夫
カバー写真　ルイジ・ギッリ
装幀　水木奏
発行者　小野寺優
発行所　株式会社河出書房新社
〒151-0051　東京都渋谷区千駄ヶ谷2-32-2
電話　03-3404-1201（営業）　03-3404-8611（編集）
http://www.kawade.co.jp/
印刷　株式会社亨有堂印刷所
製本　加藤製本株式会社

Printed in Japan　ISBN978-4-309-61991-0

須賀敦子の本棚 全9巻

池澤夏樹＝監修

★1 神曲 地獄篇（第１歌〜第１７歌）〈新訳〉
ダンテ・アリギエーリ 須賀敦子／藤谷道夫 訳
（注釈・解説＝藤谷道夫）

2 大司教に死来る〈新訳〉
ウィラ・キャザー 須賀敦子 訳

3 小さな徳 〈新訳〉
ナタリア・ギンズブルグ 白崎容子 訳

4・5 嘘と魔法（上・下）〈初訳〉
エルサ・モランテ 北代美和子 訳

6 クリオ 〈新訳・初完訳〉
シャルル・ペギー 宮林寛 訳

7 あるカトリック少女の追想 〈初訳〉
メアリー・マッカーシー 若島正 訳

8 神を待ちのぞむ 〈新訳〉
シモーヌ・ヴェイユ 今村純子 訳

9 地球は破壊されはしない 〈初訳／新発見原稿〉
ダヴィデ・マリア・トゥロルド 須賀敦子 訳

★印は既刊

（タイトルは変更する場合があります）